AKLINDAN BİR SAYI TUT

John Verdon

KORİDOR

KORİDOR YAYINCILIK - 158

ISBN: 978-605-4188-71-0

YAYINEVİ SERTİFİKA NO: 16229
MATBAA SERTİFİKA NO: 19039

AKLINDAN BİR SAYI TUT

John Verdon

Özgün Adı: ***Think of a Number***

Editör: Zübeyde Abat

Çeviren: Cemile Özyakan

Kapak tasarımı: İlknur Muştu

Baskı: Ekosan Matbaacılık, İstanbul

EKOSAN MATBAACILIK

Maltepe Mah. Hastaneyolu Sok. No: 1 (Taral Tarım Binası)

Zeytinburnu - İstanbul

Cilt: Ekosan Matbaacılık, İstanbul

Koridor Yayıncılık, İstanbul 2019

KORİDOR YAYINCILIK

Maltepe Mah. Davutpaşa Cad. MB İş Merkezi

No: 14 Kat: 1 D: 1 Zeytinburnu / İstanbul

Tel.: 0212 - 544 41 41 / 544 66 68 / 544 66 69

Faks.: 0212 - 544 66 70

info@koridoryayincilik.com.tr

AKLINDAN BİR SAYI TUT

John Verdon

Çeviren: Cemile Özyakan

KORİDOR

ÖVGÜLER

"Çok, çok uzun zamandır okuduğum en iyi romanlardan biri olan Aklından Bir Sayı Tut *aklınızı başınızdan alacak... John Verdon öyle ışıl ışıl ve incelikli yazıyor ki kıskanmadan edemedim."*

Tess Gerritsen

"Bu kitap hayatım boyunca okuduğum en iyi romanlar arasında ilk sırada... Dilbaz ve kalp parçalayıcı; okuyucu son sayfaya kadar şüpheli bir bekleyiş içinde bırakıyor. Zekice işlenmiş kurgusu nefesinizi kesecek... Asla kaçırılmayacak türden!"

John Lescroat

"Gerçekten de elinizden bırakamayacaksınız. Daha önce hiçbir eser beni bu kadar içine çekmemişti... John Verdon kusursuz karakterlerle bezeli kusursuz bir kurgu yaratmış ve gerçekten de işini biliyor."

Nelson DeMille

"Bağımlılık yapıcı ve zihin kurcalayıcı... en derin, en ilkel korkularımızla kadar iniyor... Bu hikaye sizi demir çene tuzağı gibi yakalayacak."

Joseph Finder

"Okuyucuyu yerinde kıpır kıpır eden, sayfalardan fırlayacakmış gibi canlı karakterlere sahip, zarif ve titizlikle yazılmış bir ilkyapıt."

Faye Kellerman

"Baştan sona zekice yazılmış, hızlı bir anlatıma ve keskin virajlara sahip. Aklından Bir Sayı Tut *özgünlüğü ve kışkırtıcı konusu ile sivrilmeyi başarıyor."*

John Katzenbach

Giriş

"Neredeydin?" dedi yataktaki yaşlı kadın. "Tuvaletimi yapmam gerekiyordu ama yanımda kimseyi göremedim."

Genç adam, onun hırçın ses tonuna karşılık, ayakucunda duruyor ve sakin bir şekilde gülümsüyordu.

Kelimelerin ne anlama geldiğini unutmuş gibi, belli belirsiz bir sesle "Tuvaletimi yapmam gerekiyordu," diye tekrarladı.

Adam, "Sana iyi haberlerim var, anne," dedi. "Yakında her şey yoluna girecek. Her şey hallolacak."

"Beni bıraktığın zamanlarda nereye gidiyorsun?" Sesi daha net ve hırçındı.

"Uzağa değil, anne. Benim asla uzağa gitmediğimi iyi biliyorsun."

"Yalnız kalmaktan hoşlanmıyorum."

Yüzüne bir gülümseme yayıldı; neredeyse mutlu olmuştu. "Çok yakında işler düzelecek ve her şey olması gerektiği gibi olacak. Bana güvenebilirsin, anne. Durumu düzeltmenin bir yolunu buldum. Aldığını geri verecek, vermiş olduğunu aldığı zaman."

"Öyle güzel şiir yazıyorsun ki..."

Odada hiç pencere yoktu. İçerideki tek ışık kaynağı olan, ya-

tağın yanındaki duvara yapışık lamba, kadının boğazındaki büyük yarayı ve gözlerindeki gölgeyi belirginleştiriyordu.

Duvarın arkasında parlak bir şey görmüşçesine uzaklara bakarak, "Dans etmeye gidecek miyiz?" diye sordu.

"Tabii, anne. Her şey mükemmel olacak."

"Benim Ördek Dickie'm nerede?"

"Yanı başında, anne."

"Ördek Dickie yatağa gelecek mi?"

"Uyku vakti, uyku vakti, uyku vakti."

"Tuvaletimi yapmam gerekiyor," dedi, cilveli denebilecek bir tonla.

Birinci Kısım

ÖLÜMCÜL ANILAR

Birinci Bölüm

Polisin Sanatı

Jason Strunk anlatıldığı kadarıyla otuzlarında, sessiz sakin, silik tipli bir adamdı. Komşuların pek görmediği ve görünüşe bakılırsa duymadığı birisiydi; öyle ki hiçbiri onun söylediği tek bir kelimeyi bile tam olarak hatırlayamadı. Hatta konuşabildiğinden bile şüphelilerdi. Başını mı sallardı, merhaba mı derdi, birkaç kelime mırıldanır mıydı? Kimse hatırlamıyordu.

Bay Strunk'ın orta yaşlı, bıyıklı adamlar öldürme takıntısı olduğu, cesetlerini eşi görülmemiş ve oldukça sinir bozucu bir şekilde ortadan kaldırdığı ortaya çıkınca, tüm komşuları şaşkınlıklarını dile getirdi, bazıları ise bir süre inanmadı. Adam, öldürdüğü kişilerin cesetlerini küçük parçalara ayırıp, renkli paketlere sardıktan sonra, onları Noel hediyesi olarak bölgedeki polis memurlarına gönderiyordu.

Dave Gurney, Jason Strunk'ın bilgisayar ekranından kendisine bakan uysal yüzünü dikkatlice inceledi. Karşısındaki, Teşkilat Merkezi'nin arşivindeki orijinal sabıka fotoğrafıydı. Fotoğraf, gerçek yüz boyutlarına uygun olacak şekilde büyütülmüş ve kenarlarında Gurney'in yeni öğrendiği bir fotoğraf düzenleme programının araç çubuğu simgeleri sıralanmıştı.

Parlaklık ayarı yapan simgelerden birisini Strunk'ın sağ gözüne doğru hareket ettirip, üzerine tıkladı. İyice belirginleşen bu bölgeyi incelemeye koyuldu.

Daha iyi, ama yine de çok iyi değil.

Gözler her zaman işin en zor kısmıydı – gözler ve ağız – ama anahtar noktalardı. Bazen küçücük bir noktanın duruşu ve yoğunluğu üzerinde saatlerce çalışırdı. O kadar uğraşmasına rağmen bazen çok iyi sonuçlar elde edemezdi. Yeterince iyi olmadıkları için, bu sonuçlardan Sonya'ya ve tabii ki Madeleine'e bahsetmezdi.

Gözlerin sırrı, gerilimi ve çelişkiyi her şeyden daha iyi yakalayabilmesindeydi. Gurney'in, birlikte kayda değer vakit geçirme şansına sahip olduğu katillerin gözlerinde gördüğü, acımasızlık izlerinin delip geçtiği çekingen bir uysallıktı.

Jorge Kunzman'ın (en son çıktığı kişinin kafasını buzdolabında saklayan ve yeni bir sevgili bulduğu an buzdolabındaki kafayı yenisiyle değiştiren Walmart marketi çalışanı) sabıka fotoğrafını dikkatle incelediğinde de aynı bakışı yakalamıştı. Bay Kunzman'ın sıkkın ifadesinin ardında pusuya yatmış derin, siyah boşluğu fark etmesi; sonucu bildirdiği an Sonya'nın heyecan dolu tepkisi ve övgü dolu sözleriyle gerçeğin bir kez daha kanıtlanması onu memnun etmişti. Onu, Sonya'nın Ithaca'daki galerisinde 'Yakalayan kişinin elinden Katil Portreleri' adıyla, üzerinde uğraştığı fotoğrafları sergilemeye heveslendiren şey, bu memnuniyet duygusu ve Sonya'nın koleksiyoncu bir arkadaşının aniden bu fotoğrafı satın almasıydı.

Sanata ve özellikle güncel sanata ilgi duymayan, şöhretten nefret eden, yeni emekli olmuş bir New York Polis Teşkilatı (NYPT) cinayet dedektifinin, küçük bir üniversite şehrindeki şık bir sanat sergisinin odağı haline nasıl geldiği sorusuna verilen iki, birbirinden çok farklı yanıt vardı: Biri kendisinin diğeri de eşinin. Ayrıca bu, eleştirmenlerin "ustalıkla incelenmiş, vahşeti gözler önüne seren, fotoğraflar karmasında yeni bir çığır" şeklinde tanımladığı bir sergiydi.

Kendisine kalırsa her şey Madeleine'nin onu, Cooperstown Müzesi'nde, sanat hakkında bir kursa birlikte gitmeye ikna etmesiyle başlamıştı. Madeleine onu daima açmaya, dışarı çıkarmaya çalışırdı – çalışma odasından, evinden, kendisinden dışarı; içeriden *dışarı*. Gurney, kendi kontrolünü kaybetmemek için en iyi taktiğin bazen teslim olmak gerektiğini öğrenmişti. Sanat kursuna gitmeyi kabul etmesi de bu taktiğin gerektirdiklerinden biriydi. Kurs boyunca öylece oturup, bitmesini bekleme fikri gözünü korkutsa da, bu kursun baskılara karşı bağışıklık kazanmasını sağlayacağını umuyordu; en azından kursun sonrasındaki birkaç ay boyunca... Aslında miskin birisi değildi, hatta bundan çok uzaktı. Kırk yedi yaşında olmasına rağmen elli şınav, elli barfiks, elli mekik çekebiliyordu. Yalnızca bir yerlere gitmeyi pek sevmiyordu.

Fakat kurs işi şaşırtıcı bir sürprize dönüştü – aslında üç sürprize. Birincisi, kurstan önce sandığı gibi derslerde uyanık kalmaya çalışmanın aksine, galerinin sahibi, bölgenin ünlü sanatçısı ve aynı zamanda eğitmeni olan Sonya Reynolds'ı çok ilginç buldu. Kuzey Avrupalı Catherine Deneuve havasındaki tipik güzellerden değildi. Yüzüne somurtkan bir hava katan dudakları, belirgin elmacık kemikleri ve uzun bir burnu vardı. Fakat tek tek bakıldığında güzel olmayan bu parçalar, derin ve buğulu bakan yeşil gözleriyle ve rahat, doğasından gelen şehvetli tavrıyla birleşerek çarpıcı denecek kadar güzel bir bütün oluşturuyorlardı. Sınıfta fazla erkek yoktu, yirmi altı katılımcıdan yalnızca altısı erkekti. Ama altısının da tüm dikkati onun üzerindeydi.

İkinci sürpriz ise konuya karşı olumlu tepkisiydi. Sonya, özel ilgi alanına girdiği için fotoğrafçılık sanatına, üzerinde oynamalar yaparak fotoğrafın aslından daha güçlü ve anlamlı hale getirilmesi konusuna önemli ölçüde zaman ayırmaktaydı.

Üçüncüsü ise on iki haftalık kursun üçüncü haftasında, Sonya bir gece, çağdaş bir sanatçının bol ışıklı portrelerinden birisini heyecanla eleştirirken gerçekleşti. Gurney portreye bakarken aklına bir fikir geldi. Bunu özel erişim izninin bulunduğu farklı bir alan için kullanabilir ve olaya farklı bir bakış açısı getirebilirdi. Bu çılgın fikir onu garip bir şekilde heyecanlandırmıştı. Bir sanat kursundan beklediği son şey, heyecan verici olmasıydı.

Bu düşünce – tüm kariyerini onu araştırmaya, izini sürmeye ve alt etmeye adadığı canavarın doğasını yakalayacak ve yansıtacak biçimde sabıka fotoğraflarını *büyütme, netleştirme ve koyulaştırma fikri* – aklına yerleştikçe, itiraf etmeye çekineceği kadar sık mesele üzerinde kafa yormaya başlamıştı. Her şeyden önce, o, her soruya iki açıdan bakabilen, her yargının ardındaki hatayı ve her heyecanın altındaki tecrübesizliği görebilen bir adamdı.

O güneşli kasım sabahında, çalışma odasındaki masada Jason Strunk'ın sabıka fotoğrafını incelerken, uğraştığı işin verdiği heyecan bir anda arkasından bir şeyin yere düşme sesiyle bölündü.

Madeleine herhangi birisine sıradan, fakat kocasına gergin gelecek bir ses tonuyla "Bunları buraya bırakıyorum," dedi.

Omzunun üzerinden arkasına dönüp, gözlerini kısarak, kapının arkasına konmuş çuvala baktı. "Neyi bırakıyorsun?" diye sordu, cevabını bile bile.

Madeleine ses tonunu değiştirmeden "Laleleri," dedi.

"Lale soğanları mı demek istedin?"

Bu aptalca bir düzeltme olmuştu ve ikisi de bunun farkındaydı. Bu yalnızca, Madeleine ondan bir şey yapmasını istediğinde fakat kendisi bunu istemediğinde kızgınlığını ifade etmesinin bir yoluydu.

"Onlarla burada ne yapmamı istiyorsun?"

"Onları bahçeye çıkar. Ekmeme yardım et."

Madeleine ona, bahçeden bir şeyi, yeniden bahçeye götürmesi için ofise getirmesinin ne kadar mantıksız olduğunu söylemeyi düşündü fakat yalnızca düşünmekle yetindi.

Hafif kızgın bir ses tonuyla "İşimi bitirir bitirmez," dedi. Bu harika Hindistan'daki yaz günlerini andıran günde, uzanıp giden kızıl sonbahar ağaçları ve tepedeki, zümrüt yeşili çimenleri gören bahçeye lale soğanları ekmenin pek de zor bir iş olmadığının farkındaydı. Yalnızca işinin bölünmesinden nefret ediyordu. Bu bölünmeye verdiği karşılık ise, ona özgü çok güçlü bir özellikti: Bu kadar iyi bir dedektif olmasını sağlamış olan doğrusal ve mantıklı düşünme şekli – bir şüphelinin hikayesindeki en ufak bir boşluğu yakalayabilen, birçok gözün göremeyeceği kadar küçük çatlakları fark eden aklı.

Madeleine onun omzunun üzerinden bilgisayar ekranına baktı. "Böyle bir günde bu kadar çirkin bir şey üzerinde nasıl çalışabiliyorsun?" diye sordu.

İkinci Bölüm

Kusursuz Kurban

David ve Madeleine Gurney, Walnut Crossing kasabasının sekiz kilometre dışında, Delaware bölgesindeki bir çıkmaz sokağın sonunda, çayırların üzerine inşa edilmiş, on dokuzuncu yüzyıldan kalma olmasına rağmen sağlam duran bir çiftlik evinde yaşıyorlardı. Dört dönüm arazi vişne, meşe ağaçları ve akçaağaçlarla çevriliydi.

Ev, mimarideki basitliğinden bir şey kaybetmemişti. Evi satın aldıkları yıl içerisinde, eski sahibinin yaptığı ve hoşlarına gitmeyen şeyleri kendilerine uygun hale getirmeye çalışmışlardı – örneğin kasvetli alüminyum pencereleri, bir önceki yüzyılın tarzına uygun ahşap pencerelerle değiştirdiler. Bunu büyük bir tarih aşkıyla yaşadıklarından değil, geçmişte kalmış estetik anlayışının daha hoş olduğuna inandıklarından yaptılar. David ve Madeleine, bir evin nasıl görünmesi ve nasıl bir duygu vermesi gerektiği konusunda oldukça uyumlulardı – ancak David aralarındaki bu uyumun son zamanlarda giderek azaldığını düşünmeye başlamıştı.

Kendisini gün boyu yiyip bitiren bu düşünce, eşinin, üzerinde çalıştığı portreyi çirkin bulmasıyla harekete geçmişti. Lale ekme işinden sonra, Muskoka sandalyesinde uyuklarken, bilinci yarı açık bir halde bunu düşünüyordu ki, Madeleine'in çimenlerin üzerinden ayaklarını sürüyerek yanına geldiğini duydu. Ayak sesleri yanı başında kesilince, bir gözünü açtı.

Her zamanki sakin, hafif tavrıyla "Sence kano gezintisine çıkmak için çok mu geç oldu?" diye sordu. Ustaca ayarladığı ses tonunda hem sorgulayan hem de meydan okuyan bir tın vardı.

Madeleine kırk beş yaşında, ince, atletik vücutlu kolayca otuz beş yaşında sanılabilecek bir kadındı. İçten, sakin fakat sorgulayan bakışlara sahipti. Saçları hasır bahçe şapkasının altında toplanmış, yanlardan çıkan birkaç tel görünüyordu.

David, onun sorusunu kendi kafasına takılan başka bir soruyla karşıladı. "Sence gerçekten çirkin mi?"

Madeleine hiç tereddüt etmeden "Tabii ki çirkin," dedi. "Çirkin olmaması mı gerekiyordu?"

Adam bu yorumun karşısında kaşlarını çattı. "Elimdeki dava konusu kişiyi mi kastediyorsun?" diye sordu.

"Başka kimi kastedebilirim?"

Omuz silkip "Bilmiyorum," dedi. "Bunu bütünüyle küçümsüyor gibisin – yalnızca kişiyi değil de yaptığım işin tamamını..."

"Üzgünüm."

Kadın üzgün görünmüyordu. David bunu tam dile getirecekken, kadın, konuyu değiştirdi.

"Eski sınıf arkadaşını göreceğin için heyecanlı mısın?"

Sandalyesinde arkasına yaslanıp biraz da gömülerek "Çok da değil," dedi. "Geçmişteki anıları yad etme konusunda çok iyi değilim."

"Belki de senin çözmeni istediği bir cinayet davası vardır."

Gurney yüzündeki ifadeden anlam çıkarmaya çalışarak eşine baktı. Yumuşak bir ses tonuyla, "Benimle bu yüzden mi görüşmek istediğini düşünüyorsun?" diye sordu.

"Sen bu alanda ünlü değil misin?" Sesindeki öfke hissediliyordu.

Son aylarda eşindeki bu tavrı sık sık fark eder olmuştu ve bunun neyle ilgili olduğunu bildiğini düşünüyordu. Meslekten emekli olmasıyla, hayatlarında ne gibi farklılıklar olacağı, David'in nasıl değişeceği konusunda ikisinin girdiği beklentiler birbirinden farklıydı. Yine son zamanlarda, tüm vaktini alan suçluların portreleri projesi işinin etrafında garip, hastalıklı düşünceler birikiyordu. Bu alandaki çalışmalarında Madeleine'in olumsuz tavrını, Sonya'nın istekli tavrına bağlıyordu.

"Onun da ünlü olduğunu biliyor muydun?"

"Kimin?"

"Sınıf arkadaşının."

"Aslında hayır. Telefonda bir kitap yazdığından bahsetti ve ben de bunun üzerinde kısaca durdum. Ünlü olduğunu bilmiyordum."

"İki kitap," dedi Madeleine. "Peony'deki bazı kurumların yöneticiliğini yapıyor. PBS'te yayınlanmış bir dizi konuşması var. İnternetten kitap kapağını bulup, çıktısını aldım. İstersen bir göz atabilirsin."

"Bana kendisi ve kitapları hakkında bilmem gereken her şeyi anlatacağını düşünüyorum. Çekindiği bir şey olduğunu sanmıyorum."

"Nasıl biliyorsan öyle yap. Fikrini değiştirirsen diye, çıktıları masana bıraktım. Her neyse, Kyle aramıştı."

Adam gözlerini kadına dikti.

"Ona daha sonra döneceğini söyledim."

İstediğinden daha hırçın bir tonla "Bana neden seslenmedin?" diye sordu. Oğlu sık aramazdı.

"Ona seni çağırabileceğimi söyledim ama işini bölmek istemedi. Acil bir şey olmadığını söyledi."

"Başka bir şey dedi mi?"

"Hayır."

Döndü ve sık, ıslak çimenlerin üzerinden eve doğru yürümeye başladı. Yan kapıya varıp, elini kapı koluna uzattığı sırada bir şey hatırlamış gibi arkasına baktı. Abartılı bir heyecanla konuşmaya başladı. "Kitap kapağında okuduklarıma göre eski sınıf arkadaşın tıpkı bir azize benziyor. Her konuda mükemmel olan bir güzel davranış rehberi gibi... Bir cinayet dedektifine ne danışacağını anlamıyorum."

"Emekli bir cinayet dedektifi," diye düzeltti Gurney.

Kadın çoktan içeriye gitmiş ve ardından kapıyı tam kapatmamıştı.

Üçüncü Bölüm

Cennette Bela

Ertesi gün öncekine göre daha güzeldi; New England takvimindeki kasım ayı resimlerine benziyordu. Gurney sabah 7:00'de uyanıp duş almış ve tıraş olmuştu; kot pantolonunu, ince, pamuklu süveterini giymişti. Alt kattaki yatak odasının dışındaki mavi avluda, bez sandalyesine oturup kahvesini yudumluyordu. Avlu ve avluya açılan kapı, Madeleine'in ısrarıyla eve sonradan eklenmişti.

Madeleine bu tür konularda iyiydi. Neyin mümkün olduğunu, neyin nereye yakışacağını rahatça görebilirdi. Bu da onun pek çok özelliğini ortaya koyuyordu: Olumlu sezgileri, pratik zekası, hayal kırıklığına uğratmayacak bir zevki. Fakat fikir ayrılığına düştüklerinde – içlerinde biriktirdikleri öfkeler ve kırgınlıklar söz konusu olduğunda – David onun güçlü yanları üzerinde yoğunlaşmakta zorlanıyordu.

Kyle'ı geri aramayı unutmamalıydı. Walnut Crossing ve Seattle arasındaki saat farkı yüzünden üç saat beklemesi gerekiyordu. Kahvesini iki eliyle kavrayarak, sandalyesine daha da gömüldü.

Kahvesiyle birlikte yanında getirdiği dosyaya bir göz attı ve yirmi beş senedir karşılaşmadığı sınıf arkadaşının görünüşünü hayal etmeye çalıştı. Madeleine'in bir kitap sitesinden çıkardığı kitap kapaklarındaki fotoğraf ona görüntünün yanında, arkadaşının kişiliğini de hatırlattı – İrlandalı aksanı ve olağanüstü sevimli gülümsemesi onun karakterinin tamamlayıcı unsurlarıydı.

İkisi Bronx'taki Rose Hill kampüsünde üniversite öğrencisiyken, Mark Mellery espri ve içtenlik anlayışı olan, enerji dolu ve hırslı olma çabasının ardındaki karanlık boşluklarını zaman zaman belli eden, değişik bir karaktere sahipti. Her zaman kenarlardan yürüme eğilimi vardı – aşağı doğru kıvrılan bir çizginin üzerinde yan yan yürümeye çalışan, sendeleyen bir tür dahi gibi; aynı anda hem umursamaz hem çıkarcı bir adamdı.

İnternet sitesinde yer verdiği biyografisine göre, yirmilerinde onu hızla aşağılara götüren çizgi, otuzlarında sarsıcı bir manevi aydınlanmadan sonra tam tersine dönmüştü.

Gurney, kahve bardağını koltuğun dar koluna yerleştirip, dosyayı dizlerinin üzerinde açtı. Mellery'den bir hafta önce aldığı mesajı yeniden açıp, tekrardan, satır satır inceledi.

Merhaba Dave,

Umarım bunca zaman sonra eski bir sınıf arkadaşının seninle iletişim kurma isteğini yadırgamazsın. İnsan geçmişten gelen bir sesin neler anlatabileceğinden asla emin olamıyor. Öğrenci birliği sayesinde, aynı okul geçmişine sahip olduğum kişilerle iletişimimi koparmadım ve mezunlarla ilgili haberleri yıllardır keyifle takip ediyorum. Birden çok olayda gösterdiğin başarıyı ve kazandığın namı gördüğümde mutlu oldum. (Mezunlar hakkında çıkan haberler arasındaki bir makalede senden NYPT'NİN EN DONANIMLI DEDEKTİFİ diye bahsediliyordu. Açıkçası okulda tanıdığım Dave Gurney'i düşününce bu beni pek de şaşırtmadı.) Ardından, yaklaşık bir sene önce, senin po-

lis teşkilatından emekli olduğun – ve Delaware Bölgesine taşındığın – haberini aldım. Bu ilgimi çekti çünkü ben de Peony Kasabası'nda yaşıyorum. Ne derler bilirsin: "İki adımlık yer". Duyup duymadığını bilmiyorum ama ben burada "Ruhani Yenilenme Enstitüsü" isminde, bir çeşit tedavi evi işletiyorum. Fantastik gelebilir, farkındayım, oysa gerçeğin ta kendisi...

Yıllardır seninle tekrar görüşme isteği duyup da, bunu yapmamama rağmen, sonunda beni rahatsız eden bir olayın üzerine, düşünmeyi bırakıp hemen iletişime geçmem gerektiğini düşündüm. Bu konuda en çok senden gelecek tavsiyenin bana yardımcı olabileceğine inanıyorum. Bu yüzden sana kısa bir ziyarette bulunmak istiyorum. Eğer bana yarım saat ayırabilmen mümkünse, Walnut Crossing'deki evine gelmek isterim – ya da senin uygun gördüğün herhangi bir yere.

Kampüsteki sohbetlerimizi ve Shamrock Bar'da yaptığımız uzun konuşmaları hatırlayınca, kafamı karıştıran bu sorunu paylaşabileceğim en doğru insan olarak seni görüyorum ve bunu kayda değer iş deneyiminden dolayı söylemiyorum. Bunun senin ilgini çekip çekmeyeceği benim için ayrı bir mesele. Başka hiç kimsenin aklına gelmeyecek şekillerde parçaları bir araya getirmek senin en büyük yeteneğin. Ne zaman seni düşünsem, senin mantığın ve olağanüstü berraklıktaki akıl yürütme yolun aklıma geliyor ve benim şu anda buna çok ihtiyacım var. Birkaç gün içerisinde seni öğrenci ajandası için bıraktığın numaradan arayacağım; dolayısıyla o numaranın doğru ve geçerli olmasını umuyorum.

En iyi dileklerimle,
Mark Mellery

DİPNOT: Sorunum karşısında benim kadar çaresiz kalırsan ve bir öneri getiremezsen bile seni yeniden görmek benim için büyük bir mutluluk olacaktır.

Sözü edilen telefon birkaç gün sonra geldi. Gurney duyduğu sesi hemen tanımıştı. Sesinde, gerginliğin verdiği titreme dışında ilginç bir şekilde hiç değişim yoktu.

Bu kadar zamandır haberleşmemiş olmakla ilgili yapılan birkaç açıklamadan sonra Mellery asıl konuya geldi. Gurney'le birkaç gün içerisinde görüşmesi mümkün müydü? "Durum" acil olduğu için ne kadar erken olursa o kadar iyiydi. Yeni bir "gelişme" olmuştu. Bunu telefonda konuşamazlardı ve Gurney durumu öğrendiğinde onu daha iyi anlayacaktı. Mellery'nin ona göstermesi gereken şeyler vardı. Hayır, bu polisin bakabileceği bir sorun değildi, sebebini gelince anlatacaktı. Hayır, bu hukuki bir sorun da değildi, en azından şimdilik. Ortada herhangi bir suç yoktu, kimse tehdit altında değildi – bunlar için elinde kanıt yoktu. Tanrım, bu şekilde konuşmaları hiç de kolay değildi; karşılıklı görüşmeleri her şeyi kolaylaştıracaktı. Evet, Gurney'in artık özel dedektiflik işlerine bakmadığını anlıyordu. Fakat yalnızca yarım saat, onunla yarım saat görüşmesi gerekiyordu.

Gurney başından beri hissettiği garip duygular içerisinde, bu görüşmeyi kabul etti. Merakı genellikle suskunluğunu yeniyordu ve bu olayda Mellery'nin yumuşak konuşması altında gizlenen gerginliğin sebebini merak ediyordu. Tabii ki çözülmesi gereken bir bilmece, kendisi bunu kabul etmese de, onu bütün gücüyle içine çekiyordu.

Gurney mesajı üçüncü kez okuduktan sonra, dosyaya geri koydu ve geçmişinin bulanık hatıraları arasında gezinmeye başladı: Mellery'nin akşamdan kalma ve sıkılmış bir şekilde geldiği sabah dersleri, öğleden sonra yavaş yavaş kendine gelmeye başlaması, ders aralarında alkolün verdiği rahatlıkla kıvrak zekasının ürettiği ağır şakalar... Doğuştan oyuncuydu ve okulun tiyatro topluluğunun yıldızıydı – Shamrock Bar'da ne kadar hayat doluysa, sahnede onun iki katı canlıydı. İzleyicisiyle var olabilen bir adamdı – insanların ona duyduğu hayranlık, onu kendi içinde zirveye çıkarıyordu.

Gurney dosyayı açtı ve mesajı bir kez daha okudu. İlişkilerini tarif etme şeklinden rahatsızlık duymuştu. Aralarındaki görüşmeler Mellery'nin bahsettiğinden daha az, daha önemsiz ve daha az samimi olmuştu. Fakat Mellery'nin kelimeleri dikkatle seçtiği izlenimine kapılmıştı – basit görünmesine rağmen mektup tekrar tekrar yazılmış, üzerinde düşünülmüş ve defalarca düzeltilmişti – övgü dolu sözler ise, mektuptaki diğer her şey gibi, belli bir amaç için kullanılmıştı. Ancak asıl amaç neydi? Şimdilik göründüğü kadarıyla amaç Gurney'i yüz yüze görüşmeye ikna etmek ve söz konusu "sorun" her neyse, onu çözüme dahil etmekti. Bundan daha fazlasını söylemek zordu. Bu sorunun Mellery için büyük önem taşıdığı açıktı – yazdığı mektupta endişe ve samimiyet karışımı bir duyguyu doğal bir yolla karşı tarafa aktarabilmek için bu kadar zaman harcamasının açıklaması buydu.

Bir de küçük bir DİPNOT sorunu vardı. Bu bilmece karşısında çaresiz kalabileceğini kibarca belirterek ona meydan okurken, açık olan kaçış kapısını da kapatıyordu. Böylece Gurney'in özel soruşturmalara bakmadığını söylemesi ya da yardım etmek istememesi ihtimalini ortadan kaldırmış oluyordu. Seçilen kelimelerin amacı, eski bir arkadaşın kaba bir şekilde, isteksizlik yüzünden reddedilmesini engellemekti.

Evet, bu mektup titizlikle yazılmıştı.

Titizlik. Bu yeni bir şeydi, öyle değil mi? Kesinlikle Mark Mellery'e ait özelliklerden biri değildi.

Bu gözle görülür değişme Gurney'in ilgisini çekmişti.

Tam ipucunu yakalamışken, Madeleine arka kapıdan çıkıp Gurney'e doğru, yolun üçte ikisini yürüdü.

Donuk bir tonla "Misafirin geldi," dedi.

"Nerede?"

"Evde."

Yere baktı. Sandalye kolunun üzerinde bir arı vızıldıyordu. Elini sertçe sallayarak arıyı kovdu.

"Ondan buraya gelmesini rica et," dedi. "Onu içeride ağırlamak gereğinden fazla kibar kaçacaktır."

Madeleine hem kederli hem de alaycı bir şekilde eleştiren ses tonuyla "Öyle, değil mi?" dedi. "Her neyse, kitap kapağındaki fotoğrafın kopyası gibi – hatta daha fazlası…"

"Hatta daha fazlası mı? Bunun anlamı nedir?"

Çoktan eve doğru yürümeye başlamıştı ve cevap vermedi.

Dördüncü Bölüm

Seni O Kadar İyi Tanıyorum Ki Ne Düşündüğünü Biliyorum

Mark Mellery yumuşak çimenlerde uzun adımlarla ilerledi. Sarılmayı düşünüyormuş gibi Gurney'e doğru ilerledi fakat bir şey onu duraksattı.

Kollarını açarak "Davey!" diye bağırdı.

Davey mi? diye düşündü Gurney.

Mellery "Aman Tanrım!" diye devam etti. "Hiç değişmemişsin. Seni görmek harika! Hâlâ aynı göründüğünü görmek harika! Davey Gurney! Seni Fordham'dayken, Robert Redford'un *Başkanın Bütün Adamları* filmindeki haline benzetirlerdi. Hâlâ benziyorsun – hiç değişmemişsin! Benim gibi kırk yedi yaşında olduğunu bilmeseydim, seni otuz yaşında sanırdım!"

İki elini uzatarak çok değerli bir şeyi tutuyormuş gibi Gurney'in elini sıktı. "Bugün arabayla Peony'den Walnut Crossing'e gelirken, senin her zaman ne kadar sakin ve oturaklı bir insan olduğunu düşündüm. Duygu dolu bir vaha – evet bu sensin, duygu dolu vaha! Hâlâ aynı bakışlara sahipsin. Dave Gurney – sakin, sade ve oturaklı – ve tabii kasabanın en parlak zekalısı. Nasılsın?"

Mellery bu kadar heyecanlıyken, Gurney elini çekip, sakince "Mutluyum," dedi. "Bir sıkıntım yok."

Mellery anadilinden olmayan bir kelimenin anlamını hatırlamaya çalışır gibi, hecelerin üzerine basarak "Mutlu..." diye tekrarladı. "Bu ev ne kadar güzelmiş. Gerçekten çok güzel..."

"Madeleine'in iyi bir zevki var. Oturalım mı?" Gurney, deriden yapılmış iki sandalyeye doğru yürüdü. Oturduklarında bir elma ağacı ve kuş havuzunun arasından birbirlerini görebileceklerdi.

Mellery kendisine gösterilen sandalyeye yönelmişti ki bir an duraksadı. "Yanımda bir şey vardı..."

"Bu olabilir mi?" Madeleine elinde şık bir evrak çantasıyla evden çıkmış yanlarına geliyordu. Sade fakat pahalı bir çanta, tıpkı Mellery'nin üzerindeki diğer her şey gibi... El yapımı İngiliz ayakkabılarından (rahat ve az cilalı), muntazam dikişli kaşmir (hafiften kırıştırılmış), spor ceketine kadar – paranın kontrol ettiği değil parayı kontrol eden, kendisini yormadan başarıya ulaşan, çaba sarf etmeden servet edinmiş adam izlenimini, bilinçli ve hesaplı bir şekilde vermek ister gibiydi. Ancak gözlerindeki rahatsız ifade farklı bir mesaj taşıyordu.

Mellery, büyük bir rahatlamayla Madeleine'den çantayı alırken "Ah, evet, teşekkür ederim," dedi. "Peki şey nerede..?"

"Sehpanın üzerine bırakmışsınız."

"Ah, tabii. Bugün biraz dalgınım. Teşekkür ederim!"

"İçecek bir şey alır mıydınız?"

"İçecek?"

"Hazır buzlu çayımız var. Ya da başka bir şey isterseniz..."

"Hayır, hayır, buzlu çay alabilirim. Teşekkür ederim."

Gurney eski sınıf arkadaşını incelerken, bir anda Madeleine'in, Mellery'i kitap kapağındaki fotoğrafa benzetirken ve "hatta daha fazlası" derken, ne kastettiğini anladı.

Fotoğraftaki en önemli özellik sade bir kusursuzluktu. Üzerinde oynama yapılıp değiştirilmemiş, günlük, amatör bir fotoğraftı ya da bir amatörün acemi kompozisyonu izlenimi bir aldatmacaydı. Kesinlikle üzerinde uğraşılarak verilmiş bir özensizlik havası vardı. Ego tatmini için verilmiş egosuzluk izlenimi – Mellery'nin kişiliği de bunun bir örneğiydi. Her zamanki gibi Madeleine'in sezgileri hedefi vurmuştu.

Gurney sertlikle kabalık arası ses tonuyla, 'artık konuya geçelim' dercesine "Mesajında bir sorundan bahsetmişsin," dedi.

Mellery "Evet," diye yanıt verdi. Ama konuyu açmak yerine konuyu dağıtmak için sınıf arkadaşlarından birisinin, felsefe profesörüyle yaptığı kravat takma kuralıyla ilgili aptalca tartışmadan söz açarak hatıralardan bahsetmeye başladı. Mellery hikayeyi anlatırken, kendisi, Gurney ve bahsi geçen arkadaşlarından Rose Hill Kampüsü'nün 'Üç Silahşörleri' diye bahsederek olaya kahramanca bir hava katmaya çalıştı. Gurney bu çabayı utanç verici bulduğundan, anlattıklarına beklenti dolu, dik bir bakıştan başka bir tepki vermedi.

"Evet," dedi Mellery huzursuz bir şekilde anlatmaya hazırlanarak, "Nereden başlayacağımı bilemiyorum."

Eğer anlatacaklarına nereden başlayacağını bile bilemiyorsan, diye düşündü Gurney, *ne halt yemeye buraya geldin?*

Sonunda Mellery çantasını açtı, iki adet yumuşak kapaklı kitap çıkarıp, onları kırılacak bir şey tutuyormuş gibi Gurney'e dikkatlice uzattı. Bunlar, internet sitesinden alınmış kapak çıktılarını incelemiş olduğu kitaplardı. Birisinin adı *Tek Sorunumuz*, alt başlığı *Hayatımızı Değiştirmede Bilincin Gücü*'ydü. İkincisinin ismi *Dürüstçe!* ve alt başlığı ise *Mutluluğa Giden Tek Yol*'du.

"Bu kitapları bilmiyor olabilirsin. Kısmen başarılı oldular ama satış rekorları kırmadılar." Mellery alçakgönüllü görünmeye çalışarak evde çalışmış olduğu yapmacık gülümsemesiyle devam etti. "Şu anda bunları okumanı istemeyeceğim." Komik bir şey söylemiş gibi yeniden gülümsedi. "Ama bunlar neler olduğu ya da niçin olduğu hakkında sana bir fikir verebilir, ben sorunumu anlattıktan sonra tabii ki... Yani *göründüğü kadarıyla* bahsettikten sonra... Olanlar kafamı biraz karıştırdı."

Ya da epey korkuttu, diye geçirdi içinden Gurney.

Mellery uzun bir nefes aldı ve bir an duraksadıktan sonra buzlu suya girmek üzere olan bir adamın kırılgan kararsızlığıyla hikayeyi anlatmaya başladı.

"Öncelikle sana, aldığım mektuplardan bahsetmeliyim." Çantasına uzanıp iki zarf çıkardı ve birisini açınca içinden el yazılı bir kağıt çıktı. Diğerinden ise LCV amacıyla kullanılan zarfların boyunda, daha küçük bir zarf çıktı. Kağıdı Gurney'e uzattı.

"Bu yaklaşık üç hafta önce aldığım ilk mesajdı."

Gurney, kağıdı alıp incelemek üzere arkasına yaslandı. Her şeyden önce el yazısının düzenini inceleyecekti. Kelimeler çok düzenli ve okunaklı yazılmıştı – aklına birden dilbilgisi dersindeki Rahibe Marry Joseph'in tahtaya yazdığı düzgün yazılar geldi. Fakat özenli el yazısından daha garip olan şey, yazının dolmakalemle ve kırmızı mürekkeple yazılmış olmasıydı. *Kırmızı mürekkep?* Gurney'in büyükbabası kırmızı mürekkep kullanırdı. Büyükbabasıyla ilgili çok az şey aklında kalmıştı fakat kırmızı mürekkebi hatırlıyordu. Günümüzde yaşayan bir kişi neden kırmızı dolmakalem mürekkebi satın almış olabilirdi ki?

Gurney giderek derinleşen bir ciddiyetle notu okudu. Ardından başa dönüp yeniden okudu. Ne bir hitap şekli ne de bir imza vardı.

Kadere inanır mısın? Ben inanıyorum, çünkü seni bir daha hiç göremeyeceğimi düşünüyordum – ama sonra bir gün, sen oradaydın. Her şey geri dönmüştü: Konuşma biçimin, hareket tarzın – hepsinden çok, düşünme şeklin. Eğer birisi aklından bir sayı tutmanı isteseydi, aklından geçecek sayının ne olduğunu biliyorum. Bana inanmıyor musun? Bunu sana kanıtlayabilirim.

Aklından herhangi bir sayı tut – 1 ila 1000 arasında herhangi bir sayı. Onu gözünün önüne getir. Şimdi sırlarını ne kadar iyi bildiğimi göreceksin. Küçük zarfı aç.

Gurney, kağıdı okuduğu süre boyunca gözünü ayırmadan kendisine bakan Mellery'e garip bir homurdanmanın ardından sorgularcasına baktı. "Bunu sana kimin gönderdiği hakkında en ufak bir fikrin var mı?"

"Hiç kimse."

"Şüpheli birileri?"

"Kimse yok."

"Hımm. Oyunu oynadın mı?"

"Oyunu mu?" Belli ki Mellery olaya hiç bu açıdan bakmamıştı. "Eğer kastettiğin şey, bir sayı tutup tutmadığımsa, evet, tuttum. Böyle bir durumda bunu yapmamak zor olurdu."

"Yani aklından bir sayı tuttun?"

"Evet."

"Ve?"

Mellery boğazını temizledi. "Düşündüğüm sayı altı yüz elli sekizdi." Basamakların üzerine bastırarak, Gurney'e bir şey ifade edeceklermiş gibi – altı yüz elli sekiz – diye tekrarladı. Etmediklerini görünce gergin bir şekilde nefes alıp devam etti.

Panikle karışık samimi ve ısrarcı bir tonla "Altı yüz elli sekiz sayısının benim için özel bir anlamı yok. Yalnızca aklıma ilk gelen sayı bu oldu. Bu sayıyı bir şeyle bağdaştırmış olabilir miyim; bunu seçmiş olmamın özel bir sebebi olabilir mi diye o kadar çok düşündüm ki… Ama tek bir sebep bulamadım. *Sadece aklıma ilk gelen sayı bu olmuştu,*" dedi.

Gurney artan ilgisiyle ona baktı. "Peki küçük zarfta..?"

Mellery ona içinde notun olduğu küçük zarfı verdi ve açışını, içinden öncekinin yarısı kadar olan kağıdı çıkarışını ve aynı titizlikle yazılmış mesajı okuyuşunu dikkatle izledi.

658'i tuttuğunu bilmem seni şaşırttı mı?
Seni bu kadar iyi tanıyan kişi kim? Cevabı öğrenmek istiyorsan,
Bana öncelikle seni bulmak için harcadığım 289.87 doları ödemen gerekiyor
Bu miktarı eksiksiz olarak aşağıdaki adrese gönder:
PK 49449, Wycherly, CT 61010.
Bana NAKİT ya da KİŞİSEL ÇEK gönder.
Alıcı ismi X. Arybdis.
(Her zaman kullandığım isim bu değil.)

Gurney notu tekrar okuduktan sonra, Mellery'nin buna karşılık verip vermediğini sordu.

"Evet, istediği miktarı çekle ödedim."

"Neden?"

"Ne demek istiyorsun?"

"Bu yüklü bir miktar... Neden bunu göndermeye karar verdin?"

"Çünkü bu durum beni çıldırtıyordu. Aklımdan tuttuğum sayıyı – nasıl bilebildi?"

"Çek tahsil edildi mi?"

Mellery "Aslına bakarsan, hayır, henüz edilmedi," dedi. "Hesabımı her gün takip ediyorum. Bu yüzden nakit yerine çek gönderdim. Arybdis denen bu kişi hakkında bir şey – en azından çeklerini nerede biriktirdiğini bilmenin iyi bir fikir olabileceğini düşünmüştüm. Yani, başlı başına çok huzursuz edici bir durumdu."

"Seni tam olarak huzursuz eden neydi?"

"Tabi ki sayı!" diye haykırdı Mellery. "Adam böyle bir şeyi nasıl bilebildi?"

"Güzel soru," dedi Gurney. "Niçin ona 'adam' diyorsun?"

"Ne? Ah, ne demek istediğini anladım. Ben yalnızca düşünmüştüm ki... Bilmiyorum, sadece öyle geldi. Sanırım nedenini bilmesem de 'X. Arybdis' ismi bana erkeksi geldi."

Gurney "X. Arybdis. Garip bir isim," dedi. "Bu isim senin için bir şey ifade ediyor mu? Herhangi bir çağrışımı var mı?"

"Hayır."

İsim Gurney için de hiçbir anlam ifade etmiyordu fakat bir yandan çok da yabancı gelmiyordu. Her nerede duyduysa bu hafızasının en derinlerinde, onlarca şeyin en altında gömülüydü.

"Çeki gönderdikten sonra yeni bir mesaj aldın mı?"

Mellery "Ah, evet!" diyerek çantasına uzanıp, iki kağıt daha çıkardı. "Bunu yaklaşık on gün önce aldım. Bunu da sana görüşmek için mesaj attığımdan bir sonraki gün." Bunları, babasına yaralarını gösteren küçük bir erkek çocuğu edasıyla Gurney'e uzattı.

Diğer notlarda yazılanla aynı kalemle ve aynı özenli el tarafından yazılmış gibi görünüyorlardı fakat bu kez havası farklıydı.

İlki, sekiz kısa satırdan oluşuyordu:

Kaç parlak melek dans edebilir
Bir iğne üzerinde
Kaç umut boğulabilir
Bin cin şişesinin içinde
Düşündün mü hiç
Bir silahtı bardağın gerçekte
Ve bir gün düşündüğünde
Tanrım, ben ne yaptım?

İkinci sekiz satır da ilki gibi gizemli ve tehditkardı:

Aldıklarını geri vereceksin
Vermiş olduklarını aldığın zaman.
Biliyorum ne düşündüğünü,
Ne zaman uyuduğunu,
Nereye gittiğini,
Nereye gideceğini.
Seninle bir randevumuz var,
Bay 658.

Her bir notu defalarca kez okuduğu on dakika boyunca Gurney'in ifadesi gittikçe karamsarlaşırken, Mellery'nin endişesi arttı.

Sonunda Mellery "Ne düşünüyorsun?" diye sordu.

"Zeki bir düşmanın var."

"Yani, bu sayı işiyle ilgili ne düşünüyorsun?"

"Sayıyla ilgili mi?"

"Aklıma hangi sayının gelebileceğini nasıl bildi?"

"Bana kalırsa, bilmesi imkansız derim."

"İmkansız ama bildi! Aslında bütün olay burada saklı, değil mi? Bilemez, ama bildi! Hiç kimsenin benim aklımdan geçen sayının altı yüz elli sekiz olduğunu bilmesi mümkün değil! Bunu yalnızca bilmekle kalmadı, bunu ben düşünmeden iki gün önce, lanet olası mesajı postaya verdiği gün bildi!"

Mellery birden sandalyeden fırlayıp çimenlerin üzerinden eve doğru hızlı adımlarla ilerlemeye başladı. Sonra ellerini saçları arasında gezdirerek geri döndü.

"Bunu yapmanın bilimsel bir yolu yok. Bunu yapmanın akla yatkın bir yanı yok. Bunun nasıl bir delilik olduğunu görmüyor musun?"

Gurney düşünceli bir şekilde çenesinin üzerinde parmak uçlarını gezdiriyordu. "Yüzde bir oranında güvenilir bulduğum bir felsefe kuralı var: *Bir şey olduysa, belli bir yolla olmuş demektir.* Bu sayı işinin basit bir açıklaması olmalı."

"Fakat..."

Gurney NYPT'de ilk altı ayında ciddi bir trafik polisiyken yaptığı gibi elini kaldırdı. "Otur. Rahatla. Bu durumu çözebileceğimize eminim."

Beşinci Bölüm

Kötü Olasılıklar

Madeleine buzlu çayları getirip eve geri döndü. Havayı ılık çim kokusu kapladı. Sıcaklık yaklaşık on yedi dereceydi. Bir grup mor saka kuşu alçalıp deve dikeni yemliklerin yanına kondu. Güneş, renkler, havadaki hoş kokular yoğundu fakat Mellery tüm benliğini kaplamış olan gerginlik yüzünden bunların farkında bile değildi.

Çaylarını yudumlarken, Gurney misafirinin niyetini ve dürüstlük derecesini değerlendirmeye çalışıyordu. Oyunda, birisini çok erken yargılamanın genellikle hatalara yol açtığını biliyordu; ancak bunu yapmayı engelleyebilmek ise zor bir işti. Önemli olan olası hata payının farkında olup, karar verme sürecinde yeni bilgilere ulaştıkça kararı yeniden şekillendirmeye istekli olabilmekti.

İçinde Mellery'nin tipik bir kurnaz olduğuna, her şekilde rol yapabildiğine ve kendi rolüne farkında olmadan inandığına dair bir his vardı. Örneğin okul günlerinde bile aynı olan aksanı hiçbir yere ait değildi. Hayali bir kültür ve zariflik diyarından gelmiş gibiydi. Tabii ki şu anda rol yapmaya çalışmıyordu – içinde gizli böyle bir yön vardı – hareketlerinin kökeni hayali bir toprağa uzanıyordu. Bu özenli saç kesimi, nemlendirilmiş cildi, kusursuz dişleri, formda vücudu ve manikürlü tırnaklarıyla tam bir misyonere benziyordu. Dünyada rahat yaşamak için uğraşan, sıradan birisi olmadığını gösterecek her şeye sahip olan bir adam havası taşıyordu. Gurney yirmi altı yıl önce de böyle bir tavrı olduğunu düşündü. Mark Mellery her zaman, gerçekte olduğunun biraz daha fazlası gibi görünmüştü.

Gurney "Polise gitmek aklına gelmedi mi?" diye sordu.

"Bunun bir işe yaramayacağını düşündüm. Bir şey yapacaklarını sanmıyorum. Ne yapabilirlerdi ki? Açık bir tehdit, açıklaması yapılabilecek, kesin bir suç yok. Elimde onlara götürebileceğim somut bir şey yok. Birkaç saçma şiir mi? Bunları sapıklık yapmak isteyen bir lise öğrencisi ya da garip espri anlayışı olan herhangi birisi de yapmış olabilir. Polisin hiçbir şey yapmayacağını ya da daha kötü ihtimalle bunun bir şaka olduğunu söyleyeceğini bile bile, neden onlara gidip zamanımı boşa harcayayım?"

Gurney başını salladı fakat inanmamış gibi görünüyordu.

"Dahası," diye devam etti Mellery, "yerel polisin bu konuya el atması, geniş kapsamlı bir araştırma başlatması, insanları sorgulaması, çalıştığım yere gelmesi, içeri giren ve daha önce girmiş olanlara rahatsızlık vermesi – bazı misafirlerimiz hassas olabiliyor – etrafta gezinip her haltı sorması, ilgisi olmayan şeylere burnunu sokması, belki de basını bu işe karıştırması fikri... Tanrım! Başlıkları hayal edebiliyorum – 'Ruhani Yazar Ölüm Tehditleri Alıyor' – ve bunun yaratacağı karmaşa..." Mellery'nin sesi alçaldı ve kafasını 'polisin verebileceği zarar kelimelerle tarif edilemez' dercesine salladı.

Gurney şaşkınlık dolu bir bakışla karşılık verdi.

"Sorun ne?" diye sordu Mellery.

"Polise haber vermemenin iki nedeni birbiriyle çelişiyor."

"Nasıl?"

"Polise haber vermedin, çünkü onların hiçbir şey yapmayacağından korkuyordun. Polise haber vermedin çünkü çok fazla şey yapacaklarından korkuyordun."

"Ah, evet... Ama ikisi de doğru. Korkularımdaki ortak nokta, sorunumun saçma bir şekilde ele alınması. Polisin beceriksizliği ilgisiz bir yaklaşım ya da her şeyi kırıp döken sakar boğa yaklaşımı anlamına gelebilir. Ahmakça ilgisizlik ya da ahmakça saldırganlık – ne demek istediğimi anlıyor musun?"

Gurney az önce ayağı tökezlemiş ve bunu figüre çevirmeyi başarmış bir dansçıyı izlemiş gibi hissediyordu. Buna pek de aldanmamıştı. Deneyimlerine göre bir insan bir karar için iki sebepten bahsediyorsa, üçüncü bir sebep vardı, o da gerçek sebebin saklanıyor olması...

Mellery, Gurney'in aklından geçenleri okumuş gibi, aniden "Sana karşı daha dürüst, endişelerim konusunda daha açık sözlü olmalıyım. Tabloyu sana tüm açıklığıyla göstermezsem senden yardım etmeni bekleyemem. Kırk yedi yıldır, iki bambaşka hayat yaşadım. Bu dünyada geçirdiğim zamanın üçte ikisinde, yanlış yoldaydım. Hiçliğe doğru yol alıyor ve çok hızlı ilerliyordum. Bu durum üniversite yıllarında başladı. Üniversiteden sonra daha da kötüleşti. İçkiyi artırdıkça kargaşa da büyüdü. Zengin kesime uyuşturucu satmaya başladım ve müşterilerimle arkadaş oldum. Aralarından birisi, boktan şeyleri karşı tarafa yutturma yeteneğime hayran kalıp, beni Wall Street'de, yatırımlarının üç ayda iki katına çıkabileceği ihtimaline inanacak kadar aptal ve açgözlü insanlara, boktan sermayeler satma işine aldı. Bu işte iyiydim ve çok para kazandım; gökyüzüne uçuş için yakıt parası. Canım ne isterse onu yapıyordum ve yaptıklarımın çoğunu hatırlayamıyorum. Çünkü çoğu zaman körkütük sarhoştum. On yıl boyunca çok başarılı bir pislik olarak çalıştım. Ardından eşim öldü. Bunu bilmen imkansız, çünkü mezuniyetimden bir yıl sonra evlendim."

Mellery bardağına uzandı. İçerken aklında yeni bir fikir şekilleniyormuş gibi, düşünerek içti. Bardak yarısına kadar boşalınca, onu sandalyenin koluna koyup bir an gözünü yere dikti ve hikayesine devam etti.

"Onun ölümü bir dönüm noktasıydı. Beni, toplam on beş yıllık evliliğimizde yaşadığımız her şeyden daha çok etkiledi. Bunu itiraf etmekten nefret ediyorum ama karımın hayatında beni gerçekten etkileyen tek şey, ölümü oldu."

Gurney, Mellery'nin aklına o anda gelmiş gibi, kesik kesik bahsettiği bu ironik durumu belki de yüzüncü kez anlatmakta olduğunu düşündü. "Nasıl öldü?"

"Bütün hikaye ilk kitabımda yer alıyor, fakat sana kaba bir özet geçebilirim. Washington'daki Olimpik Yarımada'da tatildeydik. Bir akşam güneş batarken kimsenin olmadığı sahilde oturuyorduk. Erin, yüzmeye karar verdi. Genellikle otuz metre kadar açılır ve havuzda tur atarmış gibi, sahile paralel bir şekilde ileri geri yüzerdi. Tutucu bir egzersiz anlayışı vardı." Bir saniye duraksayıp, dolan gözlerini kırpıştırdı.

"O gece de aynı şeyi mi yaptı?"

"Ne?"

"Bunu *genellikle* yaptığını söyledin."

"Ah, anladım. Evet, *sanırım* o gece de aynısını yaptı. Gerçek şu ki, emin değilim çünkü sarhoştum. Erin suya girdi. Ben, Martini dolu bir termosla sahilde kaldım." Sol gözünün köşesinde tik oluştu.

"Erin boğuldu. Onun cesedini on beş metre açıkta bulanlar, aynı zamanda beni sahilde sızmış vaziyette buldular."

Bir an durakladıktan sonra gergin bir sesle devam etti: "Sanırım kramp girdi ya da... Bilmiyorum... Sadece sanıyorum... Bana seslenmiş olabilir..." Birden durdu, gözlerini kapattı ve gözüne, tikin olduğu yere masaj yaptı. Ardından gözlerini açıp etrafındaki her şeyi yeni fark ediyormuş gibi baktı.

Gülümseyerek "Burası hoş bir yermiş," dedi.

"Onun ölümünün senin üzerinde büyük etkisi olduğunu söylemiştin."

"Ah, evet, büyük etkisi oldu."

"Olay olur olmaz mı, daha sonra mı?"

"Olay olur olmaz. Bu çok klasik olabilir ama bunu bir 'uyanış noktası' olarak düşünüyorum. Olaydan önce ve sonra yaşadığım her şeyden daha acı, daha ayıltıcıydı. Hayatımda ilk kez ne kadar yanlış bir yolda ilerlediğimi ve bunun benden neler alabileceğini, bu kadar açık bir şekilde gördüm. Kendimi Şam yolunda atından düşen Paul'e benzetmek istemem ama gerçek şu ki, o andan sonra gitmekte olduğum yolda tek bir adım daha atmak istemiyordum." Bu cümleler ağzından dökülürken çok içten görünüyordu.

Gurney, satış teknikleri üzerine *Samimiyete İnandırma* dersleri verebilir, diye içinden geçirdi.

"Bir alkolle mücadele merkezine yazıldım çünkü yapılması gereken bu gibi görünüyordu. Zehir giderildikten sonra terapiye başladım. Aklımı kaybetmediğime ve doğruyu bulduğuma emin olmak istiyordum. Terapist çok teşvik ediciydi. Sonunda okula döndüm ve iki bölüm daha bitirdim: Biri psikoloji diğeri danışmanlık. Sınıf arkadaşlarımdan birisi Üniteryen kilisesinde papazdı ve bir gün beni çağırıp kendisine 'dönüşümümü' anlatmamı rica etti. Kendisi bu durumu böyle adlandırmıştı, ben değil. Bu görüşme çok başarılı geçti. Anlattıklarımı, bir süre sonra Üniteryen kiliselerinde ders olarak aktarmaya başladım ve sonunda bu konuşmalar kitaplaştırıldı. Kitap PBS kanalında üç bölümlük bir diziye uyarlandı. Ardından bunlar videokaset olarak dağıtıldı.

"Buna benzer bir sürü şey oldu – bir tesadüfler zinciri beni bir iyi olaydan diğerine götürdü. Aynı zamanda uç derecede zengin olan, uç insanlar için özel seminerler verme teklifi aldım. Bu, Ruhsal Yenilenme için Mellery Enstitüsü'nü açmamı sağladı.

Buraya gelen insanlar yaptığım işleri seviyor. Kulağa ne kadar egosantrik geldiğini biliyorum fakat bu gerçek… Yıllar boyu aynı ruhsal egzersizleri yeniden yapmak, aynı konuşmaları dinlemek için tekrar tekrar gelen insanlar tanıyorum. Bunu söylerken tereddüt ediyorum çünkü kendini beğenmiş bir görüntü çizmek istemem ama Erin'in ölümünden sonra, muhteşem bir hayata yeniden doğdum."

Bir resmin odağındaymış gibi rahatsız olduğu, bakışlarından okunuyordu. Madeleine dışarı çıkıp boş bardakları aldı ve yeniden isteyip istemediklerini sordu, ancak ikisi de istemedi. Mellery ne kadar hoş bir yerde kaldıklarını tekrarladı.

Gurney "Bana endişelerin hakkında daha dürüst olmak istediğini söyledin," diyerek konuya döndü.

"Evet. Bunlar benim içtiğim yıllardı. Tam bir ayyaştım. Gerçekten bilincimi tamamen yitirdiğim zamanlar oldu – bazen bir ya da iki saat, bazen daha uzun… Son yıllarda her içtiğimde bu oluyordu. Bu çok uzun süre anlamına geliyor, yani hiçbir fikrimin olmadığı çok şey yaptım. Sarhoşken kiminle olduğumun ve ne yaptığımın önemi yoktu. Dürüstçe söyleyebilirim ki, üzülmemin asıl sebebi o saçma notlardaki alkolle ilgili yerler. Son birkaç gündür duygularım üzülmekle korkmak arasında gidip geliyor."

Gurney, şüpheciliğine rağmen, Mellery'nin ses tonundaki gariplikle sarsılmıştı. "Biraz daha anlat," dedi.

Yarım saat sonra Mellery'nin anlatmak isteyeceği ya da anlatabileceği daha fazla bir şey kalmamıştı. Fakat kendisini aşırı derecede rahatsız eden bir noktaya yeniden döndü.

"Tanrı aşkına benim aklımdan tuttuğum sayıyı nasıl oldu da bilebildi? Tanıdığım insanların hepsini, gittiğim adresleri, posta kodlarını, telefon numaralarını, randevularımı, doğum günlerini, plakaları, eşyaların fiyatlarını bile düşündüm – sayılarla ilgili her şeyi – ve altı yüz elli sekizle ilgili hiçbir şey yok. Bu beni delirtiyor!"

"Basit sorulara odaklanırsam sana daha çok faydam dokunacak. Örneğin…"

Fakat Mellery dinlemiyordu. "Altı yüz elli sekizin bir anlamı olduğuna dair hiçbir şey gelmiyor aklıma. Ama bir anlamı olmalı. Her ne anlamı varsa bunu bir başkası biliyor. Başka birisi, benim için altı yüz elli sekizin, aklıma gelecek ilk sayı olacak kadar önemli olduğunu biliyor. Bunu aklımdan atamıyorum. Tam bir kabus!"

Gurney sessizce oturdu ve Mellery'nin paniğinin kendi kendine geçmesini bekledi.

"İçki içmekle ilgili olan cümleler bunun beni eski, kötü günlerimden tanıyan birisi olduğunu gösteriyor. Eğer birisinin bana karşı böyle bir kini varsa – ki varmış gibi görünüyor – bunu uzun zaman içinde saklamış. Benim izimi kaybetmiş, nerede olduğum hakkında hiçbir fikri olmayan, ardından kitabımı gören, fotoğrafımı tanıyan, hakkımda bir şey okuyup, bunu yapmaya karar veren birisi olabilir. Bunu yapmaya… Neyi yapmaya? Bu notların ne anlatmak istediğini bile anlayamıyorum."

Gurney hâlâ sessizdi.

"Hafızanda hiç yeri olmayan belki yüz, belki iki yüz gece geçirmiş olmanın nasıl bir duygu olduğuna dair hiçbir fikrin var mı?" Mellery kendi pervasızlığına şaşırıp başını salladı. "O geceler hakkında bildiğim tek şey her şeyi yapacak kadar sarhoş – yeterince delirmiş – olduğum. İşte bu alkolün bize yaptığı şey – benim içtiğim kadar içtiğin zaman yaptıklarının getireceği sonuçla ilgili hissettiğin tüm korkuları alıp götürüyor. Algılar zayıflıyor, korkular yok oluyor, hafıza kapanıyor ve dürtülerinle; hiç çekinmeden içgüdülerinle hareket ediyorsun." Başını sallayarak sustu.

"Hafızanda yeri olmayan kısımlarda ne yapmış olabileceğini düşünüyorsun?"

Mellery ona dik dik baktı. "Her şey! Tanrım, sorun da burada – *her şey*!"

Parasının her kuruşunu yatırdığı hayallerinin tropik cenneti, akreplerin istilasına uğramış bir adama benziyor, diye düşündü Gurney.

"Senin için ne yapmamı istiyorsun?"

"Bilmiyorum. Belki de Sherlock Holmes gibi hemen sonuca ulaşmanı, gizemi çözmeni, mektubu yazanın kimliğini belirlemeni ve zarar vermeden etkisiz hale getirmeni bekliyordum."

"Olanlar hakkında tahmin yürütmek için benden daha iyi durumdasın."

Mellery başını salladı. Birden yüzüne kibar bir gülümse yayıldı. "Bu yalnızca ağır bir şaka olabilir mi?"

Gurney "Eğer öyleyse, gördüğüm en acımasız şaka," diye karşılık verdi. "Aklına başka ne geliyor?"

"Şantaj? Yazar hakkımda çok kötü bir şey biliyor, hatırlayamadığım bir şey? Ve 289.87 dolar yalnızca başlangıç?"

Gurney ikna olmamış gibi başını salladı. "Başka ihtimal?"

"İntikam? Yaptığım çok kötü bir şey için, ama istedikleri para değil, istedikleri..." Sesi korkuyla titredi.

"Ve bu cevabını doğrulayacak bir şey hatırlamıyorsun?"

"Hayır, sana söyledim. Hatırlayabildiğim *hiçbir şey* yok."

"Tamam, sana inanıyorum. Ancak bu şartlar altında birkaç basit soru üzerinde durmamız iyi olabilir. Benim sana sorduklarımı bir kağıda yazıp eve götür ve onlarla yirmi dört saat geçirip aklına neler geldiğine bir bak."

Mellery şık çantasını açtı ve deri kaplı bir defterle, bir adet Mont Blac marka dolmakalem çıkardı.

"Senden, elinden geldiğince iyi birkaç liste yapmanı istiyorum, tamam mı? Bir numaralı liste: Birlikte çalıştığın ya da aynı mesleği paylaştığın muhtemel düşmanlar – para, sözleşme, anlaşma, konum, ün konusunda ciddi tartışmalara girmiş olduğun tüm insanlar.

İki numaralı liste, çözülmemiş kişisel sorunlar: Eski arkadaşlar, eski aşklar, kötü bitmiş ilişkilerindeki sevgililer. Üç numaralı liste: Doğrudan tehdit unsuru olan kişiler: Sana karşı suçlamada ya da tehditte bulunmuş kişiler. Dört numaralı liste: Şu ana kadar muhatap olduğun insanlar arasında dengesiz ya da başı bir şekilde belada olanlar. Beş numaralı liste: Geçmişte tanıdığın ve bu aralar karşılaştığın birisi; karşılaşmanın ne kadar masum ya da tesadüfi göründüğünü hesaba katmadan. Altı numaralı liste: X. Arybdis'in posta kutusu orada olduğu, tüm zarfların damgası orada basılmış olduğu için Wycherly ya da civarında yaşayan, seninle ilgisi olan herkes."

Soruları ağzından çıkarken, Mellery'nin aklına hiç isim gelmediğini gösterircesine sürekli elini salladığını fark etti.

Gurney bir aile büyüğü ciddiyetiyle "Bunun ne kadar zor olduğunu biliyorum," dedi. "Fakat bunun yapılması gerekiyor. Bu arada notları bende bırak. Daha yakından inceleyeceğim. Fakat unutma, ben artık özel soruşturma işi yapmıyorum ve senin için fazla bir şey yapamayabilirim."

Mellery sevimsiz bir ifadeyle ellerine baktı. "Bu listeleri yapmak dışında yapmam gereken başka bir şey var mı?"

"Güzel soru. Aklına gelen bir şey var mı?"

"Tamam... Belki senden gelen talimatlar doğrultusunda Wycherly Eyaleti'nin Bay Arybdis'ini araştırmayı deneyip, hakkında bilgi edinmeye çalışabilirim."

"Eğer 'araştırmak'tan kastın posta kodundan adresini öğrenmekse, postane böyle bir bilgiyi sana vermeyecektir. Bunun için polisi işe dahil etmen gerekir fakat bunu reddediyorsun. İnternette arama yapabilirsin ama sahte bir isimle – ki muhtemelen bu isim sahte ve kendisi de notta bu ismi kullanmadığını söylemiş – hiçbir yere varamazsın." Gurney duraksadı. "Fakat sence de şu çek işi biraz garip değil mi?"

"Miktardan mı söz ediyorsun?"

"Hâlâ tahsil edilmemiş olmasından söz ediyorum. Çok anlamsız değil mi – küsuratına kadar miktar, kime gönderileceği, nereye gönderileceğine kadar tüm bilgiler veriliyor – ve bunu tahsil etmemek?"

"Peki, eğer Arybdis sahte bir isimse ve bu isimle bir kimliği yoksa..."

"O halde niçin çek gönderme seçeneğini sundu? Neden nakit istemedi?"

Mellery'nin gözleri, sanki tüm olasılıklar yerde birer mayın olarak saklanıyormuş gibi zeminde gezindi. "Belki de istediği tek şey üzerinde imzam olan bir şeydi."

"Bunu düşündüm," dedi Gurney, "ancak bu durumda iki sorun var. Öncelikle, unutma, nakit de kabul ediyordu. İkincisi, amaç imzalı bir çekse, neden daha az bir miktar istemedi – örneğin yirmi ya da elli dolar? Bu amacına ulaşmasını kolaylaştırmaz mıydı?"

"Belki Arybdis o kadar zeki değildir."

"Her neyse, ben sorunun bu olduğunu düşünmüyorum."

Mellery'nin tüm hücrelerinde tükenmişlik ve gerginlik arasında kıyasıya bir savaş var gibi görünüyordu. "Sence ben gerçekten tehlikede miyim?"

Gurney omuz silkti. "Sapıkça mektupların çoğu yalnızca sapıkça mektuplardır. Tabiri caizse asıl saldırı silahı mesajın kendisidir. Ancak..."

"Bunlar farklı mı?"

"Bunlar farklı olabilir."

Mellery'nin gözleri açıldı. "Anlıyorum. Onlara yeniden göz atacak mısın?"

"Evet. Sen de o listeleri yapmaya başlayacak mısın?"

"Bir işe yaramayacak ama evet, deneyeceğim."

Altıncı Bölüm

Boyanmış Gül Kadar Kırmızı Kan İçin

Mellery, öğlen yemeğine davet edilmediği için, kendisinin o sırada ilgilenmediği harika havada, klasik bir spor araba olan, özenle bakılmış toz mavisi Austin-Healey'ine binip oradan isteksizce ayrıldı.

Gurney sandalyesine döndü ve birbirine düğümlenmiş gerçeklerin kendilerini ardı ardına, mantıklı bir sırayla göstermelerini umarak, bir süre; yaklaşık bir saat öylece oturdu. Net olarak bildiği tek şey aç olduğuydu. Kalkıp eve girdi ve kendisine Havarti peynirli, kızarmış biberli bir sandviç hazırlayıp tek başına yedi. Madeleine ortalıkta görünmüyordu. Onun kendisine söylemiş olabileceği ve kendisinin de unuttuğu bir plan olup olmadığını hatırlamaya çalıştı. Ardından pencereden dışarı bakıp, tabağını yıkarken onun meyve bahçesinde elinde elma dolu bez bir çantayla gezindiğini gördü. Gözlerinde, her açık havaya çıktığında olduğu gibi huzur pırıltıları vardı.

Mutfağa girdi ve elmaları sesli, mutlu bir şekilde iç çekerek lavabonun yanına bıraktı. "Tanrım, ne güzel bir gün!" dedi. "Böyle bir günde mecbur olduğundan bir dakika fazla içerde durmak hata!"

Ona katılmıyor değildi, en azından estetik açıdan, belki de her açıdan. Fakat ona göre gerçek şuydu ki doğuştan gelen bir içine kapalı olma eğilimi vardı ve sonuç olarak, kendisine kalırsa eylem üzerinde düşünmeye, eylemin kendisinden daha çok zaman harcıyordu. Kafasında harcadığı zaman, dünyada harcadığı zamandan daha fazlaydı. Bu, iş hayatında hiçbir zaman sorun olmamıştı; hatta onu işinde iyi yapan şey tam olarak buydu.

Hiçbir zaman aniden dışarı çıkma isteği duymamıştı ve bu konu onun için üzerinde konuşulacak, tartışılacak, ya da suçlu hissetmesine neden olacak bir şey değildi. Başka bir konudan söz açtı.

"Mark Mellery hakkında izlenimin nedir?"

Çantasından çıkarıp tezgaha koyduğu meyveden gözünü ayırmadan ve bir saniye bile duraksamadan cevap verdi.

"Bencil ve bir o kadar da ödlek. Aşağılık kompleksi olan bir egomanyak. Öcüler kendisini alıp kaçıracak diye korkuyor. Dave Amcası'nın kendisini korumasını istiyor. Her neyse, kasten dinlemedim. Sesi gür çıkıyor. Topluluk önünde iyi bir konuşmacı olduğuna bahse girerim." Gerçekdışı görünen fakat inandığı bir şeyden bahseder gibiydi.

"Sayı olayı hakkında ne düşünüyorsun?"

Abartı bir yapmacılıkla "Ah," dedi. "Akıl Okuyan Sapık Vakası."

Gurney sinirlenmemeye çalıştı. "Bunun nasıl yapıldığı; notları yazanın Mellery'nin aklında tuttuğu sayıyı nasıl bulduğu hakkında hiç fikrin var mı?"

"Hayır."

"Kafanı karıştırmış gibi görünmüyor."

"Ama seninkini karıştırmış." Hâlâ elmalarına bakıyordu. Son zamanlarda sıklaşan hafif alaycı gülümsemesi dudağının kenarında belirdi.

"Bunun gerçek bir bilmece olduğunu kabul etmelisin," diye ısrar etti.

"Sanırım."

Anlaşılmadığına sinirlenen bir insanın gerginliğiyle aynı şeyleri tekrarladı. "Bir insan sana kapalı bir zarf veriyor ve aklından bir sayı tutmanı istiyor. Altı yüz elli sekizi tutuyorsun. Zarfın içine bakmanı söylüyor. Zarfı açıyorsun. İçindeki notta altı yüz elli sekiz yazıyor."

Bu konunun Madeleine'in pek de ilgisini çekmediği ortadaydı. Gurney devam etti: "Bu olağanüstü bir beceri. İmkansız gibi görünüyor. Fakat sonuçta yapıldı. Bunun nasıl yapıldığını anlamak istiyorum."

Madeleine hafiften iç çekerek "Yapacağına eminim," dedi.

Gözlerini Fransız tarzı kapılar, biberler ve mevsimin ilk don olayı yüzünden çürümüş domatesler üzerinde sırayla gezdirdi. (Bu ne zaman olmuştu? Hatırlayamadı. Zaman kavramını yitirmiş görünüyordu.) Bakışları bahçenin, çimenlerin diğer tarafındaki kırmızı ambarda sabitlendi. Onun köşesinde, yaprakların arasından görünen meyveleriyle empresyonist bir tabloyu andıran elma ağacı duruyordu. Bu tablonun içerisine, yapması gereken bir şey varmış ve yapmıyormuş gibi bir rahatsızlık hissi girdi. *Neydi bu?* Tabii ya! Haftalar önce ambardaki merdivenle ağacın üstünde duran, Madeleine'in erişemediği elmaları toplama sözü vermişti. Kolay bir iş. Onun için çocuk oyuncağıydı. En fazla yarım saatini alırdı.

Bunu yapmaya niyetlenerek sandalyeden kalkarken telefonun sesi duyuldu. Madeleine telefonu açtı. Görünürde, telefonun üzerinde durduğu masa onun yanında olduğu için telefona o bakmıştı ama asıl sebep bu değildi. Telefona kim yakın olursa olsun, genellikle telefonlara o bakardı. Bu telefonla aralarındaki mesafeden çok ikisinin de diğer insanlarla konuşmaya istekli olma dereceleriyle ilgiliydi. Madeleine için, genellikle insanlar artı, yani bir tür pozitif uyaranlardı (canavar Sonya Reynolds gibi insanlar hariç). Gurney için insanlar eksi, yani onun enerjisini içine çekip tüketen kanallardı (Cesaret veren Sonya Reynolds gibi insanlar hariç).

Madeleine tüm arayanları karşılayan, ne anlatırlarsa anlatsınlar, ilgiyle dinleyecekmiş izlenimi veren neşeli ve sabırsız sesiyle "Merhaba?" dedi. Bir saniye sonra sesindeki neşe gitmişti.

"Evet, burada. Bir saniye." Ahizeyi Gurney'e doğru sallayıp, masaya bıraktı ve odadan çıktı.

Arayan Mark Mellery idi ve gerginliği artmıştı.

"Davey,Tanrı'ya şükürler olsun oradasın. Eve yeni geldim. O lanet mektuplardan bir tane daha aldım."

"Bugün mü gelmiş?"

Cevap Gurney'in beklediği gibi evetti. Ama yine de bu sorunun bir amacı vardı. Yıllar boyunca olay mahallerinde, acil servis odalarında ve her türden karışık durumda, sayısız histerik insanla yaptığı konuşmaların sonunda öğrendiği şey ilk önce, karşıdakini sakinleştirmek için evet cevabı verecekleri basit sorular sorması gerektiğiydi.

"Aynı el yazısı gibi mi duruyor?"

"Evet."

"Ve aynı kırmızı mürekkep?"

"Evet, kelimeler dışında her şey aynı. Okuyayım mı?"

"Dinliyorum," dedi. "Yavaşça oku ve satır sonlarının nereye denk geldiğini söyle."

Net sorular, net talimatlar ve Gurney'in sakin ses tonu beklenen etkiyi yaratmıştı. Mellery, can sıkıcı tuhaf şiiri yüksek sesle ve satır sonlarını belli edebilmek için duraksayarak okurken yavaş yavaş kendine geliyor gibiydi.

Yaptıklarımı yapıyorum
Ne para, ne de eğlence için

Yalnızca borçların ödenmesi için,
Düzeltilmesi gerekenlerin düzeltilmesi için.
Boyanmış bir gül kadar
Kırmızı kan için
Her insan bilir ki
Ne ekerse onu biçecektir.

Gurney telefonun yanındaki küçük deftere şiiri yazdıktan sonra, yazarın hissettiklerini, intikam arzusu ve bunu şiire dökme isteğinin altında gizlenen kişiliğini anlamaya çalışarak, dikkatlice baştan okudu.

"Ne düşünüyorsun?" cümlesiyle sessizliği böldü Mellery.

"Polise gitme vaktinin geldiğini düşünüyorum."

"Bunu yapmasam daha iyi olur." Yeniden endişelenmişti. "Bunu sana açıkladım."

"Biliyorum. Ama benim fikrimi sorarsan, gitmen gerekiyor."

"Söylediğini anlıyorum. Ama ben başka bir alternatif istiyorum."

"En iyi alternatif, eğer maddi olarak karşılayabileceksen, yirmi dört saatlik koruma tutmak."

"Yani kendi özel alanımda iki tane gorilin arasında gezmemden mi bahsediyorsun? Bunu misafirlerime nasıl açıklayabilirim ki?"

"Goril biraz abartılı olmadı mı?"

"Bak, söylemek istediğim, ben misafirlerime yalan söylemem. Eğer aralarından birisi bu adamların kim olduklarını soracak olursa, koruma olduklarını açıklamak zorunda kalırım ve bu arkasından daha başka sorular getirir. Bu, benim burada yaratmaya çalıştığım havayı mahveder, çok rahatsız edici olur. Önerebileceğin başka bir şey var mı?"

"Değişir. Bu öneri tam olarak nasıl bir sonuca gitsin istiyorsun?"

Mellery hafiften acı bir gülüşle cevapladı. "Dave, Tanrı aşkına, ölesiye korkuyorum. Ne haltın döndüğünü anlamıyorum. Sen benim şimdiye dek tanıdığım en zeki insansın. Aynı zamanda durumu daha da kötüleştirmeyeceğine inandığım tek kişisin."

Bu sırada Madeleine elinde örgü çantasıyla mutfaktan geçti. *Toprak Ana'dan Haberler* programını sunacakmış havasıyla büfenin üzerinden hasır, bahçe şapkasını alıp, Fransız kapılarından parlak gökyüzünün yüzüne kondurduğu küçük gülümsemesiyle çıktı.

Gurney "Benim sana ne kadar yardım edebileceğim senin bana ne kadar yardım ettiğine bağlı," dedi.

"Benim ne yapmamı istiyorsun?"

"Sana ne yapacağını söyledim."

"Ne? Ah… listeler…"

"Bu konuda bir gelişme gösterdiğinde beni tekrar ara. Ondan sonra ne yapmamız gerektiğini göreceğiz."

"Dave?"

"Evet?"

"Teşekkür ederim."

"Henüz hiçbir şey yapmadım."

"Ah, neyse, bugün zarfı çok dikkatli açtım. Televizyonda yaptıkları gibi… Eğer üzerinde parmak izi varsa, silinmemiştir. Cımbız ve kauçuk eldiven kullandım. Mektubu naylon bir poşete koydum."

Yedinci Bölüm

Kara Delik

Gurney, Mark Mellery'nin sorununa dahil olduğu için huzursuzdu. Olayın gizemi ve bir sırrı çözme isteği onu çekmişti. Öyleyse neden huzursuz hissediyordu?

Aklına, ambardaki merdiveni alıp söz vermiş olduğu elmaları toplaması gerektiği geldi. Ardından bu düşünce yerini Sonya Reynolds için yeni bir sanat projesi hazırlaması gerektiğine bıraktı – en azından kötülüğüyle nam salmış Peter Piggert'in sabıka fotoğraflarını bilgisayarına aktarmalıydı. Önce babasını, on beş yıl sonra da annesini öldüren ve bunu işlediği suçtan daha dehşet verici cinsel motiflerle süsleyen Hızlı Katilin iç dünyasına girmek için can atıyordu.

Polis Sanatı işleri için düzenlemiş olduğu odaya girdi. Eskiden çiftlik evinin kileri olan bu oda, şimdi çalışma odası gibi düzenlenmişti ve kuzey yönündeki duvarın üzerindeki genişletilmiş pencereden giren ışıkla aydınlanıyordu. Dışarıdaki pastoral manzaraya baktı. Çimenlerin ötesindeki akçaağaç koruluğunun ortasında duran boş bir alan, ileride uzanan mavimsi dağlara çerçeve oluyordu. Bu, aklına tekrar elmaları getirdi ve Gurney mutfağa döndü.

Kararsızlıktan kafası karışmış bir şekilde öylece ayakta dururken, Madeleine örgüsüyle içeri girdi.

"Mellery konusunda sıradaki hamle ne olacak?"

"Henüz karar vermedim."

"Neden?"

"Yani... Bu konu yüzünden başımın derde girmesini istemiyorsun, değil mi?"

Her zaman Gurney'in hoşuna giden açıklığıyla "Sorun bu değil," dedi.

"Haklısın," diye itiraf etmeye devam etti. "Sanırım sorun artık benim resmi olarak böyle bir konuda yapabileceğim bir şeyin olmaması."

Madeleine anlayışlı bir gülümsemeyle karşılık verdi.

Cesaret bulup devam etti: "Ben artık bir cinayet dedektifi değilim, o da bir cinayet mağduru değil. Ben neyim, o ne belli değil."

"Eski üniversite arkadaşları?"

"Ama bu saçmalık da nereden çıktı? Bizim aramızda benim asla hissetmediğim yakınlıkta bir dostluk olduğunu hatırlıyor. Ayrıca onun bir dosta değil, korumaya ihtiyacı var."

"Dave Amca'yı istiyor."

"O ben değilim."

"Emin misin?"

Derin bir nefes aldı. "Mellery işine dahil olmamı istiyor musun, istemiyor musun?"

"Zaten *oldun*. Resmi olarak bir iş yapamıyor olabilirsin. Resmi bir polis değilsin, o da resmi bir cinayet mağduru değil. Ortada bir bilmece var ve Tanrı'nın yardımıyla, er ya da geç parçaları birleştireceksin. Her zamanki gibi sonuç bu olacak, değil mi?"

"Bu bir suçlama mı? Bir dedektifle evlendin. Ben sana başkasıymışım gibi davranmadım."

"Bir dedektifle emekli bir dedektif arasında bir fark olacağını sanmıştım."

"Emekli olalı bir seneden fazla oldu. Dedektif işine benzer ne yapıyorum?"

Cevabı ortada der gibi başını salladı. "Dedektif işine benzemeyen ne yapıyorsun?"

"Ne demek istiyorsun?"

"Zaten herkes katil portreleri çiziyordur, değil mi?"

"Bu, hakkında bilgi sahibi olduğum bir konu. Papatya resimleri mi çizseydim?"

"Papatya çizmen delirmiş katilleri çizmenden daha iyi olurdu."

"Beni bu sanat işine karıştıran sendin."

"Ah, anlıyorum. Demek benim yüzümden harika sonbahar sabahlarını seri katillerin gözlerine bakarak geçiriyorsun!"

Saçını tutturduğu kıskaçlı toka gevşemiş ve bir tutam saç gözlerinin önüne dökülmüştü. Kendisi farkına varmamış gibi görünüyordu fakat ona eşinin dokunaklı bulduğu, bezgin bir hava veriyordu.

Gurney derin bir nefes aldı. "Tam olarak neyin kavgasını ediyoruz?"

"Sen bul. Dedektif sensin."

Orada durmuş Madeleine'e bakarken, tartışmayı devam ettirme isteği gitti. "Sana bir şey göstermek istiyorum," dedi. "Hemen dönerim."

Odadan çıktı ve bir dakika sonra elinde Mellery'nin telefonda okuduğu ve kendisinin not aldığı saçma şiirle döndü.

"Bundan ne anlıyorsun?"

Madeleine öyle hızlı okudu ki, onu tanımayan birisi okumadığını düşünebilirdi. "Ciddi gibi görünüyor," dedi onu Gurney'e yeniden uzatırken.

"Bence de."

"Sen onun *yaptıklarım* derken ne kastettiğini düşünüyorsun?"

"Ah, güzel soru. Bu kelimeyi fark ettin mi?"

Alakalı dizeleri ezberinden okudu: "'Yaptıklarımı yapıyorum/ Ne para, ne de eğlence için.'"

Madeleine'in mükemmel bir görsel hafızası olmasa da, diye düşündü Gurney, mükemmele yakındı.

"Yani, tam olarak *yaptığı* nedir ve neler *yapmayı* planlıyor?" diye cevap beklemeyen bir tonla sordu. "Eminim bunu anlayacaksın. Sonunda kendini bu notu yazan kişinin işlediği bir cinayeti çözmeye çalışırken bile bulabilirsin. Ardından kanıtları toplar, ipuçlarını takip eder, katili yakalar, portresini çizer ve galerisine koyması için Sonya'ya verirsin. Hayat limon veriyorsa limonata yap gibi bir söz vardı."

Gülümsemesi oldukça tehlikeli görünüyordu.

Böyle zamanlarda aklına hiç düşünmek istemediği bir soru geliyordu. Delaware Bölgesi'ne taşınmak bir hata mıydı?

Onun kırsal alana taşınma isteğini, bir polisin eşi olarak uğraşmak zorunda kaldığı saçmalıklarla – her zaman eşinin işinden daha arka planda kalma duygusuyla başa çıkabilsin diye kabul ettiğini düşünüyordu. Ağaçları, dağları, çimenleri, açık havayı seviyordu ve Gurney ona yeni bir çevre, yeni bir hayat borçlu olduğunu düşünüyordu – kendisi de her şeye ayak uydurabileceğini sanmıştı. Bu konuda kendisine biraz fazla güvenmişti. Belki de suçluluk duyuyordu. Acaba bu harika davranışın altında kendi suçluluk duygusundan kurtulma isteği mi yatıyordu? Bu gerçekten aptalcaydı. Gerçek, bu taşınma işine aslında ayak uyduramamasıydı. Hayal ettiği kadar değişken değildi. Bu kuş uçmaz kervan geçmez yerde kendisine anlamlı bir köşe yaratmaya çalışıyordu, ama kendisi iyi, hatta olağanüstü olduğu konuda içten içe gerilemekteydi. Doğayı sevmek için çabaları bile boşa çıkıyordu. Örneğin, kahrolası kuşlar. Kuş gözlemciliği... Gözleme ve kimlik belirleme işini bir araştırmaya dönüştürmeyi başarmıştı. Gelişleri, gidişleri, davranışları, yeme alışkanlıkları ve uçuş şekilleri hakkında notlar tutuyordu. Dışarıdan bakınca bu, Tanrı'nın yarattığı küçük canlılara karşı oluşmuş yeni bir aşk gibi görünebilirdi. Ama hiç ilgisi yoktu. Bu bir aşk değil, çözümlemeydi. Araştırma.

Deşifre etme.

Aman Tanrım. Gerçekten kendisini bu kadar sınırlamış mıydı?

Aslına bakarsanız, haddinden çok sınırlamıştı – küçük ve kalın bir çerçeve içine girmişti. Madeleine'e geri vermeye çalıştığı hayat boyunca kendisini işine adarken, Madeleine'i nelerden mahrum bırakmıştı? Gurney kötü ihtimalleri düşündükçe, işine aşırı düşkünlüğünün dışında telafi etmesi gereken daha başka şeyler olabileceğini görüyordu.

Belki yalnızca bir şey.

Hakkında konuşmaktan kaçtıkları şey.

Düşen yıldız.

Kara deliğin ilişkilerini baş aşağı eden müthiş yer çekimi kuvveti.

Sekizinci Bölüm

Kaya Ve Taş

O gün parlayan sonbahar havası öğleden sonra kötüleşti. Sabah şirin, beyaz pamuk yığınlarına benzeyen bulutlar koyulaştı. Gökyüzünde, uzaklarda kapalı görünen yerlerden havanın bozduğunu haber veren gök gürültüleri duyuluyordu. Sanki bir fırtınanın habercisinden çok havada öylece duran ve gerçekten var olan ama dokunamadığımız somut varlıklardı. Bu his, onların havada bir saatten fazla bir süre boyunca yaklaşmadan ya da uzaklaşmadan sürmeleriyle daha da güçleniyordu.

O akşam Madeleine Walnut Crossing'den edindiği yeni bir arkadaşıyla bölgede düzenlenen bir konsere gitti. Gurney'in katılmasını beklemiyordu. Bu yüzden Gurney, evde kalıp sanat projesi üzerinde çalışma isteğini belirtirken Madeleine'in kırılacağını düşünmedi.

Eşi evden ayrıldıktan hemen sonra, Gurney kendisini bilgisayar ekranının başında, Peter Possum Piggert'in fotoğrafına bakarken buldu. Şimdiye kadar tek yaptığı yeni proje başlatıp, bunu grafikler dosyasına atmak olmuştu. Projeye alaycı ama şirin bir isim vermişti: *Oedipus Bozması.*

Eski bir Yunan efsanesinin Sofokles tarafından yazılmış versiyonunda, Oedipus sonradan babası olduğu ortaya çıkan bir adamı öldürür, sonradan annesi olduğu ortaya çıkan bir kadınla evlenir, onunla iki çocuk yapar ve bu insanların hayatında büyük acılara sebep olur. Freud'a göre bu Yunan efsanesi erkek çocukların babasını istemediği (yok olmasını ya da ölmesini istediği) bir gelişim dönemini temsil eder. Böylece annesinin tüm ilgisi kendi üzerinde olacaktır. Fakat Peter Possum Piggert'in durumunda ne bahane olabilecek bir bilgi eksikliği ne de sembolik bir mesele vardı. Peter tam olarak kime ne yaptığını bilerek, on beş yaşında babasını öldürdü ve annesiyle ilişkiye girip, iki çocuk yaptı. Fakat bununla kalmadı. On beş yıl sonra, o sırada on üç ve on dört yaşlarında olan iki kızıyla girdiği ilişki yüzünden annesiyle yaptığı tartışma esnasında onu da öldürdü.

Gurney bu davaya, Bayan Iris Piggert'in cesedi bir Manhattan iskelesine demir atmış, Hudson Nehri gemisinin dümeninde dağılmış vaziyette bulununca dahil oldu ve dava, iki kızıyla birlikte, onların kocaları olarak yaşamak için gittiği Utah'da, Mormonların yaşadığı bir çölde Peter Piggert'in tutuklanmasıyla sona erdi.

Suçların ahlak dışı olmasına, aile faciasına varan kanlı boyutuna rağmen, Piggert bütün sorgulamalarda kontrollü ve sessiz duruşunu korudu. Suçun ardından gelen tüm yasal süreç boyunca baba katili ve ensest ilişkiye giren bir poligamistten çok, depresyona girmiş bir araba tamircisi havasında Bay Gizemli'yi oynadı.

Gurney ekranda duran Piggert'e, Piggert de ona bakıyordu. Onunla ilk sorgusundan itibaren, Gurney onun en önemli özelliğinin çevresini kontrol etme isteği (çok uç seviyelere varsa da) olduğunu fark etti ve bu düşüncesinden zamanla emin oldu. İnsanlar, ailesi bile – hatta en başta ailesi – bu çevrenin bir parçası olmuşlardı ve onlara istediği her şeyi yaptırması şarttı. Kontrolü sağlamak için birisini öldürmesi gerekiyorsa, öldürürdü. Onu bu kadar harekete geçiren bir unsur olan cinsellik bile aslında arzularıyla değil, gücüyle ilgiliydi.

Karşısındaki duygusuz suratı şeytani bir iz görmek için incelerken, rüzgar esmesiyle bir grup kuru yaprak uçuştu. Esintiyle birlikte yumuşakça avlunun diğer ucuna süpürüldüler; birkaç tanesi hafifçe Fransız kapılarının camına doğru havalandı. Yaprakların hareketliliği ve ara ara duyulan gök gürültüsü yoğunlaşmasını güçleştiriyordu. Birkaç saat yalnız kalıp, çatılmış kaşlardan ve sıkıcı sorulardan uzak, portre üzerinde çalışma fikri ona çok cazip gelmişti. Fakat şimdi kafasını toplayamıyordu. Piggert'in derin ve koyu gözlerine dikkatle baktı – seks ve katliamın tabloid prensi olan Charlie Manson'ın bakışlarına hareketlilik veren parlaklıktan eser yoktu – ve yine rüzgarla yapraklar, ardından gök gürültüsü dikkatini dağıtmıştı. Tepelerin ötesindeki bulutlu gökyüzünde şimşek çaktı. Mellery'nin aldığı tehdit şiirlerinden bir bölümü kafasında dönüp dolaşıyordu. Yeniden aklına geldi ve bunu düşünmeye başladı.

Aldıklarını geri vereceksin
Vermiş olduklarını aldığın zaman.

Başta çözmesi imkansız bir bilmece gibi görünüyordu. Sözcükler çok geneldi; çok anlamlı ve çok anlamsızlardı; ancak aklından atamıyordu.

Masasının çekmecesini açtı ve Mellery'den almış olduğu notları çıkardı. Bilgisayarını kapattı ve notları ilkinden başlayarak, sırasıyla masanın üzerine dizebilmek için, klavyeyi kenara itti.

Kadere inanır mısın? Ben inanıyorum, çünkü seni bir daha hiç göremeyeceğimi düşünüyordum – ama sonra bir gün, sen oradaydın. Her şey geri dönmüştü: Konuşma biçimin, hareket tarzın – hepsinden çok, düşünme şeklin. Eğer birisi aklından bir sayı tutmanı isteseydi, aklından geçecek sayının ne olduğunu biliyorum. Bana inanmıyor musun? Bunu sana kanıtlayabilirim. Aklından herhangi bir sayı tut – 1 ila 1000 arasında herhangi bir sayı. Onu gözünün önüne getir. Şimdi sırlarını ne kadar iyi bildiğimi göreceksin. Küçük zarfı aç.

Önceden yaptığı gibi zarfın dışını, içini, her yerini ve mesajın yazıldığı kağıdı, 658 sayısının silik de olsa izini bulmak için inceledi. Ama Mellery'nin aklına o an gelen bu sayıyı aklına getirebilecek en ufak bir iz görünmüyordu. Hiçbir işaret yoktu. Daha sonra farklı incelemeler yapacaktı ama şimdilik yazarın 658'i bilmesini sağlayan her neyse, kağıdın üzerine hafifçe yazılmış bir yazı olmadığını anlamak ona yetmişti.

Mesajın içeriğinde bir dizi iddia bulunuyordu ve Gurney bunları sırasıyla sarı çizgili bir deftere yazdı:

Seni geçmişte tanıyordum ama seninle irtibatı kaybetmiştim.

Yakın zaman önce sana tekrar rastladım.

Hakkında birçok şey hatırlıyorum.

Senin sırlarını bildiğimi, kapalı bir zarfın içine aklından geçecek ilk sayıyı yazarak kanıtlayabilirim.

Mektuptaki ton şaşırtıcı bir şaka havası yaratıyordu ama aynı zamanda Mellery'nin "sırlarını" bildiğinden bahsettiği için tehdit olarak da algılanabilirdi – küçük zarftaki notta para istemesi, tehdit ihtimalini güçlendiriyordu.

658'i tuttuğunu bilmem seni şaşırttı mı?
Seni bu kadar iyi tanıyan kişi kim? Cevabı öğrenmek istiyorsan,
Bana öncelikle seni bulmak için harcadığım 289.87 doları ödemen gerekiyor
Bu miktarı eksiksiz olarak aşağıdaki adrese gönder:
PK 49449, Wycherly, CT 61010.

Bana NAKİT ya da KİŞİSEL ÇEK gönder.
Alıcı ismi X. Arybdis.
(Her zaman kullandığım isim bu değil.)

Açıklanamayan sayı tahmin etme işinin üstüne, küçük notta yazdıklarıyla onun kişisel hayatıyla ilgili bilgi sahibi olduğunu vurguluyor ve Mellery'i bulmaya çalışırken harcamış gibi bahsettiği 289.87 doları küsuratıyla istiyor (oysa ilk notta şans eseri gerçekleşen bir karşılaşmadan söz ediyor), kimliğini açıklamadan önce çek ya da nakit olarak ödeme seçenekleri sunuyor; çeki "X. Arybdis" adına istiyor, Mellery'nin ismi tanımamasının açıklamasını yapıyor ve Wycherly'de bulunan bir posta kutusunun adresini veriyor. Gurney tüm düşündüklerini, düşüncelerini organize edebilmek için, sarı defterine not aldı.

Bu düşünceler dört soruyu beraberinde getirdi: Sayı tahmin etme işi, *Mançuryalı Aday* filmindeki gibi hipnoz ya da ESP (duyular dışı algılama) ile ilgili varsayımlar yapmadan nasıl açıklanabilirdi? İkinci notta geçen 289.87 doların, belirtildiği gibi "Mellery'i bulmaya çalışırken harcanan para" dışında özel bir anlamı var mı? Neden saçma bir ürünü pazarlamaya çalışan reklamlar gibi hem nakit hem de çek seçenekleri sunuldu? Ve Arybdis isminin, Gurney'in hafızasının derinliklerinde bir şeyler çağrıştırmasının sebebi neydi? Bu soruları, aldığı notların yanına alt alta yazdı.

Ardından üç şiiri postalanma sıralarına göre tek tek masada açtı.

Kaç parlak melek dans edebilir
Bir iğne üzerinde
Kaç umut boğulabilir
Bin cin şişesinin içinde

Düşündün mü hiç
Bir silahtı bardağın gerçekte
Ve bir gün düşündüğünde
Tanrım, ben ne yaptım?

Aldığını geri vereceksin
Vermiş olduğunu aldığın zaman.
Biliyorum ne düşündüğünü,
Ne zaman uyuduğunu,
Nereye gittiğini,
Nereye gideceğini.
Seninle bir randevumuz var,
Bay 658.

Yaptıklarımı yapıyorum
Ne para, ne de eğlence için
Yalnızca borçların ödenmesi için,
Düzeltilmesi gerekenlerin düzeltilmesi için.
Boyanmış bir gül kadar
Kırmızı kan için
Her insan bilir ki
Ne ekerse onu biçecektir.

Okurken ilk fark ettiği, yazarın tavrındaki değişmeydi. İlk iki nottaki düz yazıdan sonraki şiirlerin ilkinde yargılayıcı bir dil; ikincisinde açıkça bir tehdit, üçüncüsünde ise kin ve intikam havası var. Bunun ne kadar ciddiye alınması gerektiği ayrı bir sorun ama bu notların açıkça verdiği bir mesaj var: Yazar (X. Arybdis?) Mellery'den geçmişte alkol yüzünden işlediği bir kabahatin intikamını almayı (öldürmeyi?) amaçlıyor. Gurney aldığı notların arasına *öldürmek* yazınca, bir anda dikkati ikinci şiirin ilk iki dizesine kaydı.

Aldığını geri vereceksin
Vermiş olduğunu aldığın zaman.

Şimdi bunun tam olarak ne anlama geldiğini anlamıştı; anlam oldukça açıktı. *Almış olduğun hayat için, kendi hayatını vereceksin. Senin yaptığının aynısı sana yapılacak.*

Hissettiği heyecan mı onu haklı olduğuna inandırdı yoksa haklı olduğu için mi heyecanlandı bilmiyordu ama haklı olduğundan emindi. Ama bu, yine de sorularına cevap getirmemişti. Sadece cevapların acilen bulunması gerektiğini göstermiş ve beraberinde yeni sorular getirmişti.

Bu gerçek bir tehdit miydi – yoksa yalnızca korkunun verdiği acıyı hissetmesi için mi uğraşıyordu – yoksa yapacaklarını önceden haber mi veriyordu? Yazar üçüncü şiirin ilk dizesinde *"Yaptıklarımı yapıyorum"* derken neyi kastediyordu? Şimdi Mellery'e yapacaklarını daha önce başkasına da yapmış mıydı? Acaba yazar, Mellery'nin daha önce birlikte bir şey yaptığı birisine de zarar vermiş olabilir miydi? Gurney Mellery'e öldürülen, suikast kurbanı olan ya da tehdit edilen bir arkadaşı ya da tanıdığı olup olmadığını sormak için not aldı.

Belki dağ eteklerinde kararan havada çakan şimşekler ve derinden gelen gök gürültülerinin yarattığı ürpertici hava, belki de yorgunluk yüzündendi, ama mektubu yazan kişi yavaşça gölgelerin arasından görünür gibiydi. O şiirlerdeki sesin yırtıcılığı, kanlı niyeti ve dikkatli söz dizimi, nefret ve hesapçılık – korkutucu etkisinin altında bu nedenlerin yattığını düşünmüştü. Yaklaşan fırtınanın habercisi olan huzursuz havayla çevrelenmiş çalışma odasının penceresinden dışarıyı izlerken, mesajların içerisinde gizlenen şeyin bir psikopatın soğukkanlılığı olduğunu hissedebiliyordu.

Tabi ki yanılıyor olabilirdi. Belli bir havanın, özellikle evdeyken ve özellikle yalnız başınayken onu gerçeklikten uzak düşüncelere sürüklediği daha önce olmuştu.

Peki... İsimle ilgili hissettiği gariplik de neyin nesiydi? Hafızasının hangi tozlu rafında yatıyordu?

Gece, Madeleine'in konserden dönmesinden uzun zaman önce, erken bir saatte yatağa girdi. Yarın mektupları Mellery'e geri verip, polise gitmesi konusunda ısrar etmeye kararlıydı. Riskler çok yüksek, tehlike çok açıktı. Yatağa girdikten sonra, bir türlü uykuya dalamadı. Aklı, hiç çıkışı ve bitiş çizgisi olmayan bir yarış pisti gibiydi. Bu, bazı davalarda çok yoğun dikkatini verdikten sonra ödemeye alışkın olduğu bir bedeldi (kendisi buna inanıyordu). Saplantılı beyni uyuyakalmak yerine bu kısırdöngüde sıkışıp kaldığı zamanlarda iki seçeneği vardı. Yatakta kalıp bunun iki ya da üç saat sürmesini bekleyebilir ya da kendisini zorlayıp yataktan çıkar ve üzerini giyinirdi.

Birkaç dakika sonra üzerine kot pantolon ve eski rahat bir süveter giyip, avluya çıkmıştı. Kapalı gökyüzündeki dolunayın çok zayıf ışığında ambar görünüyordu. Avludaki pürüzlü yolda oraya doğru yürümeye karar verdi.

Ambarın ötesinde küçük havuz vardı. Yolun yarısında durdu ve köy yönünden gelmekte olan bir arabanın yoldan geçerken çıkardığı sesi dinledi. Yaklaşık sekiz yüz metre ileriden geçtiğini tahmin etti. Catskills'in, çakalların ulumasından daha yüksek bir gürültüye şahit olmadığı bu sessiz köşesinde, çok uzaktaki bir aracın sesi rahatlıkla duyuluyordu.

Biraz sonra avluyu çevreleyen altın başaklar, Madeleine'in arabasının farlarıyla aydınlandı. Avluya doğru döndü ve çıtırdayan çakılların üzerinde durup farları kapattı. Arabadan inip, gözleri karanlığa alışmaya çalışırken tedbirli havasıyla Gurney'e doğru yürüdü.

Yumuşak, arkadaşça bir ses tonuyla "Ne yapıyorsun?" diye sordu.

"Uyuyamadım. Düşünüp durdum. Havuzun etrafında bir yürüyüşün iyi geleceğini düşündüm."

"Yağmur yağacak gibi duruyor." Sözlerinin sona ermesiyle gök gürültüsü duyuldu.

Gurney başını salladı.

Madeleine onun yanında durup derin bir nefes aldı.

"Harika kokuyor. Haydi gel, biraz yürüyelim," dedi onun koluna girerek.

Havuza vardıklarında yol, biçilmiş ekinlerin başlamasıyla genişledi. Ağaçların arasından bir baykuş öttü – daha doğrusu onlar yaz başlarında bu sesi duyduklarında bunun baykuş sesi olabileceğini düşündüler; her defasında bunun baykuş olduğuna daha emin oldular. Gurney'e göre zamanla daha çok inanmanın hiçbir mantığı yoktu fakat aynı zamanda bu durumu ilginç bulmasına rağmen Madeleine'e söylerse kızıp sıkılacağını biliyordu. O yüzden hiçbir şey demedi ve onu, ne zaman susması gerektiğini bilecek kadar iyi tanıdığı için mutlu oldu. Yavaşça, huzurlu bir sessizlik eşliğinde havuzun diğer tarafına yürüdüler. Madeleine haklıydı – havada çok tatlı bir koku vardı.

Bazen Gurney'e evliliklerinin ilk yıllarını hatırlatan böyle anlar olurdu; basit ama duygusal, sessiz yakınlaşma anları, kazadan önceki yıllarda olduğu gibi... "Kaza" – hafızasındaki olaylara bir kılıf gibi sardığı bu yoğun ve kapsamlı kelime keskin uçlu detayların kalbini parçalamasını engelliyordu. Kaza – ölüm – bir güneş tutulması yarattı ve evliliklerini vardiyalı çalışan bir alışkanlık, görev, yakın arkadaşlık ve nadiren umut ışığının yandığı bir şeye dönüştürdü. Nadiren umutlu hissettikleri zamanlar, eskiden nasıl bir ilişkileri olduğunu hatırlatmak ve bunun yeniden mümkün olabileceğini göstermek için aralarından parlak bir elmasın geçip gitmesi gibiydi.

Madeleine parmaklarını kollarının iç tarafında, dirseklerinin üzerinde birleştirip, "Durmadan savaşıyor gibisin," dedi.

Bu kez de haklıydı.

Sonunda Gurney "Konser nasıldı?" diye sordu.

"İlk yarısı barok tarzıydı, güzeldi. İkinci yarısı yirminci yüzyıl tarzıydı, iyi değildi."

Gurney önemsemediği yirminci yüzyıl müziğiyle ilgili fikirlerinden bahsedecekti ki, susup fikirlerini kendisine saklamayı tercih etti.

"Niçin uyuyamadın?"

"Emin değilim."

Madeleine'in sesindeki şüphe hissediliyordu. Gurney'in kolundan çıktı. Yarım metre uzaklarındaki havuza bir şey düştü.

"Mellery olayını aklımdan çıkaramadım," dedi.

Madeleine cevap vermedi.

"Bütün ayrıntılar kafamda dönüp durdu; kendimi çok huzursuz hissettim – mantıklı düşünemeyecek kadar yorgunum."

Yine cevap vermedi ve düşünce dolu bir sessizlik oldu.

"Notun üzerindeki ismi düşünüp durdum."

"X. Arybdis?"

"Sen nasıl?.. Bu isimden bahsettiğimizi duydun mu?"

"Kulaklarım iyi duyar."

"Biliyorum ama şaşırdım."

"İsim aslında X. Arybdis olmayabilir, biliyorsun," dedi umursamaz bir tavırla ve Gurney bunun tamamen farkındaydı.

"Ne?" dedi Gurney, duraksayarak.

"X. Arybdis olmayabilir."

"Ne demek istiyorsun?"

"Konserin ikinci yarısında berbat ve ahenksiz parçalardan birisini dinlerken modern bestecilerin çellodan nefret ettiklerini düşündüm. Bu kadar güzel bir enstrümandan neden bu kadar kötü bir gürültü çıkarırsın ki? Kulak tırmalayıcı korkunç bir zırıltı..."

Sesinde meraktan doğacak gerginliği engellemeye çalışarak yumuşakça "Ve?.." dedi.

"Tam o sırada kalkıp gidecektim fakat yapamadım. Çünkü Ellie'yi oraya ben götürmüştüm."

"Ellie?"

"Tepenin alt tarafında oturan Ellie – iki araba gitmekten daha mantıklı değil mi? Ama o eğleniyor gibi görünüyordu. Nasıl eğlenebildiğini Tanrı bilir."

"Evet?"

"Sonra kendime sordum: Zaman geçirmek ve bu müzisyenleri öldürmeden oturabilmek için ne yapabilirim?"

Havuzdan bir ses daha geldi ve Madeleine susup dinledi. Onun gülümsediğini görür, hisseder gibi oldu. Madeleine kurbağaları çok severdi.

"Ve?"

"Ve kendi kendime Christmas* kartı göndereceklerimin listesini yapmaya başlayabileceğimi düşündüm – aylardan kasım – ardından kalemimi çıkardım ve program kağıdının üstüne, sayfanın başına 'X-mas kartları' yazdım – Christmas kelimesinin tamamını değil, kısaltmasını, X–M–A–S," dedi; son kelimeyi heceleyerek.

Gurney, anlayıp anlamadığını sorar gibi anlattığını karanlıkta duymaktan çok hissediyordu.

"Devam et," dedi.

"Bu kısaltmayı ne zaman görsem bana küçük Tommy Milakos'u hatırlatır."

"Kim?"

"Tommy dokuzuncu sınıftayken Kızlar Balosu Günü'nde bana aşık olmuştu."

---

* *İng.* Noel. (Çev. N.)

Gurney sinirli bir ses tonuyla "Ben onun Veda Günü olduğunu sanıyordum," dedi.

Madeleine ciddiye almadığını belli etmek için bir saniye duraksayıp, devam etti.

"Her neyse, bir gün iriyarı bir kadın olan Rahibe Immaculata, Katoliklerin kutsal günleriyle ilgili küçük bir sınavda Christmas kelimesini Xmas şeklinde kısalttığım için bana bağırdı. Bunu böyle yazan herkesin, Christmas'ın içerisinde geçen Christ* kelimesini kasten çıkardığını söyledi. Sinirden deliye dönmüştü. Bana vuracağını düşündüm. Fakat o sırada Tommy – tatlı, minik gözlü Tommy – yerinden fırladı ve 'O, X değil,' diye bağırdı.

"Rahibe Immaculata şok olmuştu. İlk kez birisi onun sözünü kesmeye cesaret edebilmişti. Tommy'e öylece baktı, Tommy de ona baktı; benim minik şampiyonum. 'Bu İngilizce bir harf değil,' dedi. 'Bu Yunanca bir harftir. İngilizce'deki *ch* sesinin aynısıdır. Yunanca'da İsa kelimesinin ilk harfidir.' Tommy Milakos Yunan olduğu için, tabii ki herkes onun haklı olduğuna emindi."

Karanlığın içerisinden onun hatıralarına hafifçe gülümsediğini görür gibi oldu, hatta bir iç çekiş duyduğundan bile şüphelendi. Belki de iç çekme konusunda yanılıyordu; en azından öyle umdu. Ayrıca bir nokta daha vardı – kahverengi gözleri mavi gözlere tercih ettiğini ağzından kaçırmış olabilir miydi? *Kendine gel Gurney, dokuzuncu sınıftan bahsediyor.*

Madeleine devam etti, "Yani, 'X. Arybdis' aslında 'Ch. Arybdis' olabilir mi? Belki de 'Charybdis'? Bu Yunan mitolojisinde olan bir şey değil mi?"

"Evet," dedi, kendi kendisine konuşur gibi. "*Scylla ve Charybdis'in arasında…*"

"'Kaya ve taş arasında sıkışmak' gibi mi?"

---

* *İng*. İsa. (Çev. N.)

Başını salladı. "Onun gibi bir şey."

"Hangisi hangisi?"

Soruyu duymamış gibi, olasılıklar üzerinde durabilmek için Charybdis'le ima edilebilecek şeyleri düşündü.

Madeleine'in kendisine soru sorduğunu fark edip "Hımm?" dedi.

"Scylla ve Charybdis," dedi. "Kaya ve taş. Hangisi hangisi?"

"Bu birebir çeviri değil, sadece yaklaşık anlamı. Scylla ve Charybdis Messina Boğazı'ndaki denizin tehlikeleriydi. Gemiler ikisinin arasından geçmek zorunda kalıyorlar ve genellikle yok ediliyorlardı. Mitolojide yıkım şeytanları olarak geçerler."

"Deniz tehlikeleri derken… nasıl yani?"

"Scylla gemilerin çarpıp battıkları sivri uçlu kayalar yığınının adıydı."

Gurney anlatmaya devam etmeyince, Madeleine "Peki ya Charybdis?" diye sordu.

Gurney boğazını temizledi. Charybdis'le ilgili bir şey onu rahatsız etmiş gibi görünüyordu. Charybdis bir girdaptı. Çok güçlü bir girdap… Ona yakalanan bir kişi asla kurtulamazdı." Yıllar önce izlemiş olduğu bir Odyssey versiyonundaki adamın girdapta boğulma sahnesindeki buruşmuş yüz ifadesini rahatsız edecek bir netlikle hatırladı.

Ağaçların arasından gelen ses tekrar duyuldu.

"Hadi," dedi Madeleine. "Eve çıkalım. Yağmur başlamak üzere."

Gurney öylece, düşünceleri arasında boğulmuş, duruyordu.

Madeleine "Hadi," diye ısrar etti. "Islanmadan girelim."

Gurney, onu arabaya doğru takip etti ve arabayla yavaşça evin avlusuna doğru gittiler.

Arabadan çıkmadan önce Gurney ona dönüp, "Her X harfi gördüğünde aklına ch gelmiyor, değil mi?" diye sordu.

"Tabi ki hayır."

"Peki neden?.."

"Çünkü 'Arybdis' kulağa Yunanca geliyordu."

"Doğru. Elbette."

Madeleine karşısında oturan eşine anlaşılmaz ve karanlığın bir kat daha gölgelediği bir ifadeyle baktı.

Bir süre sonra yüzünde bir gülümsemeyle "Düşünmeyi hiç bırakmazsın, değil mi?" dedi.

Ardından, söylediği gibi yağmur başladı.

Dokuzuncu Bölüm

Eşsiz Adam

Dağların arkasında bir süre gizlenen soğuk, bölgeye beraberinde rüzgar ve yağmur getirerek geldi. Sabah saatlerinde yerler yapraklarla kaplıydı ve havada yoğun bir sonbahar kokusu vardı. Güneş ışığı ıslak çimenlerin üzerindeki su damlalarında parıldıyordu.

Gurney arabasına yürürken hissettiği şey ona çocukluğunu hatırlattı; tatlı çimen kokusu onun için huzur ve güvenlik demekti. Ardından bu his yerini günlük düşüncelere bırakarak kayboldu.

Ruhani Yenilenme Enstitüsü'ne doğru gidiyordu. Mark Mellery polisi bu işe karıştırmama konusunda ısrarcı olursa diye, Gurney bunu onunla yüz yüze konuşmak istiyordu. Amacı elini ayağını bu sorundan çekmek değildi. Hatta üzerinde düşündükçe, eski sınıf arkadaşının bulunduğu ilginç nokta, bunun kiminle nasıl bir ilgisi olabileceği vc onu tehdit eden şeyin ne olduğu, daha çok ilgisini çekiyordu. Gurney sınırlarını iyi bilse de, bu araştırmada hem yerel polise hem de kendisine yer olacağını düşünüyordu.

Mellery'i arayıp geleceğini haber vermişti. Dağların arasında araba kullanmak için harika bir gündü. Peony'e giden yol önce diğer Catskills köyleri gibi önemli yolların kesiştiği yere on dokuzuncu yüzyılda kurulmuş Walnut Crossing'den geçiyordu. Kavşak olduğu gibi yerinde duruyordu. Bölgeye adını veren ceviz ağaçları, bölgedeki zenginlikle birlikte yok olup gitmişlerdi. Fakat mahvolmuş ekonomi ilginç bir görüntü yaratmıştı – yıkık dökük ambarlar ve depolar, paslı sabanlar ve saman dolu el arabaları, kurumuş otlarla dolu, terk edilmiş gibi görünen boş avlular. Walnut Crossing'den Peony'e giden yol, birkaç çiftliğin yer aldığı, hayatta kalabilmek için yeni yollar arayan bir nehir vadisinden geçiyordu. Abelard'ın çiftliği de bunlardan birisiydi. Dillweed Köyü ve yakınlarda bir nehrin arasında kalmış bu yer "Hormonsuz Sebzeler" üretmeye adanmıştı. Bu sebzeler daha sonra Abelard'ın marketinde taze ekmekler, Catskills peynirleri ve harika kahvelerin yanında satılıyordu. Gurney binanın önündeki park yerine arabasını bıraktığı an canı bu kahveden çekmişti.

Yüksek tavanlı binanın kapısından içeri girer girmez, Gurney sağ duvarın karşısında dizili duran kahve termoslarına yöneldi. Beş yüz gramlık bardağına Starbucks'ın yarı fiyatına ama oradakinden daha iyi kahveyi, yüzüne nefis kokunun yaydığı gülümseme eşliğinde doldurdu.

Maalesef Starbucks düşüncesiyle birlikte aklında genç ve başarılı Starbucks müşterisi tipi canlandı. Bunun üzerine aklına Kyle'ın gelmesiyle yüzünü buruşturdu. Bu onun her zamanki tepkisiydi. Bu rahatsızlığın, kendi korumasına Kyle'dan daha fazla ihtiyaç duyan ve akıllı bir polis olan babasına hayranlık duyan bir erkek çocuk özleminden geldiğini düşündü. İlginç bir şekilde henüz yirmi dört yaşındayken Wall Street'ten kazandığı ilginç oranda yüksek parayla aldığı ilginç derecede pahalı Porsche'un içindeki öğrenmeye kapalı ve dokunması imkansız Kyle... Hâlâ bu genç adamı aramamıştı; oysaki çocuk yalnızca en son aldığı Rolex saat ve Aspen'de yaptığı kayak tatilinden bahsetmek istiyordu.

Gurney kahvesinin parasını ödedi ve arabasına geri döndü. Hâlâ kendisinden beklenen aramayı düşünürken telefonu çalmaya başladı. Tesadüflerden hoşlanmazdı ve telefon çalarken bunun Kyle yerine Mark Mellery olmasını umdu.

"Bugün attığın mesajı yeni aldım. Seni evden aradım fakat çıkmıştın. Madeleine bana cep telefonu numaranı verdi. Umarım aramamdan rahatsız olmamışsındır."

"Sorun nedir?"

"Çek iade edildi. Arybdis'e 289.87 doları gönderdiğim Wycherly'deki adreste oturan kişi bana o adreste bu isimde birisinin oturmadığını, adresi yanlış yazmış olabileceğimi belirten bir notla birlikte çeki geri gönderdi. Fakat yeniden kontrol ettim. Posta kodu doğru... Davey? Orada mısın?"

"Buradayım. Sadece anlamaya çalışıyorum."

"Sana notu okuyayım. 'Posta kutumda mesajınızı buldum. Adreste bir hata olmalı. Burada X. Arybdis adında birisi yaşamıyor.' İmza 'Gregory Dermott' diye birisine ait. Kağıdın üzerindeki antette 'GD Güvenlik Sistemleri' yazıyor ve Wycherly'ye ait bir adresle telefon numarası var."

Gurney X. Arybdis'in aslında gerçek bir isim olmadığını ve mitolojide kurbanlarını parçalara ayıran bir girdap üzerine yapılmış bir kelime oyunu olduğunu anlatacaktı ki konunun yeterince rahatsız edici olduğuna karar verdi. Anlatacağı ürkütücü şeyler enstitüye varana kadar bekleyebilirdi. Mellery'e bir saat içinde orada olacağını söyledi.

Bu da ne demek oluyordu? Olanlara akıl sır erdiremiyordu. Belli bir miktarda para isteyip, çeki anlaşılması zor bir mitolojik kahramanın adına göndertmek ve geri döneceğini bilerek yanlış bir adres vermekteki amaç ne olabilirdi? Ardından gelen garip şiirler neden hep karışık ve anlamsız başlıyordu?

Olayın gizemiyle birlikte Gurney'in ilgisi de artıyordu.

Onuncu Bölüm

Kusursuz Mekan

Peony, yansıtması beklenen tarihten iki kat uzak bir kasabaydı. Woodstock'la yan yana olan bu kasaba, onunla eşit yoğunlukta psikedelik, rock konserleri geçmişine sahipti; öte yandan Woodstock ise genellikle seksen kilometre uzaktaki Bethel'de bulunan bir çiftlikte tüten esrar dumanı ile birlikte anıldığı için kendi yapay aurası ile beslenmekteydi. Peony'in görüntüsü duman ve aynalardan ibaretti; ve bu hayali temel üzerine inşa edilmiş, akla kolayca gelebilecek ticari yapılar – New Age türünde kitaplar satan dükkanlar, tarot falı bakılan salonlar, dövmeciler, gösteri sanatları için ayrılmış alanlar, vejetaryenler için özel restoranlar – da vardı. İhtiyarlaşan yeni yetmelerin, eski tip Volkswagen otobüslerinde biletsiz seyahat eden yolcuların ve deriden kuş tüyüne kadar her şeyle sarıp sarmalanmış seçmecilerin çekim merkeziydi adeta.

Elbette bu kadar renkli gariplikler arasında, turistlere para harcatan birçok olanak vardı: İsimleri ve dekorları acayip, kültürel bir ziyaret yaptığını düşünmeyi seven zengin turistlere göre ürünlerle dolu dükkanlar ve restoranlar.

Peony'in yolları para kokuyordu. Emlak fiyatları normalin iki katıydı ve 11 Eylül'den sonra üç katına çıkmıştı. Çünkü bu olaydan sonra zengin New York sakinlerinin paranoyaları, yerini dağ evi fantezisine bırakmıştı. Kasabayı çevreleyen tepelerdeki evlerin sayıları artmış, boyutları büyümüş, Blazer marka cipler yerlerini Hummer ve Land Rover'lara bırakmış ve hafta sonu için oraya giden insanlar Ralph Lauren dağ evinde ne giyilmesi gerektiğini söylüyorsa, o kıyafetleri giyiyorlardı.

Avcılar, balıkçılar ve öğretmenlerin yerini, avukatlar, banka yatırımcıları ve boşanma sonrası aldıkları paralarla kültürel aktivite, cilt bakımı ve ruhsal tedavi yapan türlü bilgelerin masraflarını karşılayan belli bir yaşa gelmiş kadınlara bırakmıştı. Hatta Gurney yerel nüfusun, hayati problemleri çözen gurulara olan merakının Mellery'i burada bir yer açmaya itmiş olabileceğini düşünüyordu.

Google'ın, bir tepenin yanındaki ormanlık arazinin içinden kıvrılan Filchers Brook Caddesi için gösterdiği yoldan devam edip, kasaba merkezine varmadan ilçenin ana caddesine saptı. Yol onu kenarda bir buçuk metre kadar uzanan, bölgede bulunan taştan yapılmış bir duvara getirdi. Duvarı saraypatılar kaplamıştı. Duvarın orta kısmında aralarında yaklaşık on beş metre olan iki kapı vardı ve bunlardan birisi giriş, diğeri ise dolambaçlı bir yolun sonundaki çıkış kapısıydı. Girişlerden ilkinin üzerinde bronz bir tabela asılıydı: MELLERY RUHANİ YENİLENME MERKEZİ.

Araba yolundan döndükten sonra içeridekilerin güzelliği daha dikkat çekiciydi. Gurney'in baktığı her yerde, planlanmamış bir kusursuzluk izlenimi vardı. Çakıl yolun etrafındaki sonbahar çiçekleri rastgele açmış gibilerdi. Ama tıpkı Mellery'nin görünüşünde olduğu gibi, bu sıradan görüntünün de bilinçli olduğuna emindi. Düşük profilli zengin imajında her zaman olduğu gibi, özenle verilmiş bir salaşlık havası vardı ve çiçeklerin arasında solmuş olanların hepsi budanmıştı. Araba yolu Gurney'i, incelikle süslenmiş bir bahçeye sahip, Georgia tarzı bir malikaneye getirdi.

Kapının önünde, amirane havası olan, kızıl sakallı bir adam dikilmiş, kendisini süzüyordu. Gurney camını açıp, nerede park yeri bulabileceğini sordu. Adam düzgün İngiliz aksanıyla araba yolunu sonuna kadar takip etmesi gerektiğini söyledi.

Ancak bu yol Gurney'i Filchers Brook Caddesi'ne açılan başka bir kapıya getirdi. Diğer kapıdan dönüp, yeniden içeri girdi ve evin önüne döndü. İngiliz adam hâlâ burada duruyor ve ilgiyle Gurney'e bakıyordu.

"Yolun sonu beni ana yola götürdü," dedi Gurney. "Bir yanlışlık mı yaptım?"

"Ne kadar aptalım!" diye bağırdı adam, duruşuna yakışmayan abartılı bir üzüntüyle. "Her şeyi bildiğimi sanıyorum ama genelde yanılıyorum!"

Gurney, adamın deli olabileceğinden şüphelendi. Aynı zamanda oraya gelen ikinci bir adamın farkına vardı. Dev bir orman gülünün gölgesinde duran ve Soprano konseri bekler gibi dikkatle onları izleyen adam, esmer ve tıknazdı.

"Ah," diye haykırdı İngiliz adam araba yolunun ötesini göstererek, "Cevap burada! Sarah seni koruyucu kanatlarının altına alıp, sana eşlik eder. Aradığın kişi, o!" Adam bunları sahnede oyun sergiler havasıyla söyledikten sonra arkasını dönüp gitti ve karikatür kitaplarından fırlamış bir gangster gibi duran adam belli bir mesafeden onu takip etti.

Gurney, tombul yüzündeki endişeli ifadeyle araba yolunda duran kadının yanına gitti.

"Olacak iş değil! Olacak iş değil! Arabanla daireler çizip duruyorsun, seni iyi karşılayamadık." Gözlerindeki endişenin boyutu korkutucuydu. "Ben sizin arabanızı alayım. Siz doğrudan eve geçin."

"Gerek yok. Sadece park alanının nerede olduğunu söyleyebilir misiniz?"

"Elbette! Beni takip edin. Bu kez kaybolmadığınızdan emin olacağım." Ciddi bir görevi yerine getirmesi gerekiyormuş gibi konuşuyordu.

Gurney'e kendisini takip etmesini işaret etti. Kocaman bir karavana yol gösteriyormuşçasına elini sallıyordu. Diğer elinde kapalı bir şemsiye tutuyordu. Yavaş yavaş, Gurney'in kendisini kaybetmesinden korkuyor gibi yürüyordu. Çalıların bittiği boş bir alana vardıklarında kadın kenarda durup Gurney'e etrafı ağaçlarla çevrili dar bir yolu işaret etti. Gurney kadına yaklaşınca, kadın açık camdan içeriye şemsiyesinin ucunu soktu.

"Bunu al!" diye bağırdı.

Gurney şaşkın bir şekilde durdu.

Kadın, "Dağ havası hakkında söylenenleri bilirsin," diye açıkladı.

"Sorun olmayacağına eminim." Onun yanından geçip park alanına doğru ilerledi. Yaklaşık on altı arabanın bulunduğu yer, içerideki araba sayısının iki katını alırmış gibi duruyordu. Temiz dikdörtgen alan, çiçeklerin ve ağaçların ortasında yer alıyordu. Park alanının sonunda, görkemli, bakır rengi bir kayın ağacı, alanı, rengi güneşte parlayan kırmızı, üç katlı bir ambardan ayırıyordu.

İki kocaman cipin arasındaki boşluğu seçti. Park ederken, dalyaların arasında durmuş, kendisini izlemekte olan bir kadın fark etti. Arabadan inince, bu narin, utangaç, ince kemikli ve eski zamanlara ait tarzıyla hoş görünümlü kadına gülümsedi. Eğer bir oyuncu olsaydı, diye düşündü Gurney, *The Belle of Amherst* filminde Emily Dickinson'ı oynayabilirdi.

"Mark'ı nerede bulabileceğimi söyleyebilir..." Fakat narin görünümlü kadın onun lafını sorusuyla böldü.

"Sana kim buraya park edebileceğini söyledi?"

On Birinci Bölüm

Eşsiz Hizmet

Gurney park alanından çıkıp arnavutkaldırımlı yoldan yürüyerek, kurumun ofis ve ders merkezi olarak kullandığını düşündüğü Georgia tarzı binanın etrafını dolaşıp, yüz elli metre ilerideki daha küçük görünümlü Georgia tarzı eve doğru yürüdü. Patikadaki bir tabelada altın rengi harflerle ÖZEL MÜLK yazıyordu.

Gurney zile henüz basmamışken Mark Mellery kapıyı açtı. Walnut Crossing'e gelirken giydiği gibi pahalı ama sade bir kıyafet giymişti. Arkasında görünen mimari, dekor ve üzerindeki kıyafet ona bir beyefendi havası veriyordu.

"Seni görmek güzel, Dave!"

Gurney antikalarla dolu, kestane rengi girişten içeriye girdi ve Mellery onu evin arka tarafına doğru, rahat bir çalışma odasına götürdü. Şöminede çıtırdayarak yanan ateş odaya vişne kokusuna benzer bir koku yayıyordu.

İki adet sandalye, şöminenin önünde sağda ve solda olmak üzere karşılıklı duruyorlardı. Şöminenin karşısında ise U şeklinde bir koltuk vardı. Sandalyelerine oturduktan sonra Mellery yolu bulmada sorun yaşayıp yaşamadığını sordu. Gurney gelirken üç ayrı kişiyle yaptığı garip konuşmalardan bahsetti ve Mellery onların kurumun misafirleri olduklarını ve yaptıklarının kendini – keşfetme terapisinin bir parçası olduğunu anlattı.

"Burada kaldıkları dönem boyunca," diye başladı Mellery,

"her konuk on farklı rol oynar. Bir gün Hata Yapanı oynayabilir – İngiliz arkadaşımız da anlattığın kadarıyla seninle tanıştığı sırada bu rolü oynuyormuş. Ertesi gün Yardımsever olabilir – bu da, arabanı park etmek isteyen Sarah'ın oynadığı rol. Diğer bir rol ise 'Muhalefet Olan'dır. Sanırım son karşılaştığın bayan bu rolü büyük bir hevesle oynuyormuş."

"Bunların ne anlamı var?"

Mellery gülümsedi. "İnsanlar hayatlarında belli roller üstlenirler. Rollerin içerikleri – ya da senaryoları – genellikle bilinçsiz olup kişi tarafından seçilmemiş gibi görünse de tutarlı ve tahmin edilebilirdirler." Bu anlattıklarını büyük ihtimalle yüzlerce kez anlatmış olmasına rağmen, konuşmaya devam ediyordu. "Misafirlerimizin çoğu çok bilgece olduğunu düşünse de, burada yaptığımız şey basit. Onlara bilinçsizce oynadıkları rolleri, bunların yararlarını ve nelere mâl olabileceklerini, diğerlerini nasıl etkilediklerini gösteriyoruz. Misafirlerimiz kendilerinin sergiledikleri davranış tarzlarını gün ışığında görmeyi başardıkları an, her tarzın aslında bir seçim olduğunu görmelerine yardım ediyoruz. Sonrasında bunu devam ettirebilir ya da bırakabilirler. Sonra – burası en önemli bölüm – onlara zararlı hareketlerini yararlı olanlarla değiştirebilecekleri bir davranış programı sunuyoruz."

Gurney, adamın gerginliğinin konuştukça azaldığını fark etti. Ateşli bir şekilde anlattığı konunun heyecanıyla gözleri parlıyordu.

"Bu arada tüm bunlar sana tanıdık gelebilir. Kendine yardım konusunun basit dünyasında sürekli kullanılan kelimeler *tarz, seçim* ve *değişimdir.* Fakat misafirlerimiz bize burada bambaşka bir şey yaptığımızı söylüyorlar – özünde bambaşka bir şey. Geçen gün aralarından bir tanesi bana, 'Burası dünya üzerindeki en mükemmel yer,' dedi."

Gurney sesindeki şüpheyi hissettirmemeye çalışarak "Uyguladığınız tedaviler çok güçlü olmalı," dedi.

"Bazıları öyle olduğunu söylüyor."

"Bazı güçlü tedavilerin sert olduğunu duydum."

Mellery "Burada değil," dedi. "Bizim yaklaşımımız her zaman yumuşak ve hoştur. Kullandığımız zamir *sen* değil, *biz*dir. *Bizim* başarısızlıklarımızdan, korkularımızdan ve sınırlarımızdan bahsederiz. Asla kimseyi parmakla gösterip bir şeyle suçlamayız. Suçlamaların, inkar duvarlarını yıkmak yerine daha da güçlendirdiğine inanırız. Kitaplarımdan birisini incelersen felsefemizi daha iyi anlayacaksın."

"Sadece burada tabir yerindeyse felsefenizde olmayan şeylerin gerçekleşebileceğini düşündüm."

"Biz ne söylüyorsak, onu yapıyoruz."

"Hiç zorlama olmadan?"

"Neden bu konuda ısrar ediyorsun?"

"Birinin taşaklarını sana karşılık vereceği kadar sert tekmelemiş olabilir misin diye düşünüyordum."

"Bizim yaklaşımız nadiren birisini sinirlendirir. Ayrıca mektup arkadaşım her kimse, hayatımın enstitüden önceki dönemlerine ait birisi."

"Belki öyledir, belki de değildir."

Mellery kafası karışmış halde kaşlarını çattı. "Benim içtiğim günlere kafayı takmış; sarhoşken yaptığım bir şeye... Bu yüzden enstitüden önceki günlerden birisi olmalı diyorum."

"Diğer yandan seni yeni tanıyan, içtiğin günleri yalnızca kitaplarında okuduğu için bilen ve seni korkutmaya çalışan birisi de olabilir."

Mellery gözlerini bir noktaya dikmiş, bu olasılıklar üzerinde düşünürken, genç bir kadın içeri girdi. Parıldayan yeşil gözleri ve atkuyruğu yapılmış kızıl saçları vardı.

"Böldüğüm için özür dilerim. Telefonunuzdaki mesajlara bakmak isteyeceğinizi düşündüm."

Küçük bir tomar halinde, pembe kağıtlardaki notları Mellery'e verdi. Gurney, onun yüzündeki şaşkın ifadeden bu şekilde çok sık bölünmediğini anladı.

"En azından," dedi kadın, tek kaşını büyük bir ciddiyetle kaldırarak, "en üsttekini görmek isteyebilirsiniz."

Mellery notu iki kez okuduktan sonra, arkasına yaslanıp mesajın bulunduğu kağıdı, masanın karşısında oturan Gurney'e uzattı. O da mesajı iki kez okudu.

Üstteki 'Kime' kısmında 'Bay Mellery' yazıyordu.

'Kimden' kısmında ise 'X. Arybdis'.

Mesaja ayrılan kısımda ise aşağıdaki satırlar yer alıyordu:

Tüm gerçekler arasından
Hatırlamakta zorlansan da,
En gerçek iki tanesi işte burada:
Her şeyin bir bedeli vardır.
Ve her bedel günü gelince ödenir
Arayacağım seni bu gece sözünü vermek için
Seni kasımda göreceğimin
Olmazsa, aralıkta göreceğimin

Gurney kadına mesajları doğrudan kendisinin alıp almadığını sordu. Kadın Mellery'e baktı.

Mellery "Pardon, sizi tanıştırmadım. Sue, bu benim eski ve yakın bir arkadaşım Dave Gurney. Dave, bu benim harika asistanım Sue MacNeil."

"Tanıştığıma memnun oldum, Susan."

Susan kibarca gülümseyerek, "Evet, mesajı doğrudan ben aldım," dedi.

"Kadın mıydı, erkek miydi?"

Önce tereddüt etti. "Çok garip. İlk izlenimim erkek olduğuydu. Tiz sesli bir erkek… Sonra emin olamadım. Ses değişti."

"Nasıl yani?"

"Önce sesini kadın gibi çıkarmaya çalışan bir erkek gibi geldi. Sonra sesini erkek gibi çıkarmaya çalışan bir kadın olabileceğini düşündüm. Seste doğal olmayan, zorlayarak yapılan bir şey vardı."

Gurney "İlginç," dedi. "Bir şey daha – sana söylediği her şeyi not aldın mı?"

Tereddüt etti. "Ne demek istediğinizi anladığımdan emin değilim."

"Bana öyle geliyor ki," dedi pembe notu kaldırarak, "bu mesaj sana dikkatle söylenmiş, satırların nerede biteceği bile."

"Bu doğru."

"Öyleyse sana satırların sırasının da önemli olduğunu ve bu yüzden tam olarak söylediği gibi yazmanı söylemiş olmalı."

"Ah, anladım. Evet, bana yeni satır başlatacağım yerleri söyledi."

"Burada yazmayan başka bir şey söyledi mi?"

"Şey… evet, bir şey daha söyledi. Kapatmadan önce, bu enstitüde doğrudan Mark Mellery için çalışıp çalışmadığımı sordu. 'Evet, onun için çalışıyorum,' dedim. Ardından adam, 'Yeni iş fırsatları aramaya başlayabilirsin. Ruhani yenilenmenin ölmekte olan bir alan olduğunu duydum,' dedi. Sonra güldü. Adam komik bir şeyler olduğunu düşünüyor gibiydi. Son olarak mesajı Bay Mellery'e derhal iletmemi söyledi. Bu yüzden ofisten buraya hemen geldim." Mellery'e endişeli bir bakış attı. "Umarım pat diye çıkıp gelmem sorun olmamıştır."

Mellery, her şey kontrolü altındaymış edasıyla "Tabii ki sorun değil," dedi.

Gurney "Susan, ondan bahsederken 'adam' diye hitap ettiğini fark ettim," dedi. "Bu onun erkek olduğuna emin olduğun anlamına mı geliyor?"

"Sanırım."

"Bu gece saat kaçta arayacağına dair bir şey söyledi mi?"

"Hayır."

"Hatırladığın başka bir şey, ufacık ve önemsiz gibi görünen bir şey var mı?"

Alnını hafiften kırıştırdı. "Garip bir ürperti hissettim – içimden bir ses iyi niyetli biri olmadığını söylüyor."

"Sesi sinirli gibi miydi? Sert? Tehditkar?"

"Hayır, öyle değil. Kibardı fakat..."

O, doğru sözcükleri ararken Gurney bekledi.

"Belki fazla kibardı. Belki de garip sesi yüzünden... Bunu neden hissettiğimi tam olarak bilemiyorum. Ama beni korkuttu."

Ana binadaki ofisine dönmek için odadan çıkınca, Mellery gözlerini ayaklarının arasındaki zemine dikti.

Gurney söylemek istediği şey için doğru zaman olduğunu düşünerek, "Polise gitme vakti geldi," dedi.

"Peony polisine mi? Tanrım, eşcinsel hareketinden farksız olur."

Gurney bu gereksiz espri denemesini duymamış gibi yaptı. "Yalnızca birkaç anlamsız mektupla uğraşmıyoruz, bir de telefon açıyor. Karşımızda senden nefret eden, intikam almak isteyen birisi var. Onun görüş alanındasın ve belki de tetiğe basmak üzere..."

"X. Arybdis mi?"

"X. Arybdis ismini bulan adamla desek daha doğru olur."

Ardından Gurney, Madeleine ile konuştuklarının üzerine Yunan mitolojisindeki ölümcül Charybdis'le ilgili hatırladıklarını anlattı. Ardından internetteki aramaları sonucunda Connecticut ya da civarındaki hiçbir eyalette X. Arybdis'e ait bir kayıt bulamadığını ekledi.

Mellery rahatsız bir tavırla "Bir girdap mı?" diye sordu.

Gurney başını salladı.

"Tanrım," dedi Mellery.

"Ne oldu?"

"Bu, benim boğulmakla ilgili en büyük korkum."

On İkinci Bölüm

Dürüstlüğün Önemi

Mellery elinde bir ocak demiriyle şömineye yaklaşıp yanmakta olan odunları düzeltti.

"Çek neden geri döndü ki?" diyerek can sıkıcı konuya döndü. "Adam çok titiz görünüyor – Tanrım, el yazısına bakar mısın? Yanlış adres yazacak birisinin yazısından çok bir muhasebeci yazısına benziyor. Öyleyse bunu kasten yaptı. Peki, amacı neydi?" Ateşe dönük başını çevirip "Davey, ne halt dönüyor?" dedi.

"Yanında gelen notu görebilir miyim? Bana telefonda okuduğun yazıyı?"

Mellery, elinde şömine demiriyle, odanın diğer tarafındaki Sheraton model masaya doğru ilerledi ve masaya varana kadar elinde tuttuğu şeyin farkında değildi. Sinirli bir şekilde "Tanrım," diye homurdandı. Duvarda onu yaslayabileceği bir yer bulduktan sonra, masanın çekmecesinden bir zarf çıkarıp Gurney'e verdi.

Üzerinde Mellery'nin adresinin yazdığı büyük bir zarfın içinde, Mellery'nin X. Arybdis için PK 49449 adresine göndermiş olduğu küçük zarf vardı. Bu zarfın içinde de 289.87 dolarlık çek duruyordu. Büyük zarfın içinde, üst kısımda bir telefon numarasıyla birlikte GD GÜVENLİK SİSTEMLERİ yazıyordu. Altında ise Mellery'nin Gurney'e telefonda okumuş olduğu kısa not vardı. Mektup ne iş yaptığı belirtilmeden, Gregory Dermott tarafından imzalanmıştı.

Gurney "Bay Dermott'la konuşmadın mı?" diye sordu.

"Neden konuşayım ki? Yani yanlış adresse yanlış adrestir. Bunun onunla ne ilgisi var ki?"

Gurney "Kim bilir," dedi. "Ama onunla konuşmak mantıklı olabilirdi. Telefonun buralarda mı?"

Mellery kemerine takmış olduğu son model Blackberry'sini cebinden çıkarıp Gurney'e uzattı. Gurney antetli kağıttaki telefon numarasını yazdı. İki kez çaldıktan sonra telefon açıldı: *"GD Güvenlik Sistemleri'ne hoş geldiniz. Ben Greg Dermott. İsminizi, telefon numaranızı ve sizi ne zaman arayabileceğimizi kısa bir mesaj eşliğinde bırakınız. Şimdi konuşmaya başlayabilirsiniz."* Gurney telefonu kapatıp Mellery'e verdi.

"Arama sebebimi mesajla anlatmak zor olabilir," dedi. "Ben senin çalışanın, resmi temsilcin, lisanslı özel dedektifin ya da polis değilim. Demek istediğim, polise ihtiyacın var – burada, hemen şimdi."

"Farz et ki onun amacı da bu – polisleri aratacak kadar rahatsız etmek, bir kargaşa çıkarmak, misafirlerimi rahatsız etmek. Belki de bu hasta kafanın istediği polisleri arayıp kaos çıkmasını sağlamaktır. Boğaları meydana salıp çıkan hengameyi öylece izlemek."

"Eğer tek istediği buysa," dedi Gurney, "şükret."

Mellery tokat yemiş gibi irkildi. "Sen gerçekten onun... ciddi bir şey yapmayı planladığını mı düşünüyorsun?"

"Bu çok olası."

Mellery korkusunu gizlemek istermişçesine yavaşça başını eğdi.

"Polisle konuşacağım," dedi. "Ama Charybdis, ya da adı her neyse arayana kadar bekleyeceğim."

Gurney'in şüphesini fark edince devam etti, "Belki de telefon geldikten sonra her şey açıklığa kavuşur. Kiminle uğraştığımızı, bizden ne istediğini öğreniriz. Belki de polisi bu işe karıştırmak zorunda kalmayız; kalsak bile onlara anlatacak daha çok şeyimiz olur. Yani iki durumda da mantıklı olan beklememiz."

Gurney, telefon görüşmesini polisin kontrolünde yapmanın önemli olabileceğini biliyordu, ama aynı zamanda şu anda yapılacak hiçbir tartışmanın, Mellery'nin fikrini değiştiremeyeceğini de biliyordu. Taktiksel bir ayrıntıdan bahsetmeye karar verdi.

"Bugün Charybdis seni aradığında, konuşmayı kaydetmen yararlı olacaktır. Paralel bir telefona bağlayabileceğimiz bir kayıt cihazın – kasetçalar bile olsa – var mı?"

Mellery "Daha iyisi var," dedi. "Evimizdeki bütün telefonlarda kayıt yapma özelliği var. Tüm aramaları yalnızca bir düğmeye basarak kaydedebiliyorsun."

Gurney meraklı gözlerle ona baktı.

"Niçin evimizde böyle bir sistem olduğunu mu merak ediyorsun? Birkaç sene önce sorunlu bir misafirimiz vardı. Ortada bazı suçlamalar vardı ve birden telefonla rahatsız edilmeye başladık. Aramalar giderek sinir bozucu olmaya başlamıştı. Kısacası, konuşmaları kaydetmemiz önerilmişti." Gurney'in ifadesindeki bir şey susmasına neden oldu. "Ah, hayır! Ne düşündüğünü anlayabiliyorum! İnan bana, bu saçma olayın şu anda olanlarla hiçbir ilgisi yok. Bu sorun uzun zaman önce çözüldü."

"Bundan emin misin?"

"Olayda adı geçen kişi artık yaşamıyor. İntihar etti."

"Sana üzerinde düşünmeni söylediğim listeyi hatırlıyor musun? Yaşadığın ciddi tartışmalar ya da suçlamalarla ilgisi olan kişilerin listesi?"

"Emin olarak yazabileceğim tek bir kişi bile yok."

"Az önce birisinin ölümüyle sonuçlanmış bir sürtüşmeden bahsettin. Bunu saymıyor musun?"

"Bahsettiğim kadın sorunlu birisiydi. Anlaşmazlığın bizimle

bir ilgisi yoktu. Tartışmasının sebebi kendisinin hayal ürünüydü. İntiharının da sebebi öyle..."

"Bunu nereden biliyorsun?"

"Bak, bu çok karışık bir hikaye... Misafirlerimizin hepsi akıl sağlığı için gelenler olmayabiliyor. Bana olumsuz duygular hissettirmiş her ismi tek tek buraya yazmayacağım. Bu çok saçma!"

Gurney sandalyesinde arkasına yaslandı ve ateş yüzünden kurumaya başlayan gözlerini yavaşça ovuşturdu.

Mellery yeniden konuşmaya başladığında, sesi daha derinlerden; daha savunmasız bir yerden geliyor gibiydi. "Listeleri anlatırken kullandığın bir kelime vardı. Benden 'çözüme ulaşmamış' sorunlarla ilgili insanların listesini istedin. Düşünüyorum da, geçmişte yaşadığım tüm sorunlar çözüldü. Belki de çözülmemişlerdir. Belki de 'çözüme ulaşmak' derken yalnızca bunları artık düşünmediğimi kastediyorumdur." Başını salladı. "Tanrı aşkına, Davey, bu listelerin ne anlamı var? Alınma ama, koca kafalı polisler kapıma dayanıp da, eski düşmanlarımı birden araştırmaya başlarlarsa ne olacak? Tanrım! Hiç ayağının kaymak üzere olduğunu hissettin mi?"

"Yalnızca bir kağıda bazı isimler yazmaktan söz ediyorum. Bu senin ayaklarını yere sağlam *basman* için yapılması gereken bir şey. Eğer istemiyorsan bu isimleri kimseye göstermek zorunda değilsin. Güven bana, bu işe yarayacak."

Mellery hissiz bir şekilde razı olmuş gibi başını salladı.

"Misafirlerimizin hepsi akıl sağlığı için gelenler olmayabiliyor dedin."

"Bir psikiyatri tesisi işlettiğimizi söylemedim."

"Anladım."

"Ya da gelen her misafirin yığınla duygusal sorunu olduğunu."

"Öyleyse buraya kim geliyor?"

"İçsel huzur arayan paralı insanlar."

"Bulabiliyorlar mı?"

"Bulabildiklerine inanıyorum."

"Hastalarını *zengin* ve *gergin* dışında hangi kelimeler tanımlıyor?"

Mellery omuz silkti. "Başarının ardındaki saldırgan kişiliğe rağmen güvensizlik... Kendilerini sevmiyorlar – ve bizim için en önemli nokta da budur."

"Şu anki misafirlerin arasından sence hangisi sana fiziksel zarar verme arzusunda olabilir?"

"Ne?"

"Burada şu anda kalmakta olan her bireyi ne kadar tanıyorsun? Ya da gelecek ay için rezervasyonu olan kişileri?"

"Eğer geçmiş hayatlarıyla ilgili bir araştırmadan bahsediyorsan, biz böyle bir şey yapmıyoruz. Biz yalnızca onların ya da refakatçilerinin bizlere anlattıklarını biliriz. Eksik bilgiler verilebilir ama biz onların hayatlarına burnumuzu sokmayız. Yalnızca bize anlattıklarıyla ilgileniriz."

"Şu anda burada nasıl insanlar bulunuyor?"

"Long Island'dan bir emlak yatırımcısı, Santa Barbara'dan bir ev hanımı, organize suçlar işliyor olabilecek bir ailenin babası olup olmadığına emin olmadığımız bir adamın oğlu, sevimli bir Hollywood masörü, kimliğini gizleyen bir rock yıldızı, otuzlu yaşlarda bir yatırım bankeri ve başka bir sürü insan..."

"Bu insanların hepsi ruhsal yenilenme için mi burada?"

"Öyle ya da böyle, başarının sınırlarını fark ettiler. Hâlâ korkuları, takıntıları, suçluluk ve utanç duyguları var. Dünya üzerindeki bütün Porche ve Prozac'ların onlara aradıkları huzuru vermeyeceğini anladılar."

Gurney, Kyle'ın Porsche'unu hatırlayınca karnında bir sancı

hissetti. "Yani senin görevin zengin ve ünlü kişilere huzur vermek mi?"

"Bu kadar saçma bir şeymiş gibi söylemek kolay. Ama ben paranın peşinde koşmuyordum. Beni buraya açık kapılar ve açık kalpler getirdi. Müşteriler beni buldu, ben onları değil. Peony Dağı'nın gurusu olmak için yola çıkmadım."

"Yine de bu işten çıkarın var."

Mellery başını salladı. "Görünüşe bakılırsa bu benim hayatım." Azalmakta olan ateşe gözlerini dikti. "Bu akşamki telefon görüşmesi için bana verebileceğin tavsiye var mı?"

"Elinden geldiğince uzun konuşmasını sağla."

"Yer tespiti yapılabilmesi için mi?"

"Artık teknoloji bu şekilde işlemiyor. Çok eski filmler izliyorsun. Uzun konuşmasını sağla, çünkü ne kadar çok şey söylerse o kadar çok açık verecektir ve o kadar çok kim olduğunu hatırlama ihtimalin olacaktır."

"Eğer hatırlarsam ona kim olduğunu söylemeli miyim?"

"Hayır. Onun bildiğini düşünmediği bir şeyi biliyor olman sana avantaj sağlayabilir. Yalnızca sakin ol ve konuşmayı uzat."

"Bu akşam evde olacak mısın?"

"Öyle planlıyorum – her şey bir yana, evliliğim yüzünden. Neden?"

"Çünkü telefonumuzun hiç kullanmadığımız bir özelliği daha olduğunu hatırladım. Özelliğin adı 'Pas Konferansı'. Birisi aradıktan sonra, görüşmeyi konferansa çevirmeni sağlayan bir özellik."

"Yani?"

"Normal telekonferansta, tüm katılımcılar ortak bir kaynaktan bağlanmak zorundadır. Ama Pas sistemi bu sorunu ortadan kaldırıyor. Birisi seni aradığında, telefonu kapatmadan başka birilerini arayarak, konuşmaya dahil edebilirsin – hatta arayan kişiye fark ettirmeden bunu yapabilirsin. Bana şu şekilde anlatıldı: Sonradan dahil ettiğin kişiler ayrı bir hattan bağlanıyor ve bağlantı kurulduktan sonra iki sinyal birleşiyor. Sanırım teknik açıklamayı pek beceremedim – ama önemli olan Charybdis bu gece aradığında, seni de konuşmaya bağlama şansım var. Konuşmayı duyabilirsin."

"Güzel. Kesinlikle evde olacağım."

"Harika. Minnettar kalırım." Kronik bir ağrıdan aniden kurtulmuş gibi rahatladı.

Dışarıdan bir yerlerden zil sesi geliyordu. Eski gemilerin zil sesine benzer, güçlü ve gürültülü bir sesti. Mellery bileğindeki ince, altın saate baktı.

Hafif bir iç çekmenin ardından "Öğleden sonraki konuşmam için hazırlanmalıyım," dedi.

"Konuşmanın konusu ne?"

Mellery sandalyesinden kalkıp üzerindeki kaşmir süveterin buruşan yerlerini düzeltti ve yüzüne anlamlı bir gülümseme yayıldı.

"Dürüstlüğün önemi."

Hava ısınmamış, rüzgar esmeye devam ediyordu. Kahverengi yapraklar yerlerde uçuşuyordu. Mellery Gurney'e tekrar teşekkür ettikten sonra ana binaya girmişti. Gitmeden önce akşam telefon hattını açık tutması konusunda onu uyarmış, gitmesi gerektiği için özür dilemiş ve bir son dakika daveti yapmıştı. "Hazır buradayken neden etrafa bir göz atıp, nasıl bir ortam olduğunu anlamaya çalışmıyorsun?"

Gurney, Mellery'nin şık verandasında ayağa kalkıp, ceketinin fermuarını çekti. Mellery'nin teklifini değerlendirmeye karar verdi ve bir daire çizerek, evi çevreleyen geniş bahçeden, otoparka doğru ilerledi. Takip ettiği çimenli yol, onu evin arkasında yeşil bir alana getirdi. Buranın arkasında vadiye kadar çınar ağaçlarıyla kaplı bir orman uzanıyordu. Alçak bir duvar, çimenler ve orman arasında sınır çizgisi oluşturuyordu. Dışarıda, duvarın hemen yanında bir kadınla adam ağaç ekimi ve kuru otları temizleme gibi işlerle uğraşıyorlardı.

Gurney geniş, yeşil yoldan onlara doğru ilerledikçe, kürek tutmakta olan adamların genç ve Latin olduğunu, dizine kadar uzayan, yeşil botlar ve kahverengi, çiftçi ceketi giymiş kadının ise daha yaşlı bir görevli olduğunu fark etti. Rengarenk lalelerle dolu bir sürü çuval düz bir el arabasının üzerinde açık duruyordu. Kadın, çalışanları dikkatlice gözlemliyordu.

"Carlos!" diye bağırdı. "*Roja, blanca, amarilla... roja, blanca, amarilla!*"* Ardından kimsenin ismini söylemeden ortaya bağırdı: "Kırmızı, beyaz, sarı... kırmızı, beyaz, sarı. Sırası çok zor gelmiyor, değil mi?"

Hizmetkarların acemiliğine filozof gibi iç çektikten sonra, yaklaşmakta olan Gurney'i görüp kibarca gülümsedi.

Bir zamanlar Locust Valley Lockjaw diye bilinen Long Island'ın, kalkık dudaklı, üst sınıf aksanıyla "Bahçedeki bir çiçek manzarasının dünya üzerindeki en iyi ilaç olduğuna inanıyorum," dedi. "Fikrime katılmıyor musun?"

Gurney'in cevap vermesine fırsat bırakmadan, elini uzatıp, "Adım Caddy," dedi.

"Dave Gurney."

"Dünyadaki cennete hoş geldin! Sizi daha önce gördüğümü sanmıyorum."

"Yalnızca bugün buradayım."

"Gerçekten mi?" Sesinde açıklama beklermiş gibi bir hava vardı.

"Mark Mellery'nin bir arkadaşıyım."

Hafifçe kaşlarını çattı. "Dave Gurney mi dediniz?"

---

* *İsp.* Kırmızı, beyaz, sarı. (Çev. N.)

"Evet, doğru."

"Şey, sizden bahsettiğine eminim. Sadece tam olarak hatırlayamadım. Mark'ı uzun zamandır tanır mısınız?"

"Üniversiteden beri. Burada tam olarak ne yaptığınızı sorabilir miyim?"

"Ne mi yapıyorum?" Şaşkınlıktan kaşlarını kaldırmıştı. "Ben burada yaşıyorum. Burası evim. Ben Caddy Mellery. Mark benim eşim."

On Üçüncü Bölüm

Suçlu Hissetmek Gereksiz

Öğlen vakti olmasına rağmen, artan bulutlar vadiye kış akşamı havası veriyordu. Gurney, ellerini ısıtmak için arabanın kaloriferlerini açtı. Parmaklarının birleştiği yerler her yıl gittikçe hassaslaşıyordu ve aklına babasındaki kireçlenme sorunu geliyordu. Ellerini sonuna kadar açıp direksiyonun üzerine koydu.

Tıpatıp aynı.

O sessiz ve ulaşılmaz adama bir keresinde şişmiş eklemlerinin acıyıp acımadığını sorduğunu hatırlıyordu. Babası ardından gelebilecek soruların önünü kesecek bir tonla, "Yaşlılık işte... Yapacak bir şey yok," diye yanıtlamıştı.

Aklına yeniden Caddy geldi. Mellery ona yeni eşinden neden hiç bahsetmemişti? Gurney'in onunla konuşmasını istememiş miydi? Eğer bir eşi olduğunu atlayabiliyorsa, başka neleri atlamıştı?

Ardından birkaç mantık bağlantısının üzerine, kanın neden *boyanmış* bir gül kadar kırmızı olduğunu merak etti. Üçüncü şiirin hepsini hatırlamaya çalıştı: *Yaptıklarımı yapıyorum / Ne para, ne de eğlence için / Yalnızca borçların ödenmesi için / Düzeltilmesi gerekenlerin düzeltilmesi için / Boyanmış bir gül kadar / Kırmızı kan için / Her insan bilir ki / Ne ekerse onu biçecektir.* Gül zaten kırmızının sembolüydü. *Boyanmış* gül derken neyi kastediyordu? Daha kırmızı olduğunu mu anlatmaya çalışıyordu? Yoksa kana daha çok benzediğini mi?

Gurney'in eve gitme isteği açlığıyla birlikte arttı. Vakit öğleye gelmişti ve sabahtan beri yalnızca Abelard'dan aldığı kahveyi içmişti.

Öğünler arasındaki sürenin uzun olması Madeleine'in midesini bulandırırken, Gurney'i olduğundan daha eleştirel yapıyordu. Bu durumu kendisi de anlayamıyordu. Gurney, ruh halini anlayabilmek için bazı barometreler keşfetmişti ve bunlardan bir tanesi Walnut Crossing'in batı çıkışında yer alıyordu. Deve Kamburu (The Camel's Hump) bölgedeki ressamların, heykeltıraşların ve diğer sanat dallarıyla ilgilenen insanların işlerinin sergilendiği bir sanat galerisiydi. Barometre görevini yerine getirme şekli ise çok basitti. Eğer ruh hali iyiyse, pencereden ilk baktığında, sanatçı komşularının yaratıcı işlerini takdir eder; eğer kötüyse, ne kadar boş işlerle uğraştıklarını düşünürdü. O gün gördüklerinin saçma olduğunu düşündüğü günlerden birisiydi. Evine ve eşine doğru ilerlerken içindeki tedirginlik onu, iki kere düşünmeden fikirlerini söylememesi konusunda uyardı.

İlçenin otobanını ve vadinin alçak yerlerini çoktan terk etmiş olan sabah esintisi, tepeye tırmandıkça depresif bir havası olan ve Gurney'in bahçesinde son bulan kirli patikada yer yer kendisini gösteriyordu. Koyu renk bulutlar avluya sıkıcı, kasvetli bir hava veriyordu. Traktörün ambardan çıkarılıp, çim biçme makinesi, toprak burgusu ve kar temizleme makinesi gibi ekipmanların saklı tutulduğu kulübenin önüne park edilmiş olduğunu görünce bir anda sinirlendi. Kulübenin kapısı, yapılması beklenen işleri işaret eder gibi açık bırakılmıştı.

Mutfak kapısından eve girdi. Madeleine odanın diğer köşesinde, şöminenin önünde oturuyordu. Sehpanın üzerindeki tabağın içinde duran elma çöpü, üzüm sapı ve çekirdekleri, çedar peyniri ve ekmek kalıntıları güzel bir akşam yemeği yendiğini göstererek, Gurney'in aç olduğunu hatırlatmış, öfkesini biraz olsun yatıştırmıştı. Madeleine okuduğu kitaptan başını kaldırıp gülümsedi.

Mutfağa gitti ve suyu istediği soğukluğa ulaşana kadar akıttı. Madeleine'in buna kızdığını hissedebiliyordu – soğuk su içmek iyi bir şey değildir diye düşünüyordu – fakat ardından bu konuyu tartışmaktan kaçabilecek kadar umursamaz; hoşgörülü ya da çocuk gibi olduğunu düşünüp utandı. Konuyu değiştirme ihtiyacı hissetti fakat sonra ortada değiştirmesi gereken bir konu olmadığını fark etti. Sonra konuşuverdi.

"Traktörü kulübenin önüne çekmişsin."

"Kar temizleme makinesini traktöre takmaya çalıştım."

"Bir sorun mu oldu?"

"Büyük bir kar fırtınası çıkmadan önce hazır olursa iyi olur diye düşündüm."

"Yani, takarken bir sorun mu oldu demek istedim."

"Çok ağır. Beklersem bana yardım edebilirsin diye düşündüm."

Kafası karışmış bir şekilde, düşünerek başını salladı. *Yine her zamanki gibi, kendin bir işe başlayıp, devamını benim yapmamı bekleyerek beni baskı altına sok; işi benim bitirmek zorunda kalacağımı bile bile...* Bu ruh halinin tehlikeli olduğunu düşünüp, susmaya karar verdi. Elindeki bardağı buz gibi suyla doldurup, yavaş yavaş içti.

Madeleine kitabına bakarak "Ithaca'daki şu kadın aradı," dedi.

"Ithaca'daki kadın mı?"

Soruyu duymamış gibi yaptı ve cevaplamadı.

"Sonya Reynolds'dan mı bahsediyorsun?"

"Evet, ondan bahsediyorum." Sesi Gurney'inki gibi ilgisizdi.

"Ne istiyormuş?" diye sordu.

"Güzel soru."

"'Güzel soru' derken neyi kastediyorsun?"

"Ne istediğini belirtmedi. Onu gece yarısından önce herhangi bir saatte arayabileceğini söyledi."

Gurney, gece yarısı kelimesinin üzerine yaptığı vurguyu fark etti. "Telefon numarası bıraktı mı?"

"Görünüşe bakılırsa numarasının sende olduğunu düşünüyor."

Bardağını buz gibi suyla yeniden doldurup, ağzı doldukça ara vererek içti. Sonya olayı duygusal açıdan sorundu ama bununla nasıl başa çıkacağını bilmiyordu. Onun galeriyle bağlantısını koruyan Sabıka Fotoğrafları Sanatı Projesi işini bırakmayı düşünmüyordu. Buna hazır değildi.

Madeleine ile olan konuşmasının ne kadar kötü olduğu düşüncesinden uzaklaşınca, kendisinin ne kadar kötü olduğu düşüncesine yoğunlaşıverdi. Kendisine güveni olmadığı gibi, kafası karmakarışıktı. Kendisi kadar sıra dışı bir adam, böyle umutsuzca allak bullak ve duygusal açıdan kırılgan olabilir miydi? Şüphelilerle yaptığı görüşmelerden kafa karışıklığının ve bu tür düğümlerin kökeninde her zaman suçluluk duygusunun yattığını biliyordu. Ama aslında suçlu hissetmesini gerektirecek hiçbir şey yoktu.

Suçlu hissetmeye gerek yok. İşte, sorun buydu – bu cümlenin bu kadar kesin olması. Belki de *son zamanlarda* suçlu hissedecek bir şey yapmamıştı – somut bir şey; aklına ilk anda gelecek bir şey – ama on beş yıl öncesine giderse masumiyet duygusu acı bir şekilde yerle bir olabilirdi.

Su bardağını lavaboya bıraktı, ellerini kuruladı, Fransız usulü kapılardan içeriye yürüdü ve dışarıdaki renksiz dünyayı seyretmeye koyuldu. Sonbahardan kışa geçmekte olan dünyayı... Parlak kar taneleri avluda kum taneleri misali uçuşuyorlardı. On beş yıl geriye gittiğinde, suçsuz olduğunu iddia edemiyordu çünkü bu zaman dilimi kazayı da içeriyordu. Enfeksiyonun ne durumda olduğunu anlamak için açık bir yaraya bastırır gibi, aklında bir cümleyle kazayı somutlaştırmaya çalıştı:

Dört yaşındaki oğlumuzun ölümü…

Sözleri kendisine bile sessizce fısıldayarak söyleyebilmişti. Kendi sesi kendisine başkasının sesi gibi; farklı ve içi boş gelmişti.

Sözlerin beraberinde getirdiği düşüncelere ve duygulara katlanamadı; en yakın kavşaktan saparak onlardan kurtulmaya çalıştı.

Boğazını temizleyip, cam kapıdan odanın diğer ucundaki Madeleine'e baktı ve heyecanlı bir sesle, "Traktör işini hava kararmadan halledelim mi?" dedi.

Madeleine başını kitaptan kaldırdı. Sesindeki neşeyi rahatsız edici ya da abartılı bulduysa da belli etmedi.

Kar temizleme makinesini takma, itme, çekme, yağlama ve ayarlama derken bir saat geçti. Ardından Madeleine kabak çorbası ve elma suyunda pişmiş domuz pirzolası hazırlarken, Gurney odun sobası için odun kesti. Ardından sobayı yaktılar ve mutfağın bitişiğindeki sıcacık oturma odasındaki koltuğa yan yana oturdular. Çalışmanın ardından yenen yemeğin üzerine ikisine de huzur dolu bir ağırlık çöktü. Gurney bu huzur kırıntılarının, ilişkilerinin eskisi gibi olacağının, duygusal ayrılma ve çatışmaların geçici olduğunun habercisi olduğuna inanmaya çalıştı fakat bu düşünceyi sürdürmek zordu. Bu belli belirsiz umudun yerini yavaş yavaş kafasındaki, daha rahat odaklandığı diğer düşünceler almaya başlamıştı bile… Charybdis'den beklenen arama ve kendisinin de konuşmayı dinlemesini sağlayacak olan telekonferans teknolojisi...

Madeleine yavaşça ona yaslanarak "Ateş yakmak için ne harika bir gece," dedi.

Gurney gülümseyerek, yeniden turuncu alevlere ve onun kolunun yalın, yumuşak sıcaklığına odaklanmaya çalıştı. Saçları harika kokuyordu. Bu kokunun içerisinde sonsuza dek kaybolabileceğini hissetti.

"Evet," diye cevap verdi. "Harika."

Anın güzelliğinin, kendisini sürekli bulmacalar çözmeye yönelten enerjisini alıp götürmesini umarak gözlerini kapattı. Gurney için biraz da olsa huzurlu hissetmeyi başarabilmek ironik bir şekilde bir savaş gerektiriyordu. Madeleine'in öylece akıp gidebilmesine ve böylece bulduğu huzura hayrandı. Gurney için, anı yaşamak her zaman akıntıya karşı yüzmek gibi olmuştu; analitik aklı her zaman ihtimaller, olasılıklar dünyasında dolaşmayı tercih ediyordu.

Bu genetik mi yoksa öğrenilmiş bir kaçış şekli mi diye düşündü. Büyük ihtimalle her ikisiydi ve karşılıklı olarak bu durumu güçlendiriyorlardı. Büyük ihtimalle…

Aman Tanrım!

Bir anda analiz yapma eğilimi üzerinde analiz yaptığını fark etti. Kendisini o anda, o odada olmaya zorladı. Duaların kabul olduğuna pek inanmasa da, kendi kendisine, *Tanrım, burada olmama yardım et,* dedi. Ardından, bunu düşünürken sesli söylememiş olmayı umdu.

Telefon çaldı. Sanki bir savaşa ara vermenin habercisi olan teneffüs zili gibiydi…

Koltuktan kalkıp, telefona cevap vermek için çalışma odasına gitti.

"Davey, ben Mark."

"Evet?"

"Caddy ile konuştum ve bana bugün seninle meditasyon bahçesinde karşılaştığını söyledi."

"Evet."

"Ah, şey, söylemek istediğim, kendimi kötü hissettim... Bilirsin... Yani onu seninle önceden tanıştırmadığım için." Bir tepki beklercesine duraksadı, fakat Gurney hiçbir şey söylemedi.

"Dave?"

"Buradayım."

"Şey... Her neyse. Seni onunla tanıştırmadığım için özür dilerim. Benim düşüncesizliğimdi."

"Sorun değil."

"Emin misim?"

"Eminim."

"Sesin iyi gelmiyor."

"Kötü değilim – yalnızca ondan bahsetmediğin için biraz şaşkınım."

"Ah... evet... kafamda o kadar çok şey dönüyor ki, aklıma gelmedi. Hâlâ orada mısın?"

"Buradayım."

"Haklısın, ondan bahsetmemiş olmam garip gelmiş olmalı. Yalnızca aklıma gelmedi." Bir saniyelik duraksamanın ardından çirkin bir kahkaha atarak, " Sanırım bir psikolog evli olduğumu söylemeyi unutmuş olmamı ilginç bulurdu."

"Mark, sana bir şey sorabilir miyim? Bana gerçeği mi söylüyorsun?"

"Ne? Neden böyle bir soru sordun ki?"

"Zamanımı boşa harcıyorsun."

Uzun bir sessizlik oldu.

Mellery derin bir nefes alıp, "Bak," dedi. "Bu uzun hikaye. Caddy'i bu şeye... saçmalığa bulaştırmak istemedim."

"Saçmalık derken tam olarak neyden bahsediyoruz?"

"Tehditler, gizemli cümleler..."

"Mektuplardan haberi yok mu?"

"Söylemenin bir anlamı yok. Bu yalnızca onu korkutmaya yarar."

"Senin geçmişinden haberdar olmalı. Kitaplarında bile anlatmışsın."

"Bir kısmını. Ama bu tehditler farklı. Yalnızca onun endişelenmesini engellemek istiyorum.

Bu Gurney'e neredeyse inandırıcı geliyordu. Neredeyse.

"Geçmişinin Caddy'den, polisten ya da benden özellikle saklamak istediğin bir kısmı var mı?"

Bu kez Mellery'nin "hayır" demeden önce kararsız bir şekilde duraksaması, bu suçlamaya öyle rahat karşı çıktı ki, Gurney güldü.

"Bunun nesi komik?"

"Tanıdığım en kötü yalancı mısın bilmem, ama en son sıralarda yer aldığın kesin."

Uzun süren ikinci bir sessizlikten sonra, Mellery de güldü. Sanki hıçkırmak üzereyken tutmuş gibi yumuşak ama pişmanlık dolu bir gülüştü bu... Yenik düşen Mellery, "Artık kaçacak bir yer kalmadığına göre doğruyu söylememin zamanı geldi. Caddy ve ben evlendikten hemen sonra buradaki misafirlerden birisiyle kısa bir ilişkim oldu. Tam bir delilik. Her akıllı insanın tahmin edebileceği gibi kötü bir şekilde sonlandı."

"Sonra?"

"Sonrası yok. Bunun düşüncesinden bile korkuyorum. Bu beni egolarım, iradesizliklerim ve yargılamalarla dolu geçmişime götürüyor."

"Sanırım kaçırdığım bir şeyler oldu," dedi Gurney. "Bunun evli olduğunu söylememenle ne ilgisi var?"

"Benim paranoyak olduğumu düşüneceksin. Ama bu ilişkinin bir şekilde Charybdis olayıyla bağlantılı olabileceğini düşündüm ve korktum. Caddy'den sana bahsedersem onunla konuşmak istersin ve... dünyada isteyeceğim son şey benim saçma ve ikiyüzlü oyunumla ilgili herhangi bir şeye onun da maruz kalmasıdır."

"Anlıyorum. Her neyse, enstitünün sahibi kim?"

"Sahibi mi? Ne anlamda?"

"Bunun kaç anlamı var?"

"Manevi anlamda benim. Program benim kitaplarım ve kayıtlarıma dayanıyor.

"Manevi derken?"

"Yasal olarak, her şeyin sahibi Caddy – mülkün ve diğer her şeyin.

"İlginç. Yani sen sirkteki cambaz, Caddy ise çadırın sahibi."

Mellery soğuk bir şekilde "Öyle denebilir,"diye yanıtladı. "Şimdi telefonu kapatmalıyım. Charybdis her an arayabilir."

Telefon tam üç saat sonra geldi.

On Dördüncü Bölüm

Meydan Okuma

Madeleine örgü çantasını koltuğa getirdi ve değişik aşamalarında olduğu üç işinden bir tanesine daldı. Gurney, yanındaki sandalyeye oturmuş, fotoğraf düzenleme yazılımının altı yüz sayfalık kullanma kılavuzuna göz gezdiriyor, fakat bir türlü konsantre olamıyordu. Şöminede odunlar çatırdayarak ve kıvılcımlar saçarak yanıyordu.

Telefon çalınca Gurney koşar adımlarla çalışma odasına gidip ahizeyi kaldırdı.

Mellery'nin sesi alçak ve gergindi. "Dave?"

"Buradayım."

"Şu anda hatta. Kayıt cihazı açık. Seni konuşmaya alıyorum. Hazır mısın?"

"Devam et."

Bir saniye sonra Gurney, cümlenin tam ortasında garip bir ses duydu.

"... bir süredir uzakta. Ama benim kim olduğumu bilmeni istiyorum." Sesin tonu yüksek ve gergin, konuşmanın ritmi uyumsuz ve yapaydı. Garip bir aksanı vardı ama belli bir yere ait değildi. Sanki sesini gizlemek için sözcükleri bilerek yanlış telaffuz ediyor gibiydi. "Bu akşam senin için bir şey bıraktım. Aldın mı?"

Mellery incecik çıkan sesiyle "Neyi aldım mı?" dedi.

"Henüz almadın mı? Alacaksın. Benim kim olduğumu biliyor musun?"

"Kimsin?"

"Gerçekten bilmek istiyor musun?"

"Tabii ki. Seni nereden tanıyorum?"

"Altı yüz elli sekiz sayısı sana kim olduğumu anlatmadı mı?"

"Bu sayı benim için hiçbir şey ifade etmiyor."

"Gerçekten mi? Ama onu sen seçtin – seçebileceğin onca rakamın içerisinden."

"Sen kimsin böyle?"

"Bir sayı daha var."

Mellery'nin sesi korku ve hiddet doluydu. "Ne?"

"Bir sayı daha var, dedim." Sesin sadistçe eğleniyor gibi bir havası vardı.

"Anlamıyorum."

"Altı yüz elli sekizden başka bir sayı tut."

"Neden?"

"Altı yüz elli sekizden başka bir sayı tut."

"Peki, tamam. Bir sayı tuttum."

"Tamam, ilerleme var. Şimdi sayıyı fısılda."

"Fısıldayayım mı?"

"Evet."

"On dokuz." Mellery'nin sesi yüksek ve pürüzlüydü.

Bu cevaba karşılık ses anlamsız bir kahkaha attı. "Güzel, çok güzel."

"Sen kimsin?"

"Hâlâ bilmiyor musun? O kadar acıdan sonra, bir fikrin bile mi yok? Bunun olabileceği aklıma gelmişti. Birkaç saat önce sana bir şey bıraktım. Küçük bir not. Almadığına emin misin?"

"Neyden bahsettiğini bilmiyorum."

"Ah, ama sayının on dokuz olduğunu biliyorsun."

"Bir sayı tutmamı söyledin."

"Ama doğru sayıydı, değil mi?"

"Anlamıyorum."

"En son ne zaman posta kutuna baktın?"

"Posta kutuma mı? Bilmiyorum. Öğleden sonra olabilir..."

"Bir daha baksan iyi edersin. Unutma, seninle kasımda, olmazsa aralıkta görüşeceğiz." Sesi telefonun kapandığını belirten bir sinyal sesi takip etti.

"Hey!" diye bağırdı Mellery. "Orda mısın? Orada mısın?" Sonunda bitkin bir sesle "Dave?" dedi.

Gurney "Buradayım," dedi. "Bekle, şimdi posta kutuna bak, sonra beni ara."

Gurney ahizeyi yerine koyduktan hemen sonra telefon yeniden çaldı. Ahizeyi kaldırdı.

"Evet?"

"Baba?"

"Pardon?"

"Sen misin?"

"Kyle?"

"Evet. İyi misin?"

"Evet. Bir işin tam ortasındayım da."

"Her şey yolunda mı?"

"Evet. Acelem için özür dilerim. Birkaç dakika içerisinde gelecek bir telefon bekliyorum. Seni sonra arayayım mı?"

"Sorun değil. Sadece seni birkaç gelişmeden haberdar etmek için aramıştım, olan birkaç şeyle, yani yaptığım birkaç şeyle ilgili. Uzun zamandır konuşmadık."

"Seni işim biter bitmez arayacağım."

"Peki. Tamam."

"Özür dilerim. Sağ ol. Sonra konuşuruz."

Gurney gözlerini kapatıp, birkaç derin nefes aldı. Tanrım, işler karışıyordu. tabii ki her şeyin birbirine girmesi kendi suçuydu. Kyle'la olan ilişkisi, hayatının yolunda gitmediğinin kaçınmalarla ve garipliklerle dolu, açık bir kanıtıydı.

Kyle ona ilk evliliğinden kalmıştı. Karen'la yaptığı, kısa süreli evliliğin hatırası, boşandıktan yirmi yıl sonra bile Gurney'i rahatsız ediyordu. İkisini de tanıyan herkes başından beri birbirlerine göre olmadıklarını görüyordu, fakat her şeye karşı gelen kararlılıkları (ya da geceleri tuvalete kalktığında bile kendisini huzursuz eden duygusal bozukluklar), onları bu talihsiz birleşmeye kadar götürdü.

Kyle annesine benziyordu. Onun çıkarcı güdülerini, maddeci hırsını ve tabii ki onun istediği ismi almıştı. *Kyle.* Bu isim Gurney'in içine bir türlü sinmemişti. Bu genç adamın zekasına ve maddi açıdan erken başarısına rağmen, *Kyle* ismi ona pembe dizilerdeki şımarık, bencil çocukları çağrıştırıyordu. Dahası, Kyle'ın varlığı ona sürekli eski evliliğini; hiçbir zaman anlayamadığı bir tarafı olduğunu – her şeyden önce Karen'la evlenmek istemiş olan tarafını hatırlatıyordu.

Gözlerini kapattı. Bir türlü işine odaklanamamasının ve oğluna uzak davranmış olmanın verdiği sıkıntıyı hissetti.

Telefon çaldı. Tekrardan Kyle'ın sesini duyma korkusuyla ahizeyi kaldırdı, fakat arayan Mellery idi.

"Davey?"

"Evet?"

"Posta kutusunda bir zarf vardı. Üzerinde ismim ve adresim yazıyor. Fakat üzerinde bir posta pulu ya da mühür yok. Elden bırakılmış olmalı. Açayım mı?"

"İçerisinde kağıttan başka bir şey var gibi duruyor mu?"

"Ne gibi?"

"Herhangi bir şey... Bir mektup dışında herhangi bir şey..."

"Hayır. Tamamen düz, içi boş gibi... Eğer kastettiğin buysa, içinde yabancı hiçbir cisim yok. Açayım mı?"

"Aç. Ama içinde kağıttan başka bir şeyler olduğunu fark edersen hemen dur."

"Tamam, açıyorum. Yalnızca bir sayfa... Daktiloyla yazılmış. Basit, başlıksız..."

Birkaç saniye sessizlik oldu. "Ne? Neler oluyor?.."

"Ne oldu?"

"Bu imkansız... Mümkün değil..."

"Ne yazıyor oku."

Mellery şaşırmış halde okudu: "Bu notu aramamı kaçırma ihtimaline karşın gönderiyorum. Hâlâ kim olduğumu bilmiyorsan, on dokuz sayısını düşün. Bu sana birisini hatırlatıyor mu? Ve unutma, seninle kasımda, olmazsa aralıkta görüşeceğiz."

"Bu kadar mı?"

"Evet bu kadar... Bunları yazmış – 'on dokuz sayısını düşün.' Bunu nasıl yapabilir? Bu mümkün değil!"

"Bu kadar mı yazmış?"

"Evet. Ama ben de diyorum ki... Ben ne dediğimi bilmiyorum... Yani... Bu imkansız... Tanrım, Davey, neler oluyor?"

"Bilmiyorum. Henüz bilmiyorum. Ama öğreneceğiz."

O an içini bir his kapladı – çözüme dair bir şey değil; çözüme hâlâ uzaktı, fakat içinde garip bir his vardı. Artık bu meydan okuma işine yüzde yüz dahil olmuştu. Başını kaldırdı ve Madeleine'i çalışma odasının kapısında acı bir ifadeyle kendisini izlerken buldu. Gurney'in olaya dahil oluşunun odaya yaydığı gerginliği hissediyor gibiydi. Gurney onun ne hissettiğini tahmin edebiliyordu: korku ve yalnızlık karışımı bir duygu...

Sayı olayının getirdiği akıl almaz meydan okuma hissi – bunun yanında sebep olduğu heyecan – Gurney'i, saat onda yatmasına rağmen, gece yarısına kadar uyutmadı. Kafasında sorularla bir o yana bir bu yana dönüp durdu. Bir rüyanın içindeki bir evde dönüp duran ve sürekli kapıları, pencereleri açmaya çalışan, anahtarını kaybetmiş bir adam gibiydi.

Ardından ağzına yeniden akşam yemeğinde içtikleri çorbanın içindeki hindistancevizinin tadı geldi ve daha da kötü hissetmeye başladı.

Eğer benim kim olduğumu bilmiyorsan, on dokuz sayısını düşün. Mellery de tam olarak bu sayıyı düşünmüştü. Üstelik mektubu okumadan önce düşündü. İmkansız. Ama gerçek.

Hindistancevizi sorunu giderek artıyordu. Üç kez su içmek için kalktı ama tat bir türlü ağzından gitmedi. Ardından yağ da rahatsız etmeye başladı. Yağ ve hindistancevizi... Madeleine bu çorbaya ikisinden de bolca koyardı. Gurney, bundan bir keresinde terapistlerine bile bahsetmişti. Eski terapistlerine... Aslında bu terapistle, emekli olup olmaması gerektiği konusunu tartışırken yalnızca iki kez görüşmüşlerdi ve üçüncü bir görüşmenin çözüme ulaşmaları konusunda yardımcı olacağını düşünmüştü, ancak bu gerçekleşemedi. Ardından bu çorba konusunun aklına neden geldiğini, o sırada konunun ne olduğunu ve bu kadar önemsiz bir şeyi neden söyleme ihtiyacı hissetmiş olabileceğini hatırlamaya çalıştı.

O seansta Madeleine, kendisi odada yokmuşçasına konuşmuştu. Söze onun nasıl uyuduğunu anlatmakla başlamıştı. Terapiste, bir kere uyuduğunda, sabaha kadar uyanmadığını söylemişti. Ah, evet, konu buydu. İşte o sırada Gurney, bu çorbayı yaptığı gecelerin istisna olduğunu çünkü sabaha kadar ağzına yağ ve hindistancevizi tadı geldiğini söylemişti. Ama Madeleine, onun lafı böylesine saçma bir şekilde bölmesini görmezden gelip, terapistle ikisi, küçük bir çocuk hakkında konuşuyorlarmışçasına ona bir şeyler söylemeye devam etmişti.

Dave'in bir kere uyuyunca sabaha kadar kesinlikle uyanmamasının kendisini şaşırtmadığını çünkü göründüğü kişi olmaya çalışmanın çok üstün bir çaba gerektirdiğini söyledi. Kendini bırakma ve rahatlama duygularından öyle uzaktı ki... Öyle iyi, öyle dürüst bir adamdı ki, ancak çok iyi olduğu için suçluluk duygusundan bir türlü kurtulamıyordu. Hatalarıyla ve eksiklikleriyle kendisine işkence ediyordu. İşinde eşsiz başarılara imza atmış, kafasında bir yığın başarısızlık biriktirmişti. Her zaman düşünürdü. Durmadan, ardı ardına sorunları düşünürdü; tekrar tekrar kayayı tepenin yukarılarına fırlatan Sisyphus gibi... Hayatı çözmesi zor bir bulmaca gibi görürdü. Ardından Gurney'e bakarak, hayattaki her şeyin bulmaca olmadığını söylemişti. Sonunda terapist yerine, onunla konuşuyordu. Hayattaki başka türlü yaklaşılması gereken şeyler vardı. Gizemler, bulmacalar değil. Çözülecek değil, sevilecek şeyler...

Sabaha karşı Madeleine'in yataktan kalkmasıyla uyanır gibi oldu. Hafifçe, sessizce burnunu siliyordu. Bir saniye için ağladığını sandı ama bunun anlamsız olduğuna karar verip, sonbahar alerjilerinden birisi olabileceğini düşündü. Uyur uyanık bir halde, onun dolabı açıp sabahlığını giydiğini duydu. Kısa bir süre sonra bodrumun merdivenlerinde onun ayak seslerini duydu ya da rüyasında gördü; hangisi olduğuna emin değildi. Bir süre sonra ise yatak odasının kapısını sessizce kapattı. Gün ışığı yatak odasından içeri sızar sızmaz, elinde kutuya benzer bir şeyle, hayalet gibi belirdi.

Göz kapakları uykudan ağırlaşmış olan Gurney bir saat daha kestirdi.

On Beşinci Bölüm

Çatışma

Gurney yataktan kalktı, fakat dinlenmiş ya da uyanmak istemiş olduğundan değil; bittiğinde, hissettirdiği klostrofobi duygusundan başka hiçbir ayrıntısını hatırlamadığı başka bir rüyaya dalmak istemediği için. Üniversite yıllarında akşamdan kalma olduğu sabahlara benziyordu.

Kendisini duşa girmeye zorladı ve böylece yavaş yavaş daha iyi hissetmeye başladı. Ardından giyinip mutfağa gitti. Madeleine'in ikisine yetecek kadar kahve yaptığını görünce rahatladı. Kahvaltı masasında oturmuş, elinde büyük ve yuvarlak kahve bardağını tutuyor ve düşünceli bir şekilde Fransız usulü kapılara bakıyordu. Madeleine ellerini ısıtmak istercesine, iki eliyle de bardağı kavramıştı. Gurney bardağına kahvesini doldurup, masaya, onun karşısına oturdu.

"Günaydın," dedi.

Madeleine ufak bir gülümsemeyle, kaçamak bir şekilde karşılık verdi.

Gurney, bahçenin karşısındaki çimenlerin yanındaki ormana diktiği bakışlarını takip etti. Hırçın bir rüzgar, ağaçların az kalmış yapraklarını savuruyordu. Sert rüzgarlar Madeleine'i, bir meşe ağacı yıkılıp arabasının önüne düştüğü günden beri gergin yapardı. Fakat bu sabah, kafası rüzgarı bile fark edemeyecek kadar meşguldü.

Birkaç dakika sonra, Gurney'in üzerindeki ya da davranışındaki bir şey kendisini aniden rahatsız etmiş gibi sert bir ifadeyle ona döndü.

"Nereye gidiyorsun?" dedi.

Bir an tereddüt etti. "Peony'e. Enstitü'ye."

"Neden?"

"Neden mi?" Sorudan rahatsız olmuş gibiydi. "Çünkü Mellery sorunu polise anlatmayı hâlâ kabul etmiyor ve ben de onu ikna etmeye çalışmak istiyorum."

"Bunu telefonda da yapabilirsin."

"Yüz yüze olduğu gibi olmaz. Ayrıca bütün yazılı mesajların ve dünkü telefon konuşmasının bir kopyasını almak istiyorum."

"FedEx Kargo bunun için var, değil mi?"

Gurney ona gözlerini dikti. "Benim enstitüye gitmemdeki sorun nedir?"

"Sorun *nereye* gittiğin değil, *niçin* gittiğin."

"Onu polise gitmeye ikna etmek? Birkaç mesaj almak?"

"Gerçekten buradan Peony'e kadar bütün yolu bunun için gittiğine inanıyor musun?"

"Başka ne için olacak?"

Cevaplamadan önce ona uzun uzun, acır gibi baktı. "Gidiyorsun," dedi yumuşak bir tonla, "çünkü bu şey seni cezbetti ve boş veremiyorsun. Gidiyorsun, çünkü uzak duramıyorsun." Ardından yavaşça gözlerini kapattı. Bir filmin kapanış sahnesi gibiydi.

Gurney ne diyeceğini bilemiyordu. Genelde Madeleine tartışmaları bu şekilde bir şey söyleyerek ya da yaparak; onun düşünce treninin üzerine koca bir balyoz indirip, ona söyleyecek bir şey bırakmayarak bitirirdi.

Bu kez Gurney kendisini neyin etkilediğini, en azından bir kısmını anladı. Ses tonu, terapistle konuşurkenki ses tonunun aynısıydı. Terapistle konuşmayı daha birkaç saat önce düşünmüştü.

Bu tesadüf onu rahatsız etti. Sanki şu anki Madeleine ve geçmişteki Madeleine üzerine çullanıyordu; her biri kulağına bir şeyler fısıldar gibiydi.

Bir süre sessiz kaldı.

Madeleine sonunda kalkıp kahve bardaklarını aldı, lavaboya götürüp yıkadı. Ardından, her zaman yaptığı gibi onları bulaşıklığa koymak yerine, yan taraftaki rafa yerleştirdi.

Neden orada durduğunu unutmuş gibi rafa gözlerini dikerek "Saat kaçta gidiyorsun?" diye sordu.

Gurney omuz silkip, sanki bu sorunun cevabını arar gibi duvarlara bakındı. Bunu yaparken, gözü, odanın diğer ucunda, şöminenin önünde duran sehpanın üzerindeki bir şeye takıldı. Bu, bir içki dükkanından çıkmış gibi görünen karton bir kutuydu. Ama asıl dikkatini çeken, etrafına sarılmış ve tepesine fiyonk atılmış, beyaz kurdeleydi.

Aman Tanrım! Demek bodruma bunu getirmek için inmişti.

Kutu yıllar öncesinden hatırladığına göre daha küçük ve daha koyu kahverengi olsa da, kurdeleyi unutmak imkansızdı. Hindular kesinlikle doğru düşünmüşlerdi: Siyah değil, beyaz, yasın doğal rengi...

Ciğerlerinde bir sıkışma hissetti. Yukardan bir şeyler nefesini, ruhunu aşağı doğru itiyor gibiydi. *Danny. Danny'nin resimleri. Küçük çocuğum Danny.* Yutkunarak, içinde büyük bir boşlukla uzaklara baktı. Hareket edemeyecek kadar zayıf hissediyordu. Fransız usulü kapılara baktı ve öksürerek boğazını temizledi. Karışık anılar yığınının yerini anlık duygulara bırakmaya çabaladı. Bir şeyler söyleyerek beynini kontrol etmeye, kendi sesini duymaya, sessizliğini yıkmaya çalıştı.

"Gecikeceğimi sanmıyorum," dedi. Tüm gücünü, enerjisini kullanarak sandalyeden kalktı. Anlamsızca "Akşam yemeği saatinde evde olmalıyım," diye, ne dediğinin farkında olmadan ekledi.

Madeleine onu yorgun bir gülümsemeyle, hiçbir şey söylemeden izledi. Kelimenin tam anlamıyla buna gülümseme denemezdi.

Gurney "Gitsem iyi olur," dedi. "Zamanında orada olmalıyım."

Gurney, gözleri görmüyormuş gibi, neredeyse sendeleyerek onu yanağından öptü ve ceketini unutup arabaya gitti.

Hava o sabah farklıydı. Sonbaharın renkleri ağaçları terk etmiş, daha çok kış havası yaşanıyordu. Gurney bunun pek farkında değildi. Kutunun görüntüsüyle, içindeki hatıralarla ve masada olmasının anlamıyla dağılmış bir şekilde neredeyse önünü görmeden, otomatik bir şekilde arabayı sürüyordu.

Neden? Bunca yıl sonra, neden? Ne amaçla? Madeleine ne düşünüyordu? Abelard'ın yanından geçip, farkına bile varmadan Dillweed'i geride bırakmıştı. Midesi bulanıyordu. Başka bir şeylere odaklanmalı, kafasını yormamalıydı.

Nereye gittiğine ve oraya gitme sebebine odaklan. Mesajlara, şiirlere ve on dokuz sayısına yoğunlaşmaya çalıştı. Aklına on dokuz sayısını getiren Mellery. Ardından mektupta aynı sayının yazıyor olması. Bu nasıl mümkün olabilirdi? Bu Arybdis ya da Charybdis – adı her neyse, onun ikinci olağanüstü numarasıydı. İkisi arasında belli faklılıklar vardı ama ikinci de birincisi kadar şaşırtıcıydı.

Sehpanın üzerindeki kutunun hayali; ardından kutunun içindekiler toplandıkları günkü halleriyle düşüncelerinin etrafında beliriyorlardı. Danny'nin boya kalemleriyle çizdiği kağıtlar... Aman Tanrım! Madeleine'in portakal çiçeği olduklarını iddia ettiği, küçük turuncu bir şeylerin çizilmiş olduğu kağıt... Ve bir balona, ağaca ya da lolipopa benzeyen komik resim... Tanrım...

Kendine geldiğinde, arabayı enstitünün çakıl taşları dökülmüş park alanına sokuyordu. Arabayı bir süredir bilinçsizce kullanıyor gibiydi. Etrafına bakıp kafasını toplamaya, aklını bedeninin olduğu yere getirmeye çalıştı.

Yavaş yavaş rahatlayıp sonunda neredeyse uyuşuk bir ruh haline büründü. Böyle yoğun duyguların arkasından genellikle gelen boşluk duygusunu hissetti. Saatine baktı. Nasıl olduysa tam zamanında gelmişti. Görünüşe bakılırsa aklının bir kısmı, otonom sinir sistemi gibi bilinçsizce çalışmıştı. Soğuğun buradaki oyuncuların içeri kaçmalarına sebep olmuş olabileceğini düşünerek arabanın kapılarını kilitleyip, eve doğru giden patikadan yürüdü. Daha önceki ziyaretinde olduğu gibi, ön kapı daha o çalmadan, Mellery tarafından açıldı.

Gurney dışarıda, rüzgarda duruyordu. "Yeni bir gelişme var mı?"

Mellery başını salladı ve ağır, antik kapıyı kapattı. Kapıyı kapatırken bir sürü kuru yaprak kapı eşiğine uçuştu.

"Çalışma odasına geçelim," dedi. "Kahve, meyve suyu..."

Gurney "Kahve alırım," dedi.

Yine şöminenin yanındaki sandalyelere oturdular. Aralarındaki alçak masada büyük bir zarf duruyordu. Mellery zarfa doğru uzanarak, "Yazılı mesajların fotokopileri ve telefon konuşmasının kaydı. Hepsi senin."

Gurney zarfı alıp dizlerinin üzerine koydu.

Mellery ona beklenti dolu gözleriyle baktı.

Gurney "Polise gitmelisin," dedi.

"Bunu daha önce konuşmuştuk."

"Yeniden konuşmalıyız."

Mellery gözlerini kapattı ve başı ağrıyormuş gibi alnına masaj yaptı. Gözlerini açtığında bir karar vermiş gibiydi.

"Bu sabah benim dersime gel. Beni anlamanın tek yolu bu." Herhangi bir itirazı önlemek istercesine hızlıca devam etti. "Burada yaptığım iş çok ince, çok kırılgan. Misafirlerimize bilinçli olmayı, huzuru ve açıklığı öğretiyoruz. Onların güvenini kazanabilmek çok önemli... Onlara hayatlarını değiştirebilecek bir şey sunuyoruz. Ama bu gökyüzüne yazı yazmaya benziyor. Hava açıkken, yazı okunaklı... Biraz rüzgar çıkınca, anlaşılması imkansız... Söylediğimi anlıyor musun?"

"Emin değilim."

Mellery "O halde derse gel," diye üsteledi.

Gurney onun arkasından, ana binanın zemin katındaki geniş bir odaya doğru ilerlerken saat tam 10:00'du. Şehirden uzak, pahalı bir otelin bekleme odasına benziyordu. Büyük bir şöminenin karşısında bir düzine sandalye ve yarım düzine koltuk vardı. Yirmi katılımcının hemen hepsi yerlerini almışlardı. Birkaç tanesi kenarda, üzerinde gümüş bir kahve semaverinin ve bir tepsi kruvasanın durduğu bistro benzeri yerde bekliyorlardı.

Mellery şöminenin önüne yürüdü ve dinleyicilere döndü. Kenarda duranlar aceleyle yerlerine oturdular ve herkes susup beklemeye başladı. Mellery Gurney'e şöminenin yanındaki bir yere oturmasını işaret etti.

Gurney'e dönüp gülümseyerek, "Bu David," dedi. "Neler yaptığımızı öğrenmek istiyor, bu yüzden kendisini sabah toplantımızı izlemesi için davet ettim."

Memnuniyet belirten sesler yükseldi ve tüm yüzler ona doğru bakıp gülümsedi. Çoğu, dahi gibi görünüyordu. Birkaç gün önce kendisiyle kaba bir şekilde konuşmuş olan narin kadınla göz göze geldi. Kadın utanmış, hatta biraz yüzü kızarmıştı sanki.

Giriş konuşması olmadan, "Hayatlarımıza hakim olan roller," diye başladı Mellery, "farkında olmadıklarımızdır. Bizi durmadan bir yerlere götüren ihtiyaçlarımız, aslında farkına varmadıklarımızdır. Mutlu ve özgür olmak için, oynadığımız rolleri ne için oynadığımızı görmeli ve göremediğimiz ihtiyaçlarımızı su yüzüne çıkarmalıyız."

Sakince, düz bir tonla konuşuyordu ve katılımcılar pür dikkat onu dinliyordu.

"Arayışımızdaki ilk engel, kendimizi tanıdığımızı, bizi nelerin motive ettiğini anladığımızı, durumlar ve etrafımızdaki insanlar karşısında hissettiklerimizi neden hissettiğimizi bildiğimizi farz etmek olacaktır. İlerleme kaydedebilmek için, açık fikirli olmamız gerekiyor. Kendimle ilgili gerçeği bulabilmek için, bunu zaten bildiğimi söylemeyi bırakmalıyım. Eğer ne için orada durduğunu anlamayı başaramadıysam, yolumda duran kayayı asla yerinden kaldırmamalıyım."

Tam Gurney onun son söylediği cümleyle Yeni Nesil sorunlarını ele almaya başladığını düşünürken, Mellery'nin sesi aniden yükseldi.

"Kayanın ne anlama geldiğini biliyor musunuz? Kaya kendinizsiniz, olduğunu düşündüğünüz kişi. Olduğunu düşündüğünüz insan sizi öyle bir yere hapsediyor ki, ışıksız, yemeksiz ve kimsesiz bir başınıza kalıyorsunuz. Her ikisi de aynı anda yaşadığı süreçe, olduğunu sandığınız insan gerçek sizi öldürmeye çalışıyor."

Mellery bir an üzerine umutsuzluk çökmüşçesine, duraksadı. İzleyicilere gözlerini dikti ve nefeslerini tutuyor olduklarını gördü. Konuşmaya başladığında sesi, normal konuşma seviyesine inmişti fakat hâlâ duygu doluydu.

"Olduğumu sandığım insan gerçekte olduğum insandan ölesiye korkuyor; diğer insanlar onun hakkında ne düşünürler diye korkuyor. Gerçekte olduğum kişiyi bilseler bana neler yaparlar? En iyisi güvende olmak! En iyisi gerçek insanı saklamak, ona işkence etmek, onu gömmek!"

Yeniden duraksayıp, gözlerindeki alevin dinmesine izin verdi.

"Bunların hepsi ne zaman başlar? Ne zaman iki kişi şeklinde yaşamaya başlarız – kafamızda yarattığımız kişi ve içeriye kilitleyip ölüme terk ettiğimiz gerçek insan? Bence bunun başlaması sandığımızdan daha erken olur. Kendi ikizlerimin, her ikisinin de mutsuz yerlerini almaya başlamalarının dokuz yaşıma dayandığını biliyorum. Size bir hikaye anlatacağım. Bunu daha önce dinlemiş olanlardan özür diliyorum."

Gurney odadaki insanlara şöyle bir baktı ve hikayeyi dinlemiş olan birkaç kişinin hatırlayıp, gülümsediklerini fark etti. Mellery'nin hikayelerini ikinci veya üçüncü kez dinlemek, sıkıcı ya da sinir bozucu olmak şöyle dursun, onları sabırsızlandırıyor gibiydi. En sevdiği masalın bir daha anlatılacağına söz verilmiş küçük bir çocuğun heyecanlı tepkilerinden farksızdı.

"Bir gün okula gitmek için evden çıkarken, annem, öğleden sonra eve dönüşte bir kutu süt ve ekmek almam için yirmi dolar verdi. Okuldan çıktıktan sonra, markete gitmeden önce okulun yanındaki küçük restorandan bir tane kola almak için durdum. Fakat kasadaki adam elimdeki parayı alıp üstünü vermek üzereyken, okuldaki çocuklardan birisi gelip parayı gördü ve 'Hey, Mellery,' dedi, 'O yirmiliği nereden buldun bakalım?' Şimdi, bu çocuk dördüncü sınıflar arasındaki en tehlikeli çocuktu ve ben de dördüncü sınıftaydım. Ben dokuz yaşındaydım, o ise on bir. İki kez sınıfta kalmıştı ve herkes ondan korkardı – onla takılmayı bırakın, konuşamazdım bile. Sürekli kavga ederdi ve insanların evlerine zorla girip bir şeyler çaldığı söylentileri dolaşıyordu. Bana parayı nereden bulduğumu sorduğunda, annemin süt ve ekmek almam için verdiğini söyleyecektim fakat benimle dalga geçip, ana kuzusu demesinden korkup, onun gözüne girebilmek için çaldığımı söyledim. İlgili gözlerle bana bakınca, kendimi iyi hissetmiştim. Ardından kimden çaldığımı sordu ben de aklıma ilk gelen şeyi söyledim. Annemden çaldım dedim. Başını sallayıp, gülümsedi ve yürüyüp gitti. Aynı anda hem rahatlamış hem de rahatsız olmuştum. Söylediğim şeyi ertesi gün unutmuştum. Fakat aradan bir hafta geçti ve okul bahçesinde yanıma gelip, 'Hey, Mellery, annenden başka para çaldın mı?' diye sordu. Çalmadığımı söyledim. Ve bana 'Neden bir yirmilik daha çalmıyorsun?' dedi. Ne diyeceğimi bilemedim. Yalnızca yüzüne öylece baktım. Daha sonra ürkütücü bir gülümsemeyle bana 'Bir yirmilik daha çalıp bana vereceksin, yoksa annene geçen hafta çaldığın yirmilikten bahsederim.' dedi. O an damarlarımdaki kanın çekildiğini hissettim."

Şöminenin yanındaki şarap rengi sandalyede oturan geniş yüzlü bir kadın "Aman Tanrım," dedi ve odanın içinden Mellery'nin durumuna üzüldüklerini ya da diğer çocuğa kızdıklarını belirten insanların homurtuları yükseldi.

İri yapılı bir adam gözlerinden şiddet fışkırarak "Bu ne kalleşlik!" dedi.

"Paniğe kapılmıştım. Bu çocuğun anneme gidip yirmi dolar çaldığımı söylediğini hayal edebiliyordum. Gariplik şu ki – bu küçük kabadayının anneme hiçbir şey söylemeyeceği ihtimali – aklıma hiç gelmedi. İçime korku dolmuştu – gidip anneme bir şey söyleyeceği ve annemin de ona inanacağı korkusu. Gerçeğe inanmayacağını düşünüyordum. Bu karmakarışık panik halindeyken verebileceğim en kötü kararı verdim. O gece annemin cüzdanından yirmi dolar çalıp ertesi gün çocuğa verdim. Tabii ki ertesi hafta aynı parayı yine istedi. Ondan sonraki hafta da... Ve bu altı hafta boyunca, ben babama yakalanana kadar, böylece devam etti. Elimde yirmi dolarla, annemin çalışma masasın en üst çekmecesini kapatırken yakalandım. Gerçeği itiraf ettim. Aileme tüm o korkunç, utanç verici hikayeyi anlattım. Ama her şey daha da kötüye gitti. Papaz Monsenyör Reardon'u çağırıp, beni kiliseye, tüm hikayeyi bir kez daha anlatmam için götürdüler. Ertesi gece monsenyör bizi yeniden çağırıp, küçük şantajcı ve ailesiyle buluşturup, hikayeyi yeniden anlattırdı. Bununla da kalmadı. Ailem, çaldığım parayı geri ödemiş sayılmam için bir yıl boyunca harçlığımı kesti. Bu olay bana bakışlarını tamamen değiştirdi. Şantajcı okuldaki herkese olayı, kendisini Robin Hood gibi, beni ise pis bir ispiyoncu gibi gösteren bambaşka bir şekilde anlattı. Sürekli bana, bir gün bir apartmanın tepesinden beni aşağı fırlatacakmış gibi soğuk soğuk sırıtıyordu."

Mellery anıların canlanmasıyla bir saniye durdu ve anılarının gerginleştirdiği kasları gevşetmek istermiş gibi, elleriyle alnına masaj yaptı.

İri yarı adam öfkeli bir şekilde başını sallayıp, tekrar "Bu ne kalleşlik!" dedi.

Mellery "Ben de tam olarak böyle düşünüyordum," dedi. "Ne kadar zalimce bir kalleşlik! Olay aklıma ne zaman gelse, ardından gelen düşünce, 'Bu ne kalleşlik!' oluyordu. Düşünebildiğim tek şey buydu."

İri yarı adam, kendinden emin sesiyle "Haklıymışsın. Çocuk tam bir kalleşmiş," dedi.

Mellery gittikçe artan bir onaylama tonuyla "Evet, tam olarak öyleydi," dedi, "tam olarak öyleydi. Ama onun *ne olduğu* sorusunu bir türlü geçip, kendime *ne olduğumu* sormadım. Bu dokuz yaşındaki çocuk kimdi ve yaptığı şeyi neden yapmıştı? Korktuğunu söylemek yetmez. Tam olarak neyden korkuyordu? Kim olduğunu düşünüyordu?"

Gurney aniden kendisini, pür dikkat dinlerken buldu. Mellery onun da odadaki herkes kadar dikkatli dinlediğini fark etmişti. Gurney bu anlam, motivasyon ve kimlik arayışında gözlemci olmaktan çok katılımcı olmuştu. Mellery konuşurken bir yandan şöminenin önünde ileri geri yürümeye başladı. Kafasındaki anılar ve sorular sabit durmasına izin vermiyor gibiydi. Sözcükler ağzından adeta dökülüyordu.

"O çocuğu, yani kendi dokuz yaşındaki halimi ne zaman düşünsem, onu bir kurban olarak görürüm. Şantaj kurbanı; sevgi, ilgi ve kabul edilme isteğinin masum kurbanı. Tek istediği kabadayının kendisini sevmesiydi. Zalim dünyanın kurbanı olmuştu. Zavallı küçük çocuk, kaplanın dişleri arasındaki zavallı küçük koyun."

Mellery yürümeyi bıraktı ve izleyicilerin yüzünü görecek şekilde döndü. Alçak bir sesle devam etti. "Ama o küçük çocuk aynı zamanda başka bir şeydi. Yalancı ve hırsızdı."

İzleyiciler karşı çıkmak isteyenler ve başlarını onaylarcasına sallayanlar olarak ikiye bölündüler.

"Yirmi doları nereden bulduğu sorulduğunda yalan söyledi. Hırsız olduğunu farz ettiği birisinin hoşuna gitmek için hırsız olduğunu iddia etti. Ardından, annesine hırsız olduğunun söylenmesi tehdidiyle karşı karşıya kaldı. Bu tehdit karşısında annesi hırsız olduğunu düşünmesin diye, gerçekten hırsız oldu. En fazla ilgilendiği şey, insanların kendisi hakkında ne düşündüğüydü. Ne düşündüklerini sorun ettiği kadar, gerçekten yalancı ya da hırsız olmasını, ya da bunun yalan söyleyip, parasını çaldığı kişiler üzerindeki etkisini pek umursamadı. Ya da şöyle düzelteyim: Yalan söylemesini ya da çalmasını engelleyecek kadar umursamadı. Bu yaptıkları yalnızca asit misali, kendi kendisine olan saygısını eritti. Kendisinden nefret edecek, ölmek isteyecek kadar büyük bir sorun oldu."

Mellery homurdanmaların geçmesi için, birkaç saniye sustu ve devam etti, "İşte yapmanızı istediğim şey bu. Katlanamadığınız, sinirli olduğunuz, size hata yapan insanların bir listesini yapın ve kendinize sorun, "Ben bu duruma nasıl dahil oldum? Bu ilişkiye nasıl başladım? Beni etkileyen şeyler nelerdi? Bu davranışlarım dışarıdan bakan bir gözlemci tarafından nasıl görünüyordu? Sakın, tekrar ediyorum, sakın diğer insanın yaptığı kötü şeye odaklanmayın. Suçlayacak birisini aramıyoruz. Bunu hayatımız boyunca yaptık ve bizi hiçbir yere getirmedi. Elimize geçen tek şey bir şeyler kötü gittiğinde suçlanmış bir yığın insan listesi! Uzun, işe yaramaz bir liste! Gerçek soru, sorulması gereken asıl soru şu ki 'Tüm bunların içinde ben tam olarak neredeyim? Odaya giren o kapıyı nasıl açtım?' Ben o kapıyı dokuz yaşımda, beğeni kazanmak uğruna yalan söyleyerek açtım. Siz nasıl açtınız?"

Gurney'e bakan kadın gittikçe huzursuzlanmış gibi bakıyordu. Tereddüt ederek elini kaldırdı ve "Bazen gerçekten kötü bir insanın masum bir insana fena bir şey yaptığı, mesela evine zorla girip, evini soyduğu olmaz mı? Bu masum olan kişinin hatası olmaz, değil mi?" diye sordu.

Mellery gülümsedi. "İyi insanlara kötü şeyler olur. Ama bu iyi insanlar hayatlarının geri kalanını, sinirden dişlerini gıcırdatarak ve soygunun hatırasını tekrar tekrar kafalarında canlandırarak yaşamaya devam etmezler. Bizi en çok üzen kişisel felaketler, içimizden atamayacak kadar güçsüz olduklarımız, kabul etmek istemesek de bizim de içinde rol almış olduklarımızdır. Bu yüzden acı çekmeye devam ederiz – kökenine inmeyi reddettiğimiz için. Bunu içimizden, bağlı olduğu yerden koparıp atamayız, çünkü bağlı olduğu noktaya eğilip bakmayı reddederiz."

Mellery devam edecek gücü bulmaya çalışıyormuşçasına gözlerini kapattı. "Hayatlarımızdaki en büyük acı, kabul etmediğimiz hatalarımızdan gelendir – bizim asıl kimliğimizle uyuşmayan hatalardır. Bize öyle zıtlardır ki, onlara bakmaya katlanamayız. Bir vücutta iki insan oluruz, birbirine katlanamayan iki insan. Yalancı ve yalancılardan nefret eden. Hırsız ve hırsızlardan nefret eden. Bu savaşın verdiği acıya benzer başka bir acı yoktur. Bu acı, bilinç seviyemizin üzerine çıkar. Ondan kaçarız ama bizimle koşar. Nereye kaçarsak kaçalım, savaşı beraberimizde götürürüz."

Mellery şöminenin önünde ileri geri yürümeye başladı.

"Söylediğimi yapın. Hayatınızdaki kötü şeyler için suçladığınız insanların listesini çıkarın. Onlara ne kadar sinirlenirseniz, o kadar iyi. İsimlerini yazın. Kendi masumiyetinize ne kadar inanırsanız, o kadar iyi. Onların yaptığı şeyi ve sizin nasıl kırıldığınızı yazın. Sonra kendinize, kapıyı nasıl açtığınızı sorun. Eğer aklınıza ilk gelen, bu egzersizin ne kadar saçma olduğu ise, bunu reddetmeye neden bu kadar istekli olduğunuzu sorun. Unutmayın, bu yaptığımızın amacı, suçları her neyse o insanları bağışlamak değil. Onları bağışlama yetkiniz yok. Bağışlamak Tanrı'nın işidir, sizin değil. Sizin işiniz yalnızca bir soru sormak: '*Ben kapıyı nasıl açtım*?'

Durdu ve elinden geldiğince fazla misafirle göz teması kurmaya çalışarak odada gözlerini gezdirdi.

"'*O kapıyı nasıl açtım*?' Hayatınızın geri kalanında mutlu olup olmamanız, bu soruyu ne kadar dürüstçe cevapladığınıza bağlı olacak."

Konuşmaktan yorulmuş görünüyordu ve durup, mola verdiğini söyledi, "Kahve, çay, temiz hava, lavabo gibi şeyler için mola." İnsanlar bir yerlere gitmek için koltuklarından, sandalyelerinden kalkarlarken, Mellery soran gözlerle, hâlâ oturmakta olan Gurney'e baktı.

"Bu işine yaradı mı?" diye sordu.

"Bu harikaydı."

"Ne anlamda?"

"Sen olağanüstü bir konuşmacısın."

Mellery içten mi, yapmacık mı olduğunu belli etmez bir şekilde başını salladı. "Bunun ne kadar kırılgan olduğunu görebildin mi?"

"Misafirlerinle kurduğun iletişimi mi kastediyorsun?"

"Eğer güven, özdeşleşme, bağlılık, açıklık, inanç, umut ve sevgiyi kastediyorsan, *iletişim* doğru kelime olabilir diye düşünüyorum. Ve tabii eğer bu çiçeklerin ne kadar hassas olduklarını anlıyorsan – özellikle de ilk açmaya başladıklarında.

Gurney, Mark Mellery hakkında ne düşünmesi gerektiğine karar veremiyordu. Eğer bu adam bir şarlatansa, hayatında karşılaştığı en iyi şarlatandı.

Mellery elini kaldırıp kahve semaverinin yanında duran bir kadına seslendi. "Ah, Keira, bana bir iyilik yapıp Justin'i benim yanıma gönderir misin?"

Kadın tereddütsüz "Tabii ki!" dedi ve Mellery'nin ricasını yerine getirmek için arkasını dönüp gitti.

Gurney "Justin kim?" diye sordu.

"Kendisi olmadan yapamayacağım genç bir adam. Başta o da buraya yirmi bir yaşındayken misafir olarak gelmişti – daha küçükleri aramıza almıyoruz. Üç kez buraya geri döndü ve üçüncüde bir daha ayrılmadı."

"Ne iş yapıyor?"

"Sanırım benimle aynı işi yaptığını söyleyebiliriz."

Gurney sorgularcasına Mellery'nin yüzüne baktı.

"Justin ilk geldiği zamanlarda her zaman doğru taraftaydı – söylediklerimi, ayrıntıları ve diğer her şeyi kapıyordu. Her yaptığımız işe harika katkıları olan, genç akıllı bir adamdı. Enstitünün amacı ona uygun, o da enstitünün amacına uygundu. Eğer isterse bizimle iyi bir geleceğe sahip olabilir."

Gurney kendi kendisine "Küçük Mark," dedi.

"Pardon?"

"İdeal bir oğul gibi görünüyor. Kendisine sunabileceğin her şeyi alan ve anlayan..."

Şık ve zeki görünümlü bir adam odaya girdi ve yanlarına geldi.

"Justin, eski bir arkadaşımla tanışmanı istiyorum. Dave Gurney…"

Genç adam, utangaçlık karışımı bir samimiyetle elini uzattı.

El sıkıştıktan sonra, Mellery Justin'i kenara çekti ve alçak bir sesle ona bir şeyler söyledi. "Sıradaki yarım saati senin almanı ve iç çatışmalarla ilgili örnekler vermeni istiyorum."

Genç adam "Seve seve," dedi.

Gurney, Justin kahvenin olduğu kısma geçene kadar bekledi ve Mellery'e, "Eğer zamanın varsa, ben gitmeden önce aramanı istediğim birisi var."

"Eve doğru gidelim." Mellery'nin misafirleriyle, şu anki yaşadığı sıkıntı arasına bir mesafe koymak istediği açıkça belli oluyordu.

Gurney, yolda ondan Gregory Dermott'u aramasını ve kullandığı posta kutusunun tarihi ve güvenliği, Arybdis adına gönderilen ama Mellery'e geri dönen 289.87 dolarlık çek hakkında başka bir şey hatırlayıp hatırlamadığı hakkında sorular sormasını istediğini söyledi. Özellikle, Dermott'un şirketinde kutuyu açmaya yetkisi olan başka kimse var mıydı? Anahtar yalnızca Dermott'da mıydı? İkinci bir anahtar? Ne kadar süredir o posta kutusunu kullanıyordu? Daha önce ne olduğu belli olmayan bir çek almış mıydı? Arybdis, Charybdis ya da Mark Mellery isimleri onun için bir anlam ifade ediyor muydu? Hiç kimse ona Ruhani Yenilenme Enstitüsü'nden bahsetmiş miydi?"

Mellery'nin kafası karışmış gibi görünmeye başlıyordu ki, Gurney cebinden bir kart çıkarıp ona verdi. "Soruların hepsi burada yazıyor. Bay Dermott hepsini cevaplamak istemeyebilir ama denemeye değer."

Kurumuş ve kurumaya yüz tutmuş yaprakların arasında yürürlerken, Mellery endişeleri içerisinde daha da derinlere batıyormuş gibi görünüyordu. Güzel evin arkasındaki avluya geldiklerinde durdu ve kendisini dinleyen birilerinden korkarmışçasına alçak bir tonla konuştu.

"Dün gece neredeyse hiç uyumadım. Şu 'on dokuz' işi aklımı kaçırmama sebep olacak."

"Hiçbir bağlantı kuramadın, değil mi? Çağrıştırdığı bir şey bulabildin mi?"

"Hiçbir şey. Yalnızca aptalca şeyler. Bir keresinde bir terapist bana alkol sorunum olup olmadığını anlamak için bir test yapmıştı ve yirmi soruda on dokuz yapmıştım. İlk eşim evlendiğimizde on dokuz yaşındaydı. Bunun gibi şeyler, rastgele bağlantılar. Beni ne kadar iyi tanırsa tanısın, hiç kimsenin tahmin edemeyeceği şeyler."

"Ama ettiler."

"Evet, beni deli eden şey de bu! Gerçeklere bak. Posta kutuma kapalı bir zarf bırakılıyor. Zarfın orada durduğuna dair bir telefon alıyorum ve benden aklımdan istediğim bir sayıyı tutmamı istiyor. On dokuzu tutuyorum. Posta kutusuna gidiyorum ve zarfı alıyorum ve zarfın içindeki mektupta on dokuz yazıyor. Tam olarak düşündüğüm sayı. Yetmiş iki bin yüz elli biri de tutabilirdim. Ama on dokuzu tuttum ve mektubun içindeki sayı da buydu. ESP'nin* saçmalık olduğunu söylüyorsun fakat bunu başka bir şekilde açıklayabilir misin?"

Gurney, Mellery'nin coşkusunun tersine, sakin bir tonla cevap verdi. "Olmuş olanlar hakkında kaçırdığımız bir nokta var. Soruna, yanlış soruları sormamızı sağlayan bir açıdan bakıyoruz."

"Doğru soru nedir?"

"Bunu bulduğum zaman, ilk seninle paylaşacağım. Ama sana ESP ile hiçbir ilgisi olmayacağının garantisini verebilirim."

Mellery başını salladı ama yüzündeki, bir ifadeden çok titremeye benziyordu. Ardından başını kaldırıp evinin arka tarafına ve yeniden bulundukları avluya baktı. Oraya nasıl geldiklerini hatırlamıyormuşçasına, boş boş bakıyordu.

Gurney, "İçeriye girelim mi?" diye önerdi.

Mellery birkaç saniye durdu ve aniden bir şey hatırlamış gibi,

---

* ESP: Duyular Dışı Algılama. (Çev. N.)

"Unuttum – özür dilerim – Caddy bugün öğleden sonra evde olacak. Şeyi yapamam, yani daha iyi olan… demek istediğim, Dermott'u hemen arayamayacağım. Uygun anı beklemek zorundayım."

"Peki bugün yapacak mısın?"

"Evet, evet, tabii ki. Sadece doğru zamanı beklemem gerekiyor. Onunla konuşur konuşmaz seni arayacağım."

Gurney arkadaşının gözlerinin içine baktığında, yıkılmakta olan bir hayatın korkusunu gördü. Başını salladı.

"Gitmeden önce bir soru daha… Justin'e 'iç çatışmalar'la ilgili konuşmasını söylediğini duydum. Bunun ne anlama geldiğini merak ediyorum."

Mellery kaşlarını hafiften çatarak "Çok şey kaçırmadın," dedi. "'Çatışma' bölünme, bir şey içindeki ikilik anlamına gelir. İçimizdeki savaşları anlatmak için bu kelimeyi kullanıyorum."

"Jekyll ve Hyde gibi mi?"

"Evet ama bunun da ötesinde bir şey… İnsanların iç dünyaları çatışmalarla doludur. Bu bizim ilişkilerimizi şekillendirir, kızgınlıklar yaratır ve hayatlarımızı mahveder."

"Bir örnek ver."

"Yüzlerce örnek verebilirim. Mesela en büyük çatışma kendimizi görme şeklimiz ve başkalarını görme şeklimiz arasındadır. Örneğin, biz tartışıyor olsak ve sen bana bağırsan, bunun sebebinin senin öfkeni kontrol edememen olduğunu düşünürüm. Fakat ben sana bağırsam, bunun sebebini kendi öfke kontrolsüzlüğüm değil, senin kışkırtman olarak görürüm. Bağırmamın uygun bir tepki olacağı ve senden kaynaklanan bir şey…"

"İlginç."

"İkimiz de *benim sorunlarıma benim durumumun, ama senin sorunlarına kişiliğinin sebep olduğunu düşünecek* kadar köşeye sıkışmış görünüyoruz. Bu problem yaratıyor. Benim her şeyi kendi bildiğim gibi yapmak istemem mantıklı gibi görünürken, senin her şeyi bildiğin gibi yapmak istemen çocukça görünüyor. Ben daha iyi hissettiğim, sen daha iyi davrandığın zaman daha iyi bir gün olacak. Ben her şeyi olduğu gibi görüyorum. Sen her şeyi mantığının çarpıttığı şekliyle görüyorsun."

"Anlıyorum."

"Bu yalnızca başlangıç, konunun yalnızca girişi... Akıl ikilemler ve çelişkiler yığınıdır. Başkalarının güvenini kazanmak için yalan söyleriz. Gerçek kişiliğimizi birileriyle yakınlaşmak için gizleriz. Mutluluğu yakalamak için, mutluluğu kaçıran tercihler yaparız. Haksız olduğumuz zamanlarda haklı olduğumuzu göstermek için olağanüstü çaba gösteririz."

Programının içeriğine kendisini kaptıran Mellery heves ve heyecanla anlatıyordu. Bu sıkıntılı durumun ortasında bile, aklını buna verebiliyordu.

"Kişisel bir acı kaynağından bahsettiğin izlenimine kapıldım," dedi Gurney, "genel durumlardan değil."

Mellery yavaşça başını salladı. "Bir bedende yaşayan iki insanın verdiğinden daha büyük acı olamaz."

On Altıncı Bölüm

Başlangıcın Sonu

Gurney'in içinde kötü bir his vardı. Mellery'nin Wallnut Crossing'e ilk ziyaretinden beri bu his gelip gidiyordu. Şimdi bu hissin gerçek bir suçun açıklığını özlemesinden kaynaklandığını sıkıntıyla fark etti. Taranacak ve incelenecek, ölçülecek ve raporu yazılacak bir olay yeri; analiz edilecek ve tanımlanacak parmak izleri, ayak izleri, saçlar ve dokular; sorgulanacak tanıklar, yerleri belirlenecek şüpheliler, tespit edilecek tanıdıklar, soruşturulacak bağlantılar, bulunacak bir silah, balistik mermiler... Daha önce yasal açıdan bu kadar karışık bir sorunla, önünde normal presodürleri uygulamasına bu kadar engel varken, kendisini böylesine heba etmemişti.

Enstitüden kasabaya giden dağ yolunda Mellery'nin birbiriyle savaşan korkularını düşündü – bir yanda kötü niyetli bir takipçi, diğer yanda müşterileri kaçıracak polis müdahalesi. Mellery'nin, ilacın hastalıktan daha kötü olabileceğine dair inancı, durumun böylesine belirsiz kalmasına sebep oluyordu.

Mellery'nin söylediğinden daha fazlasını bilip bilmediğini merak etti. Çok eskiden yaptığı, şu anki tehdit ve ima dolu sözlerin sebebi olabilecek bir şey biliyor muydu? Doktor Jekyll, Bay Hyde'ın ne yaptığını biliyor muydu?

Mellery'nin bir bedende savaşan iki kişi hakkındaki konuşması, Gurney'in ilgisini başka sebeplerden dolayı çekmişti. Kendisinin yıllar boyu algıladığı ve Sabıka Fotoğrafı Sanatı'nda kullandığı şeyin bir yansıması gibiydi. Ruhun bu şekilde bölünmesi genellikle yüze yansır ve en çok gözlerde belirgindir. Zaman içerisinde, bir yüzde saklı iki yüz görmüştü. Bu olayın en rahat gözlemleneceği yer, fotoğraflardı. Yapmanız gereken tek şey bir kağıtla, burnun ortasından, her seferinde yalnızca bir göz görünecek şekilde, yüzün bir yarısını kapatmaktı. Ardından sağ tarafta gördüğünüz kişinin karakterini ve sol tarafta gördüğünüz kişinin karakterini bir kağıda yazınca, iki tanımın birbirinden çok farklı olduğunu görmek hayret vericiydi. Yüzün bir yarısında görünen kişi huzurlu, toleranslı ve akıllı; diğer yarısında görünen kişi ise öfke dolu, soğuk ve düzenbaz olabilirdi. Boş bakışların arasından, cinayete götüren bir kinin fışkırdığı yüzlerde, bu kin gözlerin bir tanesinde mevcutken, diğerinde bundan eser olmazdı. Belki de gerçek hayatta beynimiz bu iki ayrı gözdeki özellikleri birleştiriyor ve ortalama olanı sunuyor; aralarındaki fark ise görünmez oluyordu. Ama fotoğraflarda bunu fark etmemek çok zordu.

Gurney, kitabının kapağında Mellery'nin bir fotoğrafı olduğunu hatırladı. Eve varınca gözlerine yakından bakmayı aklının bir köşesine not etti. Aynı zamanda Madeleine'in, buz gibi bir tavırla bahsettiği Sonya Reynolds'ı araması gerektiğini de hatırladı. Arabayı, Peony'in birkaç kilometre dışında, yolu Esopus Nehri'nden ayıran kuru otlarla ve çakıllarla dolu boş bir patikaya çekti ve telefonunu çıkarıp, Sonya'nın galerisinin numarasını girdi. Dört kez çaldıktan sonra, Sonya'nın, dilediğince uzun bir mesaj bırakmaya davet eden yumuşak sesini duydu.

"Sonya, ben Dave Gurney. Sana bu hafta için bir portre sözü verdiğimi biliyorum. Onu cumartesi günü getirmeye çalışacağım ya da en azından sana bir örneğini çıkarabileceğin kopyasını e–posta yoluyla göndereceğim. Neredeyse bitti fakat ben tam olarak tatmin olamadım." Duraksadı ve sesinin çekici kadınlarla konuşurken olduğu ve Madeleine'in de bir kez söylediği gibi, birkaç ton inceldiğini fark etti.

Boğazını temizleyip devam etti: "Bu sanatın temelinde karakter yatıyor. Ben de bunun üzerinde çalışıyorum. Bu biraz zaman alıyor."

Hatta bir ses duyuldu ve Sonya nefes nefese kalmış bir şekilde konuşmaya girdi.

"David, buradayım. Telefona yetişemedim fakat söylediklerini duydum. Bunu iyi bir şekilde yapmak istemeni kesinlikle anlıyorum. Ama cumartesi getirirsen gerçekten çok iyi olur. Çünkü pazar günü bir festival var, galeri trafiği çok yoğun."

"Deneyeceğim. Akşama doğru olabilir."

"Harika! Altıda galeriyi kapatıyorum fakat bir saat daha kalıp çalışıyor olacağım. O sırada gelebilirsin. Konuşmak için de zamanımız olur."

Sonya'nın ses tonunun her konuşmaya bir seks teklifi havası katması onu etkiliyordu. Tabii ki duruma saçma bir şekilde anlam ve hayal gücü kattığını biliyordu; aynı zamanda aptalca davrandığını da.

Kendi kendisine "Saat altı iyi fikir," dediğini duydu – fakat Sonya'nın ofisinin çalışma ortamından çok geniş koltukları ve pelüş halılarıyla, samimiyet kurulabilecek bir oda olarak döşenmiş olduğunu hatırlayıverdi.

Telefonu torpido gözüne geri koydu ve yeşil vadiyi seyretmeye koyuldu. Her zamanki gibi Sonya'nın sesi kafasındaki düşünceleri altüst etmişti. Aklı dağınıktı: Sonya'nın sıcacık ofisi, Madeleine'in huysuzlukları, bir kişinin düşüneceği sayıyı başka birisinin bilmesinin imkansız olması, boyanmış bir gül kadar kırmızı kan, bir randevumuz var Bay 658, Charybdis, yanlış posta kutusu, Mellery'nin polisten korkması, toplu katliam yapan lanet olası Peter Piggert, genç ve sevimli Justin, zengin ve orta yaşlı Caddy, Doktor Jekyll ve Bay Hyde ve daha birçok şey... Ritimsiz ve sebepsiz; tekrar tekrar... Dere tarafına bakan yolcu koltuğunun camını indirip arkasına yaslandı ve gözlerini kapattı. Dere yatağından akan suyun sesine odaklanmaya çalıştı.

Birisi şoför koltuğunun camına tıkladı. Başını kaldırınca karşısında güneş gözlüğü takmış, eyalet polisinin sert, yuvarlak kenarlı şapkasının gölgesi yüzüne vurmuş, ifadesiz görünen kare bir surat gördü. Camı indirdi.

"Her şey yolunda mı, efendim?" Bu, cevap bekleyen bir sorudan çok, tehdit kokan bir cümleydi. Efendim kelimesinde kibarlıktan ziyade bir abartı vardı.

"Evet, teşekkür ederim. Sadece birkaç dakika için gözlerimi dinlendiriyordum." Göstergenin üzerindeki saate baktı. On beş dakika geçmiş olduğunu gördü.

"Nereye gidiyorsunuz, efendim?"

"Walnut Crossing."

"Anlıyorum. Bugün herhangi bir şey içtiniz mi, efendim?"

"Hayır, memur bey, içmedim."

Adam başını salladı ve arabayı inceleyerek geri geri gitti. Görüntüsüne aykırı olarak tek görünen yeri olan ağzının aşağılar bir havası vardı. Gurney'in içmedim demesini bir inkar olarak görüyor ve birazdan içtiğine dair bir kanıt bulacağını düşünüyordu. Arabanın arkasına, ardından yolcu koltuğuna, öne doğru ve sonunda yeniden Gurney'in yanına abartı hareketlerle yürüdü. Uzun bir gözlem sessizliğinden sonra, sıradan bir araç kontrolünden çok Harold Pinter'ın oyunlarından fırlamış gibi duran tehditkar bir sesle konuştu.

"Buraya park etmenin yasak olduğunu biliyor muydunuz?"

Gurney hemen "Bilmiyordum," dedi. "Yalnızca birkaç dakika durmak istemiştim."

"Ehliyet ve ruhsat görebilir miyim, lütfen?"

Gurney adamın istediklerini cüzdanından çıkarıp, pencereden uzattı. Genelde böyle durumlarda çağrıştırdığı şeyler yüzünden, NYPT detektif kartını çıkarma alışkanlığı yoktu. Ama adam arkasını dönüp, devriye arabasına giderken, olayda dengesizce bir kendini üstün görme ve orada gereksiz bir şekilde bekletilmesine sebep olmuş bir düşmanlık seziyordu. Cüzdanından isteksizce bir kart daha çıkardı.

"Bir saniye Memur Bey, bu da size yardımcı olabilir."

Polis, temkinli bir şekilde kartı aldı. Gurney adamın dudaklarının kenarındaki değişimi anında gördü; bu değişim hiç de dostça değildi. Hayal kırıklığı ve kızgınlık karışımı bir değişimdi. Ehliyeti, ruhsatı ve kartı ilgisizce pencereden geri uzattı.

"İyi günler, efendim," dedi fakat ses tonu tam tersi mesaj veriyordu. Ardından aracına dönüp, hızlı bir U dönüşü yaptı ve geldiği yöne geri gitti.

Yapılan psikolojik testler ne kadar kaliteli olursa olsun, diye düşündü Gurney, verilen eğitimin gerektirdiği özellikler ne kadar iyi olursa olsun, akademi eğitimi ne kadar sıkı olursa olsun, polis olmaması gereken polisler vardı. Örneğin bu olayda polisin açıkça işlediği vahşice bir suç yoktu ama içinde sert ve nefret dolu bir şey vardı – Gurney bunu hissetmiş, yüzündeki çizgilerde görmüştü – ve bu kişi bir süre sonra, aynada kendi yansımasıyla çarpışacaktı. İşte o zaman fena bir şey olacaktı. Bu zaman içerisinde birçok insan alıkonacak ya da sonu kötü bitecek işlerle korkutulacaktı. Bu adam, insanların polisleri sevmemesine sebep olan polislerden birisiydi.

Belki de Mellery haklıydı.

Takip eden yedi gün boyunca, Catskills'ın kuzeyine kış geldi. Gurney zamanının çoğunluğunu çalışma odasında, sabıka fotoğrafı projesi ve Charybdis olayı üzerinde çalışarak; bu iki dünya arasında sürekli gidip gelerek, Danny'nin tabloları düşüncesinden ve tüm bunların sebep olduğu içsel karmaşadan kaçmaya çalışarak geçirdi. En iyisi Madeleine ile bu konuyu konuşup, bu konuyu neden gün ışığına çıkarmaya karar verdiğini – gerçekten de bodrumdan alıp, gün ışığına çıkarmıştı – ve neden olağanüstü sabrıyla kendisinin bir şeyler söylemesini beklediğini sormaktı. Ama bu soruyu sormak için yeterli isteği bir türlü hissedememişti. Bu yüzden bu sorunu kafasından çıkarıp, Charybdis olayına döndü. En azından bu konuda kafa yorarken kendisini kaybolmuş gibi hissetmiyor, kalbi küt küt atmıyordu.

Mesela, sık sık, enstitüye son ziyaretinden sonraki akşamı düşünüyordu. Konuşulduğu gibi, o gece Mellery onu evden aradı, GD Güvenlik Sistemleri'ndeki Gregory Dermott'la konuştuklarını anlattı. Dermott tüm soruları yanıtlamaya hazırdı – Gurney'in yazmış olduğu sorular – ama sonuçta kayda değer bir bilgi yoktu. Posta kutusu bir yıldır, danışmanlık işini Hartford'dan Wycherly'ye taşıdığından beri kendisi kullanıyordu; daha önce hiçbir sorun, özellikle de yanlış adrese gelmiş bir çek ya da bir mektupla karşılaşmamıştı; kutuyu açma izni olan tek kişiydi; Arybdis, Charybdis ve Mellery isimleri onun için hiçbir şey ifade etmiyordu; enstitü hakkında hiçbir şey duymamıştı. Şirketteki başka birisinin kutuyu kullanma ihtimali olup olmadığı sorusu üzerinde ısrar edilince ise, Dermott bunun imkansız olduğunu, çünkü şirkette başka çalışan *olmadığını* söyledi. Hassas veritabanları olan şirketler için, bilgisayar korsanlarına karşı güvenlik danışmanlığı yapıyordu. Söylediği hiçbir şey, yanlış adrese gönderilmiş çek olayına ışık tutmadı.

Gurney'in yaptığı internet araştırmaları da hiçbir işe yaramadı. Bulguları da onları farklı bir yere götürmüyordu: Gregory Dermott, Massachusets Teknoloji Enstitüsü, Fen Bölümü mezunuydu. Bilgisayar konusunda uzmandı. Ne kendisinin ne de GD Güvenlik Sistemleri Şirketi'nin bugün ya da geçmişte bir dava, yargılama ya da kötü haberle ilgisi vardı. Kısacası, pırıl pırıl bir işi olan, pırıl pırıl bir insandı. Fakat bir kişi, akıl sır erdirilemez bir şekilde, onun posta kutusunu uygun görmüştü. Gurney kendisine aklının almadığı soruyu tekrarlayıp durdu: *Çeki geri göndereceği kesin olan birisine neden bir çek gönderilmesini isteyebilir?*"

Bunu düşünmek dokuzuncu kez hiçbir şey bulamadığı bir çıkmaz sokağa onuncu kez yine bakmak gibiydi ve bu, canını sıkmıştı. Ama yine de Danny'yi düşünmekten daha iyiydi.

Mevsimin ilk gözle görülür karı, kasım ayının ilk cuması yağdı. Sabaha karşı hafiften yağarken birkaç saat içinde çoğaldı ve geceye kadar sürdü.

Gurney, cumartesi sabahı kahvesini içerken, solgun güneş doğudan, orman dolu dağların arasından yavaşça yükseliyordu. Gece boyu hiç rüzgar esmemişti ve dışarıda avludan, ambarın çatısına kadar her yer karla kaplıydı.

İyi uyuyamamıştı. Tüm endişeleri düğümlenmiş ve kendisi de aralarında kalmış gibiydi. Günün ağarmasıyla birlikte çözülenler arasında, Sonya da vardı. Görüşmelerini son dakikada ertelemişti. Orada olacakların belirsizliği – kendisinin orada ne olmasını istediğine dair belirsizlik – bunu ertelemesine sebep olmuştu.

Son bir haftadır yaptığı gibi, içinde Danny'nin resimlerinin bulunduğu kurdeleli kutunun durduğu masaya arkasını dönüp, odanın diğer tarafında oturdu.

Karın görüntüsü aklına her zaman karın kokusunu getirirdi. Bir anlık refleksle kalktı ve Fransız kapılarını açtı. Havadaki keskin soğukla birlikte bazı hatıraları canlandı – yollarda birikmiş kar, kartopu yapmaktan kızarmış ve acımakta olan elleri, ceketinin kollarından içeri girmiş birkaç parça buz, yere sarkan ağaç dalları, kapılarda Noel süsleri, boş sokaklar ve yüzünü nereye dönse gördüğü parlaklık...

Bu geçmişle ilgili çözemediği bir şeydi – gözlerinin önünde, sessizce, gözle görülemez, neredeyse orada yokmuş gibi durması... Gittiğini, artık var olmadığını bile düşünmeye kalkışabilirsin. Ardından kırmızı bir sülün kuşu misali, bir ses, renk ve hareket patlamasıyla gürülder – ve o kadar canlıdır ki...

Karın kokusu çevresini sarsın istedi. Kapının arkasındaki çiviye asılı ceketini alıp giydi ve dışarı çıktı. Kar, ayağındaki gündelik ayakkabılar için çok derindi ama onları değiştirmek istemedi. Gözlerini kapatıp, derin nefes alarak, havuza doğru yürüdü. Daha yüz metre yürümemişti ki, mutfağın kapısının açılıp Madeleine'in kendisine seslendiğini duydu.

"David, geri gel!"

Arkasını döndüğünde onun yüzünde bir panik ifadesiyle, kapıdan çıktığını gördü. Cevap verdi.

"Ne oldu?"

"Acele et!" dedi. "Radyoda söylüyorlar – Mark Mellery ölmüş!"

"Ne?"

"Mark Mellery – ölmüş, şu anda radyoda. Öldürülmüş!" Yeniden içeri koştu.

Gurney, nefesinin daraldığını hissederek, "Tanrım," dedi. Eve koşup, karla kaplı ayakkabılarını çıkarmadan mutfağa girdi. "Ne zaman olmuş?"

"Bilmiyorum. Bu sabah, dün gece, bilmiyorum. Söylemediler."

Radyoya kulak verdi. Hâlâ açıktı ama sunucu diğer haberlere geçmiş, batan bir bankayla ilgili bir şeyler söylüyordu.

"Nasıl?"

"Söylemediler. Yanlıca bunun açıkça bir cinayet olduğunu söylediler."

"Başka bir bilgi vermediler mi?"

"Hayır. Evet. Enstitü hakkında bir şey – olay orada olmuş. Mellery Ruhani Yenilenme Enstitüsü, Peony, New York. Polisin olay yerinde olduğunu söylediler."

"Bu kadar mı?"

"Sanırım. Ne kadar kötü!"

Allak bullak olmuş bir halde, yavaşça başını salladı.

"Ne yapacaksın?" diye sordu Madeleine.

Hızlıca, birisi hariç tüm seçenekleri eledi.

"Bu olaydan sorumlu polis memurunu, Mellery ile olan ilişkim konusunda bilgilendireceğim. Ondan sonra ne olacağı ise ona kalmış."

Madeleine, başarısız ama iyi bir anlaşma yapmışlar gibi, derin bir nefes aldı ve cesurca gülümsedi.

İkinci Kısım

KORKUNÇ OYUNLAR

On Yedinci Bölüm

Kan Gölü

Gurney ismini, adresini, telefonunu ve kurbanla olan bağlantısının kısa bir özetini vermek için Peony polis istasyonunu aradığında saat tam sabah 10.00'du. Konuştuğu memur, Komiser Muavini Burkholtz ona, bu bilgileri, olayla ilgilenen Cezai Soruşturma Eyalet Polis Bürosu ekibine iletileceğini söyledi.

Yirmi dört ila kırk sekiz saat arasında kendisine dönmelerini beklediğinden, on dakikadan az sürede geri döndüklerinde şaşırmıştı. Hattın diğer ucundaki ses tanıdıktı ama kim olduğunu çıkaramıyordu; adam kendisini isim vermeden tanıtmıştı.

"Bay Gurney, ben Peony'deki olayla ilgilenen baş dedektifim. Anladığım kadarıyla bizimle paylaşmak istediğiniz bazı bilgiler var."

Gurney tereddüt etti. Memura adını sormak üzereydi ki – normalde prosedürlere göre bunu sorabilirdi – aniden ses tonuyla birlikte gözünün önüne bir surat, ardından da isim geldi: Jack Hardwick. Hatırladığı kadarıyla bir vakada beraber çalıştığı Jack Hardwick gür sesli, ağzı bozuk, kırmızı yüzlü, asker tıraşlı ve Sibirya kurduna benzer açık renk gözleri olan bir adamdı.

Sürekli saçma şakalar yapardı ve onunla geçen yarım saat yarım gün gibi gelebilirdi; derhal sona ermesini isteyeceğiniz bir yarım gün. Aynı zamanda zeki, sert, yorulmak bilmez ve son derece patavatsızdı.

Gurney şaşkınlığını gizleyerek, "Merhaba Jack," dedi.

"Sen nasıl... Hadi oradan! Birisi sana yumurtladı değil mi? Sana kim yumurtladı?"

"Senin hatırda kalır bir sesin var, Jack."

"Hatırda kalır sesmiş, kıçımın kenarı! On koca sene geçti!"

"Dokuz." Peter Possum Piggert'in tutuklanması, Gurney'in kariyerindeki en büyük başarısı olmuştu ve bu herkesin gıpta ederek baktığı, birinci sınıf dedektifliğe yükselme işini garantilemişti. Bu yüzden olayın tarihini hatırlıyordu.

"Sana kim söyledi?"

"Kimse söylemedi."

"Hadi oradan!"

Gurney Hardwick'in her zaman son sözü söyleme eğilimi olduğunu ve bu tarz anlamsız sözleri sonsuza dek tekrarlayabileceğini hatırlayıp, sustu.

Aradan geçen uzun üç saniyeden sonra, Hardwick daha sakin bir ses tonuyla devam etti: "Dokuz lanet olası yıl. Sen Bayan Piggert'i poposundan avlayıp nehirden çıkardığından bu yana New York eyaletindeki en çok ses getiren cinayet vakası olabilecek bir vakada yırtık dondan çıkar gibi, aniden ortaya çıkıyorsun."

"Onu kafasından avlamıştım, Jack."

Bir anlık sessizlikten sonra, telefon bir Hardwick geleneği olan kahkaha patlamaları ile sarsıldı.

Kahkahalarının sonunda "Ah!" diye bağırdı Hardwick. "Davey, Davey, Davey, sen ayrıntılar konusunda hep çok titizsin."

Gurney boğazını temizledi. "Bana Mark Mellery'nin nasıl öldüğünü söyler misin?"

Hardwick, polislerin çoğu zaman yaşadıkları ve kendilerini ülser eden o yerde; ilişki ile kuralların arasındaki o soğuk boşlukta donakaldı. Öyle gerektiği için değil de (Gurney'in bu vakada resmi bir yeri yoktu ve kesinlikle hiçbir bilgi verilmemesi gerekiyordu) zor bir tarafı olduğu için, doğruyu söylemeyi tercih etti.

"Birisi kırık bir şişeyle boğazını kesmiş."

Gurney, kalbine saplanan sancıyla bir an nefes alamadı. Fakat bu ilk tepkisinin yerini hemen daha profesyonel bir tavır aldı. Hardwick'in cevabıyla, Gurney'in kafasında yeri belirsiz olan taşlardan birisi yerine oturuyordu.

"Yoksa bir viski şişesi miydi?"

"Sen bunu nasıl bildin?" Hardwick'in ses tonu, bu dört kelimeyi telaffuz ederken şaşkınlıkla suçlama arasında gezinmişti.

"Uzun hikaye. Uğramamı ister misin?"

"Sanırım iyi olur."

Sabah gri, ıslak kış bulutlarının ardından soluk bir top gibi görünen güneş, artık tamamen kapalı ve kasvetli havanın arkasında kalmıştı. Güneşin olmadığı hava insana sıkıntı veriyordu – dünyanın soğuk; buz gibi, umursamaz yüzü...

Bu düşünceler yığınını eğlenceli bulmaktan utanan Gurney, Mellery Ruhani Yenilenme Enstitüsü'nün önündeki karla kaplı yola düzensiz bir şekilde park edilmiş polis arabalarının arkasında durunca, zihnini toparlayabildi. Bölgedeki adli laboratuara ait olan kamyonet de dahil olmak üzere, hemen hepsinin üzerinde New York Eyalet Polisi'nin mavi-sarı amblemi vardı. Arabaların ikisi boyazdı ve şerife aitti, diğer ikisi yeşil Peony polisi kruvazörüydü. Mellery'nin bundan bahsederken yaptığı eşcinsel hareketiyle ilgili esprisi ve o anki surat ifadesi aklına geldi.

Arabaların arasındaki ve beton duvarın üzerindeki yıldız çiçekleri, kışın sertleşmesiyle kalın karın altında kalmış ve kahverengi bir çöp yığınına dönüşmüştü. Arabadan çıktı ve girişe yöneldi. Tertemiz giyinmiş bir polis, yüzünde sert asker ifadesiyle açık kapıda bekliyordu. Gurney onun kendi oğlundan bir, iki yaş daha küçük olduğunu tahmin etti.

"Yardımcı olabilir miyim, efendim?"

Konuşması kibardı, ancak bakışları değildi.

"Adım Gurney. Buraya Jack Hardwick'i görmeye geldim."

Genç adam bir kez ismi, bir kez de soyismi söylerken; iki kez gözlerini kırptı. Yüzündeki ifadeden, bu ismin reflü ağrılarını artırdığı anlaşılıyordu.

Belinden bir telsiz çıkararak, "Bir dakika bekleyin," dedi. "Korumayla gitmeniz gerekiyor."

Üç dakika sonra koruma geldi – Tom Cruise edalarında bir BCI (Kriminal Kimlik Belirleme Bürosu) dedektifi. Dondurucu soğuğa rağmen üzerinde kot pantolon, siyah bir tişört ve önü açık, ince sportif bir ceket vardı. Gurney, eyalet polisinin kıyafet konusundaki disiplinini bildiğinden, günlük kıyafetin, olay yerinde çalışmıyorken ya da gizli bir görevdeyken aniden çağırılmak anlamına geldiğini biliyordu. Ceketinin altından kenarı görünen sırt kılıfındaki dokuz milimetrelik Glock marka tabancayı az sonra satışa sunacakmış gibi duruyordu.

"Dedektif Gurney?"

"Emekli," dedi Gurney, bu isme bir yıldız daha eklermişçesine.

Tom Cruise ilgisizce "Öyle mi?" dedi. "Ne güzel! Beni takip edin."

Gurney, onu ana binanın etrafındaki patikadan, arka taraftaki eve doğru takip ederken, dokuz santim karın sebep olduğu değişikliği görüp şaşkına dönmüştü. Kar ince detayları yok eden bir çeşit örtü görevi görüyordu. Bu beyaz alanın minimalist havasının içine girmek, yeni yaratılmış bir gezegene ayak basmak gibiydi – ve bu düşünce şu anki acı gerçeklik içinde saçma kaçıyordu. Mellery'nin yaşadığı eski Georgia tarzı evin etrafında dolaşıp, kar kaplı avlunun kenarında, onun öldüğü yere geldiler.

Öldüğü yer belirgindi. Karın üzerinde hâlâ cesedin izleri duruyordu. Muhtemelen baş ve omzun olduğu bölge resmen kan gölüne dönmüştü. Gurney insanı şaşkına çeviren bu kırmızı beyaz zıtlığını daha önce de görmüştü. Aklından çıkmayan o manzara, meslekteki acemilik yıllarından kalma bir anıya aitti. Karısı tarafından evden atılan alkolik bir polis bir kar birikintisinin üzerinde, kendi tabancasıyla kendini, kalbinden vurmuştu.

Gurney bu eski anıyı aklından çıkarmaya çalışıp, bundan önce olay yerine profesyonel bir şekilde bakmak istedi.

Bir iz toplama uzmanı, kan birikintisinin hemen yanında diz çökmüş, ayak izlerine bir sprey sıkıyordu.

Gurney, durduğu yerden kutunun üzerindeki yazıyı göremiyordu fakat elindeki spreyin kardaki izleri alçı gibi sabitlemek için kullanılan, kimyasal bir madde olduğunu biliyordu. Karda bulunan izler son derece hassastı ama dikkatli davranılırsa, olağanüstü ayrıntılar verebilirdi. Daha önce bu işin yapılışını defalarca izlemiş olsa da, uzmanın konsantrasyonunu ve elinin hiç titrememesini hayranlıkla izliyordu.

Polisin sarı ikaz şeridi, evin arka kapısının bulunduğu yer de olmak üzere, avlunun dört bir yanına düzensizce çekilmişti. Avlunun diğer tarafına da, evin arkasındaki ahırdan başlayan, kan birikintisinin yanına kadar devam edip, karla kaplı avludan ormana doğru giden ayak izlerini muhafaza etmek amacıyla, ikaz şeritleri çekilmişti.

Evin arka kapısı açıktı. Olay yeri ekibinin bir üyesi kapı girişinde durmuş, bulunduğu yerden avluyu inceliyordu. Gurney adamın tam olarak ne yaptığını biliyordu. Bir olay yerindeyseniz, yalnızca olayı hissedebilmek için çok zaman harcamanız gerekirdi – kurbanın son dakikalarında ne görmüş olabileceğini görmeye çalışırdınız. Kanıt bulma ve toplama konusunda açık, net bazı kurallar vardı: Kan, silahlar, parmak izleri, ayak izleri, saçlar, boya üzerindeki çizikler, ortamla ilgisi olmayan mineraller, bitki materyalleri ve buna benzer şeyler; fakat aynı zamanda temelde, son derece önemli bir sorun vardı. Olmuş olayla, nerede olduğuyla ve nasıl olduğuyla ilgili sorulara cevaplar ararken, her zaman açık fikirli olmalıydınız – çünkü eğer herhangi bir sonuca balıklama atlarsanız, durumu ele alma şeklinizden dolayı bazı kanıtları gözden kaçırabilirdiniz. Aynı zamanda, kanıt arayışınızda size yol gösterecek, esnek de olsa, en azından bir tane hipoteziniz olmalıydı. Görünen senaryodan çok hızlı emin olarak, büyük hatalar yapabilirdiniz; aynı zamanda gerçekliğini sadece Tanrı'nın bilebileceği, gereksiz ayrıntılara çok fazla zaman ve güç heba edebilirdiniz.

İyi dedektiflerin yaptığı şey – ve Gurney, kapıda duran dedektifin bunu yaptığına emindi – bilincini kullanmadan, tümdengelim ve tümevarım arasında bir süre ileri geri dans etmekti. Burada ne görüyorum ve bu bilgiler nasıl bir olay sırası öneriyor? Eğer bu senaryo doğruysa ne tür kanıtlar bulmam gerekiyor ve bunları nerede aramam gerekiyor?

Gurney birçok denemeden ve yanılmadan sonra, bu süreçte gözlem ve içgüdüler arasında dengeyi kurabilmenin anahtar olduğuna inanmıştı. Bu süreçteki en büyük tehlike ise egoydu. Olay yeriyle ilgili olası açıklamalar konusunda karar vermeye çalışan bir dedektif, takımının çalışmalarını belli bir yere zamanında yönlendirmek yerine, ilk bakışta kanlı odada neler olduğuna karar verip, emin bir şekilde açıklayan ve herkesi kendi varsayımını ispatlamak için uğraştıran takım üyesine odaklanarak çok ciddi sorunlara neden olabilirdi – ki zaman kaybı bu sorunların en küçüğü olurdu.

Gurney şu anda olay yerinde nasıl bir yaklaşımın olduğunu merak ediyordu.

Jack Hardwick, sarı ikaz şeridinin dışında, kan gölünün diğer tarafında iki tane ciddi görünümlü genç adama emirler veriyordu. Bunlardan bir tanesi, Gurney'i az önce içeriye almış olan, geleceğin Tom Cruise'u, diğeri de görünüşe bakılırsa onun ikiziydi. Birlikte çalıştıkları, meşhur Piggert olayından sonra araya giren dokuz yıl boyunca, Hardwick geçen zamanın iki katı yaşlanmış görünüyordu. Yüzü daha kırmızı ve tombul, saçları daha seyrekti, sesi genelde çok tekila ve sigara içmekten dolayı çatallaşmıştı.

Top Gun filminden fırlamış gibi duran tiplere "Yirmi tane misafir var. Her biriniz dokuz tanesini götürsün. Öncelikle ifadelerini, isimlerini, adreslerini ve telefon numaralarını alın. Bilgileri teyit ettirin. Patty Cakes ve kiropraktörü bana bırakın. Dulla da ben görüşeceğim. Saat dörtte bana geri dönmüş olun," dedi.

Aralarında Gurney'in duyamayacağı kadar alçak sesle, arada bir Hardwick'in sinir bozucu kahkahasıyla bölünen bazı diyaloglar daha geçti. Gurney'e kapıdan içeri girerken eşlik etmiş olan adam, başıyla Gurney'in olduğu tarafı işaret ederek son cümleyi kurdu. Ardından ikili ana binaya doğru yola koyuldular.

Onlar gözden kaybolur kaybolmaz, Hardwick Gurney'e sırıtarak selam verdi. Bir zamanlar her şeye şüpheyle bakan parlak mavi gözleri, karamsarlıktan yorgun düşmüş gibi görünüyordu.

Sarı ikaz şeridinin etrafından, Gurney'e doğru yürüyerek "Karşımdaki Profesör Gurney değilse, ben de ne olayım," diye bağırdı.

"Sadece basit bir eğitmen," diye düzeltti onu Gurney. Eskiden, NYPT'de iken, üniversitede suçbilimi dersleri vermiş olması gibi ayrıntılara ulaşmak için Hardwick'in ne kadar uğraştığını merak etmeden duramadı.

"Alçakgönülllük etme. Sen bir yıldızsın evlat, bunu biliyorsun."

Samimiyetsiz bir şekilde el sıkıştılar. Gurney, eski Hardwick'in sürekli dalga geçer tavrının zehirli bir şeylere dönüştüğü hissiyle sarsıldı.

Gurney, kan birikintisini göstererek, "Cinayetin yeriyle ilgili pek bir şüphe yok gibi," dedi. Hemen konuya girmek; Hardwick'e bildiklerini anlatmak ve oradan çıkıp gitmek istiyordu.

Hardwick "Her şeyle ilgili şüphe var," dedi. "Hayatta, ölüm ve şüpheden başka kesin olan bir şey yoktur." Gurney'den bir cevap alamayınca devam etti: "Sana, cinayetin yerinin, buradaki diğer şeylerden daha az şüpheli olduğunu söyleyebilirim. Lanet olası bir deli çöplüğü... Buradaki insanlar kurbandan, televizyonda program yapan Deepdick Chopup gibi bahsediyorlar."

"Deepak Chopra mı demek istedin?"

"Dipcock mudur nedir, evet işte ondan... Tanrım, benle uğraşmasana!"

Gurney, içinde giderek yükselen gerginlik duvarına rağmen, sesini çıkarmadı.

"İnsanlar böyle yerlere neden gelirler ki? Hayatın anlamı hakkında zırvalayan, Rolls Royce'lu bir pisliği dinlemeye mi?" Hardwick bahsettiği durumun saçma olduğunu anlatmak ister gibi başını salladı; bir yandan da kaşlarını çatmış, suçun birazı da bu on sekizinci yüzyıl mimarisindeymiş gibi, evin arka tarafına bakıyordu.

Gurney'in siniri sonunda sessizliğini bozmasına sebep oldu. "Bildiğim kadarıyla," sert bir şekilde devam etti, "kurban pisliğin teki değil."

"Ben de olduğunu söylemedim zaten."

"Ben söyledin sandım."

"Genel bir durumdan bahsediyorum. Eminim senin kankan öyle birisi değildir."

Hardwick Gurney'in sinirlerini bozmuştu. "O kankam değildi."

"Peony polisinin bana ilettiği ve senin onlara vermiş olduğun bilgiye göre, tanışıklığınız geçmişe dayanıyormuş."

"Onu üniversiteden tanıyorum ama yaklaşık yirmi beş yıl hiç görüşmedik. Bundan iki hafta önce ondan bir mesaj aldım."

"Ne hakkında?"

"Kendisine gelen bazı mektuplar hakkında. Endişeliydi."

"Ne tür mektuplar?"

"Çoğunlukla şiirler. Tehdit havasında yazılmış mektuplar."

Bu cümle üzerine Hardwick birkaç saniye sustu. "Peki senden ne istiyordu?"

"Tavsiye."

"Peki ona ne yapmasını söyledin?"

"Ona polisi aramasını tavsiye ettim."

"Anladığım kadarıyla aramamış."

Alaycı ton Gurney'in sinirlerini bozmuştu ama kendisine hakim oldu.

Hardwick "Bir şiir daha vardı," dedi.

"Ne demek istiyorsun?"

"Cesedin üzerine bırakılmış, uçmasın diye üzerine taş konmuş, tek bir sayfalık bir şiir. Çok titiz yazılmış."

"Çok titiz bir adam. Mükemmeliyetçi."

"Kim?"

"Katil. Muhtemelen sürekli bir şeylerden rahatsız ve kesinlikle mükemmeliyetçi...

Hardwick, Gurney'e ilgiyle baktı. Alaycı tavrı gitmişti; en azından yavaş yavaş gidiyordu. "Daha fazla anlatmadan önce, şişenin ne şişesi olduğunu nereden bildiğini söyler misin?"

"Sadece iyi bir tahmin."

"Viski şişesi?"

Gurney'in memnuniyet dolu bir gülümsemeyle birlikte "Four Roses marka," demesiyle, Hardwick'in gözleri açıldı.

"Bunu nasıl bildiğini anlat," diye ısrar etti Hardwick.

Gurney "Mektuplarda yazanlara dayanarak öylesine tahmin

yürüttüm," dedi. "Şiirleri okuyunca anlayacaksın." Karşısındaki adamın sorgulayıcı bakışlarına karşılık devam etti, "Mektupları çalışma odasındaki masanın çekmecesinde, yanında diğer mesajlarla birlikte bulabilirsin. En azından Mellery'i oraya koyarken gördüm. Büyük şöminenin olduğu odadan bahsediyorum."

Hardwick, sanki cevaplar onun yüzünde yazıyormuş gibi dikkatle Gurney'e bakmaya devam etti. Sonunda "Benimle gel," dedi. "Sana bir şey göstermek istiyorum."

Onu, hiç konuşmadan büyük ambarla anayol arasındaki otoparka doğru götürdü ve sonunda sarı ikaz şeritlerinin yeniden başladığı, daire şeklinde bir yola geldiler.

"Failin, yola en yakın ayak izleri burada görünüyor. Bu yol ve cadde, kar durduktan sonra, yaklaşık gece iki civarında süpürülmüş. Failin buraya ondan önce mi, sonra mı girdiğini bilmiyoruz. Eğer önce olsaydı, yoldaki ve caddedeki bütün izler silinmiş olurdu. Eğer sonra girdiyse, hiç iz bırakmamış olması gerekirdi. Ama buradan, ambarın arka tarafından, dikenli çalıların olduğu Thornbush Geçidi adındaki dar geçide ve ormana giden alanın karşısındaki avluya doğru bakınca, izler son derece açık ve takip etmesi kolay."

"İzleri gizlemek için hiçbir çaba sarf edilmemiş miydi?"

Hardwick, bundan rahatsız olmuşçasına "Hayır," dedi. "Hiçbir çaba sarf edilmemiş. Eğer kaçırdığım bir şey yoksa."

Gurney ona meraklı gözlerle bakarak "Sorun nedir?" dedi.

"Kendin gör istiyorum."

Ambarın ötesindeki ayak izlerini takip ederek, sarı ikaz şeridinin olduğu yoldan yürüdüler. İzlerin dışında pürüzsüz duran sekiz santim karda, kasten bırakılmış gibi duran ayak izleri, büyük numaralı (Gurney'in tahminine göre 42 numara civarındaydı) yürüyüş ayakkabılarına aitti.

Ambarın arkasına geçerlerken, Gurney geniş bir alanın daha

ikaz şeridiyle çevrelendiğini gördü. Bir olay yeri uzmanı, üzerinde beyaz, koruyucu kıyafetler, saçında saç bandı ve elinde delil biriktirme çantasıyla beklerken, bir fotoğrafçı polis, profesyonel bir kamerayla fotoğraf çekiyordu. Her fotoğraf, ölçeğin belirlenmesi için bir kez ölçümle ve bir kez ölçümsüz olmak üzere en az iki kez çekiliyordu. Her nesne, farklı odak mesafeleriyle – diğer nesnelerle ilişki kurulabilecek genişlikte, detayları kaçırmayacak kadar yakından, yani nesneyi anlamlandırabilecek şekilde çekilirdi.

Herkesin ilgi odağında, indirim mağazalarında bulunacak türden ucuz, katlanabilen bir bahçe sandalyesi vardı. Ayak izleri doğrudan sandalyeye gidiyordu. Önünde, karla kısmen üstü kapanmış şekilde yarım düzine sigara izmariti duruyordu. Gurney yakından görebilmek için eğildi ve sigaraların Marlboro olduklarını gördü. Ayak izleri buradan, avluya doğru giden yolda, görünüşe göre cinayetin işlendiği ormangüllerinden oluşan çalılığa doğru gidiyordu.

Gurney "Tanrım," dedi. "Burada oturup sigara mı içmiş?"

"Evet. Kurbanın boğazını kesmeden önce biraz rahatlamış. En azından öyle görünüyor. Kaşlarını çatmandan anladığım kadarıyla kendi kendine bu saçma sandalyenin buraya nereden gelmiş olduğunu soruyorsun. Ben de aynı soruyu sordum."

"Ve?"

"Kurbanın eşi bu sandalyeyi daha önce hiç görmediğini söyledi. Kalitesizliği karşısında da şaşkına dönmüş gibi görünüyordu."

Gurney'in ağzından istemsizce "Ne?" kelimesi çıktı. Hardwick'in aşağılayıcı yorumları, tahta üzerinde gezinen tırnaklar gibi rahatsız ediciydi.

"Sadece şaka yaptım," deyip omuz silkti. "Bir boğaz kesme olayının seni etkilemesini istemiyorum ama cidden, Caddy Smythe-Westerfield Mellery bu lüks içerisinde geçen hayatı boyunca böyle ucuz bir sandalyeye muhtemelen bundan daha fazla yaklaşmamış."

Gurney polis esprilerinin sürekli korku dolu işleriyle başa çıkmak için ne kadar gerekli olduğunu bilirdi ama bazı durumlarda bu, sinirini bozuyordu.

"Bana katilin kendi bahçe sandalyesini yanında getirdiğini mi söylüyorsun?"

Hardwick, olayın garipliğine karşın yüzünü buruşturarak, "Öyle görünüyor," dedi.

"Ve – yarım düzine neydi o, Marlboro mu? – onları içtikten sonra, Mellery'nin avluya inmesini sağladı ve kırık bir şişeyle boğazını kesti? Şimdiye kadar bulduklarımız bunu mu gösteriyor?"

Hardwick, kanıtların önerdiği senaryonun ne kadar saçma olduğunu fark etmeye başlayarak, isteksizce başını salladı.

"Aslında," dedi, 'boğazını kesti' ifadesi biraz hafif kaçıyor. Kurbanın boğazı en az on iki kez kesilmiş. Sağlık uzmanları cesedi otopsi için araca alırken, lanet olası baş neredeyse düşüyordu."

Gurney avluya doğru baktı. Tamamen ormangülleriyle kaplı olmasına rağmen, gözünün önüne kan gölü, ark ışığıyla bakıyormuşçasına renkli ve belirgin bir şekilde geldi.

Hardwick bir süre, düşünceli bir şekilde dudaklarını ısırarak onu izledi. "Doğruyu söylemek gerekirse," dedi sonunda, "bu kısımda bir gariplik yok. Asıl gariplik sonra geliyor, ayak izlerini takip edince..."

On Sekizinci Bölüm

Hiçbir Yere Gitmeyen Ayak İzleri

Hardwick, Gurney'i ambarın arkasındaki çitlerin etrafını dolaştırarak avlunun diğer ucuna getirdi. Failin ayak izleri saldırı yerinden bu yolu kullanarak ayrılmış, kar kaplı çimen alana doğru ilerlemişti. İzler evin arka tarafından ormanın içine doğru uzanıyordu.

Ormana doğru ayak izlerini takip ederken, avlunun yakınlarında bir yerde, olay yerindeki DNA'ların ve diğer izlerin delil toplayıcısıyla temasını engellemek için kullanılan plastik, hava geçirmez bir tulum olan, cerrah başlığı ve özel maskesini takmış bir delil uzmanıyla karşılaştılar.

Ayak izlerinin yaklaşık üç metre ilerisinde çömelmiş, kardaki kahverengi cam parçalarını, elindeki çelik maşayla topluyordu. Yanında buna benzer parçaları toplamış olduğu bir çanta ve hatırda kalacak kadar büyük bir viski şişesi parçası vardı.

Hardwick "Görünüşe bakılırsa cinayet silahı," dedi. "Ama sen, yetenekli dedektif, bunu zaten biliyordun. Four Roses olduğunu bile..."

Hardwick'in iğneleyici ses tonunu göz ardı ederek "Peki burada, çimenlerin üzerinde ne arıyor?" diye sordu.

"Hey, Tanrım, bunu da bildiğini sanmıştım. Markasına kadar biliyorsun ya..."

Gurney yavaş açılan bir bilgisayar programını bekliyormuşçasına, bitkin bir şekilde bekledi. Sonunda Hardwick cevap verdi: "Öyle görünüyor ki adam bunu cinayet yerinden buraya kadar taşımış ve ormana giderken atıvermiş. Bunu neden yaptı? Bu harika bir soru. Belki de hâlâ taşımakta olduğunu fark etmemiştir. Yani, kurbanı boğazından on iki kez kesmiş. Bu dikkatini dağıtmış olabilir. Sonra çimenlerin üzerinde yürürken onu hâlâ elinde tuttuğunu fark edip, fırlatmıştır. Bu en azından mantıklı."

Gurney tamamen ikna olmasa da, başka bir açıklama yapamamanın çaresizliğiyle başını salladı. "Asıl gariplik derken kastettiğin bu muydu?"

Hardwick gülmekten çok havlamaya benzer bir kahkahayla "Bu mu?" dedi. "Daha hiçbir şey görmedin."

İki adam yaklaşık bir buçuk kilometrelik yolu on dakika boyunca yürüdükten sonra, türlü ağaçların olduğu ormanlık alana geldi. Geçen bir arabadan gelen ses, ana caddeye yakın olduklarını gösteriyordu ama dallar yüzünden yol görünmüyordu.

Önce, Hardwick'in kendisini neden oraya getirdiğini anlayamadı. Ardından giderek artan bir şaşkınlıkla yeri incelemeye başladı. Gördüğü şey hiçbir şekilde mantığa sığmıyordu. Takip ettikleri ayak izleri aniden kayboluyordu. Bir buçuk kilometredir kesintisiz devam eden ayak izleri burada son buluyordu. Ayak izlerinin sahibi olan kişiye ne olduğuna dair hiçbir belirti yoktu. Çevrede birikmiş karın üzerinde tek bir iz bile yoktu; insan eli ya da başka bir şey değmemiş gibiydi. Son ayak izine en yakın ağaç, otuz beş metre uzaklıktaydı. Geçen arabanın sesine bakılırsa, en yakın yolla arasında da en az yüz metre vardı.

"Göremediğim bir şey mi var?"

"O her ne ise biz de göremiyoruz..." dedi Hardwick. Sesinde kendisinin ve ekibinin göremediği şeyi, Gurney'in de görememesinin verdiği rahatlama vardı.

Gurney ayak izlerinin bittiği yerin etrafını daha dikkatli bir şekilde inceledi. Buranın hemen önünde aynı ayakkabılara ait olduğu görülen birden fazla ayak izi vardı. Sanki katil buraya kadar yürümüş de, sonra bu noktada durup sürekli ağırlığını bir ayağından diğerine vererek belki de birisini beklemiş ve ardından... buhar olup uçmuştu.

Bir anda Hardwick'in kendisine yine saçma bir şaka yapıyor olabileceğini düşündü fakat sonra bunu kafasından attı. Cinayet işlenmiş bir olay yerinde bir anda kahkaha atmaya başlamak, Hardwick gibi dengesiz bir adam tarafından bile garip karşılanırdı.

Baktıklarında tüm görünenler bunlardı.

Hardwick pis bir tat almış gibi ağzını buruşturarak "Gazeteciler bunu uzaylılar tarafından kaçırılma olayına çevirecekler," dedi. "Habercileri bilirsin, bazı durumlarda inek bokuna üşüşen sinekler gibi davranırlar."

"Daha iyi bir teorin var mı?"

"Tek umudum NYPT'nin gelmiş geçmiş en saygın cinayet dedektifi..."

Gurney "Saçmalamayı bırak," dedi. "Ekip herhangi bir sonuca ulaşabildi mi?"

"Bu olanlar için mantıklı bir açıklama yok. Ama ayakta durduğu belli olan, karın dağıldığı yerden kar örnekleri aldılar. Görünüşe bakılırsa orada yabancı bir madde yok ama laboratuar uzmanları bir şeyler bulabilir. Aynı zamanda ağaçları ve oradaki yolu da incelediler. Yarın izlerin otuz metre yakınındaki her şeyi alt üst edip, daha ayrıntılı inceleyecekler."

"Ama şimdiye kadar hiçbir şey bulamadılar?"

"Aynen öyle."

"Size de, enstitüdeki bütün misafirlere ve komşulara ormanda aşağıya halat sarkıtan bir helikopter görüp görmediklerini sormak kalıyor?"

"Kimse görmemiş."

"Bunu sordunuz mu?"

"Aptal gibi hissetsek de, evet. Gerçek şu ki, buraya sabahleyin yürüyerek giren birileri oldu ve bu yüksek ihtimalle katilin kendisiydi. Sonra tam burada durdu. Bir helikopter ya da dünyanın en büyük vinci gelip onu buradan almadıysa, hangi cehenneme gitti?"

"Peki," diye başladı Gurney, "Ne helikopter, ne halat, ne gizli tünel..."

Hardwick onun sözünü kesip, "Evet," dedi. "Yaylı bir bastonla kaçtığına dair bir kanıt da yok."

"Yani bundan çıkarabileceğimiz sonuç?"

"Hiçbir şey. Sıfır. Bir olasılık dahi yok. Sakın katilin bütün bu yolu yürüyüp, ardından tek bir ayak izini bozmadan, aynı izlere kusursuz bir şekilde basarak geri döndüğünü düşündüğünü söyleme." Hardwick, Gurney bunu iddia edebilirmiş gibi ona meydan okuyan bir bakış fırlattı. "Eğer bu şey mümkün olsaydı bile, ki değil, katil o sırada olay yerinde olan iki kişiye rastlardı. Eşi Caddy ve gangster Patty."

Gurney rahat bir tavırla "Öyleyse bunların hepsi imkansız," dedi.

Hardwick tartışmaya hazır bir tonla "Ne imkansız?" dedi.

"Her şey," dedi Gurney.

"Sen ne saçmalıyorsun?"

"Sakin ol, Jack. Mantıklı bir başlangıç noktası bulmamız gerekiyor. Olmuş gibi görünen şey olmuş olamaz. Bu yüzden olmuş gibi görünen şey, olmadı."

"Bana onların ayak izleri olmadığını mı söylüyorsun?"

"Sana onlara yanlış bir açıdan baktığımızı söylüyorum."

"Onlar ayak izi mi, değil mi?" dedi Hardwick hiddetlenerek.

Gurney uzlaşmacı bir tavırla "Bana ayak izi gibi geldiler," dedi.

"Öyleyse ne diyorsun?"

Gurney iç çekti. "Bilmiyorum, Jack. Yalnızca içimde yanlış soruları sorduğumuza dair bir his var."

Sesinin yumuşaklığı, Hardwick'in öfkesini yatıştırmıştı. İkisi de uzunca bir süre birbirine bakmadı ve hiçbir şey konuşmadılar. Ardından Hardwick bir şey hatırlamışçasına başını kaldırdı.

"Neredeyse sana pastanın üstündeki kremayı göstermeyi unutuyordum." Elini deri ceketinin yan cebine attı ve bir kanıt toplama zarfı çıkardı. Gurney, şeffaf plastik içerisinde duran beyaz kağıda baktı ve kırmızı dolmakalemle yazılmış titiz el yazısını gördü.

Hardwick "İçinden çıkarma," dedi. "Sadece oku."

Gurney kendisine söyleneni yaptı; ardından bir kez daha okudu. Ve üçüncü kez okuduğunda artık neredeyse ezberlemişti.

Ben koştum karların arasında.
Aptallar, bakın yukarıya, aşağıya.
Nereye gittiğimi sorup durun.
Dünyanın pislikleri olan siz,
Benim doğuşumu izleyeceksiniz:
İntikam geri geldi dünyaya
Sebebi, yas tutan çocuklarda,
Tüm yalnız insanlarda.

Gurney zarfı geri uzatarak "Bu bizim adamımız," dedi. "İntikam teması, sekiz satır, tutarlı uzunluk, özenli kelime seçimi, kusursuz noktalama işaretleri, titiz el yazısı… Birçok açıdan tıpkı diğerleri gibi..."

"Birçok açıdan mı?"

"Bunun içinde yeni bir şey var – katil, kurbanın dışında birisinden daha nefret ettiğini ima etmiş."

Hardwick önemli bir şey kaçırdığını fark ettiği için kaşlarını çatarak, üstü kaplı nota şöyle bir baktı. "Kim?" diye sordu.

Gurney o günün ilk gülümsemesi eşliğinde, "Sen," dedi.

On Dokuzuncu Bölüm

Dünyanın Pislikleri

Katilin gözlerini Mark Mellery ve Jack Hardwick'e diktiğini söylemek tabii ki adil olmazdı. Gurney, cinayet noktasından ormana doğru giderlerken, katilin nefretinin olayı araştıran polislere olduğunu anlattı. Bu meydan okuma Hardwick'i rahatsız etmek yerine heyecanlandırmış, enerjisini artırmıştı. Gözleriyle "Bana o lanet olası adamı bulun!" diye bağırır gibiydi.

Gurney ona Jason Strunk vakasını hatırlayıp hatırlamadığını sordu.

"Neden?"

"Şeytan Noel Baba sana bir şey çağrıştırıyor mu? Ya da dahi bir gazetecinin deyişiyle, Yamyam Noel Baba?"

"Evet, evet, tabii ki hatırlıyorum. Ama gerçek anlamda bir yamyam değildi. Sadece kurbanların topuklarını yiyordu."

"Evet, ama bununla kalmıyordu, değil mi?"

Hardwick yüzünü ekşitti. "Hatırladığım kadarıyla, topukları yedikten sonra, vücutlarını şerit testereyle kesip, parçaları titizce plastik çantalara yerleştiriyordu. Ardından onları Noel paketleri haline getirip, postalıyordu. Böylece cesetlerden kurtuluyordu. Saklama sorunu yok."

"Onları kime postaladığını hatırlıyor musun?"

"Bu yirmi yıl önceydi. Ben mesleğe başlamamıştım bile. Olayı gazetelerden okumuştum."

"Kurbanın yaşadığı civara bakan cinayet dedektifinin ev adresine postalıyordu."

Hardwick şaşkın bakışlarla Gurney'e baktı. "Ev adreslerine mi?" Cinayet, ılımlı yamyamlık ve şerit testereyle parçalara ayırma işi bağışlansa da, hediye paketi gönderme kısmı asla affedilemezdi.

Gurney, "Polislerden nefret ederdi," diye devam etti. "Onları nasıl yıpratacağını iyi bilirdi."

"Evet, sana gönderilmiş bir ayağın senin için ne kadar yıpratıcı olduğunu tahmin edebiliyorum."

"Kutuyu eşinin açması bundan daha yıpratıcı."

Hardwick bir anda afalladı. "Aman Tanrım. Bu senin vakandı. Sana bir paket gönderdi ve bunu eşin mi açtı?"

"Aynen."

"Aman Tanrım! Senden bu yüzden mi boşandı?"

Gurney ona meraklı gözlerle baktı. "İlk eşimin benden boşandığını hatırlıyor musun?"

"Bazı şeyleri hatırlıyorum. Okuduğum şeyleri pek değil – ama birisi bana kendisi hakkında bir şey anlattığında, bunu asla unutmam. Senin tek çocuk olduğun, babanın İrlanda'da doğmuş olduğu, bundan nefret ettiği, sana bundan asla bahsetmediği ve çok içtiği gibi şeyleri..."

Gurney ona dikkatlice baktı.

"Bunları bana Piggert davası için çalıştığımız sırada anlatmıştın."

Gurney böyle garip aile sırlarını anlatmış olmaktan ve Hardwick'in bunları hatırlamasından rahatsız olup olmadığı konusunda emin değildi.

Hava kararırken karlı yoldan hâlâ karmaşa içerisinde olan eve doğru yürüdüler. Gurney ne kadar üşüdüğünü önemsememeye çalışarak, önlerindeki soruna odaklanmaya çalıştı.

"Konuya dönersek," dedi, "katilin son notu, polise karşı bir meydan okuma ve bu önemli bir gelişme."

Hardwick karşısındakinin bahsettiği konuya, canı istediği zaman dönen bir adamdı.

"Yani senden bu yüzden mi boşandı? Kutuda bir adamın aletini bulduğu için mi?"

Bu Hardwick'i ilgilendirmiyordu ancak Gurney cevaplamaya karar verdi.

"Başka birçok sorunumuz vardı. Sana benim şikayetlerimi bir liste halinde, onunkileri ise daha uzun bir liste halinde verebilirim. Ama sanırım, sonuçta bir polisin eşi olmanın nasıl bir şey olduğunu anlayıp şok oldu. Bazı eşler bunu yavaş yavaş fark eder. Benimkine adeta vahiy indi."

Avlunun arka tarafına gelmişlerdi. İki uzman, kırmızıdan kahverengiye dönüşmekte olan kan birikintisinin etrafını inceliyorlar; yere döşenmiş taşların altlarını kaldırıp bakıyorlardı.

Hardwick önemsiz birinden bahseder gibi, "Yani, her neyse," dedi. "Strunk bir seri katildi ama bu değil."

Gurney katılıyormuşçasına belli belirsiz başını salladı. Evet, Jason Strunk tipik bir seri katildi ve Mark Mellery'i öldüren her kimse, seri katil dışında her şeye benziyordu. Strunk kurbanlarıyla hemen hiç iletişim kurmazdı. Onlarla 'ilişki' kelimesini çağrıştıran herhangi bir şeyde bulunmadığı söylenebilirdi. Onları fiziksel görünümlerinin kendi kriterlerine uymasına ve öldürme isteği geldiğinde ulaşılabilir olmalarına göre seçiyordu. Arzu ve şansın karşılaşması... Ancak Mellery'nin katili, onu geçmişiyle yüzleştirerek işkence edecek kadar iyi tanıyordu – hatta bazı durumlarda aklına gelebilecek ilk sayıyı bilecek kadar... Onu bir zamanlar yakından tanıdığına dair işaretler vardı ve bu tipik bir seri katil olayına benzemiyordu. Dahası, yakın zamanda buna benzer cinayetler işlenmemişti – yine de üzerinde daha dikkatli durulması gerekiyordu.

Gurney "Bu bir seri katil vakasına benzemiyor," diye onayladı. "Posta kutunda kesik parmaklar bulacağını düşünmüyorum. Ama senden, yani araştırma polislerinin şefinden 'dünyanın pisliği' diye bahsetmesinde rahatsız edici bir hava var."

Avludaki olay yeri incelemelerini bölmemek için evin etrafından dolaşıp, ön kapısına geldiler. Üniformalı bir polis eve giriş çıkışları denetlemek için kapıda duruyordu. Burada rüzgar çok sertti ve adam ısınmak için ayaklarını yere vuruyor, eldivenli ellerini birbirine sürtüyordu. Rahatsızlığı Hardwick'e selam vermek için gülümserken yüzünün buruşmasından açıkça belli oluyordu.

"Sizce buralarda kahve var mıdır?" dedi.

Hardwick burnunu gürültülü bir şekilde çekerek, "Hiçbir fikrim yok. Umarım vardır," dedi. Ardından Gurney'e dönüp, "Seni fazla tutmayacağım. Sadece çalışma odasında olduğunu söylediğin notları bana göstermeni ve hepsinin yerinde olup olmadığını kontrol etmeni istiyorum."

Zemini kestane ağacıyla döşenmiş, güzel, eski evde sessizlik hakimdi. Evde hiç olmadığı kadar yoğun bir zenginlik kokusu vardı.

Yirminci Bölüm

Bir Aile Dostu

Tuğla ve taştan yapılmış şöminede ateş yanmaktaydı ve içeride dumanla birlikte tatlı bir koku vardı. Caddy Mellery solgun fakat sakin bir halde, yanında yetmişli yaşlarının başında bir adamla koltukta oturuyordu.

Gurney ve Hardwick içeri girince, şaşkın bir ifadeyle koltuktan kalktı. "İyi akşamlar, beyler," dedi. Sesinde belli belirsiz, kibar bir kuzeyli tonlaması vardı. "Ben Carl Smale, Caddy'nin eski bir arkadaşıyım."

"Ben baş dedektif Hardwick ve bu da Dave Gurney. Bayan Mellery'nin rahmetli eşinin bir arkadaşı."

"Ah, evet, Mark'ın arkadaşı... Caddy ondan bahsetmişti."

Hardwick bir yandan odada göz gezdirerek "Sizi rahatsız ettiğimiz için üzgünüz," dedi. Gözleri şöminenin diğer tarafındaki duvarın karşısında duran Sheraton masaya takıldı. "Bildiğimiz kadarıyla şuradaki masada duran ve muhtemelen olayla ilgisi olan bazı kağıtları görmemiz gerekiyor. Bayan Mellery, sizi böyle sorularla rahatsız ettiğim için üzgünüm, ancak kağıtlara bakmamda bir sakınca var mı?"

Kadın gözlerini kapattı. Soruyu anlayıp anlamadığı belli olmuyordu.

Smale koltukta ona doğru yanaştı ve bileklerini kavradı. "Eminim bu Caddy için sorun değildir," dedi.

Hardwick tereddüt etti. "Bayan Mellery'i… temsilen mi konuşuyorsunuz?"

Smale, akşam yemeği esnasında kendisine sorulmuş kaba bir soruyu yanıtlayan hassas bir kadın edasıyla, belli belirsiz burnunu kırıştırarak yanıt verdi.

Dul kadın gözlerini açıp, hüzün dolu bir gülümsemeyle konuşmaya başladı. "Eminim bunun çok zor bir zaman olduğunu anlayabilirsiniz. Carl'a tümüyle güveniyorum. Söylediği her şey benim söyleyeceklerimden daha akıllıca olacaktır."

Hardwick "Bay Smale, sizin vekiliniz mi?" diyerek ısrar etti.

Sevecen bir ifadeyle Smale'e dönüp konuştu: "Kendisi, sağlıkta ve hastalıkta, iyi günde kötü günde otuz yıldır benim temsilcim, vekilimdir. Aman Tanrım, Carl, bu korkutucu değil mi?" Gurney bu ifadenin, aldığı sakinleştirici ilaçtan kaynaklandığını düşünüyordu.

Smale onun nostalji kokan gülümsemesine karşılık verip, yenilenmiş bir ses tonuyla Hardwick'le konuşmaya başladı. "Araştırmanızla ilgili olabilecek her şey için bu odayı rahatça arayabilirsiniz. Buradan almak isteyeceğiniz eşyaların bir listesini elbette bize verebilirsiniz."

'Bu oda' üzerine yapılan vurgu, Gurney'in dikkatinden kaçmadı. Smale polise her yeri arayabileceklerinin garantisini vermek istemiyordu. Koltukta oturmakta olan şık adama attığı sert bakışlardan anlaşıldığı üzere, Hardwick de bunu fark etmişti.

"El koyduğumuz tüm kanıtların bir listesi yapılır." Hardwick'in ses tonunda bir mesaj saklıydı: "Almak *istediğimiz* şeylerin listesini vermeyiz. *Aldığımız* şeylerin listesini veririz."

İma edilen mesajları anlama konusunda iyi olan Smale, gülümsedi. Gurney'e döndü ve bitkin, yavaş bir edayla, "Söyle bakalım, sen *şu* Dave Gurney misin?"

"Benim ailemde bu isimde yalnızca ben varım."

"Evet, evet, evet. Efsane dedektif! Sizinle tanışmak bir onurdur."

Bu tarz hatırlamalardan pek hoşlanmayan Gurney, hiçbir şey söylemedi.

Sessizliği bozan Caddy Mellery oldu. "Özür dilerim ama başım ağrıdan çatlıyor, biraz uzansam iyi olacak."

"Elbette," dedi Hardwick. "Fakat birkaç ayrıntıyla ilgili yardımınıza ihtiyacım var."

Smale endişeli gözlerle müvekkiline baktı. "Bu birkaç saat bekleyemez mi? Görüyorsunuz ki Bayan Mellery perişan durumda."

"Sorularım yalnızca birkaç dakika alacaktır. İnanın bana ben de şu an devam etmemeyi tercih ederim ancak herhangi bir gecikme sorun yaratabilir."

"Caddy?"

"Sorun değil, Carl. Şimdi ya da sonra olması fark etmez." Gözlerini kapattı. "Dinliyorum."

Hardwick "Bunları size hatırlattığım için üzgünüm," dedi. Koltuğun Caddy'e yakın olan ucundaki kollu sandalyeyi göstererek "Buraya oturmamın sakıncası var mı?" diye sordu.

"Buyurun." Gözleri hâlâ kapalıydı.

Sandalyenin ucuna doğru oturdu. Yakını henüz ölmüş kişileri sorgulamak her polis için rahatsız ediciydi. Yine de Hardwick bu işten bir rahatsızlık duyuyormuş gibi görünmüyordu.

"Emin olmak için bana bu sabah söylemiş olduğunuz bir şeyi tekrar sormak istiyorum. Telefonun gece, saat biri geçerken çaldığını söylemiştiniz. O sırada siz ve eşiniz uyuyor muydunuz?"

"Evet."

"Ve siz saatin kaç olduğunu biliyordunuz çünkü?.."

"Saate baktım. Bizi bu saatte kim arıyor diye düşündüm."

"Ve telefona eşiniz baktı?"

"Evet."

"Ne dedi?"

"Üç ya da dört kez, alo, alo, alo dedi. Ardından kapattı."

"Arayan kişinin konuşup konuşmadığını size söyledi mi?"

"Hayır."

"Ve birkaç dakika sonra ormandan gelen bir hayvan çığlığı duydunuz?"

"Cırlaması."

"Cırlaması mı?"

"Evet."

"'Cırlama' ve 'çığlık atma' arasında nasıl bir ayrım yapıyorsunuz?"

"Çığlık…"durdu ve alt dudağını sertçe ısırdı.

"Bayan Mellery?"

Smale "Bu çok uzun sürecek mi?" diye sordu.

"Çığlık atmak daha insana özgüdür. Çığlık atmak benim…" Ağlamamak için kendisini tutuyormuşçasına gözlerini kırpıştırdı ve devam etti: "Bu bir hayvana benziyordu. Ama ormanda değildi. Sesi eve yakın gibi geliyordu."

Bu çığlık, pardon cırlama, ne kadar sürdü?"

"Bir ya da iki dakika, emin değilim. Mark aşağı indikten sonra kesildi."

"Niçin aşağıya indiğini söyledi mi?"

"Bunun ne olduğuna bakacağını söyledi. Hepsi bu. Sonra …" Birden susup, yavaş, derin derin nefes almaya başladı.

"Üzgünüm, Bayan Mellery. Bu uzun sürmeyecek."

"Yalnızca sesin nereden geldiğine bakmak istedi, hepsi bu."

"Başka bir şey duydunuz mu?"

Elini ağzının üzerine götürüp yanaklarını tuttu ve sonra kendisini kontrol etmeye çalışıyormuş gibi ağzını açtı. Ellerini sürekli sıktığı için, tırnaklarında kırmızı beyaz benekler oluşmuştu.

Konuştuğunda kelimeler, ağzını kapatmış olduğu eline çarpıyordu.

"Uyur uyanıktım, ama bir şey duydum. Alkış gibi bir şey... Sanki birisi ellerini birbirine vurmuş gibi. Hepsi bu kadar." Yüzüne yaptığı baskı onu rahatlatan tek şeymiş gibi yüzünü tutmaya devam etti.

Hardwick sandalyeden kalkarak, "Teşekkür ederim," dedi. "Elimizden geldiğince sizi rahatsız etmemeye gayret edeceğiz. Şimdilik yapmam gereken tek şey şu masaya bakmak."

Caddy Mellery başını kaldırdı ve gözlerini açtı. Elleri yüzünde parmak izleri bırakarak, dizlerinin üzerine düştü. Hassas ama kararlı bir sesle, "Dedektif," dedi, "olayla ilgili her şeyi alabilirsiniz fakat lütfen bizim özel hayatımıza saygı gösterin. Medya sorumsuz. Eşimden kalanlar son derece önemlidir."

Yirmi Birinci Bölüm

Öncelikler

Hardwick "Bu şiirlere bu kadar saplanıp kalırsak gelecek sene kendi kendimizi kovalıyor olabiliriz," dedi. *Şiirler* kelimesini telaffuz ederken, işe yaramaz bir şeyden bahseder gibi aşağılamıştı.

Katilden gelen mesajlar toplantı odasının ortasındaki büyük masaya dizilmişti. Odada BCI dedektifleri vardı ve araştırmanın en yoğun olan başlangıç aşamasındaydılar.

En başta, X. Arybdis'ten gelen ve Mellery'nin tuttuğu sayının 658 olduğunu esrarengiz bir şekilde bildiği ve onu bulmaya çalışırken harcamış olduğu 289.87 doları istediği iki bölümlük mektup duruyordu. Arkasında, postayla gelmiş olan üç tane tehdit kokan mektup duruyordu. (Üçüncüsü Mellery'nin plastik bir yemek saklama poşetine koyup, Gurney'e parmak izlerini koruyabilmek için bunu yapmış olduğunu söylediği mektuptu.) Ardından Gregory Dermott'un bu adreste "X. Arybdis" diye birisinin oturmadığına dair notuyla birlikte, geri dönen 289.87 dolarlık çek; Mellery'nin asistanına telefonda okunmuş şiir; Mellery'nin o akşam katille yaptığı ve Mellery'nin on dokuz sayısını söylediği telefon görüşmesi; enstitünün posta kutusuna gelen ve on dokuzu tutacağını tahmin eden mektup; ve en sonunda cesedin üzerinde bulunan şiir. Bu çok sayıda kanıt demekti.

Hardwick, plastik poşet de şiirler kadar önemliymiş gibi heyecanlanarak, "Plastik poşetten bahsetmiş miydi?" diye sordu.

Gurney "O sırada Mellery gerçekten korkmuştu," dedi. "Mümkün olduğunca parmak izi toplamaya çalıştığını söyledi."

Hardwick başını salladı. "Bu CSI (Olay Yeri İnceleme) saçmalığı... Plastik kağıttan daha ileri teknoloji gibi görünüyor. Kanıtları plastik içerisinde saklayın ve içerideki nemden bozulsun. Aşağılık herifler."

Kafasında Peony polisi armalı şapkası olan, üniformalı bir polis, yüzünde endişeli bir ifadeyle kapıda bekliyordu.

Hardwick, gelen kişinin getirdiği yeni sorunu dinleme cesareti gösterip, "Evet?" dedi.

"Ekibin devam etmesi için izin gerekiyor. Sorun yok, değil mi?"

Hardwick başını salladı. Ardından dikkatini masada duran tehdit mektuplarına verdi.

Yüzünü ekşiterek, "Titiz el yazısı," dedi. "Ne düşünüyorsun, Dave? Elimizde katil bir rahibe olduğunu mu?"

Yarım dakika sonra, uzmanlar ellerinde kanıt poşetleri, bir dizüstü bilgisayar, masadaki kağıtları kaydedip tutabilmek için katlanabilir bir barkod yazıcısı ile toplantı odasına girdiler. Hardwick, gizli parmak izi, el yazısı, kağıt ve mürekkep incelemeleri için, Albany'deki adli tıp laboratuarına gönderilmeden önce, masadaki delillerin birer kopyasını istedi. Cesedin üzerindeki nota özellikle dikkat edilmesi konusunda uyardı.

Gurney geride duruyor, Hardwick'in yönetici rolünü nasıl oynadığını izliyordu. Bir olayın aylar, hatta yıllar içinde nasıl ilerlediği, genelde olayın ilk saatlerinde, araştırmayı yöneten kişinin ne kadar iyi olduğuna bağlıydı. Gurney, Hardwick'in işini gerçekten iyi yaptığını düşünüyordu. Fotoğrafçının çektiği pozlara göz attı, olay yerindeki her şeyin; giriş çıkışlar, bütün parmak izleri, elle tutulur kanıtlar (bahçe sandalyesi, sigara izmaritleri ve kırık şişe), cesedin, etrafındaki kanlı kar gibi anahtar delillerin korunup korunmadığını kontrol etti. Bu sırada Gurney onu izliyordu. Hardwick aynı zamanda fotoğrafçıdan tüm evin ve çevresinin havadan çekilmiş fotoğraflarını ayarlamasını istedi. Bu normalde yapılan bir işlem değildi, ancak bu şartlarda, özellikle ortada hiçbir yere gitmeyen ayak izlerinin olduğu bu durumda işe yarayabilirdi.

Üstelik Hardwick daha önce misafirleri sorgulama görevi vermiş olduğu iki dedektifle görüşüp, işlerini yapıp yapmadıklarını kontrol etti. Kanıt listesini incelemek için başuzmanla buluşmuş, ertesi gün sabah olay yerine getirilmek üzere bir K9 köpek ayarlanmasını istemişti. Gurney buradan, Hardwick'in ayak izi sorununu kafasına taktığını anlamıştı. Ardından, izni olmayan kimsenin içeri girmediğinden emin olmak için, ön kapıda durup giren çıkanları kaydeden polisin tuttuğu listeyi inceledi. Hardwick'in verileri toplama, değerlendirme, işleri sıraya koyma ve durumu yönetmesini izledikten sonra, Gurney onun, baskı altındayken beraber çalıştıkları zamanlardaki kadar iyi çalıştığı sonucuna vardı. Hardwick asabi bir ahmak olabilirdi fakat işinde iyi olduğu tartışılmazdı.

Hardwick, saat dördü çeyrek geçe, "Uzun bir gün ve sen bu işten para bile kazanmıyorsun. Neden evine gitmiyorsun?" dedi. Ardından tuzağa düşürüldüğünü fark etmiş gibi duraksadı ve ekledi: "Yani, biz sana para ödemeyeceğiz. Mellery'den para alıyor muydun? Lanet olsun, aldığına bahse girerim. Kaç para biçtin kendine?"

"Benim lisansım yok. İstesem de para alamam. Bunun yanında, maaşlı bir dedektif olmak dünyada isteyeceğim son şeydir."

Hardwick ona kuşku dolu bir bakış fırlattı.

"Şimdi ise senin önerini dinleyip, bugünlük çalışmayı bitireceğim."

"Sanırım yarın öğle saatlerinde bölge karakolundakilerle birlikte gelebilirsin."

"Plan nedir?"

"İki şey var. Birincisi senin ifade vermen gerekiyor. Kurbanla olan geçmişin, eski tanışıklığınız ve olay öncesi yaptığınız görüşmeler. Formaliteleri biliyorsun. İkincisi, senin bildiklerini herkesle paylaşacağın bir toplantıya katılmanı istiyorum. Ölüm sebebiyle ilgili ilk raporlar, tanık ifadeleri, kan, izler, cinayet silahı ve bunun gibi şeyler. İlk teoriler, öncelikler, sonraki adımlar. Senin gibi birisi bizim için önemli bir yardımcı olur, doğru yoldan gitmemizi sağlar ve insanların ödediği vergileri boşa harcamamızı önler. Dahice yönünü ve deneyimlerini bizim gibi işe yaramaz adamlarla paylaşmaman bir suç olur. Yarın öğlen. İfadeni de yanında getirirsen iyi olur."

Bu adam, tam bir malın gözüydü. Bu onu çok iyi tanımlıyordu: New York Polisi, Cinayet Masası'ndan, büyük işlere bakan malın gözü Hardwick. Ancak bütün bu saçmalıklar bir yana, Gurney her dakika giderek garipleşen bu olayda Hardwick'in kendisinden gerçekten yardım istediğini biliyordu.

Gurney, dalgınlıktan etrafına hiç bakmadan eve doğru yol aldı. Dillweed'deki Abelard Marketi'nden sonraki vadinin sonuna gelene kadar, sabah toplanmış olan bulutların dağıldığını ve güneşin, tepelerin batı taraflarını aydınlattığını fark etmedi. Kıvrılan nehrin kenarındaki kar kaplı mısır tarlaları harika bir şekilde parlıyordu. Ardından, güneş şaşırtıcı bir hızla karşıdaki bayırların arkasından, ışığını da alıp alçaldı. Yapraksız ağaçlar kararmış, kar bembeyazdı.

Dönüşe yaklaşıp yavaşlayınca, yolun kenarındaki bir kuş dikkatini çekti. Bir cismin üzerinde, kaldırımın yaklaşık on santim yukarısında duruyordu. Yanından geçerken daha yakından inceledi. Kuş, ölü bir sıçanın üzerine konmuştu. Kuşların normal davranışlarını düşününce, garip bir şekilde ne uçuyor ne de geçen arabadan korktuğuna dair başka bir hareket yapıyordu. Öylece hareketsiz, bir şey beklermişçesine, bir rüyanın içinde gibi duruyordu.

Aklında, öylece durup karanlıkta izleyen ve bekleyen siyah kuşla, yavaşlamak için vitesi düşürüp döndü.

Gurney evine yaklaşık sekiz kilometre – yani beş dakika – uzaklıktaydı. Evin avlusuna giden dar patikaya vardığında, hava daha da kararmış ve soğumuştu. Rüzgardan uçuşan kar toplanmış ve ormana doğru giden bir hayalet görünümüne bürünmüştü.

Arabayı eve normalde park ettiğinden daha yakına park etti, soğuktan korunmak için yakasını kapattı ve koşar adımlarla arka kapıya doğru gitti. Mutfağa girer girmez, Madeleine'in yokluğunun işareti olan sessizliği fark etti. İçerideyken adeta varlığını gösteren bir elektrik yayıyor, yokluğunda ise garip ve belirgin bir sessizlik oluyordu.

İçerinin havasında bir şey daha vardı. Bodrumdan çıkarılıp, masaya konmuş ve hâlâ sehpada durmakta olan, dokunulmamış kurdelesiyle öylece duran kutunun yaydığı ağırlık...

Mutfakla banyo arasındaki koridorda şöyle bir dolandıktan sonra, doğrudan çalışma odasına gidip mesajlarını kontrol etti. Yalnızca bir mesaj gelmişti. Bu, Sonya'nın pürüzsüz, kadife gibi sesiydi. *"Merhaba, David. Çalışmanı çok beğenen bir müşterim var. Ona yeni bir tane daha bitirmek üzere olduğunu söyledim ve tarih vermek istiyorum. Çok beğendi demek az kalır ve ücreti onun için sorun değil. Bana mümkün olduğunca acele dön. Bu işi konuşmamız gerek. Teşekkürler, David."*

Tam mesajı yeniden dinleyecekti ki, arka kapının açılıp kapandığını duydu. Makinenin üzerindeki 'dur' düğmesine basıp Sonya'nın sesini susturdu ve seslendi: "Sen misin?"

Cevap gelmedi ve kızmıştı.

Sesini daha da yükselterek, "Madeleine," diye seslendi.

Onun cevap verdiğini duydu fakat ne dediğini anlamadı. Bu, Gurney'in 'pasif- agresif' diye nitelendirdiği, alçak bir ses tonuydu. Çalışma odasında kalmak istiyordu fakat bunun çok çocukça olacağına karar verip, mutfağa gitti.

Madeleine, turuncu parkasını asmakta olduğu askılıktan başını çevirip, ona döndü. Omzunda hâlâ durmakta olan kar tanelerinden, ağaçların arasında gezinmiş olduğu anlaşılıyordu.

Ellerini kalın, kahverengi saçlarının arasında gezdirerek, parkasının başlığının yapıştırmış olduğu saçlarını düzelterek, "Dışarısı çoook güzel," dedi. Kilere doğru gidip, bir dakika sonra geri geldi ve mutfak lavabolarının üzerinde göz gezdirdi.

"Fındıkları nereye koydun?"

"Ne?"

"Senden fındık almanı istememiş miydim?"

"Sanmıyorum."

"Belki söylemedim. Belki de sen duymadın?"

"Bir fikrim yok," dedi. Kafası bu kadar doluyken, konuştukları konuya odaklanmakta zorlanıyordu. "Yarın alırım."

"Nereden?"

"Abelard'dan"

"Pazar günü mü?"

"Pa... Ah evet, kapalı olur. Ne için istiyorsun?"

"Tatlıyı ben yapıyorum."

"Ne tatlısı?"

"Elizabeth salatayı ve ekmekleri yapacak, Jan biberleri kızartacak ve ben tatlıyı yapacağım." Birden kaşlarını çattı. "Unuttun mu?"

"Yarın mı geliyorlar?"

"Evet, doğru."

"Saat kaçta?"

"Bu önemli mi?"

"Yarın öğlen, BCI takımına yazılı ifade vermem gerekiyor."

"Pazar günü mü?"

Alaycı görünmemeye çalışarak, donuk bir tonla "Bu bir cinayet araştırması," dedi.

Madeleine başını sallayarak, "Yani yarın bütün gün evde olmayacaksın."

"Günün bir bölümü."

"Ne kadar büyük bir bölümü?"

"Tanrım, sen bu işleri biliyorsun."

Duyduğu üzüntü ve kızgınlığın bakışlarına yansıması, Gurney'i bir tokattan daha çok rahatsız ediyordu. "Yani sanırım eve yarın kaçta istersen o saatte geleceksin ve akşam yemeğinde bizimle olabilirsin de, olmayabilirsin de..." dedi.

"Bir cinayet vakası için olay-öncesi şahit olarak imzalı bir ifade vermem gerekiyor. Bu benim de *istediğim* bir şey değil." Sesi aniden, şaşırtıcı bir şekilde artmış, konuşurken tükürüklerini saçmıştı. "Hayatta yapmamız *gereken* bazı şeyler vardır. Bu yasal bir zorunluluk – bir seçim meselesi değil. Lanet olası kanunları ben yazmadım!"

Onun öfkesi kadar ani bir parçalanmışlıkla gözlerini ona dikti. "Hâlâ görmüyorsun, değil mi?"

"Neyi görmüyorum?"

"Beynin cinayet, suç, kan, canavarlar, yalancılar ve psikopatlarla öyle dolmuş ki, başka hiçbir şeye yer kalmamış."

Yirmi İkinci Bölüm

Düzeltme

O gece ifadesini yazıp, düzenlemeye iki saat harcadı. Okul yıllarındaki sıradan tanışıklıkları ve Mellery'nin görüşme talebini belirttiği mesajıyla başlayıp, sorunu polise taşımayı katı bir şekilde reddetmesiyle sonlanan yakın zamandaki iletişimlerini içeren olayları basit bir dille – sıfatsız, duygusuz, yorumsuz – bir şekilde yazdı.

İfadeyi yazarken iki bardak sert kahve içti ve bu yüzden rahat uyuyamadı. Üşüyor, terliyor, kaşınıyor, susuyor ve nedeni belli olmayan bir ağrı, bir bacağından diğerine geçip duruyordu. Bu rahatsız gece, aklına, Madeleine'in gözlerinde fark ettiği acı başta olmak üzere bir sürü kötü düşüncenin üşüşmesini sağlamıştı.

Bunun sebebinin, eşinin kafaya taktığı öncelikler meselesi olduğunu biliyordu. Hayatındaki roller çakıştığında, Dedektif Dave'in, Aile babası Dave'in önüne geçmesinden şikayet ediyordu. Emekli olması hiçbir şey değiştirmemişti. Bir şeylerin değişmesini umduğu hatta buna inandığı açıktı. Ama Gurney kişiliğini nasıl değiştirebilirdi ki? Onu ne kadar önemserse önemsesin, onunla ne kadar birlikte olmak isterse istesin, onun ne kadar mutlu olmasını isterse istesin, nasıl başka birisi olabilirdi ki? Bir konuda sıra dışı bir yeteneği vardı ve hayattaki en büyük mutlulukları, kendisine bahşedilmiş bu sıra dışı yeteneği pratikte kullanmaktan gelmişti. Fevkalade işleyen bir mantığı ve çelişkiler konusunda harika bir yaklaşımı vardı. Bu özellikleri onu, üstün bir dedektif yapıyordu. İşin korkunç kısımlarından kendisini soyutlayabilmek gibi bir özelliği de vardı. Diğer polisler bunun için başka şeyler kullanıyorlardı – alkol, yalnızlık, aşırı katılık. Gurney'in kalkanı olayları zeka oyunu, suçları, çözülmesi gereken denklemler olarak görmesiydi. Bu, onun kişiliğiydi. Bu sadece emekli olarak son verebileceği bir durum değildi. En azından, gün doğmadan bir saat önce uykuya dalarken böyle düşünüyordu.

Walnut Crossing'in kırk kilometre doğusunda, Peony'in beş kilometre ilerisinde, Hudson'ı gören bir tepeye kurulmuş Eyalet Polisi Bölge Merkezi binası yeni kurulmuş bir kale gibi görünüyordu. Devasa gri dış duvarları ve dar pencereleri kıyamete karşı dik durması için tasarlanmış gibiydi. Gurney binanın tasarımının, ele geçirilemez polis istasyonlarından daha saçma projelere yol açmış 11 Eylül paranoyasından etkilenip etkilenmediğini merak etti.

İçerideki florasan ışıklar metal dedektörlerin, gizli kameraların, kurşun geçirmez güvenlik kabininin ve cilalanmış beton zeminin yaydığı soğuk havayı daha da soğutuyordu. Güvenlik kabinindeki gardiyanlarla konuşmak için bir mikrofon vardı. Burası güvenlik kameralarının görüntülerinin olduğu ekranlarla, daha çok bir kontrol odası görünümündeydi. Tüm zeminlere sert bir hava katan ışıklandırma, gardiyanın yüzünü soluk gösteriyordu. Renksiz saçları bile, bu yapay ışıklandırmanın etkisiyle sağlıksız görünüyordu. Adam, kusmak üzereymiş gibiydi.

Gurney, adama iyi olup olmadığını sorma isteğini tutarak, mikrofona konuştu: "David Gurney. Jack Hardwick'le randevum var."

Gardiyan, misafirlere ayrılmış geçiş düğmesine bastı ve tavandan, aralarındaki vezneye kadar inen devasa camın alt kısmındaki küçük delikten bir ziyaretçi imza defteri çıktı. Ardından telefonu eline alıp, kendi tarafına yapıştırılmış bir listeye bakarak, dört rakamlı bir numara girdi ve Gurney'in duyamadığı bir şeyler söyleyip, telefonu kapattı.

Bir dakika sonra, güvenlik kabininin yanından, gri, çelik bir kapı açıldı ve enstitüde ona bir önceki gün eşlik etmiş olan sivil kıyafetli polis göründü. Gurney'e onu hiç tanımıyormuş gibi yaklaştı ve onu bomboş gri bir koridordan geçirip başka bir çelik kapıyı açtı.

Geniş, penceresiz bir konferans odasına girdiler. Penceresiz olmasının sebebi şüphesiz, olası bir terörist saldırısında camların etrafa saçılmasını önleme gerekliliğiydi. Gurney biraz klostrofobik olduğu için penceresiz yerlerden ve bunun iyi bir fikir olduğunu düşünen mimarlardan nefret ederdi.

Sessiz rehber içeri girer girmez köşedeki kahve fincanlarına yöneldi. Dikdörtgen konferans masasının etrafındaki sandalyeler odaya henüz gelmemiş kişiler için önceden ayrılmıştı. On sandalyenin dördünün üzerine ceket bırakılmış, üç tanesi ise masaya doğru eğilerek ayrılmıştı. Gurney üzerindeki hafif parkayı çıkarıp, boş sandalyelerden birisinin üzerine koydu.

Kapı açıldı ve Hardwick arkasında, elinde dizüstü bilgisayar ve kalın bir dosya taşıyan, kırmızı kafalı, özelliksiz bir takım giymiş bir kadın ve kahve fincanlarının yanındaki arkadaşına yönelen Tom Cruise kılıklı bir adamla içeriye girdi. Kadın boş sandalyelerden birisine gidip, masaya eşyalarını bıraktı. Hardwick yüzünde beklenti ve iğrenme arasında bir ifadeyle Gurney'e yaklaştı.

Hardwick, kulak tırmalayan bir sesle, "İyi bir şeye dahil olacaksın, evlat," diye fısıldadı. "Büyümüş de küçülmüş, bölgenin tarihindeki en genç savcısı, varlığıyla bizi onurlandıracak."

Gurney, Hardwick'in yüzünün ekşimesinden hissettiği düşmanlık duygusunu fark etti. Tepki vermemeye çalışmasına rağmen, konuşurken dudakları kasılmıştı. "Böyle bir olayda zaten burada olması gerekmez mi?"

"Bunu beklemediğimi söylemedim," dedi Hardwick. "Sadece senin iyi bir olaya dahil olacağını söyledim." Masanın tam ortasında duran üç sandalyeye dudaklarını büzerek baktı, hiçbirisini göstermeden, "Üç bilgenin üç koltuğu," dedi.

Sözlerinin hemen üzerine kapı açıldı ve içeriye üç adam girdi.

Hardwick, Gurney'in omzuna doğru eğilerek adamların isimlerini fısıldadı. Gurney, onun dudaklarını oynatmadan, karnından konuşabildiğini görünce şaşırdı.

Bodur, solaryumda bronzlaşmış gevşek bir gülümseme ve kötücül bakışlarla içeriye girip, arkasındaki daha uzun boylu bir adama kapıyı tutarken fısıltıyla, "Başkomiser Rod Rodriguez, çokbilmiş maydanoz," dedi. Uzun boylu adam zayıf ve hareketli bir görünüme sahipti. İnsanlara tek tek ama birer saniyeden fazla olmamak üzere bakarak, odayı süzdü. "Bölge Savcısı Sheridan Kline," diye fısıldadı. "Vali Kline olmak istiyor."

Kline'ın arkasında kalmış, kelleşmeye başlamış, bir tabak lahana turşusu kıvamında bir sevimliliğe sahip olan üçüncü adam, "Kline'ın baş-asistanı, Stimmel'dı," dedi.

Rodriguez onlara arkaya yatırılmış sandalyeleri işaret etti; Kline'a ortadaki sandalyeyi göstermişti çünkü Kline bunu meslek adabı olarak görürdü. Stimmel onun soluna, Rodriguez ise sağına oturdu. Rodriguez, ince tel çerçeveli gözlüğünün arkasından odayı süzdü. Minik alnının önüne düşen, kusursuz bir şekilde şekil verilmiş kalın telli saçlarının boyandığı belli oluyordu. Herkesin dikkatini üzerine çekmek için, parmaklarını birkaç kez sert bir şekilde masaya vurdu.

"Programa göre bu toplantı öğlen on ikide başlıyor ve şu anda saat on ikiyi göstermekte. Eğer yerlerinize oturursanız..."

Hardwick, Gurney'in yanına oturdu. Kahve fincanlarının yanındaki grup masaya geldi ve yarım dakika içerisinde yerlerini aldılar. Rodriguez, gerçek profesyoneller için bu iş daha kısa sürmeli, dercesine yüzünü ekşitti. Gurney'i görünce ağzıyla gülümseme ile şaşırma arasında, saniyelik bir hareket yaptı. Sonra, boş kalan tek sandalyeye bakıp yüzünü yeniden ekşitti. Ardından devam etti.

"Elimizde önemli bir cinayet işinin olduğunu söylememe gerek yok. Hepimizin burada olduğuna emin olmak için, buradayız. Bu Zen şakasını kimin beğendiğine bakmak için duraksadı. Sonra bunu daha sıkıcı bir şekilde açıkladı. "Olayın bu ilk gününde, geride kalan olmaması için hep birlikte buradayız."

Hardwick "İkinci gününde," diye mırıldandı.

"Pardon?" dedi Rodriguez.

Cruise kardeşler birbirlerine şaşkın bakışlar fırlattılar.

"Bugün *ikinci* gün, efendim. Dün *birinci* gündü, efendim ve berbattı."

"Kelimeyi ilk anlamıyla kullanmadığım çok açık. Demek istediğim olayın başından beri birlikte gitmemiz gerektiğidir. Davulu, aynı ritimle çalmamız gerekiyor. Söylediklerim açıkça anlaşılıyor mu?"

Hardwick masum bir ifadeyle başını salladı. Rodriguez, daha ciddiye aldığı insanlarla konuşmak istercesine, kafasını onun olduğu taraftan diğerlerine doğru çevirdi.

"Şu aşamada elimizdeki az sayıda veriden çıkardığımız kadarıyla, vaka zor, karışık, hassas ve sansasyona yatkın olacak gibi görünüyor. Bana, kurbanın başarılı bir yazar ve eğitmen olduğu söylendi. Ailesi varlıklı olmasıyla biliniyor. Mellery Enstitüsü'nün müşterilerinin bazıları zengin, önyargılı ve baş belası karakterler. Bu faktörlerden herhangi bir tanesi medyanın gösteri yapmasına yol açabilir. Üçünü de göz önüne alırsak, önümüzde zor bir iş var demektir. Başarıya giden yolda, elimizdeki dört anahtar organizasyon, disiplin, iletişim ve daha fazla iletişimdir. Gördükleriniz, duyduklarınız, çıkardığınız sonuçlar düzgün bir şekilde kaydedip raporlamadığınız sürece hiçbir işe yaramaz. İletişim ve daha fazla iletişim." Etrafına baktı ve uzun uzun Hardwick'i süzdü ve sanki kayıt ve raporlama işlerini altüst eden kişi oymuş gibi gözlerini dikti. Hardwick sağ elinin arka tarafındaki bir lekeyle uğraşıyordu.

Rodriguez "Kuralları esneten insanlardan hoşlanmam," diye konuşmasına devam etti. "Uzun vadede kuralları esnetenler, çiğneyenlerden daha çok zarar verir. Kuralları esnetenler bunu işlerini halletmek için yaptıklarını söylerler. İşin aslı, bunu kendi çıkarları için yaparlar. Bunu yaparlar, çünkü disiplinden yoksunlardır ve disiplinin yokluğu, işleri mahveder. Bu yüzden beni iyi dinleyin, arkadaşlar, açık ve net konuşuyorum. Bu olayda kurallara uyacağız. Bütün kurallara... Kontrol listelerimizi kullanacağız. Raporlarımızı tüm ayrıntılarına kadar ve zamanında dolduracağız. Her şey resmi yollardan yürüyecek. Her yasal sorun önce Bölge Savcısı Kline'ın ofisine gelecek – tekrarlıyorum, herhangi bir şekilde harekete geçilmeden önce. İletişim, iletişim, iletişim." Sözleri düşmana atılan toplar gibiydi. Olası tüm itirazların bastırıldığından emin olduktan sonra, büyük bir saygıyla, konuşma boyunca huzursuz olmuş bölge savcısına döndü ve "Sheridan, bu olaya kişisel olarak ne kadar dahil olmak istediğini biliyorum. Takımımıza söylemek istediğin bir şey var mı?" diye sordu.

Kline belirgin bir şekilde gülümsedi ve bu gülümseme uzaktan bir sıcaklık göstergesi sanılabilirdi ama yakından görünen, neşeli bir siyasetçi narsisizmiydi.

"Söylemek istediğim tek şey, ben yardım etmek için burada bulunuyorum. Herhangi bir şekilde yardım etmek için. Beyler, siz profesyonellersiniz. Eğitimli, deneyimli, yetenekli profesyoneller. İşinizi biliyorsunuz. Sahne sizindir." Gurney'in kulağına hafif bir kıkırdama geldi. Rodriguez gözlerini kırpıştırdı. Rodriguez nasıl Hardwick'le bu kadar uyumlu hareketler yapıyordu? "Fakat Rod'a katılıyorum. Bu büyük bir iş, içinden çıkılması çok zor bir iş... TV'de dünya kadar haber yayınlanacağı ve birçok insanın bunları izleyeceği kesin. Sansasyonel başlıklara hazırlıklı olun – 'Bir New Age Gurusunun Korkunç Cinayeti'. İster hoşunuza gitsin, ister gitmesin, beyler, bu olay gazetelerde yayınlanmaya aday. Colorado'daki JonBenet ya da California'daki Simpson vakasını eline yüzüne bulaştıran beyinsizler gibi görünmemizi istemiyorum. Havada çevirdiğimiz bir sürü top olacak ve eğer bir tanesi düşerse elimizdeki her şey berbat olur. Bu toplar..."

Gurney, olayın nasıl sonuca bağlanacağını merak etmiş ancak hiç tatmin olmamıştı. Kline, herkesin sinirini bozan bir cep telefonu sesinin araya girmesiyle sustu. Hardwick, Rodriguez'in sinirli bakışları eşliğinde elini cebine atıp, telefonu çıkardı ve başkomiserin kutsal sözlerini tekrarladı: "İletişim, iletişim, iletişim." Ardından 'cevapla' tuşuna basıp konuşmaya başladı.

"Benim, Hardwick... Buyurun... Nerede? ... Ayak izleri uyuşuyor mu? ... Orada ne aradığı hakkında bir işaret var mı? ... Tamam, onları derhal laboratuara gönderin... Sorun değil." 'Kapat' tuşuna bastıktan sonra, düşünceli bir şekilde telefona baktı.

Rodriguez, yüzünü merakla buruşturarak, "Evet?" dedi.

Hardwick cevabı, üzerinde özelliksiz takım, önünde açık dizüstü bilgisayarı olan ve beklenti dolu gözlerle kendisine bakan kırmızı saçlı kadına bakarak verdi.

"Olay yerinden haberler var. Katilin botlarını bulmuşlar – en azından yerdeki ayak izleriyle uyuşan yürüyüş botlarını... Botlar laboratuarda incelemeye gönderiliyor."

Kırmızı saçlı kadın başını sallayıp, klavyeyle yazmaya başladı.

Rodriguez ise, Hardwick'in yalanını yakalamış gibi, "Bana ayak izlerinin bir yerde bitiverdiğini ve hiçbir yere gitmediğini söylemiştiniz," dedi.

Hardwick ona bakmadan, "Evet," diye yanıt verdi.

"Öyleyse botlar nerede bulunmuş?"

"Hiçbir yere devam etmeyen ayak izlerinin olduğu yerde. İzlerin sona erdiği yerin yanındaki bir ağaçta. Bir daldan sarkıyormuş."

"Bana katilin bir ağaca tırmandığını, botlarını çıkarıp orada bıraktığını mı söylüyorsun?"

"Öyle görünüyor."

"Peki... Nereye... Yani sonra ne yaptı?"

"En ufak bir fikrimiz bile yok. Belki de botlar bizi sonuca götürür."

Rodriguez bir kahkaha patlattı. "Bir şeylerin bizi sonuca götüreceğini umalım. Bu arada işimize bakalım. Sheridan, sanırım lafın bölündü."

Karnından konuşan adam, "Havadaki toplarından bahsediyordu," diye fısıldadı.

Kline, Ben-her-şeyi-avantaja-dönüştürürüm bakışıyla sırıtarak, "Aslında bölünmedi," dedi. "Doğrusu, dinlemeyi tercih ederim – özellikle de olay yerinden gelen haberleri. Sorunu ne kadar iyi anlarsam, o kadar yardımcı olabilirim."

"Nasıl istersen, Sheridan. Hardwick, herkesin dikkatini çekmiş gibi görünüyorsun. Bize olayın diğer ayrıntılarını verebilirsin – mümkün olduğunca kısa keserek. Bölge savcısı zaman konusunda cömerttir ancak yapacak çok işi var. Aklının köşesinde olsun."

"Tamam, çocuklar, beyefendiyi duydunuz. Şimdi size olayın

kısa kesilmiş bir şeklini anlatacağım. Dalıp gitmek yok, salakça sorular yok. Dikkatle dinleyin."

"Hey!" dedi Rodriguez iki elini de havaya kaldırarak. "Kimsenin soru soramayacağını düşünmesini istemiyorum."

"İlk anlamında söylemedim, efendim. Sadece bölge savcısını, burada gerekenden fazla tutmamak için." Kline'dan bahsederken kelimelere yaptığı aşırı saygı havasındaki vurgu aslında bir aşağılamaydı ancak açıkça belli olmadığından yeterince güvenliydi.

Rodriguez sabırsız bir şekilde, "Peki, peki," dedi. "Devam et."

Hardwick gerekli bilgileri hızlıca vermeye başladı. "Cinayetten önceki üç-dört haftalık süre boyunca, kurban tehdit havasında, rahatsızlık veren birçok yazı almış; birisi Mellery'nin asistanıyla olmak üzere iki telefon görüşmesi yapılmış ve asistan, kendisiyle olan konuşmayı kağıda dökmüş. Diğer görüşme ise kurbanla yapılmış ve kurban tarafından kaydedilmiş. Bu görüşmelerin kopyaları dağıtılacaktır. Kurbanın eşi Cassandra (kısaca Caddy), olay gecesi eşinin ve kendisinin telefonun çalmasıyla uyandıklarını ve arayanın öylece beklediğini bildirdi."

Rodriguez ağzını açmak üzereydi ki, Hardwick beklenen soruya cevap verdi: "Telefon şirketiyle olay gecesindeki ve daha önceki arama tarihlerindeki arama kayıtlarına ulaşmak için görüşüyoruz. Ancak bu suçun işlenmesi esnasında yapılmış planları göz önünde bulundurursak, fail kendisine ulaşabileceğimiz bir telefondan aramışsa çok şaşırırım."

"Göreceğiz," dedi Rodriguez.

Gurney başkomiserin, en büyük hedefinin dahil olduğu her diyalogda ya da durumda kontrolü elinde tutmak olduğuna karar verdi.

Hardwick, kızılamayacak kadar kibar bir şekilde, abartılı bir saygıyla – ki bu konuda çok iyiydi – "Evet, efendim," dedi. "Her neyse, birkaç dakika evin yakınlarından gelen bir sesle irkildiler. Kadın bu sesleri hayvan cırlaması olarak tanımlıyor. Oraya geri dönüp kendisine tekrar sorduğumda, bu sesleri dövüşen rakunların seslerine benzettiğini söyledi. Kocası ne olduğuna bakmak için çıkmış. Kadın bir dakika sonra kısık bir el çırpma sesi duyduğunu, ardından kendisinin de ne olduğuna bakmaya gittiğini söyledi. Kocasını avluda, arka kapının ilerisinde yatar vaziyette bulduğunu söyledi. Boğazındaki yaradan akan kan, kara karışıyormuş. Kadın çığlık atmış – en azından çığlık attığını düşünüyor – ve kanı durdurmaya çalışmış. Durduramayınca, eve koşup 911'i aramış."

Rodriguez hileli bir soru sorar gibi, "Kanı durdurmaya çalışırken cesedin pozisyonunu değiştirip değiştirmediğini biliyor musun?" dedi.

"Hatırlamadığını söylüyor."

Rodriguez şüpheyle baktı.

"Ona inanıyorum," dedi Hardwick.

Rodriguez, diğerlerinin ne düşündüğünü önemsemiyormuş gibi omuz silkti. Hardwick, notlarına bakarak duygusuzca konuşmaya devam etti.

"Olay yerine ilk olarak Peony Polisi, ardından şerifin bölümünün arabası, daha sonra yerel polisin Calvin Maxon cipi geldi. BCI ile sabah altı ellide iletişime geçildi. Ben olay yerine ikiyi yirmi geçe vardım ve adli tıp uzmanı saat beşi yirmi geçe geldi."

Rodriguez sinirli bir şekilde, "Thrasher'dan bahsetmişken, geç kalacağını kimseye haber verdi mi?" diye sordu.

Gurney masadaki diğer insanların yüzlerine baktı. Adli tıp uzmanının acayip ismini öyle garipsemişlerdi ki, kimse cevap vermedi. Hiç kimse, o zaten her zaman geç kalırmış gibi soruyla ilgilenmedi bile. Rodriguez, on dakika önce Thrasher'ın girmiş olması gereken kapıya baktı. Programına uyulmamasına kızmıştı.

Thrasher başkomiserin daha da sinirlenmesi için kapının arkasında bekliyormuş gibi, kapı açıldı ve elinde kahve termosu, kolunun altında çantasıyla, iri yarı bir adam sallana salana içeriye girdi. Girdiğinde bir şeyler söylüyordu.

"... işler gecikiyor, adamlar çalışıyor. Hah! İşaretler böyle söylüyor."

Sıra sıra oturmuş insanların yüzüne bakıp, içten bir şekilde gülümsedi. "Görünüşe bakılırsa çalışmak kelimesi, öylece durup göbeğinizi kaşımak anlamına geliyor. Buna çok benzer bir şey. Kazı yapmak, yol yapmak yok. Yani ben pek göremedim. Sokağı tıkayan bir grup hödük." Yamuk duran okuma gözlüğünün arkasından Rodriguez'e baktı. "Eyalet polisinin bu konuda bir şey yapabileceğini sanmayın, ehe, Komiserim?"

Rodriguez, aptal bir adama cevap vermesi gereken ciddi bir adam edasıyla, sinirli bir şekilde gülümsedi. "İyi günler, Bay Thrasher."

Thrasher elindeki çantayı ve kahve termosunu boş sandalyenin önüne, masaya koydu. Odada göz gezdirdi ve bakışları bölge savcısıyla kesişince durdu.

Şaşkınlıkla, "Merhaba, Sheridan," dedi. "Erken dahil olmuşsun, değil mi?"

"Bizim için elinde ilginç bir şeyler mi var, Walter?"

"Aslında, evet. En azından küçük bir sürprizim var."

Rodriguez toplantının kontrolünü elinde tutmak istediği için, hangi konuda olduklarını gösteren bir gösteri yapar gibi konuştu.

"Bakın, beyler, doktorun geç kalmasını avantaja dönüştürebileceğimiz bir fırsat olduğunu görüyorum. Cesedin bulunuşunun bir özetini dinliyorduk. Duyduğumuz son şey, adli tıp uzmanının olay yerine gelmesi. Neden onun raporunu da anlatıma dahil etmiyoruz?"

Kline gözlerini Thrasher'dan ayırmadan, "Harika fikir," dedi.

Adli tıp uzmanı gelir gelmez sunumunu yapmaya önceden hazırlıklıymış gibi hemen konuşmaya başladı.

"Yazılı rapor eksiksiz şekilde bir hafta içinde elinizde olacak, beyler. Şimdi temel bilgileri vereceğim."

Eğer bu bir espriyse, diye düşündü Gurney, kimse bunu anlamamıştı.

Belki de öyle çok söyleniyordu ki, dinleyiciler duymuyordu bile.

Thrasher kahve termosuna uzanarak, "İlginç bir cinayet," diye devam etti. Düşünceli bir şekilde, uzun bir yudum aldı ve termosu masaya bıraktı. Gurney gülümsedi. Bu dağınık, saman sarısı saçlı tipin zamanlama ve tiyatro anlayışı iyiydi. "İşler ilk başta göründüğü gibi değil."

Odadakiler sabırsızlıktan patlayacak noktaya gelinceye kadar duraksadı.

"Olay yerinde bulunan cesetle ilgili ilk hipotez, ölümün, olay yerinde sonradan bulunan bir şişeyle boyun atardamarının birçok kez kesilmesi ve delinmesi yoluyla gerçekleştiğiydi. Fakat ilk otopsi raporları, ölümün, atardamarın yakından sıkılmış ve boyun atardamarına gelmiş bir kurşunla gerçekleştiğini gösteriyor. Kırık şişeyle kesme işi, silahla vurma işinden sonra; kurban yere düştükten sonra gerçekleşmiş. En az on dört delik, belki de yirmi delik var. Boyunda cam parçaları kalmış ve dört tanesi doğrudan boyun kaslarının ve soluk borusunun içinden geçmiş ve boynun arka kısmına ulaşmış."

Masadakiler sessizdi. Bakışlar şaşkın ve kafalar karışmıştı. Rodriguez parmak uçlarını birleştirip elini kaldırdı. İlk konuşan o oldu.

"Vurulma mı?"

Thrasher, öngörülmemiş bir şeyi keşfetmiş olmanın verdiği memnuniyetle, "Vurulma," dedi.

Rodriguez kafası karışmış bir şekilde Hardwick'e baktı. "Nasıl oluyor da tanıklarınızın hiçbirisi silah sesini duymamış oluyor? Orada bulunan en az yirmi misafir olduğunu söylediniz. Haydi bunu da geçtim, karısı nasıl duymamış olur?"

"Duymuş."

"Ne? Bunu ne zamandır biliyorsunuz? Bana neden söylenmedi?"

"Duymuş ama duyduğunun farkında değil," dedi Hardwick. "Kısık bir alkış benzeri bir şey duyduğunu söylemişti. Bunun ne kadar önemli bir nokta olduğunu fark etmemiş, ben de şu ana kadar fark etmemiştim."

Rodriguez inanamamış gibi, "Kısık mı?" dedi. "Bana kurbanın bir susturucuyla mı öldürüldüğünü söylüyorsun?"

Sheridan Kline son derece dikkatle dinliyordu.

"İşte bu her şeyi açıklıyor!" diye bağırdı Thrasher.

Rodriguez ve Hardwick aynı anda "Neyi açıklıyor?" dedi.

Thrasher'ın gözleri zafere ulaşmışçasına parıldadı. "Yaranın içindeki kaz tüylerini."

Kırmızı kafa üzerindeki basit takımla uyuşmayacak kadar yumuşak bir tonla "Ve cesedin etrafındaki kan örneklerinin içerisindeki..." dedi.

Thrasher başını salladı, "Evet, tabii ki oradakileri de…"

"Bu çok umut verici," dedi Kline. "Neler olduğunu anlayan birisi bana da anlatabilir mi?"

Thrasher, Kline işitme güçlüğü çekiyormuşçasına, "Kaz tüyleri!" diye bağırdı.

Kline'ın yüzündeki çocuksu, kafasının karıştığını gösteren ifade öylece kaldı.

Hardwick olanları bir anda anlamışçasına konuşmaya başladı. "Silah sesinin kısık olması ve kaz tüylerinin bulunması gerçeklerini birleştirince ortaya silahın bir şeyle sarılarak sesinin azaltıldığı sonucu çıkıyor – belki bir kayak ceketi belki de bir parka."

"Bir kayak ceketine sarılarak silahın sesinin azaltılabileceğini mi söylüyorsun?"

"Tam olarak değil. Eğer silahı elimde tutup da, bir şeyle sararsam – özellikle de ağız kısmını – sardığım şey kalın bir şeyle doldurulmuşsa, pencereleri kapalı ve yalıtımı yapılmış bir evin içerisinden dinlersen, alkış sesine benzer bir ses duyduğunu söylemen normal olur."

Bu açıklama Rodriguez dışında herkesi tatmin etmiş görünüyordu. "Bunu kabul etmeden önce bazı testlerin sonucunu görmeyi tercih ederim."

Kline hayal kırıklığına uğramış gibi, "Bunun gerçek bir susturucu olduğunu düşünmüyor musunuz?" dedi.

"Belki de," dedi Thrasher. "Ama bu durumda bütün bu kaz tüylerini başka bir şekilde açıklamanız gerekir."

"Öyleyse," dedi Kline, "katil, kurbanı vururken silahı ona yapıştırmıştı…"

Thrasher "Yapıştırarak değil," diye karşı çıktı. "Yapıştırarak dersek, silahın ucu ve kurban arasında doğrudan temas olduğunu ima etmiş oluruz fakat elimizde buna dair bir kanıt yok."

"Öyleyse ne kadar mesafeden?"

"Söylemesi çok zor. Boynun bir bölgesinde barut yanığı var ve bu da silahın yüz elli santime kadar herhangi bir yerden ateşlendiğini gösterir. Ama kesin olarak söyleyebileceğimiz sayıda yanık yoktu. Eğer silahın ağzının etrafına bir şey sarıldığını ve bunun yanıkları azaltacağını düşünürsek, daha yakından da olabilir."

Rodriguez Hardwick ve Thrasher'ın ortasına bir taş atarcasına, "Bir kurşun bulduğunuzu sanmıyorum," dedi.

Gurney'in ağzı açık kalmıştı. Rodriguez gibi kontrol takıntısını liderlik ruhuyla, olumsuz yaklaşmayı sertlikle karıştıran adamlar için çalıştığı olmuştu.

İlk olarak Thrasher cevap verdi: "Kurşun omurgaya gelmemiş. Boyunda kurşunu durdurabilecek bir doku yoktur. Yarada, giriş ve çıkış noktaları görülüyor ki bunların ikisini de bulmak kolay değildir, en azından o kadar delik arasında." Eğer övgü avına çıktıysa, diye düşündü Gurney, yanlış ormanda geziniyor. Rodriguez sorgulayan bakışlarını, hâlâ kafa tutar bir havayla oturan Hardwick'e çevirdi.

"Biz kurşun aramadık. Çünkü kurşun olduğunu düşünmemiz için bir neden yoktu," dedi Hardwick.

"Öyleyse, şimdi yapın."

Hardwick hafiften alaycı bir tavırla, "Harika bir konuya değindiniz, efendim," dedi. Masadan kalkarak cep telefonunu çıkardı ve bir numara çevirdi. Sesini alçaltmasına rağmen, olay yerindeki bir memurla konuştuğu ve kurşun aramasına öncelik vermelerini istediği anlaşılıyordu. Hardwick masaya döndüğünde Kline, dış mekanda sıkılmış kurşunu bulma konusunda umut olup olmadığını sordu.

"Genelde yoktur," dedi Hardwick. "Ama bu vakada şansımız var. Cesedin pozisyonunu göz önüne alırsak, vurulduğunda sırtı eve dönüktü. Eğer ciddi anlamda yön değiştirmediyse, onu kenardaki ormanlık alanda bulabiliriz."

Kline yavaşça başını salladı. "Tamam, o zaman, az önce de söylediğim gibi, sadece açıklığa kavuşturmak için – katil, kurbanı yakın bir mesafeden vuruyor, kurban şahdamarından vurulmuş bir şekilde ve boynundan kan fışkırarak yere düşüyor. Ardından kırık bir şişe çıkarıp, kurbanın yanına çöküyor ve onu on dört kez kesiyor. Elimizdeki bu mu?" diye sordu kuşkuyla.

"En az on dört, muhtemelen daha fazla," dedi Thrasher. "Birbirleriyle iç içe geçince, tam sayı belirlemek zorlaşıyor."

"Anlıyorum, ama asıl gelmek istediğim konu, neden?"

Thrasher "Dürtü," dedi, rüya yorumlarına bilimsel bir açıklama getirecekmiş gibi, "benim uzmanlık alanım değil. Bunu buradaki BCI'dan arkadaşlara soralım."

Kline Hardwick'e döndü. "Kırık bir şişe rastgele gerçekleşen olaylarda kullanılan, anlık bir silahtır. Halihazırda dolu bir silahı olan bir adam neden kırık bir şişe taşısın ve neden kurbanını silahla öldürdükten sonra onu kullansın?"

"Öldüğünden emin olmak için olabilir mi?" dedi Rodriguez.

"Peki neden onu bir kez daha vurmadı? Neden kafasından vurmadı? Neden en başta kafasından vurmadı? Neden boynundan?"

"Belki de kötü atış yaptı?"

"Yüz elli santimden mi?" Kline Thrasher'a döndü. "Sıralamadan emin miyiz? Önce vurdu, sonra kesti?"

"Evet, profesyonel düşünürsek, bir dereceye kadar eminiz. Tıpkı mahkemede söylediğimiz gibi... Sınırlı sayıda da olsa, barut yanıklarından belli oluyor. Eğer vurulma anında boyunda önceden kesik izleri olsaydı, barut yanıkları oluşmazdı."

"Ve mermiyi bulabilirdiniz." Kırmızı kafa bunu öyle yumuşak ve doğal bir tonla söyledi ki, çok az kişi onu duydu. Kline da bunlardan birisiydi. Diğeri ise Gurney'di. Birisinin bu konudan ne zaman bahsedeceğini merak ediyordu. Hardwick'in ne düşündüğü anlaşılmıyor, ancak şaşkın görünmüyordu.

"Ne demek istiyorsun?" diye sordu Kline.

Kadın, gözlerini bilgisayar ekranından ayırmadan yanıtladı. "Öncelikle boynu on dört kez kesilmiş olsaydı ve dört adet cam parçası boğazının diğer tarafına ulaşmış olsaydı, ayakta duruyor olmazdı. O şekilde sırtüstü yatarken vurulmuş olsaydı, tam altında mermi duruyor olurdu."

Kline ona takdir eder bir bakış fırlattı. Gurney onun, Rodriguez'den farklı olarak, zekaya saygı duyacak kadar zeki olduğunu düşündü.

Rodriguez dizginleri eline almak için, "Kaç kalibrelik kurşun arıyoruz, doktor?" diye sordu.

Thrasher uzun burnuna doğru düşen gözlüklerinin üstünden baktı. "Sizlere patolojiyle ilgili en basit gerçekler hakkında bilgi sahibi olmanız için ne yapabilirim?"

Rodriguez hırçınlaşarak, "Biliyorum, biliyorum," dedi. "Et esnektir, çeker, uzar, tam olarak bilemezsiniz, vesaire, vesaire. Ama en azından aldığınız eğitimden yararlanarak, .22'lik mi, .44'lük mü diye bir tahmin yapabilirsiniz."

"Ben tahmin yürütmek için para almıyorum. Üstelik, hiç kimse bunun yalnızca bir tahmin olduğunu beş dakikadan fazla hatırlamaz. Adli tıp uzmanı .22'lik demişti ama yanılmış, derler." Gözlerinde bir anısı canlanmış gibi bir ifade belirdi fakat yalnızca, "Evin arka tarafında mermiyi bulup, balistiğe verdikten sonra öğreneceksiniz..."

Kline, bay sihirbaza soru soran küçük bir çocuk edasıyla, "Doktor," diye araya girdi. "Vurulmayla, kesilme arasında geçen zamanı tam olarak tahmin etmek mümkün müdür?"

Sorunun tonu Thrasher'ı yatıştırmış gibi görünüyordu. Eğer aralarında önemli bir zaman farkı olursa ve her iki yara da kanarsa, iki farklı seviyede pıhtılaşmış kan bulunur. Ama böyle bir vakada bu karşılaştırmayı yapmamız mümkün değil, çünkü iki yaranın arasında çok kısa bir zaman dilimi var. Tek söyleyebileceğimiz, ara oldukça kısa fakat on saniye ya da on dakika demek zor. Yine de bu, iyi bir patoloji sorusu," dedi ve böylece onun sorusunu başkomiserin sorusundan ayırt etmiş oldu.

Başkomiser birden lafa girdi. "Bize söyleyecekleriniz bu kadarsa, doktor, sizi tutmayacağız. Yazılı raporu bir hafta geçmeden alacağım, değil mi?"

Thrasher, kabarık çantasını masadan alıp, bölge savcısına hafif bir gülümsemeyle başını salladı ve "Sanırım böyle söylemiştim," dedi; sonra da odadan çıktı.

Yirmi Üçüncü Bölüm

İz Bırakmadan

Rodriguez "Bu patolojik vaka başımıza bela," dedi ve kıvrak zekasının takdir edilmesini beklercesine odadakilere baktı. Ancak yalnızca, mütemadiyen beraber gezen Cruise kardeşler onu desteklercesine sırıtıyorlardı. Kline, Hardwick'ten, adli tıp uzmanı geldiğinde kaldığı yerden olayı anlatmaya devam etmesini isteyerek, sessizliği bozdu.

Rodriguez "Ben de tam bunu söyleyecektim," diye araya girdi. "Hardwick, kaldığın yerden devam et ve yalnızca önemli noktaları anlat." Sanki Hardwick böyle yapmıyormuş gibi, uyarma gereği duymuştu.

Gurney, başkomiserin hareketlerinin ne kadar tahmin edilebilir olduğunu düşündü. Hardwick'e karşı düşmanca, Kline'a karşı dalkavukça, genel olarak kendini beğenmiş.

Hardwick hızlıca konuşmaya başladı: "Katilin bıraktığı en belirgin iz, ayak izleriydi. Ayak izleri bahçenin giriş kapısında başlıyor, ambarın arka tarafındaki otoparka gidiyor ve burada, bir bahçe sandalyesinin yanında bitiyor..."

"Karın içinde mi?" diye sordu Kline.

"Evet. Sandalyenin önünde, yerde sigara izmaritleri bulundu."

Bilgisayar başındaki kırmızı kafa, "Yedi," dedi.

Hardwick, "Yedi," diye tekrarladı. "Ardından ayak izleri, sandalyenin bulunduğu yerden devam ediyor..."

"Özür dilerim, Dedektif, ama Mellery ailesi normalde, karda, bahçe sandalyesi bulunduruyor mu?" diye sordu Kline.

"Hayır, efendim. Görünüşe bakılırsa katil sandalyeyi yanında getirmiş."

"Yanında mı getirmiş?"

Hardwick omuz silkti. "Böldüğüm için üzgünüm. Devam et."

Rodriguez, Hardwick'e saçmaladığını söyler gibi bakarak "Üzülmenize gerek yok, Sheridan. Ona istediğiniz her şeyi sorun. Bunlar bana da mantıksız geliyor," dedi.

"Ayak izleri buradan, kurbanla karşılaştığı yere kadar devam ediyor."

"Mellery'nin öldürüldüğü noktaya, değil mi?" diye sordu Kline.

"Evet, efendim. Buradan da çitlerdeki bir açıklığa, dışarıdaki çimenlere ve ardından ağaçların arasına gidiyor. Evden yaklaşık yedi yüz metre uzaklıkta son buluyor."

"'Son buluyor' derken neyi kastediyorsun?"

"Duruyor ve daha ileriye gitmiyor. Karın dağılmış olduğu küçük bir alan var; sanki burada bir süre beklemiş gibi – ama sonra ayak izleri son buluyor. Ne gitmiş, ne geri dönmüş. Az önce de duyduğunuz gibi, ayak izlerinin ait olduğu botlar yakındaki bir ağaçta asılı bulundu – onları giyen kişiye ne olduğuna dair en ufak bir iz yok."

Gurney, Kline'ın yüzüne bakıyor, böylesine bir bilmeceye ve buna hiçbir açıklama getirememesine şaşırdığını görüyordu. Hardwick hızla anlatmaya devam edecekti ki, kırmızı kafa, alçak, sakin ve kadın ile erkek arasındaki sesiyle yeniden konuştu.

"Bu noktada ancak botların kardaki ayak izleriyle *uyumlu* olduklarını söyleyebiliriz. Gerçekten o botlara ait olup olmadıklarına laboratuarda karar verilir."

"Kardaki ayak izleri için de bu şekilde emin olabilir miyiz?" diye sordu Kline.

"Ah, evet," dedi ilk kez heyecanlanmış görünerek. "Kardaki izler en iyisidir. Sabitlenmiş kar, çıplak gözle görülmeyecek detayları yakalamamızı sağlar. Asla karda adam öldürmeyin."

"Bunu aklımda tutacağım," dedi Kline. "Yeniden böldüğüm için özür dilerim, Dedektif. Lütfen devam edin."

"Bu noktada şimdiye dek toplanmış delillerin ne durumda olduğundan bahsetmek iyi olabilir. Tabii sizin için sakıncası yoksa, Komiserim?" dedi Hardwick. Sesinde yine alaycı, abartılı saygı tonu vardı.

"İşin gerçeklik kısmını memnuniyetle dinlerim," dedi Rodriguez.

Kırmızı kafa, birkaç tuşa basarak, "Dosyaları size sunayım," dedi. "Belli bir düzende olmalarını ister misiniz?"

"Önem sırasına göre olsa?"

Başkomiserin amirane ses tonuna hiç tepki vermeden, bilgisayar ekranına bakarak, okumaya başladı.

"Bir numaralı delil – ince alüminyumdan ve beyaz plastikten yapılmış bir bahçe sandalyesi. İlk araştırmada, oturak kısmı ile kollar arasındaki birkaç milimetrekare Tyvek olduğu anlaşıldı.

"Evlerde kullandıkları yalıtım malzemesini mi kastediyorsun?" diye sordu Kline.

"Kontrplak kaplama için kullanılan nemi önleyici ama başka ürünlerde de kullanılıyor – özellikle ressamların iş elbisesi olarak. Bulunan tek yabancı madde buydu ve sandalye daha önce hiç kullanılmamış gibi görünüyordu."

"Hiç iz, saç, ter, salya, çizik ya da başka bir şey yok mu?" diye sordu Rodriguez.

"Hiç iz, saç, ter, salya ya da çizik yok – fakat hiçbir şey yok diyemem." Sesinde sarhoş adamlarınkine benzer bir titreşim vardı. "Sandalyenin oturma yerindeki kalın dokuma şeridin yarısı değiştirilmiş – tüm yatay şeritlerle birlikte."

"Ama daha önce hiç kullanılmadığını söylediniz."

"Kullanıldığına dair bir iz yok, ama şeritler değiştirilmiş."

"Bunun muhtemel sebepleri ne olabilir?"

Gurney buna bir açıklama getirmek üzereydi ki, Hardwick önce davrandı: "Kadın şeritlerin hepsinin beyaz olduğunu söylemişti. Normalde bu tür sandalyelerin şeritleri iki renk olur ve bir desen yaratır. Beyaz ve mavi, yeşil ve beyaz gibi... Belki de üzerinde farklı renkler olmasını istememiştir."

Rodriguez bayat bir şeker yemiş gibi bir ifadeyle, "Devam edelim, Komiser Muavini Wigg. Öğle yemeğinden önce çok işimiz var."

"İki numaralı delil – yedi adet Marlboro izmariti ve bunların da üzerinde hiçbir iz yok."

Kline öne doğru eğildi. "Salya izi de mi yok? Bölgesel parmak izi de? Deri yağı izi bile mi?"

"Sıfır."

"Bu garip değil mi?"

"Son derece. Üç numaralı delil – tamamı orada olmayan kırık bir viski şişesi, Four Roses marka."

"Tamamı orada olmayan mı?"

"Şişenin yaklaşık yarısı kadarı, bütün halindeydi. Kalan tüm kırıklarda yapılan incelemenin sonucu ise, şişenin üçte ikisinden daha azının olay yerinde olduğunu gösteriyor."

"İz yok mu?"

"İz yok – sandalyede ve sigara izmaritlerinde olmadığını düşünürsek, şaşırtıcı değil. Kurbanın kanının dışında orada bulunan tek bir madde var. Cam parçalarından birisinin kenarındaki küçücük bir deterjan parçası..."

"Bu ne anlama geliyor?" dedi Rodriguez.

"Deterjanın varlığı ve şişenin tam olmayışı onu başka bir yerde kırıp olay yerine getirmeden önce yıkamış olduğunu gösteriyor."

"Planlanmış vurma olayı kadar çılgın bir kesme olayı, değil mi?"

"Öyle görünüyor. Devam edeyim mi?"

Rodriguez kaba bir sesle, "Lütfen," dedi.

"Dört numaralı kanıt – kurbanın kıyafetleri: Hepsi kendi kanına bulanmış iç çamaşırları, bornozu, mokasen ayakkabıları. Bornozun üzerinde üç adet yabancı saç teli bulundu ve bunlar muhtemelen kurbanın eşine ait, ancak bu bilgi henüz doğrulanmadı. Beş numaralı delil – cesedin etrafındaki zeminden alınmış kan örnekleri. Testler devam ediyor ama şu ana kadar tüm örnekler kurbanınkiyle uyuşuyordu. Altı numaralı delil – kurbanın boynunun arkasındaki taşa bulaşmış birkaç kırık cam parçası. Kurbanın boynunda camın bir taraftan girip diğer taraftan çıktığı dört deliği göz önünde bulundurursak, bu orada oluşmuş deliklerle tutarlı bilgi sağlıyor. Yani kurban kesilme esnasında yerde yatıyordu."

Kline, güneşe bakıyormuş gibi gözlerini kıstı. "Anladığım kadarıyla birisi gerçekten vahşice bir cinayet işlemiş; vurma ve kesme eylemlerini içeren bir cinayet – bir düzineden fazla kesik izi var ve bunların birkaçı çok sert darbeler – ancak katil bunların hepsini en ufak bir kasti olmayan iz bırakmadan yapmış."

Cruise kardeşlerden birisi, maço görünüşünden beklenmeyecek derecede ince bir sesle, ilk kez konuştu: "Bahçe sandalyesi, şişe, ayak izleri, botlar nedir peki?"

Kline'ın suratı birden değişti. "*Kasti olmayan* iz dedim. Bunların hepsi kasten geride bırakılmış gibi görünüyor."

Genç adam, karşısındaki kasten hileli yanıltmacalar yapıyormuşçasına, omuz silkti.

Cinsiyetsiz Komiser Muavini Wigg (Gurney onun ilginç gözleri ve kıvrımlı dudaklarına bakarak cinsiyetsiz olmayabileceğini düşündü) "Yedi numaralı delil birkaç kategoriden oluşuyor," dedi. "Yedinci delil kurban tarafından alınmış ve suçla bağlantılı olabilecek mesajları içeriyor; cesedin üzerinde bulunan not da bunların içinde."

Rodriguez "Hepsinin kopyalarını aldım," dedi. "Zamanı gelince herkese dağıtacağım."

"Bu mesajlarda ne arıyorsunuz?" dedi Kline Wigg'e.

"Parmak izleri, kağıt üzerindeki izler..."

"Kağıttan edinilebilecek bilgileri mi kastediyorsun?"

"Doğru. Aynı zamanda el yazısı olan kağıtlar üzerinde mürekkep inceleme testleri ve bir Word işlemcisi ile yazılmış olanda karakter incelemesi testleri yapıyoruz – cinayetten önceki son mektup elle yazılmamış."

"Aynı zamanda uzmanlara el yazısını, kelime seçimini ve sözdizimini inceleteceğiz," diye araya girdi Hardwick. "Aynı zamanda kurbanın kaydetmiş olduğu telefon konuşmasının da ses analizini yaptırıyoruz. Wigg bu iş için başlangıç çalışmalarını yaptı ve bugün bunun üzerinde çalışmaya devam edeceğiz."

Wigg "Aynı zamanda laboratuara ulaşır ulaşmaz, bugün bulunan botları da inceleyeceğiz. Şimdilik bu kadar," diyerek bilgisayarın bir tuşuna bastı ve konuşmasını sonlandırdı. "Sorunuz var mı?"

Rodriguez "Benim bir sorum var," dedi. "Bu delilleri önem sırasına göre sunmanız konusunda hemfikir olduktan sonra, niçin ilk olarak bahçe sandalyesinden bahsettiniz?"

"Yalnızca önsezi, efendim. Hepsi bir anlam ifade edene kadar, hangisinin ne anlam ifade ettiğini bilemeyiz. Bu bilmecenin hangi parçasının, bu noktada..."

Rodriguez "Ama bahçe sandalyesini ilk sıraya koydunuz," diyerek böldü. "Neden?"

"Vakanın en çarpıcı özelliği gibi görünüyor."

"Bu ne anlama geliyor?"

Wigg yumuşak bir sesle "Planlanması," dedi.

Gurney, bu kadının, başkomiserin sorgular tavrına, kağıt üzerindeki resmî sorularmış gibi, kibirli yüz ifadesi ya da aşağılayıcı ses tonu olmadan cevap vermesinin bir yetenek olduğunu düşündü. Duygusal rahatlık ya da saçma kışkırtmalara bağışıklık gibi değerlendirilebilecek bu tavırda, ilginç bir saflık vardı. Bu herkesin ilgisini çekmişti. Gurney, Rodriguez hariç masadaki herkesin, farkında olmadan saygı duyduğunu fark etmişti.

Kadın "Yalnızca planlama değil," diye devam etti, "aynı zamanda planlamanın garipliği. Bir cinayete bahçe sandalyesi getirmek... Dudakların değmeden ya da parmaklarınla dokunmadan yedi adet sigara içmek. Bir şişeyi kırıp, yıkamak ve ölü bir bedeni kesmek için onu da olay yerine getirmek. Ayak izlerinin imkansız görünen bir şekilde bitmesi ve katilin aniden yok olmasından bahsetmiyorum bile. Sanki adam dahi bir kiralık katil gibi... O yalnızca bir bahçe sandalyesi değil; şeritlerinin yarısı yerinden çıkarılıp yerine yenileri takılmış bir bahçe sandalyesi. Neden? Hepsinin beyaz olmasını istediği için mi? Karda görülmesi daha zor olsun diye mi? Giydiği Tyvek ressam önlüğünün yanında daha az belli olsun diye mi? Görünmesi bu kadar büyük sorunsa, neden o sandalyede oturup öylece sigara içti? Sebebinden emin değilim ama bu sandalye olayı çözmemiz konusunda bize anahtar olursa hiç şaşırmam."

Rodriguez başını salladı. "Bu vakayı çözerken anahtar, polis disiplini, prosedürler ve iletişim olacak."

Hardwick, Wigg'e göz kırparak, "Ben paramı bahçe sandalyesine yatırıyorum," diye fısıldadı.

Bu yorumdan sonra başkomiserin yüzü değişti, ama konuşmasına fırsat kalmadan, konferans odasının kapısı açıldı ve elinde parlayan bir CD ile içeriye bir adam girdi. Rodriguez "Bu nedir?" deyiverdi.

"Herhangi bir parmak izi sonucu çıkar çıkmaz getirmemizi söylemiştiniz, efendim."

"Ve?"

Elindeki CD'yi tutarak, "Burada, efendim," dedi. "Bir göz atsanız iyi olur. Belki Komiser Muavini Wigg?.."

Tereddüt ederek CD'yi bilgisayara doğru uzattı. Kadın, onu alıp bilgisayara taktı ve birkaç tuşa bastı.

"İlginç," dedi.

"Prekowski, bunun içinde ne olduğunu söyleyebilir misiniz acaba?"

"Krepowski, efendim."

"Ne?"

"Adım Krepowski."

"Peki, iyi. Şimdi bize hiç iz bulup bulamadığınızı söyleyebilir misiniz?"

Adam boğazını temizledi. "Şey, hem evet hem hayır," dedi.

Rodriguez derin bir nefes aldı. "Kullanılmayacak kadar lekelenmiş olduklarını mı söylemeye çalışıyorsun?"

Adam "Lekelenmekten öte," dedi. "Hatta, hiçbir şekilde parmak izi değiller."

"Peki, öyleyse neler?"

"Onları leke olarak adlandırmak daha doğru olur. Görünüşe bakılırsa, adam parmak uçlarını yazı yazmak için kullanmış – görünmez bir mürekkep gibi parmak uçlarındaki deri yağıyla yazı yazmış."

"Yazmak için mi? Ne yazmak için?"

"Tek kelimelik mesajlar. Kurbana göndermiş olduğu mektupların sonlarından birer kelime. Kelimeleri görünür hale getirdikten sonra fotoğraflarını çekip, CD'ye kaydettik. Ekranda oldukça net görünüyor."

Komiser Wigg bir yandan yumuşakça dudaklarına dokunarak, bilgisayarın ekranını doğrudan Rodriguez'in göreceği şekilde, yavaşça çevirdi.

Fotoğrafta görünen üç adet yan yana duran kağıt vardı. Alındıkları sıraya göre dizilmiş üç şiirdi bunlar. Lekeli kağıtların her birisinin üzerinde üç kelime görünüyordu.

KAHROLASI ŞEYTAN POLİSLER

Yılın Cinayeti

"Ne saçmalık..." dedi Cruise kardeşler aynı anda.

Rodriguez kaşlarını çattı.

Kline "Lanet olsun!" diye bağırdı. "Olay her dakika gittikçe garipleşiyor. Herif resmen savaş ilan ediyor."

Cruise'lardan birisi, "Tam bir deli vakası," dedi.

Kline bu tanımlamayı beğenmiş gibi, "Polisle savaşmak isteyen, zeki, acımasız bir deli," dedi.

"Yani?" dedi Cruise'lar.

Olasılıkları düşünen Kline'ın gözleri parladı. "Daha önce bu cinayetin medyanın ilgisini çekebileceğini söylemiştim. Bunu geçin. Bu yılın cinayeti, hatta yirmi yılın cinayeti olabilir. Bu olayın her bir ayrıntısı, medyayı çekecek." Sandalyesinde öyle eğilmişti ki, kaburgaları masanın bir köşesine baskı uyguluyordu. Sonra heyecanının bir anda patlaması gibi, bir anda onu dizginleyiverdi ve dalgın bir ifadeyle arkasına yaslandı – sanki gizli bir alarm onu, cinayetin trajik bir olay olduğu, öyle davranılması gerektiği konusunda uyarmıştı. Kendisine gelip, "Anti-polis olayı önemli olabilir," dedi.

"Buna şüphe yok," diye onayladı Rodriguez. "Enstitüdeki misafirler arasında polise karşı tavırları olan kimse olup olmadığını bilmek istiyorum. Peki ya, Hardwick?"

Baş-araştırmacı kısa bir kahkaha patlattı.

"Bu kadar komik olan nedir?"

"Misafirlerin hepsi polisleri hazine bakanının ajanları ve bahçedeki sümüklüböcekler arasında bir yerlerde görüyor."

Gurney, Hardwick'in başkomiser hakkındaki düşüncelerini söylediğini fark edip, hayrete düştü.

"İfadelerini görmek istiyorum."

"İfadeler sizin gelen kutunuzda. Ama size zaman kazandırabilirim. İfadeler işe yaramaz. İsim, sıra ve seri numarası. Herkes uykudaymış. Kimse bir şey görmemiş. Kimse bir şey duymamış – Pasquale Cachese dışında, diğer adıyla Patty Cakes. Uyuyamadığını söyledi. Biraz hava almak için penceresini açmış ve kısık alkış dedikleri sesi duymuş – ama sesin ne olduğunu tahmin etmiş." Hardwick önündeki kağıtları karıştırdı ve bu sırada Kline öne doğru eğildi. "Ateş etme sesine benziyordu," dedi. "Hatta bu sesin kendisine tanıdık gelen bir ses olduğunu da söylemiş."

Kline'ın gözleri yeniden parıldadı. "Olay esnasında orada bulunan bir gangster olduğunu mu söylüyorsun?"

"Olay yerinde değil, alanın içinde," dedi Hardwick.

"Bunu nereden biliyorsun?"

"Çünkü, odası misafir odalarıyla aynı binada bulunan ve Mellery'nin asistan eğitmeni olan Justin Bale'i uyandırmış. Cachese ona Mellery'nin evinin olduğu taraftan bir ses geldiğini ve içeriye zorla birisinin girmiş olabileceğini söyleyip, bir bakmalarını önermiş. Kıyafetlerini giyip, bahçeden Mellery'nin evinin arka tarafına geçene kadar, Caddy Mellery kocasının cesedini bulmuş ve 911'i aramak için içeri girmiş."

"Cachese, Bale denen adama silah sesi duyduğunu söylememiş mi?" Kline mahkeme salonunda gibi konuşuyordu.

"Hayır. Bunu bize ertesi gün ifade alınırken söyledi. Ama o zamana kadar biz zaten kanlı şişeyi ve kesik izlerini görmüştük ve ortalıkta mermi ya da bir silah yoktu, bu yüzden vurulma ihtimalini göz önünde bulundurmadık. Patty'nin bunu kendi kafasında kurmuş olduğunu, uydurduğunu düşündük."

"Bale'e bir silah sesi duyduğunu düşündüğünü neden söylememiş?"

"Onu korkutmak istemediğini söyledi."

Kline alaycı bir tavırla, "Çok düşünceli," dedi. Yanında oturan, sabırlı Stimmel'a baktı. Stimmel onun alaycı bakışına karşılık verdi. "Eğer..."

Rodriguez araya girdi. "Ama sana söyledi, bunu dikkate almamış olman çok kötü."

Hardwick tıkanarak öksürdü.

"Bir gangster 'ruhani yenilenme' satan bir yerde ne arıyor?" dedi Kline.

Hardwick omuz silkti. "Burayı sevdiğini söylüyor. Sinirlerini yatıştırmak için yılda bir kez gelirmiş. Burasının cennetten bir parça olduğunu iddia ediyor. Mellery'nin bir ermiş olduğu kanaatinde."

"Bunu gerçekten söyledi mi?"

"Bunu gerçekten söyledi."

"Bu vaka çok ilginç! Başka böyle ilginç misafirler var mı?"

Gurney'in nedenini bilmeden tatsız bulduğu bu ironik tepki hakkında, Hardwick de bakışlarından anlaşıldığı kadarıyla aynı şeyi düşünüyordu. "Kendini bilmez, olgunlaşmamış, hapçı kaçıklardan bahsediyorsan, evet, oldukça fazla sayıda 'ilginç misafir' var, bir de şu Tanrı'dan-daha-zengin dul."

Olayın, medya için çok sansasyonel bir malzeme olduğunu düşünürken, Kline'ın bakışları, masanın diğer köşesinde oturmakta olan Gurney'e takıldı. İlk başta bakışları boş bir sandalyeye bakar gibiydi. Sonra meraklı bir şekilde başını kaldırdı.

"Bir dakika," dedi. "Dave Gurney, NYPT. Rod bana bu toplantıya katılacağınızı söylemişti fakat ismi şimdi fark ettim. Birkaç yıl önce *New York* dergisinin hakkında haber yazdığı adam değil misiniz?"

Hardwick önce davranıp cevap verdi. "Bizim adamımız. Başlık 'Süper Dedektif'ti."

Kline heyecanla, "Şimdi hatırladım," dedi. "Büyük seri katil vakalarını çözmüştün – vücutları parçalayan Noel Delisi ve İğrenç Domuz ya da adını her ne koyduysa, o vaka."

Gurney kibarca, "Fare Peter Piggert," dedi.

Kline ağzı açık ona bakıyordu. "Yani öldürülen Mellery adındaki adam, NYPT'nin seri cinayetler yıldızının en yakın arkadaşı mı oluyor?" Medya abartmaları anında başlamıştı.

Gurney, Kline'ın ses tonundaki heyecandan yoksun bir şekilde, "İki vakaya da bir dereceye kadar dahil oldum," dedi. "Diğer insanlar gibi. Mellery'nin en yakın arkadaşı olmama gelince, bu doğru olsaydı çok üzülürdüm çünkü yirmi beş yıl boyunca hiç görüşmedik ve ondan sonra da..."

"Fakat," diye böldü Kline, "başı derde girince başvurduğu kişi sen oldun."

Gurney, masada kendisine saygı ve hayranlıkla bakan yüzlere baktı; sakin bir tavırla konuşmasının ne kadar hayranlık uyandırdığını görerek şaşırdı. SÜPER POLİSİN DOSTUNA KANLI CİNAYET düşüncesi, kafaların karışıklıktan değil de çizgi filmlerden hoşlanan kısımlarında belirdi.

"Tanıdığı tek polis olduğum için bana geldiğini düşünüyorum."

Kline bu nokta üzerinde duracak gibi görünüyordu. Şimdilik devam etmek istedi ancak daha sonra değinebilirdi. "Onunla yakınlık dereceniz her neyse, kurbanla olan ilişkin olaya kimsenin sahip olamayacağı bir bakış açısıyla bakmanı sağlıyordur."

Rodriguez her şeyi-ben-yaptım tavrıyla, "Bu yüzden bugün burada olmasını istedim," dedi.

Hardwick'in boğazına bir gıcık takıldı ve ardından Gurney'in kulağına fısıldadı: "Kline sevene kadar bu fikirden nefret ediyordu."

Rodriguez devam etti, "Onun ifadesini vermesini ve – mümkün olduğunca az soru sorulmalı – ne sorulursa sorulsun cevap vermesi işini programa dahil etmiştim. Bunun bölünmemesi için birkaç dakika mola verelim."

Sahipsiz fısıltı, "Düzülme sırası sende, Gurney," dedi fakat ses sağa sola çekilen sandalye sesleri arasında kayboldu.

Yirmi Beşinci Bölüm

Gurney'in Sorgulanması

Gurney erkeklerin soyunma odasında ya da asansörde nasılsa lavaboda da aynı davrandıklarını düşünüyordu. Ya çok gürültücü ya çok mesafeli... Bu bir asansör kalabalığıydı. Konferans odasına dönene kadar kimse konuşmadı.

Kline, arkasındaki soğukluğu hem gizleyen hem de belli eden bir gülümsemeyle, "Peki, böylesine alçakgönüllü bir adam nasıl oldu da bu kadar ünlü oldu?" diye sordu.

"O kadar alçakgönüllü değilim ama o kadar ünlü olmadığıma da eminim," dedi Gurney.

Rodriguez kaba bir şekilde, "Eğer herkes yerini alırsa," dedi, "kurban tarafından alınmış mesajların hepsini önünde bulabilir. Tanığımız bize kurbanla ilişkisini anlatırken, bahsettiği mesaja bakabilirsiniz." Ardından Gurney'e dönüp sert bir şekilde başını salladı ve "Ne zaman hazır olursanız," diye sözlerini sonlandırdı.

Gurney, adamın her şeye burnunu sokmasına artık şaşırmıyordu ama yine de ona gıcık oluyordu. Masadakilere bakıp, olay yerinde kendisine rehberlik yapmış olan ve o sırada gürültülü bir şekilde elindeki kağıtları karıştıran adam ve Bölge Savcılığı şefinin asistanı olan ve o sırada çirkin bir kurbağa gibi boş boş düşünen Stimmel dışında herkesle göz teması kurmayı başardı.

"Başkomiserin de söylediği gibi, bahsedecek çok şey var. Olayları sırasıyla özetlemem ve bütün hikayeyi anlattıktan sonra sorularınızı almam en iyisi." Rodriguez tam itiraz etmeye hazırlanırken, Kline başını sallayarak onaylayınca, sustuğunu gördü.

Gurney yirmi dakikada olayı açık, kısa ve öz bir şekilde anlattı. (Kendisine daha önce birkaç kez, mantık profesörü olabileceği söylenmişti). Mellery'nin onu görmek istediğini belirten mesajından, telefon konuşması ve posta kutusuna gelen not (on dokuz sayısının yazdığı), ürkütücü mesajlar ve Mellery'nin bunlara tepkisine kadar her şeyden bahsetti.

Kline dikkatle dinleyip, konuşma bittikten sonra ilk söz alan oldu: "Bu destansı bir intikam hikayesi! Katil, Mellery'nin yıllar önce kendisine alkollüyken yapmış olduğu bir şeyden dolayı, ondan intikam almayı takıntı haline getirmiş."

Her konuştuğunda Gurney'e daha ilgi çekici gelen Komiser Muavini Wigg, "Neden bu kadar zaman beklemiş?" diye sordu.

Kline'ın gözleri parlıyordu. "Belki de Mellery kitaplarından birinde bir şey anlattı. Belki de katil daha önce Mellery ile bağlantısını fark etmediği, kendisiyle ilgili trajik bir olayın sorumlusunun o olduğunu anladı. Belki de Mellery'nin başarısı son damla oldu ve katil buna katlanamadı. Belki de ilk notta belirttiği gibi, katil ona bir gün yolda rastladı. İçini yakan nefreti canlandı. Katil hedefe yöneldi ve … bom!"

Hardwick "Aman ne güzel," dedi.

Kline sinirli bir gülümsemeyle, "Farklı bir düşünceniz mi var, Baş Dedektif Hardwick?" diye sordu.

"Dikkatlice yazılmış mektuplar, sayı bilinmezi, yanlış adrese gönderilmesi istenmiş bir çek, yalnızca parmak izi alınırken görülebilecek, polise gönderilmiş gizli mesajlar, tertemiz sigara izmaritleri, gizli bir vurulma, takip edilemeyen ayak izleri, ve Tanrı aşkına, lanet olası bir bahçe sandalyesi! Bunların hepsi lanet olası bir 'bom'dan fazla!"

Kline "Ben olaydan bahsederken önceden tasarlanmış olduğunu göz ardı etmek istemedim," dedi. "Ama şu noktada ayrıntılardan çok, temel sebeple ilgileniyorum. Katil ve kurban arasındaki ilişkiyi anlamaya çalışıyorum. Bağlantıları anlamak genelde sonuca giden anahtardır."

Bu konuşma bir sessizlik yarattı ve bunu bozan Rodriguez oldu.

Gurney'e rehberlik yapmış adama bağırıverdi, "Blatt! Burada mısın?" Adam nereden geldiklerini anlamamış gibi, dizindeki notlara boş boş bakıyordu.

"Anlamıyorum. Katil kurbana mesaj gönderiyor, aklından bir sayı tutmasını istiyor, sonra da kapalı zarfa bakmasını söylüyor. Adam altı yüz elli sekizi tutuyor ve kağıtta altı yüz elli sekiz yazıyor. Bunun gerçekten olduğunu mu söylüyorsunuz?"

Kimsenin cevap vermesine fırsat kalmadan, arkadaşı devam etti, "İki hafta sonra katil aynısını bir kez daha yapıyor – bu kez telefonda. Aklından bir sayı tutmasını istiyor ve ardından posta kutusuna bakmasını söylüyor. Kurban on dokuz sayısını tutuyor ve katilden gelen mektupta on dokuz yazıyor. Bu boktan bir saçmalık, ahbap."

Rodriguez "Kurbanın kaydettiği gerçek telefon konuşması elimizde," dedi. Bundan, kendi başarısıymış gibi bahsetmişti. "Sayıyla alakalı kısmı açar mısın, Wigg?"

Komiser hiç yorum yapmadan birkaç tuşa bastı. Birkaç saniye sonra, Mellery ve avcısı arasında geçen, Gurney'in konferans görüşmesi zımbırtısı sayesinde dinlemiş olduğu konuşma ortasından başladı. Masadakilerin yüzleri, adamın garip aksanını ve Mellery'nin korku dolu sesini duyunca değişmişti.

"Şimdi sayıyı fısılda."

"Fısıldayayım mı?"

"Evet."

"On dokuz."

"Güzel, çok güzel."

"Sen kimsin?"

"Hâlâ bilmiyor musun? O kadar acıdan sonra, bir fikrin bile mi yok? Bunun olabileceği aklıma gelmişti. Birkaç saat önce sana bir şey bıraktım. Küçük bir not. Almadığına emin misin?"

"Neyden bahsettiğini bilmiyorum."

"Ah, ama sayının on dokuz olduğunu biliyorsun."

"Bir sayı tutmamı söyledin."

"Ama doğru sayıydı, değil mi?"

"Anlamıyorum."

Bir saniye sonra, Wigg bir tuşa bastı: "Bu kadar."

Bu kaydı dinlemek Gurney'in sinirlerini bozmuş, kendisini berbat hissetmiş, rahatsız olmuştu.

Blatt elini havaya kaldırıp, kafası karışmış bir şekilde konuştu. "Bu da neydi böyle, kadın mı erkek mi?"

"Çok büyük ihtimalle erkek," dedi Wigg.

"Nereden biliyorsun?"

"Bu sabah bir ses perdesi analizi yaptık ve sonuçlar frekans arttıkça, yani ses inceldikçe daha çok vurgu olduğunu gösterdi."

"Sesini inceltirken kendisini daha çok zorladığını ama kalınken daha rahat konuştuğunu mu söylemek istiyorsun?" diye sordu Kline.

Wigg çekici olmayan ama farklı sesiyle "Aynen öyle," dedi. "Bu tam olarak kesin değil ama çok yüksek ihtimal."

"Peki ya arka plandaki ses?" diye sordu Kline. Bu soru Gurney'in de kafasını kurcalıyordu. Aramanın açık bir alandan yapıldığını gösteren araç sesleri olduğunu fark etmişti – yoğun bir cadde ya da açık bir alışveriş merkezi olabilirdi.

"Çalışmalar ilerleyince anlayacağız fakat şimdilik üç ses katmanı olduğunu söyleyebiliriz – konuşmanın kendisi, trafik ve bir tür motor gürültüsü."

Rodriguez "Sonuçların gelmesi ne kadar sürer?" diye sordu.

Wigg "Bilginin karmaşıklığına göre değişir," dedi. "On iki ila yirmi dört saat arasında süreceğini tahmin ediyorum."

"Bunu on iki yapalım."

Rodriguez'in başlatmakta usta olduğu o rahatsız edici sessizlik, Kline'ın ortaya sorduğu soruyla sona erdi. "Peki ya fısıldama? Mellery'i on dokuz sayısını telaffuz ederken duymaması gereken kimdi?" Gurney'e döndü: "Senin fikrin var mı?"

"Hayır. Fakat bunun duyulmamakla ilgili bir şey olduğunu düşünüyorum."

Rodriguez "Neden böyle düşünüyorsun?" diye üsteledi.

"Çünkü fısıldamak, duyulmamak için kullanılan saçma bir yöntemdir," diye söylemek istediğini vurgulamak için sesli bir şekilde fısıldadı Gurney. "Bu vakadaki diğer acayiplikler gibi..."

Rodriguez "Ne gibi?" diye ısrar etti.

"Peki, örneğin, kasım ya da aralık aylarından bahseden mektuptaki belirsizliğin sebebi nedir? Neden bir silah ve kırık bir şişe? Ayak izlerindeki gizemin nedeni ne? Ve kimsenin bahsetmemiş olduğu ufak bir sorun – neden hiç hayvan ayak izi yok?"

"Ne?" Rodriguez afallamış görünüyordu.

"Caddy Mellery, kendisinin ve eşinin evin arkasından gelen hayvan çığlıkları duyduğunu söyledi – adam bu yüzden aşağıya inip arka kapıdan dışarı çıktı. Ama oralarda herhangi bir hayvana dair en ufak bir iz yoktu – eğer olsaydı, karda kolayca görülebilirdi."

"Tamamen çıkmaza giriyoruz. Rakun izlerinin varlığının ya da yokluğunun, ya da her ne boktan bahsediyorsak, bunun nasıl bir sorun olduğunu anlamıyorum."

Hardwick, Rodriguez'i duymazdan gelip, Gurney'e hayranlıkla bakarak, "Tanrım," dedi. "Haklısın. Karda kurban ya da katil tarafından oluşturulmuş izler dışında hiçbir iz yoktu. Ben bunu nasıl fark etmedim?"

Kline Stimmel'a döndü. "Bu kadar çok delilin olup da, bu kadar azının bir anlama geldiği başka bir vaka görmedim." Başını salladı. "Yani, katil bu sayı olayını nasıl oldu da becerdi?" Gurney'e baktı. "Bu sayıların Mellery için hiçbir anlam ifade etmediğine emin misin?"

"Yüzde doksan eminim – diğer şeylerden emin olduğum kadar."

Rodriguez "Olaya geri dönersek," dedi. "Senin az önce bahsettiğin sebep olayını düşünüyorum da, Sheridan..."

Hardwick'in cep telefonu çaldı. Cebinden çıkarıp, Rodriguez'in karşı çıkmasına fırsat vermeden telefonu kulağına götürdü.

Yaklaşık on saniye boyunca dinledikten sonra, "Lanet olsun!" dedi. "Emin misiniz?" Masadakilere baktı. "Mermi yok. Evin arka tarafındaki her yeri karış karış aramışlar. Hiçbir şey yok."

Gurney "Evin içine baksınlar," dedi.

"Ama silah dışarıda sıkılmış."

"Biliyorum ama Mellery muhtemelen arkasından kapıyı kapatmadı. Onun durumundaki gergin bir insan, kapıyı açık bırakmayı tercih edecektir. Uzmanlara, muhtemel yönleri düşünüp, merminin düşmüş olabileceği tüm iç mekanları da aramalarını söyle."

Hardwick söylenen talimatları hızlıca verdi ve telefonu kapattı.

Kline "İyi fikir," dedi.

"Harika," dedi Wigg.

Blatt "Sayılarla ilgili olarak," diyerek birden konuyu değiştirdi. "Bu bir tür hipnoz ya da ESP olmalı, değil mi?" dedi.

Gurney "Ben böyle düşünmüyorum," dedi.

"Ama böyle olmalı. Başka ne olabilir ki?"

Hardwick, Gurney'in düşüncelerine katılıyordu; ilk o cevap verdi. "Tanrım, Blatt, eyalet polisi en son ne zaman gizemli güçlerin beyinlere girdiği bir vakayla uğraştı?"

"Ama adamın ne düşündüğünü bildi!"

Bu kez uzlaşmacı tavrıyla, Gurney konuştu: "Öyle görünüyor ki, birisi Mellery'i, onun ne düşüneceğini bilecek kadar iyi tanıyor. Ama bence bizim göremediğimiz bir şey var. Sonunda akıl okumaktan çok daha basit bir şey olduğunu göreceğiz."

Sağ elini sol avucunun içine koymuş ve ellerini göğsünde birleştirmiş, arkasına yaslanarak oturan Rodriguez konuştu: "Size bir şey sormak istiyorum, Dedektif Gurney. Elinizde bir dizi tehdit mektupları ve telefon konuşmaları halinde, hızla biriken ve Mellery'nin bir cinayetin hedefi olduğunu gösteren deliller vardı. Neden bu olayı cinayet gerçekleşmeden önce polise getirmediniz?"

Gurney'in bu soruyu bekliyor ve cevap vermek için hazırlıklı olması, duyduğu rahatsızlığı azaltmadı.

"'Dedektif' denmesini saygıyla karşılıyorum, Komiserim, ancak armamı ve silahımı teslim edip emekli olalı iki yıl oldu. Olaylar gelişmekte iken, konuyu polise sunma konusuna gelince, Mark Mellery'nin işbirliği olmadan pratikte hiçbir şey yapılamazdı ki kendisi hiçbir şekilde işbirliğine izin vermeyeceğini açıkça ifade etti."

"Olayı onun izni olmadan polise getiremediğinizi mi söylüyorsunuz?" Rodriguez'in sesi artıyor, adam gittikçe hırçınlaşıyordu.

"Bana açıkça polisin olaya dahil olmasını istemediğini söyledi çünkü polisin olaya müdahalesinin yardımcı olmaktan çok, zarar vereceğini ve bu yüzden de bunu engellemek için elinden gelen her şeyi yapacağını söyledi. Eğer sorunu getirseydim, sizi engelleyecek ve benimle de iletişimini kesecekti."

"Seninle iletişimini kesmemesi pek işe yaramadı, değil mi?"

"Maalesef, bu konuda haklısınız, Komiserim."

Gurney'in sesindeki yumuşak başlılık, karşı koymama, Rodriguez'in tutunacak bir dal bulamamasına sebep oldu. Sheridan Kline bu sessizlikten yararlanıp araya girdi. "Polisin olaya dahil olmasına neden karşı çıktı?"

"Polisin sakar olduğunu ve iyi bir sonuç alacak yeterlilikte olmadığını düşünüyordu. Onların kendi güvenliğini sağlayamayacağını, ancak enstitüsü hakkında basında bir sürü saçma haber çıkmasına sebep olacaklarını düşünüyordu."

Rodriguez "Bu çok saçma," diyerek karşı çıktı.

"Sürekli 'her şeyi kırıp döken sakar boğalar', deyip durdu. Polisle hiçbir şekilde işbirliği yapmamaya kararlıydı – malikaneye tek bir polisin girmemesi, hiçbir misafirin sorgulanmaması, kendisinden kişisel olarak bir bilgi istenmemesi konularında da... Polisin müdahalesi olmadan, yasal herhangi bir önlem almaya istekliydi."

Rodriguez yine "Tamam ama benim bilmek istediğim şey..." diye başladı fakat sözleri Hardwick'in telefonunun melodisiyle bölündü.

"Ben Hardwick... Öyle mi? ... Nerede? ... Harika... Tamam, güzel. Teşekkürler." Telefonu cebine koyup Gurney'e döndü ve herkesin duyabileceği kadar yüksek bir sesle, "Mermiyi bulmuşlar. İçeride. Hatta evin koridorunun ortasında, vurulma esnasında açık duran arka kapının tam hizasında."

Wigg önce Gurney'e sonra Hardwick'e, "Tebrikler," dedi. "Kaç kalibre olduğunu söylediler mi?"

".357 olduğunu düşünüyorlar ama bunun için balistiği beklememiz gerekecek."

Kline'ın kafası başka yerde gibi görünüyordu. Ortaya bir soru sordu. "Mellery'nin polisi istememesinin başka bir sebebi olabilir mi?"

Blatt, yüzünde şaşkın bir ifadeyle, kendi sorusunu onunkine ekledi: "Her şeyi kırıp döken sakar boğalar da ne demek?"

Yirmi Altıncı Bölüm

Boş Çek

Catskill Dağları'nı geçip de çiftliklerin olduğu alana geldiğinde, Gurney'in içini açlık, susuzluk, kızgınlık, üzüntü ve şüphe kapladı. Kış mevsiminin habercisi olan kasım ayında günler kısalıyor, bu da kasvetli bir hava yaratıyordu – özellikle havanın daha erken karardığı, dağlarla çevrili vadilerde. Bahçedeki barakanın yanında olması gereken Madeleine'in arabası yerinde yoktu. Gündüz öğle güneşinin etkisiyle erimiş ve akşamın soğukluğuyla yeniden donmuş buzlar, yürüdükçe çıtırdıyordu.

Eve ölümcül bir sessizlik hakimdi. Gurney masanın üzerinde, tavanda asılı duran lambayı yaktı. Madeleine'in o akşamki yemeğin iptaliyle ilgili bir şeyler söylediğini anımsadı. Diğer arkadaşlarının birlikte katılmak istedikleri bir çeşit toplantı vardı fakat ayrıntıları hatırlayamadı. *Öyleyse lanet olası fındıklara da ihtiyacı yoktu.* Darjeeling çay poşetini bir fincana koyup, ağzına kadar su doldurdu ve mikrodalga fırına yerleştirdi. Alışkanlık olduğu üzere, mutfağın diğer tarafındaki sandalyesine yöneldi. Sandalyeye gömülüp, ayaklarını ahşap iskemleye uzattı. İki dakika sonra öyle bir rüyaya dalmıştı ki mikrodalga fırının bip sesini duyamadı.

Madeleine'in ayak sesleriyle uyandı.

Belki paranoyakça düşünüyordu ama ayak seslerinde sinirli bir hava vardı. Ayak seslerinin gidiş yönünden anladığı kadarıyla, Madeleine onu sandalyede görmüş, fakat konuşmamayı tercih etmişti.

Gözlerini açtığında, onun mutfaktan çıkıp yatak odasına yöneldiğini gördü. Gerindi, sandalyeden kalkıp, peçete almak için servis masasına uzandı ve burnunu temizledi. Bir dolap kapağının hızlıca kapanma sesini duydu ve bir dakika sonra Madeleine mutfağa döndü. İpek bluzunu çıkarıp, şekilsiz, uzun kollu bir tişört giymişti.

"Uyanıksın," dedi.

Bunun, az önce uyuyor olmasına karşılık yapılmış bir eleştiri olduğu anlaşılıyordu.

Mutfak tezgahının üzerindeki birkaç lambanın düğmesine bastı ve ardından buzdolabını açtı. "Yemek yedin mi?" diye sordu suçlarcasına.

"Hayır, çok yorucu bir gün geçirdim ve eve vardığımda kendime bir fincan çay – ah, lanet olsun, tamamen unutmuşum." Mikrodalga fırına gidip, içindeki koyu, soğuk çayı çıkardı ve poşetiyle birlikte lavaboya döktü.

Madeleine lavaboya gidip, çay poşetini aldı ve göstererek çöpe attı.

"Ben de çok yorgunum." Birkaç saniye başını salladı. "Eyaletin en güzel bölgesinin ortasına, etrafı dikenli tellerle çevrili, iğrenç bir hapishane inşa etmenin iyi bir fikir olduğuna nasıl inanıyorlar, anlamıyorum."

Gurney o an hatırladı. Sabah ona bu karara karşı çıkmak için yapılan bir toplantıya katılacağını söylemişti. Gündemdeki konu kasabada karşı olanların hapishane, yandaş olanların ise tedavi merkezi diye adlandırdıkları bir yere ev sahipliği yapıp yapmaması gerektiğiydi. Bu adlandırma savaşı, yeni bir sınıf yaratacak olan bu projenin başındaki otoritelerin kullandığı bürokratik dilin yarattığı anlam karmaşasından kaynaklanıyordu. İsmi SCA-

TE olarak duyurulmuştu ve açılımı – Eyalet İyileştirme ve Terapi Merkezi'ydi. İki amacı vardı: Birincisi uyuşturucu bağımlılarının hapsedilmesi, ikincisi onların iyileştirilmesi. Hatta, bürokratik dil öyle karışıktı ki, birçok yoruma ve tartışmaya yol açmıştı.

Bu onların arasındaki hassas bir konuydu – Gurney, Walnut Crossing'e SCATE'in yapılmaması konusunda Madeleine'in heyecanını paylaşmıyor diye değil ama bu savaşa Madeleine'in ondan beklediği kadar katılmadığı için. Madeleine ümitsizce "Ortalıkta en az yarım düzine serseri dolaşacak," dedi, "ve vadideki diğer herkesin – vadiden geçmek zorunda olan herkesin de – hayatları boyunca göz zevkleri bozulacak. Tüm bunlar ne için? Bir grup uyuşturucu bağımlısının sözde iyileştirilmesi için mi? Hadi oradan!"

"Diğer kasabalar bunun için yarışıyorlar. Sonuçta birisi kazanacak."

Madeleine acı acı gülümsedi. "Tabii, eğer yönetim kurulu bizimkinden daha cahil olan bir kasaba varsa, bu mümkün."

Onun kızgınlığının kendisi üzerinde bir baskı oluşturduğunu hisseden Gurney, konuyu değiştirmeye karar verdi.

"Omlet yapayım mı?" Bu sorunun üzerine siniri ve açlığı arasında savaştığını fark etti. Açlığı galip gelmişti.

Madeleine "Yeşil bibersiz," diye uyardı, "sevmiyorum."

"Öyleyse neden alıyorsun?"

"Bilmiyorum. Ama kesinlikle omlet için değil."

"Yeşil soğan ister misin?"

"Hayır."

Gurney yumurtaları kırıp, tavaları ısıtırken, Madeleine masayı kurdu.

"İçecek bir şey ister misin?" diye sordu Gurney.

Madeleine başını salladı. Yemeklerin yanında asla bir şey içmediğini biliyordu ama yine de sordu. Gurney, bu soruyu hâlâ sormasının garip olduğunu düşündü.

Yemeği bitirene kadar ikisi de birkaç cümle dışında konuşmadı ve bittikten sonra tabaklarını masanın ortasına itekledsiler.

Madeleine "Günün nasıl geçti?" diye sordu.

"Günüm mü? Cinayet ekibiyle yaptığımız toplantıdan mı bahsediyorsun?"

"Anlatacak ilginç bir şey yok mu?"

"Ah, evet, var. Eğer lanet olası başkomiser tarafından yönetilmiş, işe yaramaz ekip dinamikleri hakkında bir kitap yazacak olsan, içeriye bir kayıt cihazı koyup, konuşulanları kelimesi kelimesine yazabilirdin."

"Emekli olduğun zamankinden daha mı kötü?"

Hemen cevap vermedi ama bunun sebebi cevaptan emin olmaması değil, *emekli* kelimesinin tonlamasındaki gerginliktendi. Tonlamaya değil de, cümleye cevap vermeye karar verdi.

"Bazı insanlar zordur ama lanet başkomiser hepsinden farklı bir kibir ve ezikliğe sahip. Bölge savcısını etkilemekten aciz. Kendi çalışanlarına hiç saygısı yok, vakalara karşı hissiz. Her sorusu, her yorumu ya düşmanca ya da konuyla alakasız, ya da her ikisi birden."

Madeleine, ona gözlerini dikti. "Şaşırmadım."

"Ne demek istiyorsun?"

Hafifçe omuz silkti. Hissettiklerini elinden geldiğince yansıtmamaya çalışıyordu. "Sadece şaşırmadım. Eve gelip de hayatında gördüğün en iyi cinayet ekibiyle bir gün geçirdiğini söyleseydin, bu beni şaşırtabilirdi. Hepsi bu."

Hepsinin bu olmadığını Gurney çok iyi biliyordu. Ama Madeleine'in kendisinden daha akıllı olduğunu ve onu konuşmak istemediği bir konu hakkında konuşturmanın hiçbir yolu olmadığını da biliyordu.

Gurney "Peki," dedi. "Aslında heyecan ve cesaret vericiydi. Ama şimdi bunu aklımdan çıkarıp, bambaşka bir şey yapmak istiyorum."

Bunun sonrasında ne söyleyeceğini planlamadığı için, cümlesi bitince susmuştu. Bambaşka bir şey yapmak söylerken olduğu kadar kolay bir iş değildi. Günün zorlukları kendisinin önünde, Madeleine'in gizemli tepkilerinin yanında koşmaktaydı. O sırada geçen hafta boyunca direnmiş olduğu, umutsuzca görüş alanından çıkarmaya çalıştığı ama aklından çıkaramadığı şey yine aklına geldi. Bu kez, beklenmedik bir şekilde, kaçıp durduğu şeyi yapmaya karar verdi.

"Kutu..." dedi. Korkusu ona yetişmeden, cümleyi nasıl bitireceğini bile bilmeden konuyu açmaya çalışırken boğazı düğümlenmiş, sesi çatallanmıştı.

Madeleine bakışlarını boş tabaktan çekip – sakin, meraklı ve ilgili gözlerle – ona baktı ve devam etmesini bekledi.

"Onun resimleri... Ne? ... Yani, neden?..." Kalbindeki savaş ve karmaşadan, mantıklı bir soru çıkarmaya çalıştı.

Çabası boşunaydı. Madeleine'in onun düşüncelerini gözlerinden okuma yeteneği, her zaman onun içindekileri söze dökme yeteneğinden önce gelirdi.

"Hoşça kal demeliyiz." Sesi yumuşak ve sakindi.

Gurney gözlerini masaya dikti. Aklındaki hiçbir şeyi cümlelere dökemiyordu.

Madeleine devam etti, "Uzun zaman oldu. Danny gitti ama ona asla hoşça kal demedik."

Gurney neredeyse fark edilmeyecek kadar yavaş bir şekilde başını salladı. Zaman kavramını yitirmiş, neredeyse tüm zihni boşalmıştı.

Telefon çaldığında, uyanıp dünyaya geri dönmüş gibi hissetti. Tanıdık, ölçülebilir, anlatılabilir sorunların olduğu dünyaya... Madeleine hâlâ masada kendisiyle oturuyordu ancak ne kadar süredir orada oturmakta olduklarını bilmiyordu.

"Benim bakmamı ister misin?" diye sordu Madeleine.

Yükleme yapılan bir bilgisayar misali, birkaç dakika öylece kaldıktan sonra, "Tamam, sorun yok. Ben bakarım," dedi ve sallanarak ayağa kalkıp çalışma odasına gitti.

"Gurney." Telefonu bu şekilde açmak – dedektiflik yaparken yıllar boyunca cevapladığı gibi – bir türlü vazgeçemediği bir alışkanlık olmuştu.

Onu selamlayan ses renkli, agresifti ve yapmacık bir sıcaklığa sahipti. Satışçıların eski kuralını akla getiriyordu: Telefonda konuşurken daima gülümseyin, çünkü bu sesinizin daha arkadaşça çıkmasını sağlar.

"Dave, orada olmana çok sevindim! Ben Sheridan Kline. Umarım akşam yemeğini bölmemişimdir."

"Sizin için ne yapabilirim?"

"Hemen konuya geçiyorum. Gerçekten samimi davranabileceğim türden bir adam olduğuna inanıyorum. Ününden haberdarım. Bunun nereden geldiğini bugün anladım. Doğrusu hayran kaldım. Umarım seni utandırmıyorumdur."

Gurney konunun nereye gideceğini merak ediyordu. "Çok kibarsınız."

"Kibar değil. Açık sözlü. Seni aradım çünkü bu vakada senin gibi birisine ihtiyaç var ve senin yeteneğinden yararlanmayı çok isterim."

"Benim emekli olduğumu biliyorsunuz, değil mi?"

"Evet, duydum. Eski düzenine geri dönmenin istediğin son şey olduğunu biliyorum. Böyle bir şey önermiyorum. Bu vakanın çok büyük olacağı kanaatindeyim ve senin düşüncelerini de almak istiyorum."

"Benden tam olarak ne yapmamı istediğinizi anlamadım."

"Fikren," dedi Kline, "Mark Mellery'i kimin öldürdüğünü senin bulmanı istiyorum."

"Bu iş için BCI birimi var."

"Elbette. Şanslılarsa olayı çözme ihtimalleri var."

"Fakat?"

"Ama ben olasılıkları artırmak istiyorum. Bu vaka bizim her zamanki prosedürlerimizin kollarına bırakılamayacak kadar önemli. Yanı başımda gerçek bir as istiyorum."

"Bunun için uygun kişi olduğumdan emin değilim."

"BCI ile çalışmıyorsun, değil mi? Endişelenme. Rod'un sana göre olmadığını anladım. Bana kişisel olarak rapor vereceksin. Seni yardımcı araştırmacı ya da ofisimde çalışan bir tür danışman olarak gösterebiliriz. Sen nasıl istersen..."

"Bu benim ne kadar zamanımı alacak?"

"Sana bağlı." Gurney buna cevap vermeyince devam etti. "Mark Mellery sana hayranlıkla bakmış ve güvenmiş olmalı. Yırtıcı bir avcıyla savaşırken senin yardımını istedi. Şimdi aynı yırtıcı avcıyla savaşırken bana yardım etmeni istiyorum. Benim için her ne yapabileceksen, minnettar kalırım."

Bu herif gerçekten iyi, diye düşündü Gurney. *Gereken içtenliğe sahip...* "Eşimle bu konuyu konuşacağım. Sabah size dönerim. Size ulaşabileceğim bir numara verir misiniz?"

Adamın kocaman gülümsemesi sesinden anlaşılıyordu. "Sana ev numaramı vereceğim. İçimde, sabahları benim gibi erken kalktığına dair bir his var. Sabah altıdan sonra istediğin zaman arayabilirsin."

Masaya döndüğünde, Madeleine hâlâ masada oturuyordu fakat modu değişmişti. *Times* okuyordu. Onun karşısına, hafifçe sağına, Franklin tarzı odun sobasını görebileceği bir şekilde oturdu. Sobayı görmeden oraya doğru bakıyor, kasları kendisine karşı geliyorlar ve durdurulması gerekiyorlarmış gibi, alnına masaj yapıyordu.

Madeleine gözlerini gazeteden ayırmadan, "O kadar zor değil, değil mi?" dedi.

"Ne?"

"Her ne düşünüyorsan…"

"Bölge savcısı benim yardımımı istiyor."

"Neden istemesin ki?"

"Böyle bir olaya normalde dışarıdan hiç kimse sokulmaz."

"Ama sen dışarıdan herhangi birisi değilsin, değil mi?"

"Sanırım Mellery ile tanışıklığım beni biraz farklı yapıyor."

Başını kaldırıp, delici bakışlarla onu süzdü.

Gurney, "Çok istekliydi," dedi, çok istekli görünmemeye çalışarak.

"Muhtemelen sana yeteneklerinden bahsetti."

"Başkomiser Rodriguez dışında, diğerleri iyiler."

Madeleine, onun saçma yumuşak başlılığına gülümsedi. "Sana ne teklif etti?"

"Boş bir çek, gerçekten. Onun aracılığıyla çalışmamı teklif etti. Ama yine de çok dikkatli olunması gerekir. Yarın sabaha kadar karar vereceğimi söyledim."

"Neye karar vereceğini?"

"Bunu isteyip istemediğime…"

"Şaka mı yapıyorsun?"

"Bunun o kadar kötü bir fikir olduğunu mu düşünüyorsun?"

"Yani, hâlâ karar vermemiş olduğun konusunda mı şaka yapıyorsun?"

"Düşünmem gereken çok şey var."

"Bu işi yapacağın, düşünme ihtimalinden daha kesin."

Ardından gazetesini okumaya devam etti.

Bir dakika geçtikten sonra "Ne demek istiyorsun, düşünme ihtimalinden daha kesin derken?"

"Bazen seçimlerimiz beklenmedik sonuçlar getirir."

"Ne gibi?"

Üzgün bakışı bunun aptalca bir soru olduğunu gösteriyordu.

Birkaç saniye duraksadıktan sonra, Gurney, "Mark'a bir borcum varmış gibi hissediyorum."

Üzgün bakışa bir de garip bir şaşkınlık eklendi.

"Niçin böyle bakıyorsun?"

"Ondan daha önce hiç ilk ismiyle bahsetmemiştin."

Yirmi Yedinci Bölüm

Sheridan'ı Tanımak

1935'ten beri sade bir dizayna sahip Bölge Binası, eskiden 1899'da kurulmuş olan Bumblebee Akıl Hastaları Barınağı olarak bilinirdi. Adını soylu (zaman zaman delirdiği söylenen ve tanımadığı mirasçılarının deli olup olmadığını boşuna tartıştığı) İngiliz Sir George Bumblebee'den almıştı. Kırmızı tuğladan yapılmış, kasvetli bina, kasaba meydanından koca bir karartı gibi görünüyordu. Eyalet polisi merkezinden yaklaşık bir kilometre uzaklıktaydı ve buraya Walnut Crossing'den hemen hemen aynı sürede, belki on beş dakika farkla ulaşılıyordu.

İçerisi daha da az ilgi çekiciydi. Ama bunun sebebi yapılan değişikliklerdi. 1960'larda yağmalanmış ve sonra modernize edilmişti. Yenilenmiş avizeler ve meşe kaplamalar yerine beyaz florasan lambalar takılmış ve duvarlar düz beyaza boyanmıştı. Gurney, 'eskiden burada yaşayanların hayaletlerinin kendilerine daha rahat bir alan oluşturabilmesi için bu yeni, çirkin lambalar takılmış olabilir mi?' diye düşündü. İş sözleşmesi yapmaya giden bir adamın bunları düşünmesi garipti, bu yüzden sabah çıkmak üzereyken Madeleine'in söylediği şeyi düşündü: "Onun sana, senin ona olduğundan daha fazla ihtiyacı var." Lobideki güvenlik cihazından geçerken bu sözleri düşündü. Bariyeri geçtikten sonra okları takip ederek ilerledi. Sonunda, üzerinde şık bir yazıyla BÖLGE SAVCISI yazan, büyük bir cam kapıya vardı.

İçeride, resepsiyon odasındaki bir masada oturmakta olan bir kadın girer girmez bakışlarını ona çevirdi. Gurney'in gözlemlerine göre, erkeklerin kadın asistanları tercih etmesi, kabiliyet, cinsiyet ya da prestijle ilgili bir durumdu. Masadaki kadın üçüne de sahip gibi görünüyordu.

Muhtemelen elli yaşlarında olmasına rağmen, saçları, teni, makyajı, kıyafetleri ve fiziği öyle iyi görünüyordu ki, neredeyse çevresine elektrik saçıyordu. İnceleyen bakışları güzel olduğu kadar, şehvetliydi. Masasında duran dikdörtgen şeklindeki pirinç levhada adı yazıyordu: Ellen Rackoff.

İkisinden birisinin konuşmadan önce, kadının masasının sağ tarafındaki kapı açıldı ve Sheridan Kline resepsiyon odasına girdi. Sıcaklık dolu bir gülümsemeyle konuştu.

"Saat tam dokuz! Şaşırmadım. Söylediklerini tam zamanında yapan bir insan olarak beni etkiliyorsun."

"Bu diğerinden daha kolay…"

"Ne? Ah, evet, evet, tabii ki." Daha belirgin ama daha soğuk bir şekilde gülümsedi. "Kahve mi, çay mı alırsın?"

"Kahve."

"Ben de. Çay içenleri anlamam. Köpek insanı mı, kedi insanı mısın?"

"Sanırım, köpek."

"Köpek insanlarının kahveyi tercih ettiğini hiç fark ettin mi? Sence de çay kedi insanları için değil mi?"

Gurney buna kafa yormaya değmeyeceğini düşündü. Kline ona ofise geçmesini işaret etti ve onu içerideki modern, deri koltuğa yönlendirdi. Kendisi de alçak, cam masasıyla uyumlu sandalyesine oturdu ve gülümsemesinin yerini komik bir samimiyet ifadesi aldı.

"Dave, bize yardım etme konusunda istekli olmana ne kadar mutlu olduğumu anlatamam."

"Bana uygun bir görev verileceğini düşündüğüm için buradayım."

Kline gözlerini kırpıştırdı.

Gurney "Şekli oldukça hassas olan bir konu," dedi.

"Ben de aynı fikirdeyim. Sana karşı dürüst olacağım – deyim yerindeyse kartlarımı açık oynayacağım."

Gurney kibar gülümsemesiyle, yüzünün buruşmasını gizledi.

"NYPT'den tanıdığım insanlar bana senin hakkında harika şeyler anlattılar. Bazı büyük vakalarda sen baş dedektif, anahtar isim, her şeyi çözen ama tebrik zamanı geldiğinde her zaman başka birisini gösteren bir adammışsın. Kısacası, departmanda en büyük yeteneğe ama en az egoya sahip olan kişiymişsin."

Gurney, daha önceden planlanarak yapılan bu komplimana değil ama Kline'ın ifadesine güldü. Kafası, kredilerini şimdiden kullanmama düşüncesiyle dolmuştu.

"İşi seviyorum. Ama ilgi odağı olmayı sevmiyorum."

Kline, yemeğinin içinde çok güzel bir tat olan ve bunu tarif etmek isteyen bir adam gibi bir süre durup, baktı ama sonra bundan vazgeçti.

Öne doğru eğildi. "Bu olayda nasıl bir etkin olabileceğini düşünüyorsun?"

İşte kritik soru gelmişti. Buna nasıl cevap vereceğini, Walnut Crossing'den buraya dek düşünmüştü.

"Danışman analizci olarak..."

"Bu ne anlama geliyor?"

"BCI'daki araştırma ekibi delil toplamak, araştırmak, korumak ve tanıklarla görüşmek, izleri takip etmek, bağlantıları araştırmak ve katilin kimliği, yaptıkları ve amacıyla ilgili hipotezler üretmekle görevli. Bu son söylediğim önemli ve ben burada yardımcı olabileceğimi düşünüyorum."

"Nasıl?"

"Karışık durumdaki gerçekleri görüp, mantıklı bir olay örgüsü geliştirmek benim işimde iyi yaptığım tek kısımdır."

"Bundan şüpheliyim."

"Diğerleri şüphelileri sorgulama ve olay yerinden delil toplama konusunda daha iyi..."

"Kimsenin nerede bulacağını bilemediği mermiler gibi mi?"

"O şanslı bir tahmindi. Genellikle bu araştırma aşamalarında benden daha iyi birileri vardır. Ama neyin gerekli, neyin gereksiz olduğunun önem kazandığı, parçaları bir araya getirme işine gelince, bunu yapabilirim. İşimde çok iyi değildim ama ön plana çıkacak kadar iyiydim."

"Yani her şeyden önce bir egon var."

"Eğer buna ego demek isterseniz, evet. Zayıf ve güçlü yanlarımın farkındayım."

Sorgulamayla geçirdiği onca yıldan sonra belli insanların belli durumlarda nasıl tepkiler vereceğini de biliyordu ve Kline konusunda da yanılmamıştı. Adam, anlatmaya çalıştığı tat konusunda daha rahat görünüyordu.

Kline "Karşılığını da konuşmalıyız," dedi. "Aklımda daha önceki danışmanlara da uyguladığımız gibi, saatlik ücret var. Sana bir saat için yetmiş beş dolar teklif ediyorum, artı masraflar – mantıklı masraflar – şu andan itibaren yaptıkların."

"Kabul ediyorum."

Kline siyasetçi tavrıyla elini uzattı. "Seninle çalışmayı dört gözle bekliyorum. Ellen sana formların, açıklamaların, resmi yazıların ve gizli sözleşmelerin olduğu bir paket verecek. İmzaladığın şeyi okuman biraz zaman alabilir. Sana kullanabileceğin bir ofis de tahsis edilecek. İleride üzerinde duracağımız başka ayrıntılar var. BCI'dan ya da kendi adamlarımdan aldığım bilgileri sana kendim ileteceğim ve dünkü gibi genel toplantılarda sen de olacaksın. Eğer ekipten birisine soracakların olursa, bunun için benim ofisimi kullan. Tanıklarla, şüphelilerle, ya da olayla ilgili herhangi bir kişiyle görüşmek istediğinde – aynı şekilde, benim ofisim. Senin için uygun mu?"

"Evet."

"Boşuna konuşmuyorsun. Ben de öyle... Artık birlikte çalıştığımıza göre, sana bir şey sormama izin ver." Kline oturup, iki elinin parmak uçlarını birleştirdi. Bu hareket sorusuna bir ağırlık katmıştı. "Sen olsan, birisini neden vurup, sonra on dört kez keserdin?"

"Bu yüksek sayı doğal olarak bir intikam hareketidir ya da soğukkanlı bir şekilde intikam havası verilmek için yapılmıştır. Sayının bir anlamı olmayabilir."

"Ama önce onu vurmak..."

"Bu, kesme işinin öldürmekten başka bir amacı olduğunu gösterir."

Kline meraklı bir kuş gibi kafasını sallayarak, "Seni anlamadım," dedi.

"Mellery çok yakın bir mesafeden vuruldu. Kurşun şah damarını deldi. Karda silahın yere düştüğüne ya da yere bırakıldığına dair bir iz yok. Bu yüzden katil, sesi azaltmak için etrafına sarmış olduğu şeyi açmak, silahı cebine ya da kılıfına koymak ve elindeki aleti değiştirmek, yani kırık şişeyi tutmak ve yerde cansız yatan kurbanın yanına eğilmek için zaman harcamış olmalı. Bu sırada damardan çok fazla kan fışkırıyor olmalı. Bu durumda kesme işiyle neden uğraşsın ki? Bu, zaten ölmüş olan kurbanı öldürmek için değildi. Katilin amacı ya kurşun izini yok etmek olmalı ya da..."

Kline sandalyesinde öne doğru eğilerek, "Neden?" dedi.

"Nedenini bilmiyorum. Bu yalnızca bir olasılık... Ama saldırıdan önceki mesajlara ve şişeyi yanında getirerek girdiği zahmete bakılırsa, kesme işi bir ritüelin parçası gibi görünüyor."

Böyle bir sebebin sansasyonel yanının kabarttığı iştahı, sıradan bir korku ifadesiyle gizlemeye çalışarak, "Satanizmle mi ilgili?" dedi Kline.

"Sanmıyorum. Notların ne kadar çılgınca olduğunu düşünürsek, bu sebep pek çılgınca değil. Hayır, 'ritüel' derken, cinayeti kendisi için önemli olan bir sebep yüzünden işlediğini kastettim."

"Bir intikam fantezisi mi?"

Gurney "Olabilir," dedi. "Birisinin canına okumak için, bunu nasıl yapacağını aylarca ya da yıllarca hayal eden ilk katil o değil."

Kline endişeli görünüyordu. "Eğer kesmek onun asıl niyetiyse, neden vurmakla uğraştı?"

"Hızlı bir şekilde etkisiz hale getirme... Emin olmak istedi ve bir silah, karşıdakini etkisiz hale getirme konusunda kırık bir şişeden daha güvenilirdir. Bir aksilik çıkmasını istememiş."

Kline başını sallayıp, bilmecenin başka bir kısmına geçti.

"Rodriguez katilin misafirlerden birisi olduğu konusunda ısrar ediyor."

Gurney gülümsedi. "Hangisi?"

"Söylemek için hazır değil, ama tüm parasını buna yatırdı. Sen buna katılmıyor musun?"

"Bu fikir baştan sona saçmalık. Misafirler enstitü sınırları içinde yaşıyorlar. Bu, onların olay yerinde olmasalar da, olay yerinin yakınlarında olduklarını gösterir. Tabii ki bağımlıların, duygusal anlamda dengesiz insanların, cinayetlerle alakası olan en az bir kişinin olduğu, oldukça garip bir grup."

"Ama?"

"Pratikte sorunlar var."

"Ne gibi?"

"Ayak izleri ve onların bulundukları yerler gibi. Herkes karın akşam üstü başladığını ve gece yarısına kadar devam ettiğini onaylıyor. Katilin ayak izleri, yoldan mülke kar tamamen dur-duktan sonra girdiğini gösteriyor."

"Bundan nasıl emin olabiliyorsun?"

"İzler karda, ancak izlerin üzerinde yeni yağan kardan eser yok. Misafirlerden birisinin bunu yapmış olması için, kar yağmadan önce evden çıkmış olması gerekir. Çünkü karda evden gelen bir ayak izi yok."

"Yani..."

"Yani bu durumda misafirlerden birisinin akşam üzerinden gece yarısına kadar eksik olması gerekir. Ama hiçbirisi değil."

"Bunu nereden biliyorsun?"

"Resmi olarak, bilmiyorum. Jack Hardwick'ten duyduğum bir söylenti diyelim. Görüşmelerin özetlerine göre, her misafir, akşam en az başka altı misafir tarafından farklı saatlerde görülmüş. Eğer herkes aynı anda yalan söylemiyorsa, herkes oradaydı."

Kline bu ihtimali kenara atmaya pek niyetli değildi.

"Belki de evden birisi yardım almıştır."

"Evden birisinin kiralık katil tutmuş olabileceğini mi söylüyorsunuz?"

"Bunun gibi bir şey."

"Neden kendisi orada kalsın ki?"

"Anlamadım."

"Misafirlerin şu anda şüpheli olarak görülmelerinin tek sebebi, olay yerine fiziksel yakınlıkları. Dışarıdan birisini kiralayıp, içeriye gelmesini ve cinayet işlemesini istesen, en başta neden kendin oraya giresin ki?"

"Heyecan?"

Gurney sıkılmış bir şekilde, "Sanırım bu mümkün," dedi.

Kline "Tamam, şimdilik misafirleri unutalım," dedi. "Peki, misafirlerin dışında birisinin bir gangster kiralamış olma ihtimali?"

"Bu Rodriguez'in yedek teorisi mi?"

"Bunun bir olasılık olduğunu düşünüyor. Ama senin suratından böyle düşünmediğini anlıyorum."

"Bunun mantığını anlamıyorum. Bence misafirlerden birisi Patty Cakes olmasaydı bu akla bile gelmezdi. Öncelikle, şu anda Mark Mellery'nin gangsterlerin hedefi olduğunu düşünmemiz için hiçbir veri yok..."

"Bir dakika bekle. Eğer ikna edici guru – Patty Cakes gibi – birisinin kendisine bir şey itiraf etmesini sağladıysa, bilirsin, iç uyum ya da ruhani huzur ya da Mellery bu insanlara her ne saçmalık satıyorsa..."

"Ve?"

"Ve belki de sonra, eve gidince kötü adam dürüstlük ve açıklık için aceleci davrandığını düşünür. Evrenle uyum fikri havalı olabilir ama birisinin senin hakkında bir şeyler bilmesi riskini almak başına büyük işler açabilir. Bilgenin yanından uzaklaşınca, kötü adam daha pratik çözümler üzerinde düşünmeye başlar. Belki de kendisiyle ilgili bu riski ortadan kaldırmak için birisini kiralar."

"İlginç bir hipotez..."

"Ama?"

"Ama dünyada böyle bir suçu işlemek için, türlü akıl oyunları oynatacak şekilde bir sözleşmeyi yapacak bir adam yoktur. Para için öldüren adamlar, ayakkabılarını ağaç dallarına asmaz, cesetlerin üzerine şiir bırakmazlar."

Kline bunu tartışmak üzereydi ki, birisi hafifçe kapıyı çalıp, ardından açtı. Resepsiyon masasında oturan zarif yaratık, üzerinde iki porselen kupa ve altlığı, hoş ağızlı bir çaydanlık, şık bir şekerlik ve içinde dört tane kurabiye olan seramik bir tabak duran parlak bir tepsiyle içeri girdi. Tepsiyi sehpanın üzerine bıraktı.

Kline'a bakarak, "Rodriguez aradı," dedi. Ardından telepati yoluyla sorulmuş bir soruyu cevaplar gibi ekledi: "Yoldaymış, birkaç dakikaya burada olacağını söyledi."

Kline, tepkisini görebilmek için Gurney'e baktı. "Rod beni daha önce aramıştı," diye açıkladı. "Olayla ilgili bazı fikirlerini paylaşmak istiyor. Sen buradayken gelmesini önerdim. Herkesin her şeyi aynı anda öğrenmesini isterim. Hepimiz ne kadar çok bilirsek, o kadar iyi. Sır yok."

Gurney, Kline'ın onları bir araya getirmesinin, açıklıkla ilgisi olmadığını, yalnızca anlaşmazlıkları ve sürtüşmeleri önlemek için olduğunu düşünerek, "İyi fikir," dedi.

Kline'ın asistanı, Gurney'in düşüncelerini okumuş ve ona katılıyormuşçasına, Mona Lisa gibi gülümsedikten sonra odadan çıktı.

Kline bardaklara kahve doldurdu. Porselen bardaklar, eski ve pahalı görünüyorlardı. Ancak, Kline bardakları tutarken ne gururlanıyor ne de bununla ilgileniyormuş gibi görünüyordu. Gurney'in onunla ilgili üstün zeka gerektiren savcı izlenimi ile doğuştan soylu izlenimi veren hareketleri birbiriyle örtüşüyordu. Hardwick dünkü toplantıda onunla ilgili fısıldayarak ne söylemişti? Vali olmakla ilgili bir şeyler mi? Belki alaycı Hardwick yine haklıydı. Belki de Gurney bir insanın bardak tutma şeklinden çok fazla çıkarım yapıyordu.

Kline sandalyesinde geriye doğru yaslandı. "Bu arada, duvarda buldukları mermi; .357 demişlerdi ya, değilmiş. Bu, yalnızca duvardaki deliğin büyüklüğüne bakılarak, mermiyi oradan çıkarmadan önce yapılmış bir tahmindi. Balistikten gelen sonuca göre kullanılan silah .38 Special."

"Bu garip."

"Aslında, çok normal... 1980'lere kadar çoğu polis departmanında kullanılan tabanca."

"Kalibre normal ama garip bir seçim."

"Anlamadım."

"Katil vurma esnasında sesi azaltmak, elinden geldiğince sessiz hale getirmek için uğraşmış. Eğer gürültü konusunu sorun ettiyse, .38 Special'ı seçmiş olması garip. .22'lik bir tabanca çok daha mantıklı olurdu."

"Belki elindeki tek silah budur."

"Belki de."

"Peki sana öyle gelmiyor mu?"

"O bir mükemmeliyetçi. Doğru silahı kullandığına emin olurdu."

Kline, sorguya çeken bir hakim gibi Gurney'e baktı. "Kendinle çelişiyorsun. Önce, kanıtlara göre mümkün olduğunca sessiz olmaya çalıştığını söyledin. Ardından bu iş için yanlış silahı seçtiğini söyledin. Şimdi de onun yanlış silah seçimi yapacak birisi olmadığını söylüyorsun."

"Silahın sessiz olmasını sağlamak önemliydi. Ama belki de bundan daha önemli bir şey vardı."

"Ne gibi?"

"Eğer bu olayın ritüellik bir tarafı varsa, silah seçimi de bununla ilgili olabilir. Cinayeti belli bir şekilde işleme arzusu, ses sorununun önüne geçmiş olabilir. Bunu yapması gerektiği şekilde yapıp, ses sorununun da elinden geldiğince üstesinden gelmeye çalışmıştır."

"Sen ritüelden bahsedince, benim aklıma bir psikopat geliyor. Bu adamın ne kadar deli olduğunu düşünüyorsun?"

Gurney "*Deli* benim işe yarar bulduğum bir terim değil," dedi. "Jeffrey Dahmer'ın akıl sağlığının yerinde olduğuna karar verildi ama adam kurbanlarını yiyordu. David Berkowitz'in akli dengesinin yerinde olduğuna karar verildi ama adam, içinde şeytan olan bir köpek istediği için bunu yapıyordu."

"Bizim bu olayda, böyle bir insanla mı uğraştığımızı düşünüyorsun?"

"Tam olarak değil. Bizim katilimiz intikam duygusuyla dolu ve takıntılı – duygusal dengesizlik derecesinde takıntılı ama muhtemelen ceset yiyecek ya da bir köpekten emir alacak derecede değil. Rahatsız olduğu açıkça belli ama DSM'deki* kriterlere uyduğunu gösteren bir veri yok."

Kapı çaldı.

Kline düşünceli bir şekilde Gurney'in söylediklerini tartıyormuş gibi, kaşlarını çattı, dudaklarını büktü – ya da yalnızca kapının çalmasıyla dikkati dağılmamış gibi göstermeye çalışıyor olabilirdi.

Sonunda yüksek sesle, "İçeri gelin," dedi.

Kapı açıldı ve Rodriguez içeri girdi. Gurney'i gördüğü andaki hoşnutsuzluğunu tam olarak gizleyemedi.

Kline "Rod!" diye haykırdı. "Gelmen iyi oldu. Otur."

Gurney'in oturmakta olduğu koltuktan bariz bir şekilde uzak durup, Kline'ın yüzünü görebileceği bir sandalye seçti.

Bölge savcısı içten bir şekilde gülümsedi. Gurney, bu ifadenin, görüşleri çelişen kişilerin aynı ortamda bulunmalarından kaynaklandığını tahmin etti.

Bir dövüşçüyü, rakibiyle tanıştıran hakem havasında konuştu: "Rod olayla ilgili son fikirlerini bizimle paylaşmak için uğramak istedi."

Gurney kibarca, "Dinlemek için sabırsızlanıyorum," dedi.

Ama kibarlığı, Rodriguez'in bunu gizliden bir kışkırtma olarak yorumlamasını engellemedi. Fikirlerini paylaşmak için bunları duymasına gerek yoktu.

Kline'ın ofisinden çok daha büyük bir ofistelermiş ve duyulmama endişesi yaşıyormuş gibi yüksek bir sesle, "Herkes ağaç-

* Ruhsal Bozuklukların Tanısal ve İstatiksel Kitabı (Diagnostic and Statistical Manual of Mental Disorders) (Çev. N.)

lara odaklanmış durumda," dedi. "Biz ormanı göz önüne almıyoruz!"

"Orman derken?" diye sordu Kline.

"Ormanın bir fırsat yuvası olduğunu göz ardı ediyoruz... Herkes sebep ve cinayetin işlenmesi esnasında kullanılan yöntemler üzerinde düşünüyor. Ama bir numaralı konudan uzaklaşıyoruz – bir ev dolusu uyuşturucu bağımlısı ve suçlu tip kurbanın yanı başında duruyor."

Gurney, bu tepkinin başkomiserin, vakanın kontrolünü elinde tutması durumunun tehdit altında olduğunu düşünmesinden mi, yoksa başka bir şeyden mi kaynaklandığını merak etti.

Kline "Ne yapılmasını öneriyorsun?" dedi.

"Bütün misafirlerle yeniden görüşülmesini söyledim ve hepsinin geçmişiyle ilgili daha ayrıntılı araştırma yaptırıyorum. Bu kokainman pisliklerin hayatlarındaki birkaç taşı kaldırıp altına bakacağız. Sana söylüyorum – bunu onlardan birisi yaptı ve hangisi olduğunu bulmamız yalnızca biraz zaman alacak."

Kline büyük bir tartışma çıkmasını önlemek ister gibi, çok sıradan bir ses tonuyla, "Sen ne düşünüyorsun, Dave?" diye sordu.

Gurney yumuşak bir edayla, "Yeniden görüşmeler ve geçmiş araştırma işi yararlı olabilir," dedi.

"Yararlı olabilir ama gerekli değil mi?"

"Bitene kadar bilemeyiz. Fırsat konusuyla ya da kurbanın yanı başında olmayla ilgili sorular yöneltmek de yararlı olabilir – örneğin misafirhane ya da kahvaltı, yataklar ve enstitüdeki misafirlerin bölümü kadar, bulunabilecekleri yerler de..."

Rodriguez "Bunu bir misafirin yaptığına bahse girerim," dedi. "Köpekbalıklarıyla dolu bir denizde, bir yüzücü kayboluyorsa, oradan geçen bir su kayakçısı tarafından kaçırılmamıştır." Gülümsemesini bir tehdit olarak yorumladığı Gurney'e baktı. "Bu konuda gerçekçi olalım!"

"Yatak ve kahvaltılarla ilgili kısmı da değerlendiriyor muyuz, Rod?" diye sordu Kline.

"Her şeyi değerlendiriyoruz."

"Güzel. Dave, öncelik vermek istediğin başka bir şey var mı?"

"Listedekilerin dışında bir şey yok. Kan üzerinde laboratuar incelemesi; kurbanın üzerinde ve çevresindeki yabancı dokular; botların markası, alınabileceği yerler ve onlarla ilgili herhangi bir gariplik; mermi üzerinde yapılacak balistik incelemesi; katilin Mellery ile görüşme kaydının analizi, arka plan seslerinin geliştirilmesi ve sinyal merkezinden yapılan telefon tanımlanması ve aramanın bir cep telefonundan yapılıp yapılmadığının belirlenmesi; misafirlerin sabit hat ve cep telefonu hatlarından yaptıkları görüşmelerin kayıtları; notların üzerindeki el yazılarının analizi ile kağıt ve mürekkep analizi; gönderilen mesajlar ve cinayetin işlenme şeklinden çıkarılan kişilik profili, FBI'ın elindeki tüm tehdit mektupları arşivinin baştan sona incelenmesi. Bence bu kadar... Kaçırdığım bir şey var mı, Komiserim?"

Rodriguez'in cevap vermesine kalmadan; zaten bunun için acele de etmiyordu, Kline'ın asistanı kapıyı açtı, "Pardon, efendim," dedi, herkese yöneltilmiş bir saygı tonuyla. "Komiser muavini olduğunu söyleyen Wigg adında biri, başkomiseri görmek istiyor."

Rodriguez kaşlarını çattı.

Farklı görüşlere sahip kişileri bir arada görme konusunda sınır tanımayan Kline, "Onu içeri gönder," dedi.

BCI toplantısındaki cinsiyetsiz kırmızı kafa üzerinde aynı takım kıyafet ve elinde aynı dizüstü bilgisayarla içeri girdi.

Rodriguez meraklı olmaktan çok, sinirli bir edayla, "Ne istiyorsun, Wigg?" diye sordu.

"Bir şey bulduk, efendim. Bunun, size getirecek kadar önemli olduğunu düşünüyorum."

"Evet?"

"Botlarla ilgili, efendim."

"Botlar mı?"

"Ağaçta bulunan botlar, efendim."

"Onlarla ilgili ne buldunuz?"

Wigg, bilgisayarını göstererek, "Bunu sehpaya koyabilir miyim?" dedi.

Rodriguez Kline'a baktı. Kline başını salladı.

Birkaç tuşa bastıktan ve otuz saniye geçtikten sonra, üç adam ortadan ikiye ayrılmış bir ekranda ayrı ayrı duran ama birbirinin aynı görünen ayak izlerine bakıyorlardı.

"Soldakiler olay yerinden alınmış gerçek ayak izleri. Sağdakiler ise bizim ağaçta bulduğumuz botlarla, aynı kar üzerinde oluşturduğumuz ayak izleri."

"Öyleyse izlerin sahibi botlar, izlerin bittiği yerdeki ağaçta bulunan botlar. Bize bu bilgiyi vermek için bu kadar yolu gelmenize gerek yoktu."

Gurney kendisini tutamayıp araya girdi. "Sanırım Wigg bize tam tersini söylemek için bu kadar yolu geldi."

Kline "Ağaçta bulunan botların, katilin giydiği botlar olmadığını mı söylüyorsun?" diye sordu.

"Bu hiçbir anlam ifade etmiyor," dedi Rodriguez.

Kline "Bu olaydaki diğer deliller de bir anlam ifade etmiyor," dedi. "Komiserim?"

"Botlar aynı marka, aynı model ve aynı büyüklükte. İki teki de yepyeni. Ama izlerle uyuşmuyorlar. Kar, özellikle donma seviyesinin on derece altındaki ısıda duran kar, ayrıntıları çok iyi gösteriyor. Bu örnekte ise, burada duran ayak izlerinde bozukluk görüyoruz." Sağda, ağaçtaki botlara ait ayak izlerinin bir tanesinde, neredeyse gözle görülmeyecek bir kabarıklığı, ucu sivri bir kalemle gösterdi. "Büyük ihtimalle üretim esnasında oluşmuş bu defo, bizim yaptığımız her izde görünüyor ama olay yerindeki hiçbir izde mevcut değil. Tek açıklama bu izlerin farklı botlara ait oldukları."

Rodriguez "Tabii ki başka açıklamaları olabilir," dedi.

"Aklınızda ne var, efendim?"

"Yalnızca, bir şeyi atlıyor olma olasılığınızdan bahsediyorum."

Kline boğazını temizledi. "Tanrı aşkına, farz edelim ki Wigg haklı – elimizde iki çift var ve birisi katil tarafından giyildi ve diğeri de ağaca asıldı. Bu nasıl bir anlam ifade ediyor olabilir? Bizim için ne anlama geliyor?"

Rodriguez sinirli bir şekilde bilgisayar ekranına baktı. "Katili yakalamamızda yararı olacak hiçbir halt söylemiyor."

"Sen ne diyorsun, Dave?"

"Bana cesedin üzerinde bırakılmış mesajı veriyor. Bu da başka türlü bir not... Diyor ki, '*Beni yakalayabiliyorsanız yakalayın ama bunu yapamazsınız. Çünkü ben size göre fazla zekiyim.*'"

"Bir çift ayakkabı sana nasıl oldu da böyle bir mesaj verdi?" Rodriguez sinirlenmişti.

Gurney çok sakin bir tavırla cevap verdi – hatırladığı kadarıyla, her zaman öfkeye karşı tepkisi bu olmuştu. "Yalnız başlarına benim için hiçbir anlam ifade etmezlerdi. Ama diğer garip ayrıntılara eklendiğinde ve büyük resme bakıldığında, ortaya özenle hazırlanmış bir oyun çıkıyor."

"Eğer bu bir oyunsa ve amacı bizi uğraştırmaksa, amacına ulaşıyor," dedi Rodriguez alaycı bir tavırla.

Gurney tepki vermeyince, Kline ona döndü. "Sen bu fikre katılmıyor gibisin."

"Bence oyun kafa uğraştırıcı olmaktan daha fazlasına sahip. En önemli nokta bu."

Rodriguez midesi bulanmış gibi bir tavırla sandalyesinden kalktı. "Bana başka bir şey için ihtiyacınız yoksa, Sheridan, ofise dönmek zorundayım."

Kızgın bir şekilde Kline'ın elini sıktıktan sonra çıktı ve birkaç saniye sonra, Wigg de onun arkasından çıktı. Kline onun gitmesiyle ilgili her ne hissettiyse, belli etmedi.

Kısa bir süre sonra, Gurney'e doğru uzanarak, "Öyleyse bana söyle," dedi. "Yapmıyor olduğumuz neyi yapmalıyız? Olaya Rodriguez'in baktığı açıdan bakmadığın açıkça görülüyor."

Gurney omuz silkti. "Misafirleri yakından incelemek zarar getirmez. Bu bir dereceye kadar yapılmalı. Ama başkomiser, bunun bir tutuklamayla sonuçlanacağına dair benden daha fazla umutlu."

"Bunun aslında zaman kaybı olduğunu mu söylüyorsun?"

"Bu eleme için gerekli bir süreç. Yalnızca katilin misafirlerden birisi olduğunu düşünmüyorum. Başkomiser fırsatların önemini vurgulayıp duruyor – katilin hali hazırda mülkün içinde olduğuna dair geleneksel bakış açısı. Ama bana göre bu uygun bir bakış açısı değil – odasına girerken ya da çıkarken görülme riski fazla yüksek, bu kadar şeyi gizlemesi fazla zor. Bahçe sandalyesini, botları, şişeyi, silahı nereye koyabilir ki? Alınan risk ve işin karışıklığını düşününce, oradan birisi olma ihtimali kabul edilemez."

Kline merakla kaşlarından birisini kaldırdı ve Gurney devam etti.

"Organize olmayan ve organize olan bir adamı iki uca koyarsak ve bir aralık belirlersek, adam organize tarafın en uç noktasında duruyor. Ayrıntılara verdiği önem sıra dışı..."

"Karda daha zor görünmesini saglamak için bahçe sandalyesinin şeritlerini değiştirmesi gibi ayrıntılardan mı söz ediyorsun?"

"Evet. Aynı zamanda baskı altındayken çok rahat... Olay yerinden ayrılırken koşmamış, yürümüş. Avludan ormana giden ayak izlerinde acele ettiğine dair hiçbir iz yok, hatta öylesine gezintiye çıkmış gibi duruyorlar..."

"Kırık bir viski şişesiyle birisinin boğazını kesecek kadar çıldırmış olması, pek rahat olduğunu göstermiyor."

"Bu bir barda olmuş olsaydı, sana hak verirdim. Ama şişenin önceden, dikkatlice hazırlanmış, hatta yıkanmış ve parmak izlerinden arındırılmış olduğunu unutma. Çıldırmış olması izlenimi de, diğer her şey gibi planlanmış."

Kline yavaşça, "Tamam," diyerek onayladı. "Rahat, sakin, organize... Başka?"

"İletişim kurma tarzında da mükemmeliyetçi. Okunaklı – edebi bir dil kullanılmış ve ölçülü yazmış. Aramızda kalsın ama daha da ileri gidip şunu söyleyebilirim ki, şiirlerdeki garip resmiyet bana bazen birinci kuşak sofistikasyonunda rastladığımız yapay resmiyeti hatırlattı."

"Sen neden söz ediyorsun?"

"Eğitimsiz ailenin eğitimli çocuğu ve kendisini onlardan umutsuzca ayırmaya çalışıyor. Ama söylediğim gibi, biraz ileri gittim – bunları tüm somut delillerden bağımsız olarak söylüyorum."

"Başka bir şey var mı?"

"Dışarıdan bakınca yumuşak huylu ama içi nefret dolu..."

"Ve bu kişinin misafirlerden birisi olduğunu düşünmüyorsun?"

"Hayır. Onun bakış açısına göre, artan riskin getirdiği dezavantaj, kurbana yakın olmanın getirdiği avantajı ezer."

"Sen çok mantıklı bir adamsın, Dedektif Gurney. Sence katil bu kadar mantıklı mı?"

"Ah, evet. Hasta olduğu kadar mantıklı... İki konuda da en uçta."

Yirmi Sekizinci Bölüm

Olay Yerine Dönüş

Gurney'in Kline'ın ofisinden eve giden yolu Peony'den geçiyordu. Bu yüzden olay yerine uğramaya karar verdi.

Kline'ın asistanı olarak aldığı geçici kimlik, onun hiçbir soruya maruz kalmadan, kapıdaki polisin yanından geçmesini sağladı. Gurney soğuk havayı solurken duyduğu hisle birlikte, o günün cinayet gününün sabahına benzediğini düşündü. Sorgulamalar devam ederken kısmen erimiş olan karın üzerine, yeniden kar birikmişti. Catskills'ın yüksek kesimlerinde yaygın olan gece yağışı, havayı tazelemişti ve çimenler bembeyaz olmuştu.

Gurney, çevrede daha önce kaçırmış olduğu bir şey fark edebileceği düşüncesiyle, katilin yürüdüğü yolu yeniden yürümeye karar verdi. Araba yolunun hizasından, otoparkın arasından ve ambarın etrafından, bahçe sandalyesinin bulunduğu yere doğru yürüdü. Katilin oturmak için neden bu noktayı seçtiğini düşünerek etrafına bakındı. Dikkati, bir kapının açılması, çarparak kapanması ve ardından gelen tanıdık bir sesle dağıldı.

"Tanrı aşkına! Bir hava saldırısı yapıp bu lanet olası yeri havadan incelememiz gerek."

Onları, kendi varlığından haberdar etmenin en iyisi olacağını düşünen Gurney, evin arka bahçesini ambardan ayıran yüksek çitlerin üzerinden atladı. Komiser Hardwick ve Araştırmacı Tom Cruise Blatt memnun olmamış gibi dik dik bakarak, onu selamladılar.

"Sen burada ne halt yiyorsun?" diye sordu Hardwick.

"Bölge savcısı ile geçici bir sözleşme yaptık. Sadece olay yerine tekrar göz atmak istedim. Böldüğüm için üzgünüm ama benim de burada olduğumu bilmek istersiniz diye düşündüm."

"Çalıların arasında mı?"

"Ambarın arkasında. Katilin oturduğu yerde duruyordum."

"Ne için?"

"Onun orada ne için oturduğu daha iyi bir soru."

Hardwick omuz silkti. "Gölgede gizlenmek? Lanet olası bahçe sandalyesinde sigara molası vermek? Doğru zamanı beklemek?"

"Doğru an ne zamandı?"

"Ne fark eder?"

"Bilmiyorum. Ama neden burada bekledi? Neden cinayet işleyeceğin yere yanında bir bahçe sandalyesi getirecek kadar erken gelirsin ki?"

"Belki de Melleryler uykuya dalana kadar beklemiştir. Belki de ışıklar sönene kadar beklemek istemiştir."

"Caddy Mellery'nin ifadesine göre, yatağa gitmeleri ve ışığı kapatmaları olaydan saatler önce olmuş. Onları uyandıran telefon çok büyük ihtimalle katilden geldi. Bu da onların uyanık olmasını istediğini gösterir, uykuda değil. Eğer ışıkların kapandığını görmek isteseydi, neden üst katı göremeyeceği nadir noktalardan birisini seçsin? Hatta sandalyenin durduğu yerden, evin neredeyse hiçbir yeri görünmüyor."

Hardwick gözlerinde huzursuz bir ifadeyle, "Tüm bunların ne anlama gelmesi gerekiyor?" diye bağırdı.

"Ya çok zeki, çok dikkatli bir katilin mantıksız bir şey yapacak kadar ileri gittiği ya da bizim olayı yanlış gördüğümüz anlamına geliyor."

Konuşmayı, tenis maçı izler gibi takip eden Blatt, gözlerini Hardwick'e dikti.

Hardwick ağzında kötü bir tat varmış gibi baktı. "Buraya biraz kahve indirebilir misin?"

Blatt şikayet eder gibi dudaklarını büzdü ve muhtemelen kendisinden isteneni yapmak için, eve doğru yürüdü.

Hardwick sigara yaktı. "Çok saçma görünen bir şey daha var. Ayak izleriyle ilgili verilerin olduğu bir dosyayı inceliyordum da… Ana yoldan sandalyeye doğru ambarın arkasından giden ayak izleri arasındaki mesafe, cesetten ağaçların arasına doğru giden ayak izlerinin arasındaki mesafeden yaklaşık sekiz santim daha fazla."

"Yani katil buraya gelirken, giderken olduğundan daha mı hızlı yürümüş?"

"Aynen öyle."

"Yani ambarın yanına gelip oturmak ve beklemek için, cinayetten sonra olay yerinden kaçarken ettiğinden daha mı çok acele etmiş?"

"Wigg'in verilerden çıkardığı bilgi bu ve ben başka bir şey bulamadım."

Gurney kafasını salladı. "Sana söylüyorum, Jack. Yanlış noktadan bakıyoruz. Bu arada, beni rahatsız eden acayip bir veri daha var. Viski şişesi tam olarak nerede bulundu?"

"Cesedin yaklaşık otuz beş metre uzağında; ayak izlerinin buradan ayrıldığı yerde."

"Niçin orada?"

"Çünkü orada bırakmış. Sorun nedir?"

"Onu oraya kadar neden taşıdı? Neden cesedin yanında bırakmadı?"

"Unutkanlık. Olayın sıcaklığıyla hâlâ şişeyi elinde tutuyor olduğunu fark etmedi. Fark edince de attı. Bunda gariplik göremiyorum."

"Belki de yoktur. Ama ayak izleri çok düzgün, rahat ve acele etmemiş. Her şey plana uygun gitmiş gibi…"

Hardwick alışverişten dönen ve yırtık bir poşetteki eşyalarını dökmemeye çalışan bir adamın kızgınlığıyla, "Bununla nereye gelmeye çalışıyorsun?" dedi.

"Olayla ilgili her şey olağanüstü rahat planlanmış görünüyor – ve de bilinçli. Adam bana her şeyi bir sebepten dolayı koyduğu yere koymuş olduğu mesajını veriyor."

"Bana bir cinayet silahını, daha önceden düşünmüş olduğu bir sebepten dolayı olay yerinin otuz beş metre uzağında bıraktığını mı söylüyorsun?"

"Benim tahminim böyle."

"Nasıl bir sebebi olabilir?"

"Bunun bizim üzerimizdeki etkisi ne oldu?"

"Neden söz ediyorsun?"

"Bu adam Mark Mellery'e odaklandığı kadar, polise de odaklanmış. Sence de olay yerindeki gariplikler, bizimle oynadığı oyunun bir parçası olabilir mi?"

"Hayır, bence olamaz. Dürüst olmak gerekirse, bu çok saçma."

Gurney bu konuyu tartışmak istemedi ve lafı değiştirdi. "Anladığım kadarıyla Başkomiser Rod hâlâ adamımızın misafirlerden birisi olduğunu düşünüyor."

"Evet, 'tımarhanedeki delilerden birisi' diyor."

"Sen buna katılıyor musun?"

"Deli olduklarına mı? Kesinlikle. Katilin onlardan birisi olduğuna mı? Belki."

"Belki de değil mi?"

"Emin değilim. Rodriguez'e bundan söz etme."

"Favori adayı var mı?"

"Uyuşturucu bağımlılarından herhangi bir tanesi ona uyar. Dün Mellery'nin Ruhani Yenilenme Enstitüsü'nün, zengin şerefsizler için yapılmış pahalı bir kaplıcadan başka bir şey olmadığını söylüyordu."

"Bağlantıyı anlamıyorum."

"Ne arasında?"

"Uyuşturucu bağımlılığının, Mark Mellery cinayetiyle ne ilgisi var?"

Hardwick sigarasından düşünceli bir şekilde son bir nefes aldıktan sonra izmariti, çitlerin altındaki nemli toprağa fırlattı. Gurney bunun bir suç mahalinde, her yer didik didik incelendikten sonra bile yapılmaması gereken bir hareket olduğunu biliyordu ama buna daha önce birlikte çalıştıkları zamanlardan alışkındı. Ayakkabısının topuk kısmıyla, yanan izmariti söndürmek için uzandığında da şaşırmadı. Bu adamın bir sonraki söyleyeceği ya da söylemeyeceği cümleyi düşünmek için zaman kazanma yolu buydu. İzmarit tamamen söndükten ve toprağın en az altı santim altına gömüldükten sonra, Hardwick konuştu.

"Muhtemelen cinayetle bir alakası yok ama Rodriguez'le çok alakası var."

"Bana söyleyebileceğin bir şey mi?"

"Greystone'da bir kızı var."

"New Jersey'deki akıl hastanesinde mi?"

"Evet, kızın beyninde kalıcı hasar oluşmuş. Hap, kristal meth, eroin... Birkaç beyin devresi yanmış ve annesini öldürmeye çalışmış. Rodriguez'e göre, dünyadaki bütün diğer uyuşturucu bağımlıları ona olanlardan sorumlu. Bu, onun mantıklı olabildiği bir konu değil."

"Bu yüzden Mellery'i bir uyuşturucu bağımlısının öldürdüğünü düşünüyor?"

"Böyle olmuş olmasını istiyor, bu yüzden böyle olduğunu düşünüyor."

Avlunun bir ucundan diğer ucuna, karla kaplı çimenlere doğru ıslak, sert bir rüzgar esti. Gurney titreyerek ellerini cebine soktu. "Ben sadece Kline'ı etkilemeye çalıştığını düşünmüştüm."

"Bu da var... Bir bokkafalıya göre oldukça karışık bir adam. Kontrol manyağı... Salak bir hırs torbası... Tamamen kendine güvensiz... Bağımlıları cezalandırma takıntısı var. Bu arada, senin varlığından da pek hoşnut değil."

"Özel bir sebebi var mı?"

"Standard prosedürleri elden bırakmayı sevmez. Zeki adamları sevmez. Kline'a kendisinden daha yakın duran kimseleri sevmez. Başka ne bok olduğunu kim bilir?"

"Bir cinayet vakasını yönetmek için uygun bir kafa gibi görünmüyor."

"Evet, harika adalet sistemi dünyasında yeni olan ne var ki? Ama bir adamın kafayı yemiş bir dallama olması yanlış düşündüğünü göstermez, değil mi?"

Gurney yorum yapmadan, Hardwick'in akıllı yanını düşündü, ardından konuyu değiştirdi. "Misafirlere yoğunlaşarak başka olasılıklar göz ardı ediliyor mu?"

"Ne gibi?"

"Civardaki insanlarla görüşmek gibi... Moteller, konaklama yerleri, pansiyonlar..."

"Hiçbir şey göz ardı edilmiyor," dedi Hardwick aniden savunmaya geçerek. "Çevredeki yerlerle – zaten enstitünün üst tarafındaki kasaba yolunda bir düzineden az yer var; yani çok az – ilk yirmi dört saat içerisinde iletişime geçildi ve sonucunda işe yarar hiçbir şey yok. Kimse bir şey duymamış, görmemiş ve hatırlamıyor. Yabancı yok, gürültü yok, acayip saatlerde geçen bir araç yok, sıra dışı hiçbir şey yok. Birkaç insan çakal sesi duymuş olabileceğini söyledi. Birkaç insan da baykuş sesi duyduğunu."

"Saat kaçta olmuş?"

"Ne, saat kaçta olmuş?"

"Baykuş sesi."

"Hiçbir fikrim yok çünkü onların hiçbir fikri yok. Söyledikleri en ayrıntılı şey, gece yarısı olduğuydu."

"Kalacak yerler?"

"Ne?"

"Kimse bölgedeki kalacak yerlere uğramış mı?"

"Kasabanın dışında bir motel var – avcıların kaldığı bir dinlenme yeri. O gece boşmuş. Bir kilometre uzaklıkta yalnızca iki tane pansiyon var. Birisi kış aylarında kapalı… Eğer doğru hatırlıyorsam diğerinde cinayet gecesi, rezerve edilmiş bir oda varmış – bir kuş gözlemcisi ve annesi tarafından."

"Kasımda kuş gözlemi yapmak mı?"

"Bana da garip geldi. Bu yüzden kuş gözlemciliğiyle ilgili birkaç websiteye baktım. Gerçek kuş bilimciler kış aylarını tercih ederlermiş – ağaçlarda yaprakların olmadığı, daha iyi bir görüşün ve bir sürü yaban tavusunun, baykuşun, kekliğin filan olduğu…"

"Oradaki insanlarla konuştun mu?"

"Blatt oranın sahiplerinden birisiyle konuştu – birkaç beyinsiz, saçma isimler; işe yarar bir bilgi yok."

"Saçma isimler mi?"

"Evet, aralarından bir tanesi Peachpit, ya da onun gibi bir şeydi."

"Peachpit mi?"

"Ona benzer bir şey. Hayır, Plumstone'du. Paul Plumstone'du. Evet eminim."

"Kimse kuş gözlemcileriyle konuştu mu?"

"Sanırım Blatt oraya vardığında, oradan ayrılmışlardı ama bana bununla ilgili bir şey söylemediler."

"Kimse peşlerine düşmedi mi?"

"Yüce Tanrım! Onlar nasıl bir şey bilebilirler ki? Eğer Peachpitleri ziyaret etmek istiyorsan, buyur. Yerin adı Defneler; enstitüden çıkınca dağın sekiz yüz metre kadar aşağısında. Bu vaka için elimde belli bir insan gücü var ama Peony'den geçmiş herkesi kovalayarak lanet olası zamanımı boşa harcayamam."

"Peki."

Gurney'in cevabındaki anlam belirsizdi ama nasıl olduysa Hardwick'i yatıştırdı ve Hardwick neredeyse samimi bir tonla, "İnsan gücü demişken, işe dönmem gerek. Sen burada ne yaptığını söylemiştin?" diye sordu.

"Bu yolu tekrar yürürsem, gözüme bir şeyler çarpabileceğini düşünmüştüm."

"Bu NYPT'nin en iyi cinayet dedektifinin yöntemi mi? İçler acısı!"

"Biliyorum, Jack, biliyorum. Ama şu anda yapabileceğimin en iyisi bu..."

Hardwick inanamıyormuşçasına, abartılı bir şekilde kafasını sallayarak eve girdi.

Gurney, karın nemli kokusunu içine çekti ve her zamanki gibi bir anlığına, kelimelere dökemeyeceği, çocukluğuna ait bir duyguyu hissetti. Kar kokusuyla birlikte anıların hücumuna uğrarken, beyaz çimenlerin üzerinde ormana doğru yola koyuldu. Babasının ona beş ya da altı yaşındayken hikayeler, gerçek hayattaki her şeyden daha canlı olan hikayeler anlattığını hatırladı. Bu hikayelerde büyük liderler, kırlardaki kulübeler, ormandaki izler, iyi Kızılderililer, kötü Kızılderililer, koparılan ağaç dalları, çimende yılan izleri, düşmanın geçtiği yolu gösteren kırık bir aşk merdiveni dalı, bazıları gerçek, bazıları ormandaki Kızılderililerin aralarında anlaşmak için çıkardıkları orman kuşlarının sesleri vardı. İçlerindeki imgeler öyle somut, hikayeler öyle ayrıntı doluydu ki... Bu çok ironik, diye düşündü, ama babasının ona çocukluğunun ilk yıllarında anlatmış olduğu hikayeler, anılarının büyük kısmını oluşturuyordu. Elbette babasının onunla, bu hikayeleri anlatmak dışında pek ilgilendiği söylenemezdi. Öncelikle babası çalışıyordu. Çalışıyor ve içine kapanıyordu.

Çalışmak ve içine kapanmak... Bu hayatı özetleyebilecek cümle bir anda Gurney'i şaşkına çevirdi. Babasının davranışını olduğu kadar, kendi davranışını da tanımlıyordu.

Önceleri düşünmekten bu kadar kaçtığı benzerlikler, şimdi büyük çatlaklar oluşmasına sebep oluyordu. Yalnızca yavaş yavaş babasına benzediğinden değil, aynı zamanda bunun uzun zaman önce başladığından da şüpheleniyordu. Çalışıyor ve içine kapanıyordu. Hayatının ne kadar küçük ve soğuk bir anlam taşıdığını gösteriyordu. Bir kişinin tüm hayatında yaptıklarının, bu kadar kısa bir cümleyle özetlenebilmesi ne kadar üzücüydü. Tüm enerjisini harcadığı şeyi böyle sınırlandırabiliyorsa, bugüne kadar nasıl bir koca olmuştu? Nasıl bir baba işini bu kadar ön plana almış... Hayır, bu kadarı yeterdi.

Gurney ağaçlara doğru yürüdü ve şimdi yeni yağan karla kaplanmış, ayak izlerinin olduğunu hatırladığı yolu takip etti. İzlerin aniden bittiği, yeşil çalıların olduğu alana gelince ağaç kokusunu içine çekti ve derin sessizliği dinleyerek ilham gelmesini bekledi. Ancak gelmedi. Aksini beklediğinden, morali bozularak, cinayet gecesiyle ilgili bildiği gerçekleri yirminci kez gözden geçirdi. Katil mülke yoldan, yaya olarak mı girmişti? Yanında bir adet .38 Special, kırık Four Roses marka viski şişesi, bir bahçe sandalyesi ve Mellery'i yatağından çıkarmak için hayvan sesi çıkarabileceği bir mini kasetçalar mı taşıyordu? Tyvek iş tulumu, eldivenler ve kaz tüyünden yapılmış ve silah sesini azaltmak için kullanabileceği bir ceket mi giyiyordu? Ardından, ambarın arka tarafında, sigara içmek için oturdu mu? Ardından Mellery'nin avluya inmesini sağlayıp sonra onu vurup sonra da en az on dört kez kesti mi? Ardından sakin bir şekilde ağaçlara doğru yaklaşık yüz elli metre yürüyüp, fazladan getirdiği bir çift botu bir ağaç dalına asıp, hiç iz bırakmadan ortadan kayıp mı oldu?

Gurney yüzünü buruşturdu. Hem nemli ve soğuk havanın kararıyor olmasından hem de olay hakkında 'bildiklerinin' bu kadar anlamsız olduğunu ilk kez fark ettiğinden...

Yirmi Dokuzuncu Bölüm

Geriye Doğru

Kasım, Gurney'in en az sevdiği aydı çünkü kasım ışığın azaldığı, sonbaharla kış arasında sallanan kararsız bir aydı.

Mevsimin bu yanı sis kaplı ve gözünün önündeki şeyleri görmediği bir alanda dolaşır gibi, Mellery vakasının etrafında dolaştığı hissini artırıyordu.

O gün Peony'den eve döndüğünde, daha önce hiç yapmadığı bir şeyi yapmaya, kafasındaki karışıklığı Madeleine ile paylaşmaya karar verdi. Madeleine üzerinde çay ve kızılcıklı kek kalıntılarının olduğu, ahşap masada oturmaktaydı.

Gurney "Bir konuda senin tavsiyeni almak istiyorum," der demez, kelime seçiminden dolayı pişmanlık duydu. Madeleine tavsiye gibi kelimelerden pek hoşlanmazdı.

Onu konuşmaya davet eder gibi, meraklı bir tavırla başını eğdi.

"Mellery Enstitüsü Filchers Brook Caddesi'yle, kasabanın üst kısmındaki tepedeki Thornbush Yolu arasında kırk hektarlık bir alanda yer alıyor. Yaklaşık otuz hektarlık bir ağaçlı arazi var ve belki de beş hektarlık çim alanı ve çiçekle, bir otopark ve üç bina var – içinde ofis ve misafir odalarının da bulunduğu ana ders binası, Mellery'nin kendi evi ve aletlerin konduğu bir ambar."

Madeleine mutfak duvarında asılı duran saate bakınca, Gurney hızla devam etti. "Görevli memurlar Filchers Brook Caddesi'nden içeriye giren ve ambarın arkasına konmuş bir sandalyeye giden ayak izleri buldular. Sandalyeden sonra Mellery'nin öldürüldüğü noktaya, oradan da ağaçlık alanda yedi yüz metre mesafeye kadar devam ediyor ve aniden bitiyorlar. Ayak izleri duruyor. Buraya kadar izlerin sahibi olan kişinin, buradan sonra hiç iz bırakmadan nasıl kaçtığına dair hiçbir delil yok."

"Bu bir şaka mı?"

"Olay yerindeki gerçek bulgulardan söz ediyorum."

"Peki ya söz ettiğin diğer yol?"

"Thornbush Yolu en son ayak izinden otuz metreden fazla uzaklıkta."

Madeleine kısa süren bir sessizlikten sonra, "Ayı geri döndü," dedi.

Gurney ona anlamamış gibi bakarak, "Ne?" dedi.

Madeleine pencereye doğru bakarak konuştu: "Ayı."

Pencere ile cansız görünen, kırağı kaplanmış bahçelerinin arasında, kuşyemliğini tutan demir bir çoban desteği yerde duruyordu ve kuşyemliği ortadan ikiye ayrılmıştı.

Gurney, konuyla ilgisi olmayan bu yoruma kızarak, "Bununla daha sonra ilgileneceğim," dedi. "Ayak izi sorunuyla ilgili bir yorumun var mı?"

Madeleine esnedi. "Bence bu aptalca ve bunu yapan insan deli..."

"Peki, bunu nasıl yaptı?"

"Sayılarla ilgili numara gibi..."

"Ne demek istiyorsun?"

"Yani, nasıl yaptığı neyi değiştirir?"

Gurney'in merakı, kızgınlığının önüne geçmişti. "Devam et."

"Nasıl olduğu önemli değil. Asıl sorun, neden ve cevabı çok açık."

"Açık olan cevap...?"

"Sizin bir çuval beyinsiz olduğunuz."

Bu cevap Gurney'e aynı anda iki şey hissettirdi – hedefin polis olduğu konusunda kendisiyle aynı fikirde olduğu için mutlu olmuş ama beyinsizler kelimesine yaptığı aşırı vurgudan hoşlanmamıştı.

Omuz silkerek, "Belki de geri geri yürümüştür," dedi. "Belki de ayak izlerinin gittiğini sandığınız yer, aslında adamın geldiği noktadır ve geldiğini sandığınız nokta, gittiği noktadır."

Bu Gurney'in düşünmüş ancak elemiş olduğu olasılıklar arasındaydı. "İki sorun var. İlki, bu, yalnızca ayak izlerinin bir anda nasıl bittiği sorusu yerine, bir anda nasıl başladığı sorusunu sormamızı sağlar. İkincisi, ayak izleri çok düzgün duruyor. Birisinin yedi yüz elli metre boyunca, ağaçlıklı bir alanda bir kez bile tökezlemeden geri geri yürümesi çok zor."

Ardından Madeleine'den gelen en ufak ilgi göstergesini desteklemek istediğini fark etti ve sıcak bir ses tonuyla ekledi: "Ama yine de bu oldukça ilginç bir düşünce – lütfen üzerinde düşünmeye devam et."

Gece saat ikide, Gurney yatak odasının penceresinden, bir bulutun arkasına saklanmış ve belli belirsiz görünen aya bakarak hâlâ düşünüyordu – ve hâlâ Madeleine'in ayak izlerinin gittiğinin göründüğü yönle, aslında gittiği yönün iki ayrı sorun olduğuna dair fikri üzerinde kafa yoruyordu. Bu doğruydu fakat verilere bakarak nasıl böyle bir sonuca varılabilirdi. Bir kişi hiç yanlış bir adım atmadan, düz olmayan bir arazide geri geri yürümüş olsa bile, ki bunu kimse yapamazdı, bu varsayım ancak açıklanamaz şekilde sona eren ayak izleri sorununu, açıklanamaz şekilde başlayan ayak izleri sorununa dönüştürürdü."

Yoksa gerçekten öyle mi?

Farz edelim ki öyle…

Ama bu olanaksız gibi görünüyor. Yine de, yalnızca bir dakika için öyle olduğunu varsayalım.

Sherlock Holmes, "İmkansız olanı elerseniz, elimizde kalan ne kadar mümkün görünmese de doğrudur," derdi.

"Madeleine?"

"Hımm?"

"Uyandırdığım için üzgünüm. Önemli."

Yanıt, derin bir iç çekme sesi olarak geldi.

"Uyanık mısın?"

"Artık uyanığım."

"Dinle. Katilin mülke ana yoldan değil de arka yoldan girdiğini varsayalım. Cinayetten saatler önce, tam kar yağmaya başladığında geldiğini varsayalım. Elindeki bahçe sandalyesi ve diğer eşyalarla arka yoldan ağaçlık alana doğru yürüdüğünü ve Tyvek tulumunu ve lateks eldivenlerini giydiğini ve beklediğini düşünelim."

"Ormanda mı?"

"Çamların arasında, bizim ayak izlerinin bittiğini düşündüğümüz yerde. Burada oturur ve karın durmasını, gece yarısının hemen sonrasına kadar bekler. Ardından kalkar, sandalyesini, viski şişesini, silahını ve içinde hayvan çığlıklarının sesinin kayıtlı olduğu mini kasetçalarını alıp eve kadar yedi yüz elli metre boyunca yürür. Yolda, Mellery'nin havyan seslerini duyacak kadar uyanık olduğundan emin olmak için telefon açar…"

"Bir saniye bekle. Bana ormanda geri geri yürüyemeyeceğini söylemiştin."

"Yürümedi. Yürümesine gerek kalmadı. Görünen ayak izlerini gerçekte olandan ayırt etmekte haklıydın – ama bir ayrım daha yapmamız gerekiyor. Ayakkabının tabanını, ayakkabıdan ayırdığını düşün."

"Nasıl?"

"Katilin yapması gereken tek şey bir çift botun tabanını çıkarıp, diğer çifte ters duracak şekilde yapıştırmak. Sonra ileriye doğru kolayca yürüyebilir ve geldiği yöne doğru gidiyormuş gibi görünen tertemiz ayak izleri bırakabilir."

"Peki, bahçe sandalyesi?"

"Onu avluya götürür. Belki de bir tür susturucu olarak kullandığı parkasını silahın ağzına sararken, eşyalarını bunun üzerine koymuştur. Sandalyenin izleri kendi ayak izleriyle kolayca kapatılabilir, bu yüzden daha sonra bunu kimse görmeyecekti. Ardından Mellery'nin arka kapıya gelmesini sağlamak için hayvan çığlıklarının olduğu kaydı çalar. Bunun nasıl yapıldığıyla ilgili farklı seçenekler olabilir ama asıl olay, Mellery'i avluya vurabileceği mesafeye getirip, ateş eder. Mellery yere düşünce, katil kırık şişeyi alır ve adamı defalarca keser ve şişeyi gelmiş olduğu yöne doğru fırlatır ve tabii ki şişe orayı terk ettiğini gösteren ayak izlerinin yanına düşer."

"Neden öylece cesedin yanında bırakmadı – ya da yanında götürmedi?"

"Götürmedi çünkü bizim bulmamızı istedi. Viski şişesi oyunun, bunların tümü her neyse, onun bir parçası. Benim tahminime göre, bu ayak izi aldatmacasının üzerine, bitmiş bir pastanın üzerini süslercesine, şişeyi görünüşte olay yerini terk eden ayak izlerinin yanına fırlattı."

"Bu fark etmesi oldukça zor bir ayrıntı."

"İzlerin sonu gibi görünen yerde bir çift bot bırakması gibi – ama tabii ki onları daha içeriye girmeden orada bıraktı."

"Yani izleri yapan botlar onlar değiller miydi?"

"Değillerdi, ama bunu zaten biliyorduk. BCI laboratuarından bir uzman, botların birisinin tabanında, kardaki izlerle uyuşmayan küçük bir farklılık tespit etti. Başta hiçbir şey ifade etmemişti. Ama bu tersine döndürülmüş haline mükemmel bir şekilde uyum sağlıyor."

Madeleine birkaç saniye hiçbir şey söylemedi ancak Gurney,

senaryonun zayıf noktalarını yakalamak için düşündüğünü, değerlendirdiğini ve test ettiğini hissedebiliyordu.

"Peki ya, şişeyi fırlattıktan sonra?"

"Sonra avludan ambarın arkasına geçiyor, bahçe sandalyesini buraya koyuyor ve cinayetten önce orada oturmuş izlenimi vermek için bir avuç dolusu sigara izmaritini yere atıyor. Tyvek tulumunu ve lateks eldivenlerini çıkarıyor ve parkasını giyip, lanet olası ters ayak izlerini bırakarak avludan, Filchers Brook Caddesi'ne çıkıyor. Kasaba halkı burayı kürekle temizlediği için iz kalmıyor ve Thornbush Yolu'ndaki arabasına doğru yürüyor ya da kasabaya ya da her nereye ise…"

"Peony polisi yoldan yukarı doğru çıkan birisini görmüş mü?"

"Görünüşe bakılırsa hayır ama kolayca ormana girmiş, ya da… " Duraksayıp diğer olasılıkları düşündü.

"Ya da… "

"Bu pek muhtemel görünmüyor ama dağda, BCI'ın kontrol ettiği bir pansiyon olduğunu söylediler. Kurbanının kafasını neredeyse kopardıktan sonra böyle bir yere gitmesi garip olur ama bizim manyak katilimiz sıcak, küçük bir pansiyona doğru yol almış olabilir."

Karanlıkta yan yana, uzunca bir süre sessiz kalarak uzandılar ve Gurney, el yapımı kayığını yeni bitirmiş ve olası sızıntılara karşı, her yerini dikkatle inceleyen bir adam gibi, hikayedeki olay dizisini baştan sona ve sondan başa birkaç kez daha düşundu.

"Kusursuz düşman," dedi Madeleine.

"Ne?"

"Kusursuz düşman."

"Ne demek?"

"Sen bilmeceleri seviyorsun. O da öyle. Cennette görebileceğimiz bir evlilik."

"Ya da cehennemde?"

"Her neyse. O notlarda bir sorun var."

"Nelerde... sorun var?"

Madeleine bazen çağrışımlarla birlikte öyle uzaklara gidiyordu ki, Gurney geride kalıyordu.

Bana gösterdiğin notlar, katilin Mellery'e gönderdikleri – ilk ikisi ve ardından şiirler. Her birisinin içinde tam olarak ne yazdığını hatırlamaya çalışıyordum."

"Ve?"

"İyi bir hafızam olmasına rağmen, zorlandım. Sonra bunun sebebini anladım. İçlerinde gerçek hiçbir şey yok."

"Ne demek istiyorsun?"

"Özel hiçbir şey yok. Mellery'nin aslında ne yaptığı ya da kime zarar verdiğiyle ilgili hiçbir şey yok. Neden bu kadar belirsiz? İsim, tarih, adres ya da somut hiçbir şeye yapılan bir gönderme yok. Garip, değil mi?"

"Altı yüz elli sekiz ve on dokuz sayıları oldukça özel."

"Ama Mellery için, o an onları düşünmüş olmaları dışında hiçbir anlam ifade etmiyorlardı. Bu bir numara olmalı."

"Eğer öyleyse, nasıl olduğunu anlamıyorum."

"Ah, ama anlayacaksın. Noktaları birleştirme konusunda çok iyisin." Esnedi. "Senden daha iyisi yok." Sesinde alaycılıktan eser yoktu.

Onun övgü dolu sözleriyle kısa bir süre rahatladığını hissederek, karanlıkta, onun yanında öylece uzandı. Ardından katilin notlarını düşünmeye, Madeleine'in söylediklerinin ışığında kullanılan dili gözden geçirmeye başladı.

"Mellery'nin korkudan altına etmesini sağlayacak kadar özel göndermeler vardı," dedi.

Kadın uykulu bir şekilde iç çekti ve "Ya da bunu sağlayacak kadar genel göndermeler."

"Bu ne demek?"

"Bilmiyorum. Belki de özel bir şeyden bahsedebileceği özel bir olay hiç olmamıştı."

"Fakat Mellery hiçbir şey yapmadıysa, niçin öldürüldü?"

Boğazıyla, pek de önemsememiş gibi bir ses çıkardı. "Bilmiyorum. Tek bildiğim, o notlarda bir sorun olduğu. Hadi uyu şimdi."

Otuzuncu Bölüm

Büyük Köşk

Haftalardır belki de aylardır olduğundan daha iyi bir hisle, şafak sökerken uyandı. Botların gizemiyle ilgili getirdiği ilk açıklamanın ilk düşen domino taşı olduğunu söylemek biraz abartılı olabilir ancak arabasıyla doğan güneşe doğru, Peony'deki Filchers Brook Caddesi'ndeki pansiyona giderken böyle hissediyordu.

Kline'ın ofisine götürmeden ya da BCI'ın bilgisi olmadan birkaç beyinsizle görüşmesinin kuralları esnetmek olduğunu düşünüyordu. Ama her ne haltsa – birisi sonradan bileğini bükmek isterse bununla başa çıkabilirdi. Dahası, her şey böyle olması gerekiyormuş gibi hissediyordu. "Adamların olayı ele alma şeklinde..."

Filchers Brook Bölgesi'nde henüz bir kilometre bile gitmeden telefonu çaldı. Arayan Ellen Rackoff'tu.

"Bölge Savcısı Kline'ın bilmeni istediği bazı haberler var. Komiser Muavini Wigg'in, katille Mellery arasında geçmiş telefon görüşmesinin bir incelemesini yaptığını bildirmemi istedi. Telefon konuşmasından haberdarsınız değil mi?"

Adamın gizlemeye çalıştığı sesini ve Mellery'nin on dokuz sayısını düşünüp, daha sonra bu sayıyı posta kutusunda, katilden gelen bir mektupta bulduğunu hatırlayarak, "Evet," dedi.

"Wigg'in raporu, arka plandaki trafik sesinin daha önceden kaydedilmiş olduğunu gösteriyor."

"Anlamadım."

"Wigg'in getirdiği sonuçlara göre, kayıttaki ses iki katmandan oluşuyor. İlk katmanda arayanın sesi ve bir motor sesi var ve Wigg bu sesin kesinlikle bir otomobilin motorunun sesi olduğunu söylüyor. Yani bunlar arama esnasında gerçekten var olan sesler. Ama arka plandaki, trafiğe ait sesler, ikinci katmanda. Yani arama süresince bir kasetçalardan çalınmış. Orada mısınız, Dedektif?"

"Evet, evet, ben sadece… bunu anlamaya çalışıyordum."

"Yeniden anlatmamı ister misiniz?"

"Hayır, sizi duydum. Bu… çok ilginç."

"Bölge Savcısı Kline böyle düşüneceğinizi söylemişti. Bunun ne anlama geldiğini çözebilirseniz, kendisini aramanızı istedi."

"Tabii yaparım!

Filchers Brook Caddesi'ne girdi ve yedi yüz metre ileride, arkasındaki düzgün binanın DEFNELER olduğunu gösteren bir tabela gördü. Tabela, kibar bir oval levha üzerine yazılmış, güzel bir yazıdan oluşuyordu. Tabelanın biraz ilerisinde sıra sıra defne ağaçlarını çevreleyerek dönen parmaklıklar vardı. Parmaklıkların arasından dar bir araba yolu geçiyordu. Çiçekler aylar önce dökülmüş olmasına rağmen, Gurney'in beyni ona oyun oynuyor, girişten içeri doğru ilerledikçe burnuna çiçek kokuları geliyordu. Bu, aklına Macbeth'in malikanesi hakkında o gece orada öldürülecek olan Kral Duncan'ın yorumunu getirdi: "Bu kalede güzel bir koltuk var…"

Parmaklıkların arasında, bir Zen bahçesi kadar titiz bir şekilde eğimlenmiş, çakıllardan oluşan bir otopark vardı. Aynı çakıl taşlarının oluşturduğu bir yol otoparktan, üzerinde hiçbir lekenin olmadığı, sedirden yapılmış çıkıntı şeklindeki kapıya doğru gidiyordu. Kapıda, zil yerine antik bir çan vardı. Gurney kapıya uzanınca, kapı açıldı ve uyanık bakışlı bir adam, sorgulayan gözlerle kapıda belirdi. Adamın üzerindeki, limon rengi polo yaka gömleğinden, pembe derisine ve orta yaşlı görünümü için fazla sarı duran saçlarına kadar her şey yeni temizlenmiş gibi duruyordu.

Pizza siparişi yirmi dakikalık bir gecikmeden sonra eline ulaşmış bir adamın sabırsızlığı ve heyecanıyla, "Ahh!" dedi.

"Bay Plumstone?"

Ufak tefek adam "Hayır, ben Bay Plumstone değilim," dedi. "Ben Bruce Wellstone. İsimlerimiz arasındaki uyum tamamen tesadüf."

Gurney şaşkınlıkla, "Anlıyorum," dedi.

"Ve siz, sanırım, polissiniz?"

"Özel Dedektif Gurney, Bölge Savcılığı'ndan. Buraya geleceğimi size kim söyledi?"

"Telefondaki polis. İsimleri asla hafızamda tutamam. Fakat neden kapıda duruyoruz? İçeri girin."

Gurney onu kısa bir koridordan takip etti ve Viktorya tarzıyla döşenmiş bir oturma odasına girdiler. Telefondaki polisin kim olduğunu merak ettiğinden, gözlerinde sorgular bakışlar vardı.

Wellstone, Gurney'in yüzündeki ifadeyi yanlış anlayarak, "Üzgünüm," dedi. "Böyle vakalardaki prosedürleri pek bilmiyorum. Doğrudan Büyük Köşk'e mi gitmek istersiniz?"

"Pardon?"

"Büyük Köşk."

"Ne Büyük Köşkü"

"Olay yeri."

"Ne olayı?"

"Size bir şey anlatmadılar mı?"

"Ne hakkında?"

"Niçin burada olduğunuz hakkında."

"Bay Wellstone, kaba olmak istemem fakat belki de en başından bana neler olduğunu ve neden bahsettiğinizi anlatmalısınız."

"Bu inanılmaz! Ben her şeyi telefonda komisere anlattım. Hatta dediklerimi anlamıyormuş gibi davrandığı için iki kez anlattım."

"Kızgınlığınızı anlıyorum, bayım, ama ona anlattığınızı belki de bana bir kez daha anlatabilirsiniz."

"Şarap kırmızısı terliklerimin çalındığını anlattım. Benim için ne anlama geldikleri hakkında bir fikriniz var mı?"

"Şarap rengi terlikleriniz mi?"

"Tanrım, sana hiçbir şey anlatmadan seni buraya gönderdiler, değil mi?" Wellstone bir tür krizi önlemeye çalışır gibi derin derin nefes alıp vermeye başladı. Ardından gözlerini kapattı. Gözlerini yeniden açtıktan sonra, polisin beceriksizliğini kabullenmiş gibi, bir ortaokul öğretmeni edasıyla Gurney'e anlatmaya başladı.

"Oldukça pahalı olan şarap kırmızısı terliklerim, Büyük Köşk'ten çalındılar. Elimde hiçbir delil olmamasına rağmen, bunu oraya son gelen misafirin yaptığına eminim."

"Büyük Köşk buranın bir parçası mı?"

"Elbette öyle. Tüm binaları oluşturan alanın ismi 'Defneler' ve sebebi açıkça belli. İçeride üç bina var – birincisi şu an içinde bulunduğumuz ana bina ve bunun yanında iki köşk: Büyük Köşk ve Balarısı Köşkü. Büyük Köşk'ün dekoru şu ana kadar yapılmış en iyi film olan *Oz Büyücüsü* filminden alındı." Gözlerindeki ifadeden, Gurney'in ona katılmadığı anlaşılıyordu. Dekorun merkezinde Dorothy'nin sihirli terliklerinin özel üretilmiş bir örneği vardı. Ama bu sabah terliklerin yerinde olmadıklarını fark ettim."

"Ve bunu bildirdiğiniz yer..."

"Görüldüğü gibi polise bildirdim ve böylece siz geldiniz."

"Peony Polis Departmanı'nı mı aradınız?"

"Eh, herhalde Chicago Polis Departmanı'nı aramadım."

"Bay Wellstone, burada iki ayrı sorunumuz var. Peony Polisi size hırsızlık olayıyla ilgili olarak geri döneceklerdir. Ama benim burada bulunma sebebim bu değil. Ben başka bir olaydan dolayı buradayım ve size birkaç soru sormam gerekiyor. Birkaç gün önce bir eyalet polisi dedektifine – ismi Bay Plumstone olan birisi tarafından diye tahmin ediyorum – üç gece önce buraya kuş gözlemcisi olan iki misafirin; bir adam ve annesinin geldiği söylenmiş."

"İşte bu o!"

"Hangi o?"

"Şarap kırmızısı terliklerimi çalan adam!"

"Kuş gözlemcisi sizin terliklerinizi mi çaldı?"

"Kuş gözlemcisi, hırsız, yankesici küçük piç – evet, o!"

"Peki, sizinle görüşmeye gelen eyalet polisi dedektifine bundan bahsetmemiş olmanızın sebebi…?"

"Bundan bahsetmemiş olmamın sebebi o sırada fark etmemiş olmamdı. Size, terliklerin çalındığını bu sabah fark ettiğimi söyledim."

"Öyleyse evin içine adam ve annesi çıkış yaptıktan sonra girmediniz."

"'Çıkış yapmak' çok resmi bir ifade olur. Gün içerisinde herhangi bir saatte çıkıp gitmişler. Parayı önceden ödedikleri için, 'çıkış işlemi' prosedürlerinin gerçekleştirilmesine gerek kalmamıştı. Burası medeni ve resmiyetten uzak bir yer olsun diye uğraşıyoruz ve tabii ki bu bizim duyduğumuz güvenin karşılığında bir ihanet olduğundan daha üzücü oluyor." Wellstone bundan bahsederken, konuşmasına devam edemeyecekmiş gibi susuverdi.

"Bu kadar süre beklemeniz normal…?"

"Bir odayı yeniden hazırlamadan önce beklemek mi? Yılın bu zamanında normal. Kasım bizim en boş geçen ayımızdır. Büyük Köşk'e bir sonraki rezervasyon Noel için."

"BCI'dan gelen adam köşkün içine bakmadı mı?"

"BCI'dan gelen mi?"

"İki gün önce buraya gelen dedektif, Kriminal Kimlik Belirleme Bürosu'ndandı."

"Ah, tamam ama, o Bay Plumstone'la konuştu, benimle değil."

"Bay Plumstone kim?"

"Bu manyak iyi bir soru. Bu, benim de kendime sorduğum soru." Öfkeyle başını salladı. "Üzgünüm, konuyla alakasız duygusal sorunlarla polisin işini bölmemeliyim. Paul Plumstone benim iş ortağım. Defneler'in ortaklarıyız. En azından artık ortağız."

Gurney "Anlıyorum," dedi. "Soruma dönersek – BCI'dan gelen kişi köşkün içini inceledi mi?"

"Neden incelesin ki? Yani görünüşe bakılırsa, dağın yukarısındaki enstitüde olan berbat olay için gelmişti ve etrafta şüpheli kimse görülüp görülmediğini bilmek istedi. Paul – Bay Plumstone – görülmediğini söyledi ve bunun üzerine dedektif ayrıldı."

"Misafirleriniz hakkında özel bir bilgi vermenizi istemedi mi?"

"Kuş gözlemcileri mi? Hayır, elbette hayır…"

"Elbette hayır mı?"

"Anne yarı yatalaktı ve oğlu hırsızlık yapmış olsa da kavgacı ve saldırgan bir tipe hiç benzemiyordu."

"Sizce nasıl birisine benziyordu?"

"Narin birisine benziyordu. Kesinlikle narin birisiydi. Utangaç…"

"Sizce eşcinsel gibi görünüyor muydu?"

Wellstone düşünceli bir şekilde durdu. "İlginç bir soru. Normalde öyle olup olmadığı hemen anlarım ama bunu anlayamadım. Bana eşcinsel izlenimi vermek istediğini düşünüyorum. Ama bu çok mantıklı gelmiyor, değil mi?"

Eğer yansıttığı karakter baştan aşağı düzmece değilse, diye düşündü Gurney. "Hassas ve utangaçtan başka, onun için ne söyleyebilirsiniz?"

"Hırsız."

"Fiziksel görünüşü kastettim."

Wellstone kaşlarını çattı. "Bıyıklı... Hafif renkli camı olan gözlüklerden takıyordu."

"Renkli?"

"Güneş gözlükleri gibi... Gözlerini göremeyeceğiniz kadar karanlık – birisinin gözlerini göremeden konuşmaktan nefret ederim, siz de, öyle değil mi? – ama iç mekanda kullanılabilecek kadar açık renk."

"Başka bir şey?"

"Başının iki yanından sarkan, Perulu tarzı yün bir bere, atkı ve kocaman bir mont..."

"Onun narin birisi olduğu izlenimini nasıl edindiniz?"

Wellstone afalladı ve kaşlarını çattı. "Sesi? Tavrı? Bilirsiniz, emin olamıyorum. Gerçekte gördüğüm – asıl gördüğüm – kalın bir mont, şapka, güneş gözlükleri ve bir bıyıktı." Bir anda gözlerini kocaman açtı. "Bunları tanınmamak için giydiğini mi düşünüyorsunuz?"

Güneş gözlükleri ve bıyık... Gurney için bu sıradan ve komik bir gizlenme yöntemiydi. Ama adamın tavrındaki incelik bile gizlenme düşüncesine uyum sağlıyordu. Yoksa bunları kafasında mı kuruyordu? Cevap ne olursa olsun, eğer kendisini gizlediyse, bunu başarmıştı çünkü işe yarar bir şekilde tarif edilmesini engelliyordu. "Onun hakkında başka bir şey hatırlıyor musunuz? Herhangi bir şey?"

"Bizim küçük, tüylü dostlarımıza takıntısı vardı. Bir çift kocaman dürbünü vardı – filmlerde komandonun elinde gördüğümüz gece görüşü olan dürbünlere benziyordu. Annesini evde bırakıp tüm geceyi ormanda şakrakkuşu – kırmızı göğüslü şakrakkuşu – arayarak geçirdi."

"Bunu size kendisi mi söyledi?"

"Ah, evet."

"Bu ilginç."

"Neden?"

"Catskills'da kış mevsiminde kırmızı göğüslü şakrakkuşu bulunmaz."

"Ama hatta dedi ki... Yalancı piç!"

"Hatta ne dedi?"

"Ayrılmadan önceki sabah ana binaya gelip, lanet şakrakkuşlarını görünce sevinçten çıldırdığını söyledi. Sürekli dört tane şakrakkuşu gördüğünü söyleyip durdu. Sanki ben ona inanmayacakmışım gibi dört tane şakrakkuşu diye tekrarlayıp durdu."

Gurney kendi kendisine konuşur gibi, "Belki de hatırlayacağınızdan emin olmak istedi," dedi.

"Ama bana bu kuşları görmüş olamayacağını, çünkü burada olmadıklarını söylüyorsunuz. Olmamış bir şeyi hatırlamamı neden istesin ki?"

"İyi soru, bayım. Şimdi köşke hızlıca bir göz atabilir miyim?"

Wellstone'la birlikte oturma odasından çıktılar ve diğer oda gibi Viktorya tarzında dekore edilmiş ve içinde defne ağacından süslü mobilyaların ve aynaların olduğu odadan geçip, bir kapıdan patika yola çıktılar. Burada, *Oz Büyücüsü*'nü düşününce akla gelen sarı tuğladan yapılmış yollar yerine, lekesiz, krem rengi kaldırımlar vardı. Patika, mevsime rağmen parlak yeşil sarmaşıklarla kaplı, masalsı bir köşkte son buluyordu.

Wellstone kapının kilidini açtı, kapıyı itekledi ve kenarda durdu. Gurney içeriye girmek yerine, kapının eşiğinden içeriye baktı. Karşı oda kısmen bir oturma odası, kısmen film uğruna yaratılmış bir tapınaktı – içeride bir sürü poster, bir cadı tahtası, sihirli asa, Korkak Aslan ve Teneke Adam heykelleri ve içi doldurulmuş bir Toto kopyası vardı.

"İçeri girmek ve terliklerin alındığı olay yerini görmek ister misiniz?"

Gurney patikaya doğru gerileyerek, "Girmemeyi tercih ederim," dedi. "Eğer misafirler gittikten sonra içeri yalnızca siz girdiyseniz, içeriye bir delil toplama ekibiyle birlikte girmek istiyorum."

"Ama siz buraya – Bir dakika, buraya 'başka bir olay' için geldiniz – böyle söylememiş miydiniz?"

"Evet, bayım, bu doğru."

"Ne tür bir 'delil toplama' sürecinden söz ediyorsunuz? Yani, ne... ah, hayır, tabii ki benim yankesici kuş gözlemcimin Katil Jack olduğunu düşünüyor olamazsınız?"

"Dürüst olmak gerekirse, bayım, böyle düşünmek için bir sebebim yok. Ama her olasılığı düşünmek zorundayım ve köşkün dikkatlice incelenmesi uygun olacaktır."

"Hayır, aman aman... Öyle demek istemedim. Ama eğer ortada bir suç yoksa, başka bir suç var. Ben polisin işine karışmak istemem – bu çok garip olurdu. Ayrıca her işte bir hayır vardır. Bunun tepede işlenen korkunç cinayetle ilgisi olmasa bile, benim kayıp terliklerimle ilgili bir ipucu bulabilirsiniz."

Gurney kibarca gülümseyerek, "Olasılıklar her zaman vardır," dedi. "Yarın buraya herhangi bir saatte delil toplama ekibi gelebilir. Bu arada kapıyı kilitli tutun. Şimdi size bir kez daha sormak istiyorum – çünkü bu çok önemli – son iki gün boyunca köşke sizden başka, ortağınız da dahil kimsenin girmediğine emin misiniz?"

"Büyük Köşk benim özel kreasyonum ve benim özel sorumluluğum altında. Bay Plumstone, berbat dekoru da dahil olmak üzere, Balarısı Köşkü'nden sorumlu."

"Pardon?"

"Balarısı Köşkü'nün teması, ölümcül derecede sıkıcı bir konu olan arı beslemenin tarihi. Daha fazla anlatmama gerek var mı?"

"Son bir soru, bayım. Kuş gözlemcisinin adı ve adresi misafir kayıt listenizde var mı?"

"Bana verdiği isim ve adres var. Hırsızlık olayını düşününce, bunun güvenilirliğinden şüpheliyim."

"Yine de kayıt bilgilerine bakıp, not alsam iyi olur."

"Kayıtlara bakmaya gerek yok. Öyle net ve öyle büyük bir hüzünle hatırlıyorum ki. Bay ve Bayan – bir gencin kendisini ve annesini tanıtması için garip bir hitap şekli, değil mi? – Bay ve Bayan Scylla. Adres Connecticut eyaletinde bulunan Wycherly'deki bir posta kutusuna aitti. Size posta kutusunun numarasını bile verebilirim."

Otuz Birinci Bölüm

Bronx'tan Gelen Telefon

Gurney çakıllarla kaplı otopark alanında oturuyordu. BCI'ı arayıp, Defneler'e acilen delil toplama ekibi gönderilmesini istedikten sonra, telefonunu cebine tam koyuyordu ki telefon çaldı. Arayan yine Ellen Rackoff'du. Ona Scylla çifti ve Kline hakkındaki garip hırsızlık olayından bahsetti ve sonra neden aradığını sordu. Kadın, ona bir telefon numarası verdi.

"Bu Bronx'tan bir cinayet dedektifi ve çalıştığı vaka üzerinde sizinle konuşmak istiyor."

"Benimle konuşmak mı istiyor?"

"Gazetede okuduğu Mellery vakası üzerinde çalışan birisiyle konuşmak istiyor. Peony polisini aramış, onlar onu BCI'a yönlendirmiş, onlar da Başkomiser Rodriguez'e, o da bölge savcısına ve o da size... İsmi Dedektif Clamm. Randy Clamm."

"Bu bir şaka mı?"

"Bilemiyorum."

"Kendi vakasıyla ilgili ne kadar bilgi paylaştı?"

"Hiç. Polislerin nasıl olduklarını bilirsiniz. Daha çok bizim vakamızla ilgili bilgiler istedi."

Gurney numarayı aradı. Telefon ilk çalışta açıldı.

"Clamm."

"Dave Gurney, size aramanız için geri dönüyorum. Ben bölge savcısı..."

"Evet efendim, biliyorum. Hemen cevaplamamı hoş görün."

Gurney sebebini bilmeden hattın diğer ucundaki polisin hızlı düşünen ve hızlı konuşan aynı anda çok iş yapan biri olduğu izlenimine kapıldı ve daha iyi bağlantıları olsa polis akademisi yerine, daha iyi bir pozisyonda olabileceğini düşündü.

Hattın diğer ucundaki canlı ses "Sanırım Mellery cinayeti üzerinde çalışıyorsunuz," diye devam etti.

"Doğru."

"Kurbanın boğazı birçok kez kesilmiş mi?"

"Doğru."

"Sizi aramamın sebebi, burada da buna benzer bir cinayetin olması ve herhangi bir bağlantı olup olmadığını anlamak istedik."

"Benzer derken, kastettiğiniz… "

"Boğazda birden fazla kesik."

"Bronx'taki kesilme olayları istatistiklerinden hatırladığım kadarıyla bir yılda binlerce vaka rapor ediliyor. Oralara daha yakın bir yerlerde bağlantı aradınız mı?"

"Bakıyoruz. Ama şimdiye kadar vücudun aynı yerinin bir düzineden fazla sayıda kesildiği tek vaka sizinki."

"Sizin için ne yapabilirim?"

"Ne yapmak istediğinize bağlı. Buraya bir günlüğüne gelip, olay yerini incelemenizin ve dul kalan kadınla görüşmenizin, sorular sormanızın, size tanıdık gelecek bir şeyler olup olmadığını görmenizin bir yararı dokunur diye düşünmüştüm."

Bu çok zor iş gibi görünüyordu – NYPT'de iken yıllarını harcayarak geçirdiği alakasız ayrıntılardan daha da alakasız görünüyordu. Ama ne kadar saçma olursa olsun, bir olasılığı göz ardı etmek, Dave Gurney için yasal bir imkansızlıktı.

Ertesi sabah Bronx'ta Dedektif Clamm'le buluşmak üzere sözleşti.

Üçüncü Kısım

BAŞA DÖNÜŞ

Otuz İkinci Bölüm

Temizlikçi Geliyor

Genç adam karyola başlığının önüne yerleştirilmiş yumuşacık yastıklara yaslanmış, dizüstü bilgisayarın ekranına bakarak usul usul gülümsedi.

Yatakta, onun yanında yatmakta olan kadın "Benim Ördek Dickie'm nerede?" diye sordu.

"Mutlu uyku vakti gelmiş ve canavarları öldürmek için plan yapıyor."

"Şiir mi yazıyorsun?"

"Evet anne."

"Sesli oku."

"Daha bitmedi."

Daha önce söylediğini unutmuş gibi, "Sesli oku," diye tekrarladı.

Ekranı biraz eğerek, "Çok iyi olmadı. Eksik bir şeyler var."

Peruğundaki buklelerle farkında olmadan oynayarak, ezberden konuşuyormuş gibi, "Öyle güzel sesin var ki," dedi.

Adam bir saniye gözlerini kapattı. Ardından, dudaklarını hafifçe, birazdan flüt çalmaya başlayacakmış gibi, ıslattı. Konuşmaya başladığında, sesi inişli çıkışlı, yarı fısıltı şeklindeydi.

"Bunların bazıları en sevdiklerim:
Bir merminin yarattığı sihirli değişim,
Hiç kalmayana dek

Yere akan kan,

Göze göz, dişe diş,

Ve her şeyin sonunda, onlar adına gerçeğe gidiş,

O sarhoşun silahıyla gerçekleştirdiğim muhteşem hamle

Karşılaştırılamaz, yapılacak hiçbir temizlikle."

İçini çekip ekrana baktı ve burnunu kırıştırdı. "Ölçü doğru olmamış."

Kadın anlayamadığını gösterir gibi sakin bir şekilde başını salladı ve mahcup, küçük bir kız havasıyla sordu: "Benim Ördek Dickie'm ne yapacak?"

"Yapılacak temizlik" derken ne demek istediğini ayrıntılarıyla anlatmak istiyordu. Tüm canavarların ölümü. Öyle renkli, öyle heyecan verici, öyle... tatmin ediciydi ki! Ama annesinin kavrama konusundaki sınırlarını biliyor, aynı zamanda kendisinin gerçekçi yanıyla da gurur duyuyordu. Onun sorularına belirli cevaplar vermek zorunda olmadığını, sorduğu soruları sorar sormaz unuttuğunu, kendi sözlerinin annesi için yalnızca sevdiği ve huzur dolu seslerden ibaret olduğunu biliyordu. Herhangi bir şey söylese de olurdu – ona kadar sayabilir ya da bir çocuk şarkısı söyleyebilirdi. Hissederek ve ahenkli bir sesle söylediği sürece, ne söylediğinin bir önemi yoktu. Her zaman ses tonunu alçaltıp yükseltmek için çok uğraşıyordu. Onu mutlu etmekten keyif alıyordu.

Otuz Üçüncü Bölüm

Berbat Bir Gece

Gurney arada sırada üzücü, acı dolu rüyalar görüyordu. Rüyalarında, söze dökemeyeceği kadar açık bir şekilde gördüğü şey, kaybettikleri yüzünden üzüldüğü ve kaybettiği en büyük şeyin aşk olduğuydu.

Rüyanın, kısa bir hikayeden biraz daha uzun süren son versiyonunda, babası kırk yıl önce olduğu gibi iş için giydiği kıyafetleri giymişti ve tıpkı o zamanki gibi görünüyordu. Üzerindeki sıradan bej rengi ceket ve gri pantolonlar, büyük ellerinin arka kısımlarında ve geniş alnındaki soluk lekeler, başka bir yerde olmuş bir olayı düşünüyormuş gibi görünen alaycı bakışlar, başka yerde değil de bulunduğu yerde olduğu, gitmekte olduğu yolda gittiği için hissettiği anlaşılması güç rahatsızlık, az konuşmasına rağmen sessizliğiyle garip bir şekilde vermeyi başardığı tatmin olmadığı mesajı – geçmişe gömülü bu resim, bir dakikadan fazla sürmeyen bir sahnede yeniden canlanıyordu. Bu sahnede Gurney küçük bir çocuk olarak yer alıyordu. Uzaktaki figüre yalvarırcasına bakıyor ve ona gitmemesi için yalvarıyordu. Rüyanın yoğunluğuyla gözlerinden yaşlar süzülüyordu. Bunun babasının sağlığında hiç olmamış olduğundan emindi çünkü babasıyla arasında duygu yüklü bir olayın bir kez bile geçmediğini hatırlıyordu. Ardından kalbi çarparak, gözyaşları içinde uyanıyordu.

Madeleine'i uyandırmak, ona rüyayı anlatmak, gözyaşlarını göstermek istiyordu. Ama onun bununla hiçbir ilgisi yoktu. Babasını neredeyse hiç tanımıyordu. Her şeyden önce, bu yalnızca bir rüyaydı. Sonuçta herhangi bir anlamı yoktu. Bunun yerine, kendi kendine günlerden ne olduğunu sordu. Perşembeydi. Bu düşünceyle birlikte, zihnindekilerden kaçıp, gecenin rahatsızlığını bir kenara süpürmek için, kafasındakileri atıp onların yerini gün içinde yapması gerekenlerin gerçekliğiyle doldurdu. Perşembe. Perşembe gününün büyük bir kısmı, doğduğu yere yakın olan Bronx'ta geçecekti.

Otuz Dördüncü Bölüm

Karanlık Bir Gün

Üç saat süren yolculuk boyunca çirkinliğe doğru yol almış ve ara ara sileceklerini çalıştırmasını gerektiren yağmur bu duyguyu kuvvetlendirmişti. Gurney stresli ve huzursuzdu. Bu kısmen hava yüzündendi ama Gurney, rüyasının da kendisini savunmasız ve hassas bir hale getirdiğini düşünüyordu.

Bronx'tan nefret ediyordu. Eğri büğrü kaldırımlarından, çalıntı arabaların yanmış enkazlarına kadar, Bronx'la ilgili olan her şeyden nefret ediyordu. Las Vegas'a dört gün, üç gecelik kaçışlara müşteri çekmeye çalışan, cafcaflı reklam panolarından nefret ediyordu. Havadaki kokudan nefret ediyordu – egzoz dumanları, küf, zift, ölü balık, metal bir şeylerin ne olduğu belli olmayan kokuları... Gördüklerinden de çok, Bronx'a gittiği zamanlardaki çocukluk anılarından nefret ediyordu – Eastchester Körfezi'ndeki çamur tabakasında, tarih öncesinden kalma, iğrenç at nalları.

Tıkanmış "ekspres yolda" bir buçuk saat süründükten sonra, birkaç bölge geçerek rahatlamış ve buluşma yerine yaklaşmayı başarmıştı. Buluşma yeri Kutsal Azizler Kilisesi'nin otopark alanıydı. Alan zincirle çevrelenmişti ve bir tabelada, otopark alanının yalnızca kilise çalışanlarına ayrıldığı yazıyordu. Bir Chevy (Chevrolet) sedan dışında alan boştu ve arabanın yanında, asker tıraşlı ve saçları jöleli, genç bir adam telefonla konuşuyordu. Gurney arabasını Chevy'nin yanına park ederken, adam telefon konuşmasını bitirdi ve telefonunu belinde asılı kılıfa koydu. O sabah yol boyunca serpiştirmiş olan yağmur sonrası havadaki pus, iyi görecek kadar azalmıştı ama Gurney arabadan iner inmez, puslu hava yüzüne, kesercesine çarptı. Belki genç adam da bunu hissediyordu; belki yüzündeki gergin ve rahatsız ifadenin sebebi buydu.

"Dedektif Gurney?"

Gurney elini uzatarak, "Dave," dedi.

"Randy Clamm. Geldiğiniz için teşekkür ederim. Umarım zamanınızdan çalmıyorumdur. Olayın temelini anlamaya çalışıyoruz ve bu çılgın cinayet vakası, sizin üzerinde çalıştığınız vakaya benziyor. Belki de bağlantısızdır – yani, aynı adamın yetenekli ve tanınmış bir guruyu ve Bronx'taki işsiz bir gece bekçisini öldürmesi mantıklı değil. Ama – boğazdaki o kesikler, bunun üzerinde durmadan geçemedim. Bazı şeyler hissedersiniz ve sonra düşünürsünüz: Tanrım, ya bu ihtimali es geçersem ve adam aynı kişiyse... demek istediğimi anlıyor musunuz?"

Gurney bu adamın nefes almadan, aynı tempoda konuşabilmesinin kaynağının, kafein mi, kokain mi, işin kendisi üzerinde yarattığı baskı mı yoksa doğuştan gelen bir özellik mi olduğunu merak etti.

"Yani demek istediğim, boğazın birçok kez kesilmesi sık görülen bir olay değil. İki vaka arasında bulabileceğimiz başka benzerlikler olabilir. Bunları birbirimize raporlar göndererek halledebilirdik ama ben buraya gelip olay yerine bir bakmanızın ve kurbanın karısıyla konuşmanızın, oradayken aklınıza gelmeyecek bir şeyler getirebileceğini düşündüm. Umudum bu yöndeydi. Yani demek istediğim, bu işin içinde bir iş olabilir. Umarım zamanınızı boşa harcamıyorumdur."

"Yavaş ol, evlat. Sana bir şey söyleyeyim. Bugün buraya geldim çünkü bunu yapmak bana mantıklı geldi. Her olasılık üzerinde durmak istiyorsun. Ben de öyle. Buraya gelmemle olabilecek en kötü şey, olasılıklardan birisini elemem olur ve bu zaman kaybı değil, sürecin bir parçasıdır. Bu yüzden benim zamanım konusunda endişelenme."

"Teşekkür ederim, efendim. Yani, sadece... Demek istediğim, sizin için uzun bir yolculuk olduğunu biliyorum. Bunu takdir ediyorum." Clamm'in sesi ve tavrı bir derece sakinleşmişti. Hâlâ endişeli ve gergin bakışları vardı ama en azından alışılmışın çok dışında değildi.

Gurney "Zamandan bahsetmişken," dedi, "olay yerine beni götürmen için uygun zaman mı?"

"Harika bir zaman... Arabanı burada bırakıp, benimkiyle gidelim. Kurbanın evinin bulunduğu yerde yollar biraz kötü – bazı sokaklarda araba ile duvarlar arasında yaklaşık üç santim kalıyor."

"Flounder Beach'e benziyor."

"Flounder Beach?"

Gurney kafasını salladı. Oraya, ergenlik dönemlerinde bir kız arkadaşının doğum günü partisi için gitmişti, çıktığı bir kızın arkadaşıydı.

Clamm park alanından çıkıp, ana caddenin diğer yöne giden şeridine geçerken, "Flounder Beach'i nereden biliyorsunuz?" dedi.

"Buraya yakınlarda, City Island'da büyüdüm."

"Gerçekten mi? Ben sizin şehre uzak bir yerden olduğunuzu düşünmüştüm."

"Şu anda öyle," dedi Gurney. Seçtiği kelimelerdeki, bu durumun geçici olduğuna dair havayı sezdi ve buna Madeleine'in yanında dikkat etmesi gerektiğini düşündü.

"Hâlâ saçma bungalov kolonisi. Mavi bir gökyüzü ve akıntı, gerçek bir sahilde olduğunuzu sanabilirsiniz. Sonra akıntı kuruduğunda, çamur kalır ve Bronx'ta olduğunuzu hatırlarsınız."

"Haklısın," dedi Gurney.

Beş dakika sonra, kilisedeki park alanında gördüğü zincire benzer bir telin çevrelediği alana çıkan tozlu bir sokakta yavaşladılar. Telin üzerindeki boyalı bir tabelada FLOUNDER BEACH CLUB yazıyordu ve park etmek için izin gerekiyordu. Bir dizi kurşun izi tabelanın ortasında duruyordu.

Gurney'in aklına otuz yıl önceki parti geldi. O zamanlar aynı girişi mi kullanmıştı? Doğum günü olan kızın yüzü gözlerinin önüne gelmişti – saçları örgülü ve bağlı, şişman bir kızdı.

Clamm yine bu pis bölgenin, geçmesi zor sokaklarıyla ilgili yorumlar yapıp, "Buraya park etsek iyi olur," dedi. "Umarım biraz yürümemiz sizin için sorun olmaz."

"Tanrım, o kadar yaşlı mı görünüyorum?"

Clamm çirkin bir gülüşle ve arabadan çıkarken sorduğu yüzeysel bir soruyla ona karşılık verdi. "Ne kadardır bu meslektesiniz?"

Emekliliğinden ve şu anki işin geçici bir görev olduğundan uzun uzun bahsetmemek için, kısaca yanıtladı, "Yirmi beş yıl."

Clamm, sesli düşünüyormuş gibi, "Bu garip bir vaka," dedi. "Yalnızca bıçak yaraları değil. Dahası var…"

"Bıçak yarası olduklarına emin misin?"

"Niçin soruyorsunuz?"

"Bizim vakamızda kırık bir şişe kullanılmış – kırık bir viski şişesi. Hiç silah buldunuz mu?"

"Hayır. Adli tıp uzmanı 'muhtemelen bıçak yaraları' olduğunu söyledi – ama çift taraflı, tıpkı hançer gibi… Sanırım sivri bir cam parçasıyla aynı kesik yapılabilir. Bu söylenenleri destekliyor. Otopsi raporu henüz elimize ulaşmadı. Ama söylediğim gibi, dahası var. Karısı… Bilmiyorum, karısıyla ilgili ilginç bir şey var."

"Nasıl ilginç?"

"Birçok açıdan... Öncelikle, dindar bir deli… Öyle yaşıyor. Bir tür dua toplantısına gitmiş."

Gurney omuz silkti: “Başka?”

“Ağır ilaçlara mahkum... Burasının kendi gezegeni olduğunu unutmamak için bir sürü hap alıyor.”

“Umarım düzenli alıyordur. Onunla ilgili seni endişelendiren başka bir şey var mı?”

Clamm yürüdükleri geçide benzer dar yolun ortasında durup, “Evet,” dedi. “Bir konuda yalan söylüyor.” Gözlerindeki acı okunuyordu. “Bize söylemediği bir şey var. Ya da belki de bize söylediği şeylerin arasında bir saçmalık var. Belki de ikisidir. Ev burası.” Clamm, sokağın sol tarafında, yaklaşık üç metre yukarıda duran küçük bir bungalovu gösterdi. Evin duvarlarındaki dökülmüş boya, fıstık yeşiliydi. Kırmızıya çalan kahverengi kapı, Gurney’e kurumuş kan çağrıştırmıştı. Seyyar ayaklıklara bağlanmış olay yeri şeridi, eski püskü evi çevreliyordu. Kapıda oklar olsa, burası cehennemin bir parçası sanılabilirdi.

Clamm kapıyı çaldı. “Ah, bir şey daha,” dedi. “Kadın iri.”

“İri mi?”

“Görürsünüz.”

Yapılan uyarı, kapı açıldığında göreceği kadın için Gurney’i yeterince hazırlamamıştı. Kocaman gövdesi ve popo gibi görünen kollarıyla, bu eve yanlışlıkla konmuş gibiydi. Daha da uyumsuz olan, koca gövdesinin üzerindeki çocuksu yüzüydü – dengesiz, şaşkın bir çocuk ifadesi vardı. Kısa, siyah saçları küçük bir erkek çocugu gibi ayrılmış ve taranmıştı.

Dünyada yapabileceği son şey birisine yardım etmekmiş gibi bakınarak, “Nasıl yardımcı olabilirim?” diye sordu.

“Merhaba, Bayan Rudden, ben Dedektif Clamm. Beni hatırladınız mı?”

“Merhaba.” Bunu, kendisine yabancı bir dile ait kelimeyi kitaptan okumaya çalışır gibi söylemişti.

“Dün buradaydım.”

"Hatırlıyorum."

"Size birkaç soru daha sormamız gerekiyor."

"Albert'la ilgili daha fazla bilgi mi alacaksınız?"

"Kısmen. İçeri girebilir miyiz?"

Cevap vermeden arkasını döndü ve küçük oturma odasına geçip, bir koltuğa oturdu. Koltuk, cüssesinin altında ufacık kalmıştı.

"Oturun," dedi.

İki adam etrafa bakındılar. Hiç sandalye yoktu. Odadaki diğer eşyalar yalnızca üzerinde pembe, yapma çiçeklerle dolu, ucuz görünümlü bir vazonun durduğu garip işlemeli bir sehpa, boş bir kitaplık, bir balo salonuna yetecek büyüklükte bir televizyondu. Kontrplak zemin çıplaktı ve yerde yalnızca etrafa saçılmış birkaç parça kumaş dokusu vardı. Gurney, cesedin buradaki halı üzerinde bulunduğunu ve halının da adli tıbba inceleme için gönderildiğini tahmin etti.

Clamm "Oturmamıza gerek yok, efendim," dedi. "Fazla kalmayacağız."

Bayan Rudden dev televizyona boş boş bakarak, "Albert da spor yapmayı severdi," dedi.

Oturma odasının solundaki kapıdan, üç adet kapının bulunduğu bir koridora geçiliyordu. Odalardan birinden dövüşlü bir atari oyunun sesleri duyuluyordu.

"İçerideki Jonah. Jonah benim oğlum. Orası, onun yatak odası."

Gurney çocuğun yaşını sordu.

"On iki. Bazı açılardan daha büyük, bazı açılardan daha küçük," dedi kendisi de bunu ilk kez fark etmiş gibi.

"O da sizinle birlikte miydi?" dedi.

Gurney'i şaşırtan, acayip bir tavırla, "Ne demek benimle birlikte miydi?" diye sordu.

Hissettiği hiçbir duyguyu sesine yansıtmamaya çalışarak,

"Yani," dedi, "Eşinizin öldürüldüğü gece ibadet esnasında sizinle miydi?"

"Yüce İsa'yı Tanrısı ve Efendisi olarak kabul etti."

"Bu sizinle olduğu anlamına mı geliyor?"

"Evet. Diğer polise söylemiştim."

Gurney sevimli bir şekilde gülümsedi. "Bazen böyle şeylerin üzerinden bir kez daha geçmek işimizi kolaylaştırabiliyor."

Kadın, ona derinden katılıyormuş gibi başını salladı ve tekrarladı: "Yüce İsa'yı kabul etti."

"Eşiniz Yüce İsa'yı kabul etti mi?"

"Ettiğine inanıyorum."

"Emin değil misiniz?"

Cevap gözkapaklarının arkasında yatıyormuş gibi, gözlerini kapattı. "Şeytan güçlü ve onun hileli yolları da öyle."

"Gerçekten öyle, Bayan Rudden," dedi Gurney. Üzerinde pembe çiçekler duran sehpayı çekip, koltuğa yaklaştırdı ve etrafında bir tur atıp, yüzü kadına dönük şekilde ucuna oturdu. Böyle konuşan birisiyle konuşabilmenin en iyi yolunun, diyalogun nereye gideceği hakkında en ufak bir fikri olmasa da, onun gibi konuşmak olduğunu öğrenmişti.

Ona yakından bakarak, "Hileli ve belalı," dedi.

"'Tanrı bize yol göstersin'," dedi. "Başka bir şey istemem."

"Amin."

Clamın boğazını temizledi ve ağırlığını diğer ayağına verdi.

"Bana anlatın," dedi Gurney. "Şeytan ne tür hileli yollarla Albert'a ulaştı?"

Kadın bir anda "Şeytan dürüst insanların peşine düşer!" diye bağırdı. "Şeytani adamlar zaten onun emri altındadır."

"Ve Albert dürüst bir adamdı?"

Daha yüksek bir sesle, "Jonah!" diye bağırarak aniden koltuğundan kalktı ve hızlı hareketlerle koridorun solundaki odanın kapısına yöneldi ve avucuyla kapıya vurmaya başladı. "Kapıyı aç! Şimdi! Kapıyı aç!"

Clamm "Neler oluyor… ?" dedi.

"Sana şimdi dedim, Jonah!"

Kapının kilit sesi duyuldu ve kapı yarısına kadar açıldı. İçeriden rahatsız edici derecede annesine benzeyen, obez bir erkek çocuğu çıktı. Gözlerindeki, burada olmadığına dair ifade bile aynıydı ve Gurney bunun genetik mi, ilaçlar yüzünden mi yoksa her ikisinden dolayı mı olduğunu merak etti. Asker tıraşı olmuş saçları bembeyazdı.

"Ben evdeyken sana kapıyı kilitlememeni söyledim. Sesi kıs. İçeride birisi öldürülüyormuş gibi ses geliyor." Adamların her ikisi de bu yorumun oldukça uygunsuz olduğu hissine kapılsa da, kimse bunu belli etmedi. Çocuk ilgisizce Gurney'e ve Clamm'e baktı. Gurney, böyle ailelerin sosyal hizmet görevlilerinin evlerine gelip gitmesine alışkın olduğu için, resmi görünümlü yabancıları evlerinde gördüklerinde bunun üzerinde durmadıklarını düşündü. Çocuk yeniden annesine döndü.

"Buzlu şekerimi yiyebilir miyim?"

"Şimdi yiyemeyeceğini biliyorsun. Sesi kıs yoksa asla yiyemeyeceksin."

Sert bir şekilde, "Yiyeceğim," dedi ve kapıyı kadının yüzüne kapattı.

Oturma odasına dönüp, koltuğa geri oturdu. "Albert'ın ölümüyle sarsıldı."

Clamm, haydi-şu-işi-bitirelim tavrıyla konuştu, "Dedektif Gurney'in size bazı sorular sorması gerekiyor."

"Bu komik bir tesadüf değil mi? Benim Bernie Teyzem var. Bu sabah onu düşündüm."

Clamm, "Bernie değil, Gurney," dedi.

Bu benzerlik çok önemliymiş gibi, gözleri parlayarak, "Yine de çok yakın, değil mi?" dedi.

"Bayan Rudden," dedi Gurney, "son bir ay içerisinde, eşiniz size kendisini endişelendiren bir şeyden söz etti mi?"

"Albert asla endişelenmezdi."

"Size farklı gelen hiçbir davranışı oldu mu?"

Gurney kadının Albert'la ilgili duruma dair algılarının ilaçların etkisiyle kapandığını ya da buğulandığını düşündü.

"Hiç el yazısıyla ya da kırmızı mürekkeple adresin yazılmış olduğu bir mektup aldı mı?"

"Posta kutusu fatura ve reklam dolu... Ben hiç kontrol etmem."

"Posta kutusuyla Albert mı ilgileniyordu?"

"Yalnızca faturalar ve reklam broşürleri."

"Albert'ın son zamanlarda ayrıca bir para ödediğini ya da çek yazdığını gördünüz mü?"

Kadın, inanılmaz derecede çocuksu bir yüz ifadesi takınarak, başını salladı.

"Son bir soru. Eşinizin cesedi bulduktan sonra, polis gelmeden önce odadaki herhangi bir şeyin yerini değiştirdiniz ya da bir şeyi kaldırdınız mı?"

Yine başını salladı. Bu belki de Gurney'in hayal gücü yüzündendi ama kadının ifadesinde bir saniyelik bir farklılık yakaladığını düşündü. Bu bomboş suratta bir anlık telaş kıpırdanmasını görmüş müydü? Şansını denemeye karar verdi.

"Tanrı sizinle konuşuyor mu?" diye sordu.

Şu anki ifadesinde, az önceki suçsuzluğu kanıtlama telaşına benzemeyen başka bir şey vardı.

"Evet, konuşuyor."

Temize çıkma ve gurur, diye düşündü Gurney.

"Albert'ı bulduğunuz sırada, Tanrı sizinle konuştu mu?"

"'Tanrı bize yol göstersin,' diye başladı – ve ardından devam edip yirmi üçüncü ilahinin hepsini okudu. Gurney, yandan baksa da Clamm'in yüzünde sabırsızlıktan başlayan tikleri ve gözünün atmaya başladığını görebiliyordu.

"Tanrı size özel emirler veriyor muydu?"

"Ben sesler duymuyorum," dedi. Yine telaş göstergesi...

"Hayır, sesler değil. Ama Tanrı sizinle konuşuyor muydu, size yardım edebilmek için?"

"Dünyada, O bize ne yaptırırsa onu yapmak için varız."

Gurney sehpanın üzerinde oturduğu yerden, ona doğru eğildi. "Ve siz Tanrı'nın size emrettiğini mi yaptınız?"

"Tanrı'nın emrettiğini yaptım."

"Albert'ı bulduğunuzda, değiştirmeniz gereken bir şey var mıydı, olduğu yerde durmaması gereken ya da Tanrı'nın yapmanızı istediği bir şey?"

Kadının gözleri aniden yaşlarla doldu ve tombul yanaklarından aşağı doğru süzülmeye başladılar. "Onu saklamak zorundaydım."

"Neyi saklamak?"

"Polisler benden alırdı."

"Neyi sizden alırlardı?"

"Diğer her şeyi aldılar – giydiği kıyafetleri, saatini, cüzdanını, okuduğu gazeteyi, oturduğu sandalyeyi, kilimi, gözlüklerini, bir şeyler içtiği bardağı... Yani, her şeyi aldılar."

"Tam olarak her şeyi almadılar – değil mi, Bayan Rudden? Sizin sakladığınız şeyi almadılar."

"Onlara izin veremezdim. O hediyeydi. Albert'ın bana aldığı son hediye."

"Hediyeyi görebilir miyim?"

"Zaten gördünüz. Orada, arkanızda."

Gurney arkasını dönüp, onun baktığı yere baktı ve masanın

ortasında duran vazo içerisindeki pembe çiçekleri gördü. Daha dikkatli bakınca vazonun içine, ancak çiçek kısmı çok geniş olduğu için buket gibi görünen yalnızca tek bir çiçeğin konmuş olduğunu fark etti.

"Size bu çiçekleri Albert mı verdi?"

Bir anlık tereddütten sonra, "Vermek istedi," dedi.

"Ama gerçekte size vermedi?"

"Veremedi, verebilir miydi?"

"Öldürüldüğü için mi?"

"Bunları bana aldığını biliyorum."

Gurney yumuşak bir tonla, "Bu çok önemli olabilir, Bayan Rudden," dedi. "Lütfen bana tam olarak ne bulduğunuzu ve ne yaptığınızı söyleyin."

"Jonah ve ben İbadet Salonu'ndan döndüğümüzde, televizyondan ses geliyordu ve ben Albert'ı rahatsız etmek istemedim. Albert televizyon izlemeyi severdi. Önünden birisinin geçmesinden hoşlanmazdı. O yüzden Jonah ve ben, ön kapıdan girip onun önünden geçmek yerine doğrudan mutfağa giden arka kapıdan içeri girdik. Mutfakta oturduk ve Jonah uyumadan önce buzlu şekerini yedi."

"Mutfakta ne kadar süre oturdunuz?"

"Bilemiyorum. Konuşmaya daldık. Jonah'la uzun uzun sohbet ederiz."

"Ne konuda konuşmaya daldınız?"

"Jonah'ın en sevdiği konu – Kıyamet Günü felaketi. Kutsal Kitaplarda Kıyamet Günü'nde bir felaketin gerçekleşeceği yazıyor. Jonah sürekli buna inanıp inanmadığımı sorar, ne kadar büyük bir felaket olacağını, neye benzeyeceğini düşündüğümü sorar. Bunun hakkında konuşuruz."

"Yani siz felaket hakkında konuştunuz ve Jonah buzlu şekerini yedi."

"Her zamanki gibi..."

"Peki, sonra?"

"Sonra onun uyku saati geldi."

"Ve?"

"Ve yatak odasına gitmek için mutfaktan oturma odasına doğru ilerledi. Beş saniye geçmeden geri döndü ve arkasını dönmüş, oturma odasını işaret ediyordu. Ona bir şeyler söyletmeye çalıştım ama tek yaptığı eliyle işaret etmekti. Bu yüzden kendim bakmak için oraya gittim. Yani, buraya geldim," dedi ve odada gözlerini gezdirdi.

"Ne gördünüz?"

"Albert'ı."

Gurney onun devam etmesini bekledi ancak etmeyince, kendisi bir soru sordu.

"Albert ölmüş müydü?"

"Her yerde kan vardı."

"Ve çiçek?"

"Çiçek yerde, onun yanında duruyordu. Bilirsiniz, çiçekleri elinde getirmiş olmalı. Eve geldiğimde bana vermek istemiş olmalı."

"Sonra ne yaptınız?"

"Sonra mı? Ah, yan komşuya gittim. Bizim telefonumuz yok. Sanırım onlar polisi aradılar. Polis gelmeden çiçeği aldım. Çiçek benim içindi," dedi aniden. Israrcı bir çocuk gibi görünüyordu. "Bir hediyeydi... Ben de en güzel vazomuza koydum."

Otuz Beşinci Bölüm

Işığa Doğru Sendeleyiş

Sonunda Rudden'ın evinden çıktıklarında, öğle yemeği vakti gelmesine rağmen, Gurney'in canı bir şey yemek istemiyordu. Aç olmadığı ya da Clamm yemek yenecek uygun bir yer önermediği için değil... Hiçbir şeye evet demeyecek kadar sinirlenmiş, en çok da kendisine kızmıştı. Clamm onu arabasını bıraktığı, kilisenin park alanına götürürken, olayların bağlantılı olabilme ihtimaline karşın son bir kez karşılaştırma yapmayı denediler. Çabaları sonuçsuz kaldı.

Clamm olumlu düşündüğünü gösteren bir tavırla "Evet," diye yorum yapmaya başladı, "an azından olayların bağlantılı *olmadıklarına* dair bir kanıt yok. Adam karısının hiç görmediği bir mektup almış olabilir ve evlilikleri çok iletişim kurdukları bir ilişkiye benzemiyor. Bu yüzden karısına bir şey söylememiş olabilir. Ayrıca her nasıl bir kafa yaşıyorsa, adamdaki hatta kendisindeki bir duygusal değişimi fark edebileceğini sanmıyorum. Çocuklarla tekrardan görüşmeye değebilir. O da kadın kadar şaşkın ama bir şey hatırlaması mümkün."

Gurney hiç ikna olmamış gibi, "Elbette," dedi. "Albert'ın bir çek hesabı olup olmadığını, Charybdis, Arybdis ya da Scylla isminde birisine bir şeyler gönderip göndermediğini kontrol edebilirsin. Bu uzun sürecek ama şu aşamada ne olduğu belli değil."

* * *

Eve gidiş yolunda hava, Gurney'in ruh haline eşlik edermiş gibi daha da berbatlaştı. Sabahleyin atıştıran yağmur, sağanağa dönüşmüş, Gurney'in seyahati hakkında yaptığı iç karartıcı yorumları destekliyordu. Mark Mellery ve Albert Rudden cinayetleri arasında, kesik yerleri ve sayıları dışında bir benzerlik varsa da, açıkça görünmüyordu. Peony'deki olay yerinde görülen farklı hiçbir unsur Flounder Beach'te mevcut değildi. Parmak izi oyunları, bahçe sandalyesi, kırık viski şişesi, şiirler gibi oyun oynandığına dair hiçbir delil yoktu. Kurbanların ortak hiçbir yanı yok gibi görünüyordu. Bir katilin, Mark Mellery ve Albert Rudden gibi iki insanı bir hedef olarak seçmesi mantıklı değildi.

Artan yağmurda araba kullanmanın getirdiği memnuniyetsizliğin yanı sıra bu düşünceler de şüphesiz eski çiftlik evinin mutfağına, üzerinden damlalar akarak girerken, yüzündeki gergin bir ifade olmasına katkıda bulunmuştu.

Madeleine soyduğu soğandan başını kaldırıp, "Sana ne oldu?" dedi.

"Bu ne anlama geliyor?"

Madeleine omuz silkti ve soğanı soymaya devam etti.

Cevabındaki gerginlik havada asılı kalmıştı. Birkaç saniye sonra, Gurney özür diler gibi mırıldandı, "Yorucu bir gün geçirdim. Yağmur altında altı saat araba kullandım."

"Ve?"

"Ve? Bütün lanet olası iş, çıkmaz bir sokakta son buldu."

"Ve?"

"Bu kadarı yeterli değil mi?"

Ona inanamıyormuş gibi, hafif bir gülümsemeyle baktı.

Suratını asarak, "Üstüne üstlük gittiğim yer Bronx'tu," diye ekledi. "Bronx'un çirkinleştiremeyeceği hiçbir şey yoktur."

Madeleine soğanı ince ince doğramaya başladı. Doğrama tahtasıyla konuşuyormuş gibi yaparak, "Telefonda sana iki mesaj var – Ithaca'daki arkadaşın ve oğlundan."

"Ayrıntılı mesajlar mı bırakmışlar yoksa yalnızca onları aramamı mı istemişler?"

"O kadar dikkatli dinlemedim."

"Ama 'Ithaca'daki arkadaşın' derken, Sonya Reynolds'ı mı kastettin?"

"Başka var mı?"

"Başka ne var mı?"

"Ithaca'da başka arkadaşın var mı, bana söylemen gereken bir tane daha?"

"Benim Ithaca'da hiç 'arkadaşım' yok. Sonya Reynolds bir iş arkadaşı ve yalnızca o kadar. Her neyse, ne istiyormuş?"

"Sana mesajın telefonda olduğunu söyledim." Soğanların üzerinde gezdirdiği bıçağı, ince dilimlerin arasına sert bir şekilde vurdu."

"Tanrım, parmaklarına dikkat et!" Sözcükler endişeden çok, kızgınlıkla ağzından dökülmüştü.

Bıçağın keskin ucunu, tahtaya bastırmaya devam ederek, meraklı gözlerle Gurney'e baktı. "Bugün neler oldu?" diye sordu. Konuşmayı, tartışma başlamadan öncesine, geriye sarmak istiyordu.

"Kızdım, sanırım. Bilmiyorum." Buzdolabına gidip bir şişe Heineken çıkardı, açtı ve Fransız kapıların yanındaki kahvaltı köşesine koydu. Ardından ceketini çıkardı, sandalyelerden birisinin arkasına asıp, oturdu.

"Ne olduğunu mu bilmek istiyorsun? Sana anlatayım. Randy Clamm gibi acayip isimli bir NYPT dedektifinin araması üzerine, Bronx'a, boğazından kesilerek öldürülmüş bir adamın küçük, içimi acıtan evine gitmek için üç saatlik yolu çektim."

"Neden seni aradı?"

"Ah, güzel soru. Dedektif Clamm Peony'deki cinayeti duymuş. Öldürme şeklindeki benzerlikten dolayı, Peony polisini arama ihtiyacı hissetmiş ve Peony polisi onu eyalet polisinin bölge merkezine, onlarda kıç yalayıcı Moron'un teki olan, Rodriguez'e yönlendirmişler. Rodriguez olayı yöneten başkomiser ve beyni olayı ancak boktan bir şekilde yönetecek kadar çalışıyor."

"O da adamı sana mı yönlendirmiş?"

"Anında bana yönlendireceğini bildiği bölge savcısına paslamış."

Madeleine hiçbir şey söylemedi ancak gözleri sorgularcasına bakıyordu.

"Bunun saçma olduğunu biliyorum. Çünkü oralarda adam kesmek, yalnızca bir tartışma şekli fakat bilmediğim bir sebepten dolayı, iki vakayı birbirine bağlayacak bir şeyler bulabileceğimi düşündüm."

"Sonuç hiç mi?"

"Hayır. Yine de bir süre bağlantılı olduğuna dair umut kırıntıları vardı. Dul kalan eşi bir şeyler saklıyor gibi görünüyordu. Sonunda olay yerinden cinayetin sonrasında bir şeyler aldığını itiraf etti. Eşinin ona getirmiş olduğu açıkça belli olan bir çiçek yerde duruyormuş. Delil uzmanlarının onu alacağından korkmuş ve saklamak istemiş – ki bu anlaşılabilir bir durum. Bu yüzden onu yerden alıp bir vazoya yerleştirmiş. İşte hepsi bu…"

"Sen kadının karda ayak izleriyle oyunlar yapıp, beyaz bir bahçe sandalyesi sakladığını itiraf etmesini falan mı bekliyordun?"

"Buna benzer bir şeyler. Ama sonunda çıka çıka yapma bir çiçek çıktı."

"Yapma mı?"

"Yapma." Heineken şişesinden, uzun, yavaş bir yudum aldı. "Sanırım pek zevkli bir hediye değil."

"Hediye bile değil," diye fikrini söyledi.

"Ne demek istiyorsun?"

"Gerçek çiçekler hediye olabilirler – her zaman olabilirler, değil mi? Yapay çiçekler başka bir şeydir."

"Ne?"

"Yani, ev dekoru için kullanılan şeylerdir. Bir erkeğin bir kadına yapma çiçek alması, çiçekli bir duvar kağıdı rulosu hediye etmesiyle aynı şey."

"Neler söylüyorsun?"

"Emin değilim. Ama bu kadın cinayet noktasında yapma bir çiçek bulmuş ve kocasının onu kendisine aldığını düşünmüşse, bence yanılmış."

"Sence nereden gelmiş olabilir?"

"Hiçbir fikrim yok."

"Kendisine hediye olarak getirdiğinden çok emin görünüyordu."

"Böyle düşünmek istemiş olması normal, değil mi?"

"Belki de öyle. Eğer onu adam getirmediyse ve kadının ifadesine göre çocuk da akşam boyu onunla birlikte dışarıdaysa, geriye kalan tek olasılık katil."

Madeleine daha ilgisiz bir tavırla, "Sanırım," dedi. Gurney onun, bir odadaki nesnenin nereden gelmiş olabileceği yerle ilgili, havada uçuşan bir varsayımla, belli şartlar altında gerçek bir insanın ne yapacağı arasında net bir çizgi çizebildiğini görmüştü. Kendisinin bu çizgiyi geçmiş olduğunu fark etti ama konuşmasına devam etti.

"Peki, bir katil, kurbanının yanına neden çiçek bırakabilir?"

"Ne tür bir çiçek?"

Gurney, soruları özelleştirmesi konusunda ona her zaman güvenebilirdi.

"Ne olduğundan emin değilim. Ne olmadığını biliyorum. Gül değildi, karanfil değildi, dalya değildi. Ama hepsini andırıyordu."

"Ne açıdan?"

"Öncelikle, ilk bakışta gülü andırıyordu ama daha büyüktü ve daha çok çiçek yaprağı vardı; daha kalabalık görünüyordu. Büyük bir karanfil ya da dalyayla neredeyse aynı boyuttaydı ama yapraklarına tek tek baktığında, dalya ya da karanfil yapraklarından daha irilerdi. Buruşuk gül yaprakları gibi. Dolu dolu, gösterişli bir çiçekti."

Gurney eve geldiğinden beri, Madeleine'in yüzü ilk kez ilgiyle canlanmıştı.

Gurney "Aklına bir çiçek türü geliyor mu?"

"Belki… hımm…"

"Ne? Bu çiçeğin ne olduğunu biliyor musun?"

"Sanırım. Bu çok garip bir tesadüf..."

"Tanrım! Bana da söyleyecek misin?

"Eğer yanılmıyorsam, tarif ettiğin çiçek şakayık.*"

Heineken şişesi Gurney'in elinden kayıverdi. "Aman Tanrım!"

Madeleine'e şakayıklarla ilgili birkaç soru sorduktan sonra, birkaç arama yapmak için çalışma odasına gitti.

* Şakayık: *İng*. Peony (Çev. N.)

Otuz Altıncı Bölüm

Bir Olaydan Diğerine

Telefonu kapattığında Dedektif Clamm'i, ilk cinayet noktasındaki çiçeğin, ikinci cinayetin yerini göstermesinin tesadüften fazlası olduğuna ikna etmişti.

Aynı zamanda bazı işlerin derhal yapılmasını önermişti. Rudden'ların evinin garip bir mektup ya da not, elle ya da kırmızı mürekkeple yazılmış herhangi bir el yazısı olma ihtimaline karşın tekrar aranması; Peony'deki olayda hem silah hem kırık şişe kullanılmasıyla ilgili olarak tıbbi inceleme ekibinin uyarılması ve onların da Rudden'ın cesedini bir kez daha incelemesi; evde silah sıkıldığına ya da silahın sesini azaltmak için herhangi bir nesne kullanıldığına dair arama yapılması; kırık bir şişe, özellikle de viski şişesi olabilir diye evin, civardaki evlerin ve evle teller arasındaki yolun tekrar aranması; Albert Rudden'ın, Mark Mellery ile sürtüşme ya da düşmanlık, yasal sorun ya da alkolle alakalı bir olay tarzında bağlantısının olup olmadığının araştırılması için biyografi bilgilerinin toplanması…

Bu 'önerileri' yaparken, sesindeki amirane tonu sonunda fark edip, yavaşlamış ve özür dilemişti.

"Üzgünüm, Randy. Burada sınırımı aşıyorum. Rudden vakası senin vakan. Sorumlu olan kişi sensin ve bir sonraki yapılması gereken işe sen karar verirsin. Sorumlu kişinin ben olmadığımı biliyorum ve öyleymiş gibi davrandığım için özür dilerim."

"Sorun değil. Bu arada, yanımda Teğmen Everly diye birisi var ve akademide Dave Gurney isminde birisiyle birlikte okuduğunu söylüyor. Bu siz olabilir misiniz?"

Gurney güldü. Bobby Everly'nin de bu işlere girdiğini unutmuştu. "Evet, o benim."

"Tamam, efendim, bu durumda sizden gelecek herhangi bir bilgiye her zaman açığım. İstediğiniz zaman Bayan Rudden'ı yeniden sorgulayabilirsiniz; siz nasıl isterseniz. Bence onunla görüşmenizde çok iyiydiniz."

Eğer dalga geçiyorsa, bunu ustalıkla gizleyebilmişti. Gurney bunun bir övgü olduğunu düşündü.

"Teşekkür ederim. Onunla yüz yüze görüşmeme gerek yok ama sana küçük bir öneri daha yapmama izin ver. Onunla yeniden yüz yüze gelsem, Tanrı'nın ondan viski şişesine ne yapmasını istediğini sorardım."

"Ne viski şişesi?"

"Kendisine göre nedenlerden dolayı olay yerinden kaldırmış olabileceği bir şişe. Bunu ona, zaten viski şişesini bulduğunu, Tanrı'nın isteği üzerine onu oradan kaldırmış olduğunu biliyormuşum ve sadece şimdi nerede olduğunu merak ediyormuşum gibi sorardım. Tabii ki ortada şişe olmayabilir ve eğer neden söz ettiğini gerçekten bilmiyor gibi davrandığını fark edersen, konuyu değiştirmen yeterli."

"Bütün bu olayın Peony işine benzeyeceğinden eminsiniz – yani bir yerlerde viski şişesi olması gerektiğini düşünüyorsunuz?"

"Bu benim düşüncem. Ona bu şekilde yaklaşırken rahat hissetmeyeceksen, sorun değil. Bu senin olayın…"

"Denemeye değebilir. Kaybedecek bir şey yok. Size haber veririm."

"İyi şanslar."

Gurney'in konuşması gereken diğer kişi Sheridan Kline'dı. Patronunun senden duyması gereken bir şeyi asla başkasından duymaması gerektiği gerçeği, hukuki olaylarda iki kat daha doğruydu. Kline'a, Lake Placid'de bölge savcılarının katılması gereken dini bir konferansa giderken ulaştı ve şehrin dış kesimlerinde telefon iyi çekmediği için yaşanan kesintiler yüzünden 'şakayık' bağlantısını zorlanarak anlattı. Bittikten sonra, Kline karşılık vermek için öyle uzun süre bekledi ki, Gurney onun telefonun çekmediği bir bölgeden daha geçtiğini sandı.

Sonunda "Bu çiçek işi – içine sindi mi?" dedi.

"Eğer yalnızca bir tesadüfse," dedi Gurney, "önemli bir tesadüf."

"Ama gerçekten pek elle tutulur değil. Eğer şeytanın avukatı olsaydım, sana eşine tarif ettiğin çiçeği, yani yapma çiçeği, onun gerçekten görmediğini söylemek zorunda kalırdım. Diyelim ki çiçek gerçekte şakayık değil. O zaman hangi noktadayız? Eğer şakayık *olsa* bile, bu tam olarak bir şey göstermez. Gerçekten bu, benim bir basın konferansında söz edip savunabileceğim bir buluş değil. Tanrım, neden gerçek bir çiçek değil ki? Böylece hakkında böyle şüphe duymazdık. Neden yapma?"

Gurney, Kline'ın tepkisine kızgınlığını gizleyerek, "Bu beni de rahatsız etti," dedi. "Neden gerçek çiçek değil? Birkaç dakika önce eşime sordum ve bana çiçekçilerin şakayık satmaktan hoşlanmadıklarını söyledi. Çiçek kısmı ağır olduğu için sapın üzerinde düzgün bir şekilde durmazmış. Fidanlıklarda ekilmek üzere satılırlarmış ancak yılın bu zamanında değil. Bu yüzden bize ufak mesajını göndermesinin tek yolu, yapma bir çiçekti. Bence bu eline geçmiş bir fırsatla ilgili – bir dükkanda gördü ve aklına gelen fikir ve bunun oyunbaz yanı onu cezbetti."

"Oyunbaz mı?"

"Bizimle alay ediyor, bizi sınıyor, bizimle oyun oynuyor. Mellery'nin üzerinde bıraktığı notu hatırla – gelin beni yakalayın, yakalayabilirseniz. Geri geri giden ayak izleri de bunu söylüyordu. Bu manyak bize mesajlar savurup duruyor ve hepsiyle aynı şeyi söylüyor: 'Beni yakalayın, beni yakalayın, iddiaya varım beni yakalayamazsınız!'"

"Tamam, anlıyorum, demek istediğini anlıyorum. Haklı olabilirsin. Ama birisinin yapma bir çiçekle ilgili tahmini yüzünden, herkesin önünde bu iki vakayı birleştiremem. Bana somut bir şeyler bul – acilen."

Gurney, telefonu kapattıktan sonra, pencereden, akşam üstünün kasvetli havasını izlemeye başladı. Kline'ın tahmin ettiği gibi, her şey bir yana, çiçek şakayık değilse... Gurney, kurduğu yeni 'bağlantı'nın ne kadar kırılgan olduğunu ve buna ne kadar kendinden emin yaklaştığını fark ederek afalladı. Bir teoride görünen çatlağı görmezden gelmek, aşırı duygusallıkla yaklaşmanın göstergesidir. Eyalet üniversitesinde ders verdiği kriminoloji öğrencilerine bu konudan ne kadar çok bahsetmişti ve şimdi aynı hatayı kendisi yapıyordu.

Günün çıkmaz sokakları, kafasında belki bir buçuk saat, belki de daha uzun süre boyunca dönüp durdu.

"Neden böyle karanlıkta oturuyorsun?"

Sandalyesinde döndü ve kapıda Madeleine'in gölgesini gördü.

"Kline, tartışmaya açık bir şakayıktan daha elle tutulur bir şeyler bulmamı istiyor," dedi. "Bronx'taki adama bakması için birkaç yer söyledim. Umarım bir sonuca ulaşır."

"Sesinde şüphe var."

"Şimdi, bir yandan elimizde bir şakayık var, ya da en azından şakayık olduğunu düşündüğümüz bir şey. Diğer yandan Ruddenlarla Mellerylerin herhangi bir şekilde bağlantılı olabileceğini düşünmek zor. İnsanlar bambaşka dünyalarda yaşıyorlarsa..."

"Eğer seri katilse ve aralarında hiçbir bağlantı yoksa?"

"Seri katiller bile rastgele öldürmez. Kurbanlarının ortak bir yanları vardır – tümü sarışın, tümü Asyalı, tümü eşcinsel gibi – katile özel olarak anlam ifade eden bir şey. Mellery ve Rudden bir konuda doğrudan bağlantılı değilse de, temelde ortak ya da benzer olan bir yanlarını arardık."

"Peki ya..." Madeleine cümlesine başlamış ancak telefonun çalmasıyla cümlesi yarıda kesilmişti.

Arayan Randy Clamm'di.

"Rahatsız ettiğim için üzgünüm, efendim, ama haklı çıktığınızı haber vermek için aradım. Kadını görmek için gittim ve soruyu tıpkı sizin söylediğiniz gibi sordum – gerçekçi bir şekilde. Tek söylediğim, 'Bulduğunuz viski şişesini görebilir miyim?'di. Tanrı'yı işin içine karıştırmadım bile... Kadın da benim bildiğimi zaten biliyormuş gibi, 'Çöpte,' dedi. Ardından mutfağa gittik ve çöp kovasında kırık bir Four Roses marka içki şişesi... Dilim tutulmuş bir şekilde izliyorum. Haklı çıkmanıza şaşırmadım – yanlış anlamayın – ama, Tanrım, bunun bu kadar kolay olmasını beklemiyordum. Bu kadar açık... Kafamı toparladıktan sonra onu tam olarak nerede bulduğunu sordum. Ama sonra kadın birden olayı hatırladı – belki de benim rahat olmayan tavrım yüzünden – ve üzüldü. Ona rahatlamasını, endişelenmemesini, sadece bana nerede bulduğunu söylemesini çünkü bunun bize çok yardımcı olacağını, bilirsiniz, neden onu kaldırdığını benimle paylaşabileceğini söyledim. Tam olarak bu şekilde izah etmedim, tabii ki, ama hatırladığımı anlatıyorum. Ardından bana baktı ve ne dedi, biliyor musunuz? Dedi ki, Albert'ın alkol sorunu varmış ve son bir yıldır ağzına içki sürmemiş. AA'ya* katılmış ve her şey harika gidiyormuş – ve yerde, adamın ve çiçeğin yanında şişeyi gördüğünde aklına ilk gelen şey, yeniden içmeye başladığı, içki şişesinin üzerine düşüp böylece boğazını kesmiş olduğu için öldüğü olmuş. En başta aklına öldürüldüğü gelmemiş – hatta polisler gelip de, bununla ilgili konuşmaya başlayana dek, bu aklına gelmemiş. Onlar gelmeden önce içki şişesini saklamış, çünkü şişenin adamın olduğunu sanmış ve içkiye yeniden başladığını kimsenin bilmesini istememiş."

---

* AA: Adsız Alkolikler. (Çev. N.)

"Ve öldürüldüğü kafasına dank ettikten sonra bile, kimsenin şişe hakkında bir şey bilmesini istememiş?"

"Hayır. Çünkü hâlâ şişenin eşine ait olduğunu düşünüyor ve onun içki içtiğini kimsenin, özellikle de adamın AA'daki şirin arkadaşlarının bilmelerini istemiyor."

"Aman Tanrım."

"Her şey bizi hastalıklı bir olaya götürüyor. Diğer yandan, cinayetlerin bağlantılı olduklarına dair delile sahipsiniz."

Clamm üzgündü ve iyi bir polis olmanın ne kadar zor ve yorucu olduğunu hissediyordu ancak Gurney böyle duygulara alışkındı.

"Harika iş çıkardın, Randy."

"Yalnızca bana yapmamı söylediğiniz şeyi yaptım," dedi Clamm aynı hızlı ve heyecanlı tavrıyla. "Şişeyi aldıktan sonra, kanıt toplama ekibinin gelmesini ve mektup, not ya da benzer herhangi bir şey için tekrar arama yapmalarını istedim. Bayan Rudden'dan çek defterlerini istedim. Bunu bana sabah söylemiştiniz. Bana çek defterini bulup getirdi ama hakkında hiçbir şey bilmiyordu – elime defteri verirken radyoaktif bir şey tutuyormuş gibiydi ve faturalarla Albert'ın ilgilendiğini söyledi. Çekleri sevmediğini çünkü üzerinde rakamlar olduğunu, rakamlara dikkat etmem gerektiğini, rakamların şeytani olabileceğini – şeytanla ilgili bir sürü şey, dinle alakalı saçma şeyler söyledi. Her neyse, çek defterini kontrol ettim ama sonuç olarak bunu incelemem biraz daha zaman alacak. Albert faturaları ödemiş olabilir ama pek kayıt tutan birisi değilmiş. Çek üzerinde Arybdis, Charybdis ya da Scylla adına hiçbir kayıt yoktu – ilk başta buna baktım – ama bu bir şey ifade etmiyor. Çünkü gönderilerin çoğunun yanında isim yazmıyordu, yalnızca rakamlar ve bazılarında o bile yoktu. Aylık hesap özetlerine gelince, evde böyle bir şey olup olmadığını bile bilmiyordu ama bankadan fotokopisini istemek için kadının iznini alacağız. Bu arada, aynı üçgenin iki ucunu tuttuğumuza göre, Mellery olayı hakkında benimle paylaşmak istediğiniz başka bir şey var mı?"

Gurney düşündü. "Mellery'nin cinayetten önce aldığı tehdit mektuplarında, sarhoşken yaptığı şeylere üstü kapalı göndermeler vardı. Şimdi Rudden'ın da alkol problemi olduğu ortaya çıktı."

"Ortalıkta sarhoşları yere sererek dolanan bir adamın peşinde olduğumuzu mu söylüyorsunuz?"

"Tam olarak değil. Eğer tek yapmak istediği bu olsaydı, bunu yapmanın daha kolay yolları vardı."

"AA'daki bir toplantıya bomba koymak gibi mi?"

"Basit bir şey… Kendi avantajını çoğaltıp, riski en aza indirecek bir şeyler. Ama bu adamın yaklaşımı karışık ve zahmetli... Kolay ya da doğrudan değil. Neresinden baksan soru soruyorsun."

"Ne gibi?"

"Öncelikle, neden birbirine coğrafi olarak bu kadar uzak konumda iki kurban seçti – diğer açılardan da uzak?"

"Bizim olayların bağlantısını fark etmememiz için?"

"Ama bağlantıyı fark etmemizi istiyor. Şakayıkla yapmak istediği şey bu… Fark edilmek istiyor. Kredi istiyor. Peşinde olduğumuz, sıradan bir katil değil. Bu adam savaşmak istiyor – yalnızca kurbanlarıyla değil, polisle de…"

"Lafı gelmişken, teğmenime de bilgi vermem gerekiyor. Önce sizi bilgilendirdiğimi öğrenirse, bundan hoşlanmaz."

"Neredesin?"

"Polis istasyonu binasına dönüş yolunda."

"Yani, bu durumda Tremont Caddesi'nde mi?"

"Bunu nereden biliyorsunuz?"

"Arkadan gelen trafiğin sesinden… Hiçbir ses buna benzemez."

"Başka bir yerde olmak güzel olmalı. Teğmen Everly'ye iletmemi istediğiniz bir mesaj var mı?"

"Mesajları sonraya saklasak iyi olur. Ona anlatacaklarınla daha çok ilgileneceğinden eminim."

Otuz Yedinci Bölüm

Üçlü Felaket

Gurney şakayık bağlantısını destekleyen kesin kanıttan bahsetmek için Sheridan'ı araması gerekiyordu ama daha önce başka bir arama yapmak istedi. Eğer iki olay göründüğü kadar paralelse, Rudden'dan da para istenmiş ve Connecticut, Wycherly'deki aynı posta kutusuna göndermesi istenmiş olmalıydı.

Gurney masasının çekmecesindeki ince vaka dosyasını çıkardı ve Gregory Dermott'un Mellery'e geri gönderdiği çekin yanında yazdığı notun fotokopisini buldu. Ciddi görünümlü, gösterişsiz, biraz da eski moda biçimle yazılmış, GD Güvenlik Sistemleri başlıklı kağıtta Wycherly'e ait bir telefon numarası da vardı.

Telefon başlığın havasına uygun bir ses tarafından, ikinci çalışta açıldı.

"İyi akşamlar. GD Güvenlik. Size nasıl yardımcı olabilirim?"

"Bay Dermott'la görüşebilir miyim? Ben Bölge Savcılığı'ndan Dedektif Gurney."

"Sonunda!" Cevaptaki coşku inanılmazdı.

"Pardon?"

"Yanlış adrese gönderilmiş çekle ilgili olarak mı arıyorsunuz?"

"Aslında evet, fakat... ?"

"Bunu size altı gün önce bildirdim – altı gün önce!"

"Neyi altı gün önce bildirdiniz?"

"Az önce çekle ilgili olarak aradığınızı söylemediniz mi?"

"Baştan alalım, Bay Dermott. Bildiğim kadarıyla Mark Mellery sizinle yaklaşık on gün önce ona geri gönderdiğiniz bir çek hakkında görüşmüştü. Çek X. Arybdis adına, sizin posta kutunuza gönderilmişti. Doğru mu?"

"Tabii ki doğru... Bu nasıl bir soru?" Adamın sesi çok öfkeli geliyordu.

"Bunu altı gün önce bildirdiğinizi söylediğinizde, korkarım ben..."

"İkincisi!"

"İkinci bir çek mi aldınız?"

"Beni bu yüzden aramıyor musunuz?"

"Aslında, tam da bu soruyu sormak için sizi aramıştım."

"Hangi soruyu?"

"Albert Rudden adında bir adamdan da çek alıp almadığınızı sormak için..."

"Evet, Rudden bana ikinci çeki gönderen adamın ismiydi. Ben de bunu bildirmek için sizi aradım. Altı gün önce..."

"Kimi aradınız?"

Gurney birkaç uzun, derin nefes alma sesi duydu ve görünüşe bakılırsa adam patlamamak için kendisini tutmaya çalışıyordu.

"Bakın Dedektif, burada benim hoşnut olmadığım bir karışıklık var. Polisi, bu sıkıntılı durumu bildirmek için altı gün önce aradım. Posta kutuma, ismini hiç duymamış olduğum bir kişi adına üç çek gönderilmişti. Şimdi sözde bu çeklerle ilgili olarak bana dönüş yapıyorsunuz ama neyden bahsettiğimden bile haberiniz var gibi görünmüyor. Ben neyi kaçırıyorum? Ne halt oluyor?"

"Hangi polis departmanını aradınız?"

"Bana yakın olanı tabii ki – Wycherly bölgesi merkezini. Eğer bana dönüş yapıyorsanız, bunu nasıl bilmezsiniz?"

"Aslında, ben size *dönüş* yapmıyorum. Ben New York Eyaleti'nden sizi Mark Mellery'e geri gönderdiğiniz ilk çekle ilgili olarak aramıştım. Ondan sonra iki tane daha geldiğini söylediniz, değil mi?"

"Böyle söyledim."

"Birisi Albert Rudden'dan ve diğeri başka birisinden mi?"

"Evet, Dedektif. Şimdi her şey açık mı?"

"Son derece açık... Ama üç tane yanlış adrese gönderilmiş çekin, sizi neden polisi arayacak kadar rahatsız ettiğini merak ediyorum."

"Bölge polisini aradım çünkü daha önce bilgi vermiş olduğum posta polisi oldukça ilgisizdi. Siz bana posta polisini neden bilgilendirdiğimi sormadan önce, ben size bir polis olarak güvenlik işlerinden anlamadığınızı söylemek istiyorum."

"Bunu neden söylüyorsunuz?"

"Ben güvenlik işindeyim, Memur Bey – ya da Dedektif ya da her neyseniz. Bilgisayar verileri güvenliği işindeyim. Kimlik bilgileri hırsızlığının ne kadar yaygın olduğu hakkında bir fikriniz var mı – ya da kimlik hırsızlığı olaylarında ne kadar çok adres karışıklığı durumu yaşandığı hakkında?"

"Anlıyorum. Peki, Wycherly polisi ne yaptı?"

"Nasıl mümkün olduysa, posta polisinden daha azını..."

Gurney, Dermott'un telefon görüşmelerinde, nasıl ilgisiz cevaplar aldığını tahmin edebiliyordu. Birisinin posta kutusuna üç yabancı isimden gelen çek polise pek tehlikeli görünmemiş olabilirdi.

"İkinci ve üçüncü çekleri de, Mark Mellery'e yaptığınız gibi geri mi gönderdiniz?"

"Elbette geri gönderdim ve onlara kimin benim posta kutusu numaramı verdiğini soran notlar yazdım ama ikisi de cevap verme nezaketini göstermedi."

"Üçüncü çekteki ismi ve adresi sakladınız mı?"

"Tabii ki sakladım."

"İsmi ve adresi hemen almam gerekiyor."

"Neden? Bilmediğim bir şeyler mi dönüyor?"

"Mark Mellery ve Albert Rudden öldüler. Muhtemelen cinayet."

"Cinayet mi? Cinayet derken neyi kastediyorsunuz?" Dermott'un sesi incelmişti.

"Öldürülmüş olabilirler."

"Aman Tanrım. Bunun çeklerle bağlantılı olabileceğini mi düşünüyorsunuz?"

"Sizin posta kutusu numarasını onlara veren her kimse, o bu olayla bağlantılı."

"Aman Tanrım. Neden benim adresim? Benimle ne alakası var?"

"Güzel soru, Bay Dermott."

"Ama ben hayatımda Mark Mellery ya da Albert Rudden isimlerini hiç duymamıştım."

"Üçüncü çekteki isim neydi?"

"Üçüncü çek mi? Aman Tanrım. Beynim tamamen durdu."

"İsmi not aldığınızı söylemiştiniz."

"Evet, evet, elbette aldım. Bekleyin. Richard Kartch. Evet, isim buydu. Richard Kartch. K-a-r-t-c-h. Adresi buluyorum. Bekleyin, buldum. 349 Quarry Caddesi, Sotherton, Massachusetts. "

"Tamam."

"Bakın, Dedektif, ben de bir şekilde bu olaya dahil olduğum için bana söyleyebileceğiniz bir şeyler varsa, söyleyin. Benim posta kutumun seçilmesinin bir nedeni olmalı."

"O kutuyu kullanan tek kişi olduğunuzdan emin misiniz?"

"Olabildiğim kadar eminim. Ama Tanrı bilir kaç posta memu ru kullanabiliyordur. Ya da benim haberimin olmadığı bir yedek anahtar kimde olabilir ki?"

"Richard Kartch ismi sizin için bir şey ifade etmiyor mu?"

"Hiçbir şey. Bundan çok eminim. Bu benim hatırlayacağım bir isim."

"Tamam. Bana ulaşabileceğiniz birkaç telefon numarası vereceğim. Bu üç kişinin isimleriyle ilgili bir şey ya da posta kutunuzu kullanabilen başka birisi aklınıza gelirse beni aramanızı rica edeceğim. Son bir soru. İkinci ve üçüncü çekteki miktarları hatırlıyor musunuz?"

"Çok basit. İkinci ve üçüncü de birinciyle aynıydı. 289.87 dolar."

Otuz Sekizinci Bölüm

Zor Adam

Madeleine çalışma odasının lambalarından birisini, kapının üzerindeki anahtara basarak yaktı. Gurney'in telefon konuşması boyunca akşam karanlığı çökmüş ve oda ışıksız kalmıştı.

"İlerliyor musun?"

"Büyük ilerlemeler var. Sayende..."

"Büyük annem Mimi'nin şakayıkları vardı," dedi.

"Mimi hangisi?"

"Babamın annesinin kız kardeşi," dedi Madeleine. Bunu söylerken, en karışık araştırmalarda detayları aklında tutmakla başa çıkan bir adamın yarım düzine akrabayı aklında tutamamasına duyduğu kızgınlığı gizlemedi. "Akşam yemeğin hazır."

"Şey, aslında..."

"Ocağın üstünde. Yemeyi unutma."

"Sen dışarı mı çıkıyorsun?"

"Evet."

"Nereye?"

"Sana geçtiğimiz hafta boyunca iki kez söylemiştim bunu."

"Perşembeyle ilgili bir şey hatırlıyorum. Ayrıntılar..."

"... şu anda aklına gelmiyor mu? Bu yeni bir şey değil. Sonra görüşürüz."

"Bana nereye gittiğini söylemeye...?"

Ayak sesleri çoktan mutfaktan arka kapıya doğru uzaklaşmıştı.

Sotherton'daki Quarry Caddesi'nde 349 numarada oturan Richard Kartch adına bir telefon kayıtlı değildi. Ama internette civara dair yaptığı bir harita araştırmasından sonra, 329 ve 369 numaralı evlerdeki isimlere ve telefon numaralarına ulaştı.

Ama 349 numaralı evden ulaştığı kalın sesli adam, Kartch isminde birisini tanımadığını, 349 numaralı evde kimin oturuyor olabileceğini bilmediğini hatta kendisinin de bu bölgede ne kadardır yaşadığını bilmediğini, tek heceli kelimelerle söyledi. Sesi, alkol ya da uyku ilacı almışçasına yarı baygın geliyordu ve muhtemelen her zaman olduğu gibi yatıyordu ve yardımcı olamayacağı açıktı.

Quarry Caddesi'ndeki 369 numaralı evde oturan kadın daha konuşkandı.

"Yalnız adamdan mı bahsediyorsunuz?" Adam için kullandığı sıfatı, hastalıklı birisinden bahseder gibi telaffuz etmişti.

"Bay Kartch yalnız mı yaşıyor?"

"Ah, evet, eğer çöplüğüne doluşan fareleri saymazsak. Karısı kaçtığı için çok şanslı. Aramanıza hiç şaşırmadım – polis memuru olduğunuzu mu söylemiştiniz?"

"Bölge Savcılığı'ndan özel dedektif." Soru sorması gerektiğinde, görev bölgesini ve eyaletini belirtmesi gerektiğini biliyordu fakat boşlukları sonra doldurabileceğini düşündü.

"Yine ne yaptı?"

"Benim bildiğim bir şey yapmadı ama bize bir araştırmada yardımcı olabilir ve onunla iletişime geçmemiz gerekiyor. Nerede çalıştığını ve işten eve kaçta geldiğini biliyor musunuz?"

"Çalışmak mı? Şaka yapıyorsunuz!"

"Bay Kartch işsiz mi?"

"İş verilemez durumda desek daha iyi." Kadının sesinde nefret vardı.

"Onunla ciddi bir sorununuz var gibi görünüyor."

"O, domuz, aptal, tehlikeli, deli, pis kokuyor, üstü baştan aşağı silah dolu ve genelde sarhoş."

"Harika bir komşu gibi görünüyor."

"Cehennemden gelmiş bir komşu! Evinizi bir alıcıya gösterirken, yan kapıdan üstü çıplak, elinde birasıyla bir maymunun gelip, silahla çöplere ateş etmesinin nasıl bir şey olduğu hakkında bir fikriniz var mı?"

Ne cevap verebileceğini bildiğinden, sıradaki sorusunu sormaya karar verdi: "Bay Kartch'a benden bir mesaj iletebilir misiniz?"

"Şaka mı yapıyorsunuz? Ona iletmek isteyebileceğim tek şey, sivri uçlu bir sopa olur."

"Saat kaç gibi evde olur?"

"Herhangi bir saatte, her zaman... O delinin evinden çıktığını hiç görmedim."

"Görünürde evinin numarası var mı?"

"Hah! Onun evini tanımak için numara gerekmez. Eşi onu terk ettiğinde ev bitmemişti – hâlâ da bitmedi. Çevreleyen bir şey yok. Çimen yok. Ön kapının önünde hiç basamak yok. Bir kaçık için harika bir ev. Oraya kim girecekse, yanında silah getirse iyi olur."

Gurney teşekkür edip konuşmayı sonlandırdı.

Şimdi ne yapacaktı?

Birçok kişinin hemen harekete geçmesini sağlamalıydı. İlki ve en önemlisi Sheridan Kline'dı. Ve tabii ki Randy Clamm. Başkomiser Rodriguez ve Jack Hardwick'i söylemeye bile gerek yoktu. Sorun, ilk kimi arayacağıydı. Onların birkaç dakika daha bekleyebileceklerine karar verdi. Onların yerine, rehber hattından Sotherton, Massachusets'in polis merkezinin numarasını aldı.

İsmi köpek maması markasını andıran ve şaşkın bir adam olan görevli komiser Kalkan'la konuştu. Gurney, kendisini tanıttıktan sonra, Sotherton'daki Richard Kartch adında bir adamın, New York'taki bir cinayet vakasıyla alakalı olduğunu, her an başına bir şey gelebileceğini, telefonu yok gibi göründüğünü, onu uyarabilmeleri için ona bir telefon götürülmesinin ya da onun telefon görüşmesi yapabileceği bir yere getirilmesinin önemli olduğunu açıkladı.

"Biz Richie Kartch'ı tanıyoruz," dedi Kalkan.

"Onunla sorun yaşamış olduğunuzu anlıyorum."

Kalkan cevap vermedi.

"Sabıkası var mı?"

"Kim olduğunuzu söylemiştiniz?"

Gurney ona her şeyi biraz daha ayrıntılı anlattı.

"Ve bu sizin araştırmanızın hangi kısmı?"

"Birisi New York'un kırsal kesiminde, diğeri Bronx'ta olmak üzere, iki cinayet aynı şekilde işlendi. Kurbanlar, öldürülmeden önce katilden bazı şeyler aldılar. Kartch'ın o şeylerden en azından birisini aldığına dair delil bulduk ve bu da onu muhtemel üçüncü hedef yapıyor."

"Bu yüzden Kaçık Richie'nin sizinle iletişime geçmesini istiyorsunuz?"

"Beni tercihen yanında memurlarınızdan birisi varken, derhal araması gerekiyor. Onunla telefonda görüştükten sonra, muhtemelen onun ifadesini almamız gerekecek – sizin departmanınız eşliğinde."

"Onun evine mümkün olduğunca hızlı bir şekilde polis arabası göndereceğiz. Size ulaşabileceğim bir numara verin."

Gurney, Kline, BCI ve Clamm'le ev telefonundan görüşmek istediği için, adama cep telefonu numarasını verdi.

Kline ve Ellen Rackoff çıkmışlardı. Telefon başka bir numaraya yönlendirilmişti ve altı kez çaldıktan sonra, tam Gurney kapatmak üzereyken, açıldı.

"Stimmel."

Gurney BCI toplantısına Kline'la birlikte gelen, savaş suçlusu sessizliğine bürünmüş bu adamı hatırlıyordu.

"Ben Dave Gurney. Patronunuza bir mesajım var."

Cevap gelmedi.

"Orada mısınız?"

"Buradayım."

Gurney, devam etmesi için alabileceği cevabın en fazla bu olduğunu anladı. Bu yüzden devam etti ve Stimmel'a birinci ve ikinci cinayet arasındaki bağlantıyı onaylayan delilden bahsetti; Dermott aracılığıyla yaptığı keşiften, potansiyel üçüncü kurbandan; Sotherton Polisi'nin ona ulaşması için yaptıklarından bahsetti. "Hepsini anladınız mı?"

"Anladım."

"Bölge savcısını bilgilendirdikten sonra, BCI'a gelişmeleri siz mi bildirirsiniz, yoksa Rodriguez'le ben mi görüşeyim?"

Kısa bir sessizlik oldu ve Gurney aksi ve suskun adamın, ikisinin sonuçlarını hesapladığını anladı. Çoğu polisin içine yerleşmiş kontrol tutkusunu bildiğinden, sonunda aldığı cevabı alacağından zaten neredeyse yüzde doksan emindi.

"Biz hallederiz," dedi Stimmel.

BCI'ı aramaktan kurtulan Gurney için, sadece Randy Clamm kalmıştı.

Her zamanki gibi telefona ilk çalışında cevap verdi.

"Clamm."

Ve her zamanki gibi konuşurken, sesi aynı anda üç iş daha yapıyormuş da, acelesi varmış gibi geliyordu. "Aramana sevindim. Ben de tam Rudden'ın çek hesabındaki boşlukların üçlü listesini yapıyordum – miktarın yazdığı ama ismin yazmadıkları, yazılmış ama bozdurulmamış, çek numaraları yazılmamış olanlar. Tarih sırasıyla, geçmişe doğru gidiyorum."

"Listelerinin birisinde miktarı 289.87 dolar olan var mı?"

"Ne? Nereden biliyorsun? 'Yazılmış ama bozdurulmamış' çeklerden bir tanesi. Sen nasıl oldu da… ?"

"Her zaman istediği miktar."

"Her zaman mı? İkiden fazla mı yani?"

"Aynı posta kutusuna bir çek daha gönderilmiş. Gönderen kişiye ulaşma sürecindeyiz. Seni arama sebebim bu – çalışmalara hâlâ devam ediyoruz. Eğer parçalar birbirine uyarsa, Ruddenların bungalovunda bulman gereken mermi, .38 Special mermisi."

"Üçüncü kişi kim?"

"Richard Kartch, Sotherton, Mass. Görünüşe bakılırsa zor bir karakter…"

"Massachusets mi? Aman Tanrım, adamımız her yerde. Üçüncü kişi hâlâ hayatta mı?"

"Birkaç dakika içinde öğreneceğiz. Bölge polisi adamın evine bir araba gönderdi."

"Tamam. Bana ne zaman olursa olsun, söyleyebileceğin ne olursa olsun bekliyorum. Ruddenların evine delil toplama ekibini gönderme konusunda biraz daha gürültü yapacağım. Seni haberdar edeceğim. Aradığın için teşekkürler, efendim."

"Bol şans. Görüşürüz."

Gurney'in genç dedektife olan saygısı gittikçe artıyordu. Onu dinledikçe, duydukları daha çok hoşuna gidiyordu enerji, zeka, kendini adamışlık. Bir şey daha… İçten ve bozulmamış bir şey. Kalbine dokunan bir şey...

Islandıktan sonra silkelenen bir köpek gibi başını salladı ve birkaç derin nefes aldı. Gün, duygusal açıdan sandığından daha yorucu olmuştu. Ya da babasıyla ilgili rüyasının etkileri onu terk etmemiş olabilirdi. Sandalyesinde arkasına yaslandı ve gözlerini kapattı.

Telefon sesini önce saatin alarmı sanarak uyandı. Kendisini

tutulmuş boynunun ağrısıyla çalışma masasının sandalyesinde buldu. Saatine göre iki saat uyumuştu. Telefonu açıp, boğazını temizledi.

"Gurney."

Hattın diğer ucundaki Bölge savcısının sesi, başlangıç çizgisinde bekleyen bir atın kişnemesi gibi, kulaklarında patladı.

"Dave, haberleri şimdi aldım. Tanrım, bu iş büyümeye devam ediyor. Massachusetts'de potansiyel bir kurban daha mı var? Bu Sam'in Oğlu vakasından sonra en büyük olay olacak; senin Jason Stunk'ından bahsetmeme bile gerek yok. Bu çok büyük! Bunu, medyayla konuşmadan önce senin ağzından duymak istedim: İlk iki kurbanı aynı adamın indirdiğine dair sağlam delilimiz var, değil mi?"

"Delil fazlasıyla bunu öneriyor, efendim."

"Öneriyor?"

"Fazlasıyla öneriyor."

"Daha net olabilir misin?"

"Elimizde parmak izleri yok. DNA yok. Bana sorarsanız olayların kesinlikle bağlantılı olduklarını söylerim ama aynı kişinin her iki boğazı da kestiğini kanıtlayamayız."

"Olasılık yüksek mi?"

"Çok yüksek."

"Senin bu konudaki yargın benim için yeterli."

Gurney onun, açıkça belli olan bu güven numarasına güldü. Sheridan Kline'ın herkesinkinden çok kendi yargılarına güvenen türden bir adam olduğunu ve işler tersine giderse birilerini suçlayabilecek açık kapıyı her zaman bıraktığını biliyordu.

"Fox Haber'deki arkadaşlarımızla konuşma vakti geldi, yani bu durumda bu gece BCI üsleriyle görüşmem ve ortak bir ifade hazırlamam gerekiyor. Beni sürekli haberdar et, Dave, özellikle Massachusetts'deki durumla ilgili... Her şeyi bilmek istiyorum." Kline telefonu hoşça kal bile demeden kapattı.

Görünüşe bakılırsa, olayı kamuya patlatmayı, yüzüklerin efendisi olarak medyayı gaza getirmeyi planlıyordu. Bronx savcısı ya da cinayetler serisinin yayılabileceği herhangi bir bölgenin savcısı bunu akıl etmeden, şahsen kendi duyuracaktı. Gurney gelecek basın konferanslarını düşününce, ağzına pis bir tat gelmiş gibi dudaklarını büzdü.

"İyi misin?"

Kendisine bu kadar yakından gelen sesle sıçrayarak başını kaldırdı ve çalışma odasının kapısında Madeleine'i gördü.

"Tanrım, sen nasıl... ?"

"Konuşmana kendini öyle kaptırmıştın ki, içeri girdiğimi duymadın."

"Öyle görünüyor." Gözlerini kırpıştırarak, saatine baktı. "Peki, nereye gittin?"

"Çıkarken ne dediğimi hatırlıyor musun?"

"Bana nereye gittiğini söylemeyeceğini söyledin."

"Sana daha önce iki kez söylemiş olduğumu söyledim."

"Tamam, iyi. Şimdi, yapacak bir sürü işim var."

Telefon onun sözlerini destekler gibi, o sırada çaldı.

Arama Sotherton'dandı ama Richard Kartch'dan değildi. Gowacki adında bir dedektiftendi.

"Önemli bir durum var," dedi. "Buraya ne kadar sürede gelebilirsiniz?"

Otuz Dokuzuncu Bölüm

Seninle Bir Randevumuz Var, Bay 658

Gurney, donuk sesli Mike Gowachi ile konuşmasını bitirdiğinde, saat dokuzu çeyrek geçiyordu. Madeleine'i çoktan yatağa girmiş, yastıklarına yaslanmış, kitabını okurken buldu. *Savaş ve Barış.* Sayfaları arasında ileri geri giderek üç yıldır bu kitabı ve saçma bir şekilde, Thoreau'nun Walden'ini okuyordu.

"Bir olay yerine gitmek zorundayım."

Kitaptan başını kaldırıp, meraklı, endişeli ve yalnız olduğunu gösteren bakışlarla baktı. Gurney, onun yalnızca merakını giderebileceğini hissediyordu. "Bir erkek kurban daha... Boğazı kesilmiş, karda ayak izleri var."

"Ne kadar uzakta?"

"Ne?"

"Ne kadar uzağa gitmek zorundasın?"

"Sotherton, Massachusetts. Belki üç ya da dört saat..."

"Öyleyse yarın herhangi bir saate kadar burada olmayacaksın."

Ona sen-kim-olduğunu-sanıyorsun? der gibi gülümseyerek bakıyordu.

Hazırlanmaya başladı. Sonra durdu ve yatağın kenarına oturdu. "Bu garip bir vaka," dedi. Kafasındaki sorular sesine yansımıştı. "Gittikçe daha da garipleşiyor."

Başını salladı ve her nasılsa, sakinleşmiş gibi görünüyordu. "Bunun standart bir seri katil olduğunu düşünmüyor musun?"

"Standart tür değil, hayır."

"Kurbanlarla fazla iletişim mi kuruyor?"

"Evet. Ve kurbanlar arasında çok farklılık var – hem kişilikleri hem de konumları açısından. Tipik seri katiller, oradan oraya; Catskills'tan Bronx'un doğusuna oradan da Massachusetts'in ortasına ünlü bir yazarı, emekli bir gece bekçisini ve hırçın bir kimsesizi kovalamak için zıplamazlar."

"Ortak bir şeyleri olmalı."

"Hepsinin geçmişinde alkolik hikayeler var ve katil bu noktaya odaklanmış gibi görünüyor. Ama başka bir ortak yanları da olmalı – yoksa neden birbirlerinden yüz elli kilometre uzaklıkta kurbanlar seçme zahmetine katlansın ki?"

Sessiz kaldılar. Gurney dalgın bir şekilde aralarında duran yorganla oynadı. Madeleine bir süre elleri kitabının üzerinde, onu izledi.

"Gitsem iyi olur," dedi.

"Dikkatli ol."

"Peki." Vücudu tutulmuş gibi ağır ağır kalktı. "Sabah görüşürüz."

Madeleine, Gurney'in asla kelimelere dökemeyeceği bir ifadeyle yüzüne baktı. İyi mi, kötü mü bilmiyordu ama bu bakışı iyi biliyordu. Bunu neredeyse göğsünün üzerinde, somut bir dokunuş gibi hissetti.

Massachusetts'den çıktığında saat gece yarısını çoktan geçmişti. Paralı otoban ve Turnpike'ı geçip Sotherton'un terk edilmiş gibi görünen ana caddesine geldiğinde saat bir buçuktu. On dakika sonra polis arabalarının toplanmış olduğu, Quarry Caddesi'ndeki yere geldi. Arabalardan birisinin sireni yanıyordu. Gurney arabasını onun yanına çekti. Arabasından çıkarken, sireni açık arabadan öfkeli görünen üniformalı bir polis çıktı.

"Bekle. Nereye gittiğini sanıyorsun?" Yalnızca sinirli değil aynı zamanda bitkin görünüyordu.

"Adım Gurney – Dedektif Gowacki'yle görüşmek için geldim."

"Ne hakkında?"

"Beni bekliyor."

"Ne hakkında?"

Gurney bu adamın tavrının geçirdiği uzun günden mi yoksa kaba kişiliğinden mi kaynaklandığını merak etti. İnsanın doğasından gelen kaba tavırlara karşı pek az toleransı vardı.

"Buraya gelmemi istemesi hakkında... Kimlik mi istiyorsun?"

Polis, fenerini açıp Gurney'in yüzüne tuttu. "Kim olduğunu söyleyeceksin?"

"Gurney, Bölge Savcılığı'ndan, özel dedektif."

"Zaten böyle söylememiş miydin?"

Gurney hiçbir yakınlık belirtisi göstermeden gülümsedi. "Gowacki'ye geldiğimi söyleyecek misin?"

Son bir muhalif duraksamadan sonra adam döndü ve eve doğru çıkan araba yolunu yürüdü. Burası, işlerinin ortasında olan olay yeri inceleme ekibi için, ark ışıklarıyla aydınlatılmıştı. Davet edilmemiş olan Gurney, adamı takip etti.

Yol eve doğru yaklaştıkça, sola doğru dönüyor, tümsekleşiyor ve açıklıkta iki arabanın sığacağı ancak o sırada bir arabanın bulunduğu evin girişindeki garaja varıyordu. Gurney önce garaj kapılarının açık olduğunu düşündü; sonra kapı olmadığını anladı. Araba yolunu kaplayan bir buçuk santimetrelik kar, garajda da devam ediyordu. Polis şeridiyle kapatılmış kapıya vardıklarında, polis girişte durup bağırdı: "Mike!"

Cevap yoktu. Polis gerçekten yeterince çaba göstermiş ama başarısız olmuş ve yapacak başka bir şey yokmuş gibi omuz silkti. Bunun üzerine, evin arkasındaki avludan yorgun bir ses duyuldu. "Arkadayım."

Gurney, beklemeden polis şeridinin etrafından, o tarafa doğru yürümeye başladı.

"Şeridin dışında durduğundan emin ol." Polisin uyarısı, aksi bir köpeğin havlaması gibi yüzüne çarptı.

Evin arka köşesini döndükten ve ışıkların altındaki alanı gördükten sonra, bunun tam olarak beklediği "avlu" olmadığını gördü. Ev gibi, burası da yarım yamalak, köhne bir görünüme sahipti. İri yarı, saçları azalmış bir adam, arka kapının önünde, yapımı tamamlanmamış basamakların üzerinde durmaktaydı. Adam, evi sumak çalılarının olduğu yerden ayıran iki dönümlük alanda göz gezdiriyordu. Yerin yüzeyi, doldurulduktan sonra hiç düzeltilmemiş gibi pürüzlüydü. İnce ağaç dalları oraya buraya atılmış ve griye dönüşmüştü. Evin kenarı kısmen çevrelenmiş, kontrplak kaplamanın üzerindeki nemli, plastik çitler eskimişti. Her şey, yapım aşamasında değil de, yapım aşamasında yarım bırakılmış gibi görünüyordu.

İri yarı adamın gözleri Gurney'in üzerinde durdu ve bir süre onu inceledikten sonra sordu, "Catskills'ten gelen adam siz misiniz?"

"Evet."

"Şeridin yanından dört metre daha ilerleyin, altından geçin ve bu tarafa, arka kapıya dolanın. Evden araba yoluna doğru giden ayak izlerine dokunmadığınızdan emin olun."

Sağlam vücutlu dedektifin zekasıyla ilgili sağlam hiçbir yönünün olmadığını düşündü Gurney. Başını salladı. Şimdi zeki olma sırası ondaydı.

"Bu ayak izleri sizi rahatsız etti mi?"

"Biraz," dedi Gowacki. "Tam olarak ayak izleri değil aslında. Daha çok, cesedin ayak izlerine göre duruş şekli... Bilmediğim bir şey mi biliyorsunuz?"

"Ayak izlerinin yönü tersine çevrilse, cesedin durduğu yer daha mı mantıklı olurdu?"

"Yönü tersine... Bir dakika... Evet, lanet olsun, harika mantık!" Gözlerini Gurney'e dikti. "Burada ne haltla uğraşıyoruz böyle?"

"Öncelikle, geçtiğimiz hafta üç kişiyi – bizim bildiğimiz üç kişiyi – öldürmüş birisiyle uğraşıyoruz. Planlı ve mükemmeliyetçi... Ardında birçok delil bırakıyor ancak yalnızca bizim görmemizi istediği delilleri... Son derece zeki, muhtemelen iyi eğitimli ve büyük ihtimalle polisten, kurbanlarından ettiğinden daha çok nefret ediyor. Bu arada, ceset hâlâ burada mı?"

Gowacki, Gurney'in cevabını aklına kaydediyormuş gibi duruyordu. Sonunda, "Evet, ceset burada... Onu sizin görmenizi istedim. Diğer iki vakayla ilgili bildikleriniz doğrultusunda, söylemek istedikleriniz olabilir diye düşündüm. Bakmaya hazır mısınız?"

Evin arka kapısı, döşenecek boruların yalnızca yeri belirlenmiş, çamaşır odası olması amaçlanmış gibi görünen ama bitmemiş, fakat içinde ne çamaşır makinesi ne de çamaşır askısı olan bir odaya açılıyordu. İzole maddesinin üzerinde alçı bile yoktu. Aydınlatma için, tavandaki kirişe tutturulmuş beyaz, ucuz görünümlü bir aparata takılmış cılız ışık kullanılıyordu.

Kör, soğuk bir havası olan ışığın altında ceset sırtüstü yatıyordu. Yarısı çamaşır odası olması amaçlanmış odada, yarısı mutfakta duracak şekilde, bu iki odayı ayıran girişte duruyordu.

"Daha yakından bakabilir miyim?" diye sordu Gurney yüzünü ekşiterek.

"Bu yüzden buradasınız."

Yakından bakınca boğazdaki birden fazla yaradan akmış, mutfak zeminine ve ucuz eşya satan bir dükkandan alınmış gibi duran kahvaltı masasının altına kadar gitmiş, pıhtılaşmış kanı gördü. Kurbanın yüzü öfke doluydu fakat geniş, sert suratın üzerine yerleşmiş öfke belirtisi çizgiler, hayatı boyunca yüzünde oluşmuş izlerdi ve cinayet anıyla ilgili bir şey ifade etmiyordu.

"Mutsuz görünen bir adam," dedi Gurney.

"Zaten zavallı orospu çocuğunun tekiydi."

"Sanırım geçmişte Bay Kartch'la bazı sorunlar yaşadınız."

"Sorun dışında bir şey yaşamadık. Her lanet olası yönüyle gereksiz işler." Gowacki cesede, kanlı, vahşi sonu onun için yetersiz bir ceza olmuş gibi baktı. "Her kasabanın belalı tipleri vardır – sinirli sarhoşlar, komşuları sinirlendirmek için yaşadığı yeri çöplüğe çeviren pislikler, eski karıları için koruma emri çıkan ucubeler, köpeklerinin bütün gece havlamasına izin veren sersemler, annelerin, çocuklarının bir metre yakınında görmek istemedikleri garip tipler... Burada, Sotherton'da bütün bu bokkafalar tek bir adamda toplanmış – Richie Karch."

"Ne adammış!"

"Meraktan soruyorum ama diğer iki kurban da böyle insanlar mıydı?"

"İlki bunun tam tersiydi. İkincisi hakkında henüz kişisel bilgilere ulaşmış değilim ama bunun dışında her şey olabileceğini düşünüyorum." Gurney yerde yatan ve ölümünde de yaşamında olduğu kadar çirkin olan gözlerini tavana dikmiş surata baktı.

"Dünyayı bokkafalılardan temizlemeye çalışan bir seri katille karşı karşıya olabileceğimizi düşündüm de... Her neyse, senin kardaki ayak izleri hakkındaki yorumuna dönersek – geri geri giderse daha mantıklı olacağını nasıl bildiniz?"

"İlk cinayette de öyleydi."

Gowacki ilgiyle baktı. "Bu cesedin pozisyonu arka kapıdan

girmiş bir saldırganla uyumlu. Fakat ayak izleri ön kapıdan girdiğini ve arka kapıdan çıktığını gösteriyor. Anlamsız."

"Mutfağa bir göz atabilir miyim?"

"Buyurun. Fotoğrafçı, adli tıp uzmanı, kan-iz-doku ekibi buraya girdiler. Yalnızca hiçbir şeyi yerinden oynatmayın. Hâlâ kişisel eşyalarını inceliyoruz."

"Adli tıp uzmanı barut yanıklarıyla ilgili bir şey söyledi mi?"

"Barut yanıkları mı? Yaralar bıçak kesikleri olduğunu gösteriyor."

"O kanlı yaranın içinde bir yerlerde kurşun yarası olduğundan şüpheleniyorum."

"Benim kaçırdığım bir şey mi gördünüz?"

"Buzdolabının üzerindeki tavanda küçük, yuvarlak bir delik görüyorum. Sizinkiler bununla ilgili bir yorum yaptılar mı?"

Gowacki, Gurney'in bakışlarını takip etti. "Siz neler söylüyorsunuz?"

"Bu Kartch denen adam, önce vurulmuş sonra kesilmiş olabilir."

"Ve ayak izleri tersine gidiyor."

"Açıklığa kavuşturmama izin verin. Katilin arka kapıdan girdiğini, Richie'yi boğazından vurduğunu, Richie'nin yere düştüğünü daha sonra katilin onu lanet bir biftek doğrar gibi, boğazının bir düzine yerinden kestiğini mi söylüyorsunuz?"

"Bu Peony'de gerçekleşen şey."

"Ama ayak izleri…"

"Ayak izleri bota, ikinci bir taban tersine yapıştırılarak yapılabilir. Böylece kişi gerçekte arka kapıdan girip, ön kapıdan çıkmışken, ön taraftan gelmiş, arka taraftan çıkmış gibi görünür."

"Lanet olsun, bu saçmalık! Bu adam ne halt oynuyor?"

"Tam olarak doğru kelime bu…"

"Ne?"

"*Oynuyor*. Lanet olası bir oyun oynuyor ve bunu üçüncü yapışı. 'Yalnızca yanılmıyorsunuz, yanılırken bir de kıçlarınız ters dönük duruyor. Size delil üzerine delil bırakıyorum ama siz yine de beni yakalayamıyorsunuz. İşte siz böyle lanet olası, işe yaramaz polislersiniz.' Bize her olay yerinde gönderdiği mesaj bu..."

Gowacki Gurney'i yavaşça, söylediklerini değerlendiriyormuşçasına süzdü. "Nasıl bir adam olduğunu net bir şekilde görebiliyorsunuz."

Gurney mutfak tezgahının üzerinde duran bir kağıt yığınına uzanarak, gülümsedi. "Biraz aşırıya kaçtığımı mı söylemek istiyorsunuz?"

"Bence hayır. Sotherton'da pek cinayet vakası gerçekleşmez. Olsa bile ki belki beş senede bir olur, bunlar sebepleri olan cinayetlerdir. Genelde beyzbol sopaları ya da barların otopark alanlarındaki levyelerle işlenmiştir. Planlı bir şey yoktur. Kesinlikle böyle oyunlar yoktur."

Gurney anlayışla gülümsedi. Onun gördüğünden çok daha fazla karmaşa görmüştü.

Gurney'in dikkatle incelediği kağıt yığınını işaret ederek, "Çoğu çöp," dedi Gowacki. Gurney, tam ona hak verecekti ki, ücretsiz gazetelerin, ilanların, silah dergilerinin, ajans reklamlarının, askeriyeden kalan katalogların altında, açma yeri yırtılmış boş bir zarf buldu. Richard Kartch'a gönderilmişti. El yazısı çok güzeldi. Mürekkep kırmızıydı.

"Bir şey mi buldunuz?" diye sordu Gowacki.

"Bunu delil çantasına koymak isteyebilirsiniz," dedi Gurney zarfı köşesinden tutup, tezgahın temiz bir yerine koyarak. "Katilimiz kurbanlarıyla iletişime geçmeyi seviyor."

Gurney ve Gowacki dışarıdan gelen sese döndüler. Mutfağın diğer tarafında, kapı girişinde iri, genç bir adam duruyordu.

"Yatağının yanında duran masadaki porno dergilerin altında, üzerine kırmızı mürekkeple yazılmış üç zarf daha var."

"Sanırım yukarıya çıkıp bir göz atmalıyım," dedi Gowacki bir merdiveni çıkmak için bile iki kere düşünen hantal bir adamın isteksizliğiyle. "Bobby, New York, Dalaware Bölgesi'nden Dedektif Gurney."

"Bob Muffit," dedi genç adam gergin bir şekilde gözlerini yerde yatan cesetten kaçırarak, elini Gurney'e uzatırken.

Üst katta evin geri kalanı gibi, yapımı tamamlanmamış görünüyordu. Burada dört tane kapı vardı. Muffit sağ taraftaki odaya girdi. Yapılmış yerleri bile, enkaz görünümündeydi. Gurney, halının kirli çamaşır ve boş bira şişeleri olmayan kısmında, kurumuş kusmuk lekeleri gördü. İçerideki hava ekşi, pisti. Perdeler kapalıydı. Işık, tavanın ortasında duran ve yalnızca biri yanan, üçlü bir lambadan geliyordu.

Gowacki, dağınık yatağın yanındaki masaya yöneldi. Bir yığın porno derginin yanında, üzeri kırmızı mürekkeple yazılı üç zarf ve onların yanında bir kişisel çek vardı. Gowacki hiçbir şeye doğrudan dokunmuyordu ama dört kağıdı, *Seksi Kurabiye* isimli bir derginin üzerine koyup, dergiyi tepsi gibi kullandı.

"Aşağı inelim ve burada ne varmış bir bakalım," dedi.

Üç adam aşağı indi ve Gowacki zarflarla çeki kahvaltı masasının üzerine koydu. Gömleğinden bir kalem ve cımbız çıkarıp, zarfların yırtık kapaklarını kaldırdı ve içlerinde ne varsa çıkardı. Üç zarfın içinden Mellery'e gelen şiirlerin aynıları çıktı. Kusursuz el yazıları bile aynıydı.

Gurney'in gözüne ilk takılan dizeler şunlardı: *"Aldıklarını geri vereceksin / Vermiş olduklarını aldığın zaman... Seninle bir randevumuz var / Bay 658."*

Ama dikkatini en uzun süre çeken ise, çek olmuştu. " X. Arybdis'e gönderilmiş ve "R. Kartch" tarafından imzalanmıştı.

Gregory Dermott tarafından geri gönderilmiş ve bozdurulmamış çek olduğu açıktı. Mellery'nin ve Rudden'ın gönderdikleri miktarın aynısıydı – 289.87 dolar. Çekin sol üst köşesindeki adres kısmında "*R. Kartch, 349 Quarry Caddesi, Sotherton, Mass. 01055*" yazıyordu.

R. Kartch. Bu isimde Gurney'i rahatsız eden bir şeyler vardı. Belki de ölmüş bir insanın yazılı duran ismine baktığında hissettiği garip duygu yüzündendi. Sanki isimde yaşam nefesini kaybetmiş, küçülmüş, onu ayakta tutan dallar kesilmiş gibi gelirdi ona. Ölümü kabullenmek, hatta varlığının seni artık pek etkilemediğini düşünmek, bunun mesleğinin bir parçası olması garip, diye düşündü. Sonra, bir adamın huzursuz, küçülmüş ismi ilginç bir şekilde rahatsız edici olabiliyor. İnsan ne kadar görmezden gelirse gelsin, ölüm kendini fark ettirmenin bir yolunu buluyor. Hislerinin arasına, bodrum dairesine sızan su gibi sızıyor.

Belki bu yüzden R. Kartch ismi onu rahatsız etmişti. Yoksa başka bir nedeni mi vardı?

Kırkıncı Bölüm

Karanlıktan Gelen Silah Sesi

Mark Mellery. Albert Rudden. Richard Kartch. Üç adam. Hedef alınmış, psikolojik olarak işkence görmüş, vurulmuş ve defalarca büyük bir güçle, neredeyse başları kopana dek boğazları kesilmişti. Ayrı ayrı ya da birlikte, böylesine vahşi bir intikama neden olacak ne yapmışlardı?

Ya da bu bir intikam mıydı? Ya da Rodriguez'in bir keresinde önerdiği gibi, mesajlarla verilen intikam havası, daha farklı bir sebebi saklamak için kullanılan bir ekran koruyucu muydu?

Her şey hâlâ mümkündü.

Gurney, Wallnut Crossing'e dönmek için yola çıktığında neredeyse şafak söküyordu. Havada kar kokusu vardı. Derin yorgunluğu ve zayıflığıyla ayakta durmaya çalışırken, gerginleşti. Düşünceler ve resimler aklında sırasız ve mantıksız bir şekilde dolanıyordu.

Gözünün önüne gelen resimlerden birisi de, ölü adamın çekinin üzerindeki R. Kartch yazısıydı ve aklına bir türlü gelmeyen, bir yerlerde saklı anıların altında bir şeyler gizleniyordu, iyi olmayan bir şeyler. Sönük bir yıldız gibi doğrudan bakınca görünmüyordu ama onu aramayı bırakıp çevresiyle ilgilendiğinde aniden ortaya çıkabilirdi.

Olayın diğer yönlerine odaklanmaya çalıştı ama beyni belli bir düzende düşünmeyi reddediyordu. Gözünün önüne Kartch'ın köhne masanın altına yayılmış, mutfak zeminindeki yarı kurumuş pıhtılaşmış kanının oluşturduğu göl geliyordu.

Dikkatini önündeki yola verip, gözünün önündeki görüntüden kurtulmaya çabaladı ancak görüntü yerini, Mark Mellery'nin beton avluya benzer şekilde yayılmış kan gölüne bıraktı. Ardından Muskoka sandalyesinde oturan Mellery'nin öne doğru eğilmiş korunma, yardım isteyen görüntüsü.

Öne doğru eğilen, isteyen...

Gurney, gözyaşlarını güçlükle tutuyordu.

Biraz dinlenmek için arabasını sağa çekti. Küçük park alanında yalnızca bir araba daha vardı ve park edilmişten çok, terk edilmiş gibi görünüyordu. Yüzü yanıyor, elleri üşüyordu. Hissettiği korku değil, çaresizlikti.

Bitkinlik ona göre başarısızlığının sebebiydi – işiyle ilgili aldığı övgülerle, acısı daha da artan başarısızlık. Bu düşüncelerin, yorgun beyninin oynadığı bir oyun olduğunu düşününce, inandırıcılıkları azaldı. En azından deliller aynıydı. Bir dedektif olarak, Mark Mellery olayında başarısız olmuştu. Bir eş olarak, Karen konusunda başarısız olmuştu ve şimdi de Madeleine konusunda başarısızdı. Bir baba olarak, Danny konusunda başarısız olmuştu, şimdi de Kyle konusunda başarısızdı.

Beyni sınıra dayanmıştı ve on beş dakika daha kendisini parçaladıktan sonra, durdu. Kısa, dinlendirici bir uykuya daldı.

Bunun ne kadar sürdüğünden emin değildi ama muhtemelen bir saatten daha kısa bir süre sonra uyandı. Duygusal karmaşa geçmiş, yerini sakin bir berraklığa bırakmıştı. Boynu tutulmuştu ama bu ödenmesi gereken bir bedel gibiydi.

Şimdi kafasında yer açıldığından, aklına Wycherly'deki posta kutusu gizemi geldi. İki hipotez de hiçbir şekilde tatmin edici görünmüyordu: Yani, kurbanlar yanlışlıkla hatalı posta kutusuna yönlendirilmişlerdi (katilin ayrıntılara gösterdiği özeni düşününce bu olası görünmüyordu). Ya da posta kutusu numarası doğruydu ama bir terslik olmuştu ve hepsi Dermott'un eline geçmiş ve Dermott, katil onları bulup kendi yöntemleriyle yok etmeden önce, masum bir şekilde geri göndermişti.

Ama şimdi Gurney'in aklına üçüncü bir açıklama geldi. Diyelim ki, posta kutusu numarası doğruydu ve hiçbir yanlışlık olmamıştı. Diyelim ki, çekleri istemekteki amaç onları bozdurmak değil, başka bir şeydi. Diyelim ki, katil posta kutusunu açabildi, çekleri alıp kopyalarını aldı ve Dermott onları bulmadan önce yeniden zarflarına koyup, yerine bıraktı.

Eğer bu yeni senaryo gerçeğe daha yakınsa – eğer katil gerçekten Dermott'un posta kutusunu kullanıyorsa – bu önünde ilginç bir yol daha açıyordu. *Gurney'in katille doğrudan iletişime geçmesi mümkün olabilirdi.* Tamamen bir varsayım olmasına rağmen, içine düştüğü kargaşa ve can sıkıntısına rağmen, bu düşünce onu öyle heyecanlandırmıştı ki, arabayı çalıştırıp saatte seksen kilometre hızla gittiğini fark edene dek, bunu defalarca düşündü.

Madeleine çıkmıştı. Cüzdanını ve anahtarını kahvaltı masasına koydu ve masada duran notu aldı. Madeleine'in her zamanki hızlı, temiz el yazısıyla yazılmış ve her zamanki gibi kısa ve özdü: "*Sabah 9 yogasına gidiyorum. Fırtınadan önce dönerim. 5 mesaj. Balık pisi balığı* mıydı?*

Ne fırtınası?

Ne balığı?

Çalışma odasına gidip, notta sözü geçen beş mesajı dinlemek istiyordu fakat ondan önce çok acil yapması gereken başka bir şey vardı. Katile doğrudan mesaj gönderebileceği, bunu Dermott'un posta kutusu yoluyla yapabileceği düşüncesi, bunu yapması için onu tetikliyordu.

---

* Pisi balığı: *İng.*Flounder. (Çev. N.)

Senaryosunun zayıf olduğunu, varsayımlar üzerine kurulu varsayımlara dayandığını görebiliyordu ama çok çekici görünüyordu. Araştırmanın sinir bozuculuğu ve kaydettikleri her türlü gelişmenin, katilin isteği doğrultusunda olması düşüncesinin rahatsız ediciliği yerine bir şey *yapma* şansı, çekiciydi. Dürtüsel ve mantıksız da olsa, düşmanın arkasına saklandığı duvarın dibine bir bomba fırlatma fikri, dayanılmazdı.

Gerçekten mesajlarını dinlemesi gerekiyordu. Acil, önemli bir şey olabilirdi. Ama aklına bir cümle geldi – unutmak istemediği, uyumlu, katile yazacağı yazı için harika bir giriş cümlesi... Heyecanla, Madeleine'in masada bıraktığı kalemi ve not defterini aldı. On beş dakika sonra, güzel, şık bir el yazısıyla yazdığı sekiz satırlık şiiri okudu.

Yaptıklarını nasıl yaptığını gördüm
Ters ayak izlerinden, sessiz silaha kadar düğümü çözdüm
Başlatmış olduğun oyun, yakında bitecek,
Boğazın ölü bir adamın arkadaşı tarafından kesilecek
Güneşten kaç, kardan kaç ancak
Gece, gündüz kaçacak bir yer kalmayacak
Önce onun acı ölümüne hizmet edeceğim
Sonra da katilini cehenneme göndereceğim.

Tatmin olmuş bir şekilde, kağıdın üzerindeki parmak izlerini temizledi. Kendisini bunu yaptığı için garip hissetti – gizli, entrikalı – ama bu duyguyu bir kenara itip bir zarf buldu ve üzerine Dermott'un Wycherly, Connecticut'taki posta kutusunun numarasını ve X. Arybdis'in adını yazdı.

Kırk Birinci Bölüm

Gerçek Dünyaya Dönüş

Gurney postaneye inip, asıl postacı Baxter'ın yerine haftada iki gün çalışan Rhonda'ya zarfı son anda yetiştirdi. Evin avlusuna geldiğinde, nadiren yaptığı dürtüsel hamlelerden hemen sonra olduğu gibi, heyecan yerini içini kemiren bir pişmanlığa bırakıyordu.

Dinlemesi gereken beş mesajı olduğunu hatırladı.

Birincisi Ithaca'daki galeridendi. Kötü bir şey yok, haberler iyi ama hemen görüşmemiz gerekiyor. Bu akşam altıya kadar galeride olacağım ya da beni daha sonra evden arayabilirsin."

İkincisi Randy Clamm'dendi ve sesi heyecanlı geliyordu.

"Cep telefonunuza ulaşmaya çalıştım ama kapalı gibi görünüyordu. Rudden'ın evinde bazı mektuplar bulduk ve sizin de benzer olup olmadıklarına bakmanız için, mektupları görmenizi istiyorum. Eşinin görmesini istemediği bazı şiirler alıyormuş. Bunları alet çantasının en altına saklamış. Bana bir numara verin, size faks göndereceğim. Teşekkürler."

Üçüncüsü BCI'daki Jack Hardwick'tendi ve kendini beğenmiş tavrıyla cinnet geçiriyor gibiydi.

"Merhaba Sherlock, adamımızın silahını birkaç kez daha kullandığının haberlerini aldık. Eski dostuna bir haber veremeyecek kadar meşguldün herhalde. Bir saniyeliğine Bay Sherlock Lanet Gurney'in, basit Jack Hardwick'i aramayacak kadar basite aldığı gibi delice bir düşünceye kapıldım. Ama tabii ki sen böyle bir adam değilsin, değil mi? Ne kadar ayıp ediyorum! Sana kızmadığımı göstermek ve yarın için planlanan bir toplantı olduğunu haber vermek için arıyorum. Mellery davası hakkında BCI'ın süreç raporu sunulacak. Ayrıca içerikte Bronx ve Sotherton'daki son olayların araştırmayı ne yönde etkileyeceği konusu da var. Başkomiser Rod bu toplantı zırvalığına başkanlık edecek. Bölge savcısı davetli ve dolayısıyla seni de davet edecektir. Sadece önceden bilmek isteyeceğini düşündüm. Her şeyden önce, arkadaşlar ne içindir?"

Dördüncü mesaj beklendiği üzere Kline'dandı. Özellikle 'davetkar' değildi. Sesindeki enerji yerini endişeye bırakmıştı.

"Gurney, telefonuna ne halt oluyor? Sana önce doğrudan, sonra da Sotherton Polisi'nden ulaşmaya çalıştık. Bana Sotherton'dan iki buçuk saat önce ayrıldığını söylediler. Aynı zamanda bana, aynı kişi tarafından işlenmiş üçüncü cinayetle uğraştıklarını da söylediler. Bu önemli bir gelişme, değil mi? Bana haber vermen gereken bir gelişme değil mi? Acilen konuşmamız gerekiyor. Kararlar alınmalı ve en ufak bilgiyi bile paylaşman gerekiyor. Yarın öğlen BCI toplantısı var. Çok önemli. Mesajı alır almaz beni ara!"

Son mesaj Mike Gowacki'dendi.

"Sadece haberdar etmek istedim, mutfakta göstermiş olduğunuz delikten bir mermi çıkardık. Söylediğiniz gibi bir .38. Siz gittikten sonra ufak bir şey daha bulduk. Başka kırmızı mürekkepli aşk mektubu var mı diye posta kutusunu arıyorduk ve ölü bir balık bulduk. Posta kutusunda. Bize olayda geçen ölü bir balıktan söz etmemiştiniz. Bunun bir anlamı varsa lütfen bana bildirin. Ben psikolog değilim ama katilimizin kesinlikle bir deli olduğunu söyleyebilirim. Şimdilik bu kadar... Biraz uyumak için eve dönüyorum."

Balık mı?

Madeleine'in notuna yeniden bakmak için mutfağa, kahvaltı masasına döndü.

"*Sabah 9 yogasına gidiyorum. Fırtınadan önce dönerim. 5 mesaj. Balık pisi balığı mıydı?*"

Bunu neden sormuştu? Büfenin yanındaki eski duvar saatine baktı. Dokuz otuz. Sabahın daha erken saatleri gibi görünüyor, güneşin soluk ışıkları Fransız kapılarının üzerinde gri gibi görünüyordu. *Fırtınadan önce dönerim.* Buna benzer bir hava vardı. Muhtemelen kar yağacaktı, neyse ki soğuk bir yağmur değil. Öyleyse saat on otuzda, eğer hava için endişelenip daha erken çıkarsa belki de onda evde olacaktı. O zaman ona pisi balığının ne demek olduğunu sorabilirdi. Madeleine evhamlı birisi değildi, ama kaygan yollardan hoşlanmazdı.

Aramalara geri dönmek için çalışma odasına giderken bir anda sarsıldı. İlk cinayetin yeri Peony kasabasıydı ve katil ikinci kurbanın yanına şakayık bırakmıştı. İkinci cinayetin yeri Bronx'taki Flounder Beach bölgesiydi ve bu da Madeleine'in üçüncü olay yerine katilin balık bırakacağını tahmin etmesini sağlamıştı. Oldukça zekice bir tahmindi ve kesinlikle haklıydı.

İlk aramasını Sotherton'a yaptı. Masa başındaki komiser onu Gowacki'ye sesli mesaj bırakması için yönlendirdi. İki isteği vardı: balığın pisi balığı olduğunun onaylanması ve Kartch'ın ve Mellery'nin duvarındakiyle aynı kurşunu bulduklarını onaylayabilmeleri için balistik fotoğrafları… İki konuda da şüphesi yoktu ama emin olmak önemliydi.

Ardından Kline'ı aradı.

Kline o sabah mahkemedeydi. Ellen Rackoff bölge savcısının şikayetlerini tekrarladı, ona ulaşmakta güçlük çektikleri ve Gurney'in bilgileri onlarla paylaşma konusunda başarısız olduğuyla ilgili olarak Gurney'i azarladı. Ertesi öğlen yapılacak BCI toplantısını kaçırmamasını söyledi. Ama bu konuşmaya bile erotik bir ses tonu katmayı başardı. Gurney uykusuzluk yüzünden deliriyor muyum, diye düşündü.

Randy Clamm'i arayıp haber verdiği için teşekkür etti ve Rudden'ın mektuplarını fakslaması için Bölge savcısının ofis numarasını verdi; Rodriguez'e de bir kopyasının ulaşması için BCI numarasını ekledi. Ardından ona Richard Kartch olayını anlattı ve pisi balığı bağlantısından ve üç vakada da alkol unsurunun olduğundan bahsetti.

Sonya'nın telefonuna gelince, bu biraz daha bekleyebilirdi. Hardwick'i araması da çok acil değildi. Aklı ertesi günkü BCI toplantısına gitti. Oraya can atarak gitmeyecekti – hatta bundan çok uzaktı. Genelde toplantılardan nefret ederdi. Kafası her zaman yalnızken daha iyi çalışırdı. Grup halinde düşünmek, odayı terk etmek istemesine yol açıyordu. Fevri bir şekilde fırlattığı şiir bombası özellikle toplantı konusunda huzursuzlanmasına sebep oluyordu. Sır saklamayı sevmezdi.

Kafasında üç vakanın anahtar noktalarını organize etmek, en destekli hipotezi kurmak ve test etmek için çalışma odasının köşesindeki deri sandalyeye gömüldü. Ama uykusuz kalmış beyni, buna izin vermiyordu. Gözlerini kapattı ve düşünceler beyninden uçuştu. Orada ne kadar oturduğundan emin değildi ama gözlerini açtığında, yoğun bir şekilde yağan kar etrafı beyaza boyamaya başlamıştı. Sessizlikte, yoldan gelen bir arabanın yaklaşan sesini duydu. Sandalyesinden kalktı ve mutfağa gitti. Pencereye gittiğinde Madeleine'in arabasının yoldan, ambarın arkasına döndüğünü gördü. Muhtemelen posta kutularına bakacaktı. Bir dakika sonra telefon çaldı. Mutfak tezgahının üzerindeki telefonu açtı.

"Orada olmana sevindim. Postacının gelip gelmediğini gördün mü?"

"Madeleine?"

"Posta kutusunun yanındayım. Bir posta göndermem gerekiyor ama adam geldiyse, kasabaya gidip oradan atacağım."

"Bugün Rhonda vardı ve bir süre önce geldi."

"Lanet olsun. Tamam, sorun değil, bunu sonra hallederim."

Araba yavaşça ambarın arkasından çıktı evin önündeki bahçeye girdi. Gurney'in yüzündeki farklı ifadeyi gördü.

"Ne haber?"

Aklına onun posta kutusunun yanındayken gelmiş bir şeyi düşünüyordu ve kadın montuyla, ayakkabılarını çıkarana kadar ona cevap vermedi.

"Sanırım bir şeyi fark ettim."

"Güzel!" Gülümsedi ve saçlarındaki karları temizleyerek anlatmasını bekledi.

"Sayı gizemi – ikincisi... Bunu nasıl yaptığını biliyorum – ya da nasıl yapmış olabileceğini."

"İkincisi mi?"

"On dokuz sayısının olduğu, Mellery'nin kaydettiği... Sana mektubu göstermiştim.

"Hatırlıyorum."

"Katil Mellery'den aklında bir sayı tutmasını ve sayıyı fısıldamasını istemişti."

"Neden fısıldamasını istemişti? Bu arada saat yanlış," dedi, kafasını kaldırıp duvar saatine bakarak.

Gurney ona dik dik baktı.

"Sanırım numarayı fısıldamasının sebebi, basit bir şekilde 'Bana sayıyı söyle' demesinden daha çok, olaya onu gerçekten uzaklaştıracak bir gizem katmaktı."

"Anlamadım."

"Katil Mellery'nin hangi sayıyı tutacağını bilmiyordu. Bunu bilmesinin tek yolu, ona sormaktı. Sadece biraz daha gizem katarak yapmaya çalıştı."

"Ama katilin Mellery'nin posta kutusuna daha önceden bırakmış olduğu notta sayı yazmıyor muydu?"

"Evet ve hayır. Evet, sayı Mellery'nin birkaç dakika sonra posta kutusunda bulduğu notta yazıyordu. Hayır, çünkü mektup posta kutusuna *önceden* bırakılmamıştı. Hatta çıktıyı almamıştı bile."

"Kafamı karıştırdın."

"Farz et ki katilin dizüstü bilgisayarına bağlı küçük bir yazıcısı var ve belge önünde açık ama içinde Mellery'nin tahmin ettiği sayı yazmıyor. Ve farz et ki, katil karanlık yolda, Mellery'nin enstitüye giden yoldaki posta kutusunun yanında, arabasında oturuyordu. Cep telefonundan Mellery'i aradı – tıpkı az önce senin beni posta kutumuzun yanından aradığın gibi – ondan bir sayı tutmasını istedi ve sonra 'fısıldamasını' istedi. Mellery sayıyı söyler söylemez, katil sayıyı yazdı ve yazdır tuşuna bastı. Yarım dakika sonra, mektubu bir zarfa koydu, posta kutusuna attı ve arabasıyla uzaklaştı ve olağanüstü bir akıl okuma yeteneği varmış izlenimi yarattı."

"Çok zekice," dedi Madeleine.

"Benimki mi, onunki mi?"

"Görünüşe bakılırsa ikinizinki de..."

"Bence bu mantıklı... Bu trafik seslerini kaydetmesini de açıklıyor. Sessiz, kırsal bir alanda değil de, başka bir yerdeymiş izlenimi vermek için..."

"Trafik gürültüsü mü?"

"Kaydedilmiş trafik gürültüsü... BCI'daki zeki laboratuar uzmanı Mellery'nin kaydettiği konuşmayı bir ses analizi programıyla inceledi. Katilin sesinin arkasında iki tane arka plan sesi olduğunu fark etti – bir araba motoru ve trafik. Motor ilk katmandaydı – yani ses gerçekten katilin konuştuğu ortamdan geliyordu – ama trafik sesi ikinci katmandaydı, yani gerçek konuşmanın arkasından kaydettiği bir sesi oynatmış. Başta anlamsız gelmişti."

"Şimdi anlamsız gelmiyor," dedi Madeleine, "olayı çözdüğüne göre. Çok iyi."

Vakayla uğraşırken yaptığı yorumların çoğunun altında yatan alaycı ses tonunu arar gibi, gözlerine baktı ama bundan eser yoktu. Onu gerçekten, hayranlıkla değerlendirmişti.

"Yani gerçekten," dedi onun şüphesini sezmiş gibi. "Çok etkilendim.

Aklında garip bir acıyla birlikte, geçmiş canlandı: *evliliklerinin ilk yıllarında ona bu şekilde ne kadar sık bakardı, böyle korkunç derecede zeki bir kadının onayını aldığında ne kadar sevinirdi, aralarındaki bağ ne kadar paha biçilmezdi! Şimdi yeniden gözlerinde en azından buna dair harika bir ışık görmüştü.* Ardından Madeleine pencereden dışarıya baktı ve dışarıdan gelen sönük ışık yüzünü kararttı. Boğazını temizledi.

"Bu arada, yeni bir çatı temizleyicisi aldık mı? Bu geceden önce üç ya da dört metre kar birikeceğinden bahsediyorlar ve ben üst kattaki dolabın içinde akıntı görmek istemiyorum."

"Üç ya da dört metre mi?"

Ambarda eski bir çatı temizleyicisi olduğunu hatırladı, belki de bantla tamir edilebilirdi.

Madeleine hafifçe iç çektikten sonra merdivenlere yöneldi. "Ben dolabı boşaltacağım."

Gurney'in aklına söyleyecek mantıklı bir şey gelmedi. Tezgahın üzerinde çalan telefon, onu mantıksız bir şey söylemekten kurtarmıştı. Üçüncü çalışında açtı. "Gurney."

"Dedektif Gurney, ben Gregory Dermott." Ses kibardı ama ürkmüştü.

"Evet, Bay Dermott?"

"Bir şey oldu. Gerekli kişilere haber verdiğimden emin olmak istiyorum."

"Oldu mu?"

"Garip bir mektup aldım. Bana bahsettiğiniz kurbanlara gönderilen mektuplarla bağlantılı olabilir. Size okuyabilir miyim?"

"Öncelikle bana nasıl aldığınızı söyleyin."

"Alma şeklim içinde yazan şeyden daha rahatsız edici. Tanrım, tüylerim ürperiyor. Penceremin dış tarafına yapıştırılmıştı – her sabah kahvaltımı yaptığım küçük masanın yanındaki pencereye... Bunun ne demek olduğunu anlıyor musunuz?"

"Ne?"

"Oradaydı, tam orada durup evime dokundu, ben uyurken on beş metre uzağımdaydı demek oluyor. Bu durum çok ürkütücü..."

"Ne demek istiyorsunuz, ne penceresine yapıştırması?"

"Her sabah oturduğum yerdeki pencere. Bir yanlışlık yok – benim nerede kahvaltı yaptığımı biliyor ve bu da beni izlediği anlamına geliyor."

"Polisi aradınız mı?"

"Sizi şu anda bu yüzden arıyorum."

"Yerel polisi kastettim."

"Anladım. Evet, onları aradım – ama bu durumu ciddiye almıyorlar. Sizden yardımcı olabilecek bir telefon etmenizi bekliyorum. Bunu benim için yapabilir misiniz?"

"Bana notta ne yazdığını söyleyebilir misiniz?"

"Bir saniye. Burada... Sadece iki satır. Kırmızı mürekkeple yazılmış. 'Tek gelin, birlikte gelin. / Şimdi bütün aptallar ölecek."

"Bunu polise okudunuz mu?"

"Evet. Onlara bunun iki cinayetle ilgisi olabileceğinden bahsettim ve görüşmem için yarın sabah bir dedektif göndereceklerini söylediler. Acil olduğunu düşünmediler."

Gurney ona artık üç cinayetin olduğunu söylemenin iyi ve kötü yanlarını tarttı ama sonunda bunun korkudan başka bir şey vermeyeceğine karar verdi. Zaten Dermott yeterince korkmuş gibiydi…

"Mesajın sizin için bir anlamı var mı?"

"Anlamı mı?" Dermott'un sesinde panik vardı. "Ne söylüyorsa o. Birisinin *öleceğini* söylüyor. *Şimdi*, diyor. Ve bu mesaj *bana* gönderiliyor. Bunun anlamı bu, Tanrı aşkına! Sizin derdiniz nedir? Bir şeyle ilgilenmek için kaç tane daha ölü beden gerekiyor?"

"Sakin olmaya çalışın. Konuştuğunuz polis memurunun adını biliyor musunuz?"

Kırk İkinci Bölüm

Baş Aşağı

Gurney, Wycherly Polis Departmanı'ndaki Yüzbaşı John Nardo ile görüşmesini bitirdiğinde, Gregory Dermott'un en azından geçici olarak, başkomiserin kararına kadar korunması için bir memurun öğleden sonra gönderileceğinin, adam isteksiz de olsa, garantisini almıştı.

Bu arada kar yağışı, şiddetli bir tipiye dönüşmüştü. Gurney yaklaşık otuz saattir uyanıktı ve uyuması gerektiğini biliyordu fakat bir kahve içip, kendisini biraz daha zorlamaya karar verdi. Yukarıdaki Madeleine'e de isteyip istemediğini sormak için seslendi. Ne cevap vereceğini bilmesi gerekmesine rağmen, tek heceli sesin ne dediğini anlayamadı. Tekrar sordu. Bu kez "Hayır!" sesi yüksek ve açıktı – gerektiğinden daha yüksek ve daha açık, diye düşündü Gurney.

Kar, onun üzerinde her zamanki sakinleştirici etkisini göstermiyordu. Vakadaki olaylar çok çabuk birikiyordu. Katile ulaşması umuduyla Wycherly'deki posta kutusuna gönderdiği şairane mektup konusunda hata yaptığını hissetmeye başlıyordu. Ona bir dereceye kadar araştırma yetkisi verilmişti ama bu yetki böylesine 'yaratıcı' müdahaleleri kapsamıyor olabilirdi. Kahvesinin hazır olmasını beklerken, gözleriyle görmüş gibi somut bir şekilde canlandırabildiği pisi balığı da dahil, Sotherton olay yerindeki görüntüler, Dermott'un penceresindeki notun düşüncesiyle yarışıyor, kendilerine yer açmaya çalışıyorlardı. *Tek gelin, birlikte gelin. / Şimdi bütün aptallar ölecek.*

Duygusal bataklığından çıkmak için bir yol aradı. Çatlak çatıyı tamir edebilir ya da 'on dokuz' olayına, olayın nereye gidebileceğini görmek için daha yakından göz atabilirdi. İkincisini seçti.

Olayın düşündüğü gibi yapıldığını farz ederse, ne sonuçlar çıkarılabilirdi? Katilin zeki, yaratıcı, baskı altında sakin, sadist oyunları seven birisi olduğunu mu? Kurbanlarına çaresiz olduklarını hissettirme takıntısı olan bir kontrol manyağı olduğunu mu? Yukarıdakilerin hepsi zaten açıktı. Açık olmayan şey tüm bunları yaparken, neden böyle bir yol izlediğiydi. 'On dokuz' numarasıyla ilgili olan şey, bunun bir *numara* olduğuydu. Bu numaranın amacı ise, katilin kurban hakkında hiç soru sormadan, onu çok iyi tanıdığı izlenimini vermekti.

Tanrım!

Mellery'e gönderilen ikinci şiirdeki cümle neydi?

Gurney mutfaktan çalışma odasına koşar adımlarla gidip, vaka dosyasını eline aldı ve karıştırmaya başladı. İşte buradaydı! O gün ikinci kez, gerçeğin bir parçasına dokunmanın gerginliğini hissetti.

Biliyorum ne düşündüğünü,
Ne zaman uyudugunu,
Nereye gittiğini,
Nereye gideceğini.

Madeleine o gece yatakta otururken ne demişti? Dün gece miydi yoksa ondan önceki mi? Mesajların garip bir şekilde özele inmediğini – içlerinde somut bir gerçek, isim, yer, elle tutulur hiçbir gerçek olmadığını mı?

Gurney heyecanla bilmecenin önemli parçalarını yerleştirdiğini hissetti. Merkezde duran parça, baş aşağı tutmakta olduğu parçaydı. Katilin kurbanlarını yakından tanıdığı, geçmişlerini bildiği düşüncesinin bir düzmece olduğunu şimdi anlamıştı. Gurney yeniden notların, Mellery'nin telefon görüşmesinin ve diğer delillerin olduğu dosyayı inceledi ama katilin, onlar hakkında, isimleri ve adresleri dışında herhangi özel bir bilgiye sahip olduğuna dair en ufak bir işaret göremedi. Sadece hepsinin geçmişte çok fazla içtiklerini biliyormuş gibi görünüyordu ama hiçbir ayrıntı yoktu – bir olay, insan, mekan, zaman. Her şey, katilin onlar hakkında aslında hiçbir şey bilmediğini fakat hepsini yakından tanıdığı izlenimini vermeye çalıştığını destekliyordu.

Bu aklına yeni bir soru getirdi. Neden yabancıları öldürsün? Eğer alkol sorunu olan herkese karşı hastalıklı bir nefret duyuyorsa, neden (Randy Clamm'in Bronx'tayken Gurney'e söylediği gibi) en yakın AA toplantısına bir bomba atmamıştı?

Yorgunluk aklını ve bedenini zorlarken, düşünceler beyninde yeniden dönmeye başladı. Yorgunlukla birlikte, kendinden şüphe hissi de içine yerleşmişti. Sayı numarasının nasıl yapıldığını anlamanın sevinci yerini, bunu daha önce anlamış olması gerektiğini düşünerek kendini eleştirmeye bıraktı – ardından bu varsayımının da çıkmaz bir sokağa varacağı korkusu başladı.

"Şimdi ne oldu?"

Madeleine, dolabı boşaltırken dağılmış saçlarıyla ve elinde kabarık bir çöp poşetiyle, çalışma odasının girişinde duruyordu.

"Hiçbir şey."

Ona sana-inanmıyorum bakışı atıp, poşeti kapıya bıraktı. "Bu eşyalar senin dolabının yanında duruyordu."

Gurney gözlerini poşete dikti.

Madeleine üst kata geri döndü.

Rüzgar, tamir gerektiren pencerede ince ince ıslık çalmaya

başladı. Kahretsin... Onu tamir etmeyi düşünmüştü. Rüzgar bu açıdan ne zaman esse...

Telefon çaldı.

Arayan, Sotherton'dan Gowacki'ydi.

"Evet, doğrusunu istersen, pisi balığıymış," dedi merhaba bile demeden. "Sen bunu nasıl bildin?"

Balık hakkındaki tahminin doğrulanması, Gurney'in ruhunu içinde olduğu bitkinlik halinden çıkarıverdi. Başından beri kendisini rahatsız eden bir konuyla ilgili olarak, Jack Hardwick'i arayacak enerjiyi bulmuştu. Hardwick'in numarasını tuşlarken, üçüncü şiiri dosyasından çıkardı.

Yaptıklarımı yapıyorum
Ne para, ne de eğlence için
Yalnızca borçların ödenmesi için,
Düzeltilmesi gerekenlerin düzeltilmesi için.
Boyanmış bir gül kadar
Kırmızı kan için
Her insan bilir ki
Ne ekerse onu biçecektir.

Her zamanki gibi, BCI dedektifi kendisinin söyledikleriyle ilgilenip ona cevap vermeden önce, uzun dakikalar süren bir dizi küfre katlanmak zorunda kaldı. Ardından Hardwick, kendisinden beklenecek bir cevap verdi.

"Şiirde kullanılan geçmiş zamanın, dostunu indirmeden önce başka kelleler uçurduğunu gösterdiğini mi söylüyorsun?"

"Görünürdeki anlam bu," dedi Gurney, "bu yazıldığı sırada bizim bildiğimiz üç kurban da hayatta olduğuna göre..."

"Peki, benden ne yapmamı istiyorsun?"

"Benzer olayların olup olmadığının araştırılması için MO'yu, yani araştırma ekibini harekete geçirmek iyi fikir olabilir."

"*Modus Operandi*'nin ne kadar ayrıntıya inmesini istersin?" Hardwick'in cilveli ses tonu, Latince kelimeyle dalga geçtiğini gösteriyordu. Onun yabancı dilleri komik bulan, milliyetçi tavrı, Gurney'i kızdırıyordu.

"Sana bağlı. Bence boğazdaki kesikler anahtar nokta."

"Hımm. Bu soruşturmanın Pennsylvania, New York, Connecticut, Rhode Adası, Massachusetts hatta belki de New Hampshire ve Vermont'a uzanması gerektiğini mi düşünüyorsun?"

"Bilmiyorum, Jack. Sen karar ver."

"Zaman dilimi?"

"Son beş yıl? Sen nasıl istersen."

"Son beş yıl en iyisi." Sesi bunun kötü bir fikir olduğunu ima eder gibiydi. "Başkomiser Rod ile diğerlerini haberdar edecek misin?"

"Yarın mı? Tabii ki, toplantıda olacağım."

Bir an sessizlik oldu. "Bu lanet olası delinin bunu bir süredir yaptığını mı düşünüyorsun?"

"Olasılık var gibi görünüyor, değil mi?"

Bir sessizlik daha yaşandı. "Yeni bir bilgi edindin mi?"

Gurney ona olanların bir özetini geçti, yorumunu yaptı ve sonunda bir şey önerdi. "Mellery'nin on beş sene önce rehabilitasyon merkezinde kaldığını biliyorum. Bir suçu ya da olayı var mı diye kontrol etmek isteyebilirsin – alkolle bağlantılı herhangi bir şey. Albert Rudden ve Richard Kartch için de bunu yapabilirsin. Rudden ve Kartch'ın olaylarına bakan dedektifler onların biyografisi üzerinde çalışıyorlar. Bağlantılı bir şeyler bulmuş olabilirler. Bunları yapmışken, Gregory Dermott'un geçmişini de biraz kurcalaman fena olmaz. Bu belaya bir şekilde bulaştı. Katil bir sebepten onun Wycherly'deki posta kutusunu seçti ve şimdi Dermott'u da tehdit ediyor."

"Ne yapıyor?"

Gurney Dermott'un penceresine yapıştırılan "*Tek gelin, birlikte gelin. / Şimdi bütün aptallar ölecek*" yazan nottan ve Yüzbaşı Nardo'yla görüşmesinden bahsetti.

"Geçmişle ilgili araştırmalardan ne çıkacağını düşünüyorsun?"

"Üç gerçeği açıklığa kavuşturacak bir şey. Öncelikle, katil kurbanların alkolik geçmişlerine odaklanmış durumda. İkincisi, onları kişisel olarak tanıdığına dair hiçbir delil yok. Üçüncüsü, coğrafi olarak birbirine çok uzak konumda kurbanlar seçmiş. Bu da onları seçmiş olmasında aşırı alkol tüketiminden başka bir etken daha olduğunu, onları birbirine, katile ve muhtemelen Dermott'a bağlayan bir şey daha olduğunu gösteriyor."

"Bu bir gerçeklik mi?"

"Yarın görüşürüz, Jack."

Madeleine

Ertesi gün çok çabuk geldi. Gurney, Hardwick'le görüşmesinden sonra ayakkabılarını çıkarıp, çalışma odasındaki koltuğa uzanmıştı. Öğleden sonra ve gece boyunca derin bir şekilde, deliksiz uyumuştu. Uyandığında sabah olmuştu.

Ayağa kalkıp gerindi ve pencereden dışarı baktı. Güneş, vadinin doğu tarafındaki kahverengi dağların arasından yükseliyordu ve güneşin konumundan, saatin sabah 7 civarında olduğunu tahmin etti. BCI toplantısı için 10:30'da çıkması yeterliydi. Gökyüzü masmavi, kar, içerisinde cam parçaları varmış gibi parıldıyordu. Manzaranın güzelliği ve verdiği huzur, anı basitleştiren ve güzelleştiren taze kahve kokusuyla birleşiyordu. Uzun uykusu dinlendirici olmuştu. Ertelemiş olduğu telefon görüşmelerini yapmaya hazırdı – Sonya ve Kyle'a yapacağı aramalar – ama ikisinin de hâlâ uykuda olduğu düşüncesiyle durdu. Sonya'nın yüzü gözünün önüne geldi ve birkaç saniye bunu düşünerek uzandı. Ardından mutfağa gitti ve aramaları dokuzdan sonra yapmaya karar verdi.

Madeleine her dışarıya çıktığında olduğu gibi, evde sessiz bir hava hakimdi. Tezgahın üzerinde, evde olmadığını onaylayan bir not buldu: "*Şafak. Güneş doğmak üzere. İnanılmaz güzel. Carlson tepesine doğru kar yürüyüşü yapıyorum. Kahve hazır. M.*" Banyoya gidip, ellerini ve yüzünü yıkadı, dişlerini fırçaladı. Saçlarını tararken, Madeleine'in arkasından gitme fikri geldi aklına. Doğmakta olan günden bahsettiğine göre son on dakikada ya da o civarda çıkmış olması gerekiyordu. Kayak kros ile gidip onun kar ayakkabılarının izlerini takip ederse, yaklaşık yirmi dakika içinde ona ulaşırdı.

Kotunun üzerine, kayak pantolonları ve kayak ayakkabılarını giyip, üzerine kalın, yün bir süveter geçirdi ve kayak aletlerini alıp, arka kapıdan otuz santim uzunluğundaki karın arasında ilerlemeye başladı. Dağlar, uzun vadi manzarası ve onun önündeki küçük tepeler yaklaşık bir buçuk kilometre uzaklıktaydı ve evin arkasından başlayan, hafif eğimli bir patikadan oraya ulaşılabiliyordu. Yazları, dağınık ahududu çalıları yüzünden buradan geçilemiyordu fakat sonbaharın sonlarında ve kış aylarında dikenli çalılar azalıyordu.

Bir aile, soğuk havada yükselen tek ses olan acı dolu bağırma çağırma sesleriyle yüz metre kadar ileriden geçti ve geride derin bir sessizlik kaldı.

Gurney, çalıların arasından, Carlson'ın tepedeki çiftliğine vardığında, Madeleine'i gördü. Madeleine, yaklaşık on beş metre ötede bir taşın üzerine oturmuş, ufuk çizgisinin berisinde görünen iki yerleşim yeri ve yaşam belirtisi bir dolambaçlı yoldan ibaret manzaraya bakıyordu. Gurney, onun bu durgun hali karşısında şaşkınlıkla olduğu yerde durdu. Öylesine… Öylesine… Tam anlamıyla kimsesiz görünüyordu ki … Tamamen kendi dünyasına *dalmıştı.* Gurney'e, onun geçiş izninin olmadığı bir bölgede gezindiğinin sinyalini verir gibiydi.

İkazsız ve kelimelerle ifade edilmeyecek bir duyguyla birlikte, bu görüntü onun yüreğini parçalamıştı.

Tanrım, yine sinirleri mi bozuluyordu? Gözleri, bu hafta üçüncü kez yaşlarla dolmuştu. Yutkundu ve gözlerini sildi. Sersemlemişti ve birkaç adım öteye ilerleyip kendisine gelmeye çalıştı.

Belki bu hareketi, belki de kuru karda kayak takımlarının çıkardığı ses yüzünden, Madeleine ona döndü. Kendisine yaklaşmasını izledi. Hafiften gülümsedi fakat konuşmadı. Gurney, o kendisine bakarken bedeninden öte, ruhunu da görebiliyormuş gibi garip bir hisse kapıldı – garipti, çünkü "ruh" kelimesi anlamlandırabildiği bir kelime değildi, hatta daha önce hiç kullanmamış olduğu bir terimdi. Onun yanına, taşa oturup, tepelerin, vadinin olduğu manzaraya boş boş, görmeden baktı. Madeleine onun kollarını alıp, kendi kollarına sardı.

Gurney, yüzüne dikkatle baktı. Gördüklerini, kelimelerle ifade edemezdi. Karla kaplı manzaranın görkemi yüzüne yansımış ve yüzünün görkemi, karla kaplı manzaraya yansımıştı adeta.

Bir süre sonra – Gurney ne kadar bu şekilde kaldıklarından emin değildi – eve giden dolambaçlı yolda birlikte yürümeye başladılar.

Yarı yola geldiklerinde, "Ne düşünüyorsun?" diye sordu Gurney.

"Bir şey düşünmüyorum. Bakıyorum."

"Neye?"

"Mavi gökyüzü ve beyaz kara."

Eve dönüp, mutfağa girene kadar konuşmadı Gurney.

"Bana yaptığın kahveyi içmedim," dedi.

"Yenisini yapayım."

Buzdolabından kahve tanecikleri dolu bir poşeti çıkarıp, birazını elektrikli öğütücüye atarken, Gurney onu izledi.

Madeleine, parmağı makinenin düğmesi üzerinde, "Evet?" dedi meraklı bakışlarla.

"Hiç," dedi Gurney. "Sadece izliyorum."

Madeleine düğmeye bastı. Küçük makine gürültüyle çalışmaya başladı ve kahve tanecikleri küçüldükçe, gürültü de azaldı. Tekrar Gurney'in yüzüne baktı.

Gurney, bir şeyler söyleme ihtiyacına girip, "Dolaplara bir bakayım," dedi.

Merdivenlerden çıktı fakat dolaplara varmadan pencerenin önünde durdu. Önünde uzanan araziye, ötesindeki ağaçlık alana ve tepeye baktı. Gözünün önüne, Madeleine'in yalnız başına kayanın üzerinde huzurla otururkenki hali geldi. İfade edemediği duygular yeniden içini kapladı ve canı acıdı. Bu acıyı tanımlamaya çalıştı.

Kayboluş. Kopma. Yalnızlık.

Her biri duygunun başka bir boyutunu anlatıyordu ve hepsi doğruydu.

On yedi yaşlarında panik atak hastalığı yüzünden gittiği terapist ona bu rahatsızlığının sebebinin, babasına karşı derinden hissettiği nefret olduğunu ve babasına karşı bilinçdışı hissettiği duyguların içinde saklı kalan güce ve olumsuz duygulara yol açtığını söylemişti. Bu terapist ona hayatın amacı olduğunu düşündüğü şeyi söylemişti.

"Hayatın amacı diğer insanlara elimizden geldiği kadar yaklaşmaktır." Bunu öylesine düz bir şekilde, kamyonların ulaşım amaçlı kullanıldığından bahsedercesine söylemişti.

Başka bir konuda, aynı ses tonuyla bundan çıkardığı sonucu dile getirmişti: "Yalnız bir hayat, boşa geçen bir hayattır."

On yedi yaşındayken, adamın ne demek istediğinden emin olamamıştı. Derin bir manası var gibi görünüyor ancak bu derinlikte gizlenen bir karanlık buluyor ve tüm bunlara bir anlam veremiyordu. Bunu kırk yedi yaşında da tam olarak çözemiyordu – en azından kamyonların ulaşım için var olduğu kadar açık bir şekilde anlamıyordu.

Dolaplara bakmayı unutup, mutfağa geri döndü. Karanlık koridordan geçtikten sonra, mutfak çok aydınlık gelmişti. Bulutsuz gökyüzünde, ağaçların tepesine tırmanmış güneş doğrudan kuzeydoğuya bakan kapıların üstüne vuruyordu. Kar kaplı avlu, adeta ayna görevi görüyor oradan yansıyan ışık odanın karanlık köşelerini aydınlatıyordu.

"Kahven hazır," dedi Madeleine. Şömineye doğru, elinde buruşturulmuş bir gazete parçası ve odunla yürüdü. "Işık o kadar büyülü ki... Tıpkı müzik gibi..."

Gurney gülümseyerek başını salladı. Bazen onun doğadan ve doğanın ayrıntılarından büyülenme yeteneğini kıskanıyordu. Merakla neden böyle bir kadının, böylesine heyecan dolu, böylesine doğaya ve dünyaya aşık, nesnelerin görkemiyle bu kadar ilgili bir kadının bu kadar planlı ve mantığıyla yaşayan bir dedektifle evlendiğini düşündü. Renksiz mesleğini bir gün bir kenara iteceğini mi düşünmüştü? Kırlarla dolu bir emeklilik fantezisinde farklı bir insana dönüşeceği hayaline mi kapılmıştı?

Kendi annesi babası kadar garip olmasalar da, garip bir çift olduklarını düşündü. Sanatsal eğilimleri ve süslü hobileri olan bu kadın – küçük heykelcikler, suluboya resimler ve origami yapmayı severdi – melankolik tavrı ancak alaycı sözlerle süslenen, dikkati her zaman başka bir yerde, tutkuları her zaman saklı olan ve eve dönüşünden çok, sabahları işe gitmek için çıkmasıyla Gurney'i mutlu eden babasıyla evlenmişti. Kendi huzur arayışı için daima *giden* bir adamla...

"Toplantın için ne zaman çıkman gerekiyor?" diye sordu Madeleine. Gurney'in aklından geçenlere karşı olağanüstü duyarlı bir tavrı vardı.

Kırk Dördüncü Bölüm

Son Tartışmalar

Deja vu.

Giriş prosedürleri öncekiyle aynıydı. Binanın giriş bölümü – ironik bir şekilde düşmanı geri püskürtmek için tasarlanmış – bir morg kadar temiz ama daha az huzurluydu. Güvenlik kabininde başka bir gardiyan vardı fakat ışıklandırma onun da yüzüne, önceki gardiyan gibi kimyasal tedavi solgunluğu yaymıştı. Ve önceki gibi, Gurney'e, klostrofobik toplantı odasına kadar eşlik eden jöleli saçlı, sevimsiz dedektif Blatt'ti.

Gurney'in hatırladığından farksız olan, yalnızca daha eski görünen toplantı odasına ondan önce girdi. Halıda daha önce fark etmemiş olduğu lekeler vardı. Yamuk duran saat, duvar için fazla küçüktü ve on ikiyi gösteriyordu. Gurney her zamanki gibi tam vaktinde gelmişti ve bu onun için bir gerginlik konusundan ziyade, alışkanlıktı. Vaktinden önce ya da sonra gelmek onu rahatsız ediyordu.

Blatt masanın etrafındaki sandalyelerden birisine oturdu. Wigg ve Hardwick çoktan gelmiş, bir önceki toplantıdaki yerlerini almışlardı. Köşedeki kahve termosunun yanında, gergin ifadeli bir kadın dikilmekteydi ve her kimi bekliyorsa, Gurney'le birlikte içeri girmediği için mutsuz görünüyordu. Sigourney Weaver'a öyle benziyordu ki, Gurney bu benzerlik için bilinçli bir çaba harcayıp harcamadığını merak etti.

Dikdörtgen masanın merkezine en yakın duran üç sandalye, önceki gibi eğilmişti. Gurney kahve termosuna yönelirken, Hardwick pis pis sırıtıyordu.

"Birinci sınıf Dedektif Gurney, size bir sorum var."

"Merhaba Jack."

"Daha doğrusu, sana bir cevabım var. Bakalım sorunun ne olduğunu tahmin edebilecek misin? 'Boston'da meslekten atılmış bir rahip.' Büyük ödülü kazanmak için tek yapman gereken, soruyu tahmin etmek."

Gurney cevap vermek yerine bir kahve fincanı aldı, temiz olmadığını fark edip yerine koydu, ardından ikinciyi ve üçüncüyü de bırakıp, ilk kupayı geri aldı.

Sigourney ayağını yere vurarak ritim tutarken bir yandan sabırsızlandığını gösterir gibi Rolex saatine bakıyordu.

Gurney, teslim olmuş bir şekilde kirli kupasını, temiz olmasını umduğu kahveyle doldururken, "Merhaba, ben Dave Gurney," dedi.

Çift attığı zarın üzerine hızla bir hamle yapar gibi, "Ben Dr. Holdenfield," dedi. "Sheridan yolda mı?"

Sesindeki bir gariplik dikkatini çekmişti. Ayrıca "Holdenfield" ismini bir yerden hatırlıyordu.

Bölge savcısı ve doktor arasında ne tür bir bağlantı olabileceğini merak ederek, "Bilmiyorum," dedi. "Eğer sormamda sakınca yoksa ne doktorusunuz?"

"Adli psikolog," dedi ilgisizce yüzüne değil de, kapıya bakarak.

Hardwick, odanın boyutuna göre oldukça yüksek bir sesle, "Dediğim gibi Dedektif, eğer cevap Boston'da meslekten atılmış bir rahipse, soru nedir?" dedi.

Gurney gözlerini kapattı. "Tanrı aşkına Jack, neden doğrudan söylemiyorsun?"

Hardwick yüzünü tat alamamış gibi buruşturdu. "O zaman iki kez anlatmak zorunda kalırım – bir sana bir de komiteye." Başıyla çevrilmiş sandalyeleri işaret etti.

Doktor yeniden saatine baktı. Wigg dizüstü bilgisayarının tuşlarına basarak, bilgisayar ekranında her ne oluyorsa ona bakıyordu. Blatt sıkılmış görünüyordu. Kapı açıldı ve Kline endişeli bir şekilde içeri girdi. Arkasından Rodriguez elinde koca bir dosyayla ve yüzünde her zamankinden daha sinirli bir ifadeyle ve Stimmel karamsar bir kurbağa gibi göründü. Oturduktan sonra, Rodriguez Kline'a bir şey sorarcasına baktı.

Ardından dudaklarını sıkıp incelterek, bakışlarını Gurney'e çevirdi.

"Trajik bir gelişme oldu. Bildirilenlere göre, senin ısrarın üzerine Gregory Dermott'un evine gönderilmiş bir Connecticut polis memuru öldürüldü."

Odadaki herkes hoşnut olmamış, meraklı gözlerle Gurney'e baktı.

İçine bomba gibi düşen endişeye rağmen, sakince, "Nasıl?" diye sordu.

"Arkadaşınla aynı şekilde..." Sesinde huysuz ve imalı bir hava vardı ancak Gurney buna karşılık vermemeyi tercih etti.

"Sheridan, burada ne halt oluyor?" Doktorun sesi öylesine düşmanca bir *Uzaylı Sigourney* havasında çıkmıştı ki, Gurney bunu kasten yaptığını düşündü.

"Becca! Pardon, seni görmemiştim. Biraz panik haldeyiz. Son dakika karışıklığı. Görünüşe göre başka bir cinayet daha..." Rodriguez'e döndü. "Connecticut'daki polis olayıyla ilgili bilgileri vermeye ne dersin?" Kulaklarının birinde su varmışçasına ani bir hareket yaptı. "Hayatımda karşılaştığım en lanet olası vaka!"

Rodriguez "Evet, en lanet," diye onayladı dosyasını açarak.

"Bu sabah Connecticut Wycherly'den komiser John Nardo'dan saat on bir yirmi beşte bir telefon geldi. Bizim, Mark Mellery vakasında posta kutusu kullanılan adam olarak bildiğimiz Gregory Dermott'un mülkünde işlenmiş bir cinayetle ilgili olarak arıyordu. Dermott'a, özel Dedektif David Gurney'in ısrarı üzerine geçici olarak koruma verilmişti. Bu sabah saat sekizde…"

Kline elini kaldırdı. "Bir saniye, Rod. Becca, Dave'le tanıştın mı?"

"Evet."

Soğuk, kısa onay kelimesi, daha fazla açıklamadan kurtulmak için ağzından çıkmıştı ancak Kline yine de devam etti.

"İkinizin konuşacak çok şeyi var. Bu işteki en doğru profil çıkarma geçmişiyle bilinen psikolog ve NYPT'nin tarihinde en çok cinayet faili tutuklamasıyla ünlü dedektif…"

Bu övgü dolu sözler herkesi rahatsız etmişti. Ama aynı zamanda Holdenfield'ın Gurney'e ilk kez ilgiyle bakmasını sağlamıştı. Profesyonel profilcilere hayranlık duymasa da, Gurney ismin neden tanıdık geldiğini o an anlamıştı.

Kline, görünüşe bakılırsa iki yıldızı yüceltmeye devam etmeye kararlıydı. "Becca onların aklını okuyor, Gurney onların izini sürüyor – Yamyam Noel Baba, Jason Strunk, Fare Peter ismi her neyse…"

Doktor gözlerini hafifçe açarak Gurney'e döndü. "Piggert? O senin vakan mıydı?"

Gurney başını salladı.

"Oldukça meşhur bir tutuklama hikayesi," dedi belli belirsiz bir hayranlıkla.

Gurney, hafifçe, zoraki gülümsedi. Wycherly'deki olay – gönderdiği kışkırtıcı şiirin polis memurunun ölümüyle ilgisinin olup olmadığı sorusu – beynini kemiriyordu.

Kline aniden, bölünmenin sebebi başkomiser gibi, "Devam et, Rod," dedi.

"Bu sabah saat sekizde Gregory Dermott, Wycherly postanesine gitti ve Memur Garry Sissek ona eşlik etmekteydi. Dermott'un söylediğine göre saat sekiz otuzda eve döndüler ve o saatte kahve ve tost yapıp, gelen mesajlarını kontrol etmeye koyuldu. Bu esnada memur Sissek mülkün etrafını kolaçan etmek ve çevresinde güvenliğin sağlandığından emin olmak için, evin dışında dolaşıyordu. Saat dokuzda Dermott memur Sissek'i aramaya çıktı ve arka kapının önünde cesedini buldu. 911'i aradı. İlk müdahale ekibi olay yerini koruma altına aldı ve cesedin üzerine, arka kapıya yapıştırılmış bir not buldular."

"Diğerleri gibi kurşun ve birden fazla kesik mi?" diye sordu Holdenfield.

"Kesikler onaylandı fakat kurşunla ilgili net bir bilgi henüz gelmedi."

"Peki ya not?"

Rodriguez dosyasının içindeki faksı okudu. "*Nereden geldim? / Nereye gittim? / Kaç kişi ölecek / Bilmiyor musunuz?*"

"Aynı saçmalık," dedi Kline. "Ne düşünüyorsun, Becca?"

"Süreç hızlanıyor olabilir."

"Süreç mi?"

"Şu ana kadar her şey dikkatlice planlanmıştı – kurban seçimleri, notlar, hepsi... Ama bu farklı, planlanmıştan çok, anlık bir tepki."

Rodriguez şüphelenmiş görünüyordu. "Aynı kesme ritüeli, aynı türden bir not."

"Ama bu planlanmamış bir kurban. Görünüşe bakılırsa sizin Bay Dermott asıl hedefti ama o sırada önüne çıktığı için, onun yerine bu polis memuru öldürülmüş."

"Ama not..."

"Not olay yerine Dermott'un cesedinin üzerine konmak için

getirilmiş olabilir, tabii her şey yolunda gitseydi. Ya da o an değişen şartlar sonucu, o sırada yazılmış olabilir. Yalnızca dört satırdan oluşuyor olması önemli. Diğerleri sekiz satır değil miydi?" Onaylaması için Gurney'e döndü.

Hâlâ suçluluk duygusuyla boğuşmakta olan Gurney başını salladı ve içinde bulunduğu ana dönmeye çalıştı. "Dr. Hornfield'e katılıyorum. Her zaman yazdığı sekiz satırlık şiirlere ters düşen dört satırlık şiiri düşünmemiştim ama mantıklı görünüyor. Ayrıca eklemek isterim ki, bu diğerleri gibi planlanmış olamaz ama buna rağmen katilin polis düşmanı olması unsuru en azından bu cinayeti ve başkomiserin sözünü ettiği ritüeli açıklayabilir."

"Becca sürecin hızlanmasıyla ilgili bir şey söyledi," dedi Kline. "Zaten gerçekleşmiş dört cinayetimiz var. Bu daha fazla olacağı anlamına mı geliyor?"

"Hatta beş."

Tüm gözler Hardwick'e çevrildi.

Başkomiser yumruğunu kaldırıp, her isimde bir parmağını açarak konuştu: "Mellery. Rudden. Kartch. Memur Sissek. Dört eder."

"Rahip Michael McGrath'le beş eder," dedi Hardwick.

"Kim?" Soru aynı anda üç kişi tarafından aynı anda farklı tonlarda; Kline (heyecanlı), Başkomiser (sinirli) ve Blatt (şaşkın) tarafından sorulmuştu.

"Beş yıl önce, Boston bölgesinde bir rahibin yetkileri, kendisine yardımcı olan birkaç çocukla ilgili bir iddia yüzünden elinden alınmış. Piskoposla bir anlaşma yapmış, uygunsuz davranışının sebebini alkoliklik olarak göstermiş ve uzun süre rehabilitasyon merkezinde kaldıktan sonra gözden kaybolmuş. Hikaye bu kadar."

"Bundan yalnızca Boston bölgesinde mi vardı?" dedi Blatt küçümser bir tavırla. "Bütün lanet yerler çocukları beceren tiplerle kaynıyordu."

Hardwick onu dikkate almadı. "Bir sene önce McGrath dairesinde ölü bulunana dek hikaye bu kadardı. Boğazında çok sayıda kesik izi varmış. Bedenine, intikam mesajı yazan bir not yapıştırılmış. Kırmızı mürekkeple yazılmış, sekiz satırlık bir şiir."

Rodriguez'in yüzü kızarıyordu. "Bundan ne kadardır haberdarsın?"

Hardwick saatine baktı. "Yarım saattir."

"Ne?"

"Dün Özel Dedektif Gurney benden, Mellery vakasının benzerleri için MO'lardan kuzeydoğu eyaletlerinde bir araştırma istememi rica etti. Bu sabah bir sonuç elde ettik – rahmetli Papaz McGrath."

"Bu cinayet yüzünden tutuklanan ya da dava açılan kimse var mı?" diye sordu Kline.

"Hayır. Boston'daki cinayetle ilgili olarak görüştüğüm adam bana böyle söylemedi ama ben vakaya öncelik vermedikleri izlenimine kapıldım."

"Bu ne demek oluyor?" Başkomiser öfkelenmişti.

Hardwick omuz silkti. "Eski bir ibne kendisini doğratıp geberiyor ve katil cesedin yanına, onun geçmiş günahlarına üstü kapalı göndermeler yapan bir not bırakıyor. İntikam almaya kararlı birisi gibi görünüyor. Belki de polisler ne halt döndüğünü anladılar ama önlerinde başka pislikler, yakalanmayı bekleyen başka katiller vardı. Öldürme nedenleri gecikmiş adaletten daha basit olan katiller… Belki de bu yüzden üzerinde durmadılar."

Rodriguez hazımsızlık sorunu çeker gibiydi. "Ama sana böyle söylemedi."

"Tabii ki böyle söylemedi."

"Öyleyse," dedi Kline özetler gibi, "polis her ne yaptı ya da yapmadıysa, gerçek şu ki: Papaz McGrath beş numara."

"*Si, numero cinco**," dedi Hardwick aptal bir ifadeyle. "Ama gerçekte *numero uno*** – çünkü rahip kendisini diğer dördünden bir sene önce doğratmış."

"Yani bizim birinci sandığımız Mellery, aslında ikinciydi," dedi Kline.

"Ben bundan ciddi anlamda şüpheliyim," dedi Holdenfield. Herkesin dikkati kendisine yönelince devam etti, "Rahibin ilk olduğuna dair bir delil yok – bildiğimiz kadarıyla onuncu olabilir – ama *birinciyse* bile, başka bir sorun var. Bir sene önce bir kişi öldürüp, sonra iki hafta içinde dört kişiyi öldürmek normalde rastladığımız bir tür değil. İlki ve ikincisi arasında başkalarının da olduğunu düşünüyorum."

"Ancak," diye yumuşak bir sesle araya girdi Gurney, "katilin zamanlama ve kurbanları seçme işini yönlendiren belli bir etken yoksa."

"Aklında ne var?"

"Kurbanların alkolizmden başka bir ortak yanları daha olduğunu düşünüyorum, bizim henüz bulmadığımız bir şey."

Holdenfield başını şüpheyle sağa sola salladı ve Gurney'in önermesine katılmadığını belli eden bir ifade takındı, ancak bunu çürütmenin bir yolunu da bulamadı."

"Öyleyse eski cesetler arasında bağlantı bulabiliriz de bulamayabiliriz de," dedi Kline bu konuda ne düşündüğünden emin olamadan.

"Buna yeniler de dahil," dedi Holdenfield.

"Bu da ne demek oluyor?" Rodriguez belli ki bu soruyu çok sevmişti.

Holdenfield, sinirli ses tonuna karşılık vermedi. "Ölümlerin

---

* *İsp*. Evet, beş numara. (Çev. N.)

** *İsp*. Bir numara. (Çev. N.)

gidişatı, daha önce de söylediğim gibi, bir final oyununun başladığını gösteriyor."

"Final oyunu mu?" Kline kelimeden hoşlanmış gibi tekrarladı.

Holdenfield devam etti: "Bu son olayda, plansız bir şekilde davranmak zorunda kaldı. İşler kontrolünden çıkmaya başlamış olabilir. Bunu daha fazla elinde tutamayacağını hissediyorum?"

"Neyi bir arada tutmak?" Blatt her soruyu sorarken olduğu gibi, doğasından gelen düşmanca tavrı takınmıştı.

Holdenfield bir an için ona ifadesiz bir yüzle baktı, ardından yüzünü Kline'a çevirdi. "Burada ne kadar bilgi vermem gerekiyor?"

"Önemli birkaç noktaya değinebilirsiniz. Yanlış bir şey söylüyorsam düzeltin," dedi ve gözlerini masanın etrafında, düzeltilmeyi beklemediğini açıkça belli eden bir ifadeyle gezdirdi. "Dave dışında hiçbirimiz seri katiller konusunda çok deneyim sahibi değiliz."

Rodriguez bir şeye karşı çıkacakmış gibi bakındı fakat bir şey söylemedi.

Holdenfield üzgün bir ifadeyle gülümsedi. "Herkes seri cinayetlerde Holmes tipolojisi ile ilgili en azından genel bir bilgiye sahip mi?"

Mırıldanmaların ve kafa sallamaların çoğu cevapların olumlu olduğunu gösteriyordu. Yalnızca Blatt'in sorusu vardı. "Sherlock Holmes?"

Gurney bunun aptalca bir şaka mı yoksa yalnızca aptalca bir cümle mi olduğuna karar veremedi.

"Ronald M. Holmes – biraz daha güncel ve biraz daha gerçek bir insan," dedi Holdenfield, Gurney'in tam olarak anlamlandıramadığı abartılmış bir şefkatle. Beş yaşında bir çocuğa bir şey anlatan anaokulu öğretmeni taklidi yapıyor olabilir miydi?

"Holmes seri katilleri öldürme nedenlerine göre ayırır – hayali sesler tarafından yönlendirilenler; dünyayı katlanılması imkansız bir grup insandan kurtarmayı kendisine görev edinmiş olanlar – siyahlar, eşcinseller ya da aklınıza ne gelirse; mutlak hakimiyet arayışında olanlar; en büyük hazzı öldürmeden alan maceraperestler; cinsellikle ilgili bir sebepten öldüren katiller. Hepsinin ortak tek bir yönü vardır –"

"Hepsi lanet olası kaçıklardır," dedi Blatt kendini beğenmiş bir gülümsemeyle.

"Güzel bir nokta, Dedektif," dedi abartı bir tatlılıkla, "ama asıl ortak yanları hepsinin korkunç bir iç gerginliğe sahip oldukları. Birisini öldürerek bu gerginlikten geçici bir süre kurtuluyorlar."

"Cinsel ilişkiye girmek gibi mi?"

"Dedektif Blatt," dedi Kline öfkeyle, "Rebecca kendi yorumlarını bitirene kadar sorularınızı kendinize saklasanız iyi edersiniz."

"Aslında sorusu oldukça zekice... Orgazm cinsel rahatlama sağlar. Ancak, normal insanda haz aşağıya doğru bir çizgide ilerlemez ve dolayısıyla kişi gittikçe daha sık ve şiddetli orgazm ihtiyacı hissetmez. Bu açıdan, seri katil olmanın, uyuşturucu bağımlılığıyla daha fazla ortak noktası olduğuna inanıyorum."

"*Öldürme bağımlılığı*," dedi Kline, basın açıklamasına başlık bulmaya çalışır gibi heyecanlı bir sesle.

"Dramatik bir tanım," dedi Holdenfield, "ve bunda gerçeklik payı var. Bir seri katil, fantezi dünyasında herkesten daha fazla yaşamaktadır. Toplum içinde normal davranışlar sergileyebilir. Fakat toplum hayatından hiçbir şekilde tatmin olmaz ve gerçek insanların yaşamlarına ilgi duymaz. Yalnızca fantezileri – kontrol, hakimiyet, cezalandırma fantezileri için yaşar. Onun için bu fanteziler gerçeküstü bir dünyadır – kendisini önemli, canlı, her şeye gücü yeten kişi gibi hissettikleri bir dünya. Buraya kadar soru var mı?"

"Benim var," dedi Kline. "Bizim aradığımız katilin hangi türe girdiğine dair bir fikrin var mı?"

"Evet, var ama öncelikle Dedektif Gurney'in bu konuda ne düşündüğünü bilmek isterim."

Gurney, onun bu içten meslektaş tavrının da gülümsemesi gibi sahte olup olmadığını düşündü.

"Görevinin peşinde bir adam," dedi.

"Dünyayı alkoliklerden temizleme görevi mi?" Kline'ın sesi biraz meraklı, biraz da şüpheciydi.

"Bence 'alkolik' onun hedef kurbanlarını kısmen tanımlıyor ama kurban seçimi konusunda belirleyici başka etkenler var."

Kline ona katılmıyormuş gibi homurdandı. "Daha geniş bir profil tanımlaması yaparsan 'görev peşinde bir adam' dışında, katilimizi nasıl tanımlarsın?"

Gurney lafı çevirmeye karar verdi. "Kafamda birkaç fikir var fakat önce Dr. Holdenfield'ın bu konuda söyleyeceklerini duymak isterim."

Omuz silkti ve hızlı, gerçekçi bir şekilde konuştu. "Otuz yaşında, beyaz bir erkek, yüksek IQ, sıfır arkadaş, karşı cinsle normal ilişkileri yok. Muhtemelen kötü bir çocukluk ve kurban seçimlerini belirleyen belli bir travma geçirmiş. Kurbanları orta yaşlı erkekler olduğu için, travmanın babasıyla ilgili olması ve annesiyle Oedipus Kompleksi'yle bağlantılı bir ilişkisi var..."

Blatt araya girdi. "Bu adamın kelimenin tam anlamıyla... Yani, demek istediğim... Annesiyle birlikte olduğunu söylemiyorsun, değil mi?"

"Tam olarak değil. Bunlar onun fantezi dünyasıyla ilgili. Fantezi dünyasının içinde ve bu dünya için yaşıyor."

Rodriguez sabırsızlıkla araya girdi. "Ben bu kelimeye anlam veremiyorum, Doktor. Beş ölü insan fantezi ürünü değil!"

"Haklısınız, Komiserim. Size ve bana göre, bunlar kesinlikle fantezi değil. Kendilerine ait hayatları olan, adil davranılmaya değer, saygıdeğer, gerçek insanlar fakat bir seri katil için öyle değiller. Onun için bir oyunun içindeki aktörlerden ibaretler – sizin ve benim anladığımız gibi insanoğulları değiller. Ona göre bu adamlar, iki boyutlu film oyuncuları – fantezi ürünleri, tıpkı olay yerinde bulunan ve bir ritüeli andıran diğer unsurlar gibi."

Rodriguez başını salladı. "Söylediklerin deli bir seri katil vakası için mantıklı olabilir ama nasıl? Yaklaşımınla ilgili başka sorunlar var. Bunun bir seri katil vakası olduğuna kim karar verdi? Bu yoldan en ufak bir tereddüdün olmadan…" Bir anda sesinin tonunu ve Sheridan Kline'ın en sevdiği danışmanlarından birine saldırmakta olduğunu fark edip, tereddüt etti. Daha yumuşak bir tonla devam etti. "Yani, ardı ardına gelen cinayetler, her zaman bir seri katilin işi olmayabilir. Bu olaya başka açılardan yaklaşılabilir."

Holdenfield gerçekten şaşırmış görünüyordu. "Alternatif bir hipoteziniz var mı?"

Rodriguez derin bir nefes aldı. "Gurney kurban seçimlerini belirlemede etkisi olan, alkolün yanında bir etken daha olduğunu söyleyip duruyor. Katile zarar veren bir olaya, kasten ya da kazara hepsi dahil olmuş olabilir ve gördüğümüz tek şey bu olaydan sorumlu olan gruptan intikam alındığı. Bu kadar basit olabilir."

"Böyle bir senaryonun imkansız olduğunu söyleyemem," dedi Holdenfield, "ancak planlama, şiirler, ayrıntılar ve ritüelin tamamı basit bir intikamdan daha hastalıklı bir durum olduğunu gösteriyor."

"Hastalıklı olmaktan bahsetmişken…" Gırtlak kanserinden ölmekteymiş gibi bitkin sesiyle Hardwick araya girdi, "Lanet delillerden birisini gündeme getirmek için iyi bir zamanlama olabilir."

Rodriguez gözlerini açıp ona baktı. "Küçük bir sürpriz daha mı?"

Hardwick ona cevap vermeden konuşmasına devam etti. "Gurney'in, Mellery cinayetinden önceki gece, katilin kalmış olduğunu düşündüğü pansiyona, kendisinin isteği üzerine uzman bir ekip gönderildi."

"Bunu kim onayladı?"

"Ben onayladım, efendim," dedi Hardwick. Bir kuralı ihlal ettiği için gurur duyar gibiydi.

"Niçin bununla ilgili yazılı bir belge görmedim?"

"Gurney bunun için yeterli zaman olmadığını düşündü," diye yalan söyledi Hardwick. Sanırım-kalp-krizi-geçiriyorum bakışıyla elini göğsüne götürdü ve gürültülü bir geğirme sesinin ardından rahatlamış gibi yaptı. Uyuklamakta olan Blatt korkuyla öyle bir geriye savruldu ki, sandalyesi neredeyse arkaya devriliyordu.

Bu sesle bölünen Rodriguez yeniden belge işine odaklanamadan, Gurney topu Hardwick'ten alıp, Defneler'e neden bir delil uzman ekibinin gönderilmesini istemiş olduğunu anlatmaya başladı.

"Katil, Mellery'e gönderdiği ilk mektupta X. Arybdis ismini kullanmıştı. Yunanca'da *x* harfi *ch* diye okunur ve Charybdis Yunan Mitolojisi'nde ölümcül bir girdaptır ve yine ölümcül bir tehlike olan Scylla ile ilişkilidir. Mellery'nin öldürüldüğü sabahın öncesindeki gece, Scylla ismini kullanan bir adamla, yaşlı bir kadın pansiyonda kalmışlar. Bunun bir tesadüf olduğunu sanmıyorum."

Holdenfield şaşkınlıkla, "Bir adam ve yaşlı bir kadın mı?" dedi.

"Muhtemelen katil ve annesi fakat kayıtlara garip bir şekilde, 'Bay ve Bayan' şeklinde geçmişler. Belki bu, senin bahsettiğin profilin Oedipus kısmını destekliyordur."

Holdenfield gülümsedi. "Neredeyse kusursuz."

Başkomiser öfkeyle araya girmek üzereydi ki, Hardwick önce davranıp Gurney'in kaldığı yerden devam etti.

"Bu yüzden Oz Büyücüsü tapınağına benzeyen bu lanet köşke uzman ekibi gönderdik. Her yeri altüst ederek incelediler ve ne mi buldular? Sıfır. Nada.* Lanet olası tek bir şey bulamadılar. Bir saç, bir leke, bir insanoğlunun odaya girmiş olduğuna dair en ufak bir iz bile yok. Ekip lideri buna inanamadı. Beni aradı ve her zaman parmak izlerinin olduğu yerlerde hiçbir parmak izi bulamadıklarını söyledi – masaüstleri, lavabolar, kapı kolları, çekmeceler, pencere kanatları, telefonlar, duş telefonları, su muslukları, TV uzaktan kumandaları, lamba düğmeleri, normalde parmak izleri olması gereken bir düzine yer... Zilch.** Tek bir şey bile. Kısmi izler bile yok. Ben de ona her şeyi – her şeyi – duvarları, zemini, lanet tavanı bile incelemesini söyledim. Konuşma biraz tatsızlaşmıştı ama ben ısrarcıydım. Ardından her yarım saatte bir beni aramaya başladı ve hâlâ hiçbir şey bulamadıklarını ve onun kıymetli zamanını boşa harcadığımı söyledi. Ama üçüncü kez aradığında sesinde farklı bir şey vardı – daha sessizdi. Bir şey bulduklarını söyledi."

Rodriguez hayal kırıklığını göstermemek için dikkat ediyordu ancak Gurney bunu hissedebiliyordu. Hardwick derin bir sessizlikten sonra devam etti. Banyo kapısının dış tarafında bir kelime yazılı olduğunu fark ettiler. Tek kelime. *Redrum*."

Rodriguez inanamadığını gizleyemedi ve "Ne?" diye bağırdı.

"*Redrum*." Hardwick kelimeyi, anahtar bir anlamı varmış ve bu anlamdan haberdarmışçasına yavaşça tekrarladı.

"*Redrum*? Filmdeki gibi mi?" diye sordu Blatt.

"Bir saniye, bir saniye," dedi Rodriguez öfkeyle gözlerini kırpıştırarak. "Delil ekibinin kapı üzerine yazılmış basit bir yazıyı bulmak için üç saat falan harcayacağını mı söylüyorsun?"

* Nada: *İsp.* Hiçbir şey (Çev. N.)
** Zilch: *İsp.* Hiçlik (Çev. N.)

"Basit bir yazı değil," dedi Hardwick. "Mark Mellery'nin mektuplarının üzerine yazdığı görünmez mesajları yazdığıyla aynı şekilde yazmış. KAHROLASI ŞEYTAN POLİSLER. Hatırladınız mı?"

Başkomiser mesajı hatırladığını sessizce, boş boş bakarak gösterdi.

Holdenfield "Bunu vaka dosyasında görmüştüm," dedi. "Kendi deri yağını notların arkasına sürerek yazdığına dair bir şeyler... Bu gerçekten mümkün mü?"

"Hiç zor değil," dedi Hardwick. "Hatta parmak izleri de deri yağından başka bir şey değildir. Bunu yalnızca, amacı doğrultusunda kullanmış. Belki de yağı artırmak için parmaklarını alnına sürmüştür. Bunun işe yaradığı kesin ve Defneler'de kalırken aynı şeyi yine yapmış."

"Ama biz filmdeki *redrum* hakkında konuşuyoruz, değil mi?" diye tekrarladı Blatt.

"Film mi? Ne filmi? Niçin filmden bahsediyoruz?" Rodriguez yine gözlerini kırpıştırıyordu.

"Cinnet," dedi Holdenfield artan bir heyecanla. "Ünlü bir sahne... Çocuk annesinin yatak odasının kapısına *redrum* yazar."

"*Redrum* tersten okunduğunda *murder** olur," diye açıkladı Blatt.

"Tanrım, kusursuz!" dedi Holdenfield.

"Bu kadar heyecanlandığınıza göre, katili yirmi dört saat içinde yakalayacağımızı düşünüyorum." Hardwick elinden geldiğince alaycı konuşabilmek için kendisini zorlamıştı.

Gurney onu görmezden gelerek, Holdenfield'a döndü. "Bize *Cinnet* filmindeki *redrum* kelimesini hatırlatmak istemesi ilginç."

Holdenfield'ın gözleri parladı. "Harika bir filmden harika bir kelime."

---

* Murder: *İng.* Cinayet (Çev. N.)

Uzun zamandır, en sevdiği takımın maçını izlermiş gibi masadakileri izlemekte olan Kline, sonunda konuştu. "Tamam, arkadaşlar, benim de bu sırrı öğrenme zamanım geldi. Bu kadar harika olan nedir?"

Holdenfield Gurney'e döndü. "Ona kelimeden bahset. Ben de filmden bahsedeceğim."

"Kelime tersten yazılmış. Bu kadar basit. Bu vakanın başından beri bize göstermekte olduğu bir şey bu… Kardaki ters ayak izleri gibi… Ve tabii ki, tersten yazılmış kelimenin düz hali *murder*. Bize tüm olayın tersten gittiğini söylüyor. KAHROLASI ŞEYTAN POLİSLER."

Kline, Holdenfield'a sert, sorgulayıcı bakışlar attı. "Buna katılıyor musun?"

"Temelde, evet."

"Peki ya film?"

"Ah, evet, film. Dedektif Gurney kadar kısa ve net konuşmaya çalışacağım." Birkaç saniye düşündü ve her kelimeyi dikkatle seçerek konuşmaya başladı. "Film, deliren bir baba tarafından saldırıya uğrayan bir anne ve oğlu hakkında... Bazı olaylar sonucunda alkolik olan vahşi bir baba…"

Rodriguez başını salladı. "Katilimizin deli, vahşi, alkolik bir baba olduğunu mu söylüyorsun?"

"Ah, hayır, hayır… Baba değil. Oğlu."

"Oğlu mu!?" Rodriguez inanamamanın farklı boyutlarını yaşıyordu.

Sözlerine devam ederken, Holdenfield'ın sesi yine anaokulu öğretmeni tonuna benziyordu. "Katilin, *Cinnet* filmindekine benzer bir babası olduğu mesajını verdiğine inanıyorum. Bize kendisini ifade ediyor olabilir."

"Kendisini mi ifade ediyor?" Rodriguez'in sesi neredeyse titriyordu.

"Herkes kendisini farklı şekillerde ifade etmek ister, Komiserim. İşinizi yaparken bununla her defasında karşılaştığınızdan eminim. Ben kesinlikle karşılaşıyorum. Hepimizin, her ne kadar garip de olsa, farklı davranış türleri vardır. Herkes haklı olduğu düşünülsün ister, ruhsal bozuklukları olanlar bile – belki de özellikle ruhsal bozukluğu olanlar."

Bu sözler sessizliğe yol açmıştı ancak Blatt bunu bozdu.

"Benim bir sorum var. Siz bir psikiyatristsiniz, değil mi?"

"Adli danışman psikolog." Anaokulu öğretmeni yeniden Sigourney Weaver'a dönüşmüştü.

"Peki, her neyse. Beynin nasıl çalıştığını biliyorsunuz. Öyleyse bir soru. Bu adam birilerinin düşündüğü sayıları, onlar daha düşünmeden önce bildi. Bunu nasıl yaptı?"

"Yapmadı."

"Elbette yaptı."

"Yapmış gibi göründü. Sanırım vaka dosyasında okuduğum altı yüz elli sekiz ve on dokuz sayılarıyla ilgili olaylardan bahsediyorsunuz. Ama söylediğiniz şeyi aslında yapmadı. Kontrolsüz şartlarda, bir bireyin düşüneceği sayıyı bilmek mümkün değildir. Bu yüzden bunu yapmadı."

"Ama yapmış olduğu gerçek," diye ısrar etti Blatt.

"Bunun en azından bir açıklaması var," dedi Gurney. Madeleine'in kendisini posta kutusunun yanından aramasıyla aklına gelen olasılığı anlattı. Yani katilin arabasında taşınabilir bir yazıcı bulundurduğunu ve Mellery sayıyı söyledikten sonra on dokuz rakamını yazdığı kağıdın çıktısını aldığını söyledi.

Holdenfield bundan etkilenmiş görünüyordu.

Blatt'in bakışları hüzün doldu – Gurney, onun yarım beyninin ve fazla spor yapmış vücudunun altında bir yerlerde, imkansıza ve garip olan şeylere aşık, romantik bir adamın gizlendiğini düşündü.

"Peki ya altı yüz elli sekiz?" bakışları Gurney ve Holdenfield arasında gidip gelerek, savaşçı tavrıyla sordu Blatt. "O sayı için bir telefon görüşmesi yok, yalnızca bir mektup var. Öyleyse Mellery'nin bu sayıyı düşüneceğini nereden bildi?"

"Benim buna bir cevabım yok," dedi Gurney, "ama birilerinin cevabını bulmasına yardımcı olabilecek, kısa, garip bir hikayem var."

Rodriguez sabırsızlanmış fakat Kline öne doğru eğilmişti ve onun bu ilgili tavrı, başkomiserin kendisini kontrol etmesini sağlıyordu.

"Geçen gün babamla ilgili bir rüya gördüm," diye başladı Gurney. İsteksiz ve tereddütlüydü. Kendi sesi ona farklı gelmişti. Rüyanın onun içinde yarattığı üzüntünün içinde bir yankı gibi geliyordu kulağına. Holdenfield'ın kendisine merakla, hiçbir memnuniyetsizlik belirtisi olmadan baktığını gördü. Devam etmek için kendisini zorladı. "Uyandıktan sonra babamın, yeni yılda evimize misafirler geldiğinde ve bir şeyler içtiklerinde, onları eğlendirmek için yaptığı bir kart oyununu düşünürken buldum kendimi. Bir desteyi eline alıp odada dolaşır ve üç ya da dört kişiden, her birinin bir kağıt seçmesini isterdi. Ardından kişilerden birisine odaklanır ve ondan seçtiği kağıda iyice bakmasını ve sonra onu destenin arkasına koymasını isterdi. Ardından desteyi ona verip, karmasını isterdi. Yaklaşık on dakika süren, gizemli 'akıl okuma' kısmına geçer ve sonunda inanılmaz bir şekilde kartın ne olduğunu söylerdi – tabii ki seçildiği andan itibaren bildiği kartın."

"Nasıl?" Blatt şaşkındı.

"En başta desteyi hazırlarken, desteyi onlara uzatmadan önce, en azından bir kartın ne olduğunu bilir ve onun yerini aklında tutardı."

"Ya kimse o kartı seçmezse?" diye sordu Holdenfiled kafası karışmışçasına.

"Eğer kimse onu seçmezse, bir bahane bulup araya bir şeyler sokardı ve numarasına devam etmezdi – aniden çay yapmak için açtığı ısıtıcıyı ya da başka bir şeyi hatırlayıvermiş gibi yapardı – böylece kimse yapacağı numarada bir sorun olduğunu anlamazdı. Ama bunu neredeyse hiç yapması gerekmedi. Desteyi uzatma şeklinden dolayı, birinci, ikinci ya da üçüncü insan onun istediği kartı seçerdi. Eğer bu olmazsa, küçük bir mutfak bahanesi uydurur ve döndüğünde numarayı baştan yapardı. Aynı zamanda, kendi kartı dışında kartları alanları eleme konusunda inanılmaz bir yeteneği vardı ve bu yüzden kimse aslında ne döndüğünü anlamazdı."

Rodriguez esnedi. "Bunun altı yüz elli sekiz olayıyla bir ilgisi var mı?"

"Emin değilim," dedi Gurney, "ama birisinin rastgele bir kart seçtiğini ancak bu gelişigüzelliğin aslında kontrol altında olduğunu..."

Başından beri artan bir ilgiyle dinlemekte olan Wigg araya girdi. "Senin kart numarası hikayen bana, doksanların sonundaki özel dedektife doğrudan posta numarasını hatırlattı."

Kadın ve erkek sesi arasında garip bir ses tonlaması olmasından ya da yalnızca konuşmasının verdiği şaşkınlıktan dolayı, anında dikkatler ona çevrildi.

"Alıcının eline özel bir araştırma şirketinden, alıcının özel alanını işgal ettiğine dair özür dileyen bir mektup gelir. Firma saçma sapan yanlış bir talimat yüzünden, haftalardır bu kişiyi takip etmekte olduğunu ve birçok yerde fotoğraflarının çekildiğini 'itiraf' eder. Gizlilik yasasına göre var olan tüm bilgileri ve fotoğrafların ona verilmesi gerektiğini iddia eder. Ardından can alıcı soru gelir: Bazı fotoğraflar sakıncalı gibi göründüğü için, alıcı fotoğrafların evi yerine posta kutusuna gönderilmesini mi tercih eder? Eğer öyleyse, ekstraya giren kayıt tutma işlemini yapabilmeleri için firmaya elli dolar göndermesi gerekecektir."

"Bunu yiyen herkes elli dolar kaybetmeyi hak eder," diye homurdandı Rodriguez.

"Ah, bazı insanlar bundan çok daha fazlasını kaybettiler," dedi Wigg sakince.

"Bunun elli dolarlık ödemeyi almakla ilgisi yoktu. Bu yalnızca bir testti. Dolandırıcı bu mektuplardan bir milyondan fazla kişiye gönderdi ve elli doları istemekteki amaç, fotoğraflarını eşlerinden saklamayı gerektirecek şeyler yapan insanların bir listesini çıkarmaktı. Daha sonra sakıncalı fotoğrafların teslimi için, bu kişilerden daha fazla miktarlarda ücret istendi. Bazıları sonunda on beş bin dolar ödedi."

"Hiç var olmayan fotoğraflar için!" Kline'ın öfkesi ve dolandırıcının zekasına duyduğu hayranlık birbirine karışmıştı.

"İnsanların aptallıkları hiç azalmıyor gibi..." diye başladı Rodriguez fakat Gurney onun sözünü kesti.

"Tanrım! İşte bu! İki yüz seksen dokuz doları istemesinin sebebi bu. Aynı şey. Bu bir test!"

Rodriguez'ın kafası karışmıştı. "Ne testi?"

Gurney gözlerini kapatıp, Mellery'den para isteyen notu gözlerinin önüne getirmeye çalıştı.

Kline kaşlarını çatarak, Wigg'e döndü. "Şu dümenci dahi – bir milyon mektup gönderdiğini mi söylemiştin?"

"Basın açıklamalarından hatırladığım bu..."

"Öyleyse, görünüşe bakılırsa bu çok daha farklı bir durum... O basit bir doğrudan posta firmasıydı – birkaç suçluyu avlamak için atılmış koca bir ağ... Burada bahsettiğimiz şey bu değil. Bir elin sayısını geçmeyecek kadar insana gönderilmiş mektuplardan bahsediyoruz – altı yüz elli sekizin onlar için kişisel bir anlamı olmalı."

Gurney gözlerini yavaşça açıp, Kline'a baktı. "Ama yoktu. Başta ben de öyle düşündüm çünkü bu sayıyı düşünmelerinin başka ne sebebi olabilirdi ki? Bu yüzden bu soruyu Mark Mellery'e sorup durdum – sayının onun için ne anlama geldiğini, ona ne hatırlattığını, daha önce bu sayıyı düşünüp düşünmediğini, bir yerde yazdığını görüp görmediğini, bir şeyin fiyatı, bir adres ya da bir şifre olup olmadığını… Ancak sayının kendisi için hiçbir anlamı olmadığı, daha önce hiç bu sayıyı düşünmemiş olduğu, aklına o anda geldiği – bunun tesadüfen olduğu konusunda ısrar etti. Bence doğruyu söylüyordu. Bu yüzden bunun başka bir açıklaması olmalı."

Rodriguez abartı bir bıkkınlıkla gözlerini devirerek, "Yani yeniden başladığın yere dönüyorsun," dedi.

"Belki de dönmüyorum. Belki de Komiser Muavini Wigg'in anlattığı dolandırıcılık hikayesi gerçeğe düşündüğümüzden daha yakındır."

"Bana katilimizin bir milyon mektup – bir milyon el yazısı mektup – gönderdiğini mi söylüyorsun? Bu imkansızın ötesinde, saçmalık."

"Bir milyon mektup imkansız olabilirdi, eğer çok büyük bir yardım almadıysa ki bu da pek olası değil. Ama kaç mektup mümkün olabilirdi?"

"Ne demek istiyorsun?"

"Diyelim ki katilimiz birçok insana mektup attı – her alıcıya bunun kişisel bir iletişimin parçası olduğu ve yalnızca kendisine gönderildiği izlenimini vermek için, el yazısıyla yazılmış mektuplar attı. Kaç adet mektup yazabilir, örneğin bir yılda?"

Başkomiser, soruyu yalnızca cevap verilmesi imkansız değil, aynı zamanda hoppa bulduğu için ellerini havaya kaldırdı. Kline ve Hardwick daha ciddi bir şekilde hesaplamaya çalışıyor gibi görünüyorlardı. Stimmel her zamanki gibi bir amfibi kadar sessizdi. Rebecca Holdenfield gittikçe daha da büyülenerek Gurney'i izliyordu. Blatt bir yerlerden gelen kötü kokunun kaynağını anlamaya çalışır gibiydi.

Konuşan tek kişi Wigg oldu. "Beş bin," dedi. "Eğer motivasyonu çok yüksekse, on. Çok zorlarsak on beş, ama bu çok zor."

Kline ona kanun adamı şüpheciliğiyle baktı. "Komiser, bu rakamlar tam olarak neye dayanıyor?" dedi.

"Öncelikle, birkaç mantıklı varsayıma."

Rodriguez başını salladı – insanların mantıklı varsayımlarından daha yanlış bir şey olmadığını söylemek ister gibiydi. Wigg bunu fark ettiyse de, sözlerinin bölünmesine izin vermedi.

"Birincisi özel dedektif dolandırıcılığının uygulanabilir olduğu varsayımı. Eğer bu gerçekleştiyse, öncelikle para isteyen ilk mesajın herkese gönderildiği ve devamındaki mesajların yalnızca parayı göndermiş olan kişilere gönderdiği... Bizim vakamızda, ilk mektubun iki adet sekiz satırlık nottan yani toplamda on altı kısa satırdan ve zarfın dışındaki üç satırlık adresten oluştuğunu biliyoruz. Adresler dışında, mektup tekrar ettiği ve daha hızlı yazılacağı için, yazıların aynı olması gerekir. Her yazının yaklaşık dört dakika alacağını tahmin ediyorum. Bu, saatte on beş eder. Bunu yapmak için günde yalnızca bir saat ayırırsa, bir senede beş binden fazla mektup eder. Teoride bundan çok daha fazlasını yapabilir, ama en çalışkan insanın bile bir sınırı vardır."

"Aslında," dedi Gurney bilgi dolu bir denizde görmeye çalıştığı şeyi sonunda gören bir bilim adamının filizlenen heyecanıyla, "on bir bin yeterli olur."

"Ne için yeterli?" diye sordu Kline.

"Öncelikle altı yüz elli sekiz numarası için," dedi Gurney. "Eğer bu ufak numara düşündüğüm gibi yapılmışsa, her kurbana gönderilen ilk mektuptaki 289.87 doların neden istendiğini de açıklıyor."

"Hoov," dedi Kline elini kaldırarak. "Yavaşla. Virajları fazla hızlı alıyorsun."

Kırk Beşinci Bölüm

Huzur İçinde Yatmak İçin Şimdi Harekete Geç

Gurney söylediklerini bir kez daha düşündü. Bu fazla basitti ve harikulade hipotezinde, deliliğe sebep olacak açık bir sorunu gözden kaçırmadığından emin olmak istiyordu. Herkes onun konuşmasını beklerken, masadakilerin yüz ifadelerine – heyecan, sabırsızlık ve merak karışımı – bakıyordu. Uzun, derin bir nefes aldı.

"Bunun tam olarak bu şekilde yapıldığını söyleyemem. Yine de Mark Mellery evime gelip de, ilk mektubu gösterdiği günden; bu sayılarla savaşmaya başladığımdan beri bana inandırıcı gelen tek senaryo bu oldu. Yazarın kendisini, bine kadar herhangi bir sayıyı tutması istendiğinde hangi sayıyı tuttuğunu bilecek kadar yakından tanıdığı fikri onu öyle şaşırtmış ve korkutmuştu ki... İçindeki paniği ve ölüm korkusunu hissedebiliyordum. Şüphesiz diğer kurbanlar da aynı şeyi yaşadılar. Bu panik oynanmakta olan oyunun anahtar noktasıydı. *Benim aklımda tuttuğum sayıyı nasıl bilebildi? Bir düşünce kadar derin, kişisel ve özel bir şeyi nasıl bilebildi? Başka neler biliyor?* Ona işkence eden bu soruları görebiliyordum – kelimenin tam anlamıyla onu delirten."

"Açıkçası, Dave," dedi Kline pek de gizleyemediği gerginliğiyle, "beni de delirtiyorlar ve bunların cevabını ne kadar çabuk bulursan o kadar iyi olur."

"Gerçekten," dedi Rodriguez. "Sonuca gelelim."

"Ben bunun yerine," dedi Holdenfield sinirli bir tonla, "dedektifin bunu kendi yoluyla, kendi yaklaşımıyla anlatmasını duymak isterim."

"Bu utanılacak kadar basit," dedi Gurney. "Benim için utandırıcı çünkü soruna kafa yordukça bana daha da içinden çıkılmaz gibi görünmüştü. Ancak on dokuz sayısıyla ilgili numarayı nasıl yaptığını çözmek, altı yüz elli sekiz sayısıyla ilgili numarayı nasıl yaptığına bir ışık tutmamıştı. Açık olan bu cevap hiç aklıma gelmemişti – Komiser Muavini Wigg hikayeyi anlatana kadar."

Blatt'in yüzündeki ekşimenin konuşulan konuyu anlamaya çabaladığı için mi yoksa karnındaki gaz yüzünden mi olduğu anlaşılmıyordu.

Gurney devam etmeden önce Wigg'e dönüp, bir itirafta bulunduğunu kabul etmişçesine başını salladı. "Komiserin de önerdiği gibi farz edelim ki takıntılı katilimiz günde iki saatini mektupları yazmak için harcadı ve yılın sonunda on bir bin mektup yazdı. Ardından listedeki on bir bin kişiye mektupları gönderdi."

"Ne listesi?" Jack Hardwick'in sesi kulak tırmalayan bir kapı gıcırtısı misali girmişti araya.

"Güzel soru – belki de en önemli soru. Şimdilik yalnızca orijinal mektupların – birbirinin aynı olan mektupların on bir bin insana gönderildiğini ve bu kişilerden birden bine kadar bir sayı tutmaları istendiğini farz edelim. Olasılık teorisine göre birden bine kadar olan sayılardan her birisini yaklaşık on bir kişi seçecektir. Diğer bir deyişle, on bir insanın, tesadüfen aynı sayıyı seçme ihtimali var, yani altı yüz elli sekizi.

Yüzünü buruşturan Rodriguez komik görünüyordu.

Rodriguez inanmamış gibi başını salladı. "Burada hipotezle fantezi arasındaki çizgiyi geçmiş olmuyor muyuz?"

"Nasıl bir fanteziden bahsediyorsun?" Gurney gücenmekten çok, meraklanmıştı.

"Yani bahsettiğin bu sayıların temelinde hiçbir gerçeklik yatmıyor. Hepsi hayali varsayımlar."

Gurney öyle hissetmemesine rağmen, sabırla gülümsedi. Bir an için duygusal tepkilerini gizlediğini fark edip kafası dağıldı. Kendisini bildi bileli böyle bir alışkanlığı vardı – dışa vurmak yerine gizlediği rahatsızlık, gerilim, öfke, korku, şüphe... Bu özelliği binlerce sorgulama işinde çok işine yaramıştı – bu yüzden de sonunda bunun bir yetenek, profesyonel bir teknik olduğuna inanmıştı ancak aslında öyle değildi. Kendisini bildi bileli, bu hayatıyla başa çıkmasının bir yoluydu.

"Yani baban seninle hiç ilgilenmedi, David. Bu kendini kötü hissetmene sebep oluyor muydu?"

"Kötü mü? Hayır, kötü değil. Hatta bununla ilgili hiçbir şey hissetmiyordum, gerçekten."

Ve bir insan, bir rüyada, üzüntü içinde boğulabilirdi.

Yüce Tanrım, şimdi içsel yolculuk zamanı değildi.

Gurney yeniden olduğu yere döndüğünde, Rebecca Holdenfield yine Sigourney Weaver sesiyle konuşmaktaydı, "Ben kişisel olarak Dedektif Gurney'in hipotezini hayalden uzak buluyorum. Hatta inandırıcı buluyorum – ve açıklamasını bitirmesine izin vermenizi rica ediyorum."

Bu isteğini Kline'a bakarak dile getirmişti. Kline herkes aynı şeyi istiyor dercesine avucunun içini göstererek elini kaldırdı.

"Ben şunu söylemiyorum," dedi Gurney, "kesinlikle tam olarak on bir bin kişiden on biri altı yüz elli sekiz sayısını tutmuştur – sadece en muhtemel sayı on bir gibi görünüyor. Olasılık formüllerinden bahsedecek kadar iyi bir istatistik bilgisine sahip değilim fakat birisi bana bu konuda yardımcı olabilir."

Wigg boğazını temizledi. "Bir aralık içerisindeki olasılık, bu aralıktaki belli bir sayıyla ilgili olasılıktan çok daha fazladır. Örneğin, bir ile bin arasındaki herhangi bir sayının tam olarak on bir kişi tarafından düşünüldüğüne iddiaya giremem – fakat bunu bir aralık olarak düşünürsek; diyelim ki eksi ve artı yönlerden yedi koyduk, o zaman belli bir sayıda insanın bu aralığa düştüğüne iddiaya girebilirim. Bu durumda altı yüz elli sekiz sayısı en az dört en çok on sekiz kişi tarafından tutulmuş olmalı."

Blatt başını çevirmeden, gözlerini Gurney'e çevirdi. "Bu adamın on bir bin insana mesaj attığını ve her zarfın içinde aynı sayının yazdığını mı söylüyorsun?"

"Fikrin geneli bu…"

Holdenfield gözlerini şaşkınlıkla açarak ortaya konuştu. "Ve kaç kişi varsa, hangi sebepten olursa olsun altı yüz elli sekizi seçmiş olanların her birisi, küçük zarfı açıp, yazanın kendisini hangi sayıyı tutacağını bilecek kadar yakından tanıdığını söyleyen bir not buldu… Aman Tanrım, bu nasıl etkili olmuştur!"

"Çünkü," diye ekledi Wigg, "mektubu alan tek kişinin kendisi olmadığı asla aklına gelmeyecekti. Bin kişinin içinde bu sayıyı tutan bir kişinin kendisi olduğu aklına gelmeyecekti. El yazısı da pastanın üzerindeki süsleme oldu. Bunun daha kişisel görünmesini sağladı."

"Aman Tanrım," diye gürledi Hardwick, "kurbanlarını posta yoluyla seçen bir seri katilimiz olduğunu söylüyorsunuz!"

"Bu bir bakış açısı," dedi Gurney.

"Bu hayatımda duyduğum en büyük çılgınlık," dedi Kline inanmaktan çok, şok olmuş bir halde.

"Kimse on bir bin mektubu eliyle yazmaz," dedi Rodriguez.

"Kimse on bir bin mektubu eliyle yazmaz," diye tekrarladı Gurney. "O da tam olarak bu tepkiye güveniyor. Eğer Komiser Muavini Wigg'in anlattığı hikaye olmasaydı, bu ihtimal benim de aklıma gelmezdi."

"Sen de babanın kart numarasını anlatmasaydın," dedi Wigg. "Bu hikaye aklıma gelmezdi."

"Birbirinizi daha sonra tebrik edebilirsiniz," dedi Kline. "Benim hâlâ sorularım var. Katilin neden 289.87 dolar istediği ve neden başka birisinin posta kutusuna göndermelerini istediği gibi..."

"Komiserin hikayesindeki dolandırıcıyla aynı sebepten para istedi – kişileri doğru bir şekilde belirlemek için. Dolandırıcı adam, çekilen fotoğraflar hakkında kimlerin endişeleneceğini bilmek istiyordu. Bizim katilimiz ise, altı yüz elli sekizi tutup, kendilerini bunu bilecek kadar yakından tanıyan birisinden parayı ödeyecek kadar rahatsızlık duyanların kimler olduklarını bilmek istiyordu. Bence miktarın bu kadar yüksek olmasının sebebi gerçekten korkanları sadece merak edenlerden ayırt etmekti – ve Mellery bunlardan birisi oldu."

Kline öne doğru öyle eğilmişti ki, sandalyenin ucunda oturuyordu. "Ama neden dolar ve sent şeklinde belirtilmiş bu küsuratlı miktar?"

"Bu başından beri kafamı kurcalıyor ve hâlâ emin değilim ama en azından bir olası neden var: Kurbanın nakit yerine çek göndereceğini garantilemek."

"Ama ilk mektupta böyle söylemiyor," dedi Rodriguez. "Ödemenin çek ya da nakit şeklinde yapılabileceğini söylüyor."

"Biliyorum bu korkunç derecede ince bir kurnazlık gibi görünüyor," dedi Gurney, "fakat bence çek olması gerektiğini açıkça belli etmemek için böyle yaptı. Küsuratlı miktar nakit ödemelerin önüne geçmek için verilmişti."

Rodriguez gözlerini devirdi. "Bak, bugün burada *fantezi* kelimesinden pek hoşlanılmadı ama ben buna başka ne isim koyacağımı bilemiyorum."

"Ödemenin çek olarak gönderilmesi neden gerekliydi?" diye sordu Kline.

"Para katil için önemli değildi. Unutmayın, çekler tahsil edilmedi. Bence bir şekilde Gregory Dermott'un posta kutusunu kullanabiliyordu ve bütün istediği buydu."

"Bütün istediği mi – ne demek istiyorsun?"

"Çekin üzerinde miktar ve hesap numarasından başka ne yazar?"

Kline bir an düşündü. "Hesap sahibinin adı ve adresi?"

"Doğru," dedi Gurney. "Adı ve adresi."

"Ama niçin…?"

"Kurbanların kimliklerini bildirmeleri gerekiyordu. Her şeyden önce bu mektuplardan binlercesini göndermişti. Ama her muhtemel kurban mektubun kendisini çok iyi tanıyan birisi tarafından, yalnızca kendisine gönderildiğini sanıyordu. İstenilen miktarı nakit olarak zarfa koyup gönderse ne olurdu? İsmini ve adresini yazması için bir sebep olmazdı – katil de özellikle bunu yapmasını isteyemezdi çünkü bu bütün 'senin tüm sırlarını iyi biliyorum' imajını yok ederdi. Çek olarak ödeme yapılması, cevap verenlerin isim ve adreslerini almasının hileli bir yoluydu. Belki de çek bilgilerini alma işini postanede yaptıysa, sonrasında çeklerden kurtulmasının en kolay yolu onları orijinal zarflarıyla Dermott'un kutusunda bırakmaktı."

"Ama katilin zarfları açıp yeniden kapatması gerekirdi," dedi Kline.

Gurney omuz silkti. "Ya da Dermott açtıktan sonra ama sahiplerine geri gönderme fırsatı bulmadan önce bakması gerekirdi. O zaman açması ve tekrar kapatması gerekmezdi fakat bu beraberinde başka sorunlar ve sorular getirir – Dermott'un yaşama düzeni, evine girip çıkabilen insanlar ve dahası…"

"Ve bu da," dedi Hardwick yüksek sesle, "bizi yeniden benim sorduğum soruya getirir – az önce Sherlock Gurney'in en önemli olduğunu söylediği soruya. Yani bu listedeki on bir bin kurban adayı kim?"

Gurney elini trafik polisi gibi kaldırdı. "Buna cevap vermeye çalışmadan önce, on bir binin yalnızca bir tahmin olduğunu herkese hatırlatmak isterim. Edimsel bir açıdan yaklaştığımızda, bu yalnızca makul ve altı yüz elli sekiz senaryosunu istatistiksel açıdan destekleyen bir sayı. Yani, işimizi gören bir sayı. Ama daha önce Wigg'in de belirttiği gibi, gerçekte beş bin ile on beş bin arasında herhangi bir sayı olabilir. Bu aralıktaki herhangi bir rakam yapılabilirlik açısından uygundur ve altı yüz elli sekizi tutacak bir avuç insan bulmak için yeterlidir."

"Tabii ki, eğer yanlış ağaca havlamıyorsan," dedi Rodriguez, "ve tüm bu spekülasyon boş bir zaman kaybı değilse."

Kline Holdenfield'a döndü. "Sen ne düşünüyorsun, Becca? Doğru yerde miyiz? Yoksa yanlış bir ağacın tepesinde mi?"

"Bu teorideki bakış açısını büyüleyici buldum ama son olarak fikrimi söylemeden önce Komiser Hardwick'in sorusuna gelecek cevapları duymak isterim."

Gurney gülümsedi ancak bu kez yüzünde dahice bir ifade vardı. "Eğer kendisinin aklında güzel bir cevap yoksa, genelde soru sormaz. Paylaşmak ister misin, Jack?"

Hardwick birkaç saniye yüzüne masaj yaptı – anne-baba katili Piggert vakası üzerinde birlikte çalışırlarken, bu Gurney'in sinirini son derece bozan garip tiklerden birisiydi. "Tüm kurbanların geçmişindeki en belirgin – şiirlerde göndermelerin yapıldığı – ortak noktaya bakarsak, listede ciddi anlamda alkol sorunu yaşamış olan insanların isimlerinin olduğu sonucunu çıkarabiliriz." Duraksadı. "Soru şu ki, bu ne listesi olabilir?"

"Adsız Alkolikler üye listesi?" diye önerdi Blatt.

Hardwick başını salladı. "Bu değil. Onlar kimlik gizliliği zımbırtısını ciddiye alıyorlar."

"Kamu kayıtları verilerinin toparlanarak oluşturulduğu bir liste olabilir mi?" dedi Kline. "Alkolle ilgili tutuklanmalar, mahkumiyetler?"

"Böyle bir liste toparlanabilir fakat bu durumda kurbanlardan ikisi bu listede olmazdı. Mellery'nin tutuklanma kaydı yok. Eşcinsel rahibin var ama aldığı ceza kayıtlara göre alkolle değil, bir ergenin namusunu tehlikeye atmakla ilgili. Ama buna rağmen görüştüğüm Boston'daki dedektif, rahibin bu cezayı almayıp, kabahatini daha masum göstermek için alkolik olmasını bahane ettiğini ve uzun süre rehabilitasyon merkezinde kalmayı kabul ettiğini söyledi."

Kline düşünceli bir şekilde gözlerini kıstı. "Peki, öyleyse bu rehabilitasyon merkezinde kalmış olanların bir listesi olabilir mi?"

Hardwick yüzünü, bunu inandırıcı bulmamış gibi buruştursa da, "Bu mümkün," dedi.

"Belki de bunu bir kontrol etmeliyiz."

"Elbette." Hardwick'in neredeyse aşağılayıcı olan ses tonunun yarattığı sessizlik, Gurney tarafından bozuldu.

"Kurbanların bulundukları noktalarla ilgili bir bağlantı kurmak için uğraşırken bir süre önce rehabilitasyon konusuyla ilgili araştırma yapmaya başladım. Maalesef, çıkmaz sokak. Albert Rudden beş sene önce Bronx'taki diğer bir rehabilitasyon merkezinde yirmi sekiz gün ve Mellery Queens'teki bir rehabilitasyon merkezinde de yirmi sekiz gün geçirmiş. Her iki rehabilitasyon merkezi de uzun süreli tedavi vermiyor bu da rahibin farklı özelliği olan bir yere gittiğini gösteriyor. Katilimiz bu yerlerden birisinde çalışmış olsa, işi sayesinde bu listeleri görebilmiş olsa bile, toparladığı herhangi bir listede, kurbanlardan birisinin adı olurdu."

Rodriguez sandalyesinde döndü ve doğrudan Gurney'le konuştu. "Teorin kocaman bir liste üzerine kurulu – belki beş, belki on bir bin isim ve Wigg bunun on beş bin olabileceğini söyledi – her neyse, sürekli değişip duruyor. Ancak böyle bir listenin edinilebileceği bir kaynak yok. Yani?"

"Sabır, Komiserim," dedi Gurney yumuşak bir sesle. "Ben

böyle bir kaynağın var olmadığını söylemedim – yalnızca kaynağın ne olduğunu henüz anlamadığımı söyledim. Sizin yeteneklerinize sizden daha sadık gibi görünüyorum."

Rodriguez'in beynine kan sıçradı. "Sadık mı? Benim yeteneklerime mi? Bu ne demek oluyor?"

"Kurbanların hepsi, herhangi bir zamanda rehabilitasyon merkezine gitmişler mi?" diye sordu Wigg başkomiserin patlamasını görmezden gelerek.

"Kartch'ın gidip gitmediğini bilmiyorum," dedi Gurney konuya geri dönmelerinden memnun bir şekilde. "Ama buna şaşırmam."

Hardwick araya girdi. "Sotherton Polisi bize onun kaydını faksladı. Tam bir bokkafa portresi. Tecavüzler, çevreye rahatsızlık verme, ayyaşlık, alkoliklik ve ahlaksızlık, tehlike saçmak, silah kullanarak tehlike saçmak, ahlaka aykırı davranışlar, üç kez alkollü araba kullanma, iki uyuşturucu koması ve bölge cezaevine yapılan bir düzine ziyaret... Alkolle ilgili olan kısım, özellikle alkollü araba kullanma olayı onun en azından bir kez rehabilitasyon merkezine gittiğini aslında gösteriyor. Sotherton'u arayıp bunu öğrenmelerini isteyebilirim."

Rodriguez masayı itekleyip kendisini geriye doğru attı. "Eğer kurbanlar rehabilitasyon merkezinde tanışmadılar ya da farklı zamanlarda aynı rehabilitasyon merkezine bile gitmedilerse, hepsinin rehabilitasyon merkezine gitmiş olması ne fark ettirir ki? Dünyadaki işsiz berduşların ve boktan sanatçıların yarısı bugünlerde rehabilitasyon merkezlerine gidiyor. Yoksullara yardım etme dolandırıcılığı, vergi ödeyenlerden çalınan paralar... Bütün bu herifler rehabilitasyon merkezine gitmişlerse de, bu ne halt ifade edecek ki? Öldürülme ihtimallerinin zaten olduğunu mu? Hayır. Alkolik olduklarını mı? Yani? Bunu zaten biliyoruz." Öfke, konu ne olursa olsun, Rodriguez'in beraberinde taşıdığı bir duygu, diye düşündü Gurney.

Azar işiten Wigg, bu durumun sinir bozuculuğundan etkilenmemiş gibiydi. "Baş Dedektif Gurney kurbanların, alkol dışında başka bir ortak yönleri daha olduğuna inandığını söylemişti. Rehabilitasyon merkezinde bulunmuş olmak bu ortak yön ya da en azından bunun bir parçası olabilir."

Rodriguez alaycı bir kahkaha patlattı. "Öyle olabilir, böyle olabilir. Bir sürü olabilir duyuyoruz ama gerçek bir bağlantı yok."

Kline öfkelenmişti. "Hadi Becca, bize ne düşündüğünü söyle. Bu noktada, ayağımız ne kadar yere basıyor?"

"Bu cevaplaması zor bir soru. Nereden başlayacağımı bilmiyorum."

"Basitleştireyim. Gurney'in teorisine katılıyor musun – evet ya da hayır?"

"Evet, katılıyorum. Mark Mellery'nin aldığı notlarla psikolojik olarak nasıl bir işkence gördüğünden bahsetmişti – bunun ritüel halinde gerçekleştirilmiş cinayetin bir parçası olduğunu görebiliyorum."

"Ama tam olarak ikna olmuş gibi görünmüyorsun."

"Öyle değil, sadece... yaklaşımın eşsizliği. Seri katil vakalarında, kurbana işkence etmek yaygın bir şeydir. Fakat daha önce bunun böylesine uzaktan, sakince, sistemli bir şekilde yapıldığının örneğini görmemiştim. Böyle cinayetlerde işkence, genelde kurbanı korkutmak için doğrudan fiziksel acı verme yoluyla yapılır ve katile, istediği sonsuz güç ve kontrol duygularını hissettirir. Ancak bu vakada, verilen acı tamamen psikolojik.

Rodriguez ona doğru eğildi. "Öyleyse bunun seri katil türüne uygun olmadığını söylüyorsun?" Karşı tarafın görgü tanığına saldıran bir avukat gibiydi.

"Hayır. Türün ne olduğu ortada. Sadece bunu gerçekleştirirken örneği görülmemiş derecede sakin ve sistemli bir tarzı olduğunu söylüyorum. Çoğu seri katilin zeka seviyesi ortalamanın üzerindedir. Ted Bundy gibi bazıları, ortalamanın çok üzerindedir. Bu kişi ise, türünün tek örneği olabilir."

"Bizim için fazla zeki – söylediğin şey bu mu?"

"Bunu söylemedim," diye karşılık verdi Holdenfield masum bir tavırla, "ama büyük olasılıkla haklısınız."

"Gerçekten mi? Bence bunu kayıtlara geçirelim," dedi Rodriguez buz kadar keskin bir tonla. "Profesyonel fikriniz BCI'ın bu manyakla başa çıkmak için yetersiz olduğu mu?"

"Yine, bunu söylemedim." Holdenfield gülümsedi. "Ama yine, büyük olasılıkla haklısınız."

Yine, Rodriguez sinirden kıpkırmızı olmuştu ve Kline araya girdi. "Tabii ki Becca, elimizden bir şey gelmeyeceğini ima etmek istemiyorsun."

Kadın, okuldaki yaramaz öğrencilerin yaptıklarından bıkmış bir öğretmen edasıyla iç çekti. "Vakayla ilgili şimdiye kadar elde ettiğimiz bulgular üç sonucu destekliyor. Birincisi, peşinde olduğunuz adam sizinle oyun oynuyor ve bu konuda çok başarılı. İkincisi yoğun bir şekilde motive olmuş, hazırlıklı, odaklanmış ve dikkatli. Üçüncüsü, listede sıradaki ismin kim olduğunu biliyor fakat siz bilmiyorsunuz."

Kline acı çekiyor gibiydi. "Ancak benim soruma dönersek..."

"Eğer tünelin sonunda bir ışık arıyorsanız, sizin lehinize olan küçük bir olasılık var. Organize olduğu kadar, dağılma ihtimali de var."

"Nasıl? Neden? 'Dağılma' derken neyi kastediyorsun?"

Kline soruyu sorarken, Gurney göğsünde bir daralma hissetti. Hayalini kurduğu sahneyle birlikte gerginlik hissi tüm vücuduna yayıldı – Gurney'in evvelki gün hiç düşünmeden posta kutusuna bıraktığı sekiz satırlık yazının olduğu kağıdı kavrayan katilin elini düşündü:

Yaptıklarını nasıl yaptığını gördüm

Ters ayak izlerinden, sessiz silaha kadar düğümü çözdüm
Başlatmış olduğun oyun, yakında bitecek,
Boğazın ölü bir adamın arkadaşı tarafından kesilecek
Güneşten kaç, kardan kaç ancak
Gece, gündüz kaçacak bir yer kalmayacak
Önce onun acı ölümüne hizmet edeceğim
Sonra da katilini cehenneme göndereceğim.

El düzenli, kibirli bir şekilde kağıdı buruşturup küçücük bir top haline getiriyor ve çiğnenmiş bir sakıza benzettikten sonra açılıp, kağıdı yere bırakıyor. Gurney bu rahatsız edici hayali kafasından atmaya çalıştı ancak senaryo henüz tamamlanmamıştı. Şimdi katilin elinde şiirin içine konmuş olduğu zarf vardı – üzerinde adres ve açıkça görünen posta mührüyle birlikte, Walnut Crossing mührü.

Walnut Crossing... *Ah, Tanrım!* Gurney'in midesinden ayaklarına bir soğukluk yayıldı. Bu kadar açık bir sorunu nasıl gözden kaçırmıştı? *Tanrım, sakin ol. Düşün.* Katil bu bilgiyle ne yapabilir? Bu bilgi onu, doğrudan adrese, evlerine, Madeleine'e getirebilir mi? Gurney gözlerinin büyüdüğünü, renginin solduğunu hissetti. Bu kadar takıntılı bir şekilde mektubu göndermeye nasıl odaklanabilmişti? Posta mührü sorununu nasıl görememişti? Madeleine'i nasıl tehlikeye atmıştı? Düşünceleri son sorunun etrafında, evi yanan bir adamın evinin etrafında koşturması gibi dönmeye başladı. Tehlike ne kadar gerçekti? Ne kadar yakında? Onu arayıp, uyarmalı mıydı? Tam olarak neye karşı uyaracaktı? Bu onu ölecek kadar korkutabilir miydi? Tanrım, başka neler? Düşmana, savaşa, bilmeceye böyle at gözlükleriyle bakarken başka neleri görememişti? Bu oyunu kazanmak için bu kadar kararlı davranırken başka kimin güvenliğini – kimin hayatını göz ardı ediyordu? Sorular başını döndürüyordu.

Paniği bir soruyla bölündü. Ona tutunmaya, dengesini sağlayabilmek için onu kullanmaya çalıştı.

Konuşan Holdenfield'dı. "... hastalıklı bir biçimde gerçeklerin kendi planlarına uyum sağlamasını isteyen obsesif kompulsif bir plancı. Onu kontrol eden amacı kesinlikle diğerleri üzerinde mutlak kontrolü sağlamak..."

"Herkes mi?" diye sordu Kline.

"Odak noktası aslında çok dar... Kendi hedef kurban grubundaki üyelere korkutma ve öldürme yoluyla hükmetmek istiyor. Hedef grubunda ise görünüşe göre orta yaşlı, erkek, alkolikler var. Diğerleriyle alakası yok. Onların ilgi alanına girmiyor ve önemsizler."

"Peki 'dağılma' işi nedir?"

"Bir de şöyle düşünün ki mutlak hakimiyet duygusunu sağlamak için cinayet işlemek ölümcül derecede hatalı bir süreç – mecaz anlamda söylemiyorum. Kontrol arzusuyla yanıp tutuşan birisinin seri cinayetler işlemesi sonuç vermez ve mutluluğu ot içerek yakalamaya çalışmakla aynı şeydir."

"Her zaman daha fazlasını mı ister?"

"Her zaman daha fazlası gittikçe daha az işe yarar. Duygusal döngü gittikçe daha baskıcı ve başa çıkılamaz hale gelir. Hiç olmayacak şeyler olur. Bu sabah bunlardan birisinin olduğunu düşünüyorum çünkü Bay Dermott yerine bir polis memurunun öldürülmesiyle sonuçlandı. Böyle öngörülmemiş olaylar, kontrol takıntısı olan bir katilde büyük duygusal çalkantılar yaratır ve bu tarz dikkat dağıtıcı unsurlar onun daha fazla hata yapmasını sağlar. Dengesiz çevirme mili olan bir makineye benzer. Belli bir hıza ulaştığında titreşim artar ve makine dağılır."

"Bu vaka için, söylediklerin ne anlama geliyor?"

"Katil giderek kontrolsüz ve öngörülemez oluyor."

Kontrolsüz. Öngörülemez. Yine soğuk korku duygusu Gurney'in midesinden bu kez göğsüne ve boğazına yayıldı.

"Olayın daha da kötüye gideceği anlamına mı geliyor?"

"Bir açıdan iyiye, bir açıdan kötüye... Karanlık dar geçitlerde saklanarak birilerini buz kıracağıyla öldürmeye alışkın bir katil, Times Meydanı'nda bıçak sallamaya kalkışırsa, büyük ihtimalle yakalanır. Ama o karmaşada birçok insanın kafasını uçurur.

"Adamımızın bu örnekteki bıçak sallama aşamasında olduğunu mu düşünüyorsun?" Kline sorgulamaktan öte, heyecanlanmıştı. Güvenlik işlerindeki insanların korkuya karşı zırh olarak kullandıkları saçma, sert tavır bazen işe yaramıyordu. İşte bu, o zamanlardan birisiydi.

"Evet."

Holdenfield'ın cevabındaki basitlik odada bir sessizlik yarattı. Bir süre sonra başkomiser her zamanki düşmanca tavrıyla konuştu.

"Peki ne yapmamız gerekiyor? Elinde bıçak ve titreyen bir makine olan, otuz yaşında kibar bir adam hakkında yakalama emri çıkarmak mı?"

Hardwick hafifçe güldü ve Blatt bir kahkaha patlattı.

Stimmel "Bazen büyük bir son, planın bir parçasıdır," dedi. Hâlâ gülmekte olan Blatt hariç, herkesin dikkati ona yönelmişti. Blatt susunca Stimmel devam etti, "Duane Merkly vakasını hatırlayan var mı?"

Kimse hatırlamıyordu.

"Eski Vietnam askeri," dedi Stimmel. "Otoritelerle bazı sorunlar yaşamış. Yaramaz Akita bekçi köpeği, komşularından birisinin ördeğini yer. Komşu polisi arar. Duane polislerden nefret eder. Akita, ertesi ay komşunun Beagle köpeğini yer. Komşu Akita'yı vurur. Kavga kızışır ve olay büyür. Bir gün Vietnam askeri komşuyu rehin alır. Akita'nın karşılığında ona beş bin dolar vermezse, adamı öldüreceğini söyler. Bölge polisi ve SWAT* ekibi olay yerine gelir. Mülkün etrafında yerlerini alırlar. Sorun şudur ki, kimse Duane'ın hizmet geçmişine bakmamıştır. Bu yüzden kimse onun yıkım uzmanı olduğunu bilmiyordur. Duane, uzun mesafeden mayın patlatma konusunda uzmandır." Stimmel dinleyenlerin sonuçları hayal etmelerine fırsat vermek için sustu.

"Pisliğin herkesi havaya uçurduğunu mu söylüyorsun?" diye sordu Blatt hayranlıkla.

"Herkesi değil. Altısı öldü, altısı kalıcı bir şekilde engelli oldular."

Rodriguez öfkeden deliye dönmüştü. "Bunun anlamı nedir?"

"Anlamı şu ki, adam mayınlar için malzemeleri olaydan iki sene önce almış. Büyük finali başından beri planlıyormuş."

Rodriguez başını salladı. "Bizle ne ilgisi olduğunu anlamadım."

Gurney anlamış ve bundan rahatsız olmuştu.

Kline Holdenfield'a baktı. "Sen ne düşünüyorsun, Becca?"

"Adamımızın büyük planları olduğunu düşünüyor muyum? Olabilir. Tek bir şey biliyorum…"

Konuşması kapının belli belirsiz çalınmasıyla bölündü. Kapı açıldı ve üniformalı bir komiser odaya girip Rodriguez'e yöneldi.

"Efendim? Böldüğüm için üzgünüm. Connecticut'tan Yüzbaşı Nardo isminde birisi sizi aradı. Acil bir durum olduğunu ve derhal sizinle görüşmesi gerektiğini söylüyor."

Rodriguez adaletsizce üzerine sorumluluk yüklenmiş bir adam edasıyla iç çekti. Arkasındaki duvarda alçak dosya dolabındaki telefonu başıyla işaret ederek, "Buradan konuşacağım," dedi.

Komiser geri döndü. İki dakika sonra telefon çaldı.

"Başkomiser Rodriguez konuşuyor." Takip eden iki dakika

---

* SWAT: Amerika'da özel bir polis birliği. (Çev. N.)

boyunca telefonu kulağında tuttu ve büyük bir dikkatle dinledi. "Garip," dedi sonunda. "Bu gerçekten çok garip, yüzbaşı. Buradaki olay ekibi için anlattıklarınızı kelimesi kelimesine tekrar anlatmanızı isteyeceğim. Şimdi hoparlörü açıyorum. Lütfen devam edin – bana söylediklerinizin aynısını onlara da söyleyin."

Bir saniye sonra hattın diğer ucundan gelen ses gergin ve sertti. "Ben Wycherly Polisi'nden John Nardo. Beni duyabiliyor musunuz?" Rodriguez evet dedikten sonra Nardo devam etti: "Bildiğiniz gibi bu sabah memurlarımızdan birisi, Gregory Dermott'un evinde, görev esnasında öldürüldü. Şu anda ekibimizle birlikte olay yerindeyiz. Yirmi dakika önce Bay Dermott için bir telefon geldi. Arayan kişinin sözlerini aynen aktarıyorum, 'Sırada sen varsın ve senden sonra Gurney.'"

Ne? Gurney doğru duyduğundan emin olamadı.

Kline Nardo'dan mesajı tekrar etmesini istedi ve adam söylediklerini tekrarladı.

"Telefon firmasından kaynakla ilgili bir bilgi edindiniz mi?" diye sordu Hardwick.

"Bu bölgeden bir cep telefonu. GPS bilgisi yok, yalnızca sinyalin alındığı şebekenin yeri belli. Arayanın kimliği belli değil."

"Telefon görüşmesini kim yaptı?" diye sordu Gurney. Bu doğrudan gelen tehdit, şaşırtıcı bir şekilde onun üzerinde sakinleştirici bir etki göstermişti. Belki de belli olan herhangi bir şey, isim verilmiş olması sınırları gösteriyordu ve bu yüzden sonsuz olasılık düşüncesi kadar başa çıkılmaz değildi.

"Telefon görüşmesini kim yaptı derken neyi kastediyorsunuz?" diye sordu Nardo.

"Telefonun Dermott *için* geldiğini söylediniz, Dermott'*a* geldiğini söylemediniz,"

"Ah, evet, anladım. Dermott telefon çaldığında tesadüfen, migreni tuttuğu için uzanıyordu. Cesedi bulduğundan beri kendine gelememişti. Mutfaktaki telefonu uzmanlardan birisi açtı. Arayan kişi Dermott'u istedi ve yakın bir arkadaşı olduğunu söyledi."

"Kendi ismini ne olarak verdi?"

"Garip bir isim. Carbis... Caberdis... Hayır, bir saniye bekleyin, uzman ismi yazmıştı... Charybdis."

"Sesle ilgili bir gariplik var mıymış?"

"Bunu sormanız çok ilginç. Onlar da sesi tarif etmeye çalışıyorlar. Dermott konuştuktan sonra, aksanın yabancı gibi geldiğini söyledi fakat bizim uzman bunun aldatmaca olduğunu – sesini gizleyen bir adam olduğunu düşünüyor. Belki de *kadın* – ikisi de bu konuda emin değil. Bakın beyler, üzgünüm ama buradaki işimize dönmemiz gerekiyor. Sadece size önemli bilgileri aktarmak istedim. Yeni bir şeyler olursa haber veririz."

Telefonun kapandığını gösteren sinyal sesi duyulduktan sonra, odada rahatsız edici bir sessizlik vardı. Ardından, Hardwick boğazını öyle gürültülü bir şekilde temizledi ki, Holdenfield geri çekildi.

"Evet, Davey evlat," diye hırıltılı sesiyle konuştu, "yine ilgi odağı sensin. '*Gurney'in sırası.*' Nesin sen, seri katilleri çeken bir mıknatıs mı? Yapmamız gereken tek şey seni iple bağlayıp sarkıtmak ve onların gelip seni ısırmasını mı beklemek?"

Madeleine de bir ipe bağlanmış ve sallanıyor muydu? Belki henüz değil. İnşallah henüz olmamıştır. Her şeyden önce sırada Dermott ve kendisi vardı. Eğer akıl hastası doğruyu söylüyorsa. Eğer öyleyse, bu ona biraz zaman kazandırırdı – belki de şansını döndürecek kadar zaman... Dikkatsizliğini telafi etme vakti gelmişti. Nasıl bu kadar aptal olabilmişti? Onun güvenliğini tehlikeye attığını nasıl fark edememişti? Aptal!

Kline endişeli görünüyordu. "Nasıl oldu da onun hedefi oldun?"

"Seninkinden daha iyi bir tahminim olamaz," dedi Gurney sahte bir rahatlıkla. Suçluluk duygusu yüzünden Kline ve

Rodriguez'in kendisine düşmanca, meraklı bakışlar fırlattıkları izlenimine kapılıyordu. Başından beri şiiri yazıp göndermekle ilgili endişeleri vardı fakat düşünmeyerek, bahsetmeyerek bu endişelerini bastırdı. Tehlikeyi görmezden gelme ve başkalarını tehlikeye atma konusundaki yeteneğine şaşırmıştı. O sırada ne hissetmişti? Madeleine'i riske atmakta olduğu hiç aklına gelmiş miydi? Bundan kuşkulanmış fakat bu düşünceyi kafasından atmış mıydı? Bu kadar duygusuzlaşmış olabilir miydi? *Lütfen Tanrım, hayır!*

Bütün bu pişmanlığın arasında, bir tek şeyden emindi. Orada, konferans odasında öylece oturmaya ve durumu tartışmaya devam etmeye dayanamayacaktı. Eğer sıradaki adam Dermott ise, aradıkları adamı ancak onun yerinde bulma ve tehlike kendisine daha da yaklaşmadan bunu yok etme şansı vardı. Ayrıca, Dermott'tan sonraki kişi kendisi ise, aralarındaki savaşın Walnut Crossing'den olabildiğince uzakta gerçekleşmesini istiyordu. Sandalyesini geri çekti ve ayağa kalktı.

"Eğer kusura bakmazsanız, gitmem gereken bir yer var."

Önce, masadaki herkes boş gözlerle ona baktı. Ardından, Kline bu hareketin manasını çözmüş gibi konuştu.

"Tanrım!" diye haykırdı. "Connecticut'a gitmeyi düşünmüyorsun, değil mi?"

"Davet edildim ve daveti kabul ediyorum."

"Bu delilik. Neyin içine girdiğini bilmiyorsun."

"Aslında," dedi Rodriguez ilgisiz bakışlarını Gurney'e yöneltereк, "polislerle dolu bir olay yeri, oldukça güvenli bir yerdir."

"Bu normalde doğru olurdu," dedi Holdenfield. "Ancak ..."

Bir süre düşüncesini, etrafında gezinip başka açılardan bakarak gözden geçirdi.

"Ancak ne?" diye patladı Rodriguez.

"Ancak katil polis değilse."

Kırk Altıncı Bölüm

Basit Bir Plan

Fazla basit görünüyordu.

İyi eğitimli yirmi polis memurunu yirmi saniyede öldürmek daha karmaşık bir plan gerektirmeliydi. Bu çapta bir eylem daha zor olmalıydı. Her şeyden önce şimdiye dek başarılmış en büyük yok etme olayı olacaktı – en azından Amerika'da, en azından son zamanlarda.

Bu kadar basit görünmesine rağmen bunu daha önce kimsenin yapmamış olması, onu hem teşvik ediyor hem de endişelendiriyordu. Sonunda şu fikir onu rahatlattı: Daha az zeki ve daha güçsüz bir adam için projesi korkutucu olabilirdi ama onun dikkati ve konsantrasyonu varken, onun için korkutucu değildi. Her şey göreceliydi. Sıradan bir insanı yere serebilecek engellerin arasında bir dahi dans edebilirdi.

Kimyasallar, bulunması gülünç denecek kadar kolay, ekonomik ve yüzde yüz yasaldı. Endüstriyel amaçlar için her gün toptan alındıkları için, büyük miktarlarda alındığında bile şüphe uyandırmıyordu. Buna rağmen elde edeceği kombinasyona dair bir iz bırakmamak için her birini (yalnızca iki adet kimyasal vardı) farklı kaynaktan, iki yüz litrelik basınç tanklarını ise üçüncü bir kaynaktan satın almıştı.

Şimdi, ölümcül karışımını alıcılarına göndereceği boruyu, lehim aletiyle son haline getirirken aklına korkunç bir fikir geldi

– en önemli noktayla ilgili bir olasılık – öyle ki aklını gıdıklayan bu fikirle birlikte yüzüne bir gülümseme yayıldı. Hayal ettiği şeyin pek olası olmadığını biliyordu – ama kimyanın sağı solu belli olmazdı – bu yüzden olma ihtimali vardı. En azından imkan dahilindeydi.

Kimyasal Tehlikeler adlı internet sitesinde aklına kazınan bir uyarı vardı. Uyarı, kırmızı ünlem işaretleriyle çevrili, kırmızı bir kutunun içindeydi. "Bu klor ve amonyak birleşimi yalnızca öldürücü derecede zehirli bir gaz yaymakla kalmaz, aynı zamanda oldukça güvenilmezdir ve bir kıvılcım kaynağı patlamasına sebep olabilir." Hayalindeki keyif verici sahnede, tüm Wycherly polisi onun tuzağına düşmüş, istemeden de olsa zehirli dumanı ciğerlerine çekiyorlardı. Ardından kendisinin yaratacağı kıvılcım üzerine gerçekleşen patlama, hepsini küçük parçalara ayırıyordu. Bunu düşününce, daha önce neredeyse hiç yapmamış olduğu bir şey yaptı. Sesli bir kahkaha patlattı.

Keşke annesi de bu keyfi, güzelliği, zaferi anlayabilseydi. Belki de bu çok fazla şey istemek olurdu. Ama tabii ki, polisler paramparça olurlarsa – küçücük parçalara ayrılırlarsa – boğazlarını kesemezdi. Ama boğazlarını kesmeyi çok istiyordu.

Dünya üzerindeki hiçbir şey kusursuz değildi. Her zaman artılar ve eksiler vardı. Kişi, uğraştığı iş esnasında elindekini en iyi şekilde kullanmalıydı. Bardağın dolu kısmını görmeliydi.

Bu, gerçeklikti.

Kırk Yedinci Bölüm

Wycherly'ye Hoş Geldiniz

Gurney, seyahatiyle ilgili tahmin edilebilecek karşı çıkma ve endişeleri bastırdıktan sonra, arabasına gidip o ana kadar yalnızca posta kutusu numarasını bildiği Gregory Dermott'un adresini almak için Wycherly polisini aradı. Görevli memura kim olduğunu anlatması biraz zaman aldı. Bundan sonra bir de kadının Nardo'yu arayıp, adresi vermek için izin almasını bekledi. Küçük ekibin olay yerine gitmeyen tek üyesi olduğu anlaşılıyordu. Gurney GPS'e adresi girdi ve Kingston-Rhinecliff Köprüsü'ne doğru yola koyuldu.

Wycherly, Connecticut'ın kuzey kısmındaydı. Yolculuk iki saatten biraz daha uzun sürdü ve Gurney bu zamanın çoğunu, eşinin güvenliği konusundaki berbat başarısızlığını düşünerek geçirdi. Hatası onu öyle rahatsız etmiş ve üzmüştü ki, başka bir şeye yoğunlaşmakta zorlanıyordu. BCI toplantısında ortaya çıkan varsayımı gözden geçirmeye başladı.

Katilin bir şekilde alkol geçmişi olan, alkolik geçmişinden gelen suçluluk duyguları ve derinlerde gizlenen korkuları olan kişilere ulaştığı ve binlerce kişiden oluşan bir liste toparladığı, ardından birkaçını bir sayı numarasıyla korkuttuğu, bir dizi şiirle işkence yaptığı ve sonra da ritüel eşliğinde öldürdüğü düşüncesi... Tüm bu süreç, saçma görünse de, Gurney'e son derece inandırıcı geliyordu. Seri katillerin çocukken böceklere ve küçük hayvanlara işkence yaparak – mesela büyüteç yardımıyla güneş ışığı altında tutup yakarak – zevk aldıklarını keşfettiğini hatırladı. Yakaladığı ünlü adamlardan birisi olan Yamyam Noel Baba, beş yaşındayken bu şekilde bir kediyi kör etmişti. Büyüteç yardımıyla gözlerini yakarak. Bu, geçmişindeki bir kurbana yoğunlaşıp, acıdan kıvranana dek korkularına yoğunlaşmaya benziyordu.

Yaklaşımı gözlemleyip, parçaları birleştirmek normalde ona keyif veren bir süreçti fakat o öğleden sonra arabasında, her zaman olduğu gibi iyi hissetmiyordu. Belki de yetersizlikleri, yanlış adımlarıyla ilgili gitmek bilmeyen hissi yüzündendi. Bu düşünce göğsüne dökülmüş asit gibiydi.

Rahatlayıp, yola, arabasının ön kısmına, elleriyle tuttuğu direksiyona odaklandı. Garip. Kendi elleri – onları tanıyamıyordu. Çok yaşlı görünüyorlardı – babasının elleri gibi... Ufak lekeler büyümüş ve sayıları artmıştı. Bir dakika önce kendisine bir düzine el fotoğrafı gösterilse, kendisininkini ayırt edemezdi.

Bunun sebebini merak etti. Belki de değişimler çok yavaş gerçekleştiğinde, ciddi bir boyuta gelene kadar beyin tarafından algılanmıyorlardı. Belki de daha fazlasıydı...

Bu bizim, her şeyi bir dereceye kadar görmeye alıştığımız şekliyle gördüğümüz anlamına mı geliyordu? Geçmişe takılmamızın tek sebebi yalnızca basit nostalji ve keşkeler değil de, veri işleme sürecinde kısa yolları seçen nöronlarımız mıydı? Eğer nesneleri kısmen görmeye yarayan nöronlar, kısmen de geçmişi belirliyorsa – yani kişinin bir anda algıladığı şey o anki algıları ile hafızasındaki algılarının birleşimi ise "geçmişe takılıp kalmak" deyişi yeni bir anlam kazanmıştı. Öyleyse geçmiş, anlık duyusal algı kılığına bürünerek şu anın üzerinde garip bir hakimiyet sürüyor ve bize zamanı dolmuş bilgiler veriyordu. Eski bir travmanın yönlendirdiği bir seri katil olayının da bununla bir ilgisi olabilir miydi? Algıları ne kadar bozulmuş olabilirdi?

Teorisi onu bir an için heyecanlandırdı. Yeni bir fikri evirip çevirmek, güvenilirliğini test etmek, her zaman daha kontrollü, daha canlı hissetmesini sağlardı ancak bunları bugün hissetmesi zordu. GPS'i onu Wycherly çıkışına iki yüz metre kadar kaldığı konusunda uyardı.

Yokuşlu çıkışın sonundan sağa döndü. Bölgede ekin tarlaları, sıralı çiftlik evleri, alışveriş merkezleri ve başka bir çağdan kalma yaz mekanları vardı: Yıkık dökük bir açık sinema, ismi Kızılderili dilinden olan bir gölün tabelası…

İsmi bu dili çağrıştıran başka bir gölü akla getiriyordu – Catskills'deki muhteşem evlerini ararken Madeleine ile birlikte etrafındaki yolda yürüyüş yaptıkları gölü… Alçak bir uçurumun tepesinde el ele durup, hafiften esen yelin kırıştırdığı suya bakarlarken, onun yüzündeki neşeli ifadeyi gözünün önüne getirebiliyordu. Anılarla birlikte içine bir suçluluk duygusu saplandı.

Ne yaptığını, nereye gittiğini, eve geç geleceğini haber vermek için onu henüz aramamıştı. Ona ne kadarını anlatması gerektiğinden hâlâ emin değildi. Posta mühründen söz etmeli miydi? Onu şimdi, anında aramaya karar vermişti. *Tanrım, doğru şeyleri söylemem için bana yardım et.*

Halihazırda hissettiği stresi düşünerek, aramayı yapmak için arabasını sağa çekmenin akıllıca olduğunu düşündü. Bulabildiği ilk yer bir çiftliğin, kış yüzünden kapatılmış bölümünün önündeki engebeli, çakıllı park yeriydi. Sesli arama kaydında evinin numarası için kullandığı kelime, kullanışlı ama hiç yaratıcı olmayan *ev* kelimesiydi.

Madeleine telefonu ikinci çalışında, her zamanki iyimser, davetkar sesiyle açtı.

"Benim," dedi Gurney. Sesinde Madeleine'in neşesinin yalnızca bir yansıması vardı.

Birkaç saniye sessizlik oldu. "Neredesin?"

"Zaten bunu söylemek için aradım. Connecticut'da, Wycherly adında bir yerin yakınlarındayım."

Ardından gelen normal soru, "Neden?" olmalıydı fakat Madeleine normal sorular sormazdı. Bekledi.

"Olayda bir gelişme oldu," dedi. "Her şey sona doğru gidiyor."

"Anlıyorum."

Gurney onun yavaş, kontrollü nefesini duydu.

"Başka söylemek istediğin bir şey var mı?" dedi Madeleine.

Gurney, camdan dışarı, ölmüş sebzelerin olduğu bölüme baktı. Mevsim yüzünden kapanmıştan ziyade, tamamen terk edilmiş gibi görünüyordu. "Peşinde olduğumuz adam zıvanadan çıktı," dedi. "Onu durdurmak için bir şansımız olabilir."

"*Peşinde olduğumuz adam mı*?" Sesi incecik, pürüzlü çıkmıştı.

Cevabına şaşkınlığından sesini çıkarmadı.

Kadın sinirli bir şekilde devam etti. "Kanlı caniden, seri katilden, kimsenin özlemediği şu adamdan bahsetmiyor musun – insanları şah damarından vurup boğazlarını kesen adamdan? Bahsettiğin kişi bu değil mi?"

"O... peşinde olduğumuz adam, evet."

"Connecticut'da onunla ilgilenmeye yetecek kadar polis yok mu?"

"Adam bana odaklanmış gibi görünüyor."

"Ne?"

"Bu vaka üzerinde çalışan birisi olarak kimliğimi belirlemiş gibi görünüyor ve aptalca bir şey yapmaya çalışabilir – ihtiyacımız olan fırsatı bize verecek bir şey. Üst üste gelen cinayetleri öylece izlemektense, onunla savaşmamız için bir şans olabilir."

"*Ne*?" Bu kez kelime sorudan çok acı dolu bir ünlemdi.

"Her şey düzelecek," dedi hiç de inandırıcı olmayan bir ses tonuyla. "Adam dağılmaya başlıyor. Kendi kendisini imha edecek. Bu olduğunda orada olmak zorundayız."

"Bu senin işinken orada olmak zorundaydın ama şimdi değilsin."

"Madeleine, Tanrı aşkına, ben bir polisim!" Sözleri, asılı duran bir nesnenin yere düşmesi gibi patlayıverdi. "Bunu neden anlamıyorsun?"

"Hayır, David," dedi sakince. "Sen polis*tin*. Şu anda polis değilsin. Orada olman gerekmiyor."

"Geldim bile." Bu sözün ardından gelen sessizlik esnasında, Gurney'in siniri geri çekilen dalgalar misali yatıştı. "Sorun yok. Ne yaptığımı biliyorum. Kötü bir şey olmayacak."

"David, senin sorunun ne? Kurşunların arasında koşmaya devam mı edeceksin? Kurşunların arasında koşacak mısın? Bir tanesi kafana gelene kadar devam mı edeceksin? Bu mudur? Birlikte geçen hayatımızın geri kalanı için planın bu mu? Bekliyorum, bekliyorum, bekliyorum... Senin öldürülmen için mi?" Sesi, *öldürülme* kelimesini telaffuz ederken öyle çatlamıştı ki, Gurney tek kelime edemedi.

Sonunda konuşan Madeleine oldu – sesi o kadar yumuşaktı ki kelimeleri güçlükle anladı. "Bu gerçekten ne hakkında?"

"Ne hakkında mı?" Soru onu kötü bir açıdan vurmuştu. Dengesini kaybetti. "Sorunu anlamadım."

Kadının derin sessizliği kilometrelerce öteden etrafını sarmış, üzerinde baskı oluşturmuştu.

"Ne demek istiyorsun?" diye sordu. Kalp atışlarının hızlandığını hissedebiliyordu.

Onun yutkunduğunu duydu. Onun bir karar vermeye çalıştığını hissetti, hatta bunu her nasılsa biliyordu. Madeleine ona başka bir soruyla yanıt verdi. Sesi yine öyle yumuşaktı ki, Gurney duymakta zorlanıyordu.

"Danny ile mi ilgili?"

Kalp atışlarını boynunda, başında, ellerinde hissedebiliyordu.

"Ne? Bunun Danny'yle ne ilgisi var?" Sorusuna cevap beklemiyordu, en azından bu kadar işi varken, o sırada beklemiyordu.

"Ah, David," dedi. David onu, üzgün ve bu en zor konuyu sürdürmeye kararlı bir şekilde başını sallarken hayal edebiliyordu. Madeleine kapıyı bir kez açınca, mutlaka içeri girerdi.

Titreyerek nefes aldı ve devam etti. "Danny öldürülmeden önce, işin senin hayatının büyük kısmını kaplıyordu. Sonra hepsini kapladı. Hepsini. Son on beş yılda çalışmak dışında başka hiçbir şey yapmadın. Bazen bir şeyin telafisini yapmaya, bir şeyi unutmaya, bir şeyi... *çözmeye* çalıştığını hissediyorum." Gergin tonlamasıyla, bir hastalığın belirtisinden bahseder gibiydi.

Elindeki gerçeğe tutunup, yoluna devam etmek istedi. "Mark Mellery'i öldüren adamın yakalanmasına yardım etmek için Wycherly'ye gidiyorum." Kendi sesi, başka birisine – yaşlı, korkmuş, sert, mantıklı görünmeye çalışan birisine – ait gibiydi.

Madeleine onun söylediğini duymazdan gelip, düşündüklerinden bahsetmeyi sürdürdü. "Kutuyu açıp onun resimlerine bakarsak... ona birlikte hoşça kal diyebiliriz diye düşünmüştüm. Ama sen hoşça kal demiyorsun, değil mi? Sen hiçbir şeye hoşça kal demiyorsun."

"Neyden bahsettiğini bilmiyorum," diye karşı çıktı. Fakat bu doğru değildi. Şehirdeki evlerinden Walnut Crossing'deki evlerine taşındıkları zaman, Madeleine saatlerce vedalaşmıştı. Sadece komşularıyla değil, evleriyle, geride bıraktıklarıyla, bitkilerle... Bu Gurney'in sinirlerini bozmuştu. Onun aşırı duygusallığından şikayet etmiş, cansız nesnelerle konuşmanın garip, zaman kaybı, boş uğraş olduğunu ve bunun, sadece ayrılmasını zorlaştırdığını söylemişti. Ama dahası vardı. Madeleine'in bu davranışı, Gurney'in hiç dokunulmasını istemediği bir yere dokunuyordu – ve şimdi yine aynı yere dokunuyordu – asla vedalaşamayan yanına, ayrılığı kaldıramayan tarafına."

"Bir şeyleri yalnızca görüş alanından çıkarıyorsun," diyordu. "Ama onlar gitmiyorlar, sen gerçekte gitmelerine izin vermiyorsun. Onlara bakmalı ve veda etmelisin. Danny ile vedalaşmak için, onun hayatına bakmak zorundasın. Ama açıkça bunu yapmak istemiyorsun. Sen sadece… Ne, David? Ne? *Ölmek* mi istiyorsun?" Uzun bir sessizlik oldu.

"Ölmek istiyorsun," dedi. "Gerçek bu, değil mi?"

Bir hortumun merkezindeki girdaba benzer bu boşluğu daha önce de hissetmişti – içine her şeyi çeken bir boşluk.

"Yapmam gereken bir işim var." Bu gerçekten çok sıradan, aptalca bir cümle olmuştu. Bunu neden söylediğini kendisi de bilmiyordu.

Uzun bir sessizlik oldu.

"Hayır," dedi yavaşça, yutkunarak. "Bunu yapmaya devam etmek zorunda değilsin." Ardından umutsuzca, güçlükle duyulur bir sesle ekledi, "Ya da öylesin. Ben sadece umuyordum."

Gurney bütün kelimeleri, düşünceleri kaybetmiş gibiydi.

Bir süre ağzı hafif açık bir şekilde, hızla nefes alarak öylece oturdu. Bir süre sonra – ne zaman olduğundan emin değildi – telefon bağlantısı kesildi. Sarhoş eden kaosun yerini sakinleştirici, harekete geçmesini sağlayacak bir düşüncenin almasını bekledi.

Onun yerine içine gülme ve acıma hisleri doldu – Madeleine ve kendisinin duygusal olarak çöktükleri, soyundukları, korktukları böylesi bir anda bile kelimenin tam anlamıyla birbirlerinden kilometrelerce uzakta, farklı eyaletlerde, bir hattın iki ucunda, boşlukta oldukları düşüncesi.

Aklına gelen diğer bir şey ise, ona söylemeyi, açıklamayı başaramadığı şey oldu. Posta mührü aptallığı, bunun katili kendi evlerine yönlendirebileceği, olaya takıntılı bir şekilde yoğunlaşması yüzünden gözden böyle bir şeyi kaçırdığıyla ilgili tek kelime etmemişti. Bu düşünce rahatsız edici bir yansımayı beraberinde getirmişti. On beş yıl önce uğraştığı bir olay yüzünden Danny ölmüştü, belki de davanın sebep olduğu son şey bu olmuştu. Madeleine'in bu ölümü, onun şu anki takıntısıyla bağdaştırdığı açıktı. Açıktı ve Gurney kabul etmeliydi ki, sinir bozucu da olsa zekiceydi.

Onu tekrar aramak zorunda olduğunu, hatasını – onu tehlikeye attığını – anlatıp, onu uyarmak zorunda olduğunu hissetti. Evi aradı ve davetkar sesi bekledi. Telefon çaldı, çaldı, çaldı, çaldı. Ardından kendisinin kaydettiği telesekreter mesajı duyuldu – biraz sert, biraz katı ve pek de davetkar değil – ve bip sesi.

"Madeleine? Madeleine orada mısın? Lütfen oradaysan telefonu aç." Artan bir rahatsızlık hissetti. Bir dakikalık mesajda söyleyebilecek mantıklı, tehlike yaratmak yerine tehlikeyi önleyecek, panik ve karışıklık yaratmayacak bir şey bulamıyordu. Sonunda ancak, "Seni seviyorum. Dikkatli ol. Seni seviyorum," diyebildi. Ardından bir bip sesi daha duyuldu ve bağlantı kesildi.

Oturduğu yerden kafası karışmış bir şekilde, acı içinde yıkık dökük sebze bölümüne baktı. Bir ay boyunca, hatta sonsuza dek uyuyabilirdi. En iyisi sonsuza dek uyumaktı. Fakat bu çok saçmaydı. Kuzey Kutbu'ndaki hayatından bezmiş adamların karda yatıp donarak ölmeyi beklemesi kadar tehlikeli bir düşünceydi. Dikkatini toplamalıydı. Yoluna devam etmeliydi. Kendisini iteklemeliydi. Yavaş yavaş, düşünceleri önünde bekleyen bitmemiş işinin etrafında yoğunlaştı. Wycherly'de yapacak bir işi vardı. Yakalanacak bir deli. Kurtarılacak hayatlar. Gregory Dermott'un, kendisinin, belki de Madeleine'in. Arabayı çalıştırdı ve devam etti.

GPS sonunda onu, az trafiği olan, kaldırımsız bir ara yolda büyük, varoş, bir dizi evin olduğu özelliksiz bir araziye getirdi. Uzun mazılar mülkün sağ, sol ve arka taraflarını çevreliyordu. Ön tarafta, göğüs hizasında kütükler vardı fakat arabanın gireceği yer açık bırakılmıştı. Gurney'in tahminine göre bir düzineden fazla olan polis arabaları her yerdeydi – evin tüm çevresini her açıdan tutuyor, yolu da kısmen kapatmışlardı. Çoğunun üzerinde Wycherly polisinin işareti vardı. Üzerine siren takılmış, işaretsiz olanlar da vardı. Hiç Connecticut polisinin olmadığı göze çarpıyordu – belki de pek şaşırtıcı bir durum değildi. Bu çok akıllıca ya da etkili bir yaklaşım olmasa da, kendi bölgelerinde bir cinayet olduğunda yerel polisin durumu kontrolleri altında tutmak istemelerini anlıyordu. Gurney dar yola girdiğinde üniformalı genç bir polis bir eliyle park edilmiş arabaları gösteriyor, diğer eliyle oraya giremeyeceğini işaret ediyordu. Dev gibi polis gergin ve dudaklarını sıkmış bir şekilde kendisine doğru yaklaşırken Gurney arabadan çıktı ve kimliğini çıkardı. Kendisine bir buçuk beden küçük olan ve geniş omuzlarıyla savaşmakta olan montunun yakası, yanaklarına kadar uzanıyordu.

Gittikçe kafası karışmış gibi, uzun uzun Gurney'in cüzdanındaki karta baktı ve sonunda konuştu, "Burada New York Eyaleti yazıyor."

"Yüzbaşı Nardo'yu görmeye geldim," dedi Gurney.

Gömleğinin önündeki gerginlik kadar sert bir bakışın sonunda polis omuz silkti. "İçeride."

Uzun araba yolunun sonunda, posta kutusuyla aynı yükseklikte duran bej rengi, metal bir tabelada siyah harflerle: GD GÜVENLİK SİSTEMLERİ yazmaktaydı. Gurney, tüm mülkün etrafını çevirdiği görülen sarı güvenlik şeridinin altından geçti. Gariptir ki, şeridin boynuna değdiği an, soğuk olduğunu hissetmesiyle dikkati o gün boyunca ilk kez havaya yöneldi. Çiğ, gri, rüzgarsız bir hava vardı. Kütüklerin ve mazıların dibindeki gölgelerde, erimiş ve tekrardan donmuş karlar vardı. Yol boyunca asfalt yüzeydeki çukurlarda birikmiş kirden kararmış buzlar vardı.

Giriş kapısının tam ortasına daha gözle görülür bir şekilde GD Güvenlik Sistemleri tabelası yapıştırılmıştı. Kapının hemen yanında, evin Axxon Sessiz Alarmları tarafından korunduğuna dair bir yazı vardı. Basamaklı girişe vardığında, kapı açıldı. Açan kişinin yüzünde pek de iyi niyetli bir ifade yoktu. Hatta kapıyı açan adam, dışarı çıktı ve kapıyı arkasından kapattı. Sinirli bir şekilde cep telefonuyla konuşurken, Gurney'in çevresini süzüyordu. Kırklı yaşlarda, sportif vücudu, keskin yüz hatları ve sinirli bakışları olan, kısa boylu bir adamdı. Arkasında sarı harflerle POLİS yazılı, ince bir ceket giyiyordu.

"Şimdi beni duyabiliyor musun?" Giriş kapısından, ölmüş ve buzlanmış çimenlere doğru yürüdü. "Şimdi duyabiliyor musun?... Güzel. Olay yerinde acilen bir uzmana daha ihtiyacım olduğunu söyledim... Hayır, bu bir işe yaramaz, yani demek istediğim şu anda ihtiyacım var... Şimdi, hava kararmadan... Kelime dilimizde 'şim-di' diye heceleniyor. Sen dünyanın neresinden geldin de beni anlamıyorsun?... Güzel. Teşekkür ederim. Minnettar kalırım."

Telefonun kapatma tuşuna basıp kafasını salladı. "Allah'ın belası geri zekalı." Gurney'e baktı. "Sen de kimsin?"

Gurney bu saldırgan tavra karşılık vermedi. Bunun nereden geldiğini anlayabiliyordu. Polisin öldürüldüğü bir olay yerinde her zaman aşırı tepkiler olurdu – kontrol etmesi zor tribal öfke. Dahası, Dermott'un evine polis memurunu gönderen adamın sesini de tanımıştı – John Nardo.

"Ben Dave Gurney, Yüzbaşı."

Nardo'nun aklından çoğu olumsuz olan bir sürü şey hızla geçiyor gibi görünüyordu. Tek söylediği, "Buraya niçin geldin?" oldu.

Çok basit bir soruydu. Bu sorunun cevabını kısmen bildiğinden bile emin değildi. Özetlemeye karar verdi. "Katil, Dermott'u ve beni öldürmek istediğini söylüyor. Şimdi ben de geldim. Herifin istediği her şey burada. Belki de bizi almaya gelir ve biz de onu paketleyebiliriz.

"Öyle mi düşünüyorsun?" Nardo'nun sesinde kasten olmayan bir düşmanlık vardı.

"İstersen," dedi Gurney, "Ben size şu ana kadar vakayla ilgili neler elde ettiğimizle ilgili bilgi vereyim, siz de bana burada neler bulduğunuzu anlatın."

"Burada ne mi buldum? Senin isteğin üzerine buraya gönderdiğim polisin cesedini. Gary Sissek. Emekliliğine iki ay vardı. Başı neredeyse vücudundan kırık bir viski şişesiyle ayrılmıştı. Şu çitlerin arkasında yan yana duran bir çift lanet bot ve saçma sapan bir bahçe sandalyesi." Bunu söylerken evin arka tarafına doğru ellerini salladı. "Dermott bu sandalyeyi daha önce hiç görmemiş. Komşusu da daha önce hiç görmemiş. Peki, bu kahrolası şey nereden geldi? Bu lanet olası deli yanında bir bahçe sandalyesi mi getirdi?"

Gurney başını salladı. "Aslına bakarsan, cevap muhtemelen evet... Bu, eşsiz cinayetin bir parçası. Viski şişesi gibi. Yoksa Four Roses marka mıydı?"

Nardo ona geç anlıyormuş gibi bir süre boş boş baktı. "Tanrım," dedi. "İçeri gelsen iyi olur."

Kapıdan girer girmez geniş, boş bir koridor vardı. Mobilya, halı ya da duvarlarda resim yoktu. Yalnızca bir yangın söndürme tüpü ve duman dedektörü vardı. Koridorun sonunda arkaya açılan bir kapı vardı ve Gurney, Dermott'un o sabah polisin cesedini orada bulduğunu tahmin etti. Dışarıdan gelen birbirine karışmış sesler, olay yeri inceleme ekibinin hâlâ arka bahçede çalışmakta olduğunu gösteriyordu.

"Dermott nerede?" diye sordu Gurney.

Nardo başparmağıyla tavanı gösterdi. "Yatak odasında. Stres yüzünden migreni tuttu ve migren ağrıları onu mahvediyor. İyi bir durumda olduğu söylenemez. Zaten sıradakinin kendisi olduğunu söyleyen telefon gelmeden önce yeterince kötüydü, ama telefondan sonra... Tanrım."

Gurney'in sormak istediği sorular vardı, birçok soru, ancak Nardo'nun sırasını almak istemiyordu. Evin giriş katında etrafını süzerek neler görebileceğine baktı. Sağındaki kapı beyaz duvarları olan, halısız, ahşap zeminli geniş bir odaya açılıyordu. Ötedeki duvarın dibindeki uzun masanın üzerinde telefonlar, faks makineleri, yazıcılar, tarayıcılar, harici hard diskler ve başka aletler vardı. Diğer duvarda ise bir yangın söndürme tüpü daha duruyordu. Duman dedektörü yerinde ise, monte edilmiş bir yangın söndürme sistemi vardı. Yalnızca iki pencere bulunuyordu. Ön ve arka kısımdaki azıcık boşluk, beyaz duvarlara rağmen odaya tünele benzer bir görünüm vermişti.

"Burada bilgisayar işlerini yapıyor ve üst katta yaşıyor. Biz diğer odayı kullanacağız," dedi Nardo koridorun karşısındaki diğer kapıyı işaret ederek. İlki gibi bu da davetkar değil, yalnızca fonksiyonel bir odaydı. İlk odanın yarısı büyüklüğündeydi ve bu odada sadece bir tane pencere vardı ve bu yüzden tünelden çok mağaraya benziyordu. İçeri girdiklerinde Nardo düğmeye bastı ve tavana gömülü dört adet lambanın yanmasıyla mağara beyaz bir kutuya benzedi. Bir duvarın önünde dosya dolapları, diğer bir duvarın önünde, üzerinde iki adet dizüstü bilgisayar duran bir masa, bir duvarın önünde ise kahve makinesi ve mikrodalga fırın ve odanın ortasında üzeri boş, kare bir masa ve yanında iki sandalye vardı. Bu odada hem yangın söndürme sistemi hem de yangın alarmı vardı. Bu oda Gurney'e son çalıştığı polis merkezindeki sevimsiz dinlenme odasının daha temiz bir versiyonu gibi gelmişti. Nardo sandalyelerden birisine oturup, Gurney'in de oturması için işaret etti. Kafasının içerisindeki baskıdan kurtulmak istercesine, birkaç dakika şakaklarına masaj yaptı. Gözlerindeki ifadeye bakılırsa, masaj işe yaramıyordu.

"Ben bu 'yem' saçmalığını yemedim," dedi *yem* kelimesi kötü kokuyormuşçasına burnunu kırıştırarak.

Gurney gülümsedi. "Kısmen haklısınız."

"Diğer kısımda ne var?"

"Emin değilim."

"Buraya kahrolası bir kahraman olmak için mi geldin?"

"Sanmıyorum. İçimde, burada olmamın işe yarayacağına dair bir his var."

"Öyle mi? Peki, benim içimde öyle bir his yoksa?"

"Bu sizin şovunuz, Yüzbaşı. Eğer evime dönmemi isterseniz, evime dönerim."

Nardo ona uzun uzun, alaycı bir bakış daha fırlattı. Sonunda fikrini değiştirmiş gibi görünüyordu, en azından geçici bir süre için. "Four Roses şişesi cinayetin bir parçası mı?"

Gurney başını salladı.

Nardo derin bir nefes aldı. Tüm vücudu ağrıyormuş gibi görünüyordu. Hatta tüm dünyanın acı içinde olduğunu düşünüyormuş gibi… "Tamam, Dedektif. Belki de bana anlatmadığın her şeyi anlatman gerekiyor."

Kırk Sekizinci Bölüm

Geçmişi Olan Ev

Gurney kar üzerinde beliren ve ters yöne bakan ayak izlerini, şiirleri, telefondan gelen garip sesleri, iki üzücü numara olayını, kurbanların alkolik geçmişlerini, akıl işkencelerini, polisle yaşanan düşmanca mücadeleleri, duvardaki "REDRUM" graffitisini, Defneler'de 'Bay ve Bayan Scylla' imzasını, katilin yüksek zekası ve kendini beğenmişliğini anlattı. Daha sonra yaşanan üç cinayetle ilgili detayları anlatmaya başladı. Fakat Nardo'nun sabrı tükenmek üzereydi. Bu yüzden bilinmesi gereken en önemli husus olarak nitelendirdiği bölüme geçti:

"Katil, iki şeyi kanıtlamak istiyor. Birincisi, sarhoşları kontrol edebilecek ve onları cezalandırabilecek bir güce sahip olduğunu; ikincisi de polislerin yetersiz birer ahmak olduğunu. İşlediği suçlar, bilinçli olarak birer oyun haline getirilmiş. Adeta birer bilmeceye dönüştürülmüş. Bu yüzden oldukça zeki, takıntılı ve dikkatli. Şu ana kadar ardında bir tek parmak izi, saç, tükürük zerresi, elbise parçası ya da ayak izi bırakmadı. Bizim fark edebildiğimiz tek bir hatası olmadı. Sorun şu ki; bu adam hakkında çok az şey biliyoruz. Kullandığı yöntemler ya da cinayetleri işleme nedeni tam bir muamma. Yalnız tek bir istisna var."

Bu noktada Nardo tek kaşını havaya kaldırdı. Belli ki konu ilgisini çekmişti.

"Seri katilin sanatsal çalışmaları adlı eseri yazan Dr. Holdenfield, katilin çok kritik bir aşamaya geldiğine ve cinayetlerde doruk noktasına ulaşacak bir hamle yapmak üzere olduğuna inanıyor."

Nardo'nun boğazındaki kaslar gerildi. Öfkesini güçlükle kontrol ettiği apaçık belli olan bir ses tonuyla söze girdi. "Bu durumda arka bahçede katlettiği arkadaşım, onun için bir alıştırma mı oluyor?"

Bu, insanın cevaplayabileceği ya da cevaplamak zorunda olduğu türden bir soru değildi. İki adam bir süre sessizce oturdu. Ta ki üçüncü bir nefes sesini duyana dek. İkisi de başlarını kapıya doğru çevirdi. Gizlice yanlarına kadar gelen bu kişi, daha önce garaj yolunu koruma altında tutan dev adamdı. Yüzünde acı çeken ama yine de gülümsemek zorunda olan bir adam ifadesi vardı.

Nardo, kendini duyacaklarına hazırladı ve "Ne var, Tommy?" diye sordu.

"Gary'nin karısının nerede olduğunu tespit etmişler."

"Yüce Tanrım! Pekala. Neredeymiş?"

"Otogardan eve giderken, yolda tespit edilmiş. Okul otobüsünü kullanıyormuş."

"Tabii ya. Tabii ya. Ah, kahretsin! Oraya kendim gitmem gerek ama buradan ayrılamam. Şef nerede? Nerede olduğunu hâlâ öğrenemediniz mi?"

"Cancun'da."

"Cancun'da olduğunu biliyorum, lanet olası. Neden hiçbir mesaja yanıt vermiyor?" Nardo derin bir nefes aldı ve gözlerini kapattı. "Hacker ve Picardo. Büyük ihtimalle aileye en yakın olan onlardır. Picardo, kadının kuzeni gibi bir şey değil miydi? Hacker ve Picardo'yu görevlendirin. Tanrım. Ama Hacker'e söyleyin gitmeden önce beni görsün."

Devasa polis, geldiği gibi sessizce ayrıldı.

Nardo derin bir nefes daha aldı. Başına ağır bir darbe almış da konuşarak kendini toparlayabileceğini düşünen biri gibi söze girdi. "Yani ölenlerin hepsinin alkolik olduğunu söylüyorsun. Ama Gary Sissek alkolik değildi. Bu ne anlama geliyor o zaman?"

"Ama o bir polisti. Belki de öldürülmesinin tek sebebi buydu. Ya da belki Dermott'u hedef alan planlı bir saldırıya engel oldu. Ya da belki olayla başka bir bağlantısı vardı."

"Nasıl bir bağlantı?"

"Bilmiyorum."

Arka kapı hızla kapandı ve kendilerine doğru yaklaşmakta olan ayak sesleri duyuldu. Sonra da kapıda sade giyimli ve iri yapılı bir adam belirdi. "Beni mi görmek istediniz?"

"Bunu yaptığım için üzgünüm ama Picardo ve sen…"

"Biliyorum."

"Tamam. Pekala. Mümkün olduğunca kısa kes. Basit cümleler kur. Kurbanı saldırıdan korurken, ölümcül bir darbe aldı. Bir kahraman gibi öldü. Ne bileyim, bu tür cümleler kur işte. Sakın detaylara girme. Kan gölü gibi ifadelerden kaçın. Ne demek istediğimi anlıyorsun değil mi? Detayları daha sonra açıklarız. Tabii mecbur kalırsak. Ama şimdilik…"

"Anlıyorum efendim."

"Güzel. Bak, bu işi kendim halledemediğim için üzgünüm. Ama gerçekten buradan ayrılmama imkan yok. Lütfen ona bu gece evlerine uğrayacağımı söyle."

"Tabii efendim." Hacker kapıda bir süre bekledi ve Nardo'nun başka bir emri olmadığına kanaat getirince geldiği yoldan çıktı. Fakat bu kez kapıyı daha yavaş kapattı.

Nardo bir kez daha kendini toparladı ve Gurney'le olan görüşmesine geri döndü. "Ben mi bir şeyleri kaçırıyorum; yoksa senin bu davayla ilgili yaklaşımların fazlasıyla teorik mi? Yani yanılıyorsam lütfen beni düzelt ama şu ana kadar bir şüpheliler listesi ya da herhangi bir somut veriden bahsetmedik. Değil mi?"

"Aşağı yukarı böyle denilebilir."

"Ve bunca fiziksel kanıt... Zarflar, not kağıtları, kırmızı mürekkep, botlar, kırık şişeler, ayak izleri, kaydedilen telefon görüşmeleri, telefon hatlarının tespiti, iade edilmiş çekler, hatta bu kaçık herifin parmak uçlarıyla deri yağı kullanılarak yazılmış mesajlar... Hiçbirinden bir çıkış yolu yakalayamadık mı?"

"Öyle de denilebilir."

Nardo başını sağa sola yatırdı. Bu hareket gittikçe bir alışkanlık haline geliyordu. "Özetle bu adamı nerede arayacağınız ya da nasıl bulacağınız hakkında hiçbir fikriniz yok."

Gurney gülümsedi. "Belki de bu yüzden buradayımdır."

"Neden buradasın?"

"Çünkü buradan başka nereye gitmem gerek, bilemiyorum."

Çok basit bir gerçeği, çok basit sözlerle itiraf etmişti. Katilin taktik detaylarını çözmek entelektüel bir tatmin kaynağıydı; ancak Nardo'nun sözleri karşısında hiçbir ilerleme kaydedemediğini gördü. Gurney, yaşadığı onca 'eureka' anına rağmen; Mark Mellery'nin kapısına dayanıp kendisinden yardım istediği güne kıyasla bir arpa boyu yol gidememişti.

Nardo'nun yüzündeki ifade birden değişti. Biraz daha rahatlamış görünüyordu.

"Daha önce Wycherly'de hiçbir cinayet vakası olmamıştı," dedi. "En azından böylesine ciddi bir vaka olmadı. Kırsalda yaşanan birkaç kasıtsız adam öldürme olayı, birkaç kazalı ölüm ve bir şüpheli av kazası. İçinde sarhoş biri bulunmayan tek bir olay bile olmadı. En azından son yirmi dört yıldır durum böyleydi."

"O kadar zamandan beri bu görevi mi yürütüyorsun?"

"Evet. Bu departmanda benden uzun çalışan tek kişi Gary'dir... Yani Gary'di. Yirmi beşinci yılına girmişti. Karısı, yirminci yılda emekli olmasını istedi ama o bir beş yıl daha kalırsa... Kahretsin!" Nardo gözlerindeki yaşları sildi. "Görev başında meslektaşlarımızı kaybetmeye alışık değiliz," dedi. Gözyaşları için bir açıklama yapmak zorundaymış gibi.

Gurney, mesai arkadaşını kaybetmenin nasıl bir duygu olduğunu iyi bildiğine dair birkaç şey söylemek istedi. O da bir baskında iki arkadaşını birden kaybetmişti. Fakat hiçbir şey söylemedi. Sadece başıyla, Nardo'nun sözlerini onayladı.

Bir iki dakika sonra Nardo boğazını temizledi. "Dermott'la konuşmak ister misin?"

"Aslında, evet ama sizin işinize karışmak istemem."

"İşime karışmış olmazsın," dedi Nardo. Sesi gereğinden fazla katıydı. Gurney, az evvel yaşadığı zayıflığı örtbas etmek için bu kadar sert davrandığını düşündü. Zaten Nardo da biraz sonra normal ses tonuna dönerek ekledi; "Bu adamla telefonda görüştün, değil mi?"

"Evet."

"Yani senin kim olduğunu biliyor."

"Evet."

"Öyleyse benim odada bulunmama gerek yok. İşin bittiğinde gelir, detayları anlatırsın."

"Nasıl isterseniz, Yüzbaşı."

"Üst katta, sağdaki ilk kapı. İyi şanslar."

Gurney, ahşap merdivenlerden yukarı çıkarken ikinci katın burada yaşayanlar hakkında, birinci kata kıyasla birkaç ipucu verip vermeyeceğini merak etti. Çünkü birinci katta her şey bilgisayar ekipmanları kadar soğuk ve sıradandı. Üst kata çıkan Gurney, aşağıda gördüğü güvenlik tedbirlerinin burada da fazlaca bulunduğunu gördü. Duvarda bir yangın söndürücü, bir duman dedektörü ve tavanda da yangına karşı su serpme tesisatı vardı. Gurney, Gregory Dermott'un kesinlikle pantolon askıları olan ve silahını da kemerine sıkıştıran adamlardan biri olduğunu düşündü. Nardo'nun tarif ettiği kapıyı çaldı.

"Evet?" İçeriden gelen ses acı dolu, öfkeli ve telaşlıydı.

"Özel dedektif Gurney, Bay Dermott. Bir dakika görüşebilir miyiz?"

Bir süre sessizlik oldu. "Gurney mi?"

"Dave Gurney. Telefonda konuşmuştuk."

"İçeri gel."

Gurney, perdeler kapalı olduğu için bir hayli karanlık görünen bir odaya girdi. İçeride bir yatak, bir komodin, bir çalışma masası, bir koltuk ve yanında katlanabilen bir sandalye ile duvara dayanmış bir masa vardı. Bütün mobilyalar koyu renkliydi. Tarzı çağdaş ve görünümleri de bir hayli kaliteliydi. Yatak örtüsü ve halı; gri, taba ve diğer solgun renklerden oluşuyordu. Odadaki kişi, kapıya bakan koltuktaydı. Bir tarafına biraz daha fazla ağırlık verdiği tuhaf bir pozisyonda oturuyordu. Acılarını bir an olsun dindiren bir duruş yakalamış, onu bozmak istemiyormuş gibi görünüyordu. Gurney, dış görünüşünden yola çıkarak adamın bilgisayar dünyasında deneyimli bir teknisyene benzediğini söyleyebilirdi. Işık az olduğu için yaşı hakkında sağlıklı bir tahmin yapmak zordu. Otuzlarında olduğunu söylemek, makul bir tahmin olabilirdi.

Dermott, bir soruya cevap ararcasına Gurney'in yüzünü inceledikten sonra kısık bir sesle sordu: "Size anlattılar mı?"

"Neyi?"

"Telefon görüşmesini… Çılgın katilden gelen aramayı."

"Duydum. Telefona kim cevap verdi?"

"Kim mi cevap verdi? Sanırım polis memurlarından biri. Biri beni almaya geldi."

"Arayan kişi sizden isminizle mi bahsetmiş?"

"Sanırım… Bilmiyorum… Öyle olmuş olmalı. Çünkü polis memuru, telefonun bana olduğunu söyledi."

"Arayanın sesinde size tanıdık gelen bir şeyler oldu mu?"

"Normal değildi."

"Ne demek istiyorsunuz?"

"Deli. Bir yüksek, bir alçak. Tıpkı kadın sesi gibi tiz ve yüksek, sonra da kısık. Delirmiş gibi yaptığı aksanlı konuşma. Sanki korkunç bir şaka yapıyor gibi ama bunun yanında fazlasıyla gerçekçi." Parmak uçlarıyla şakaklarına bastırdı. "Sıradakinin ben olduğumu söyledi, sonra da sıra size gelecekmiş. Korkmuş birinden çok, yorulmuş bir adama benziyordu."

"Arkadan gelen sesler var mıydı?"

"Ne var mıydı?"

"Arayanın sesinden başka bir şey duydunuz mu? Müzik, trafik gürültüsü, başka sesler?"

"Hayır. Hiçbir şey duymadım."

Gurney başıyla onayladı ve odaya şöyle bir göz gezdirdi. "Oturmamın bir sakıncası var mı?"

"Ne? Hayır, oturabilirsiniz." Dermott sanki içeride çok sayıda sandalye varmış gibi eliyle odayı çepeçevre işaret etti.

Gurney yatağın kenarına oturdu. Davayla ilgili asıl anahtarın, Gregory Dermott'da saklı olduğuna dair güçlü hisleri vardı. Tek yapması gereken doğru soruları sormaktı. Doğru konuları gündeme getirmekti. Öte yandan; bazı zamanlarda söylenecek en doğru şey, hiçbir şey söylememekti. Sessizlik yaratmak, boş bir alan oluşturmak ve diğer adamın bu boşluğu nasıl dolduracağını izlemek. Uzun süre oturdu ve halıya baktı. Bu sabır isteyen bir stratejiydi. Fakat sessizliğin ne kadar zamandan sonra bir strateji olmaktan çıkıp, vakit kaybına dönüştüğünü iyi değerlendirmek gerekiyordu. Sessizliğe son verme noktasına çok yaklaşmıştı ki Dermott konuşmaya başladı.

"Neden ben?" Sesi tedirgin ve sinirliydi. Bu bir sorudan çok, şikayete benziyordu. Gurney, yanıtsız bırakmayı tercih etti.

Birkaç saniye sonra Dermott konuşmaya devam etti. "Sanırım bu evle bir ilgisi var." Sonra durdu. "Size bir şey sorayım, Dedektif. Wycherly Polis Departmanı'nda şahsen tanıdığınız biri var mı?"

"Hayır." Bu soruyu sormasındaki nedeni merak ediyordu ama sormak yerine beklemeyi tercih etti. Nasıl olsa birazdan öğrenecekti.

"Bugün çalışan ya da geçmişte çalışmış olan tek bir kişiyi bile tanımıyor musunuz?"

"Hayır." Dermott'un gözlerindeki bakıştan, biraz daha güvenceye ihtiyacı olduğunu anladı ve ekledi: "Mark Mellery için gelen mektupta yazılanları okumadan önce, Wycherly diye bir yerin varlığından bile haberdar değildim."

"Ve kimse size bu evde olanlar hakkında bir şey anlatmadı öyle mi?"

"Evde olanlar mı?"

"Bu evde. Uzun zaman önce."

"Hayır," dedi Gurney. Konunun gidişatı ilgisini çekmeye başlamıştı.

Dermott'un rahatsızlığı, baş ağrısından öte bir hal almaya başladı.

"Ne oldu?"

"Bana da üçüncü bir ağız tarafından anlatıldı," dedi Dermott. "Bu evi aldıktan hemen sonra, komşularımdan biri dedi ki yirmi küsur yıl önce burada korkunç bir kavga yaşanmış. Bir karı ve koca arasında. Ve kadın bıçaklanmış."

"Ve siz bu olayla bir bağlantı olduğunu mu düşünüyorsunuz?"

"Tesadüf olabilir ama..."

"Evet, nedir?"

"Aklımdan uçup gitmiş. Ancak bugün hatırladım. Bu sabah

bulduğum..." Dermott'un dudakları sanki bir spazm geçiriyor gibi büzüldü.

"Acele etmenize gerek yok," dedi Gurney.

Dermott iki elini şakaklarına dayadı. "Silahınız var mı?"

"Bir tane var."

"Üzerinizde var mı?"

"Hayır. New York Polis Teşkilatı'ndan ayrıldığımdan beri üzerimde silah taşımıyorum. Eğer güvenlik yönünden endişeleriniz varsa, içiniz rahat olsun. Evin etrafı polislerle çevrili," dedi Gurney.

Dermott pek ikna olmuş gibi görünmüyordu.

"Bir şey hatırladığınızı söylüyordunuz."

Dermott başıyla onayladı. "Unutmuştum ama görünce hatırladım. Bütün o kanı görünce hatırladım."

"Neyi hatırladınız?"

"Bu evde bıçaklanan kadın... Boğazından bıçaklanmıştı."

Kırk Dokuzuncu Bölüm

Hepsini Öldür

Dermott'un komşusunun söylediğine göre olay yirmi küsur yıl önce olmuştu ki bu da olayın yirmi beş yıl kadar önce yaşanmış olabileceği anlamına geliyordu. Demek ki John Nardo ve Gary Sissek, bu olay yaşandığında polis memuruydu. Her ne kadar resmin bütününden bir hayli uzak olsa da, Gurney önündeki yapboza bir parça daha yerleştirmeyi başarmıştı. Dermott'a sormak istediği daha pek çok soru vardı ama bu sorular yüzbaşıyla yapacağı görüşmeden sonra da sorulabilirdi.

Odadan ayrıldığında Dermott perdeleri kapalı bir odada, rahatsız bir biçimde koltuğa oturmuş; oldukça stresli ve rahatsız görünüyordu. Merdivenlerden aşağı inerken, ellerinde eldivenler ve üzerinde olay yeri inceleme kıyafetleri olan bir bayan memur Nardo'ya dışarıdaki incelemeyi bitirdiklerini söylerken ve bundan sonra ne yapmaları gerektiğini sorarken buldu.

"Etrafını şeritle çevirin ve kimsenin girmesine izin vermeyin. Tekrar inceleme yapmamız gerekebilir. Sandalyeyi, şişeyi ve bulduğunuz diğer şeyleri merkeze götürün. Arşiv odasının ilerisinde, koridorun sonundaki odayı bu dava için kullanın."

"Peki ya masanın üzerindeki yığınlar?"

"Şimdilik Colbert'ın ofisine tıkın."

"Bu durum hiç hoşuna gitmeyecektir."

"Hiç umurumda değil. Bak, sadece dediğimi yap!"

"Tabii efendim."

"Gitmeden önce Koca Tommy'e söyle, evin önünden ayrılmasın. Pat de telefonun başında beklesin. Diğer herkes dışarı çıkıp, kapıları çalmaya başlasın. Civarda son günlerde sıra dışı bir şeyler gören ya da duyan olmuş mu, araştırsın. Özellikle de dün gece geç saatlerde ya da bu sabahın ilk saatlerinde. Yabancılar, her zamanki yerlerinden farklı bir yere park edilmiş arabalar, civarda dolaşan insanlar, telaşlı insanlar, akıllarına ne gelirse."

"Ne kadarlık bir alana yayılsınlar?"

Nardo saatine baktı. "Önümüzdeki altı saat boyunca, ne kadar bölgeye erişebilirlerse. Daha sonra ne yapacağımıza karar veririz. İlginç bir şey bulursanız, hemen bana haber verin."

Bayan polis yanından ayrılınca Nardo, Gurney'e döndü. Gurney, merdivenlerin başında bekliyordu. "İşe yarar bir şey bulabildin mi?"

"Emin değilim," dedi Gurney. Kısık sesle konuşuyordu. Nardo'ya daha önce oturdukları odaya geçmesi için bir el hareketi yaptı. "Belki sen bana yardımcı olabilirsin."

Gurney, kapıya bakan sandalyeye oturdu. Nardo, kare masanın karşı tarafındaki sandalyenin arkasında durdu. Yüzünde merak ve Gurney'in henüz tanımlayamadığı bir ifade vardı.

"Bu evde birinin bıçaklandığını biliyor muydun?"

"Ne saçmalıyorsun sen?"

"Dermott bu evi aldıktan kısa bir süre sonra bir komşusu gelip yıllar önce bu evde yaşayan bir kadının kocası tarafından saldırıya uğradığını anlatmış."

"Kaç yıl önce?"

Gurney, Nardo'nun gözlerinde olayı hatırlamaya başladığına dair bir bakış yakaladı. "Belki yirmi, belki yirmi beş. O arada bir yerde."

Nardo, beklediği cevabı almış gibi görünüyordu. Derin bir iç çekti ve başını iki yana salladı. "Bu olayı unutmuş olmalıyım, üzerinden yıllar geçti. Tabii ki burada bir aile içi kavga yaşandı. Yaklaşık yirmi dört yıl önce. Ben polis teşkilatına katıldıktan kısa bir süre sonra. Bu olayla ne alakası var?"

"O cinayete dair herhangi bir detay hatırlıyor musun?"

"Hatıralarıma doğru yolculuk yapmadan önce konumuzla ne alakası olduğunu söyleyebilir misin?"

"Saldırıya uğrayan kadın, boğazından bıçaklanmış."

"Bunun özel bir anlamı mı olmalı?" Nardo'nun dudakları seğirmişti.

"Bu evde iki kişi saldırıya uğradı. Onca saldırı şekli varken, ne tesadüftür ki bu iki insan boğazlarından bıçaklandı."

"Sanki her iki olay da aynı şekilde gerçekleşmiş gibi konuşuyorsun. Koruma görevinde öldürülen bir polis memuru ile yirmi dört yıl önce aile içi bir kavgada öldürülen kadının ne alakası var?"

Gurney, omuz silkti. "Aile içi kavga hakkında biraz daha bilgi sahibi olabilirsem, alakayı da kurabilirim."

"Pekala. Sana aklımda kalanları anlatacağım. Ama fazla bir şey bekleme." Nardo bir süre sustu ve masaya baktı. Daha doğrusu geçmişine baktı. "O gece görevli değildim."

Açıkça sorumluluk reddine başvuruyor, diye düşündü Gurney. *Hikayede hiçbir sorumluluğu olmadığını neden vurgulamak istesin ki?*

"O yüzden anlatacaklarım üçüncü ağızdan olacak," dedi Nardo. "Pek çok domestik olayda olduğu gibi koca sarhoştu ve karısıyla tartışmaya girdi. Görünüşe göre eline bir şişe aldı, şişeyle karısına vurdu. Şişe kırılınca da karısının boğazı kesildi. Hepsi bu kadar."

Gurney, hepsinin bu kadar olmadığını gayet iyi biliyordu. Önemli olan hikayenin geri kalanını nasıl ortaya çıkaracağıydı.

Polislik mesleğinin yazılı olmayan kurallarından biri, mümkün olduğunca az konuşmayı gerektiriyordu ve görünüşe göre Nardo bu kuralı harfiyen uyguluyordu. Gurney, belli belirsiz sorularla gerçeği ortaya çıkarabilirdi ama bu zaman kaybından başka bir şey kazandırmazdı. O yüzden doğruca konuya girdi.

"Yüzbaşı, bu anlattıklarınız işe yaramaz bir dizi saçmalık!" dedi. Sanki içinde bulunduğu durum midesini bulandırıyormuşçasına, uzakta bir noktaya bakmayı tercih etti.

"İşe yaramaz saçmalık mı?" Nardo'nun sesi neredeyse fısıltı gibi çıkıyordu.

"Bana anlattıklarınızın doğru olduğuna eminim. Fakat eksik olan bir şey var ve asıl önemli olan da bu eksik kısım!"

"Belki eksik kısım seni ilgilendirmiyordur." Nardo hâlâ kendinden emin bir duruş sergilemeye çalışıyordu; fakat öfkesi biraz olsun yatışmıştı.

"Bakın, burada olan biteni yargılamaya çalışan meraklı bir pislik değilim. Gregory Dermott bu sabah bir telefon aldı ve benim hayatımın tehlikede olduğunu öğrendi. *Benim* hayatım. Eğer burada olan bitenin, sizin o sözde aile içi kavganızla bir alakası varsa; bunu bilmek benim en doğal hakkım."

Nardo boğazını temizledi ve tavana baktı. Sanki söylemesi gerekenler ya da buradan çıkmasını sağlayacak bir acil durum çıkışı tavanda beliriverecek gibi davranıyordu.

Gurney daha sakin bir ses tonuyla ekledi. "Başlangıç olarak, bu olaya karışan insanların adlarını söyleyebilirsiniz."

Nardo bu sözleri başıyla onayladı ve arkasında durduğu sandalyeyi çekerek oturdu. "Jimmy ve Felicity Spinks." Hiç hoş olmayan bir gerçeği, açığa çıkarmış gibi konuşuyordu.

"İsimleri söyleyiş şeklinizden, onları gayet iyi tanıdığınızı anlıyorum."

"Evet. Öyle. Her neyse işte..." Evde bir yerlerde bir telefon çalıyordu. Nardo bu sesi duymamış gibiydi. "Jimmy alkole biraz düşkündü. Hatta birazdan biraz fazla. Bir gece eve sarhoş geldi. Felicity ile kavgaya tutuştu. Dediğim gibi kırık bir şişeyle kadının boğazını feci şekilde kesti. Felicity çok kan kaybetti. Ben görmedim. O gece çalışmıyordum. Ama olay yerine giden arkadaşlar bir hafta boyunca orada gördükleri kanı anlattı durdu." Nardo yine masaya bakıyordu.

"Peki kadın kurtuldu mu?"

"Ne? Evet, evet kurtuldu ama sadece nefes alıp verebilecek hale gelmişti. Beyin hasarı."

"Sonra kadına ne oldu?"

"Ne mi oldu? Sanırım bir tür bakım evine kaldırıldı."

"Kocasına ne oldu?"

Nardo bir an tereddüt etti. Gurney, adamın hatıralar yüzünden mi yoksa konuşmak istemediği için mi böyle olduğunu anlamaya çalışıyordu. "Nefsi müdafaa olduğunu iddia etti," dedi. Bu durumdan hiç hoşlanmadığı oldukça net anlaşılıyordu. "Sonunda bir pazarlık yapıldı. Sosyal hizmet karşılığında, cezalandırılacağı yıllar azaltıldı. Kasabayı terk etti. Sosyal Hizmetler çocuğunu aldı. Hikaye bu kadar."

Gurney'in yaptığı binlerce sorgulama sonrasında iyice keskinleşen sezgileri, hâlâ eksik bir şeyler olduğunu söylüyordu. Bekledi ve Nardo'nun rahatsız tavırlarını izledi. Arkadan gelen sesleri duyabılıyordu. Muhtemelen telefonu açan kişinin sesiydi ama ne söylediğini tam olarak duyamıyordu.

"Anlamadığım bir şey var," dedi. "Bu hikayenin sizin için ne gibi bir önemi olabilir ki siz en baştan anlatmak yerine özet geçmeyi seçtiniz?"

Nardo doğruca Gurney'e baktı. "Jimmy Spinks bir polisti."

Gurney'in vücudunu saran ürperme hissi, yerini acilen cevaplanması gereken bir düzine soruya bıraktı. Fakat henüz bir soru bile soramamışken, çene yapısı son derece belirgin olan bir kadın kapıda belirdi. Saçları asker saçı gibi kısacıktı. Üzerinde kot pantolon ve koyu renkli bir polo gömlek vardı. Sol kolunun altında ise kolayca erişebileceği şekilde askıya yerleştirilmiş bir Glock tabanca kabzası görünüyordu.

"Efendim, bilmeniz gereken bir telefon aldık." Her ne kadar dile getirmese de gözlerinde *acilen* bilmesi gerektiğine dair ifade vardı.

Birileri ortamı dağıttığı için rahatlamış görünen Nardo, bütün ilgisini kapıda beliren yabancıya yöneltti ve kadının detaylara girmesini istedi. Fakat kadın, şüpheli bir ifadeyle Gurney'e baktı.

"O bizden," dedi Nardo. Ama sesinden, bu durumun hiç hoşuna gitmediği anlaşılıyordu. "Devam et."

Kadın, Gurney'e bir kez daha baktı. İlki gibi bu da arkadaşça bir bakış değildi. Sonra masaya yaklaştı ve Nardo'nun önüne minyatür bir dijital telefon kayıt cihazı koydu. Neredeyse bir iPod büyüklüğündeydi.

"Hepsi burada efendim."

Nardo cihazı elinde döndürdü ve bir an tereddüt etti. Sonra da bir tuşa bastı. Konuşmalar hemen duyulmaya başlandı. Ses kalitesi mükemmeldi.

Gurney ilk konuşan kişinin sesini hemen tanıdı. Zira kadın hemen yanında duruyordu.

"*GD Güvenlik Sistemleri.*" Belli ki kadın Dermott'un telefonunu, bir çalışanı olarak cevaplamak üzere görevlendirilmişti.

İkinci ses biraz tuhaftı. Fakat Mark Mellery'nin isteğiyle dinlediği telefon görüşmesindeki sese benziyordu. Bu iki görüşme arasında, dört cinayet gerçekleşmişti. Bu ölümler, Gurney'in zaman kavramını derinden etkilemişti. Peony'de Mark, Bronx'ta Albert Rudden, Sotherton'da Richard Kartch (*Richard Kartch –*

Bu ismi her duyduğunda içinde tuhaf bir his beliriyordu. Bir tür uyumsuzluk gibi. Neden?) ve Wycherly'de Memur Gary Sissek.

Bu vurgulama ve aksanı karıştırması imkansızdı.

"*Tanrıyı duyabilseydim, bana ne söylerdi?*" Telefondaki ses, korku filmlerindeki kötü karakterlerden biriymiş gibi konuşuyordu.

"*Affedersiniz?*" Telefonu cevaplayan kadın polis, gerçek bir resepsiyonist gibi şaşırdığını gösteren bir tepki vermişti.

Telefondaki ses, daha ısrarcı bir tavırla yineledi. "*Tanrıyı duyabilseydim, bana ne söylerdi?*"

"*Affedersiniz, tekrar edebilir misiniz? Sanırım hatlarda bir sorun var. Şu anda bir cep telefonuyla mı görüşüyorsunuz?*"

Kadın polis Nardo'ya hızla bir açıklama yaptı. "Dediğiniz gibi aramayı uzun tutmaya çalışıyordum. Onu mümkün olduğunca hatta tutmaya çalıştım."

Nardo bu sözleri başıyla onayladı. Sonra kayıt cihazını dinlemeye devam ettiler.

"*Tanrıyı duyabilseydim, bana ne söylerdi?*"

"*Ne demek istediğinizi anlayamadım, efendim. Ne demek istediğinizi açıklayabilir misiniz?*"

Ses birden yükseldi ve şu sözleri söyledi: "*Bana hepsini öldür derdi!*"

"*Efendim? Kafam karıştı. Benden bu mesajı not edip birine iletmemi mi istiyorsunuz?*"

Sonra tiz bir kahkaha duyuldu. Sanki birileri selofan kağıtları buruşturuyor gibiydi.

"*Mahşer günü geldi, başka söze ne gerek. / Dermott gözünü dört aç, Gurney sen de acele et / Temizlikçi geliyor. Tik-tok-tik.*"

Ellinci Bölüm

Araştırma

İlk konuşan Nardo oldu. "Bütün konuşma bu kadar mı?"

"Evet, efendim."

Arkasına yaslandı ve şakaklarını ovaladı. "Şef Meyer'dan ses yok mu hâlâ?"

"Otele mesaj bırakmaya devam ediyoruz, efendim. Ayrıca cep telefonuna da mesaj bıraktık. Henüz yanıt vermedi."

"Arayanın numarası gizliydi yanılmıyorsam, değil mi?"

"Evet efendim."

"Hepsini öldür ha?"

"Evet efendim. Tam olarak bu sözleri söyledi. Kaydı tekrar dinlemek ister misiniz?"

Nardo başını iki yana salladı. "Sence kime gönderme yapıyor?"

"Efendim?"

"Hepsini öldür. Hepsi, kim?"

Kadın polis ne diyeceğini bilemez bir haldeydi. Nardo, Gurney'e baktı.

"Sadece bir tahmin, Yüzbaşı, ama ya ölüm listesindeki diğer isimler ya da bu evde bulunan herkes."

"Temizlikçi geliyor da ne demek?" dedi Nardo. "Neden temizlikçi?"

Gurney omuzlarını silkti. "Hiçbir fikrim yok. Belki bu kelimeyi kullanmayı seviyordur. Patolojik olarak yaptığı işle bağlantılı."

Nardo'nun yüzünde bu durumdan hiç hoşlanmadığını gösteren bir ifade belirdi ve yüz hatları kırış kırış oldu. Sonra kadın polise döndü ve ilk kez adıyla hitap etti. "Pat, Koca Tommy ile birlikte evin dışında bekle. Birbirinize zıt köşelerde durun. Böylece evin bütün kapı ve pencerelerini kontrol altında tutmuş olursunuz. Ayrıca şu sözlerimi herkese ilet: Bütün polis memurları tek bir silah sesi duyulduğunda ya da rahatsız edici durum cereyan ettiğinde hemen bu evde toplanacaklar. Sormak istediğin bir şey var mı?"

"Silahlı bir saldırı mı bekliyoruz, efendim?" Sesinde beklenti dolu bir tını vardı.

"Bekliyoruz diyemem ama olması mümkün diyebilirim."

"Sizce o kaçık pislik hâlâ bu civarda mı?" Kadının gözlerinden ateş fışkırıyordu.

"Olabilir. Koca Tommy'e son telefon görüşmesini de aktar. Tetikte olun."

Kadın polis başıyla selam verdikten sonra odadan ayrıldı.

Nardo acı dolu bir bakışla Gurney'e döndü. "Ne düşünüyorsun? Sence şövalyeliği bir kenara bırakıp eyalet polisine acil bir durum olduğunu haber versek mi? Yoksa bu telefon görüşmesi sadece saçmalıktan mı ibaret?"

"Şimdiye kadar yaşanan cinayetleri düşününce, bu telefon görüşmesinin saçmalık olduğunu varsaymak düpedüz ahmaklık olur."

"Ben hiçbir şey varsaymıyorum," dedi Nardo. Öfkeden dudaklarını büzdü.

İkili arasındaki gerginlik, sessizliğe dönüştü.

Sessizliği bozan da üst kattan gelen bir ses oldu.

"Yüzbaşı Nardo? Gurney?"

Nardo, sanki karnına kramp girmiş gibi yüzünü buruşturdu. "Belki Dermott'un aklına başka bir anı gelmiştir de bizimle paylaşmak istiyordur," dedi ve sandalyesine iyice yerleşti.

"Ben bakarım," dedi Gurney.

Odadan çıkıp koridorda ilerledi. Dermott yatak odasının kapısında duruyordu. Merdivenlerin hemen başında. Sabırsız, öfkeli ve yorgun görünüyordu.

"Sizinle konuşabilir miyim... lütfen?"

'Lütfen' kısmını pek içten söylememişti.

Dermott ayakta duramayacak kadar titriyordu. Bu yüzden Gurney yukarı çıktı. Yukarı çıkarken de buranın normal bir ev gibi olmadığını düşündü. Burası bir işyeriydi ve konaklamak için bir yer ilave edilmişti. Gurney'in büyüdüğü şehirde böyle düzenlemelere sık rastlanırdı. Dükkan sahipleri, dükkanların üst katında yaşardı. Tıpkı her yeni müşteri ile hayata karşı beslediği nefret biraz daha artan o restoran sahibi ya da mafya bağlantılı cenaze levazımatçısı ve şişman karısıyla şişman dört çocuğu gibi. Onları düşünmek bile kendini kötü hissetmesine neden oldu.

Yatak odasının kapısına geldiğinde bu düşünceleri bir kenara bıraktı ve Dermott'un yüzünden okunan rahatsızlığa odaklandı.

Adam, Gurney'in arkasından aşağı baktı. Merdivenlerden aşağısını görmeye çalışıyordu. "Yüzbaşı Nardo gitti mi?"

"Aşağıda. Sizin için ne yapabilirim?"

"Arabaların uzaklaştığını duydum," dedi. Sesinde suçlayıcı bir ton vardı.

"Uzağa gitmediler."

Dermott aldığı yanıttan memnun kalmamıştı ama yine de başıyla onayladı. Belli ki aklında bir şey vardı ama asıl konuya girmek için hiç acelesi yoktu. Gurney bu fırsatı değerlendirdi ve birkaç soru sordu.

"Bay Dermott, mesleğiniz nedir?"

"Ne?" Adam hem şaşırmış hem de kızmıştı.

"Tam olarak nasıl bir iş yapıyorsunuz?"

"Benim işim mi? Güvenlik. Yanılmıyorsam bu konuşmayı daha önce yapmıştık."

"Yüzeysel olarak," dedi Gurney. Gülümsüyordu. "Belki biraz detaylandırmak istersiniz."

Dermott'un iç çekişi, bu isteği gereksiz bir vakit kaybı olarak gördüğünün en güzel kanıtıydı. "Bakın," dedi. "Oturmam gerek, tamam mı?" Sonra koltuğuna döndü ve oturdu. "Ne gibi detaylar?"

"Şirketinizin adı GD Güvenlik Sistemleri. Bu 'sistemler' kim için, ne tür 'güvenlik' sağlıyor?"

Dermott, diğer bir iç çekişin ardından yanıtladı. "Şirketlerin gizli bilgilerini koruma altında tutmalarına yardımcı oluyorum."

"Peki bu yardımlarınız ne şekilde hayata geçiriliyor?"

"Veritabanı koruma uygulamaları, virüs programları, güvenlik kalkanları, protokollere sınırlı erişim, kimlik doğrulama sistemleri, ... Bunlar genel olarak yaptığımız işlerin ana kategorileri diyebilirim."

"Yaptığımız?"

"Efendim?"

"Projelerinizden bahsederken, 'yaptığımız' işler dediniz."

"O manada demek istemedim," dedi Dermott. "Sadece kurumsal bir ifade olarak kullandım."

"Bu da GD Güvenlik Sistemleri'ni biraz daha büyük gösteriyor, değil mi?"

"Niyetim bu değildi. Sizi temin ederim. Müşterilerim yalnız çalışmamdan fazlasıyla memnun."

Gurney etkilenmiş gibi başını öne arkaya sallıyordu. "Bunun nasıl bir avantaj sağladığını tahmin edebiliyorum. Peki, bu müşteriler kimler?"

"Gizliliğin kendileri için son derece önemli olduğunu söyleyen müşteriler."

Gurney, Dermott'un ters yanıtı karşısında masumca gülümsedi. "Sizden, bildiğiniz sırları açıklamanızı istemedim. Sadece müşterilerinizin hangi iş grubundan geldiğini merak ettim."

"Veritabanları oldukça hassas bir gizlilik endişesi taşıyan işler."

"Mesela?"

"Kişisel bilgiler."

"Ne tür kişisel bilgiler?"

Dermott konuşarak, yaptığı sözleşmeleri ne derece riske attığını değerlendiriyordu. "Sigorta şirketleri, finansal hizmet şirketleri, sağlık sektöründeki firmalar tarafından toplanan bilgiler."

"Tıbbi veriler mi?"

"Büyük bir kısmı, evet."

"Tedavi verileri?"

"Temel sağlık kodlama sistemine girişi yapılan veriler. Konumuzla ne alakası var ki?"

"Sanıyorum siz oldukça geniş bir tıbbi veri tabanına erişim sağlamaya çalışan bir bilgisayar korsanıydınız. Buna ne diyeceksiniz?"

"Bu cevaplanabilir bir soru değil."

"Neden?"

Dermott kızgınlığını göstermek istercesine gözlerini kapattı. "Çok fazla değişken var."

"Ne gibi?"

"Ne gibi?" Dermott kendisine yöneltilen soruyu sanki aptalca bir soruymuş gibi tekrar etti. Birkaç dakika sonra da gözleri hâlâ kapalı olarak konuşmaya başladı. "Bilgisayar korsanının amacı, tecrübe düzeyi, veri formatına aşinalığı, veri formatının yapılanışı, erişim protokolü, bir dizi güvenlik duvarı ve virüs programı ve daha pek çok değişkenden söz ediyoruz ki sizin bunları anlayacak kadar geniş bir teknik altyapınız olduğunu hiç zannetmiyorum."

"Bu konuda haklısınız," dedi Gurney. "Fakat diyelim ki, tamamen örnek olsun diye soruyorum, oldukça yetenekli bir korsan belirli bir hastalık üzerine tedavi gören hastaların yer aldığı bir liste oluşturmaya çalışıyor ..."

Dermott çaresizce ellerini havaya kaldırdı ama Gurney devam etti. "Bunu yapmak ne kadar zordur?"

"Yine söylüyorum, bu cevaplanabilir bir soru değil. Bazı veri tabanları o kadar geçirgen ki doğrudan internette yayın yapsalar daha iyi olur. Ama bazıları da dünya üzerinde şifre kırma ve kodları deşifre etme konusunda en gelişmiş bilgisayarları bile kolaylıkla etkisiz kılabiliyor. Her şey sistem tasarımcısının yeteneğine bağlı."

Gurney, Dermott'un son cümlesinde bir gururlanma ifadesi yattığını düşündü ve bu konu üzerine gitmeye karar verdi. "Her türlü iddiaya girerim ki bu konuda sizden iyi olabilecek insan sayısı oldukça azdır."

Dermott gülümsedi. "Kariyerimi, bu gezegendeki en zeki korsanları alt etmek üzerine kurdum. Benim tasarladığım hiçbir veri koruma protokolüne izinsiz erişim sağlanamadı."

Bu bilgi yeni bir olasılığı gündeme getirdi. Belki de bu adamın alt edici yetenekleri, katilin ulaşmak istediği veri tabanına giden yolda büyük bir pürüz yarattı. Katil de onu bu davaya sürüklemeye karar verdi. Bu fikir kesinlikle düşünmeye değerdi. Fakat asıl sorun bu olasılığın cevaptan çok soru yaratmasıydı.

"Keşke yerel polis departmanı da aynı kapasiteye sahip olsaydı."

Bu cümle, Gurney'i düşüncelerinden sıyırıp yeniden olay yerine döndürdü. "Ne demek istiyorsunuz?"

"Ne mi demek istiyorum?" Dermott vereceği cevabı uzun

uzun düşündü. "Bir katil beni takip ediyor ve ben de polisin beni koruyabileceğinden emin olamıyorum. Civarda başıboş dolaşan bir deli var ve bu deli önce beni, sonra da sizi öldürmek niyetinde. Sizse bu durum karşısında bana farazi bir bilgisayar korsanının farazi bir veri tabanına erişimi hakkında varsayımsal sorular soruyorsunuz. Ne yapmaya çalıştığınızı bilmiyorum. Eğer dikkatimi dağıtarak sinirlerimi yatıştırmaya çalışıyorsanız; şimdiden söyleyeyim, hiçbir işe yaramıyor. Neden gerçek tehlike üzerine odaklanmıyorsunuz? Sorunumuz akademik bir yazılım meselesi değil. Sorunumuz eli bıçaklı bir delinin peşimizde olması. Ve bu sabah yaşananlar da polisin hiçbir işe yaramadığının en açık göstergesi!" Dermott'un konuşurken kullandığı öfkeli ses tonu, yavaş yavaş kontrolden çıktı. Sesleri duyan Nardo yukarı çıkarak yatak odasına geldi. Önce Dermott'a, sonra Gurney'e ve yine Dermott'a bakarak; "Neler oluyor burada?" diye sordu.

Dermott arkasını döndü ve duvara bakmayı tercih etti.

Gurney ise, "Bay Dermott, kendisinin yeterince iyi korunmadığını düşünüyor," dedi.

"Yeterince korun..." Nardo öfkeli bir giriş yaptı ama hemen kendini toparladı ve daha makul bir tonda açıklamaya geçti. "Bayım, bu eve yetkisiz birinin girme ihtimali, hatta yanlış duymadıysam eli bıçaklı bir delinin bu eve girme ihtimali, sıfırdan bile az."

Dermott duvara bakmaya devam etti.

"Şöyle izah edeyim," dedi Nardo. "Eğer o orospu çocuğu buraya gelmeye cüret ederse, ölür. İçeri girmeye çalışırsa; onu kıtır kıtır keser, akşam yemeği niyetine yerim."

"Bu evde yalnız kalmak istemiyorum. Bir dakika bile."

"Beni duymuyor musunuz?" dedi Nardo. "Yalnız değilsiniz. Mahalleniz tamamen polislerle çevrili. Evin dışı da polislerle çevrili. Kimse içeri giremez."

Dermott, Nardo'ya doğru döndü ve meydan okuyan bir üslupla; "Ya çoktan girdiyse?" diye sordu.

"Siz neden bahsediyorsunuz?"

"Ya çoktan eve girdiyse?"

"Nasıl olacakmış bu?"

"Bu sabah... Memur Sissek'e bakmak için dışarı çıktığımda... mesela ben bahçede dolanırken... kapı kilitli değildi ve o da içeri girdi. Girmiş olabilir, değil mi?"

Nardo duyduklarına inanamıyormuş gibi karşısındaki adama bakıyordu. "İçeri girdi ve nereye gitti?"

"Ben nereden bileyim!"

"Ne yani... Adamın yatağınızın altında falan mı saklandığını düşünüyorsunuz?"

"Bu sadece bir soru, Yüzbaşı. Fakat görüyorum ki siz bu sorunun yanıtını bilmiyorsunuz, değil mi? Çünkü evi baştan aşağı kontrol etmediniz, değil mi? O halde katil yatağın altında *olabilir*, değil mi?"

Nardo, "Yüce Tanrım!" diyerek isyan etti. "Bu kadar saçmalık yeter!"

İki adımda yatağın yanına gitti ve öfkeli bir tavırla yatağın ayak kısmını tutarak omuz hizasında havaya kaldırdı.

"Şimdi oldu mu?" diye söylendi. "Burada birilerini görebiliyor musunuz?"

Yatağı öylece yere bıraktı ve büyük bir gürültü oldu.

Dermott öfkeyle Nardo'ya bakıyordu. "Sizden istediğim, Yüzbaşı, yeterli bir çalışma. Çocukça bir gösteri değil. Evde detaylı bir arama yapılmasını istiyorum, çok mu zor?"

Nardo buz gibi bakışlarıyla Dermott'u süzdü. "Siz söyleyin... Herhangi biri bu eve girse nereye saklanabilir?"

"Nereye mi? Bilmiyorum. Bodruma? Tavan arasına? Dolaplara? Nasıl bilebilirim ki?"

"İçiniz rahat etsin diye söylüyorum, Bayım, olay mahaline gelen ilk polis ekibi evi baştan aşağı aradı. Eğer katil burada olsaydı, onu bulurlardı. Tamam mı?"

"Evi iyice aradılar mı?"

"Evet, Bayım. Siz mutfakta sorguya çekilirken."

"Tavan arası ve bodruma da bakıldı mı?"

"Evet."

"Dolaplara?"

"Bütün dolaplar kontrol edildi."

"Temizlik dolabını kontrol etmiş olamazlar!" diye bağırdı Dermott. "Orası asma kilitle kilitlenmişti ve anahtarı bende. Kimse benden anahtar filan istemedi."

"Yani oranın kilitli olması içeri kimsenin girmemiş olduğu anlamına gelir. Bu durumda orayı kontrol etmek zaman kaybı olacaktır. Öyle değil mi?" dedi Nardo.

"Hayır... Bu sözler evin her yerini kontrol ettik diyen sizlerin lanet olası birer yalancı olduğunuz anlamına gelir!"

Nardo'nun tepkisi, kendisini büyük bir patlamaya hazır tutan Gurney'i şaşkınlığa uğrattı. Yüzbaşı oldukça sakin bir üslupla, "Anahtarı verin, Bayım. Hemen gidip o dolaba da bakacağım."

Dermott bir avukat edasıyla söze girdi. "Yani oraya bakılmadığını ve evin olması gerektiği gibi kontrol edilmediğini kabul ediyorsunuz!"

Gurney, Dermott'un bu ısrarcı tavrının migrenle bir alakası olup olmadığını düşündü. Belki de sinir sistemi tamamen çökmüştü. Ya da korkusu yerini öfkeye bırakmıştı.

Nardo inanılması güç bir biçimde sakinliğini korumayı başarmıştı. "Anahtarı verecek misiniz, Bayım?"

Dermott bir şeyler mırıldandı. Yüz ifadesine bakılırsa itham edici sözler söylemişti. Sonra koltuğundan kalktı ve komodin çekmecesinden bir anahtar alıp yatağın üzerine fırlattı. Bu anahtar diğerlerine kıyasla daha küçüktü. Nardo hiçbir tepki göstermeden anahtarı aldı ve sessizce odadan ayrıldı. Merdivenlerden inerken, ayak sesleri duyuldu. Dermott diğer anahtarları yeniden çekmeceye koydu ve tam çekmeceyi kapatacakken durdu.

Dişlerinin arasından "Kahretsin!" diye homurdandı.

Anahtarları eline aldı ve ikinci sıradaki anahtarı, anahtarları bir arada tutan halkadan çıkarmak için uğraşmaya başladı. Anahtarı çıkarınca da kapıya yöneldi. Daha bir adım atamadan, yatağın başucundaki halıya takıldı ve kapının kasasına doğru tökezleyerek başını çarptı. Hâlâ sıktığı dişleri arasından öfke ve acı karışımı bir haykırış duyuldu.

Gurney, adama doğru bir adım atarak, "İyi misiniz?" diye sordu.

"İyiyim! Mükemmelim!" Bu sözler, adamın öfkesinin dışavurumuydu.

"Yardım edebilir miyim?"

Dermott sakinleşmeye çalışıyordu. "İşte," dedi. "Bu anahtarı al ve ona ver. Kapıda iki kilit var. Bunca saçma karmaşanın yanında..."

Gurney anahtarı aldı. "Siz, iyi misiniz?"

Dermott, durumun ne kadar can sıkıcı olduğunu gösteren bir el işaretiyle Gurney'e yardıma ihtiyacı olmadığı mesajını verdi. "Eğer olması gerektiği gibi en baştan bana gelselerdi..." Sonra birden sustu.

Gurney harabe gibi görünen adama bir kez daha dikkatle baktı ve aşağı indi.

Şehir dışı mahallelerdeki evlerin pek çoğu gibi bu evde de bodrum kata inen merdivenler ikinci kata çıkan merdivenlerin tam altına gelecek şekilde dizayn edilmişti. Bu merdivenlerin başında bir kapı vardı ve Nardo bu kapıyı açık bırakmıştı. Gurney, aşağıdan bir ışık geldiğini görebiliyordu.

"Yüzbaşı?"

"Evet?"

Ses, ahşap merdivenlerin sonunda bir yerlerden geliyordu ve Gurney de elinde anahtarla birlikte aşağı inmeye karar verdi. Beton, metal boru, ahşap ve toz karışımı bir koku vardı ve bu koku Gurney'e çocukluğunda oturdukları apartmanın bodrum katını anımsatmıştı. Çift kilitli bu depoda kiracıların kullanmadıkları bisikletler, bebek arabaları, kutular dolusu ıvır zıvır bulunurdu ve lambaları örümcek ağlarıyla sarılı olurdu. Duvarlarda beliren gölgeler, Gurney'in tüylerini diken diken etmeye yeterdi.

Nardo, inşaatı henüz tamamlanmamış bir odanın karşı köşesindeki çelikten bir gri kapının önünde duruyordu. İnşaat halindeki bu odada ise kirişler, rutubetli duvarlar, bir su ısıtıcı kazan, iki mazot tankı, bir ocak, iki yangın alarmı, iki yangın söndürücü ve bir de tavandan püskürtmeli yangın söndürme sistemi vardı.

"Bu anahtar, asma kilit için," dedi Nardo. "Bir de yaysız kilit var. Bu güvenlik çılgınlığının sebebi nedir anlamadım. Ayrıca diğer kahrolası anahtar da nerede?"

Gurney anahtarı Nardo'ya uzattı. "Unuttuğunuzu söyledi. Bunun için de sizi suçladı."

Nardo homurdanarak anahtarı aldı ve doğruca kilide yerleştirdi. Nardo kapıyı açmak için uğraşırken "Kokuşmuş pislik herif," dedi. "Gerçekten burayı kontrol ettiğime inanamıyorum... Bu da nesi...?"

Nardo, peşinde Gurney'le birlikte kapıdan içeri girdi ve kendini temizlik dolabından bir hayli büyük bir odanın içinde buldu.

İlk bakışta, gördükleri manzaraya hiçbir anlam veremediler.

Elli Birinci Bölüm

Açıklama

Gurney bir an için yanlış kapıyı açtıklarını düşündü. Fakat bunu yapmış olmalarına da imkan yoktu. Merdivenlere açılan kapı haricinde, bodrum kattaki tek kapı bu odaya aitti ama görünüşe göre bu oda depo olmaktan çok uzaktı.

Gurney ve Nardo loş ışıklı, geleneksel mobilyalarla döşenmiş, boydan boya halı kaplı büyük bir yatak odasının köşesinde dikiliyordu. Önlerinde çift kişilik bir yatak vardı ve yatağın üzerinde farbaları yere değen çiçekli bir yatak örtüsü seriliydi. Farbaların fırfırlarına benzer süslemeleri olan, fazlaca kabartılmış birkaç yastık da yatağın başına yaslanmıştı. Yatağın ayak ucunda sedirden bir çeyiz sandığı vardı. Sandığın üzerinde de kırkyama usulüyle dikilmiş, tombul bir kuş oturuyordu. Gurney'in solundaki duvarda dikkatini çeken ilginç bir şey vardı. Duvardaki pencere ilk bakışta, dışarıdaki açık alanı gösteriyor gibi görünüyordu. Fakat yakından bakınca arkadan aydınlatılan transparan bir posterle kaplı olduğu anlaşılıyordu. Belli ki odayı klostrofobik görünümünden kurtarmak için başvurulan bir çözümdü. Gurney biraz daha dikkatli bakınca bir tür havalandırma sisteminin uğultuya benzer sesini işitti.

"Anlamıyorum," dedi Nardo.

Gurney, tam Nardo'ya katıldığını söyleyecekti ki sahte pencerenin az ilerisinde yine aynı duvara dayalı küçük bir masa olduğunu fark etti. Masanın üzerinde düşük voltajlı bir lamba vardı ve lambanın yaydığı ışık, eskiden diplomaların konduğu ve sergilemek amacıyla duvara asıldığı türden üç siyah çerçeveyi aydınlatıyordu. Gurney, daha iyi görebilmek için çerçevelerin yakınına gitti. Her çerçevede kişisel birer çekin fotokopisi yer alıyordu. Çeklerin hepsinde alıcı X. Arybdis olarak görünüyordu ve hepsinin üzerindeki tutar 289.87 dolardı. Çekler soldan sağa Mark Mellery, Albert Rudden ve R. Kartch tarafından imzalanmıştı. Bu çekler, Gregory Dermott'un eline ulaşan ve nakde çevrilmeden göndericilerine iade edilen çeklerdi. Gregory Dermott bu durumu hemen rapor etmişti. Peki, neden iade etmeden önce birer fotokopisini almıştı? Daha da ilginci hangi akla hizmet bu fotokopileri çerçeveletmişti? Gurney, çerçeveleri tek tek eline aldı. Sanki yakından incelese, aradığı yanıtlara ulaşabilecekti.

Üçüncü çekin üzerindeki imzayı incelerken, R. Kartch isminin kendisinde uyandırdığı o huzursuzluk hissi yeniden su yüzüne çıktı. Fakat bu kez yalnızca huzursuzluk duymakla kalmadı, bu hislerin nedenini de buldu.

"Kahretsin!" dedi kendi kendine. Bunu nasıl oldu da daha önceden görememişti!

Aynı anda Nardo'dan da ani bir tepki geldi. Gurney hemen Nardo'ya döndü ve adamın bakışlarının odaklandığı noktaya baktı. Nardo, öylece odanın karşı köşesine bakıyordu. Gölgelerin arasında hayal meyal görünen, çerçeveli çeklerin yanındaki lambanın aydınlatma alanının dışında kalan o köşede; Kraliçe Anne sandalyesi olarak bilinen sandalyenin kolçakları arasında neredeyse kaybolup gitmiş zayıf ve halsiz bir kadın oturuyordu. Kadının üzerindeki gecelik de sandalyenin kumaşı gibi tozlu bir pembe renge bürünmüştü ve ikisini birbirinden ayırt etmek imkansızlaşıyordu. Kadın sandalyede oturmuş, başını da göğsüne doğru eğmişti.

Nardo, kemerinden bir el feneri çıkardı ve ışığını kadına doğru tuttu.

Gurney, kadının yaşının elli ile yetmiş arasında olabileceğini düşündü. Cildi ölü gibi solgundu. Sarı saçları, dağınık dalgalardan ibaretti ve peruk gibi görünüyordu. Kadın başını yavaş yavaş kaldırdı ve ışığa doğru baktı.

Nardo önce Gurney'e, sonra da sandalyede oturan kadına baktı.

"Tuvalete gitmem lazım," dedi kadın. Ses tonu yüksek, rahatsız edici ve buyurgandı. Kendini beğenmiş bir tavırla havaya kaldırdığı çenesi, boynundaki yara izinin görünmesine yol açtı.

"Bu da kim böyle?" dedi Nardo. Fısıldayarak ve sanki Gurney bu sorunun cevabını biliyormuş gibi konuşuyordu.

Esasında Gurney, bu kadının kim olduğunu gayet iyi biliyordu. Ayrıca bu anahtarı alıp Nardo'ya getirmenin büyük bir hata olduğunun da farkındaydı.

Hemen kapıya döndü. Ama Gregory Dermott çoktan kapıya gelmişti. Bir elinde Four Roses marka viski şişesini, diğer elinde de .38 kalibre özel yapım bir revolver tutuyordu. Migren ağrısı çeken öfkeli ve istikrarsız adamdan eser kalmamıştı. Gözlerindeki acı ve suçlama dolu bakışlar gitmiş, yerini Gurney'e göre oldukça keskin ve kararlı bakışlara bırakmıştı. Koyu ve hissiz bakışlar, kendini hemen belli ediyordu.

Nardo da kapıya döndü. "Nası...?" diyerek söze girecekti ki sözcükler boğazında düğümlendi. Olduğu yerde kalakaldı ve sırayla bir Dermott'un yüzüne bir de silaha bakmaya başladı.

Dermott büyük bir adım atarak odaya girdi. Ayağını geri iterek kanca misali kapıyı kavradı ve hızlıca kapattı. Kapı kapanınca ağır ve metalik bir klik sesi duyuldu. Bu sesin ardından Dermott'un yüzünde de dudak çizgisini daha çok uzatan bir gülümseme belirdi.

"Sonunda yalnız kalabildik," dedi. Karşısındaki adamlarla sohbet etmek ister gibi alaycı bir tavır takınmıştı. "Yapılacak çok işimiz var," dedi. "Ama vaktimiz az." Görünüşe göre bu durumdan fazlasıyla eğleniyordu. Yüzündeki o soğuk gülümseme, bir an o kadar çok genişledi ki kımıldanan bir solucana benzemeye başladı. "Öncelikle bu küçük projeme dahil olduğunuz için size ne kadar minnettar olduğumu belirtmek isterim. Sizin işbirliğiniz, her şeyi çok daha iyi kılabilir. Fakat önce ufak bir detayı aradan çıkaralım. Yüzbaşı, sizden rica etsem yere yüzüstü uzanabilir misiniz?" Aslında bu tam olarak bir soru sayılmazdı.

Gurney, Nardo'nun gözlerine bakınca adamın aklından hesaplar yaptığını anladı. Fakat anlayamadığı şey, böyle bir durumda hangi alternatifleri değerlendirmeye almış olabileceğiydi. Ya da en azından konu hakkında bir fikri olup olmadığını bilmek istiyordu.

Dermott'un gözlerinde ise kaçacak hiçbir yeri olmayan bir fareyi sabırla izlemeye koyulmuş bir kedinin bakışları vardı.

"Bayım," dedi Nardo. Sesinde nazik ama karşısındaki için endişeli bir ton vardı. "Silahı yere bırakmanız, şu anda yapılabilecek en iyi hareket olur."

Dermott başını iki yana salladı. "Sandığınız kadar iyi olmayabilir."

Nardo şaşırmış gibi görünüyordu. "Silahı yere bırakın, Bayım".

"Bu da bir seçenek tabii. Ama ortada bir sorun var. Hayatta hiçbir şey bu kadar basit gerçekleşmez, değil mi?"

"Sorun mu?" Nardo, Dermott'la konuşuyordu ve ona ilacını almayı unutmuş zararsız bir vatandaş muamelesi yapıyordu.

"Silahı bırakacağım ama seni vurduktan sonra. Eğer silahı hemen bırakmamı istersen, seni de hemen vurmam gerekir. Oysa ben böyle olsun istemiyorum. Senin de bunu istemediğini biliyorum. Şimdi sorunun ne olduğunu anladın mı?"

Dermott konuşurken silahın burnunu yavaş yavaş havaya kaldırarak, Nardo'nun boğazıyla aynı hizaya getirdi. Silahı tutan elinin bir parça bile titrememesinden mi yoksa sesindeki alaycı tavırdan mı bilinmez; Nardo farklı bir strateji denemeye karar verdi.

"O silahı ateşledin diyelim, sonrasında ne olacak?"

Dermott omzunu silkti ve ağız çizgisi yeniden genişledi. "Öleceksin."

Nardo, aynı fikirde olduğunu gösterircesine başını salladı. Sanki karşısındaki öğrencisiydi ve doğru ama eksik bir cevap vermiş gibi davranıyordu. "Ya? Sonra ne olacak?"

"Ne fark eder ki?" Dermott yeniden omuz silkti. Bu kez gözlerini kısmış, Nardo'nun boğazını hedef alıyor gibi duruyordu.

Yüzbaşı öfkesine ya da korkusuna kapılmadan kontrolünü korumak için büyük bir çaba sarf ediyordu.

"Benim için fark etmez ama senin için eder. O tetiği çektikten yaklaşık bir dakika sonra birkaç düzine polis ensene yapışacak. Sonra da seni parçalara ayıracaklar."

Dermott eğleniyor gibi görünüyordu. "Kargalar hakkında ne kadar bilgi sahibisin, Yüzbaşı?"

Nardo, konuyla ilgisi olmayan bu soru karşısında gözlerini kısarak Dermott'a baktı.

"Kargalar aptal hayvanlardır," dedi Dermott. "Birini vurunca, diğeri gelir. Onu da vurunca, başka biri gelir, sonra biri daha ve biri daha. Siz vurmaya devam ettikçe onlar da gelmeye devam eder."

Gurney bunu daha önce de duymuştu. Kargalar, içlerinden birinin yalnız ölmesine asla müsaade etmezdi. Bir karga ölüyorsa, diğerleri gelip onun yanında durur ve onu yalnız bırakmazdı. Bu hikayeyi ilk kez on ya da on bir yaşındayken büyükannesinden duymuştu. Hikayeyi dinler dinlemez odadan ayrılmıştı; çünkü ağlamak üzereydi ve bunu büyükannesinin önünde yapmak istemiyordu. Kendisini banyoya kapattı ve yüreğinde derin bir acı hissetti.

"Bir keresinde Nebraska'da bir çiftlikte vurulan kargaların fotoğrafını görmüştüm," dedi Dermott. "Çiftçinin biri elinde tüfeğiyle omuzlarına dek yükselen bir ölü karga yığınının yanında poz veriyordu." Bir süre bekledi. Sanki Nardo'nun bu sözleri sindirmesini bekliyordu. Çünkü içinde bulunduğu durum, kargalarınkine bir hayli benziyordu.

Nardo başını iki yana salladı. "Burada oturup polisleri teker teker vuracağını ve bu esnada içlerinden birinin çıkıp senin beynini dağıtamayacağını mı düşünüyorsun? İşler senin düşündüğün gibi yürümez."

"Tabii ki böyle bir düşüncem yok. Sana hayal gücünden yoksun bir aklın, nohut kadar küçük olduğunu söyleyen olmadı mı hiç? Ben karga hikayesini çok severim, Yüzbaşı, ama bu hayvanları peş peşe öldürmenin haricinde oldukça etkili birkaç yöntem daha var. Gaz kaçağı mesela. Eğer evinde bu iş için uygun bir yayılım sistemi varsa, gaz kaçağıyla istenilen sonuca ulaşabilirsin. Bilmem fark ettin mi ama bu evin bütün odalarında havadan püskürtme sistemi döşelidir. Bu oda hariç, bütün odalarda demek istedim." Yeniden sustu. Gözlerinde kendisiyle gurur duyduğunu gösteren capcanlı ve parlak bir bakış belirdi. "Yani seni vurursam ve kargalar tepeme üşüşürse iki küçük borunun iki küçük vanasını açarım ve tam yirmi iki saniye sonra..." Yüzündeki gülümseme, melek gibi bir ifadeye dönüştü. "Sıkılaştırılmış klor gazının insan ciğerinde nasıl bir tahribata yol açtığını bilir misin? Peki bu tahribatı ne kadar hızlı gerçekleştirdiğini bilir misin?"

Gurney, Nardo'nun bu korkunç adamı ve gaz kaçağı tehdidini değerlendirirken çektiği sıkıntıyı gözlemledi. Bir an için karşısında duran bu polisin gurur ve öfkesine yenik düşerek ölüme doğru giden bir adım atacağını düşündü; fakat Nardo onu yanıltırcasına birkaç derin nefes aldı. Kendisini sakinleştirmeye çalışıyordu. Sonra da ciddi ve biraz da endişeli bir tavırla konuşmaya başladı.

"Klor bileşenleri oldukça hüner gerektirir. Ben de terörle mücadele timindeyken o bileşenlerden kullanmıştım. Adamlardan biri başka bir deneyin yan ürünü olarak nitrojen triklorit üretmişti. Üstelik bunun farkında bile değildi. Birden baş parmağı havaya uçtu. Yani kimyasalları püskürtme sistemiyle yaymak, sandığın kadar kolay olmayabilir. Bunu yapabileceğinden pek emin değilim."

"Vaktini beni kandırmaya çalışarak harcama, Yüzbaşı. Polislerin el kitaplarında yazan tekniklerden birini kullanıyor gibisin. Ne yazıyordu orada ha? Suçlunun planını eleştirerek kaygılarını dile getir; onun kendine olan güvenini sars ve detaylı bilgiler elde etmeye çalış! Daha fazla bilgi almak istiyorsan, hileye başvurmana gerek yok. Doğrudan sor gitsin. Benim gizlim saklım yok. Bilgin olsun diye söylüyorum; şu anda benim elimde iki adet elli galonluk yüksek basınç tankı var. İçleri klor ve amonyak dolu. İçlerindeki sanayi tipi kompresörlerle ana püskürtme borusuna bağlanıyorlar ve evi saran sisteme doluyorlar. Bu odada iki gizli vana var. Onları açtığım anda, yüz galonluk gaz oldukça sıkılaştırılmış bir halde havaya karışacak. Nitrojen triklorit ve sonucunda oluşan patlamaya gelince... Benim için artı bir deneyim olur. Fakat ben Wycherly Polis Departmanı'nın havasızlıktan boğulması fikriyle de yetinebilirim. Sizin havaya uçtuğunuzu ve her bir parçanızın ayrı yönlere dağıldığını görmek tarif edilmez bir mutluluk olurdu ama insan elindekiyle yetinmeyi bilmeli. Sonuçta iyinin düşmanı, en iyi olmamalı değil mi?"

"Bay Dermott, bütün bunlar da ne demek oluyor?"

Dermott kendisine sorulan soruyu büyük bir ciddiyetle düşünüyormuş gibi kaşlarını çattı ama aslında tamamen işi parodiye dökmeye çalışıyordu.

"Bu sabah postadan bir not aldım. *Güneşten kaç / kardan kaç ancak / Gece, gündüz kaçacak bir yer kalmayacak.*" Gurney'in şiirindeki sözleri imalı bir teatral gösteri ile yineledi. Sonra da Gurney'e sorgulayan bir bakış attı. "Boş tehditler. Fakat kim gönderdiyse teşekkür etmem gerekir. Bana hayatın ne kadar kısa olabileceğini ve bugünün işini yarına ertelememem gerektiğini hatırlattı."

"Ne demek istediğini anlamıyorum," dedi Nardo. Hâlâ ciddi tavrını sürdürüyordu.

"Dediklerimi yap. Sonunda her şeyi anlarsın."

"Peki, sorun yok. Ben kimsenin gereksiz yere zarar görmesini istemiyorum."

"Hayır, tabii ki hayır." Solucan benzeri gülümseme bir belirdi, bir kayboldu. "Bunu kimse istemez. Esasında tam da bu gereksiz zarar görme riskini azaltmak için şimdi yere yüzüstü uzanman gerekiyor."

Artık tam bir döngüyü tamamlamışlardı. Şu anda sorulacak tek soru, "Şimdi ne olacak?" olabilirdi. Gurney, bir işaret yakalarım umuduyla Nardo'nun yüzünü inceledi. Bu adam yapbozun ne kadarını birleştirebilmişti? Sandalyede oturan kadının ya da elinde viski şişesi ve silahla karşılarında duran bu güler yüzlü psikopatın kim olduğunu anlamış mıydı?

Hiçbir şey anlamasa bile en azından Dermott'un Memur Sissek'i öldürdüğü sonucuna ulaşmış olması gerekirdi. Çünkü gözlerindeki öfkenin başka bir sebebi olamazdı. Ortam birden gerildi. Nardo'nun adrenalin seviyesi yükselmişti. Mantığın yerini çok daha güçlü olan ilkel ve 'sonuçları ne olursa olsun' türünden bir duygusallık aldı. Dermott da bunun farkındaydı. Fakat bu durumda korkmak yerine, daha da coşmuş ve enerjik bir hal almıştı. Revolverin kabzasını daha sıkı tuttu ve yüzündeki o solucan benzeri gülümsemesinde ilk kez dişleri görünür bir hal aldı.

Gurney; .38 kalibrelik silahtan çıkacak bir kurşunun Nardo'nun hayatını sona erdirmesinden bir saniye önce ve hatta kendi hayatını sona erdirmesinden iki saniye önce öfkeli ve gırtlaktan gelen bir sesle bağırarak odadaki döngüyü kırdı.

"Adamın dediğini yap! Şu lanet yere yat! HEMEN!"

Bu bağırışın yarattığı etki inanılmazdı. İki adam da oldukları yerde donakalmıştı. Gurney'in bu haykırışı, yüzleşmelerin en sinsi anlarından birine son vermişti.

Henüz kimsenin ölmemiş olduğu gerçeği Gurney'i doğru yolda olduğuna inandırmak için yeterliydi. Gerçi kendisi de bu yolun ne olduğu hakkında net bir fikre sahip değildi. Nardo'nun yüzünden anladığı kadarıyla, adam kendisini aldatılmış hissediyordu. Dermott ise donuk görüntüsüne rağmen; içten içe telaşlanmıştı ve bunu belli etmemek için büyük çaba sarf ediyordu. Gurney'in kontrolü ele geçirmesini istemiyordu.

Dermott, Nardo'ya dönerek "Arkadaşın ne güzel söyledi!" dedi. "Yerinde olsaydım, dediğini yapardım. Dedektif Gurney, zeki biri. İlginç bir adam. Hem de ünlü. İnternette yaptığınız kısacık bir araştırma sonucunda, aradığın kişi hakkında pek çok şey öğrenebiliyorsun. Bir isim ve posta numarası girdikten sonra karşına çıkan bilgileri görsen hayrete düşersin. Artık gizlilik diye bir şey kalmadı." Dermott'un imalı sözleri, Gurney'in midesini bulandırmıştı. Kendisine sürekli olarak Dermott'un karşısındaki insan hakkında sandığından daha fazla şey bildiğini düşündürmek gibi hilelere başvurabileceğini hatırlatıp durdu. Bu onun uzmanlık alanı sayılırdı. Fakat kendisinin ileri görüşlü davranmayarak yol açtığı bu hatanın, Madeleine'nin hayatını tehlikeye düşürmüş olmasını da bir türlü kabullenemiyordu.

Nardo gönülsüzce yere eğildi ve sonunda yüzüstü uzandı. Her

an şınav çekmeye hazırmış gibi duruyordu. Dermott, ellerini başının arkasında birleştirmesini söyledi. "Tabii zahmet olmazsa," diye de ekledi. Gurney bir an için bunun bir infaz sahnesi olduğunu düşündü. Fakat Dermott yerde yatan yüzbaşıya memnuniyet dolu bir ifadeyle baktıktan sonra, elindeki viski şişesini sandığın üzerindeki kumaştan kuşun yanına koydu. Gurney, o kuşun aslında bir kaz olduğunu daha yeni fark ediyordu. Birden tüyleri diken diken oldu. Laboratuar sonuçlarından gelen bir detayı hatırladı. *Kaz tüyü.* Dermott, Nardo'nun sağ ayak bileğini kavradı ve orada duran küçük bir otomatik silahı askılığından çekip aldı. Sonra da kendi cebine koydu. Yüzündeki o sevimsiz gülümseme yeniden belirdi ve kayboldu.

"Silahların nerede olduklarını bilmek," dedi kendi kendine; "trajediyi engellemenin en iyi yoludur. O kadar çok silah var ki... Ve o silahlar o kadar yanlış insanların elinde ki... Tabii bir de şu tartışma var; insanları öldüren silahlar değil, yine insanlardır. Haklılık payı yok değil. İnsanlar, insanları öldürür. Bunu sizin mesleğinizdeki adamlardan daha iyi kim bilebilir ki?"

Gurney, Dermott hakkında bildiği gerçekler listesine yeni bir madde daha ekledi: Nezaketli, tehditkar, asalet dolu ve biraz da kibirli bir tavır takınarak dinleyicilerine anlamlı konuşmalar yapmak. Bunu yapmasının tek bir nedeni olabilir. O da her şeye gücünün yettiğine dair fantezilerini beslemeyecek yeni unsurlar bulmak.

Dermott, Gurney'in çıkarımlarını doğrularcasına kendisine döndü ve tıpkı yalaka bir uşak gibi, "Şuradaki duvara yaslanarak oturmak ister misin?" diye sordu. Bir yandan da yatağın sol tarafında, çeklerin ve lambanın olduğu masanın yanında duran sandalyeyi işaret ediyordu. Sandalyenin sırt yaslanan kısmı, basamak misali çıtalardan oluşuyordu. Gurney sandalyenin yanına gitti ve hiç tereddüt etmeden oturdu.

Dermott buz gibi bakışlarıyla Nardo'ya baktı. "Seni hiç geciktirmeden huzura kavuşturacağım. Fakat bir katılımcı daha olmasını bekliyorum. Sabırla beklediğin için minnettarım."

Gurney, Nardo'nun yüzünü görebildiği kadarıyla adamın çene kasları gerilmişti ve boynundan yanaklarına kadar kıpkırmızı olmuştu.

Dermott hızla odanın diğer köşesine geçti ve kolçaklı sandalyenin bir tarafına yaslanarak sandalyede oturan kadına bir şeyler fısıldadı.

"Tuvalete gitmem lazım," dedi kadın. Yine başını kaldırmıştı.

"Aslında böyle bir ihtiyacı yok, biliyor musunuz?" dedi Dermott. Gurney ve Nardo'ya bakıyordu. "Sonda yüzünden oluşan bir rahatsızlık. Uzun, hem de çok uzun yıllardan beri sondaya bağlı olarak yaşıyor. Sondalar da bir yandan rahat ama bir yandan da epey can sıkıcı. Derdi veren Tanrı, dermanını da verirmiş. Yazı ve tura gibi. Biri olmadan, diğerini alamıyorsunuz. Böyle bir şarkı yok muydu?" Durdu ve bir melodi mırıldanmaya başladı. Aklındaki şarkıyı bulmaya çalışıyor gibiydi. Sonra sağ elinde silahını tutmaya devam ederken; sol eliyle kadını kaldırdı. "Hadi canım, yatma zamanı."

Kadın küçük adımlarla yatağa doğru ilerlerken, ona destek oldu. Sonra da kadının sırtını yatağın başına yaslanan yastıklara dayadı ve yarı oturur, yarı yatar bir pozisyona gelmesini sağladı. Bir yandan da küçük bir çocuk gibi konuşarak, aynı sözleri tekrar ediyordu. "Uyku vakti, uyku vakti, uyku vakti, uyku vakti."

Silahın burnu yerde yatan Nardo ve sandalyede oturan Gurney'in tam ortasını işaret ediyordu. Dermott odaya hızla bir göz gezdirdi. Fakat özellikle baktığı bir şey olmadı. Odada bir şeyler görüp görmediğini söylemek oldukça güçtü. Sanki başka bir yer ve zamanda gerçekleşen bir olayı hatırlıyor gibiydi. Aniden yatakta yatan kadına baktı. Yüzünde kaçık bir Peter Pan ifadesi vardı. "Her şey güzel olacak. Her şey olması gerektiği gibi olacak," dedi. Birbirinden farklı ve uyumsuz notaları mırıldanmaya başladı. Adam mırıldandıkça, Gurney melodinin ne olduğunu hatırladı. Bu bir çocuk şarkısıydı. "Dut Ağacının Etrafında Döndük." Belki çocuk şarkılarına karşı bilinçaltında geliştirdiği bir olumsuz tavır; belki kötü anılar; belki şarkının içinde bulunduğu duruma hiç uygun olmaması... Sebebi ne olursa olsun, bu şarkıyı duymak Gurney'de kusma isteği uyandırıyordu.

Dermott melodiye sözleri de ekledi ama bunlar şarkının doğru sözleri değildi. Tıpkı bir çocuk gibi şarkı söylüyordu. "İşte yine yatıyoruz, yatıyoruz, yatıyoruz. İşte yine yatıyoruz, sabahları erkenden."

"Tuvalete gitmem lazım," dedi kadın.

Dermott bu tuhaf şarkıyı, bir ninni gibi söylemeye devam etti. Gurney, adamın dikkatinin ne derece dağılmış olabileceğini düşündü. Yatağa doğru bir hamle yapabilir miydi? Hayır, yapamazdı. İleride daha iyi bir zaman yakalayabilir miydi? Dermott'un gaz zehirlenmesi hikayesi kötü bir fantezi değil de gerçek bir eylem planıysa, ne kadar zamanları kalmıştı? Pek fazla olmadığı sonucuna vardı.

Evden çıt çıkmıyordu. Belli ki Wycherly polislerinden hiçbiri Yüzbaşının yokluğunu fark etmemiş ya da fark ettiyse de bunun ne kadar önemli olduğunun farkına varamamıştı. Ne yükselen sesler, ne koşuşturan ayaklar... Dışarıda bir hayat olduğunu kanıtlayan tek bir hareketlilik belirtisi yoktu. Bu da Nardo'nun hayatını ve kendi hayatını kurtarmanın yalnızca beş ya da on dakika içinde geliştireceği plana bağlı olduğu anlamına geliyordu. Bir plan geliştirip, yatağın üzerindeki yastıkları kabartan bu psikopatı etkisiz hale getirmeliydi.

Dermott şarkı söylemeyi kesti. Yatağın köşesinden yana doğru birkaç adım attı ve hem Nardo'ya hem de Gurney'e rahatlıkla ateş edebileceği bir noktaya geldi. Elindeki silahı bir Nardo'ya, bir Gurney'e çeviriyordu. Gurney o an aradığı planı bulmuştu. Adamın dudak hareketlerine bakılırsa, içinden sayıyordu: *Ooo piti piti, karamela sepeti.* Bu tekerlemenin sonunda kim çıkarsa öleceği kesindi. En azından Gurney öyle olduğunu düşündü ve bu tekerlemeyi bir yerde durdurması gerekiyordu.

O an için mümkün olan en sakin ses tonuyla sordu: "Şarap kırmızısı terlikleri hiç giyiyor mu?"

Dermott'un dudakları artık kıpırdamıyordu. Yüz ifadesi bomboştu ama tehlikeli bir boşluktu. Elindeki silah da ritmini kaybetmişti. Silahın burnunu Gurney'e doğru çevirdi. Sanki kumar masasında rulet tekerleği kaybeden numaraya yavaş yavaş yaklaşıyordu.

Gurney, ilk kez silahın yanlış tarafında kalmıyordu. Fakat kırk yedi yıllık yaşantısında kendisini ölüme hiç bu kadar yakın hissetmemişti. Kanı, sanki daha güvenli bir yer bulmak istercesine, çekildi. Sonra birden sakinleşti. Bilincini kaybetmeden hemen önce yaşadığı o buz üzerinde yürüme hayaline kapıldı. Sonra Dermott'a baktı. Adamın gözlerindeki bakışlar asimetrik bir hal almıştı. Birinde ruhunu yıllar önce bir savaş alanında bırakan ölü birinin bakışı varken; diğer gözünde nefretle beslenen bir canlılık vardı. Öfke dolu gözünden, kafasında birtakım planlar kurduğu anlaşılabiliyordu. Belki de Gurney'in, Defneler'den aşırılan terliklerle ilgili iması amacına ulaşmıştı. Çözüm bekleyen soruları gün ışığına çıkarmış olabilirdi. Belki de Dermott, Gurney'in olan bitenler hakkında ne kadar bilgi sahibi olduğunu düşünüyor ve bu durumun final oyununu nasıl etkileyebileceğini hesaplıyordu.

Durum ne olursa olsun, Dermott kafasındaki bütün sorunları kısa sürede ve kendisini memnun eden bir biçimde çözüme kavuşturdu. Yüzündeki gülümseme, birden sırıtmaya döndü. İnci gibi beyaz dişleri ikinci kez gülümseyen dudakları arasından kendini gösteriyordu.

"Mesajlarımı aldın mı?" diye sordu.

Gurney'i etkisi altına alan huzurlu anlar yavaş yavaş geride kalıyordu. Bu soruyu yanlış bir biçimde yanıtlarsa son derece önemli bir sorun yaratacağını biliyordu. Dermott'un, Defneler'de gördüğü o iki mesaj benzeri şeye gönderme yaptığını umdu.

"*Cinnet* filminden yapılan alıntıları mı kastediyorsun?"

"*Bir* tanesi bu," dedi Dermott.

"Bay ve Bayan Scylla adına kayıt yaptırmak," dedi Gurney. Sesinden, bu durumu oldukça sıkıcı bulduğu anlaşılıyordu.

"Bu da *ikincisi.* Ama en iyisi üçüncüsüydü, siz ne dersiniz?"

"Ben üçüncünün tam bir saçmalık olduğunu düşünmüştüm," dedi Gurney. Çaresizce konuyu uzatmaya çalışıyor; o eksantrik otel ve otelin yarı sahibi Bruce Wellstone hakkında hatırladıklarını tekrar tekrar gözden geçiriyordu.

Gurney'in yaptığı yorum, Dermott'u kızdırmıştı. Öfkesi yerini ketum bir yaklaşıma bıraktı. "Benim neden söz ettiğimi bilip bilmediğinden emin değilim, Dedektif," dedi.

Gurney, itiraz etme isteğini güçlükle bastırarak en iyi blöfün sessiz kalmak olduğu prensibini hatırladı. Üstelik konuşmadığı zamanlarda daha rahat düşünebiliyordu.

Hatırladığı tek tuhaf şey, Wellstone'un kuşlar ya da kuş gözlemciliği gibi bir şeylerden bahsettiğiydi. O zaman için adamın bu sözlerini hiç de anlamlı bulmamıştı. *Ne tür kuşlardı bunlar? Kuşların rakamla ne alakası vardı? Kuşların sayısıyla ilgili bir şey...*

Dermott huzursuzlanıyordu. Gurney'in konuyla ilgili genel bir şeyler söylemesi gerekiyordu.

"Kuşlar," dedi kurnazca. Ses tonunda aptal bir ifade yerine kurnazlık belirtileri olması için dua etti. Dermott'un gözlerine bakınca, ortaya attığı bu konunun birtakım gerçeklerle bağlantısı olabileceğini gördü. Ama nasıl? Kuşlar neden bu kadar önemliydi? Buradaki *mesaj* neydi? Ne yapmak için yılın kötü bir zamanıydı? *Kırmızı göğüslü şakrakkuşu!* İşte kuşun cinsi buydu! Peki ama bu ne işine yarayacaktı? Kırmızı göğüslü şakrakkuşunun nasıl bir işlevi olabilirdi?

Blöfünü gittiği yere kadar sürdürmeye karar verdi. "Kırmızı göğüslü şakrakkuşları," dedi ve esrarengiz bir edayla göz kırptı.

Dermott yüzünde beliren o zoraki gülümsemenin ardında büyük bir şaşkınlık gizliyordu. Gurney, Tanrıdan kuşlar konusunun neyle bağlantılı olduğunu bilebilmeyi diledi. Keşke biliyormuş gibi yaptığı konuyu gerçekten bilebilseydi! Wellstone'un söylediği sayı kaçtı? Artık ne söyleyeceğini ya da doğrudan bir soru sorulursa ne yanıt vereceğini bilmiyordu. Ama öyle bir soru da gelmedi.

"Hakkında yanılmamışım," dedi Dermott. Kendini beğenmiş bir hali vardı. "Telefonla yaptığımız ilk görüşmede, senin kabiledeki diğer maymunlardan daha zeki olduğunu anlamıştım."

Sustu ve kendi kendini onaylarcasına başını öne arkaya sallamaya başladı. Halinden memnun gibiydi.

"Bu iyi işte," dedi. "Zeki bir maymun. En azından birazdan göreceklerini takdir edebilecek kapasitedesin. Aslına bakarsan senin tavsiyeni uygulamaya karar verdim. Ne de olsa bu özel bir gece... sihirli terlikler için kusursuz bir gece!" Konuşurken bir yandan da geri geri çekiliyor ve odanın diğer tarafındaki etejerin yanına gidiyordu. Gözlerini Gurney'den ayırmadan, en üst çekmeceyi açtı. Sonra da dikkatle çekmecedeki ayakkabıları aldı. Ayakkabılar Gurney'e, annesinin kiliseye giderken giydiği burnu açık ve hafif topuklu ayakkabıları hatırlattı. Fakat bu ayakkabılar yakut rengi bir camdan yapılmıştı. Cam öyle parlıyordu ki loş ışıkta yarı saydam bir kan kütlesi gibi duruyordu.

Dermott dirseğiyle çekmeceyi kapattı. Sonra da bir elinde ayakkabıları, diğer elinde hâlâ Gurney'e yöneltilmiş silahıyla yatağa doğru geldi.

"Hatırlatma için çok teşekkür ederim, Dedektif. Eğer konuyu açmasaydın, hatırlamayacaktım. Senin konumunda başka biri olsa bu kadar yardımcı olmazdı." Gurney, adamın bu imalı yorumunun kontrolün hâlâ kendi elinde olduğu ve Gurney ne söylerse söylesin her şeyi kendi lehine çevirebileceği mesajını taşıdığını düşündü. Dermott yatağa doğru eğildi ve kadının yatak odasında giydiği yıpranmış kadife terliklerini çıkardı. Sonra da parlak kırmızı olanları giydirdi. Kadının ayakları küçüktü ve ayakkabılar ayağına kolayca giriverdi.

"Ördek Dickie de yatacak mı?" diye sordu yaşlı kadın. En sevdiği masaldan ezbere replikler okuyan bir çocuk gibiydi.

Dermott şarkı söyler gibi bir melodi tutturdu ve "Yılanı öldürüp, kafasını kesecek / Sonra Ördek Dickie hemen yatağa girecek," dedi.

"Benim Ördek Dickie'm nerede?"

"Kümesi korumak için horozu öldürüyor."

"Ördek Dickie bunu neden yapıyor?"

"*Boyanmış bir gül kadar / Kırmızı kan için / Her insan bilir ki / Ne ekerse onu biçecektir.*"

Dermott, aralarındaki bu ritüelin henüz bitmediğini gösterircesine yaşlı kadına bakıyordu. Kadına doğru eğildi ve kısık sesle, "Ördek Dickie bu gece ne yapacak?" diye sordu.

Kadın da kısık sesle, "Ördek Dickie bu gece ne yapacak?" diye yineledi.

"Kargaların hepsi ölene dek, kargaları bekleyecek / Sonra Ördek Dickie hemen yatağa girecek."

Kadın sanki bir hayal dünyasındaymış gibi parmak uçlarıyla başındaki sarı bukleli peruğa dokundu. Gurney, kadının yüzündeki gülümsemeyi bir eroinmanın kendinden geçtiği anlarda yüzünde beliren ifadeye benzetti.

Dermott da kadını izliyordu. Bakışları, bir evladın annesine baktığı gibi sevgi doluydu. Dudakları arasında bir sağa bir sola kaydırdığı dili, yılan gibi süzülüyordu. Dermott birden gözlerini kırpıştırdı ve odaya şöyle bir göz gezdirdi.

"Sanırım artık başlamaya hazırız," dedi. Yatağın üzerine çıktı ve kadının bacakları üzerinden geçerek diğer tarafa ulaştı. Bu esnada çeyiz sandığının üzerindeki kazı eline aldı. Kadının yanına gidip, yarı uzanır bir halde sırtını yastıklara dayadı. Kazı da kucağına koydu. "Neredeyse hazır sayılırım." Sesindeki neşe, doğum günü pastasının üzerine mum yerleştirme işini bitirmek üzere olan biri kadar canlıydı. Oysa şu anda parmağını hâlâ tetiğinden çekmediği revolverini, kazın arkasındaki cep benzeri boşluğa yerleştiriyordu.

Yüce Tanrım, dedi Gurney kendi kendine. *Mark Mellery'i de mi bu şekilde öldürmüştü? Bu yüzden mi adamın boynundaki yarada ve yerdeki kanda kazın içini dolduran malzemenin kalıntıları vardı? Mellery'nin ölümle buluştuğu anda, bir kazla göz göze gelmiş olması mümkün olabilir miydi?* Gözünde canlandırdığı sahne o kadar komikti ki gülmemek için kendini zor tuttu. Yoksa bu gülme isteğinin nedeni içini saran o müthiş korku muydu? Hissettiği duygu her neyse, birdenbire geldiğinin ve oldukça güçlü olduğunun farkındaydı. Bugüne dek yeterince delilikle karşılaşmıştı. Sadistler, her türlü seks katilleri, buz kıracakları olan sosyopatlar, hatta öldürdüğü insanların etini yiyen yamyamlar. Fakat hiçbirinin karşısında şu an içinde bulunduğu kabus kadar çözümsüz kalmamıştı. Hele hele beynine saplanmak üzere olan kurşundan bir parmak hareketi kadar uzaktayken.

"Yüzbaşı Nardo, lütfen ayağa kalk. Sahneye çıkma zamanın geldi." Dermott'un sesi kötülüğü çağrıştıran, teatral ve ironik bir tona bürünmüştü.

Yaşlı kadın kendi kendine, "Ördek Dickie, Dickie, Dickie. Ördek Dickie, Dickie, Dickie. Ördek Dickie, Dickie, Dickie" diye mırıldanıyordu. O kadar kısık sesle mırıldanıyordu ki Gurney bu sesi gerçekten mi duyuyor, yoksa hayal mi ediyor emin olamıyordu. İnsan sesinden çok tik tak öten bir saate benziyordu.

Gurney, Nardo'nun ellerini bırakıp yeniden hissetmeye çalışırcasına açıp kapamasını izledi. Nardo sonra yerden kalkıp yatağın başına dikildi. Kondisyonunu yüksek tutan bir adam misali oldukça çevik davranmıştı. Bakışları yatakta duran tuhaf ikiliden Gurney'e, sonra yeniden yataktakilere çevrildi. Karşılaştığı manzaraya şaşırmış olsa bile, bunu yüzünden anlamaya imkan yoktu. Yine de gözlerine bakınca kolaylıkla anlaşılan bir gerçek vardı. O da Nardo'nun, kaza ve Dermott'un eline bakarak silahın nerede olduğunu anlamış olmasıydı.

Dermott, boşta kalan eliyle kazın sırtını okşamaya başladı. "Asıl planımızı uygulamaya koymadan önce son bir soru, Yüzbaşı. Dediklerimi yapmaya hazır mısın?"

"Tabii."

"Bu cevabı yeterli bulmasam da kabul ediyorum. Şimdi sana bir dizi direktif vereceğim. Her birini harfi harfine yerine getireceksin. Anlaşıldı mı?"

"Hı hı."

"Sana bu kadar güvenmesem, ciddiyetinden kuşku duyabilirdim. Durumu iyice kavradığını sanıyorum. Herhangi bir yanlış anlaşılma olmaması için elimdeki tüm kartları açıyorum. Seni öldürmeye karar verdim. Bu konu tartışmaya açık bir konu değildir. Burada sorulabilecek tek soru seni *ne zaman* öldüreceğim sorusudur. Bu sorunun yanıtı sana bağlı. Buraya kadar anlaşılmayan bir yer var mı?"

"Sen beni öldüreceksin. Ben bunun ne zaman olacağına karar vereceğim." Nardo, içinde bulunduğu durumdan bıkmış bir adam edasıyla konuşuyor; Dermott da bunu epey eğlenceli buluyordu.

"Bildin, Yüzbaşı. Ne zaman olacağına sen karar vereceksin. Tabii belli bir dereceye kadar. Çünkü eninde sonunda bu işin nihayete ermesi gerekir. O zamana kadar hayatta kalıp, benim dediklerimi yapacaksın. Buraya kadar anlaşılmayan bir şey var mı peki?"

"Yok."

"Lütfen dediklerimi yapmadığın anda ani bir ölümle tanışma ayrıcalığın olduğunu unutma. Uysal davranışlar sergilemek ömrünü birkaç dakika daha uzatacaktır. Karşı çıkmaksa ömrünün sonu demektir. Daha basit nasıl anlatabilirim bilemiyorum."

Nardo gözlerini kırpmadan adama bakıyordu.

Gurney ayağını sandalyesinin ayaklarından kurtarmak için biraz geri çekti; böylece kendini yatağa doğru atabilmek için en uygun pozisyonu yakalamış olacaktı. İki adam arasında yaşanan bu duygusal dinamik her an büyük bir patlamaya dönüşebilirdi.

Dermott kazın sırtını ovalama işine bir son verdi. "Lütfen ayaklarını eski konumlarına getir," dedi. Fakat gözlerini Nardo'dan bir saniyeliğine bile ayırmamıştı. Gurney kendisine söyleneni yaptı. Artık, Dermott'un çevresel görüşünün ne kadar gelişmiş olduğunun farkındaydı. "Tekrar kıpırdarsan, ikinizi de tek kelime etmeden öldürürüm. Şimdi, Yüzbaşı," diye devam etti. "Görevini dikkatle dinle. Sen bir oyunun aktörüsün. Adın Jim. Oyun Jim, Jim'in karısı ve oğluyla ilgili bir oyun. Kısa ve basit ama sonu oldukça etkileyici."

"Tuvalete gitmem lazım," dedi kadın. Konuşması bir sarhoşun konuşması gibi hafif kayıyordu. Parmakları ise sarı peruğu arasında dolaşıyordu.

"Sorun yok canım," dedi Dermott. Ama kadının yüzüne bakmadan konuşuyordu. "Her şey yoluna girecek. Her şey olması gerektiği gibi olacak." Dermott kucağındaki kazın duruşunu düzeltti. Gurney, kazın içinde silahın doğrudan Nardo'yu hedef aldığını düşündü. "Her şey hazır mı?"

Nardo'nun sabit bakışlarından zehir saçılsaydı, Dermott şimdiye dek üç kez ölmüştü. Oysa adamın dudaklarında gülümseme mi, yoksa bir heyecan belirtisi mi olduğu anlaşılamayan tuhaf bir kıvrım vardı.

"Bu kez sessiz kalarak, evet demek istediğini farz ediyorum. Ama dostça bir uyarı. Cevaplarından doğacak ufacık bir belirsizlik, oyunun ve hayatının sona ermesi anlamına gelir. Beni anlıyor musun?"

"Evet."

"Güzel. Ve perde açılır. Oyun başlar. Sonbaharın sonlarına gelinmiştir. Saat gece yarısına yaklaşmaktadır. Gökyüzü kapkaranlıktır. Hava biraz rüzgarlıdır. Dışarıda biraz kar ve biraz da buz vardır. Esasında oyunun geçtiği gece, bu geceye fazlasıyla benzemektedir. İzin günündesindir. Bütün günü bir barda, sarhoş arkadaşlarınla birlikte içerek geçirmişsindir. Senin eve gelmenle oyun başlar. Yalpalaya yalpalaya karının odasına girersin. Yüzün kıpkırmızı olmuştur ve öfkelisindir. Gözlerin boş ve aptal aptal bakar. Elinde bir şişe viski vardır." Dermott çeyiz sandığının üzerindeki Four Roses şişesini işaret eder. "O şişeyi kullanabilirsin. Şimdi şişeyi eline al bakalım."

Nardo bir adım öne çıkar ve şişeyi alır. Dermott bu hareketi başıyla tasvip eder. "Şişeyi eline alır almaz içgüdüsel olarak ona bir silah muamelesi yaptın. Çok güzel, oyundaki rolüne çok uygun. Karakterin kafa yapısıyla doğal bir uyum sağladın. Şimdi karının yatağının ayak ucunda durup elinizdeki şişeyi sağa sola sallarsın. Gereksiz bir öfkeyle karına, oğluna ve oğlunun yatakta duran doldurulmuş oyuncak kazına bakarsın. Kuduz bir köpek gibi dişlerini gösterirsin." Dermott durdu ve Nardo'nun yüzüne dikkatle baktı. "Dişlerini görelim."

Nardo dudaklarını gerdirdi ve sonra da araladı. Gurney, adamın ifadesindeki öfkenin oyunculuk kabiliyetinden gelmediğinin farkındaydı.

"İşte böyle!" dedi Dermott. Heyecanlanmıştı. "Mükemmel! Gerçekten çok yeteneklisin. Şimdi kan çanağı gözlerin ve salyalı dudaklarınla öylece durup yatakta yatan karına bağırırsın. 'Onun burada ne işi var?' Bu esnada beni işaret edersin. Annem, 'Sakin ol Jim, oğlumuz bana ve Ördek Dickie'ye hikaye kitabını gösteriyor,' der. Sen de 'İçine ettiğimin kitabını filan görmüyorum ben," dersin. Annem de, "Bak işte komodinin üzerinde,' der. Ama senin aklın da yüzün kadar iğrençtir. O iğrenç düşüncelerin pis kokan teninin üzerinden ter olarak akar gider. Annem sana sarhoş olduğunu ve diğer odada uyuman gerektiğini söyler. Ama sen soyunmaya başlarsın. Ben dışarı çıkman için sana bağırırım. Ama sen bütün kıyafetlerini çıkarırsın ve orada çırılçıplak durup bize bakarsın. Seni bu halde görmek bende kusma isteği uyandırır. Annem sana kızar. Sana bağırır ve iğrençleşmeden odayı terk etmeni söyler. Sen de, 'Sen kime iğrenç diyorsun, kaltak?' dersin ve viski şişesini yatağın ayak ucuna çarparsın. Sonra da elindeki kırık şişeyle, çıplak bir maymun gibi yatağa atlarsın. Viskinin mide bulandırıcı kokusu bütün odaya yayılır. Anneme kaltak dersin. Sen..."

Nardo, "Annenin adı ne?" diyerek Dermott'un sözünü kesti.

Dermott iki kez gözlerini kırptı. "Bunun hiçbir önemi yok."

"Evet, var."

"Önemi yok."

"Neden olmasın?"

Dermott bu soru karşısında az da olsa afallamıştı. "Adının ne olduğunun hiçbir önemi yok; çünkü sen o adı asla kullanmazsın. Ona aşağılayıcı, çirkin kelimelerle hitap eder; asla adını kullanmazsın. Ona asla saygı göstermezsin. Adını kullanmayalı öyle uzun zaman olmuştur ki... Belki de adının ne olduğunu artık hatırlamıyorsundur."

"Ama sen annenin adının ne olduğunu biliyorsun, değil mi?"

"Tabii ki biliyorum. O benim annem. Tabii ki annemin adını biliyorum."

"Öyleyse adı nedir?"

"Seni ilgilendirmez. Annemin adının senin için hiçbir önemi yok."

"Yine de ne olduğunu bilmek isterim."

"Adının, senin o iğrenç hafızanda yer almasını istemiyorum."

"Eğer onun kocası gibi davranacaksam, onun adını bilmek zorundayım."

"Sen sadece benim bilmeni istediğim kadarını bileceksin."

"Kadının adını bilmeden, bunu yapamam. Senin ne söylediğin umurumda bile değil... Kendi karımın adını bilmiyor olmak, lanet olası bir saçmalık."

Gurney, Nardo'nun böyle davranarak ne yapmaya çalıştığını çözememişti.

Yirmi dört yıl önce bu evde sarhoş Jimmy Spinks'in karısı Felicity Spinks'e yaptığı saldırıyı canlandırdığının farkına varabilmiş miydi? Bir yıl önce bu evi satın alan Gregory Dermott'un Jimmy ve Felicity'nin oğlu olduğunu ya da başka bir deyişle aile faciasının ardından sosyal hizmetler tarafından koruma altına alınan Spinkslerin sekiz yaşındaki oğlu olduğunu nihayet çözebilmiş miydi? Boğazındaki yara iziyle yatakta duran bu kadının Felicity Spinks olduğunu ve kadının geçirdiği travma yüzünden uzun yıllar kaldığı bakımevinden, yetişkin oğlu tarafından çıkarıldığını görebilmiş miydi?

Nardo, Dermott'un bu küçük 'oyunu'nun ne anlama geldiğini dillendirip ortamdaki bu cinayete meyilli dinamiği değiştirmeyi mi düşünüyordu? Psikolojik bir dikkat dağıtma yöntemi kullanarak bir kaçış yolu yaratmaya mı çalışıyordu? Yoksa sadece karanlıkta debelenip, Dermott'un aklından geçen planı mümkün olduğunca ertelemeyi mi hedefliyordu?

Tabii başka bir seçenek daha vardı. Nardo'nun yapmaya çalıştığı şey ve Dermott'un bu çabaya karşılık verdiği tepki hiçbir mantıklı açıklama içermiyor da olabilirdi. Küçük çocuklardan parklarda plastik kum kovalarıyla birbirlerini dövdüğü ve öfkeli adamların barlarda ölümüne kavga ettiği gibi son derece önemsiz bir mesele üzerinden yepyeni bir tartışma ortamı yaratıyor olabilirlerdi. Gurney, son ihtimalin diğerlerine göre biraz daha iyi olduğunu düşündü ama içinde bir yerlerde umudunu yitirmeye çok yaklaşmıştı.

"Senin mantıklı bulduğun şeylerin, benim gözümde hiçbir önemi yok," dedi Dermott. Elindeki kazın açısını yeniden ayarladı ve doğrudan Nardo'nun boğazını hedef aldı. "Düşündüklerinin hiçbir önemi yok. Artık kıyafetlerini çıkarma zamanı geldi."

"Önce annenin adını söyle."

"Kıyafetlerini çıkar ve elindeki şişeyi parçala. Sonra da çıplak bir maymun gibi yatağa atla. Tıpkı aptal, salyalı ve iğrenç bir canavar gibi."

"Adı ne?"

"Hadi artık!"

Gurney, Dermott'un kolundaki kasların gerildiğini gördü. Bu, tetikte parmağını biraz daha sıkılaştırdığı anlamına geliyordu.

"Adını söyle bana."

Gurney'in olan bitenler hakkında barındırdığı şüpheler tamamen ortadan kalktı. Nardo bütün erkekliğini ve hatta hayatını tek bir taktik üzerine kumdan bir kale gibi inşa etmişti. Amacı, karşısındaki adama sorusunu cevaplatabilmekti. Dermott ise bütün varlığıyla kontrolünü elden bırakmamak için çabalıyordu. Gurney, Nardo'nun rakibi için kontrolün ne kadar önemli olduğunu bilip bilmediğini merak etti. Rebecca Holdenfield'a göre, aslında seri katiller hakkında az çok bilgi sahibi olan herkesin bildiği üzere, kontrol, uğruna her türlü riskin alınabileceği ve her türlü bedelin ödenebileceği bir hedeftir. Mutlak kontrol, en büyük ve nihai mutluluktur. Elinde silah olmadan, rakibin kontrol üzerine kurduğu hayalleri yıkmaya çalışmaksa intihara teşebbüstür.

Bu gerçeği görmemek, Nardo'yu bir kez daha ölümün kıyısına getirmiştir ve bu kez Gurney sadece bağırarak onun hayatını kurtaramayabilir. Aynı taktiğin ikinci kez başarılı olma ihtimali epey düşüktür.

Cinayet, hızla yaklaşan bir fırtına bulutu gibi Dermott'un gözlerine yerleşmekteydi. Gurney kendini hiç bu kadar çaresiz hissetmemişti. Tetikteki parmağı durdurmak için bir çözüm bulamıyordu.

Sonra saf bir gümüş gibi temiz ve soğuk bir ses duydu. Bu ses hiç şüphesiz Madeleine'e aitti. Madeleine, Gurney'e yıllar önce umutsuz bir vaka üzerinde çalışırken tıkanıp kaldığı noktada söylediği bir şeyi yeniden tekrarlıyordu.

"Çıkmaz sokaktan çıkmanın tek bir yolu vardır."

Tabii ya, dedi Gurney kendi kendine. Her şey ne kadar da netleşmişti. *Sadece aksi yöne gitmesi gerekiyordu.*

Mutlak kontrolü elinde bulundurma ve bu uğurda cinayet işleme ihtiyacı duyan bir adamı durdurmanın tek yolu, içgüdülerinizin söylediği her şeyin aksini hayata geçirmektir. Madeleine'in sözleri kaynağından çıkan berrak bir su gibi zihnini temizlemiş, yapması gereken şeyi görmesini sağlamıştı. Eğer bu planı işe yaramazsa korkunç, tamamen sorumsuz ve yasal açıdan da savunulamaz bir eylem gerçekleştirmiş olacaktı. Ama işe yaracağını biliyordu.

"Şimdi! Şimdi, Gregory!" diye çıkıştı. "Vur onu!"

İki adam da duydukları bu sözlere bir an için hiçbir anlam veremedi. Çünkü bu sözler, bulutsuz bir günde çıkan fırtına gibiydi. Dermott'un Nardo'ya odaklanma hali birden dağıldı ve kazın içindeki silahın burnu karşı duvara yaslanmış bir şekilde sandalyede oturan Gurney'e döndü.

Dermott'un ağzı, zoraki bir gülümseme gibi yanlara doğru gerildi. "Anlamadım?" Gurney, adamın her türlü çabasına rağmen, sesindeki huzursuzluğu yakalamıştı.

"Beni duydun, Gregory," dedi. "Sana onu vurmanı söyledim."

"Sen... bana... *ne dedin*?"

Gurney, sabırsızlanıyormuş gibi ofladı. "Vaktimi boşa harcıyorsun."

"Boşa mı harcıyorum? Sen ne yaptığını sanıyorsun?" Kazın içindeki silah artık tamamen Gurney'i hedef alıyordu. Soğukkanlılığını kaybetmişti.

Nardo'nun gözleri yuvalarından fırlayacak gibi oldu. Gurney adamın bu şaşkınlığının ardında gizlenen duyguları anlamakta güçlük çekiyordu. Sanki Nardo neler olup bittiğini öğrenmek istediğini söylemiş gibi Gurney ona dönüp, "Gregory ona babasını hatırlatan insanları öldürmekten hoşlanıyor," dedi. Bu sözlerin ardından Dermott'tan boğazına takılan bir kelimeyi ya da bir haykırışı dile getirmek istercesine çıkardığı, homurtuya benzer bir ses duyuldu. Gurney bütün dikkatini Nardo'ya yöneltmişti ve aynı ağırbaşlı üslupla konuşmaya devam etti. "Sorun şu ki arada bir birilerinin onu hafifçe dürtmesi gerekiyor. Çünkü bu süreçte bir yerde takılıp kalıyor. Ve maalesef hata yapıyor. Sandığı kadar zeki biri değil. Ah, aman Tanrım!" Birden sustu ve kışkırtıcı bir gülümsemeyle Dermott'a baktı. Dermott'un çenesindeki kasları neredeyse tek tek görmek mümkündü. "Bunun gerçek olma ihtimali oldukça yüksek, değil mi? *Küçük Gregory Spinks sandığı kadar zeki değil.* Buna ne dersin, Gregory? Sence böyle bir şiir yazılabilir mi?" Karşısındaki katile göz kırpacaktı ki birden bunun biraz abartılı bir hamle olabileceğini düşünerek vazgeçti.

Dermott nefret, karmaşa ve henüz adlandırmadığı bir ifadeyle Gurney'e bakıyordu. Gurney adlandıramadığı o ifadenin, kontrol düşkünü birinin aradığı cevapları bilen tek adamı öldürmeden önce sormak istediği bir dizi soru olması için dua etti. Dermott'un ağzından çıkan kelimeler, onu umutlandırmıştı.

"Hatalar mı?"

Gurney kederli bir şekilde başını öne arkaya sallayıp, Dermott'un şüphelerini arttıran bir tavır takındı. "Korkarım birkaç hata yaptın."

"Yalan söylüyorsun, Dedektif. Ben hata yapmam."

"Yapmaz mısın? O halde onlara hata demek yerine ne demeyi tercih ediyorsun? Küçük Ördek Dickie'nin beceriksizlikleri mi?"

Bu sözler ağzından çıkar çıkmaz ölümcül bir hamle yapmış olabileceğinin farkına vardı. Kurşunun saplandığı yeri görmeden, hatanın ölümcül olup olmadığını anlamasına imkan yoktu. Fakat ne olursa olsun, güvenli bir geri çekilme ihtimalini ortadan kaldırmıştı. Dermott'un ağzında titremeye benzer bir kıpırdanma gördü. Tuhaf bir şekilde yatakta arkasına yaslanmıştı ve bu haliyle cehennemden Gurney'i izliyormuş gibi görünüyordu.

Gurney aslında tek bir hatanın farkına varmıştı. O da Kartch çekiydi. Bu hatayı da lambanın yanındaki çerçevede çekin fotokopisini görünce fark etmişti. Yine de hatayı uzun zamandır biliyormuş gibi davranabilirdi. Böyle bir şey, mutlak kontrolü elinde tuttuğunu düşünen bir adam üzerinde nasıl bir etki yaratabilirdi?

Yine Madeleine'nin özlü bir sözünü hatırladı. *Eğer geri çekilemiyorsan, tam gaz ileri git.* Nardo'ya doğru döndü. Sanki odadaki seri katili görmezden gelmek, onu koruma altına alabilecekti.

"Yaptığı en aptal hatalardan biri kendisine çekleri gönderen adamların isimlerini bana söylemek oldu. Söylediği isimlerden biri Richard Kartch'dı. Kartch çeki üzerinde hiçbir not olmadan, öylece bir zarfa koyup göndermişti. Kimden geldiğini gösteren tek kanıt çekin üzerinde yazan isimdi. Bu isim R. Kartch'dı ve imza da bu isim üzerinden atılmıştı. Orada geçen 'R' harfi Robert, Ralph, Randolph, Rupert ve daha bir düzine ismi temsil ediyor olabilirdi. Ama Gregory onun Richard olduğunu biliyordu. Çekin üzerinde yazan isim ve adres dışında hiçbir şey bilmediğini iddia etti. Oysa ben Kartch'ın Sotherton'daki evine gitmiştim. Yani en başından beri yalan söylediğini biliyordum. Bunun sebebi de gün gibi ortada."

Bu kadarı Nardo için çok fazlaydı. "Biliyor muydun? Öyleyse neden bize söylemedin ve biz bu adamı içeri tıkmadık?"

"Çünkü ne yaptığını ve neden yaptığını biliyordum ve onu durdurmak gibi bir niyetim yoktu."

Nardo, sineklerin insanları tokatlayabildiği bambaşka bir gezegene gelmiş gibi hissediyordu.

Keskin bir klik sesi, Gurney'in dikkatini yeniden yatağa çevirdi. Yaşlı kadın kırmızı ayakkabılarını, Oz diyarından ayrılıp Kansas'taki evine geri dönmeye çalışan Dorothy gibi birbirine vuruyordu. Kazın içindeki silah, Gurney'i hedef alıyordu. Dermott, Kartch gerçeğinden etkilenmemiş gibi görünmek için çaba sarf ediyordu. En azından Gurney, çaba sarf ettiğini umuyordu. Dermott, tuhaf bir tavırla konuştu.

"Nasıl bir oyun oynuyorsunuz bilmiyorum, Dedektif, ama ben bu oyuna bir son vereceğim."

Gurney, gizli görevlerde edindiği tecrübelerine dayanarak, düşmanın göğsüne dayadığı gizli bir Uzi taşıyan adam edasıyla konuşmaya başladı. "Tehdit etmeden önce," dedi sakince; "durumu iyice anladığından emin ol."

"Durum mu? Ben ateş ederim ve sen ölürsün. Ben yeniden ateş ederim ve o ölür. Maymunlar kapıdan içeri girer ve onlar da ölür. İşte durum bundan ibaret."

Gurney gözlerini kapadı ve başını arkaya iterek duvara dayadı. Sonra da derin bir iç çekti. "Hiçbir fikrin yok… Hiçbir fikrin yok değil mi?" dedi, başını iki yana sallayarak. "Hayır. Hayır, tabii ki yok. Nasıl olsun ki?"

"Ne hakkında fikrim yok, Dedektif?" Dermott, adamın unvanını abartılı bir kinayeyle söyledi.

Gurney kahkaha attı. Kesik bir kahkahaydı ve Dermott'un zihninde yeni sorulara yol açacaktı. Ama kendisini de tamamen duygusal bir karmaşanın içine sürükleyecekti.

Vahşi bir ifadeyle Dermott'a bakarak, "Kaç adam öldürdüğümü tahmin bile edemezsin," dedi. Bu tür laf kalabalıklarıyla, kendisini oyalamaya çalıştığını anlamasın diye dua ediyor ve Wycherly polislerinin Nardo'nun yokluğunu fark etmesini umuyordu. Neden şimdiye dek fark etmemişlerdi ki? Yoksa etmişler miydi? Kadının ayakkabıları tıkırdamaya devam ediyordu.

"Aptal polisler, her zaman adam öldürür," dedi Dermott. "O yüzden senin kaç tane öldürdüğün umurumda değil."

"Ben sıradan adamları kastetmiyorum. Jimmy Spinks gibi adamlardan söz ediyorum. Onun gibi kaçını öldürdüğümü tahmin et bakalım!"

Dermott gözlerini kırpıştırdı "Sen neden bahsediyorsun?"

"Sarhoşları öldürmekten bahsediyorum. Dünyayı alkolik hayvanlardan temizlemek ve pislikleri ortadan kaldırmaktan söz ediyorum."

Dermott'un ağzında bir kez daha titremeye benzer bir kıpırdanma belirdi. Gurney adamın dikkatini çekmişti. Buna hiç şüphe yoktu. Şimdi ne yapacaktı? Bu dikkati dağıtmadan ne yapabilirdi? Görünürde işe yarar bir çıkış noktası da yoktu. Konuşmaya başladı ve spontane olarak bir hikaye uydurmaya karar verdi.

"Bir gece geç saatlerde Port Authority otobüs terminalindeydim. Henüz çaylak olduğum yıllar. Bana giriş kapısı civarında dolaşan kimsesiz serserileri dağıtma görevi verilmişti. İçlerinden biri oradan ayrılmadı. On metre öteden adamın iğrenç viski kokusunu duyabiliyordum. Binayı terk etmesini söyledim ama o gitmek yerine benim üzerime doğru gelmeye başladı. Cebinden bir mutfak bıçağı çıkardı. Portakal soymak için kullanılan o küçük bıçaklardan. Bıçağı tehdit edercesine sağa sola savurdu ve onu yere bırakması için verdiğim emri hiçe saydı. İkimizin bu karşılaşmasını gören iki kişi, adamı nefsi müdafaa olarak vurduğuma dair şahitlik etti." Durdu ve gülümsedi. "Ama bu doğru değildi. İsteseydim onu kolayca etkisiz hale getirebilirdim. Oysa ben onu vurmayı tercih ettim. Tam suratından. Beyni kafasının arkasından çıktı gitti. Bunu neden yaptığımı biliyor musun, Gregory?"

"Ördek Dickie Dickie Dickie," dedi yaşlı kadın. Ayakkabılarını birbirine vurdukça, ritmini de hızlandırıyordu. Dermott dudaklarını araladı ama bir şey söylemedi.

"Yaptım; çünkü adam babama benziyordu," dedi Gurney. Sesini öfkeli bir tonla biraz yükseltti. "Babamın, annemin kafasına çaydanlıkla vurduğu gece baktığı gibi bakıyordu. Lanet olası çaydanlık ve üzerindeki lanet olası palyaço resmi."

"Baban da pek baba gibi değilmiş," dedi Dermott soğuk bir üslupla. "Ama Dedektif, sen de ondan farksızsın."

Dermott'un bu suçlayıcı yorumları, Gurney'in şüphelerini haklı çıkardı. Adam, kendisinin geçmişi hakkında araştırma yapmıştı. O an, kurşun yemek pahasına da olsa Dermott'un boğazına yapışmak istedi.

Aralarındaki imalı bakışma sürüyordu. Belki de Dermott, Gurney'in rahatsızlığını fark etmişti. "İyi bir baba dört yaşındaki oğlunu korurdu. Onun bir arabanın altında kalmasına ve üstelik de arabanın şoförünün kaçıp gitmesine müsaade etmezdi."

"Seni piç herif," dedi Gurney.

Dermott kıkırdayarak güldü. Keyiften delirmiş gibiydi. "Kaba, kaba, kaba... Ben de seni şair sanmıştım. Karşılıklı birkaç dize okuruz diye düşünmüştüm. Bir sonraki karşılaşmamızda okuyacağımız şiiri seçmiştim bile. Dinle de fikrini söyle. 'İz bırakmadan vurdu kaçtı / Gözde dedektif feleğini şaştı. / Küçük çocuğun annesi ne dese / Eve yalnız döndüğünü görünce?'"

Gurney'in göğsünden vahşi bir hayvan gibi hırıltı sesleri yükseldi. Öfke patlaması yaşıyordu. Dermott olduğu yerde donup kalmıştı.

Nardo, dikkat dağılımının en üst noktaya çıkacağı anı kolluyordu. Kasları bir hayli gelişmiş olan sağ kolunu kaldırdı, elindeki Four Roses şişesini havada tam tur döndürdükten sonra kaptı ve var gücüyle Dermott'un kafasına doğru savurdu. Kendisine yönelen hareketi sezen Dermott, kazın içindeki silahı Nardo'ya yöneltmeye çalıştı ama Gurney kendini yatağa attı ve göğsünü kazın üzerine bastırdı. Tam o anda viski şişesinin kalın cam tabanı, Dermott'un şakağıyla buluştu. Gurney'in altında tetiği çekilen revolver, kazın içini dolduran malzemenin etrafa yayılmasına neden oldu. Kurşun Gurney'in altından geçerek az evvel oturmakta olduğu yönde ilerledi ve odanın tek aydınlatma kaynağı olan lambayı parçaladı. Karanlıkta Nardo'nun dişlerinin arasından nefes alıp verdiğini duyabiliyordu. Yaşlı kadın zayıf bir inleme sesi çıkardı ve sonra sesini yükselterek yarım yamalak hatırladığı ninni benzeri bir melodi mırıldanmaya başladı. Sonra korkunç bir temas sesi geldi ve odanın ağır metal kapısı açıldı. O kadar hızla açıldı ki arkasındaki duvara çarptı. Ardından devasa bir adam ve onun peşinden gelen daha ufak bir siluet belirdi.

"Kıpırdamayın!" diye bağırdı dev adam.

Elli İkinci Bölüm

Şafak Sökmeden Ölüm

Beklenen yardım nihayet geldi. Biraz geç oldu ama geldi. Bu kadarı yeter de artardı bile. Dermott'un kusursuz nişancılığı ve kargaları üst üste yığma hevesi düşünüldüğünde sadece onları kurtarmaya gelen polisin değil, Nardo ve Gurney'in de boğazlarına birer kurşun saplanma olasılığı bir hayli yüksekti. Sonra silah seslerini duyan polis departmanı hızla aşağı inecek, Dermott vanaları açacak ve püskürtme sistemiyle evin içine sıkıştırılmış klor ve amonyak yayılacak...

Bütün bu olasılıklara rağmen, bu olaydan yaralanan bir lamba, bir de Dermott olmuştu. Nardo'nun öfkeli çıkışının ardından fırlattığı şişe Dermott'u komaya sokmaya yetmişti. Kırılan şişelerin parçaları da etrafa saçılmış, bir kısmı Gurney'in saçları arasındaki yerini almıştı.

"Silah sesi duyduk. Burada ne haltlar dönüyor?" dedi dev adam. Bir yandan da bir hayli karanlık sayılabilecek odada etrafı incelemeye çalışıyordu.

"Her şey kontrol altında, Tommy," dedi Nardo. Sesi çatallı çıkıyordu ama olaylardan yara almadan kurtulduğunu gösterecek kadar dirençliydi. Gurney, bodrumun diğer tarafından gelen loş ışıkta dev adamın hemen arkasından gelen kısa boylu ve asetilen mavisi gözleri olan polis memuru Pat'i fark etti. Elinde küçük bir dokuz milimetrelik silah vardı ve yataktaki bu korkunç sahneyi inceliyordu. Odanın diğer tarafına geçti ve yaşlı kadının oturduğu kolçaklı sandalyenin yanındaki düğmeye basarak ışığı yaktı.

"Ayağa kalkmamın sakıncası var mı?" diye sordu Gurney. Hâlâ Dermott'un kucağındaki kazın üzerinde yatıyordu.

Koca Tommy, Nardo'ya baktı.

"Tabii," dedi Nardo dişlerini sıkarak. "Bırakın, kalksın."

Gurney yavaşça doğrulurken, hızla yüzünden aşağı akan kanı fark etti. Nardo birkaç dakika önce bir seri katili kendisini vurması için teşvik eden bu adama saldırmak üzereydi ki kanı görünce kendini tuttu.

"Yüce Tanrım," dedi Koca Tommy. Gurney'in yüzünden akan kandan gözlerini alamıyordu.

Yüksek adrenalinin etkisi altında olan Gurney, yaranın farkına varamamıştı. Yüzüne dokundu ve sırılsıklam olduğunu hissetti. Sonra ellerine baktı ve kıpkırmızı olduğunu gördü.

Asetilen Pat, hiçbir duygu kırıntısı barındırmayan bir ifadeyle Gurney'e bakıyordu. Nardo'ya dönüp, "Ambulans ister misin?" diye sordu.

"Evet, tabii. Arayın da gelsinler," dedi Nardo.

"Onlar için de çağırayım mı?" dedi Pat. Başıyla yatağın üzerinde tuhaf ikiliyi işaret ediyordu. Kırmızı cam ayakkabılar dikkatini çekti. Sonra gözlerini kırpıştırdı. Gördüklerinin bir göz aldanması olmadığından emin olmak için gözlerini kırpıştırdı.

Uzun bir beklemenin ardından Nardo, "Tamam," dedi. Sesinden bunu iğrenerek söylediği anlaşılıyordu.

"Ekipler gelsin mi?" diye sordu Pat. Bu kez gerçek olduklarından emin olduğu ayakkabılara kaşlarını çatmış, dikkatle bakıyordu.

"Ne?" dedi Nardo uzun bir bekleyişten sonra. Parçalanan lambanın kalıntılarına ve kurşunun duvarda açtığı deliğe bakıyordu.

"Devriye gezen ve kapı kapı dolaşıp sorgulama yapan ekipleri diyorum. Geri gelsinler mi?"

Nardo'nun karar vermesi beklenenden uzun sürdü. Sonunda "Tabii, gelsinler," dedi.

Pat, "Tamam," dedi ve odadan ayrıldı.

Koca Tommy yüzünü ekşitmiş, Dermott'un şakağındaki hasara bakıyordu. Four Roses şişesi Dermott ve yaşlı kadının arasındaki yastığın üzerinde tepetaklak duruyordu. Yaşlı kadının başındaki peruk yana kaymıştı ve kafasının üzeri görünür hale gelmişti.

Gurney, şişenin üzerindeki çiçekli etikete baktı. O an, daha önce gözden kaçırdığı bir gerçeği fark etti. Bruce Wellstone'un söylemiş olduğu bir şeyi hatırladı. Bruce, Dermott'un (başka bir deyişle Bay Scylla'nın) dört adet *kırmızı göğüslü şakrakkuşu* gördüğünü ve *dört* rakamını özellikle vurguladığını anlatmıştı. Yani *dört kırmızı göğüslü şakrakkuşu,* kırmızı güllere gönderme yapan ve *Four Roses* markasını temsil eden bir ifadeydi! Ayrıca 'Bay ve Bayan Scylla' olarak imza atması da zekasını gözler önüne sermek için yaptığı ufak bir reklam sayılırdı. Gregory Dermott aptal polislerle nasıl bir oyuncak gibi oynadığını gösteriyordu. *Sıkıysa yakalayın.*

Pat bir dakika içinde geri döndü. "Ambulans yolda. Ekipler geri çağırıldı. Arabalar toplandı. Kapı kapı sorgulama görevi sonlandırıldı." Buz gibi gözlerle yatağa baktı. Yaşlı kadın ağıt ve mırıldanma karışımı sesler çıkarıyordu. Dermott kıpırdamadan yatıyordu ve yüzünün rengi çekilmişti. "Yaşadığından emin misiniz?" diye sordu Pat.

"Hiçbir fikrim yok," dedi Nardo. "Belki de gidip bir baksan iyi olur."

Pat dudaklarını büzdü ve gidip Dermott'un boğazından hayatta olup olmadığını kontrol etti.

"Hı hı, yaşıyor. Peki kadının sorunu ne?"

"Bu kadın Jimmy Spinks'in karısı. Jimmy Spinks ismini daha önce duymuş muydun?"

Kadın başını iki yana salladı. "Jimmy Spinks kim?"

Nardo bir an durdu ve sonra "Unut gitsin," dedi.

Kadın omzunu silkti. Unutmanın işinin bir parçası olduğunu ve bunda hiç zorlanmadığını gösterir gibiydi.

Nardo yavaş yavaş ve derinden birkaç nefes aldı. "Tommy ile birlikte yukarı çıkıp evin güvenli olduğundan emin olun. Katilin bu pislik herif olduğunu öğrendiğimize göre adli tıp ekibi gelip her yeri didik didik inceleyecektir."

Pat ve Tommy birbirine baktı. İkisinin de yüzünden bunun iyi bir fikir olmadığını düşündükleri anlaşılıyordu. Yine de itiraz etmeden ayrıldılar. Tommy, Gurney'in yanından geçerken sanki sıradan bir kepekten bahseder gibi, "Kafanda cam parçaları var," dedi.

Nardo konuşmaya başlamadan önce ikilinin yukarı çıkıp merdivenlerin başındaki kapıyı kapatmalarını bekledi.

"Yataktan uzaklaş," dedi. Sesinden, bu olayın onu epey sarstığı anlaşılıyordu.

Gurney, aslında silahlardan uzaklaşması için uyarıldığını biliyordu. Dermott'un silahı, kazın içinde; Nardo'nun silahı, Dermott'un cebinde ve viski şişesi de yastığın üzerindeydi. Gurney, itiraz etmeden kendisine denileni yaptı.

"Pekala," dedi Nardo. Kendisini kontrol altında tutmak için büyük çaba harcıyor gibiydi. "Sana açıklama yapman için bir şans tanıyacağım."

"Oturmamın bir sakıncası var mı?"

"Amuda kalksan da umurumda değil. Konuş! Hemen!"

Gurney, parçalanan lambanın yanındaki sandalyeye oturdu. "Seni vurmak üzereydi. Boğazına, kafana ya da kalbine bir kurşun saplanmasına ramak kalmıştı. Onu durdurmanın tek bir yolu vardı."

"Ona dur demedin ki. Ona beni vurmasını söyledin." Nardo

yumruk haline getirdiği ellerini öyle bir sıkıyordu ki eklemleri bembeyaz olmuştu.

"Ama vurmadı, değil mi?"

"Ama sen ona vurmasını söyledin."

"Çünkü onun durdurmanın tek yolu buydu."

"Durdurmanın tek yolu... Sen aklını mı kaçırdın?" Nardo tasmasının çözülmesini bekleyen vahşi bir köpek gibi bakıyordu.

"Hayır. Bunun en güzel ispatı da senin hayatta olman."

"Yani benim hâlâ hayatta olma nedenim, senin ona beni vurmasını söylemen; öyle mi? Nasıl bir saçmalık bu böyle?"

"Seri katilin en büyük sorunu kontroldür. Mutlak kontrol. Gregory için bugünü, geleceği ve hatta geçmişi bile kontrol edebilmek her şeyden önemliydi. Onun senden canlandırmanı istediği sahne, yirmi dört yıl önce bu evde yaşanan trajedinin aynısıydı. Tek bir farkla. O zamanlar küçük Gregory'nin babasını durduracak ve annesinin boğazının kesilmesine engel olacak gücü yoktu. Kadın asla iyileşemedi ama Gregory de ondan farksızdı. O da bu olaydan sonra iyileşemedi. Artık bir yetişkin olan Gregory teybi başa sarmak ve olayları değiştirmek niyetindeydi. Senden babasının yaptığı her şeyi yapmanı istedi. Tam şişeyi kaldırdığın ana kadar. Sonra seni öldürecekti. Annesini kurtarmak için o korkunç sarhoşu ortadan kaldıracaktı. Diğer cinayetlerinin de sebebi buydu. Kontrolü ele geçirme ve Jimmy Spinks gibi sarhoşları öldürerek ortadan kaldırma."

"Gary Sissek sarhoş değildi."

"Belki sarhoş değildi ama Gary Sissek Jimmy Spinks'le aynı zamanlarda çalışmıştı. Eminim Gregory, onun babasının arkadaşı olduğunu hatırlamıştır. Belki de babasının içki içtiği arkadaşlarından biriydi. Senin de aynı dönemde çalışmış olman, Gregory'nin aklına geçmişi geri getirebileceği fikrini sokmuş olmalı."

"Ama sen ona, beni vurmasını söyledin!" Nardo hâlâ tartışmacı tavrını koruyordu ama eski kararlılığı az da olsa kırılmıştı. Gurney de bunun farkına varmış, biraz rahatlamıştı.

"Ona seni vurmasını söyledim; çünkü elimde konuşmaktan başka hiçbir silahım olmadığı için kontrol manyağı bir seri katili durdurmanın en iyi yolunun, kontrolün tamamen onda olmadığını göstermek olacağını biliyordum. Kontrolün onda olduğundan şüpheye düşmeliydi. Kontrol manyağına göre bütün kararları o alıyordu. En güçlü oydu. Kimse ondan daha güçlü olamazdı. Böyle birinin aklını karıştırmanın tek yolu, onun tam da senin istediğin gibi hareket ettiğini söylemek olacaktı. Karşı koyduğun anda ölürsün. Seni bağışlaması için yalvardığın anda ölürsün. Ama ona kafasındaki şeyi yapmasını söylediğin anda bütün dengeleri alt üst edersin."

Nardo, hikayede bir açık yakalamak için uğraşıyordu. "Çok gerçekçi konuştun. Sesinde nefret vardı. Sanki benim ölmemi gerçekten istiyor gibiydin."

"Eğer ikna edici olmasaydım, şu an seninle oturmuş bu konuşmayı yapıyor olamazdık."

Nardo hemen farklı bir konuya atladı. "Peki ya Port Authority'deki ateşleme olayı?"

"Ne olmuş ona?"

"Sana sarhoş babanı hatırlattığı için vurduğun o serseri?"

Gurney gülümsedi.

"Komik olan ne?"

"İki şey var. Birincisi: Ben Port Authority'nin yakınında bile çalışmadım. İkincisi: Yirmi beş yıllık meslek hayatımda silahımı bir kez bile ateşlemedim. Silahımı hiç ama hiç kullanmadım."

"Yani hepsi uydurma mıydı?"

"Babam çok içerdi. Bu... zor bir durumdu. Yanımızdayken bile bizden uzaktı. Ama bir yabancıyı vurmak, bu gerçeği değiştirmeyecektir."

"Öyleyse bu saçmalıkları anlatmanın ne amacı vardı?"

"Amaç mı? Amacı ortada işte."

"Bu ne demek şimdi?"

"Yüce Tanrım! Yüzbaşı, Dermott'un dikkatini mümkün olduğunca üzerime çekip, senin elindeki şişeyle bir hamle yapman için fırsat yaratıyordum."

Nardo boş gözlerle Gurney'e baktı. Duydukları, kafasında oluşturduğu senaryoya hiç uymuyordu.

"Araba çarpan çocuk... O da mı uydurmaydı?"

"Hayır. O gerçekti. Çocuğun adı Danny." Gurney'in sesi boğuk çıkmaya başladı.

"Şoförü yakalayamadılar mı?"

Gurney başını iki yana salladı.

"Hiç iz yok muydu?"

"Tanıklardan biri oğluma çarpan arabanın kırmızı bir BMW olduğunu söyledi. Bütün öğleden sonra bir barın önünde park halindeymiş. Belli ki kullanan kişi tamamen sarhoştu."

Nardo bir süre düşündü. "Bardan birileri adamın kimliğini tespit edemedi mi?"

"Onu daha önce hiç görmediklerini iddia ettiler."

"Bu olay olalı ne kadar zaman oldu?"

"On dört yıl, sekiz ay."

Bir süre sessiz kaldılar. Sonra Gurney kısık ve çekingen bir sesle konuşmaya devam etti. "Onu parka götürüyordum. Önünde bir güvercin yürüyordu ve Danny güvercini takip ediyordu. Benim de kafam dalgındı. Bir cinayet davasını düşünüyordum. Güvercin kaldırımdan indi ve caddeye gitti. Danny de onu takip etti. Neler olduğunu anladığımda çok geç kalmıştım. Her şey olup bitmişti."

"Başka çocuğun var mı?"

Gurney bir an tereddüt etti. "Danny'nin annesinden yok."

Sonra gözlerini kapattı. İkisi de bir süre hiçbir şey söylemedi. Bu kez sessizliği bozan Nardo oldu.

"Dermott'un arkadaşını öldüren adam olduğuna emin misin?"

"Hiç şüphem yok," dedi Gurney. İkisinin de sesinden son derece yorgun oldukları anlaşılıyordu.

"Peki ya diğerleri?"

"Onların katili de Dermott gibi görünüyor."

"Neden şimdi?"

"Efendim?"

"Neden bu kadar bekledi?"

"İmkan. İlham. Şans eseri bir şeyleri fark etmiş olması. Bence kendisini büyük bir sağlık sigorta veritabanına güvenlik sistemi tasarlarken buldu. Bu esnada alkolizm tedavisi görenlerin isimlerini alabileceği bir program tasarlama fikri gelişti. İşe buradan başlamış olmalı. Sonra da olabilecekleri düşünüp, durumu takıntı haline getirmiştir. Nihayetinde ulaştığı listeden kendisine bu çekleri gönderebilecek kadar korkak ve zayıf adamları seçmiştir. Yazdığı o saçma şiirlerle işkence edebileceği adamlar. Bu esnada annesini saldırının ardından devletin yerleştirdiği bakımevinden çıkartmış olmalı."

"Buraya gelmeden önce geçen onca yıl neredeydi peki?"

"Çocukken ya bir devlet kurumunda ya da bir koruyucu ailenin yanında kalmış olmalı. Oldukça zor bir dönem geçirdiğini tahmin edebiliyorum. Geçen yıllar süresince bilgisayar yazılımıyla ilgilenmeye başlamıştır. Belki de bilgisayar oyunlarından yola çıkmış, zamanla kendini geliştirmiştir. MIT'den derece alacak kadar iyi bir konuma gelmiştir."

"Ve yine bu süreçte adını da mı değiştirmiştir?"

"Muhtemelen on sekiz yaşına geldiğinde değiştirmiştir. Bahse girerim babasının adını taşımaya dayanamamıştır. Hatta Dermott isminin de annesinin kızlık soyadı olduğunu öğrenirsem, hiç şaşırmam."

Nardo gülümsedi. "Bunca karmaşa yaşanmadan evvel, devletin isim değiştirenler hakkında oluşturduğu veritabanı incelemeyi akıl etseydin, daha iyi olurdu."

"Aslında bunu yapmak için ortada hiçbir neden yoktu. Yapsak bile Spinks soyadı, Mellery davasında çalışanlara hiçbir şey ifade etmezdi."

Nardo bütün bu bilgileri, kendisini daha iyi hissettiği bir günde yeniden değerlendirebilmek için hafızasına kaydediyordu. "Peki bu deli herif ne bok yemeye Wycherly'e geri dönmüş ki?"

"Yirmi dört yıl önce annesine burada saldırılmış olması olabilir. Belki de geçmişi yeniden yazma düşüncesi, onu buralara kadar sürüklemiştir. Buraya gelerek sadece sarhoşları değil, Wycherly Polis Departmanı'nı da ortadan kaldırma imkanı yakalayabileceğini düşünmüş olabilir. Hikayeyi ondan dinlemedikçe, aklından neler geçirdiğini öğrenmemize imkan yok. Felicity'nin bu konuda yardımcı olabileceğini sanmıyorum."

"Ben de," dedi Nardo. Aklına takılan bir şey daha vardı. Endişeli görünüyordu.

"Sorun nedir?" diye sordu Gurney.

"Ne? Yok bir şey. Sorun yok, gerçekten. Sadece merak ediyorum da... Sarhoşları öldüren bir adamın yer aldığı bu davaya neden bu kadar ilgi gösterdin?"

Gurney, ne söyleyeceğini bilemiyordu. Bu soruya verilecek en doğru cevap, kurbanları yargılayacak kişinin kendisi olmadığını vurgulamak olurdu. Alaycı bir yanıt vermek isterse, davanın mücadeleci yanının ahlaki yanından daha baskın olduğunu söyleyebilirdi. Yanıt ne olursa olsun, bu meseleyi Nardo'yla tartışmak istemiyordu. Yine de bir şey söylemek zorundaydı.

"Eğer kurbanları gördükçe oğlumu öldüren sarhoş sürücünün

intikamını alıyor gibi bir hisse kapılıp kapılmadığımı soruyorsan, cevabım hayır."

"Emin misin?"

"Eminim."

Nardo, sorgulayıcı bakışlarla karşısındaki adamı süzdü. Sonra da omuz silkti. Gurney'in yanıtı onu tatmin etmiş gibi görünmüyordu. Ama konuyu uzatmak niyetinde değildi.

Öfkeden delirmek üzere olan yüzbaşı, nihayet sakinleşmişti. Günün geri kalanı önemli bir cinayet davasının sonlandırılmasında hangi unsurlara öncelik verileceğini belirlemekle geçti.

Gurney, (kızlık soyadı Dermott olan) Felicity Spinks ve (eski soyadı Spinks olan) Gregory Dermott'la birlikte Wycherly Hastanesi'ne kaldırıldı. Dermott'un annesi, ayağında kırmızı ayakkabılarıyla getirildiği hastanede bir asistan doktor tarafından incelemeye alındı. Hâlâ bilinci kapalı olan Dermott da hızla radyolojiye götürüldü.

Bu esnada Gurney'in başındaki kesik temizlenmiş, dikiş atılmış ve bandajlanmıştı. Fakat bu işlemi gerçekleştiren hemşire alışılmışın dışında bir hayli yakın davranışlar sergiliyordu. Hülyalı bir ses tonuyla konuşuyor, adamın yarası üzerinde çalışırken gereğinden fazla yakın duruyordu. Gurney koşulların ne kadar uygunsuz olduğunu bilse de bu durum karşısında heyecanlanmaktan kendini alamadı. İzlediği yol ne kadar vahim, çılgınca ve patetik görünse de kızın bu arkadaş canlısı tavırlarından başka bir amaçla faydalanmak üzere bir girişimde bulunmaya karar verdi. Kıza cep telefonu numarasını verdi ve Dermott'un durumunda en ufak bir değişiklik olması halinde kendisini aramasını rica etti. Olayın gidişatından bihaber olmak istemiyordu ve bu konuda Nardo'ya kesinlikle güvenmiyordu. Kızın yüzünde bir gülümseme belirdi. Bunu seve seve yapacağını söyledi. Gurney, tedavisinin ardından son derece sessiz bir polis tarafından Dermott'un evine götürüldü.

Yolculuk esnasında Sheridan Kline'ın acil hattını arayarak telesekretere olayın önemli kısımlarını anlatan bir mesaj bıraktı. Daha sonra evini aradı ve kendi telesekreterine Madeleine için bir mesaj bıraktı. Olayın kurşun, şişe, kan ve dikişler dışında kalan kısımlarını anlattı. Gerçekten dışarıda mı yoksa evde olduğu halde kendisiyle konuşmak istemediği için mesajı mı dinliyor diye düşündü. Onun böyle durumlarda aklından neler geçirdiğini bilmediği için doğru yanıtın ne olduğunu tahmin edemiyordu.

Dermott'un evine geri döndüklerinde, olayın üzerinden bir saati aşkın bir zaman geçmişti. Caddede Wycherly, bölge ve eyalet polis departmanlarına ait arabalar vardı. Koca Tommy ve Pat nöbetçi oldukları için verandada dikiliyorlardı. Gurney, Nardo'yla konuşma yaptığı o küçük odaya yönlendirildi. Nardo yine o odadaydı ve yine masa başında oturuyordu. İki olay yeri inceme polisi üzerinde beyaz önlükleri, galoşları ve lateks eldivenleri ile odadan ayrılıyor; bordum kata doğru gidiyorlardı.

Nardo sarı bir not defteri ve ucuz bir kalemi masanın diğer ucundaki Gurney'e doğru uzattı. Adam hâlâ tehlikeli duygular içinde olsa da bunu dışarıya yansıtmıyor; bürokratik bir tavır sergiliyordu.

"Otursana. İfadeni almamız lazım. Bu öğleden sonra buraya geldiğin andan başla ve neden buraya geldiğini de belirt. Kendi hareketlerini ve diğerlerinin yaptığı hareketlerden neleri gözlemlediğini yaz. Bir zaman çizelgesi kullan. Hangilerinden tam olarak emin olduğunu ve hangilerinin tahmini bir zaman dilimi içinde gerçekleştiğini açıkça belirt. İfadeni hastaneye götürülmenle tamamlayabilirsin. Tabii, hastanede gün ışığına çıkan birtakım bilgiler olduysa onları da yazabilirsin. Sormak istediğin bir şey var mı?"

Gurney kırk beş dakika boyunca kendisine verilen talimatlar doğrultusunda ifadesini yazdı. Nardo çoğu zaman odanın dışında kalmayı tercih etti. Gurney küçük el yazısıyla dört sayfayı doldurmuştu. Masanın diğer tarafında bir fotokopi makinesi vardı. Gurney kendisinin imzalı ve üzerinde tarih bulunan ifadesinden iki kopya aldı ve sonra da orijinalini Nardo'ya verdi.

Nardo sadece "İrtibat halinde olalım," dedi. Sesi mesleki bir ciddiyet içeriyordu. Gurney'le el sıkışmamayı tercih etti.

Elli Üçüncü Bölüm

Son ve Başlangıç

Gurney, Tapan Zee Köprüsü'nü geçip Route 17 boyunca yolculuğuna devam ederken kar hızla yağıyor ve görüşünü daraltıyordu. Adam her birkaç dakikada bir penceresini açıyor ve dışarıdan gelen temiz hava ile kendine gelmeye çalışıyordu.

Goshen'den birkaç kilometre ileride neredeyse yoldan çıkıyordu. Tekerlerin ana yolun yanındaki toprak yolda çıkardığı ses ve arabanın sarsılması; yol kenarındaki banklara çarpmasına engel oldu.

Araba, direksiyon ve yoldan başka bir şey düşünmemeye çalışıyordu, fakat bunu başarması imkansızdı. Sürekli olarak basının konuyla ilgili neler söyleyeceğini düşünüyordu. Sheridan Kline bir basın toplantısı düzenleyerek kendisini tebrik edecek; kanlı bir seri katili yakalayarak Amerika'yı daha güvenli bir ülke yaptığı için kendisine ne kadar minnettar olduğunu söyleyecekti. Gurney, basından hiç hazzetmiyordu. İşlenen suçlarla ilgili olarak attıkları o saçma sapan manşetler, başlı başına birer suç sayılırdı. Onlar bu işi bir oyun sanıyordu. Aslında Gurney de davaları kendince bir oyun gibi görüyordu. Cinayetleri bir yapboz gibi düşünüyor, katili de alt edilmesi gereken rakip olarak değerlendiriyordu. Eldeki verileri inceliyor, uygun köşeleri belirledikten sonra bir tuzak kurarak adalet makinesini kullanmak kaydıyla araştırmasına başlıyordu. Bir sonraki cinayet, karşısındaki rakibi alt etmek için zekice davranması gerektiğinin sinyallerini veriyordu. Fakat bazen olayları farklı bir gözle görüyordu. Özellikle de kovalamacadan yorulduğu, yapboz parçalarının karanlıkta birbirlerine fazlaca benzediği ya da yapboz parçasından başka pek çok şeye benzediği zamanlarda. Böyle zamanlarda zihni geometrik rotasından çıkıp ilkel yollara sapıyor; içinde bulduğu vakanın gerçekten korkunç olan yanlarını tüm çıplaklığıyla görmesini sağlıyordu.

Bir tarafta yasaların ve kriminoloji biliminin kendine özgü mantığı yer alıyordu. Diğer tarafta da Jason Stunk, Peter Possum Piggert, Gregory Dermott, acı, öfke ve ölüm vardı. Bu iki dünya arasında da keskin ve çözülmek bilmeyen bir soru yer alıyordu: Bu iki dünyanın birbirleriyle olan bağlantısı nedir?

Penceresini yeniden açtı ve karın yüzünü serinletmesini sağladı.

Anlamsız sorular ve aklından geçen sessiz diyaloglar hiçbir işe yaramıyordu. Kendi içinde geliştirdiği düşüncelerin ve kazandığını düşündüğü şeylerin aslında başka birine ait olduğu hissine kapılıyordu. Bu oldukça kötü bir alışkanlıktı ve kendisine zarar veriyordu. Bazen bu düşüncelerini Madeleine üzerinde denemek istiyordu ama genelde ya sıkıntı ya da sabırsızlıkla karşılaşıyordu.

Madeleine bazen, "Aklında ne var?" diye sorardı. Elindeki örgüyü bırakır ve Gurney'in gözlerinin içine bakardı.

Gurney de karşılık olarak, "Ne demek istiyorsun?" diye sorardı. Aslında kadının ne demek istediğini gayet iyi bilirdi.

"Bu saçmalıklara canını sıkıyor olamazsın. Seni gerçekten sıkıntıya sokan şeyin ne olduğunu bulmalısın."

Seni gerçekten sıkıntıya sokan şeyi bulmalısın.

Söylemesi kolay.

Onu sıkan şey *neydi*? Öldürücü tutkuları açıklamak için yeterli neden bulamaması mı? Adalet sisteminin vahşi hayvanı içeride tutmaktan aciz bir kafes olması mı? Tek bildiği bir şeylerin canını sıktığıydı. Aklında bir yerlerde, bir düşünce beynini fare gibi kemiriyordu.

Günün kaosu içinde en sıkıntılı problemi tanımlamaya çalıştığı anlarda, kendisini bir türlü kelimelere dökemediği görüntüler arasında kaybolmuş bir halde buluyordu.

Kafasını dağıtmak ve hiçbir şey düşünmeden dinlenmek istediğinde bile iki görüntü bir türlü aklından çıkmıyordu.

Biri Dermott'un, Danny'nin ölümüyle ilgili o iğrenç tekerlemeyi söylediği anda gözlerinde oluşan acımasız hazdı. Diğeri de babasına, annesine saldırdığına dair iftira atarken yankılanan o suçlayıcı öfkeydi. Bütün bunların altında korkunç bir öfke yatıyordu. Babasından gerçekten nefret ediyor muydu? O çirkin hikayenin altında yatan neden bilinçaltında bastırdığı terk edilmişlik duygusu mu; bir çocuğun çalışmak, uyumak ve içmekten başka bir şey yapmayan babasına karşı duyduğu gücenmişlik mi; yoksa babasının her zaman uzaklarda ve ulaşılmaz olması mıydı? Gurney aslında Dermott'la ne kadar çok ortak yanı olduğunu görünce sarsıldı.

Yoksa her şey sandığının tam aksi gibi miydi? O soğuk, yalnız ve yaşlı adamı terk etmiş olduğu için hissettiği suçluluk tamamen yersiz miydi?

Bir baba olarak iki önemli başarısızlık yaşaması – bir oğlunun ölümüyle sonuçlanan dikkatsizliği ve diğerinden bilinçli olarak uzak durması – kendisinden nefret etmesinin temel nedeni miydi?

Madeleine muhtemelen yukarıdakilerden herhangi birinin ya da hiçbirinin aradığı soruya yanıt olabileceğini söylerdi. Ona göre yanıt ne olursa olsun, hiç önemli değildi. Önemli olan insanın kalbinde doğru olduğuna inandığı şeyleri yapması; hemen şimdi hayata geçirmesiydi. Gurney bu düşünceyi biraz olsun mantıklı bulursa, Kyle'ın telefonlarına geri dönmesi gerektiğini söylerdi. Madeleine, Kyle'a pek düşkün sayılmazdı – hatta ondan hiç hoşlanmaz, Porsche kullanmasını aptallık olarak görür ve karısını da yapmacık bulurdu – ama Madeleine için kişisel düşünceler doğru şeyi yapmaya engel değildi. Gurney bu kadar spontane olan bir insanın nasıl böylesine prensiplerle dolu bir hayat sürdüğüne bir türlü anlam veremezdi. Yine de onu Madeleine yapan bu özellikleriydi. O, Gurney'in karanlığını aydınlatan bir ışıktı.

Doğru olan şey, hemen şimdi...

Birden ilham gelen Gurney, arabasını eski bir çiftliğin girişi olan geniş bir alana çekti. Cüzdanından Kyle'ın numarasını çıkardı (Kyle'ın adını ve numarasını telefonuna kaydetme zahmetine bile girmemişti ve bu davranışı içinde hep bir sızı olarak kalmıştı). Sabahın beşinde – Seattle saatine göre gece yarısında – onu aramak biraz çılgıncaydı ama alternatifi çok daha kötüydü. Aramayı erteleyebilir, sonra yine erteleyebilir ve sonra onu aramamak için mantıklı bir sebep uydurabilirdi.

"Baba?"

"Uyandırdım mı?"

"Hayır. Uyanıktım. İyi misin?"

"İyiyim. Ben, şey... Seni aramak ve çağrılarına geri dönmek istedim. Bu konuda sana karşı kabalık ettim. Oysa sen uzun zamandır bana ulaşmaya çalışıyordun."

"İyi olduğuna emin misin?"

"Aramak için tuhaf bir saat biliyorum ama endişelenme. Ben iyiyim."

"İyi."

"Zor bir gün geçirdim ama sonuçları iyi oldu. Çağrılarına daha erken yanıt veremememin sebebi... Oldukça karmaşık bir olayın içinde olmamdı. Ama tabii bu bana engel olmamalıydı. Bir şeye mi ihtiyacın vardı?"

"Nasıl bir karmaşık olaydan bahsediyorsun?"

"Ne? Ah, her zamanki gibi bir cinayet soruşturması."

"Emekli olduğunu sanıyordum."

"Olmuştum. Yani, oldum ama bu olayın içine bir şekilde sürüklendim. Kurbanlardan birini tanıyordum. Uzun hikaye. Seninle görüştüğümüzde, hepsini anlatırım."

"Vay be! Yine yaptın!"

"Neyi?"

"Yine bir seri katili yakaladın, değil mi?"

"Sen nereden biliyorsun?"

"*Kurbanlar.* Az evvel *kurbanlar* dedin. Kaç tanelerdi?"

"Bildiğimiz kadarıyla beş. Ama planlanan yirmi kişi daha vardı."

"Ve sen katili yakaladın. Müthiş! Seri katillerin senin karşında hiç şansı yok. Batman gibisin."

Gurney güldü. Gülmeyeli epey uzun zaman olmuştu. Ve uzun zamandır Kyle'la böyle sohbet etmemişti. Aslında bu sohbet, pek çok açıdan alışılmışın dışındaydı. En azından iki dakikadır Kyle'ın aldığı ya da almak üzere olduğu bir şeyden söz etmemişlerdi.

"Fakat bu davada Batman'e yardımcı olan pek çok insan vardı," dedi Gurney. "Ama seni aramamın nedeni bu değil. Çağrılarına geri dönmek ve hayatında neler olup bittiğini öğrenmek istedim. Yeni bir şeyler var mı?"

"Pek sayılmaz," dedi Kyle. "İşimi kaybettim. Kate ve ben ayrıldık. Kariyerimi değiştirip, hukuk fakültesine gidebilirim. Ne dersin?"

Gurney birkaç saniye şaşkınlığın etkisiyle sessiz kaldı ve sonra kahkahalarla gülmeye başladı. "Yüce Tanrım!" dedi. "Neler olmuş böyle?"

"Finansal hizmetler endüstrisi çöktü. Duymuşsundur. Bununla birlikte işim, evliliğim, iki dairem ve üç arabam da uçtu gitti. Hayal bile edemeyeceğin kadar büyük bir felaketin içine bu kadar kolay düşebilmek çok komik doğrusu. Her neyse, şu anda gerçekten hukuk fakültesine gitmeli miyim onu bilmek istiyorum. Sana bunu sormak istemiştim. Sence bunu yapabilecek yapıda bir insan mıyım?"

Gurney, Kyle'a hafta sonu uğramasını ve bu konuda istediği kadar konuşabileceklerini söyledi. Kyle da bu teklifi kabul etti. Hatta çok sevindi. Konuşmaları sona erdiğinde Gurney on dakika öylece oturdu. Hayrete düşmüştü.

Yapması gereken başka aramalar da vardı. Sabah olunca Mark Mellery'nin dul eşini araması ve her şeyin bittiğini söylemesi gerekiyordu. Dermott Spinks'in tutuklandığını ve suçluluğunun kanıtlandığını söyleyecekti. Kadın muhtemelen Sheridan Kline'dan ya da Rodriguez'den bir telefon almıştı. Ama Gurney, Mark'la olan arkadaşlığının hatırına bu aramayı yapmalıydı.

Sonra da Sonya Reynolds'ı aramalıydı. Anlaşmalarına göre ona özel vesikalık portrelerinden en az bir tane daha vermesi gerekiyordu. Şu anda bunun ne kadar önemsiz bir konu olduğunu ve hatta zaman kaybı olduğunu düşünüyordu. Yine de onu arayacak, en azından bu konuda konuşup anlaşmayla yapmayı kabullendiği şeyi yapmalıydı. Bunun dışında bir şey yaşamaya niyeti yoktu. Sonya'nın ilgisi onu memnun etmişti. Egosunu yükseltti ve az da olsa heyecanlanmasını sağladı. Fakat bedeli çok yüksekti. Gurney için çok daha fazla değeri olan şeyleri tehlikeye atmak anlamına geliyordu.

Wycherly ve Walnut Crossing arasındaki 250 kilometrelik yol, kar yüzünden üç saat yerine beş saatte tamamlanmıştı. Gurney otobandan çıkıp çiftlik evine giden dağ yoluna saptığında bir tür otopilot uygulamasına geçti. Son bir saattir aralık olan pencereden yüzünün serinlemesini ve ciğerlerine araba kullanmasına yetecek kadar oksijen girmesini sağlamıştı. Büyük ambarla evi birbirinden ayıran eğimli düzlüğe geldiğinde önceden rüzgarla sağa sola savrulan kar tanelerinin artık doğruca yere düştüğünü fark etti. Düzlükte ilerledikten sonra evin doğusuna yöneldi. Arabayı buraya park edecek, böylece fırtına sona erdiğinde gün ortalarına doğru iyice yükselen güneş sileceklerin buz tutmasına engel olacaktı. Arabayı park etti ve arkasına yaslandı. Kıpırdamaya hali yoktu.

O kadar yorulmuştu ki telefonu çalmaya başladığında sesin nereden geldiğini anlaması birkaç saniye sürdü.

"Evet?" Sesi sanki hırlıyormuş gibi çıkıyordu.

"David orada mı?" Kadının sesi çok tanıdık geliyordu.

"David, benim."

"Ah, sesin... çok farklı geldi. Ben Laura. Hastaneden. Bir şey olursa... aramamı istemiştin." Kadının konuşmasında aramasını istemesinin tek sebebinin gelişmelerden haberdar olma isteği ile sınırlı olmadığını öğrenmek isteyen bir tonlama vardı.

"Evet. Hatırladığın için teşekkür ederim."

"Önemli değil. Benim için bir zevk."

"Bir şey mi oldu?"

"Bay Dermott öldü."

"Affedersin? Tekrar söyleyebilir misin?"

"Gregory Dermott, hakkında bilgi almak istediğin adam; on dakika önce öldü."

"Ölüm sebebi nedir?"

"Henüz resmi bir açıklama olmadı ama MR sonuçlarına göre kafatasında çatlak oluşmuş ve aşırı kanama gerçekleşmiş."

"Doğru. Öyle bir hasar sonrası ölmesi hiç de sürpriz olmadı." Gurney, bir şeyler hissediyordu ama bu hisler uzak ve tanımlanamaz hislerdi.

"Haklısın. Büyük bir hasar görmüş."

İçinde oluşan bu tuhaf hisler onu rahatsız etmeye başladı. Sanki gürültülü bir fırtınanın ortasında, cılız bir çığlık duyar gibiydi.

"Teşekkürler, Laura. Aramana sevindim."

"Sorun değil. Senin için yapabileceğim başka bir şey var mı?"

"Sanmıyorum," dedi Gurney.

"Uyusan iyi olur."

"Evet. İyi uykular. Ve tekrar teşekkürler."

Önce telefonu kapattı, sonra da arabanın içindeki ışığı kapatarak yeniden koltuğa gömüldü. Kıpırdayamayacak kadar yorgundu. Işığı kapatınca, etrafı tamamen karanlığa büründü.

Yavaş yavaş gözleri buna alıştı. Gökyüzünün ve ormanların karanlığı önce koyu griye sonra da kar taneleri arasında daha açık bir griye dönüştü. Bir saat içinde güneş doğacak ve o da doğudaki tepeleri görebilecekti. Gökyüzünde belli belirsiz bir halenin oluştuğunu görebiliyordu. Kar yağışı durdu. Arabanın arkasındaki ev büyük, soğuk ve hareketsizdi.

Olup biteni en basit haliyle gözünde canlandırmaya çalıştı. Yatak odasında yalnız annesi ve çıldırmış sarhoş babasıyla birlikte küçük bir çocuk... Çığlıklar, kan ve çaresizlik... Hayat boyu süren fiziksel ve zihinsel hasar... İntikam ve günahlarından arınmak için cinayet hayalleri kurmak. Böylece küçük Spinks büyüdü. En az beş adam öldüren ve yirmi tane daha öldürmeyi planlayan çılgın Dermott'a dönüştü. Babası tarafından annesinin boğazı kesilen Gregory Spinks. Her şeyin başladığı evde kafatası ölümcül bir darbe ile parçalanan Gregory Dermott.

Gurney, tepelerin siluetine bakıyordu. Düşünmesi gereken ikinci bir hikaye olduğunu biliyordu. Üstelik bu hikayeyi anlamaya ihtiyacı vardı. Kendi hayatının hikayesi. Babası onu ihmal etmişti; o da büyüyünce babasını ihmal etti. Kariyerine düşkünlüğü ona büyük övgüler getirdi ama hiç huzur vermedi. Dikkat etmediği bir anda küçük oğlu öldü. Ve Madeleine bunların hepsini anlıyordu. Madeleine, neredeyse kaybettiği bir ışıktı. Tehlikeye attığı bir ışık.

Şimdi parmağını bile kıpırdatamayacak kadar yorgundu. Hiçbir şey hissedemiyor, uykuya teslim oluyor gibiydi. Birden kafasındaki bütün düşünceler dağıldı. Ne kadar sürdüğünü bilmiyordu ama bir süreliğine hayatta olmadığını düşündü. Sanki içindeki her şey bilincini ve anlayışını kaybettirmiş gibiydi.

Birdenbire gözlerini açtı ve tepelerin ardında yükselen güneş doğruca gözlerini yaktı. Güneş ışığıyla karşılaşmasının ardından her yeri bembeyaz görmeye başladı ve gözleri ışığa alışınca başka birinin varlığını fark etti.

Madeleine, turuncu parkasıyla – Gurney'in onu takip ettiği gün giydiği parkasıyla – arabanın yanında duruyor; Gurney'i izliyordu. Gurney, kadının ne kadar zamandır orada olduğunu merak etti. Şapkasının kenarlarında buz kristalleri oluşmuştu ve ışıl ışıl parlıyordu. Pencereyi açtı.

Kadın önce hiçbir şey söylemedi. Ama Gurney kadının yüzündeki kabullenme ve sevgi karışımını gördü – gördü, sezdi, hissetti; kadının duygularının kendisine hangi kanalla geçtiğinden emin değildi. Kabullenme, sevgi ve bir kez daha sağ salim eve döndüğü için hissettiği o büyük ferahlık.

Madeleine, son derece içten bir tavırla kahvaltı yapmak isteyip istemediğini sordu.

Üzerindeki turuncu parka, güneş ışığını emiyor gibiydi. Gurney arabadan indi ve kadını kollarının arasına aldı. Sanki Madeleine hayatın ta kendisiymiş gibi sıkı sıkı sarıldı.

Teşekkür

Sürekli harika fikirler bulan, coşkulu ve ilham kaynağı rehberliği her şeyi iyileştiren, harika başlığı bulan ve günümüzün yayıncılık dünyasında hiç kitabı yayınlanmamış bir yazarın ilk kitabına bir şans verme cesaretini gösteren muhteşem editörüm, Rick Horgan'a; verimli çalışmaları, heyecanları ve destekleri için Lucy Carson ve Paul Cirone'a; kitabın yazım aşamasından önce verdiği tavsiyeler ve cesaret için Bernard Whalen'a; dikkatli eleştirileri ve harika önerileri için Josh Kendall'a; son olarak da gerçekten dünyadaki en iyi ve en zeki temsilci olan Molly Friedrich'e teşekkürlerimi sunarım.

Yazar Hakkında

John Verdon Manhattan'daki birçok reklam şirketinde yöneticilik pozisyonunda çalıştı ancak kısa bir süre önce, hikayesindeki kahraman gibi eşiyle birlikte New York'un şehirden uzak, kırsal bir kesimine taşındı. *Aklından Bir Sayı Tut* ilk romanı.